EDIÇÕES BESTBOLSO

O jardineiro fiel

John Le Carré é um dos mais respeitados escritores britânicos da atualidade. Conhecido por suas histórias de espionagem e seu estilo preciso e elegante, sua obra se distingue pela caracterização sutil dos personagens e pela autenticidade e agilidade de suas tramas. Seu terceiro romance, *O espião que saiu do frio*, assegurou-lhe grande prestígio, consolidado pela aclamação da trilogia *O espião que sabia demais*, *Sempre um colegial* e *A vingança de Smiley*. Seus livros recentes incluem *Amigos absolutos*, *O canto da missão* e *O homem mais procurado*. Considerado um dos melhores romances do autor, *O jardineiro fiel* foi adaptado para o cinema em 2005, com direção elogiada do brasileiro Fernando Meirelles.

JOHN LE CARRÉ

O JARDINEIRO FIEL

Tradução de
ROBERTO MUGGIATI

RIO DE JANEIRO – 2010

CIP-BRASIL. CATALOGAÇÃO-NA-FONTE
SINDICATO NACIONAL DOS EDITORES DE LIVROS, RJ

L467j

Le Carré, John, 1931-
　　O jardineiro fiel / John Le Carré; tradução de Roberto Muggiati.
– Rio de Janeiro: BestBolso, 2010.

Tradução de: The Constant Gardener
ISBN 978-85-7799-156-3

1. Romance inglês. I. Muggiati, Roberto, 1937-. II. Título.

CDD: 843
CDU: 821.133.1-3

10-1013

O jardineiro fiel, de autoria de John Le Carré.
Título número178 das Edições BestBolso.
Primeira edição impressa em agosto de 2010.
Texto revisado conforme o Acordo Ortográfico da Língua Portuguesa.

Título original inglês:
THE CONSTANT GARDENER

Copyright © 2001 by David Cornwell.
Copyright da tradução © by Distribuidora Record de Serviços de Imprensa S.A. Direitos de reprodução da tradução cedidos para Edições BestBolso, um selo da Editora Best Seller Ltda. Distribuidora Record de Serviços de Imprensa S. A. e Editora Best Seller Ltda são empresas do Grupo Editorial Record.

Todos os personagens deste livro são fictícios. Qualquer semelhança com a realidade é mera coincidência.

Agradecemos pela permissão de reprodução de trechos dos seguintes trabalhos:

Clinical Trials: A Practical Approach by Stuart J. Pocock
1984 © John Wiley & Sons Ltd. Reproduzido sob permissão.

Drug Firm Put Patients at Risk in Hospital Trials by Paul Nuki, David Leppard, Gareth Walsh and Guy Dennis, publicado no *The Sunday Times*, London © Times Newspapaers Ltd., 14 de maio de 2000.

www.edicoesbestbolso.com.br

Design de capa: Carolina Vaz. Capa adaptada da edição publicada pela Editora Record (Rio de Janeiro, 2005) com a imagem do cartaz do filme *O jardineiro fiel*. ©2005 by Universal Studios, LLLP. Cortesia da Universal Studios Licensing LLLP. Todos os direitos reservados.

Todos os direitos reservados. Proibida a reprodução, no todo ou em parte, sem autorização prévia por escrito da editora, sejam quais forem os meios empregados.

Direitos exclusivos de publicação em língua portuguesa para o Brasil em formato bolso adquiridos pelas Edições BestBolso um selo da Editora Best Seller Ltda. Rua Argentina 171 – 20921-380 Rio de Janeiro, RJ – Tel.: 2585-2000 que se reserva a propriedade literária desta tradução.

Impresso no Brasil

ISBN 978-85-7799-156-3

Para Yvette Pierpaoli,
que viveu e morreu sem ligar a mínima.

"Ah, mas o alcance de um homem devia exceder o seu domínio,
Ou então para que serve um céu?"

Andrea del Sarto, de Robert Browning

1

A notícia chegou ao Alto Comissariado Britânico em Nairóbi às 9h30 de uma manhã de segunda-feira. Sandy Woodrow recebeu-a de queixo rígido, peito saliente, como se uma bala atravessasse seu dividido coração inglês. Estava de pé. Lembraria disso depois. Estava de pé e o telefone interno tocava. Ia pegar alguma coisa, ouviu a campainha e então voltou para se debruçar e fisgar o fone da mesa e dizer *"Woodrow"*. Ou, talvez, "Aqui é Woodrow". E certamente berrou um pouco o nome, tinha uma lembrança segura: de sua voz ecoando como a de outra pessoa e soando mal-humorada: *"Aqui é Woodrow."* Seu próprio nome, perfeitamente correto, mas sem ser atenuado pelo apelido Sandy, e falou como se o odiasse, porque a costumeira reunião de preces estava marcada para começar dali a exata meia hora, com Woodrow, como chefe da Chancelaria, atuando como moderador da casa para um bando de *primadonnas* com interesses especiais, cada uma querendo a posse exclusiva do coração e da mente do alto comissário.

Em resumo, mais uma miserável segunda-feira no fim de janeiro, a época mais quente do ano em Nairóbi, uma temporada de poeira, falta de água, grama marrom, olhos irritados e o calor rasgando as calçadas da cidade; e os jacarandás, como todo mundo, esperando pelas longas chuvas.

Por que exatamente estava de pé foi uma questão que nunca resolveu. De praxe, deveria estar curvado atrás de sua mesa, digitando em seu teclado, ansiosamente passando em revista o material do governo de Londres e informações de Embaixadas africanas nas vizinhanças. Em vez disso, estava de pé diante de sua mesa desempenhando alguma ação vital não identificada – como endireitar a foto de sua mulher Gloria e dos dois filhos pequenos, tirada no último verão quando a família estava de férias na Inglaterra. O Alto

Comissariado ficava em uma ladeira e seu contínuo assentamento era suficiente para inclinar porta-retratos e tirá-los da posição depois de um fim de semana deixados a sós.

Ou talvez estivesse borrifando inseticida sobre algum mosquito queniano ao qual nem mesmo os diplomatas estão imunes. Houvera uma praga de "olho de Nairóbi" havia alguns meses, moscas que quando você as esmagava e esfregava acidentalmente na pele podiam provocar bolhas e pústulas, e até deixá-lo cego. Estava borrifando, ouviu seu telefone tocar, colocou a lata de aerossol sobre a mesa e pegou o fone: isso também era possível, porque em algum lugar na sua memória havia um slide colorido de uma lata vermelha de inseticida pousada na bandeja de saída de papéis sobre a mesa. Então, "Aqui é Woodrow", e o telefone colado à sua orelha.

– Oi, Sandy, aqui é Mike Mildren. Bom dia. Está sozinho, por acaso?

Vistoso, com excesso de peso, 24 anos, Mildren, o secretário particular do alto comissário, sotaque de Essex, recém-saído da Inglaterra em seu primeiro posto no estrangeiro – e conhecido pelos funcionários mais jovens, previsivelmente, por Mildred.

Sim, admitiu Woodrow, estava sozinho. Por quê?

– Receio que algo tenha acontecido, Sandy. Será que podia dar um pulinho até aqui?

– Não dá para esperar até depois da reunião?

– Bem, não acho que dê, na verdade, não, não dá – respondeu Mildren, ganhando convicção à medida que falava. – É Tessa Quayle, Sandy.

Um Woodrow diferente agora, todo eriçado, os nervos retesados. Tessa.

– O que houve com ela? – perguntou, o tom deliberadamente indiferente, sua mente correndo em todas as direções. Oh, Tessa. Oh, Cristo. O que você fez agora?

– A polícia de Nairóbi diz que ela foi morta – contou Mildren, como se falasse aquilo todo dia.

– Pura bobagem – replicou Woodrow antes de ter tempo de pensar. – Não seja ridículo. Onde? Quando?

– No lago Turkana. Na margem oriental. Neste fim de semana. Estão sendo diplomáticos quanto aos detalhes. No carro dela. Um acidente infeliz, segundo eles – acrescentou com ar de desculpa. – Tive a impressão de que estavam tentando poupar nossos sentimentos.

– Carro *de quem*? – perguntou Woodrow conturbado, lutando agora, rejeitando toda a louca ideia; quem, como, onde e seus outros pensamentos e sentidos forçados para baixo, baixo, baixo, e todas as memórias secretas que tinha dela furiosamente reprimidas para serem substituídas pela paisagem lunar crestada de Turkana, rememorada de uma excursão, há seis meses, na companhia impecável do adido militar. – Fique onde está, eu vou subir. E não fale a mais ninguém, ouviu?

Como se estivesse seguindo instruções, Woodrow recolocou o fone, caminhou em volta de sua mesa, apanhou o paletó das costas da cadeira e o vestiu. Não era seu costume colocar o paletó para ir ao andar de cima. Os paletós não eram obrigatórios nas reuniões das segundas-feiras, menos ainda para ir ao escritório privado para uma conversa com o rechonchudo Mildren. Mas o profissional em Woodrow lhe dizia que tinha uma longa jornada à sua frente. Ainda assim, enquanto subia, conseguiu, com um resoluto esforço de obstinação, reverter aos seus princípios básicos sempre que uma crise aparecia no horizonte e se assegurar, como havia assegurado a Mildren, de que era um monte de pura bobagem. Em apoio à sua tese, evocou o caso de uma jovem inglesa que fora cortada em pedaços no interior africano há dez anos. É um boato maldoso, claro que é. Um replay na imaginação desvairada de alguém. Algum policial africano furioso, degredado no deserto, meio alucinado com *bangi*,* tentando defender o salário ínfimo que não recebe há seis meses.

O edifício recém-construído, por cujas escadas subia, era austero e bem projetado. Gostava daquele estilo, talvez porque correspondesse exteriormente ao seu próprio jeito. Com seu conjunto bem definido, sua cantina, loja, bomba de combustível e seus corredores limpos e silenciosos, dava impressão de autossuficiência e

---

*Maconha, na língua falada no leste e no centro da África. (*N. do E.*)

austeridade. Woodrow, para todas as aparências, possuía as mesmas qualidades de excelência. Aos 40 anos, tinha um casamento feliz com Gloria – ou, se não tinha, presumia que fosse a única pessoa a sabê-lo. Era chefe de Chancelaria e uma boa aposta de que, se jogasse bem as cartas, teria sua própria modesta Embaixada na próxima promoção e dali avançaria para Embaixadas menos modestas até um título de cavaleiro – perspectiva à qual não dava muita importância, naturalmente, mas seria ótimo para Gloria. Havia um pouco de soldado nele; era filho de soldado. Em 17 anos no Serviço Exterior de Sua Majestade defendera a bandeira em meia dúzia de Embaixadas britânicas no estrangeiro. Mesmo assim, o perigoso, decadente, pilhado, falido Quênia, que já fora britânico, mexera com ele mais do que a maioria delas, embora quanto disso se devesse a Tessa ele não ousasse perguntar a si mesmo.

– Muito bem – voltou-se agressivamente para Mildren, tendo antes trancado a porta atrás de si e fechado o trinco.

Mildren tinha um beicinho permanente. Sentado à sua mesa parecia um menino gordo malcriado que se recusou a terminar seu mingau.

– Estava hospedada no Oasis – disse.

– *Que* oásis? Seja preciso, se puder.

Mas Mildren não se deixava desconcertar tão facilmente quanto sua idade e posição podiam levar Woodrow a acreditar. Fizera anotações estenografadas que agora consultava antes de falar. Devia ser o que lhes ensinavam nos dias de hoje, pensou Woodrow com desprezo. De que outro modo um novo-rico como Mildren encontraria tempo para aprender estenografia?

– Existe uma pousada na margem oriental do lago Turkana, na extremidade sul – declarou Mildren, os olhos no bloquinho. – Chama-se Oasis. Tessa passou a noite lá e partiu na manhã seguinte em um jipe fornecido pelo dono da pousada. Ela disse que queria ver o berço da civilização, 350 quilômetros ao norte. A escavação Leakey – corrigiu-se. – O local da escavação de Richard Leakey. No Parque Nacional de Sibiloi.

– Sozinha?

– Wolfgang providenciou um motorista. Seu corpo está no jipe com o dela.
– Wolfgang?
– O dono da pousada. Vão mandar o sobrenome depois. Todo mundo o chama de Wolfgang. Parece que é alemão. Uma figura. Segundo a polícia, o motorista foi brutalmente assassinado.
– Como?
– Decapitado. Desapareceu.
– Quem desapareceu? Não disse que o corpo estava no carro com Tessa?
– A cabeça desapareceu.

Eu podia ter adivinhado isso sozinho, não podia?
– Como Tessa teria morrido?
– Um acidente. É tudo o que estão dizendo.
– Foi roubada?
– Não, de acordo com a polícia.

A ausência de roubo, associada com o assassinato do motorista, pôs a correr a imaginação de Woodrow.
– Dê-me os fatos exatamente como os recebeu – ordenou.

Mildren pousou suas grandes bochechas nas palmas das mãos enquanto consultava de novo sua estenografia.
– Às 9h29, um telefonema do esquadrão aéreo do quartel-general da polícia de Nairóbi procurando o alto comissário – recitou. – Expliquei que Sua Excelência estava na cidade visitando os ministérios e devia voltar no máximo até as 10 horas. Um oficial de serviço com um ar eficiente, o nome foi fornecido. Disse que chegavam notícias de Lodwar...
– Lodwar? Mas fica a quilômetros de Turkana!
– É o posto policial mais próximo – replicou Mildren. – Um jipe, propriedade da Pousada Oasis, foi encontrado abandonado na margem oriental do lago, próximo à baía de Alliah, a caminho do sítio de Leakey. Estavam mortos há 36 horas, pelo menos. Uma mulher branca morta, morte inexplicável, um africano sem cabeça, identificado como Noah, o motorista, casado, com quatro filhos. Uma bota de safári Mephisto, tamanho 37. Uma jaqueta de safári azul,

tamanho extragrande, manchada de sangue, foi encontrada no chão do carro. A mulher, 20 e tantos anos, cabelos castanhos, um anel de ouro no terceiro dedo da mão esquerda. Um colar de ouro no chão do carro.

O colar que você está usando, Woodrow se ouviu dizendo, em tom fingido de desafio, enquanto dançavam.

Minha avó deu à minha mãe no dia do seu casamento, respondeu ela. *Eu o uso com tudo, mesmo que não possa ser visto.*

Até na cama?

Depende.

– Quem os encontrou? – perguntou Woodrow.

– Wolfgang. Falou pelo rádio com a polícia e informou ao escritório daqui em Nairóbi. Também por rádio. O Oasis não tem telefone.

– Se o motorista estava sem cabeça, como é que podiam saber que era o motorista?

– Tinha um braço esmagado. Foi por isso que passou a dirigir. Wolfgang viu Tessa partir com Noah no sábado, às 5h30, na companhia de Arnold Bluhm. Foi a última vez que os viu vivos.

Ainda estava citando a partir das notas taquigrafadas ou, se não estava, fingia. Suas bochechas ainda estavam apoiadas nas mãos e parecia decidido a que ficassem ali, pois havia uma teimosa rigidez em seus ombros.

– Repita isso – ordenou Woodrow, depois de uma pausa.

– Tessa estava acompanhada de Arnold Bluhm. Registraram-se na Pousada Oasis juntos, passaram a noite de sexta-feira lá e saíram no jipe de Noah na manhã seguinte às 5h30 – Mildren repetiu pacientemente. – O corpo de Bluhm não estava no jipe e não há sinal dele. Ou nenhum sinal relatado até agora. A polícia de Lodwar e o esquadrão aéreo estão no local, mas o quartel-general de Nairóbi quer saber se pagaremos por um helicóptero.

– Onde estão os corpos agora?

Woodrow era o filho de seu pai soldado, firme e prático.

– Não se sabe. A polícia queria que o Oasis se encarregasse deles, mas Wolfgang recusou. Disse que seus funcionários iriam em-

bora e os hóspedes também. – Uma hesitação. – Ela se registrou como Tessa Abbott.
– *Abbott?*
– Seu nome de solteira. "Tessa Abbott, aos cuidados de uma caixa postal em Nairóbi." A nossa. Não temos nenhum Abbott, por isso percorri o nome pelos nossos registros e encontrei Quayle, nome de solteira Abbott, Tessa. Acredito que é o nome que usa em seu trabalho assistencial.

Mildren estudava a última página de suas anotações.

– Tentei encontrar o alto comissário, mas está correndo os ministérios e é hora do rush – falou. Queria dizer: esta é a Nairóbi moderna do presidente Moi, onde uma chamada local pode exigir meia hora escutando "Desculpe-me, todas as linhas estão ocupadas. Por favor, tente de novo daqui a pouco", repetido incansavelmente por uma mulher complacente de meia-idade.

Woodrow já estava na porta.

– E você não contou a ninguém?
– A ninguém.
– E a polícia?
– Eles dizem que não. Mas não podem se responsabilizar por Lodwar e não creio que possam se responsabilizar por si mesmos.
– E ninguém contou nada a Justin, até onde sabe.
– Correto.
– Onde ele está?
– Em seu escritório, imagino.
– Faça com que fique lá.
– Chegou cedo. É o que faz quando Tessa está em uma excursão. Quer que eu cancele a reunião?
– Espere.

Ciente a esta altura, se é que jamais duvidou, de que estava lidando com um tremendo escândalo, bem como uma tragédia, Woodrow se lançou pela escada dos fundos com a placa Somente Pessoal Autorizado e entrou em uma passagem sombria que levava a uma porta de aço fechada com um olho mágico e um botão de campainha. Uma câmera o esquadrinhou enquanto apertava o botão. A porta foi aberta por uma mulher esguia de cabelos ruivos, vestindo jeans e uma bata estampada de flores. Sheila, sua intérprete kiSuaíli número 2, deduziu.

– Onde está Tim? – perguntou.

Sheila apertou um botão e falou em uma caixa.

– É Sandy e com pressa.

– Aguardem os números *um* minuto – disse uma voz de homem expansiva.

Aguardaram.

– *Totalmente* livre agora – anunciou a mesma voz, enquanto outra porta se abria bruscamente.

Sheila recuou e Woodrow passou por ela e entrou na sala. Tim Donohue, o chefe da estação, com seus quase 2 metros avolumava-se diante de sua mesa. Devia estar fazendo uma faxina, pois não havia nenhum papel à vista. Donohue parecia ainda mais doente do que de costume. A mulher de Woodrow, Gloria, insistia que ele estava morrendo. Faces encovadas e sem cor. Ninhos de pele enrugada, abaixo dos olhos abatidos e amarelados. O bigode irregular caía em pinça em um desespero cômico.

– Sandy. Saudações. Que podemos fazer por você? – exclamou, examinando Woodrow do alto, através dos seus bifocais e dando seu sorriso de caveira.

Ele se aproxima demais, lembrou Woodrow. Voa sobre o meu território e intercepta meus sinais antes mesmo que eu os faça.

– Parece que Tessa Quayle foi morta em algum lugar perto do lago Turkana – disse, sentindo uma ânsia vingativa de chocar. – Existe um lugar chamado Pousada Oasis. Preciso falar com o dono pelo rádio.

É assim que são treinados, pensou. Regra nº 1: nunca demonstre seus sentimentos, se é que tem algum. As feições sardentas de Sheila congeladas em rejeição pensativa. Tim Donohue ainda exibindo o seu sorriso idiota – mas aquele sorriso nada significava.

– Foi *o quê*, camarada? Fale de novo?

– Assassinada. Método desconhecido ou a polícia não quer dizer. O motorista do seu jipe teve a cabeça cortada. É essa a história.

– Assassinada e roubada?
– Apenas assassinada.
– Perto do lago Turkana.
– Sim.
– Que diabos estava fazendo lá?
– Não tenho ideia. Visitando a escavação de Leakey, em princípio.
– E Justin sabe?
– Ainda não.
– Alguém mais que conhecemos está envolvido?
– É uma das coisas que estou tentando descobrir.

Donohue conduziu-os a uma cabine de comunicações à prova de som que Woodrow nunca tinha visto antes. Telefones coloridos com cavidades para cartão de chamadas. Uma máquina de fax sobre o que parecia ser um tambor de óleo. Um aparelho de rádio feito de caixas de metal verde pontilhado. Um catálogo de impressão doméstica em cima dele. Então é assim que nossos espiões sussurram um para o outro dentro de nossos edifícios, pensou. Sobremundo ou submundo? Nunca saberia. Donohue sentou-se diante do rádio, estudou o catálogo e então remexeu nos controles com dedos brancos trêmulos enquanto entoava "ZBN 85, ZBN 85 chamando TKA 60", como um herói em um filme de guerra. "TKA 60, você me escuta, por favor? Câmbio. Oasis, você me escuta, Oasis? Câmbio."

Um surto de estática foi seguido por um desafiador "Oasis aqui. Alto e claro, senhor. Quem é o senhor? Câmbio", falado em um sotaque alemão vulgar.

– Oasis, aqui é o Alto Comissariado Britânico em Nairóbi, vou passar para você Sandy Woodrow. Câmbio.

Woodrow colocou as duas mãos sobre a mesa de Donohue para ficar mais perto do microfone.

– Aqui é Woodrow, chefe da Chancelaria. Estou falando com Wolfgang? Câmbio.

– Chancelaria igual àquela que Hitler tinha?

– A seção política. Câmbio.

– Ok, Sr. Chancelaria, sou Wolfgang. Qual é a sua pergunta? Câmbio.

– Quero que me dê, por favor, a sua descrição da mulher que se registrou no seu hotel como Srta. Tessa Abbott. Isso é correto, não? Foi o que ela escreveu? Câmbio.

– Claro. Tessa.

– Como ela era? Câmbio.

– Cabelos castanhos, nenhuma maquiagem, no final da faixa dos 20 anos, não era britânica. Não para mim. Alemã do sul, austríaca ou italiana. Sou hoteleiro. Eu vejo as pessoas. E bonita. Sou homem também. Sensual como um animal, o seu jeito de se mexer. E roupas que você parecia capaz de tirar com um sopro. Parece-se com a sua Abbott ou outra pessoa? Câmbio.

A cabeça de Donohue estava a poucos centímetros da sua. Sheila estava de pé do outro lado. Todos os três olhavam para o microfone.

– Sim, se parece com a Srta. Abbott. Pode me dizer, por favor, quando ela fez reserva no seu hotel e como? Acredito que tenha um escritório em Nairóbi. Câmbio.

– Ela não fez.

– Desculpe?

– O Dr. Bluhm fez a reserva. Duas pessoas, duas cabanas perto da piscina, uma noite. Só temos uma cabana livre, digo a ele. Ok, ele aceita. É um sujeito e tanto. Puxa. Todo mundo olha para eles. Os convidados, o pessoal. Uma mulher branca bonita e um bonito médico africano. É um belo espetáculo. Câmbio.

– Quantos quartos tem uma cabana? – perguntou Woodrow, em voz fraca, esperando desviar o escândalo que o olhava de frente.

– Um quarto, duas camas de solteiro, não muito duras, boas e com molas. Uma sala de estar. Todo mundo assina o registro aqui. Nada de nomes falsos, eu recomendo. As pessoas se perdem, preciso saber quem são. Então esse é o nome dela, Abbott? Câmbio.

– O nome de solteira. Câmbio. A caixa postal que ela deu é do Alto Comissariado.

– Onde está o marido?

– Aqui em Nairóbi.

– Puxa, rapaz.

– Quando foi que Bluhm fez a reserva? Câmbio.

— Na quinta-feira. Na noite de quinta. Ligou-me pelo rádio de Loki. Disse que esperava sair na sexta ao amanhecer. Loki de Lokichoggio. Na fronteira norte. Capital das agências de ajuda operando no sul do Sudão. Câmbio.

— Eu sei onde fica Lokichoggio. Disseram o que faziam lá?

— Trabalho assistencial. Bluhm está nessa jogada da assistência, não está? É o único jeito de ir parar em Loki. Trabalha para algum agrupamento médico belga, me falou. Câmbio.

— Então fez a reserva de Loki e saíram de Loki bem cedo na manhã de sexta-feira. Câmbio.

— Ele me disse que esperavam chegar ao lado ocidental do lago por volta do meio-dia. Queria que eu providenciasse um barco para trazê-los pelo lago até o Oasis. "Ouça", eu digo a ele. "De Lokichoggio até o Turkana é um trecho perigoso. É melhor viajar com um comboio de alimentos. As montanhas estão cheias de bandidos, tem tribos roubando o gado umas das outras, o que é normal, só que há dez anos tinham lanças e agora têm AKs-47." Ele ri. Diz que pode controlar a situação. E pode. Eles chegam lá sem problema. Câmbio.

— Então eles entram no hotel e assinam o registro. E depois? Câmbio.

— Bluhm me diz que querem um jipe e um motorista para ir até o lugar do Leakey ao raiar do dia. Não me pergunte por que não mencionou isso quando fez a reserva, eu não perguntei. Talvez tivessem simplesmente decidido. Talvez não quisessem discutir seus planos pelo rádio. "Ok", digo a ele. "Vocês têm sorte. Podem ficar com Noah." Bluhm fica contente. Ela fica contente. Caminham pelo jardim, nadam juntos, sentam-se no bar juntos, comem juntos, dão boa-noite para todo mundo e vão para a cabana. De manhã, saem juntos. Eu os observo. Quer saber o que tomaram no café da manhã?

— Quem os viu partir além de você? Câmbio.

— Todo mundo que está acordado os vê. Embalam o almoço, providenciam água, gasolina de reserva, rações de emergência, suprimentos médicos. Todos os três na frente e Abbott no meio, como uma família feliz. Isto é um oásis, ok? Tenho vinte hóspedes, a maioria está dormindo. Tenho quarenta empregados, a maioria está acordada.

Tenho uma centena de sujeitos de que não preciso rondando meu estacionamento vendendo peles de animais, bengalas e facas de caça. Todo mundo que vê Bluhm e Abbott partirem acena um adeus. Eu aceno, os vendedores de peles acenam, Noah retribui os acenos. Bluhm e Abbott também acenam para trás. Não sorriem. Estão sérios. Como se tivessem um negócio importante a fazer, grandes decisões, como é que eu vou saber? Que quer que eu faça, Sr. Chancelaria? Que mate as testemunhas? Ouça, eu sou Galileu. Coloque-me em uma prisão e vou jurar que ela nunca esteve no Oasis. Câmbio.

Em um momento de paralisia, Woodrow não tinha mais perguntas, ou talvez as tivesse demais. Já estou em uma prisão, pensou. Minha sentença perpétua começou há cinco minutos. Passou uma mão por sobre os olhos e quando a removeu viu Donohue e Sheila observando-o com as mesmas expressões vazias que exibiram quando lhes contou que ela havia morrido.

– Quando foi que teve a desconfiança de que algo podia ter saído errado? Câmbio – perguntou desajeitadamente. Ou: – Você vive lá o ano inteiro? Câmbio. Ou: – Há quanto tempo dirige seu belo hotel? Câmbio.

– O jipe tem um rádio. Em uma excursão com hóspedes, Noah tem de ligar e dizer que está feliz. Noah não liga. Ok, os rádios falham, os motoristas se esquecem. Fazer uma ligação é uma coisa chata. Você tem de parar o carro, sair, instalar a antena. Ainda está me ouvindo? Câmbio.

– Alto e claro. Câmbio.

– Só que Noah nunca esquece. É por isso que dirige para mim. Mas ele não liga. Nem à tarde, nem à noite. Ok, penso. Talvez tenham acampado em algum lugar, deram muita bebida a Noah ou coisa parecida. A última coisa que faço antes de fechar à noite é ligar para os guardas do sítio de Leakey. Nenhum sinal. A primeira coisa que faço na manhã seguinte é ir até Lodwar e notificar a perda. É o meu jipe, certo? Meu motorista. Não posso notificar a perda pelo rádio, tenho de fazê-lo pessoalmente. É uma viagem infernal, mas é a lei. A polícia de Lodwar realmente gosta de ajudar cidadãos em dificuldades. Meu jipe desapareceu? Problema sério. Havia dois hóspedes e meu motorista nele? Então por que não vou procurá-los? É domingo e eles não estão esperando trabalhar hoje. Têm de ir à igreja. "Dê um dinheiro para a gente, empreste um carro, talvez a gente o ajude", me dizem. Volto para casa e organizo uma equipe de busca. Câmbio.

— Quem fazia parte dessa equipe? — Woodrow estava recuperando seu ritmo.

— Dois grupos. Meu próprio pessoal, dois caminhões, água, combustível de reserva, suprimentos médicos, provisões, uísque caso precisasse desinfetar alguma coisa. Câmbio.

Uma transmissão cruzada interferiu. Wolfgang mandou que saísse do ar e fosse para o inferno. Surpreendentemente, saiu.

— Faz muito calor aqui no momento, Sr. Chancelaria. Temos 42 graus centígrados e tantos chacais e hienas quanto vocês têm ratos. Câmbio.

Uma pausa, aparentemente para Woodrow falar.

— Estou ouvindo — continuou Woodrow.

— O jipe estava caído de lado. Não me pergunte por quê. As portas estavam fechadas. Não me pergunte por quê. Uma janela aberta 5 centímetros. Alguém fechou as portas, trancou-as e levou a chave. Um cheiro indescritível, só por aquela pequena fresta. Arranhões de hienas por toda parte, grandes amassados onde tentaram entrar. Rastros em toda a volta do carro enquanto iam ficando malucas. Uma boa hiena cheira sangue a 10 quilômetros de distância. Se tivessem conseguido alcançar os corpos os teriam aberto com uma mordida e chupado o tutano dos ossos. Mas não conseguiram. Alguém fechou a porta para elas e deixou um pouco de janela aberta. Então ficaram malucas. Você também teria ficado. Câmbio.

Woodrow lutou para juntar as palavras.

— A polícia diz que Noah foi decapitado. É verdade? Câmbio.

— Sim. Era um grande sujeito. A família está muito preocupada. Tem gente procurando sua cabeça por toda parte. Se não conseguirem encontrar a cabeça não vão poder dar-lhe um funeral decente e seu espírito voltará para persegui-los. Câmbio.

— E quanto à Srta. Abbott? Câmbio... — Uma horrível visão de Tessa sem sua cabeça.

– Não lhe contaram?
– Não. Câmbio.
– Garganta cortada. Câmbio.

Uma segunda visão, dessa vez do punho do assassino ao arrancar o colar abrindo caminho para a faca. Wolfgang estava explicando o que fez em seguida.

– Número 1: falo aos meus rapazes, deixem as portas fechadas. Ninguém está vivo lá dentro. Quem abrir as portas vai ter um problema daqueles. Deixo um grupo para acender uma fogueira e ficar de vigia. Dirijo com o outro grupo de volta para o Oasis. Câmbio.

– Pergunta. Câmbio. – Woodrow estava lutando para continuar.

– Qual é a sua pergunta, Sr. Chancelaria? Prossiga, por favor. Câmbio.

– Quem abriu o jipe? Câmbio.

– A polícia. Assim que a polícia chegou, meus rapazes saíram correndo do caminho. Ninguém gosta da polícia. Ninguém gosta de ser preso. Não por aqui. A polícia de Lodwar chegou primeiro, depois veio o esquadrão aéreo, mais alguns sujeitos da Gestapo pessoal de Moi. Meus rapazes estão trancando a gaveta da caixa registradora e escondendo a prata, só que eu não tenho nenhuma prata. Câmbio.

Outra demora, enquanto Woodrow buscava palavras racionais.

– Bluhm usava uma jaqueta de safári quando saíram para o sítio de Leakey? Câmbio.

– Claro. Velha. Parecia um colete. Azul. Câmbio.

– Alguém encontrou uma faca na cena do crime? Câmbio.

– Não. E foi uma senhora faca, acredite. Uma *panga** com lâmina Wilkinson. Atravessou Noah como manteiga. De uma passada. O mesmo com ela. Vump. A mulher estava totalmente nua. Muitas equimoses. Eu contei isso? Câmbio.

Não, não contou, disse Woodrow consigo mesmo. Omitiu sua nudez completamente. As equimoses também.

– Havia uma *panga* no jipe quando saíram da pousada? Câmbio.

---
*Espécie de machete africano. (*N. do T.*)

– Nunca conheci um africano que não levasse sua *panga* em um safári, Sr. Chancelaria.

– Onde estão os corpos agora?

– Noah, o que sobrou dele, entregaram à sua tribo. A Srta. Abbott, a polícia mandou um barco a motor buscá-la. Tiveram de serrar o teto do jipe. Tomaram emprestado nosso equipamento. Então a amarraram no convés. Não havia espaço para ela dentro do barco. Câmbio.

– Por que não? – Mas já estava desejando não ter perguntado.

– Use sua imaginação, Sr. Chancelaria. Sabe o que acontece aos corpos neste calor? Se quiser levá-la de helicóptero para Nairóbi, é melhor cortar em pedaços porque não vai caber no bagageiro.

Woodrow teve um momento de amortecimento mental e quando acordou ouviu Wolfgang dizendo que sim, que tinha estado com Bluhm antes, uma outra vez. Portanto, Woodrow devia ter feito a pergunta a ele, embora não tivesse ouvido a si mesmo.

– Há nove meses. Liderando um grupo de figurões no jogo assistencial. Comida mundial, saúde mundial, despesas pagas mundiais. Os miseráveis gastaram uma montanha de dinheiro, queriam recibos para o dobro da quantia gasta. Mandei se foderem. Bluhm gostou daquilo. Câmbio.

– Como ele lhe pareceu dessa vez? Câmbio.

– Que quer dizer?

– Estava diferente de algum modo? Mais agitado ou estranho ou qualquer outra coisa?

– De que está falando, Sr. Chancelaria?

– Quero dizer, acha possível que estivesse *viajando*? *Ligado em algo*, quero dizer? – Estava se atrapalhando. – Bem, quero dizer, sei lá, cocaína ou algo. Câmbio.

– Querido – disse Wolfgang, e a transmissão caiu.

Woodrow tomou de novo consciência do olhar interrogador de Donohue. Sheila havia desaparecido. Woodrow teve a impressão de que ela saíra para fazer algo urgente. Mas o que podia ser? Por que a morte de Tessa iria requerer a ação urgente dos espiões? Sentia-se gelado e desejava ter um cardigã, mas o suor rolava do seu corpo.

– Nada mais que a gente possa fazer por você, meu velho? – perguntou Donohue com solicitude peculiar, ainda o encarando do alto, com seus olhos doentes e desgrenhados. – Quer beber alguma coisa?

– Obrigado. Não no momento.

Eles sabiam, Woodrow disse a si mesmo em fúria ao descer as escadas. *Eles sabiam antes dele que ela estava morta*. Mas nisso é o que querem que você acredite: nós, espiões, sabemos mais a respeito de tudo do que vocês, e antes.

– O alto comissário já voltou? – perguntou, enfiando a cabeça pela porta de Mildren.

– A qualquer minuto.

– Cancele a reunião.

Woodrow não foi diretamente à sala de Justin. Procurou Ghita Pearson, a integrante mais jovem da Chancelaria, amiga e confidente de Tessa. Ghita tinha olhos escuros e cabelos louros, era anglo-indiana e usava uma marca de casta na testa. Contratada na região, mas deseja fazer do serviço diplomático sua carreira, refletiu Woodrow. Um franzido desconfiado cruzou a testa dela ao vê-lo fechar a porta atrás de si.

– Ghita, isso é estritamente confidencial, ok?

Olhou-o firme, aguardando.

– Bluhm. O Dr. Arnold Bluhm. Sim?

– O que tem ele?

– É amigo seu?

Nenhuma resposta.

– Quero dizer, você se dá bem com ele?

– É um contato.

Os deveres de Ghita a mantinham em contato diário com as agências de assistência.

– E um amigo de Tessa, obviamente.

Os olhos escuros de Ghita não expressaram nenhum comentário.

– Conhece outras pessoas da equipe de Bluhm?

– Telefono para Charlotte de tempos em tempos. Trabalha no escritório dele. O resto do pessoal faz trabalho de campo. Por quê?

O tom anglo-indiano na voz dela que ele achara tão atraente. Mas nunca mais. Ninguém, nunca mais.

– Bluhm esteve em Lokichoggio na semana passada. Acompanhado.

Um terceiro aceno de cabeça, porém mais lento, e uma abertura dos olhos.

– Quero saber o que fazia lá. De Loki ele foi de carro até Turkana. Preciso saber se já voltou a Nairóbi. Ou talvez tenha voltado a Loki. Pode fazer isso sem chamar muita atenção?

– Duvido.

– Bem, tente.

Uma questão ocorreu-lhe. Em todos os meses que conhecera Tessa, nunca havia se questionado isso até agora.

– Sabe se Bluhm é casado?

– Imagino que sim. Em algum lugar por aí. Geralmente eles são casados, não são?

Eles, os africanos? Ou *eles*, os amantes? *Todos* os amantes?

– Mas não tem uma mulher aqui?

– Por quê? Aconteceu alguma coisa com Tessa?

– Pode ter acontecido. Estamos verificando.

Chegando à porta da sala de Justin, Woodrow bateu e entrou sem esperar por uma resposta. Dessa vez não trancou a porta atrás de si, mas, com as mãos nos bolsos, apoiou seus amplos ombros contra ela, o que, enquanto permaneceu ali, teve o mesmo efeito.

Justin estava de pé com suas elegantes costas voltadas para ele. Sua cabeça bem penteada estava virada para a parede e ele estudava um gráfico, um entre vários alinhados na sala, cada um com uma legenda preta em maiúsculas, cada gráfico marcado por linhas em diferentes cores que subiam ou desciam. O gráfico particular que prendia sua atenção intitulava-se INFRAESTRUTURAS RELATIVAS 2005-2010 e pretendia, na medida em que Woodrow podia perceber de onde estava, predizer a futura prosperidade das nações africanas. No peitoril da janela, à esquerda de Justin, havia uma fileira de vasos de plantas que ele estava cultivando. Woodrow identificou jasmim e bálsamo, mas só porque Justin dera tais plantas de presente a Gloria.

— Oi, Sandy — disse Justin, alongando o *Oi*.
— Oi.
— Soube que não teremos reunião esta manhã. Problemas na fábrica?

A famosa voz dourada, pensou Woodrow, notando cada detalhe como se fosse novo. Embaçada pelo tempo, mas com a garantia de encantar, na medida em que se preferisse o tom à substância. Por que o estou desprezando quando estou em vias de mudar sua vida? A partir de agora até o fim de nossos dias haverá o antes e o depois deste momento e eles serão eras separadas para você, assim como foram para mim. Por que não tira o seu maldito paletó? Deve ser o único sujeito no serviço diplomático que vai ao alfaiate para fazer roupas tropicais. Então lembrou que ainda estava vestindo seu paletó.

— E vocês estão todos *bem*, espero? — Justin perguntou na mesma fala arrastada estudada, tipicamente sua. — Gloria não está sofrendo com este calor terrível? Os meninos devem estar crescidos.

— Estamos ótimos. — Uma pausa, especialidade de Woodrow. — E Tessa está viajando — sugeriu. Estava dando a ela uma última chance de provar que era tudo um horrível engano.

Justin imediatamente se tornou pródigo, que era o que fazia toda vez que mencionavam o nome de Tessa.

— Sim, com certeza. Seu trabalho de assistência não para nestes dias. — Abraçava um tomo das Nações Unidas, com 8 centímetros de espessura. Debruçando-se de novo, colocou-o sobre uma mesa lateral. — Neste ritmo, terá salvado a África inteira quando sairmos daqui.

— O que é que ela foi *fazer* no interior, afinal? — Ainda se agarrando às últimas esperanças. — Achei que estava empenhada em algum trabalho aqui em Nairóbi. Nas favelas. Kibera, não é?

— Realmente, estava — afirmou Justin orgulhosamente. — Noite e dia, pobre garota. Fazendo tudo, desde limpar bundinha de bebês até reunir-se com advogados para tomar conhecimento de direitos civis, eu soube. A maioria de seus clientes é constituída por mulheres, naturalmente, o que é interessante para Tessa. Ainda que não interessem muito aos homens africanos.

Seu sorriso melancólico, aquele que diz *se ao menos*.

— Direitos de propriedade, abuso físico, estupro marital, circuncisão feminina, sexo seguro. Todo o cardápio, todo dia. Pode perceber por que os maridos ficam um pouco nervosos, não? Eu ficaria, se fosse um marido estuprador.

— Então o que ela foi fazer no interior? — persistiu Woodrow.

— Ah, sabe Deus. Pergunte ao Dr. Arnold — desabafou Justin, casualmente demais. — Arnold é o seu guia e filósofo nesta excursão.

É assim que ele joga, lembrou Woodrow. A história que serve de fachada e cobre a todos os três. Arnold Bluhm, doutor em medicina, seu tutor moral, cavaleiro negro, protetor na selva assistencial. Tudo, menos seu amante tolerado.

— Que excursão exatamente? — perguntou.

— Loki. *Lokichoggio*.

Justin havia se apoiado na borda da mesa, talvez em imitação inconsciente da postura relaxada de Woodrow junto à porta.

— O Programa Mundial de Alimentação está promovendo lá um *laboratório de conscientização dos direitos sexuais*, pode imaginar? Levam mulheres de aldeia alienadas de avião até o sul do Sudão, oferecem-lhes um curso relâmpago sobre John Stuart Mill e as devolvem de avião, engajadas. Arnold e Tessa foram até lá para assistir ao espetáculo, os felizardos.

— Onde ela está agora?

Justin pareceu não gostar da pergunta. Talvez fosse o momento em que percebeu que havia um propósito na conversa-fiada de Woodrow. Ou talvez — pensou Woodrow — não gostasse de ser definido em relação a Tessa, quando ele mesmo não a sabia definir.

— A caminho de casa, presumivelmente. Por quê?

— Com Arnold?

— Presumivelmente. Ele simplesmente não a deixaria lá.

— Ela deu notícias?

— Para mim? De Loki? Como poderia? Não existem telefones lá.

— Pensei que poderia ter usado a cadeia de rádio das agências assistenciais. Não é o que as outras pessoas fazem?

– Tessa não tem a ver com as outras pessoas – replicou Justin, enquanto sua testa franzia. – Ela possui princípios firmes. Como não gastar o dinheiro dos doadores desnecessariamente. O que está acontecendo, Sandy?

Justin fazia uma carranca agora, afastando-se da mesa e colocando-se verticalmente no centro da sala com as mãos atrás das costas. E Woodrow, observando seu rosto atencioso e bonito e os cabelos negros tornando-se grisalhos à luz do sol, lembrou dos cabelos de Tessa, da mesma cor exatamente, mas sem a marca da idade neles, ou a restrição. Lembrou-se da primeira vez que os viu juntos, Tessa e Justin, os glamourosos recém-casados que chegavam, honrados convivas da festa de boas-vindas do alto comissário. E como, ao aproximar-se para cumprimentá-los, imaginara consigo mesmo que eram pai e filha e ele o pretendente à mão dela.

– Então não tem notícias dela desde quando? – perguntou.

– Desde terça-feira, quando os levei de carro até o aeroporto. O que é isto, Sandy? Se Arnold está com ela, deve estar bem. Ela fará o que disse.

– Acha que poderiam ter ido ao lago Turkana, ela e Bluhm?

– Se tivessem transporte e sentissem vontade, por que não? Tessa adora regiões selvagens, tem em grande apreço Richard Leakey, como arqueólogo e como africano branco decente. Seguramente, Leakey tem uma clínica lá. Arnold provavelmente tinha trabalho a fazer e levou-a consigo. Sandy, o que *é* isto? – repetiu indignado.

Desferindo o golpe de morte, Woodrow não teve opção senão observar os efeitos de suas palavras sobre as feições de Justin. E viu como os últimos resquícios da juventude perdida de Justin se esvaíram dele, seu belo rosto fechado e endurecido.

– Recebemos notícias de uma mulher branca e de um motorista africano encontrados mortos na margem oriental do lago Turkana. Mortos – começou Woodrow deliberadamente, evitando a palavra "assassinados". – O carro e o motorista foram alugados da Pousada Oasis. O proprietário da pousada alega ter identificado a mulher como Tessa. Diz que ela e Bluhm passaram a noite no Oasis antes de partirem para o sítio de Richard Leakey. Bluhm ainda está desaparecido. Encontraram o colar dela. Aquele que usava sempre.

Como é que eu sei disso? Por que, em nome de Deus, escolho este momento para desfilar meu conhecimento íntimo sobre o colar dela?

Woodrow ainda observava Justin. O covarde que havia nele queria afastar o olhar, mas para o filho do soldado seria como sentenciar um homem a ser executado e não aparecer no seu enforcamento. Viu os olhos de Justin abrirem-se em um desapontamento magoado, como se houvesse sido golpeado pelas costas por um amigo e então fosse reduzido a quase nada, como se o mesmo amigo o tivesse atingido e deixado inconsciente. Viu seus lábios finamente talhados se abrirem em um espasmo de dor física e então se juntarem em uma linha de exclusão empalidecida pela pressão.

– Foi gentil de sua parte ter me contado, Sandy. Não deve ter sido fácil. Porter sabe?

Porter era o improvável primeiro nome do alto comissário.

– Mildren o está caçando. Encontraram uma bota Mephisto, tamanho 37. Isso confere?

Justin estava com dificuldades de coordenação. Primeiro tinha de esperar pelo som das palavras de Woodrow para acompanhá-lo. Depois se apressava em responder com sentenças breves e laboriosas.

– Existe essa loja perto de Piccadilly. Comprou três pares nas últimas férias. Nunca a vi esbanjar assim. Nunca foi gastadeira. Nunca teve de pensar em dinheiro. Por isso, não pensava. Vestia-se na loja do Exército da Salvação.

– E uma espécie de túnica de safári. Azul.

– Oh, ela absolutamente odiava esse tipo de coisa – disse Justin, enquanto o poder da fala voltava-lhe em uma torrente. – Dizia que se eu por acaso a encontrasse vestindo um destes trastes cáqui com bolsos nas coxas devia queimá-los, ou dar para Mustafa.

Mustafa, o criado, Woodrow lembrou.

– A polícia diz que é azul.

– Ela *detestava* azul – agora aparentemente à beira de perder a calma –, ela absolutamente detestava qualquer coisa paramilitar. – O verbo já no passado, Woodrow notou. – Chegou a ter uma jaqueta de safári verde, admito. Comprou-a na Farbelow's, na Stanley Street. Eu a levei lá, não sei por quê. Provavelmente me pediu. Detestava fazer compras. Colocou-a e experimentou diante do espelho. "Olhe para mim", disse. "Sou o general Patton travesti." Não, garota, falei, você não é o general Patton. É uma garota muito bonita vestindo uma jaqueta verde horrorosa.

Começou a arrumar sua mesa. Precisamente. Arrumando para partir. Abrindo e fechando gavetas. Colocando suas pastas de fichário no armário de aço e trancando-o. Distraidamente alisando os cabelos para trás com a mão, entre seus movimentos, um tique que Woodrow sempre achara particularmente irritante. Cautelosamente fechando seu odiado terminal de computador – apunhalando-o com o indicador, como se temesse que o fosse morder. Corria o boato de que mandava Ghita Pearson ligar o computador toda manhã para ele. Woodrow observou-o dar uma última olhada na sala sem ver. Final de período. Final de vida. Por favor, deixe este espaço em ordem para o próximo ocupante. Na porta, Justin virou-se e olhou para as plantas no peitoril da janela, talvez pensando se devia levá-las consigo, ou pelo menos deixar instruções para a sua manutenção, mas não fez nenhuma das duas coisas.

Caminhando com Justin ao longo do corredor, Woodrow fez menção de tocá-lo no braço, mas algum tipo de repulsa o levou a recolher a mão antes do contato. De qualquer modo, teve o cuidado de caminhar perto o bastante para ampará-lo se caísse ou tropeçasse, porque a esta altura Justin tinha o ar de um sonâmbulo bem-vestido que abdicara do seu sentido de rumo. Deslocavam-se lentamente e sem muito barulho, mas Ghita deve tê-los ouvido chegar porque, ao passarem por sua porta, ela a abriu e seguiu na ponta dos pés ao lado de Woodrow por alguns passos, enquanto murmurava em seu ouvido, puxando para trás seus cabelos louros para que não roçassem nele.

– Ele desapareceu. Estão à sua procura por toda parte.

Mas o ouvido de Justin era melhor do que qualquer um dos dois podia ter previsto. Ou, talvez, no auge da emoção, suas percepções estivessem anormalmente aguçadas.

– Você está preocupada com Arnold, suponho – disse a Ghita no tom prestativo de um estranho indicando o caminho.

O ALTO COMISSÁRIO era um homem vazio, muito inteligente e eterno estudioso. Tinha um filho que era banqueiro; uma filha pequena chamada Rosie com um cérebro severamente lesado; uma mulher que, quando estava na Inglaterra, era juíza de paz. Adorava todos igualmente e passava os fins de semana com Rosie atrelada ao seu estômago. Mas o próprio Coleridge ficara de certa forma encalhado à beira da idade adulta. Usava suspensórios de jovem com calças frouxas. Um paletó que combinava com a calça pendia atrás da porta em um cabide com seu nome: P. Coleridge, Balliol. Estava plantado de pé no centro de seu amplo escritório, a cabeça desgrenhada inclinada zangadamente para Woodrow enquanto escutava. Havia lágrimas em seus olhos e em suas faces.

– Porra – deixou escapar furiosamente, como se estivesse esperando para expelir a palavra do seu peito.

– Eu sei – disse Woodrow.

– Pobre garota. Quantos anos tinha? Nada!

– Vinte e cinco. – *Como é que eu sabia disso?* – Mais ou menos – acrescentou, para deixar mais vago.

– Parecia 18. Aquele pobre patife do Justin com suas flores.

– Eu sei – disse Woodrow de novo.

– Ghita sabe?

– Por alto.

– Que diabo ele vai fazer? Não tem nem mesmo uma carreira. Estavam todos a fim de jogá-lo fora no fim deste turno. Se Tessa não tivesse perdido o bebê, teriam-no chutado para fora na próxima leva. – Cansado de ficar no mesmo lugar, Coleridge andou de um lado para o outro da sala. – Rosie pegou uma truta de um quilo no sábado – falou em tom de acusação. – Que acha *disso*?

Coleridge tinha o hábito de ganhar tempo com digressões imprevistas.

– Esplêndido – murmurou Woodrow.

– Tessa teria adorado. Sempre achou que Rosie conseguiria. E Rosie a adorava.

– Estou certo que sim.

– Não quis comer o peixe, sabe. Tivemos de manter o bicho com vida por uma semana e depois enterrá-lo no jardim. – Um endireitar de ombros sinalizou que estavam de volta aos negócios. – Existe uma história por trás disso, Sandy. Uma história sangrenta e confusa.

– Tenho uma boa noção disso.

– Aquele merda do Pellegrin já entrou na linha berrando para limitarmos o dano. – Sir Bernard Pellegrin, o mandarim do Foreign Office com uma responsabilidade especial sobre a África e arqui-inimigo de Coleridge. – Com que diabos vamos limitar o dano, quando nem sabemos que porra de dano é esse? Estragou sua partida de tênis também, espero.

– Ela esteve com Bluhm durante quatro dias e quatro noites antes de morrer – disse Woodrow, olhando para a porta a fim de se assegurar de que estava fechada. – Se isto é dano. Foram até Loki e, em seguida, a Turkana. Dividiram uma cabana e sabe Deus o que mais. Um montão de gente os viu juntos.

– Obrigado. Muito obrigado. É exatamente o que eu queria ouvir. – Enfiando as mãos bem fundo nas calças frouxas, Coleridge arrastou-se pela sala. – Onde é que aquela porra do Bluhm se *meteu*, afinal?

– Estão à sua caça por toda parte, dizem. A última vez que foi visto estava ao lado de Tessa no jipe quando partiram para o sítio de Leakey.

Coleridge esgueirou-se para a sua mesa, desabou na cadeira e reclinou-se com os braços estendidos para os lados.

– Foi o que o mordomo fez também – declarou. – Bluhm esqueceu sua educação, ficou fora de si, aniquilou os dois, enfiou a cabeça de Noah em um saco como lembrança, rolou o jipe de lado, trancou-o e se mandou. Bem, não é o que todos nós faríamos? *Foda-se*.

– Conhece-o tão bem quanto eu.

– Não, não o conheço. Fico longe dele. Não gosto de estrelas de cinema no ramo assistencial. Para que fim de mundo ele foi? Onde está?

Imagens passavam pela cabeça de Woodrow. Bluhm, o africano dos ocidentais, o Apolo barbudo do circuito de coquetéis de Nairóbi, carismático, espirituoso, bonito. Bluhm e Tessa, lado a lado, entretendo os convidados enquanto Justin, o favorito das velhas debutantes, ronrona, sorri e serve os drinques. Arnold Bluhm, doutor em medicina, ex-herói da guerra da Argélia, discursando da tribuna no salão de conferências das Nações Unidas sobre prioridades médicas em situações de desastre. Bluhm, quando a festa está quase no fim, estirado em uma cadeira parecendo perdido e vazio, com tudo o que vale a pena saber sobre ele escondido a 10 quilômetros de distância.

– Não podia mandá-los para casa, Sandy – dizia Coleridge na voz mais severa de um homem que visitou sua consciência e voltou tranquilizado. – Nunca achei que fosse minha função arruinar a carreira de um homem só porque sua mulher gosta de dar umas puladas de cerca. É o novo milênio. As pessoas devem ter o direito de arrasar com suas vidas do jeito que acharem melhor.

– Claro.

– Ela fazia um trabalho muito bom nas favelas, não importa o que falassem a seu respeito no Clube Muthaiga. Os rapazes de Moi podiam até torcer o nariz, mas os africanos que contam a adoravam.

– Sem dúvida alguma – concordou Woodrow.

– Está certo, ela entrou naquela encrenca de igualdade sexual. E tinha razão. Deem a África às mulheres e a coisa vai funcionar.

Mildren entrou sem bater.

– Chamada do Protocolo, senhor. O corpo de Tessa acabou de chegar ao necrotério do hospital e estão pedindo uma identificação imediata.

– Com que diabos a trouxeram a Nairóbi tão rápido?

– Veio de helicóptero – disse Woodrow, lembrando-se da imagem repulsiva sugerida por Wolfgang: terem de retalhar o corpo para caber no bagageiro.

– Nenhuma declaração enquanto ela não for identificada – atalhou Coleridge.

WOODROW E JUSTIN foram até lá juntos, agachados no banco inclinado de uma van Volkswagen do Alto Comissariado com vidros fumê. Livingstone dirigia, com Jackson, seu enorme companheiro quicuio, espremido ao seu lado no banco da frente para o caso de necessitarem da ajuda de uns músculos a mais. Mesmo com o ar-condicionado no máximo, a van ainda parecia um forno. O trânsito da cidade vivia o seu momento mais louco. Micro-ônibus Matutus superlotados atacavam e buzinavam de cada lado deles, lançavam vapores e levantavam poeira e areia. Livingstone percorreu um trecho circular e encostou diante de uma portaria de pedra cercada por grupos de homens e mulheres que cantavam e rodavam em vaivém. Tomando-os por manifestantes, Woodrow soltou uma exclamação de raiva e então percebeu que eram pessoas enlutadas à espera de recolher seus corpos. Vans e carros enferrujados com fitas vermelhas de cortejo estavam parados em expectativa ao longo do meio-fio.

– Não há realmente necessidade de você fazer isso, Sandy – disse Justin.

– Claro que há necessidade – replicou nobremente o filho de soldado.

Um bando de policiais e homens com cara de médicos, de jalecos brancos salpicados esperavam nos degraus para recebê-los. Seu único objetivo era agradar. Um inspetor Muramba apresentou-se e, sorrindo com deleite, apertou as mãos dos dois distintos cavalheiros do Alto Comissariado Britânico. Um asiático em um terno preto apresentou-se como o cirurgião Dr. Banda Singh, a seu serviço. Canos aparentes no teto os acompanharam ao longo de um gotejante corredor de concreto ladeado de lixeiras transbordantes. Os canos abastecem os refrigeradores, pensou Woodrow, mas os refrigeradores não funcionam porque há um corte de energia e o necrotério não possui geradores. O Dr. Banda mostrou o caminho, mas Woodrow poderia tê-lo encontrado sozinho. Vire à esquerda, o cheiro escapa. Vire à direita, ele fica mais forte. O seu lado insensível aflorava de novo. O dever de um soldado é estar aqui, não sentir. *Dever*. Por que ela sempre me fazia pensar em dever? Perguntou a si mesmo se havia algum tipo de superstição sobre o que acontecia com aspirantes a adúlteros quando contemplavam os corpos mortos das mulheres que haviam cobiçado. O Dr. Banda os fez subir por uma escadaria. Emergiram em uma sala de espera sem ventilação, onde o cheiro de morte tomava conta de tudo.

Uma porta de aço enferrujada estava fechada e Banda martelou-a com um ar de comando, apoiando-se sobre os calcanhares e batendo quatro ou cinco vezes em intervalos calculados, como se um código estivesse sendo transmitido. A porta se abriu parcialmente para revelar as cabeças abatidas e apreensivas de três jovens. Mas, ao verem o médico, saltaram para trás, permitindo que deslizasse entre eles, com o resultado de que Woodrow, parado no corredor fétido, foi brindado com a visão infernal do dormitório de sua universidade entregue aos mortos de AIDS de todas as idades. Corpos emaciados jaziam dois em cada cama. Mais corpos estavam no chão, alguns vestidos, outros nus, sobre as costas ou de lado. Outros tinham os joelhos encurvados sobre o peito em um gesto inútil de autoproteção e os queixos jogados para trás em protesto. Sobre eles, em uma névoa ondulante e lamacenta, pairavam as moscas, zumbindo em uma nota só.

No centro do dormitório, estacionada na passagem entre as camas, havia uma tábua de passar roupa da enfermagem, sobre rodas. E em cima da tábua de passar, uma massa ártica de lençóis enrolados e dois monstruosos pés semi-humanos projetando-se debaixo deles, lembrando a Woodrow os chinelos pés de pato que ele e Gloria tinham dado ao filho Harry no último Natal. Uma mão estendida conseguira de certo modo ficar do lado de fora dos lençóis. Seus dedos estavam cobertos por sangue preto, e o sangue era mais espesso nas juntas. As pontas dos dedos eram azul água-marinha. *Use sua imaginação, Sr. Chancelaria. Sabe o que acontece aos corpos neste calor?*

– Sr. Justin Quayle, por favor – chamou o Dr. Banda Singh com o portento de um mestre de cerimônias em uma recepção real.

– Vou com você – murmurou Woodrow e, com Justin ao seu lado, avançou bravamente a tempo de ver o Dr. Banda levantar o lençol e revelar a cabeça de Tessa, grotesca e caricatural, amarrada do queixo ao crânio por um pano encardido que fora enrolado em volta de sua garganta onde o colar costumava pender. Um afogado subindo à tona pela última vez, Woodrow afoitamente olhou o resto: seus cabelos negros colados ao crânio pelo pente de algum agente funerário. Suas bochechas inchadas como as de um querubim soprando um vento. Seus olhos fechados, as sobrancelhas arqueadas e a boca aberta com a língua pendente de incredulidade, sangue negro ressecado lá dentro como se lhe tivessem arrancado todos os dentes ao mesmo tempo. *Vocês?* Ela sopra estupidamente enquanto a estão matando, sua boca formando um *oo*. *Vocês?* Mas para quem diz isso? Quem ela está comendo com os olhos através de suas pálpebras brancas retesadas?

– Conhece esta senhora, senhor? – perguntou delicadamente o inspetor Muramba a Justin.

– Sim. Sim, conheço, obrigado – replicou Justin, cada palavra cuidadosamente pesada antes de ser proferida. – É minha mulher, Tessa. Precisamos preparar o seu funeral, Sandy. Ela vai querer que seja aqui na África, o mais cedo possível. É filha única. Não tem pais. Não há ninguém além de mim que precise ser consultado. É melhor marcar o mais cedo possível.

– Bem, suponho que isso dependerá um pouco da polícia – disse Woodrow asperamente e mal teve tempo de chegar até uma pia rachada onde vomitou seu coração, enquanto Justin, sempre cortês, aproximava-se dele com o braço ao redor do seu ombro, murmurando condolências.

Do santuário atapetado do Escritório Privado, Mildren leu lentamente em voz alta para o jovem emudecido do outro lado da linha:

O Alto Comissariado lamenta anunciar a morte por assassinato da Sra. Tessa Quayle, esposa de Justin Quayle, primeiro secretário da Chancelaria. A Sra. Quayle morreu nas margens do lago Turkana, perto da baía de Allya. Seu motorista, o Sr. Noah Katanga, também foi morto. A Sra. Quayle será lembrada por sua devoção à causa dos direitos das mulheres na África, bem como por sua juventude e beleza. Desejamos expressar nossos mais profundos sentimentos ao marido da Sra. Quayle, Justin, e a seus muitos amigos. A bandeira do Alto Comissariado será hasteada a meio pau até segunda ordem. Um livro de condolências será colocado no saguão de recepção do Alto Comissariado.

– Quando você vai divulgar isto?
– Acabei de fazê-lo – disse o jovem.

2

Os Woodrow moravam no subúrbio em uma casa de blocos de pedra e janelas com caixilhos de chumbo em imitação ao estilo Tudor. Ficava em um condomínio de casas em meio a grandes jardins ingleses no exclusivo bairro nas colinas de Muthaiga, próximo ao Clube Muthaiga, à residência do alto comissário britânico e às amplas residências de embaixadores de países dos quais você talvez nunca tenha ouvido falar até passar pelas avenidas rigorosamente vigiadas e ver as placas com seus nomes plantadas entre avisos, em kiSuaíli, sobre cães perigosos. No rastro do atentado à Embaixada dos Estados Unidos em Nairóbi, o Ministério das Relações Exteriores britânico fornecera ao pessoal do nível de Woodrow para cima portões de aço à prova de choque, policiados criteriosamente dia e noite por turnos de exuberantes Baluias e seus muitos amigos e parentes. Ao redor do perímetro dos jardins, as mesmas mentes inspiradas tinham instalado uma cerca eletrificada, coroada por espirais de arame farpado e luzes de alarme que brilhavam a noite toda. Em Muthaiga existe uma hierarquia social em relação à proteção, como em relação a muitas outras coisas. As casas mais humildes têm cacos de garrafas sobre os muros, as casas médias, arame farpado. Mas a pequena nobreza diplomática tem nada menos do que portões de aço, cercas elétricas, sensores de janela e luzes de alarme para garantir sua preservação.

A casa dos Woodrow tinha três andares. Os dois andares superiores compreendiam o que as empresas de segurança chamavam de um abrigo seguro protegido por uma tela de aço sanfonada no primeiro andar, da qual só o casal Woodrow tinha a chave. E na suíte de hóspedes do andar térreo, que os Woodrow chamavam de andar inferior por causa do declive da colina, havia uma tela do lado do jardim para proteger os Woodrow dos seus empregados. Havia dois quartos no andar inferior, ambos frios e pintados de branco com janelas gradeadas e barras de aço, dotados de um nítido ar de prisão. Mas Gloria, antecipando a chegada do seu hóspede, os havia coberto com rosas do jardim e colocado uma lâmpada de leitura do quarto de vestir de Sandy e o aparelho de televisão e de rádio dos empregados – isso até que seria bom para eles por algum tempo. Ainda assim não era exatamente uma hospedagem *cinco estrelas* – confidenciou a sua amiga do peito Elena, esposa inglesa de um subornável funcionário grego das Nações Unidas –, mas pelo menos o pobre homem poderia ficar sozinho, o que todo mundo absolutamente *precisava* ficar quando havia perdido alguém. Ela mesma, Gloria, se sentira *exatamente* assim quando perdera sua mãe, mas então, naturalmente, Tessa e Justin tinham, bem, eles tinham de fato um casamento *anticonvencional* – se é que a gente podia chamá-lo assim – embora, de sua parte, Gloria nunca duvidasse de que havia carinho real entre eles, pelo menos do lado de Justin, embora o que houvesse do lado de Tessa – francamente, querida El – só Deus sabe, porque nenhuma de *nós* jamais saberá.

Ao que Elena, divorciada várias vezes e com experiência do mundo, coisas que Gloria não possuía, observou:

– Bem, tenha cuidado com o seu querido rabo, querida. Garotões recém-enviuvados podem ser um *tesão*.

GLORIA WOODROW era daquelas esposas exemplares do serviço diplomático decididas a ver o lado bom de tudo. Se não havia um lado bom à vista, ela dava uma risada jovial e dizia: "Bem, aqui estamos todos juntos!", o que era um toque de clarim a todos em questão para se congregarem e enfrentarem os desconfortos da vida sem queixas. Era uma garota leal veterana das escolas particulares que a haviam produzido e às quais enviava boletins regulares sobre seu progresso, avidamente devorando notícias de suas contemporâneas. A cada aniversário de fundação mandava um espirituoso telegrama de congratulações ou, hoje em dia, um bem-humorado e-mail, geralmente em versos, porque nunca queria que se esquecessem de que ganhara o prêmio de poesia da escola. Era atraente de uma maneira franca e famosa por sua loquacidade, especialmente quando não havia muito a dizer. E possuía aquele jeito de caminhar vacilante, extraordinariamente feio, adotado pelas mulheres inglesas da realeza.

Mas Gloria Woodrow não era naturalmente estúpida. Havia 18 anos, na Universidade de Edimburgo, fora considerada um dos melhores cérebros do seu ano e dizia-se que, se não tivesse se entusiasmado tanto por Woodrow, teria alcançado um ótimo resultado em política e filosofia. Mas, com o passar dos anos, o casamento, os filhos e as inconstâncias da vida diplomática haviam substituído quaisquer ambições que pudesse ter tido. Às vezes, para tristeza particular de Woodrow, ela parecia ter deliberadamente colocado seu intelecto para dormir a fim de preencher seu papel de esposa. Mas ele também agradecia por seu sacrifício e pela maneira repousante como deixava de ler seus pensamentos íntimos e, no entanto, se amoldava para cumprir as aspirações do marido. "Quando quiser uma vida própria, eu lhe avisarei", garantia-lhe quando, tomado por um de seus acessos de culpa ou tédio, ele a pressionava para conseguir um diploma superior, estudar direito ou medicina, ou pelo menos estudar *alguma coisa*, pelo amor de Deus. "Se não gosta de mim como sou, então é diferente", replicava, habilmente desviando sua queixa do particular para o geral. "Oh, mas eu gosto, eu gosto, eu *amo* você do jeito que é!", ele protestava, abraçando-a com sinceridade. E, de certo modo, acreditava em si mesmo.

Justin tornou-se o prisioneiro secreto do andar inferior na noite da mesma segunda-feira negra em que recebeu a notícia da morte de Tessa, na hora em que as limusines nas entradas das residências dos embaixadores começavam a ronronar e se movimentar dentro dos portões de aço antes de partirem para o *point* misticamente eleito da noite. É o Dia de Lumumba? Dia de Merdeka? Dia da Bastilha? Não importa: a bandeira nacional estará desfraldada no jardim, os aspersores estarão abertos, o tapete vermelho estará estendido, criados negros com luvas brancas estarão rondando, exatamente como faziam nos tempos coloniais que todos nós piamente repudiamos. E a música patriótica apropriada estará saindo da marquise do anfitrião.

Woodrow seguiu com Justin na van Volkswagen preta. Do necrotério do hospital, Woodrow o escoltou até o quartel-general da polícia e observou compor, com sua mão imaculadamente acadêmica, um depoimento identificando o corpo da esposa. Do quartel-general, Woodrow ligou informando a Gloria que, se o trânsito permitisse, chegaria em 15 minutos com seu *hóspede especial* – e ele vai querer descansar e ficar em paz, querida, e temos de garantir que fique –, embora isso não impedisse Gloria de dar um telefonema urgente para Elena, discando repetidamente até que a contatassse, para discutir o cardápio do jantar – o pobre Justin gostava de peixe ou detestava? Esquecera, mas tinha a sensação de que ele era *excêntrico* – e, por Deus, El, *o que é* que eu vou falar com ele quando Sandy estiver fora, cuidando da fortaleza, e eu ficar horas a fio com o pobre homem? Quero dizer, todos os assuntos *reais* fogem dos limites.

– Vai encontrar alguma coisa, não se preocupe, querida – Elena tranquilizou-a, não de todo bondosamente.

Mas Gloria ainda achou tempo para dar a Elena uma relação dos telefonemas absolutamente *horríveis* que recebera da imprensa, e outros que se recusara a atender, preferindo que Juma, seu criado uacamba, dissesse que o Sr. ou a Sra. Woodrow não estavam disponíveis para atender ao telefone no momento – só que houve o jovem incrivelmente bem-falante do *Telegraph* com o qual ela teria adorado conversar, mas Sandy dissera não, sob pena de morte.

– Talvez ele escreva, querida – disse Elena em tom de consolo.

A van Volkswagen com vidros fumê aproximou-se pela entrada da casa dos Woodrow. Ele saltou para verificar se havia jornalistas e, imediatamente depois, Gloria teve direito à sua primeira visão de Justin, o viúvo, o homem que perdera a mulher e o filho bebê no espaço de seis meses; Justin, o marido enganado que não seria mais enganado; Justin do terno levíssimo feito sob medida e do olhar suave que lhe eram habituais, seu fugitivo secreto a ser escondido no andar inferior, tirando seu chapéu de palha ao descer pela traseira da van com as costas para o público e agradecendo a todo mundo – o que incluía Livingstone, o chofer; Jackson, o guarda; e Juma, que pairava por perto inutilmente como de costume – com um curvar distraído de sua bela cabeça morena ao passar graciosamente pela fileira de pessoas alinhadas na porta da frente. Ela viu seu rosto primeiro nas sombras escuras e, então, na fugaz penumbra do crepúsculo. Avançou e disse: "Boa noite, Gloria, foi muito generoso da parte de vocês me hospedarem", em uma voz tão bravamente controlada que ela podia ter chorado, e depois o fez.

– Ficamos *tão* aliviados em poder fazer *alguma coisa* para ajudar, Justin querido – murmurou, beijando-o com cautelosa ternura.

– E não há nenhuma notícia de Arnold, suponho? Ninguém telefonou enquanto estávamos fora?

– Lamento, querido, nenhuma palavra. Estamos todos aflitos, naturalmente. – *É o que se imagina*, pensou. Eu diria que sim. Heroicamente.

Em alguma parte ao fundo Woodrow comunicava-lhe, em uma voz consternada, que precisava de outra hora no escritório, querida, porque precisava dar uns telefonemas, mas ela mal se incomodou. Quem foi que *ele* perdeu?, pensou com sarcasmo. Ouviu as portas do carro baterem e o Volkswagen preto ir embora, mas não prestou atenção. Seus olhos estavam com Justin, seu protegido e herói trágico. Justin, ela agora se dava conta, era tão vítima dessa tragédia quanto Tessa, porque Tessa estava morta, enquanto Justin fora coberto de um sofrimento que teria de carregar consigo até a sepultura. Aquilo já havia empalidecido suas faces e mudado seu jeito de andar e as coisas que observava enquanto caminhava. As queridas bordas herbáceas de Gloria, plantadas segundo suas especificações, passaram por ele sem um olhar. O mesmo com os ruibarbos e as duas árvores malus pelas quais tão gentilmente recusara que ela pagasse. Esta era uma das coisas *maravilhosas* de Justin com a qual Gloria jamais *realmente* se acostumara – explicando a Elena em um longo resumo na mesma noite –, que ele era *imensamente* conhecedor de plantas, flores e jardins. E, quero dizer, de onde é que *aquilo* tinha vindo, El? De sua mãe, provavelmente. Ela não era metade Dudley? Pois *todos* os Dudley eram jardineiros incríveis, vinham fazendo aquilo há séculos. Porque estamos falando de *botânica* inglesa clássica, El, não aquilo que a gente lê nos jornais de domingo.

Conduzindo seu precioso hóspede pelos degraus da porta da frente e descendo a escada de serviço até o andar inferior, Gloria lhe serviu de guia na visita à cela de prisão que seria seu lar durante o período da sua sentença: o guarda-roupa de madeira compensada empenada para pendurar suas roupas, Justin – por que não dera a Ebediah outros 50 xelins para que o pintasse? –, a cômoda roída por cupins para suas camisas e meias – por que nunca pensara em forrar as gavetas?

Mas era Justin, como sempre, que pedia desculpas.

– Receio não ter muitas roupas para guardar, Gloria. Minha casa está cercada por novos cães de caça, e Mustafa deve ter tirado o fone do gancho. Sandy amavelmente disse que me emprestaria o que eu precisasse até que seja seguro contrabandear alguma coisa de lá.

– Oh, Justin, como sou *estúpida* – exclamou Gloria, corando.

Mas então, ou porque não queria deixá-lo ou porque não sabia como, insistiu em mostrar-lhe a bisonha velha geladeira entulhada de garrafas de água mineral, sucos e refrigerantes – por que nunca trocara a borracha podre? –, e o gelo *aqui*, Justin, é só escorrer sob a torneira para soltar – e a chaleira elétrica de plástico que ela sempre detestara e o bule de cerâmica Ilfracombe com saquinhos de chá Tetley e uma rachadura e a surrada lata de biscoitos doces Huntley & Palmer caso ele gostasse de beliscar um pouco antes de ir dormir, porque Sandy sempre faz isso, embora lhe tenham recomendado perder peso. E finalmente – graças a Deus acertara *em uma coisa* – o esplêndido vaso de bocas-de-leão multicoloridas que cultivara a partir das sementes, seguindo suas instruções.

— Muito bem, vou deixá-lo em paz então — disse ela, até que, chegando à porta, percebeu para sua vergonha que ainda não lhe dera suas condolências. — Justin, querido — começou.

— Obrigado, Gloria, não é necessário realmente — atalhou com surpreendente firmeza.

Privada do seu momento de ternura, Gloria se esforçou para recuperar um tom de praticidade.

— Sim, está bem. Suba sempre que desejar, sim, querido? Jantar às 20 horas, teoricamente. Drinques antes, se tiver vontade. Simplesmente faça o que quiser. Ou nada. *Sabe Deus* quando Sandy voltará.

E então subiu agradecida para o seu quarto, tomou um banho, mudou a roupa, enfeitou o rosto e foi ver os meninos fazendo os deveres de casa. Abrandados pela presença da morte, eles trabalhavam diligentemente, ou fingiam.

— Ele está com a cara muito triste? — perguntou Harry, o mais jovem.

— Vocês o verão amanhã. Sejam educados e sérios com ele. Mathilda está fazendo hambúrgueres para vocês. Irão comê-los na sala de jogos, não na cozinha, entendido? — Um pós-escrito ocorreu-lhe antes que tivesse pensado a respeito: — É um homem muito corajoso e distinto, e vocês devem tratá-lo com *grande* respeito.

Descendo para a sala de estar, ficou surpresa ao ver que Justin chegara antes dela. Aceitou um uísque forte com soda e ela se serviu de uma taça de vinho branco e sentou-se em uma poltrona, na verdade a de Sandy, mas não estava pensando em Sandy. Por minutos — não tinha ideia de quantos no tempo real — ninguém falou, mas o silêncio era uma ligação que Gloria sentia mais agudamente à medida que durava. Justin sorvia seu uísque, e ela ficou aliviada ao notar que ele não tinha o novo hábito terrível e irritante que Sandy tinha, de fechar os olhos e fazer um beicinho como se o uísque lhe fosse dado para ser testado. Copo na mão, ele caminhou até o janelão, olhando para o jardim inundado de luzes — vinte lâmpadas de 150 watts ligadas ao gerador da casa e o brilho delas queimando metade do seu rosto.

– Talvez seja isso o que todo mundo pensa – observou subitamente, retomando uma conversação que não tinham encetado.

– O que é, querido? – Gloria perguntou, sem saber ao certo se falava com ela, mas perguntando de qualquer modo porque ele claramente precisava falar com alguém.

– Que você foi amado por algo que não era. Que você é uma espécie de fraude. Um ladrão de amor.

Gloria não tinha ideia se isso era algo que todo mundo pensava, mas não tinha dúvidas de que não deveriam pensar assim.

– *Claro* que você não é uma fraude, Justin – disse com convicção. – Você é uma das pessoas mais genuínas que conheço, sempre foi. Tessa o adorava, e é o que devia ter feito. Foi uma garota de muita sorte, seguramente. – Quanto a *ladrão de amor,* pensou, bem, qualquer um podia adivinhar quem roubava amor *naquele* duo!

Justin não respondeu a esse elogio fácil, não que ela pudesse ver, e por um momento tudo o que ouviu foi a reação em cadeia de cães latindo – um começou e os outros o acompanharam, de cima a baixo na milha dourada de Muthaiga.

– Você sempre foi *bom* para Tessa, Justin, sabe que foi. Não deve se punir por crimes que não cometeu. Muitas pessoas fazem isso quando perdem alguém e não estão sendo justas consigo mesmas. Não podemos sair por aí tratando as pessoas como se fossem morrer a qualquer momento ou nunca chegaríamos a lugar algum. Bem, acha que chegaríamos? Você foi leal. Sempre – ela assegurou, deixando transparecer, de passagem, que o mesmo não podia ser dito de Tessa. E Justin não deixou de captar a implicação, ela teve certeza: ele estava prestes a falar daquele desagradável Arnold Bluhm quando, para sua frustração, ouviu o ruído da chave do marido na fechadura e soube que o encanto se rompera.

– Justin, meu velho, como é que vai tudo? – gritou Woodrow, servindo-se de uma taça incomumente modesta de vinho antes de desabar no sofá. – Nenhuma notícia mais, receio. Boa ou má. Nenhum sinal de Arnold. Os belgas estão fornecendo um helicóptero, Londres contribuirá com outro. Dinheiro, dinheiro, a maldição de todos nós. Ainda assim, é um cidadão belga, então, por que não? Como você está bonita, querida. Que temos para o jantar?

Andou bebendo, Gloria pensou com desdém. Finge que trabalha até tarde e fica sentado no escritório bebendo enquanto cuido que os garotos façam o dever de casa. Ouviu um movimento do lado da janela e viu, para sua decepção, que Justin se preparava para a despedida – assustado, sem dúvida, pelo tropel elefantino de seu marido.

– Não vai comer? – protestou Woodrow. – Tem de restaurar suas forças, não sabe, garotão?

– São muito gentis, mas receio que não tenha nenhum apetite. Gloria, obrigado de novo. Sandy, boa noite.

– E Pellegrin manda mensagens de forte apoio de Londres. Todo o Foreign Office ficou abalado e entristecido, ele disse. Não queria se intrometer pessoalmente.

– Bernard sempre teve muito tato.

Ela viu a porta se fechar, ouviu seus passos descendo a escada de concreto, viu seu copo vazio sobre a mesinha de bambu ao lado do janelão e por um momento assustador se convenceu de que não o veria nunca mais.

Woodrow engoliu o jantar sem saboreá-lo como de costume. Gloria, que, como Justin, não tinha apetite, observou-o. Juma, seu criado, rodando na ponta dos pés entre eles, também o observava.

– Como estamos indo? – murmurou Woodrow em um tom conspiratório, mantendo a voz baixa e apontando para o chão, advertindo-a para fazer o mesmo.

– Muito bem – respondeu, entrando no jogo. – Levando em conta... – O que está fazendo aí embaixo?, indagou a si mesma. Deitado na cama, flagelando-se na escuridão? Ou olhando entre as grades para o jardim, falando com o fantasma da mulher?

– Alguma coisa relevante surgiu? – perguntava Woodrow, tropeçando um pouco na palavra "relevante", mas ainda conseguindo manter sua conversa alusiva, em função de Juma.

– Que tipo de coisa?

– Com relação a nosso grande amante? – disse ele e, com um indecente olhar de soslaio, apontou um dedo para suas begônias e soletrou com a boca "florescer",* diante do que Juma saiu apressado para apanhar uma jarra de água.

Gloria ficou horas acordada ao lado do marido que roncava, até o momento em que, imaginando ter ouvido um som no andar de baixo, esgueirou-se à janela e deu uma olhada. O corte de energia tinha acabado. Um brilho alaranjado da cidade erguia-se para as estrelas. Mas nenhuma Tessa espreitava no jardim iluminado e nenhum Justin também. Voltou à cama para encontrar Harry dormindo na diagonal com o polegar na boca e um braço atravessado no peito do pai.

A FAMÍLIA LEVANTOU-SE cedo, como de costume, mas Justin se adiantara a eles, em seu terno amarrotado, e pairava pela sala. Parecia agitado, ela pensou, um pouco preocupado, com muita cor debaixo dos olhos castanhos. Os meninos apertaram sua mão, gravemente, conforme instruídos, e Justin meticulosamente retribuiu os cumprimentos.

– Oh, Sandy, sim, bom dia – falou assim que Woodrow apareceu. – Gostaria de saber se poderíamos ter uma breve conversa.

Os dois homens retiraram-se para o jardim de inverno.

– É sobre a minha casa – começou Justin assim que ficaram a sós.

– Casa aqui ou casa em Londres, amigão? – Woodrow replicou, em um esforço tolo para se mostrar jovial. E Gloria, ouvindo cada palavra através da portinhola de serviço da cozinha, poderia ter arrebentado seus miolos.

– Aqui em Nairóbi. Os papéis particulares de Tessa, cartas de advogados. O material do legado de sua família. Documentos preciosos para nós dois. Não posso deixar sua correspondência pessoal lá, à toa, para ser pilhada pela polícia queniana.

– Então qual é a solução, amigo?

– Gostaria de ir até lá. Imediatamente.

– Tão firme! – vibrou Gloria. Tão enérgico, apesar de tudo!

---

*Bloom, em inglês. (N. do T.)

– Meu chapa, isso é impossível. Os abutres da imprensa iriam comê-lo vivo.

– Não creio que isso possa acontecer de verdade. Podem tentar me fotografar, suponho. Podem gritar comigo. Se eu não responder, vão parar por aí. Vamos apanhá-los de surpresa, quando estiverem fazendo a barba.

Gloria conhecia de cor as prevaricações do marido. Em um minuto ele telefonaria para Bernard Pellegrin, em Londres. É o que sempre faz quando precisa passar por cima de Porter Coleridge e conseguir a resposta que deseja ouvir.

– Escute aqui, vou lhe propor uma coisa, amigão. Por que não faz uma lista do que quer e eu dou um jeito de passar para Mustafa e ele traz o material para cá?

Típico, pensou Gloria, furiosa. *Na dúvida, procura sempre a saída mais fácil.*

– Mustafa não teria ideia do que selecionar – ouviu Justin replicar, firme como antes. – E uma lista não o ajudaria em nada. Até as listas de compras o derrubam. Eu *devo* isso a ela, Sandy. É uma dívida de honra, e preciso pagá-la. Venha você comigo ou não.

A classe triunfa sempre! Gloria aplaudiu silenciosamente da linha lateral. *Fez uma boa jogada esse homem!* Mas, mesmo então, não lhe ocorreu, embora sua cabeça estivesse se abrindo em todo tipo de direções inesperadas, que seu marido podia ter suas próprias razões para querer visitar a casa de Tessa.

A IMPRENSA NÃO estava fazendo a barba. Justin se enganara neste ponto. Ou, se estava, fazia nas margens do gramado que cercava a casa de Justin, onde acampara a noite toda em carros alugados, despejando seu lixo entre as hortênsias. Uma dupla de vendedores africanos, com calças de Tio Sam e cartolas, abrira uma barraquinha de chá. Outros estavam assando milho na brasa. Policiais desbotados se juntavam em volta de um carro de patrulha surrado, bocejando e fumando cigarros. Seu chefe, um gordo enorme com um cinto marrom lustroso e um Rolex de ouro, estava esparramado no assento do carona com os olhos fechados. Eram 7h30. Nuvens baixas impediam a visão da cidade.

Grandes pássaros negros trocavam de lugar nos fios, esperando a hora de investir sobre a comida.

– Passe direto e então pare – ordenou Woodrow, o filho de soldado, da traseira da van.

Era o mesmo arranjo do dia anterior: Livingstone e Jackson na frente, Woodrow e Justin curvados no assento traseiro. O Volkswagen preto tinha placas CD, mas todo veículo oficial em Muthaiga as tinha. Um olho esperto poderia ter observado o prefixo britânico no número da licença, mas nenhum olho destes estava presente, ninguém mostrou qualquer interesse quando Livingstone passou discretamente pelos portões e subiu a rampa suave. Parando a van com calma, puxou o freio de mão.

– Jackson, saia da van e desça devagar até os portões da casa do Sr. Quayle. Como se chama o porteiro? – perguntou a Justin.

– Omari – disse Justin.

– Diga a Omari que, quando a van se aproximar, ele deve abrir os portões no último minuto e então fechá-los assim que a van passar. Fique com ele para garantir que vai seguir a ordem à risca. Vamos.

Nascido para o papel, Jackson saltou da van, esticou as pernas, ajeitou o cinto e finalmente desceu a rampa até os portões de segurança de ferro de Justin, onde, sob o olhar da polícia e dos jornalistas, assumiu um lugar ao lado de Omari.

– Muito bem, vamos descer de ré – ordenou Woodrow a Livingstone. – Bem lentamente. Não tenha pressa.

Livingstone soltou o freio de mão e, com o motor ainda ligado, deixou que a van deslizasse suavemente, rampa abaixo, até sua traseira chegar perto do portão de entrada da casa de Justin. Está manobrando para ir embora, devem ter pensado. Se o fizeram, não foi por muito tempo, porque no instante seguinte ele pisou no acelerador e correu de ré em direção aos portões, espalhando jornalistas espantados à sua esquerda e direita. Os portões se escancararam, puxados de um lado por Omari e do outro por Jackson. A van passou por eles, os portões bateram, fechando-se de novo. Jackson, do lado da casa, pulou para dentro da van enquanto Livingstone a levava até a varanda de Justin e, subindo os dois degraus, ficou a apenas alguns centímetros da porta da frente, que o criado, Mustara, com previsão exemplar, abriu, enquanto Woodrow conduzia Justin à sua frente e o seguia no vestíbulo, batendo a porta da frente ao entrar.

A CASA ESTAVA na escuridão. Por respeito a Tessa ou por causa dos abutres da imprensa, os empregados fecharam as cortinas. Os três homens estavam no saguão. Justin, Woodrow e Mustafa. Mustafa chorava silenciosamente. Woodrow podia distinguir seu rosto enrugado, o esgar dos dentes brancos, as lágrimas espalhadas pelas faces, quase até debaixo das orelhas. Justin segurava os ombros de Mustafa, consolando-o. Surpreendido por essa demonstração de afeto nada inglesa da parte de Justin, Woodrow afastou o olhar, embaraçado. Na passagem lá embaixo outras sombras apareceram na área dos empregados: o criado maneta xamba, ugandense ilegal que ajudava Justin na jardinagem, cujo nome Woodrow jamais conseguia lembrar, e a refugiada ilegal do sul do Sudão chamada Esmeralda, que estava sempre às voltas com problemas amorosos. Tessa não era capaz de resistir a uma história lacrimosa, tanto quanto não resistia aos regulamentos locais. Às vezes sua casa parecia um albergue pan-africano para deficientes físicos e miseráveis. Mais de uma vez, Woodrow ponderara sobre a questão com Justin, sem encontrar nenhuma receptividade. Só Esmeralda não chorava. Em vez disso, exibia aquele olhar vazio que os brancos tomam erradamente por rudeza ou indiferença. Woodrow sabia que não era nenhuma das duas coisas. Era familiaridade. É disso que a vida real é feita, dizia. Isso é dor e ódio e gente cortada em pedaços até morrer. Este é o cotidiano que nós conhecemos desde o dia do nascimento e vocês wazungus não conhecem.

Afastando gentilmente Mustafa, Justin cumprimentou Esmeralda com um duplo aperto de mão, durante o qual ela apoiou sua testa com os cabelos trançados na dele. Woodrow teve a sensação de se encontrar em um círculo de afeição com o qual não havia sonhado. Será que Juma ia chorar assim se cortassem a garganta de Gloria? De jeito nenhum. E Ebediah? E a nova criada de Gloria, qualquer que fosse o seu nome? Justin apertou o garoto ugandense contra o seu corpo, acariciou sua bochecha e então deu as costas para todos, e com sua mão direita agarrou o corrimão da escada. Parecendo por um momento o idoso que seria em breve, começou a subir os degraus da escada. Woodrow o viu atingir as sombras do patamar e desaparecer no quarto onde jamais havia entrado, embora o tivesse imaginado de incontáveis maneiras furtivas.

Vendo que estava sozinho, Woodrow rondou a sala, sentindo-se ameaçado, que era como sempre se sentia quando entrava na casa de Tessa: um garoto do interior chegando à cidade. Se é um coquetel, por que não conheço essas pessoas? Que causa vamos abraçar esta noite? Em que quarto ela vai estar? Onde está Bluhm? Do lado dela, muito provavelmente. Ou na cozinha, levando os empregados a paroxismos de risada incontrolável. Lembrando seu propósito, Woodrow seguiu ao longo do corredor na penumbra até a porta da sala de estar. Não estava trancada. Lâminas de sol matutino penetravam por entre as cortinas, iluminando os escudos, as máscaras e esgarçados tapetes tecidos a mão por paraplégicos, com os quais Tessa conseguira colorir sua árida decoração oficial. Como é que ela tornava tudo tão bonito com essa tralha? A mesma lareira de tijolos que a nossa, as mesmas traves de ferro embutidas simulando barrotes de carvalho da velha Inglaterra. Tudo igual à nossa casa, mas menor, porque os Quayle não tinham filhos e estavam um posto abaixo na hierarquia. Então, por que a casa de Tessa parecia algo vivo e a nossa uma irmã mais feia e sem imaginação?

Chegou ao meio da sala e parou, detido pelo poder da memória. Foi aqui que parei e fiz um sermão para Tessa, a filha da condessa, atrás desta bela mesa marchetada que ela disse que sua mãe adorava, enquanto eu segurava o frágil espaldar da cadeira de pau-cetim e pontificava como um pai vitoriano. Tessa parada mais adiante, em frente da janela, a luz do sol atravessando seu vestido de algodão. Ela sabia que eu falava com uma silhueta nua? Que simplesmente olhá-la era meu sonho realizado, minha garota da praia, minha estranha em um trem?

– Achei que o melhor a fazer era visitá-la – ele começou severamente.

– E por que achou isso, Sandy? – perguntou ela.

Onze da manhã. Terminado o encontro da Chancelaria, Justin partiu seguramente para Kampala, participando de uma inútil conferência de três dias sobre Assistência & Eficiência. Vim aqui em serviço oficial, mas parei meu carro em uma rua lateral como um amante culpado que visita a esposa jovem e bonita de um companheiro de trabalho. E, por Deus, como é bonita. E, por Deus, como é jovem. Jovem nos seios altos e pontudos que nunca se mexem. Como pode Justin deixá-la longe da sua vista? Jovem nos olhos cinzentos amplos e zangados, no sorriso sábio demais para sua idade. Woodrow não pode ver o sorriso porque a iluminação vem por trás. Mas pode ouvir sua voz. Sua voz provocante, astuta, cheia de classe. Pode recuperar essa visão na sua memória a qualquer hora. Como pode recuperar a linha da sua cintura e das coxas na silhueta nua, a enlouquecedora fluidez do seu caminhar, não admira que ela e Justin tivessem caído um pelo outro – são do mesmo estábulo de puros-sangues, com vinte anos de diferença.

– Tess, honestamente, isso não pode continuar.
– Não me chame de Tess.
– Por que não?
– Esse nome é reservado.

Para quem?, desejaria saber. Bluhm ou outro de seus amantes? Quayle nunca a chamou de Tess. Nem Ghita, pelo que sabia.

– Você não pode simplesmente sair por aí se expressando tão livremente. Suas opiniões.

E então a passagem que preparou de antemão, aquela que lhe lembrava seu dever como esposa responsável de um diplomata em serviço. Mas ele não consegue chegar até o fim. A palavra *dever* a lançou em ação.

– Sandy, meu *dever* é para com a África. Qual é o seu?

Ele se surpreende de ter que dar uma resposta.

– Para com o meu país, se me permite que seja pomposo. Como Justin é. Para com o meu Serviço e com o meu chefe de Embaixada. Esta resposta a satisfaz?

– Você sabe que não. Não exatamente. Está a *quilômetros* de distância.

– Como é que eu saberia esse tipo de coisa?

– Achei que poderia ter vindo falar comigo sobre os documentos explosivos que lhe dei.

– Não, Tessa, não vim. Vim aqui pedir para que pare de falar desbragadamente sobre as mazelas do governo Moi na frente de fulano, beltrano e sicrano em Nairóbi. Vim aqui lhe pedir para jogar no nosso time para variar, em vez de... ora, termine a frase você mesma – encerrou rudemente.

Eu teria falado com ela daquele jeito se soubesse que estava grávida? Talvez não tão grosseiramente. Mas teria falado. Adivinhei que estava grávida enquanto tentava não notar sua silhueta nua? Não. Eu a desejava mais do que tudo, como ela poderia depreender do estado alterado de minha voz e dos meus movimentos afetados.

– Então quer dizer que não os leu? – falou, apegando-se decididamente ao assunto dos documentos. – Em um minuto dirá que não teve tempo.

– Claro que li.

– E o que achou deles quando acabou de ler, Sandy?

– Não me revelaram nada que eu não saiba e nada a respeito do que possa fazer.

– Vamos, Sandy, isto é muito negativo da sua parte. É pior. É pusilânime. *Por que* não pode fazer nada a respeito?

Woodrow, detestando sua fala:

– Porque somos diplomatas e não policiais, Tessa. O governo Moi é extremamente corrupto, você me diz. Nunca duvidei disso. O país está morrendo de AIDS, está falido, não existe nenhum canto dele, do turismo à vida selvagem, à educação, ao transporte, à saúde, às comunicações, que não esteja caindo aos pedaços por causa da fraude, da incompetência e do descaso. Bem observado. Ministros e funcionários estão desviando caminhões de comida e de medicamentos destinados a refugiados famintos, às vezes com a conivência de empregados das agências de assistência, você diz. Claro que estão. O investimento na saúde do país chega a 5 dólares por cabeça, por ano, e isso antes que todo mundo, do topo da linha até a base, tenha tirado a sua fatia. A polícia rotineiramente maltrata todo aquele afoito demais para trazer essas questões à atenção do público. Também é verdade. Você sabe quais são os métodos. Usam a tortura da água. Eles afogam as pessoas depois as punem e deixam poucas marcas visíveis. Você está certa. Fazem isso. Não são seletivos. E nós não protestamos. Também alugam suas armas para gangues assassinas amigas, para serem devolvidas ao amanhecer ou então não recebem o depósito de volta. O Alto Comissariado partilha da sua revolta, mas ainda assim não protestamos. Por que não? Porque estamos aqui, compassivamente, para representar *nosso* país, não o *deles*. Temos 35 mil britânicos nascidos no Quênia, cujo precário meio de vida depende dos caprichos do presidente Moi. Não é negócio do Alto Comissariado tornar a vida deles mais difícil do que já está.

– E vocês têm interesses comerciais britânicos para representar também – lembrou com humor.

– Isto não é um pecado, Tessa – ele replica, tentando afastar a metade inferior do seu olhar da sombra dos seus seios através do tecido do vestido. – Comércio não é um pecado. Fazer negócios com países emergentes não é um pecado. O comércio os ajuda a emergir, na verdade. Torna possíveis as reformas. O tipo de reformas que todos queremos. Isto os traz para o mundo moderno. Isto *nos* permite ajudá-*los*. Como podemos ajudar um país pobre se não formos ricos?

– Besteira.

– Como *assim*?

– Besteira imensa, autêntica e pomposa do Foreign Office, se quer saber o seu nome completo, digna do nosso inestimável Pellegrin. Olhe à sua volta. O comércio não está tornando os pobres ricos. Lucros não compram reformas. Compram funcionários corruptos do governo e contas bancárias na Suíça.

– Eu refuto isso, absolutamente...

– Então é arquivar e apagar? Certo? – Ela o aparteia. – Nenhuma ação desta vez, assinado Sandy. Ótimo. A mãe das democracias uma vez mais se revela como uma mentirosa hipócrita, pregando a liberdade e os direitos humanos para todos, exceto onde espera faturar uma grana.

– Isto não é nada justo! Está bem, os rapazes de Moi são uns patifes, e o velho ainda tem uns dois anos no poder. Mas existem coisas boas no horizonte. Uma palavra no ouvido certo – o boicote coletivo das ações doadoras de assistência –, a diplomacia silenciosa. Tudo isso está tendo seus efeitos. E Richard Leakey está sendo convocado para o gabinete para pôr um freio à corrupção e reassegurar aos doadores que podem começar a dar assistência de novo sem financiar as falcatruas de Moi. – Ele está começando a soar como um telegrama de orientação da matriz e sabe disso. Pior, ela sabe disso também, o que é evidenciado por um grande bocejo. – O Quênia pode não ter um bom presente, mas tem um futuro – termina bravamente. E espera um sinal recíproco dela a indicar que estão se encaminhando para uma espécie de trégua.

Mas Tessa, ele se lembra tarde demais, não é uma conciliadora, nem sua amiga do peito Ghita. Ambas são jovens o suficiente para acreditar que existe tal coisa como a verdade simples.

– O documento que lhe dei fornece nomes, datas e contas bancárias – insiste ela impiedosamente. – Ministros são identificados individualmente e incriminados. Isto será uma palavra no ouvido certo também? Ou ninguém está ouvindo por aqui?

– Tessa.

Está escapando dele no momento em que veio aqui para ficar mais perto dela.

– Sandy.

– Aceito o seu argumento. Eu a ouço. Mas, pelo amor de Deus, em nome do bom-senso, não pode estar sugerindo seriamente que o governo de Sua Majestade, na pessoa de Bernard Pellegrin, deveria promover uma caça às bruxas contra ministros conhecidos do governo do Quênia! Quero dizer, por Deus!, não que nós britânicos estejamos acima da corrupção. Estaria o alto comissário do Quênia em Londres em vias de *nos* mandar pôr em ordem o *nosso* trabalho?

– Não passa de uma maldita impostura, e você sabe disso – investe Tessa com os olhos flamejantes.

Não tinha se dado conta de Mustafa. Ele entra silenciosamente, com o corpo curvado. Primeiro, com grande precisão, coloca uma mesinha entre os dois sobre o tapete, depois uma bandeja de prata com uma cafeteira de prata e a cesta de prata de guloseimas de sua mãe cheia de biscoitos amanteigados. E a intrusão claramente estimula o lado teatral sempre presente de Tessa, pois ela se ajoelha em ângulo reto diante da mesinha, os ombros para trás, o vestido esticado sobre os seios enquanto pontua seu discurso com perguntas cheias de humor e de farpas sobre seus gostos.

– É preto, Sandy, ou com um pouco de creme, será que esqueci? – pergunta com uma paródia de gentileza. *Esta é a vida farisaica que levamos,* está dizendo a ele, *um continente está morrendo à nossa porta e aqui estamos nós, de pé ou de joelhos, bebendo café em uma bandeja de prata, enquanto logo ali na esquina crianças morrem de fome e políticos corruptos levam à bancarrota a nação que foi ludibriada para os eleger.* – Uma caça às bruxas, já que você a mencionou, seria um excelente começo. Deem os nomes, cubram-nos de vergonha, cortem suas cabeças e espetem-nas nos portões da cidade, eu digo. O problema é que isto não funciona. A mesma Lista da Vergonha é publicada todo ano nos jornais de Nairóbi, e os mesmos políticos quenianos figuram nelas toda vez. Ninguém é demitido, ninguém é levado aos tribunais. – Ela lhe oferece uma xícara, girando sobre os joelhos para alcançá-lo. – Mas isso não o incomoda, não é? Você é um homem da situação. Foi uma decisão que tomou. Não lhe foi imposta. Você a escolheu. Você, Sandy. Você olhou no espelho um dia e pensou: "A partir de agora vou tratar o mundo como ele é. Vou conseguir o melhor negócio para a Grã-Bretanha e chamar isso de meu dever. Não importa que seja um dever que garanta a sobrevivência de alguns dos piores governos do planeta. Vou fazê-lo, de qualquer maneira." – Ela lhe oferece açúcar. Ele recusa em silêncio. – Por isso, receio que não possamos concordar, não é? Eu quero abrir a boca e falar. Você quer que eu enterre a cabeça onde a sua está. O dever de uma mulher é a fuga de outro homem. O que há de novo nisso?

– E Justin? – pergunta Woodrow, jogando sua última cartada inútil. – Onde é que ele entra nisso, eu me pergunto?

Ela se retesa, sentindo uma armadilha.

– Justin é Justin – replica cautelosamente. – Fez as suas escolhas, assim como fiz as minhas.

– E Bluhm é Bluhm, eu imagino – Woodrow escarnece, levado pelo ciúme e pela raiva de falar o nome que prometeu a si mesmo que de modo algum pronunciaria. E ela, aparentemente, prometeu não o ouvir. Com uma disciplina interior amarga, mantém os lábios fechados, enquanto espera que ele se mostre um tolo ainda maior. O que ele faz. Regiamente. – Você não acha que está prejudicando a carreira de Justin, por exemplo? – pergunta com arrogância.

– Foi para isso que veio me ver?

– Basicamente, sim.

– Pensei que tivesse vindo para me salvar de mim mesma. Agora parece que veio para salvar Justin de mim. Quanto companheirismo da sua parte.

– Eu imaginava que os interesses de Justin e os seus fossem idênticos.

Uma risada tensa e sem humor à medida que a raiva dela volta. Mas, ao contrário de Woodrow, ela não perde o controle.

– Deus do céu, Sandy, você deve ser a única pessoa em Nairóbi que imagina tal coisa! – Ela se levanta, o jogo acabou. – Acho melhor que vá embora. As pessoas vão começar a falar a nosso respeito. Não vou lhe mandar mais documentos, ficará aliviado em saber. Não queremos que estrague a retalhadora de documentos do Alto Comissariado, não é? Poderia perder pontos de promoção.

Revivendo essa cena como a revivera repetidamente nos 12 meses desde que acontecera, sentindo de novo sua humilhação e frustração, e o olhar de desprezo de Tessa queimando suas costas quando saía, Woodrow sub-repticiamente abriu uma gaveta fina da mesa marchetada que a mãe dela adorava e varreu o interior com a mão, apanhando tudo o que achou. Eu estava bêbado, estava louco, disse a si mesmo justificando o ato. Eu queria fazer algo ousado. Estava tentando fazer com que o telhado caísse sobre minha cabeça para que pudesse ver o céu claro.

Um pedaço de papel – era tudo o que ele pedia enquanto revistava e rebuscava freneticamente gavetas e estantes –, uma folha insignificante de papel azul timbrado da Papelaria Oficial de Sua Majestade, com um lado escrito, por mim, dizendo o indizível em palavras que de modo algum equivocam, que não dizem *Por um lado isto, mas por outro lado não há nada que eu possa fazer a respeito* – assinado não S ou SW, mas *Sandy*, em caligrafia boa e legível e muito próximo ao nome WOODROW, que vinha em maiúsculas a seguir, para mostrar ao mundo inteiro e a Tessa Quayle que, por cinco minutos desconcertados de volta ao seu escritório naquela mesma tarde, com a silhueta nua dela ainda escarnecendo na sua memória e um copo imenso de hospitaleiro uísque perto do cotovelo do seu tímido amante, um tal de Sandy Woodrow, chefe de Chancelaria no Alto Comissariado Britânico em Nairóbi, executou um ato de loucura único, deliberado, calculado, colocando em risco carreira, mulher e filhos, em um esforço desesperado para trazer sua vida mais para perto dos seus sentimentos.

E tendo escrito como escreveu, havia colocado tal carta dentro de um envelope de Sua Majestade e selado o dito envelope com uma língua com sabor de uísque. Endereçou-o cuidadosamente e – ignorando todas as sensatas vozes internas que o aconselhavam a esperar uma hora, um dia, outra vida, tomar um outro uísque, preencher um pedido de férias na Inglaterra ou pelo menos mandar a carta na manhã seguinte depois de ter dormido sobre ela – levou-a para cima, à sala de correios do Alto Comissariado, onde um funcionário local quicuio chamado Jomo, em homenagem ao grande Kenyatta, sem se dar o trabalho de perguntar por que um chefe de Chancelaria estaria mandando uma carta para ser entregue em mãos assinalada PESSOAL para a silhueta nua da bela jovem esposa de um colega e subordinado, a colocara em uma sacola marcada LOCAL NÃO CONFIDENCIAL, enquanto cantava obsequiosamente "Boa noite, Sr. Woodrow, senhor" às suas costas enquanto ele se afastava.

VELHOS CARTÕES DE NATAL.

Velhos convites marcados com uma cruz para "não" escrita na letra de Tessa. Outros, mais enfaticamente, marcados "nunca".

Velho cartão de restabelecimento de Ghita Pearson retratando pássaros indianos.

Um laço de fita, uma rolha de vinho, um maço de cartões de visita de diplomata presos por um clipe de metal.

Mas nenhuma folha pequena e isolada de papel azul timbrado da Papelaria de Sua Majestade terminada com o rabisco triunfal: "Eu te amo, eu te amo e eu te amo, Sandy."

Woodrow caminhou de lado rapidamente ao longo das últimas estantes, abrindo livros ao acaso, abrindo caixas de bugigangas, admitindo a derrota. Controle-se, homem, instou a si mesmo, esforçando-se para transformar más notícias em boas. Muito bem: nenhuma carta. Por que *deveria* haver uma carta? *Tessa*? Depois de *12 meses*? Provavelmente a jogara no cesto de papéis no dia em que a recebeu. Uma mulher como aquela, flertadora compulsiva, o marido um fraco, recebe um assédio pelo menos duas vezes ao mês. Três vezes! Toda semana! Todo dia! Estava suando. Na África, o suor lhe vinha como uma chuvarada oleosa e depois secava. Ficou parado, a cabeça para a frente, deixando a torrente cair, escutando.

Que diabos o homem está fazendo lá em cima? Andando suavemente de um lado para o outro? Documentos particulares, dissera. Cartas de advogados. Que papéis ela guardava lá em cima que eram particulares demais para o andar térreo? O telefone da sala de estar estava tocando. Tocava sem parar desde que tinham entrado na casa, mas só agora ele havia notado. Jornalistas? Amantes? Quem se importa? Deixou tocar. Estava com a planta da sua própria casa na cabeça e aplicando-a sobre esta. Justin estava diretamente acima dele, à esquerda da escadaria para quem subia. Havia um quarto de vestir e havia o banheiro e o quarto de dormir principal. Woodrow lembrou que Tessa lhe dissera que havia convertido o quarto de vestir em um escritório: *Não são só os homens que possuem suas tocas, Sandy. Nós garotas também temos as nossas*, dissera a ele em provocação, como se o estivesse instruindo sobre as partes do corpo. O ritmo mudou. Agora você está recolhendo coisas ao redor da sala. Que tipo de coisas? *Documentos que são preciosos para nós dois.* Para mim também, pensou Woodrow, em uma lembrança doentia da sua loucura.

Descobrindo que ele estava agora parado junto à janela que dava para o jardim dos fundos, puxou de lado a cortina e viu grinaldas de arbustos em flor, o orgulho dos dias de "casa aberta" de Justin para os funcionários mais jovens, quando servia morangos com creme e vinho branco gelado e os conduzia em uma excursão por seu Eliseu. "Um ano de jardinagem no Quênia vale dez na Inglaterra", gostava de afirmar ao fazer suas cômicas pequenas peregrinações ao redor da Chancelaria, distribuindo suas flores para rapazes e moças. Era o único assunto, quando a gente pensava naquilo, do qual ele se vangloriava publicamente. Woodrow olhou de soslaio para o lado ao longo da curva do morro. A casa de Quayle não estava a grande distância da sua. A configuração do terreno permitia que vissem as luzes um do outro à noite. Seu olho pousava na mesma janela, da qual muitas vezes fora levado a olhar nesta direção. Subitamente, estava mais próximo do que nunca de chorar. Os cabelos dela roçavam seu rosto. Podia nadar nos olhos dela, sentir o seu perfume e o cheiro de grama doce e quente que exalava quando estavam dançando no Natal, no Clube Muthaiga, e por mero acidente seu nariz encostava nos cabelos dela. São as cortinas, percebeu, esperando que as meias-lágrimas recuassem. Conservaram o cheiro de Tessa, e estou bem encostado nelas. Em um impulso agarrou a cortina com as duas mãos para enterrar o rosto nela.

— Obrigado, Sandy. Desculpe tê-lo feito esperar.

Ele girou, jogando a cortina para longe. Justin se avolumava na porta, parecendo tão perturbado quanto Woodrow e segurando uma comprida mala de viagem de dois compartimentos de couro laranja, em forma de salsicha, bem cheia, e muito arranhada, com tarraxas de latão, cantoneiras de latão e cadeados de latão em cada extremidade.

— Tudo certo então, meu velho? A dívida de honra está paga? – perguntou Woodrow, apanhado de surpresa, mas, como bom diplomata, recuperando seu charme imediatamente. – *Muito* bem. Então é isso aí. E encontrou tudo o que veio procurar, tudo isso?

— Acho que sim. Sim. Até certo ponto.

— Você parece inseguro.

– Realmente? Não tinha a intenção. Era do pai dela – explicou, fazendo um gesto com a mala.

– Parece mais uma mala de aborteiro – disse Woodrow para criar intimidade.

Ofereceu-se para ajudar, mas Justin preferiu carregar o butim sozinho. Woodrow subiu na van, Justin subiu depois dele, para sentar-se com uma mão enrolada nas velhas alças de couro de mala. As zombarias dos jornalistas chegavam até eles pelos muros:

– *Admite que Bluhm transou com ela, Sr. Quayle?*

– *Ei, Justin, meu patrão está oferecendo megamegamilhões.*

Da direção da casa, acima da campainha do telefone, Woodrow achou que ouviu um bebê chorando e percebeu que era Mustafa.

3

A cobertura da imprensa sobre o assassinato de Tessa não foi no início nem a metade tão horrenda quanto Woodrow e seu alto comissário temiam. Imbecis especializados em tirar algo a partir de nada, observou cautelosamente Coleridge, pareciam igualmente capazes de nada tirar a partir de algo. No princípio, foi o que fizeram. "Assassinos da selva matam mulher de enviado britânico", diziam as primeiras notícias, e esse enfoque grosseiro, escrito em manchete nos grandes jornais e em rodapé nos tabloides, servia satisfatoriamente a um público perspicaz. Os riscos crescentes que corriam os assistentes sociais ao redor do globo eram enfatizados, houve editoriais inflamados sobre o fracasso das Nações Unidas na proteção de seus próprios funcionários e o custo cada vez maior de agentes humanitários bastante corajosos para desafiar o perigo em nome de uma causa. Houve comentários sobre membros de tribos sem lei procurando quem pudessem devorar, assassinatos em rituais, feitiçaria e o escabroso comércio de pele humana. Destacou-se a presença de gangues nômades de imigrantes ilegais do Sudão, da Somália e da Etiópia. Mas nada a respeito do fato irrefutável de que Tessa e Bluhm, à plena vista do pessoal e dos hóspedes, dividiram uma cabana na noite anterior à sua morte. Bluhm era um "funcionário de assistência belga" – correto –, "um consultor médico das Nações Unidas" – errado –, "um especialista em doenças tropicais" – errado –, e temia-se que tivesse sido capturado pelos assassinos e mantido sob sequestro ou morto.

A ligação entre o experiente Dr. Arnold Bluhm e sua bela e jovem protegida era o engajamento, o humanitarismo. E era tudo o que havia. Noah só pegou as primeiras edições, depois morreu uma segunda morte. Sangue negro, como todo colegial de Fleet Street sabe, não é notícia, mas o alvo de decapitação valia uma menção. Os refletores caíam em cheio sobre Tessa, a Garota da Sociedade que se Tornou Advogada de Oxbridge, a Princesa Diana dos Pobres Africanos, a Madre Teresa das Favelas de Nairóbi e o Anjo do Foreign Office que Não Ligava a Mínima. Um editorial do *Guardian* capitalizava sobre o fato de que a Nova Mulher Diplomata [*sic*] do Milênio tivesse encontrado a morte no berço da humanidade de Leakey e tirava disso a moral inquietante de que, embora as atitudes raciais possam mudar, não conseguimos ir ao fundo da selvajaria que é encontrada no coração em trevas de cada homem. O artigo perdeu um pouco do seu impacto quando um subeditor não familiarizado com o continente africano localizou o assassinato de Tessa nas margens do lago Tanganica, em vez do Turkana.

Havia um festival de fotografias de Tessa. O jovial bebê nos braços do pai juiz nos dias em que o Meritíssimo era um modesto causídico lutando para sobreviver com meio milhão por ano. Tessa aos 10 anos, de trancinhas e calça de equitação em sua escola de garota rica, o dócil pônei ao fundo. (Embora sua mãe fosse uma condessa italiana, foi observado, em tom de aprovação, que os pais sabiamente optaram por uma educação britânica.) Tessa, adolescente, a Garota Dourada de biquíni, sua garganta não cortada artisticamente realçada pelo verniz do editor fotográfico. Tessa em um barrete de formatura picantemente inclinado, de bata acadêmica e minissaia. Tessa, na veste ridícula de advogado inglês, seguindo os passos do pai.

Tessa, no dia do seu casamento, um Justin veterano de Eton, exibindo já seu sorriso de velho etoniano.

Em relação a Justin, a imprensa mostrou uma economia fora do comum, em parte porque não desejava macular a imagem brilhante de sua heroína instantânea, em parte porque havia muito pouco a ser dito. Justin era "um dos leais membros da hierarquia mediana do Foreign Office" – leia-se "funcionário banal" –, um solteirão "nascido na tradição diplomática" que antes do casamento representara seu país em alguns dos piores pontos críticos do mundo, entre eles Aden e Beirute. Colegas falavam generosamente da sua frieza em tempo de crise. Em Nairóbi tinha liderado um "fórum internacional high-tech" sobre assistência social. Ninguém usava a palavra "lugar atrasado". Um tanto comicamente, havia uma porção de fotos dele, antes ou depois de seu casamento. Uma imagem do "álbum de família" mostrava um jovem enevoado com ar introvertido que, retrospectivamente, parecia fadado a uma viuvez precoce. Fora editada a partir de uma foto de grupo do velho time de rúgbi de Eton.

– Não sabia que você era homem de jogar rúgbi, Justin! Que valentia de sua parte – gritou Gloria, que se atribuíra a tarefa, toda manhã depois do café, de levar para ele suas cartas de condolências e recortes de jornais mandados pelo Alto Comissariado.

– Não foi nada valente – replicou, em um daqueles lampejos de espírito que Gloria tanto apreciava. – Fui recrutado por um diretor do internato que achava que só éramos homens depois de sermos quebrados em pedaços. A escola não devia ter divulgado aquela fotografia. – E, resfriando seu ânimo: – Sou muito agradecido, Gloria.

Como o era em relação a tudo, relatou a Elena: aos drinques e às refeições, à sua cela de prisão; às suas voltas juntos pelo jardim e aos seus pequenos seminários sobre flores de canteiros – fez cumprimentos particulares ao alisso, branco e púrpura, que ela *finalmente* conseguira persuadir a crescer debaixo da árvore bombacácea – e à sua ajuda em cuidar dos detalhes para o enterro que se aproximava, inclusive indo com Jackson inspecionar o local da sepultura e a agência funerária, uma vez que Justin, segundo ordens de Londres, deveria ficar oculto até que todos os rumores silenciassem. Uma carta com este propósito, enviada por fax pelo Foreign Office, endereçada a Justin aos cuidados do Alto Comissariado e assinada "Alison Landsbury, chefe do Pessoal", produzira um efeito violento sobre Gloria. Não conseguia, depois, se lembrar de outra ocasião em que quase chegara a perder seu autocontrole.

– Justin, você está sendo maltratado de uma maneira ultrajante. "Entregue as chaves de sua casa até que os passos adequados tenham sido adotados pelas autoridades", vejam só! *Que* autoridades? Autoridades *quenianas*? Ou aqueles policiais da Scotland Yard que ainda nem se deram o trabalho de procurá-lo?

– Mas, Gloria, eu já estive em minha casa – insistiu Justin, em um esforço para acalmá-la. – Por que lutar uma batalha que já foi vencida? E o cemitério vai nos receber?

– Às 14h30. Devemos estar na Capela Funerária Lee às 14 horas. Uma nota vai sair nos jornais de amanhã.

– E ela vai ficar ao lado de Garth. – Garth, seu filho morto, que levou o nome do pai de Tessa, o juiz.

– Tão próxima quanto possível, querido. Debaixo do mesmo jacarandá. Com o africaninho.

– Você é muito bondosa – disse a ela pela enésima vez e, sem mais palavras, retirou-se para o andar inferior com sua mala de viagem.

A mala era o seu consolo. Por duas vezes, Gloria o vira, entre as grades das janelas do jardim, sentado imóvel na cama com a cabeça nas mãos e a mala aos pés, olhando-a. Sua convicção secreta – partilhada por Elena – era de que continha as cartas de amor de Bluhm. Ele as salvara de olhos curiosos – nada tinha a agradecer a Sandy – e esperava até ficar forte o suficiente para decidir se as leria ou queimaria. Elena concordou, embora achasse Tessa uma vadia estúpida por tê-las guardado. "'Leia e jogue fora' é o meu lema, querida." Notando a relutância de Justin em se afastar do quarto por medo de deixar a mala desprotegida, Gloria sugeriu que a colocasse na adega, que, tendo uma grade de ferro como porta, contribuía para o ar sinistro de masmorra.

– E você fica com a chave, Justin – disse, entregando-a teatralmente. – Aqui está. E quando Sandy quiser uma garrafa, terá de pedir a você. Talvez assim beba menos.

GRADUALMENTE, à medida que o assunto perdia interesse para a imprensa, Woodrow e Coleridge quase se convenceram de que tinham controlado as águas da represa. Ou Wolfgang silenciara seus funcionários e hóspedes ou a imprensa estava tão obcecada com a cena do crime que ninguém se deu o trabalho de verificar o Oasis, disseram um ao outro. Coleridge falou pessoalmente aos veteranos reunidos no Clube Muthaiga pedindo-lhes, em nome da solidariedade anglo-queniana, que refreassem o fluxo de boatos. Woodrow dirigiu uma homilia semelhante ao pessoal do Alto Comissariado. Não importa o que pensemos em particular, não devemos fazer nada que possa avivar as chamas, instou, e suas sábias palavras, proferidas com sinceridade, tiveram o seu efeito.

Mas foi tudo ilusão, como Woodrow em seu coração racional soubera desde o início. Assim que a imprensa começou a perder o gás, um diário belga publicou uma reportagem de primeira página acusando Tessa e Bluhm de "uma ligação apaixonada", reproduzindo uma página em fotocópia do livro de registro do Oasis e relatos de testemunhas oculares sobre o casal amoroso jantando frente a frente na véspera do assassinato de Tessa. Os jornais dominicais britânicos tiveram um dia de festa; da noite para o dia Bluhm se tornou uma figura detestada e um alvo para os disparos de Fleet Street. Até agora, tinha sido Arnold Bluhm, doutor em medicina, congolês filho adotivo de um rico casal de mineradores belgas, educado em Kinshasa, em Bruxelas e na Sorbonne, monge médico, residente em zonas de guerra, salvador altruísta de Argel. A partir de agora era Bluhm, o sedutor; Bluhm, o adúltero; Bluhm, o maníaco. Uma matéria da página 3 sobre médicos assassinos ao longo dos tempos era acompanhada de fotos semelhantes de Bluhm e de O. J. Simpson sobre o chamativo título "Qual dos Gêmeos é o Doutor?". Bluhm, se você fosse aquele tipo de leitor de jornal, era o seu assassino negro arquetípico. Tinha seduzido a esposa de um branco, cortado sua garganta, decapitado o motorista e corrido para o mato em busca de nova presa ou para fazer seja lá o que esses negros de salão fazem quando revertem às origens. Para tornar a comparação mais gráfica, tinham eliminado a barba de Bluhm com um retoque.

O dia inteiro Gloria manteve o pior longe de Justin, temendo que aquilo o abalasse. Mas ele insistiu em ver tudo, por pior que fosse. Assim, perto do entardecer e antes que Woodrow voltasse, ela levou-lhe um uísque e relutantemente presenteou-o com toda a pilha espalhafatosa. Quando entrou no espaço da prisão, ficou ultrajada ao descobrir seu filho Harry sentado diante de Quayle, a uma mesa frouxa de pinho, e os dois com a testa franzida concentrados sobre um jogo de xadrez. Uma onda de ciúme se apossou dela.

– Harry, querido, é *muita* falta de consideração perturbar o pobre Sr. Quayle para jogar *xadrez* quando...

Mas Justin a interrompeu antes que pudesse terminar sua frase.

– Seu filho tem uma cabeça muito astuciosa, Gloria – assegurou-lhe. – Sandy vai ter de se cuidar, pode crer. – Pegando o maço de jornais das mãos dela, sentou-se languidamente na cama e folheou-os. – Arnold tem uma noção muito boa de nossos preconceitos, você sabe – prosseguiu no mesmo tom remoto. – Se estiver vivo, não ficará surpreso. Se não estiver, não vai se importar, não acha?

Mas a imprensa tinha uma bala muito mais letal na agulha do que Gloria, no seu estado mais pessimista, poderia ter previsto.

ENTRE UMA DÚZIA aproximada de boletins dissidentes que o Alto Comissariado assinava – jornais coloridos locais, escritos sob pseudônimos e impressos às pressas –, um em particular demonstrara uma capacidade notável de sobrevivência. Chamava-se, sem adorno, ÁFRICA CORRUPTA, e sua linha política, se tal palavra podia ser aplicada aos impulsos turbulentos que o moviam, era jogar lama, independentemente de raça, cor, verdade ou quaisquer consequências. Se expunha supostos atos de roubo perpetrados pela administração Moi, sentia-se igualmente à vontade denunciando o "suborno, a corrupção e a boa vida" dos burocratas dos serviços assistenciais.

Mas o boletim em questão – conhecido depois e para sempre como Documento 64 – não se dedicava a nenhuma destas questões. Estava impresso em ambos os lados de uma folha de papel rosa-choque, formato tabloide. Dobrado, era pequeno e cabia com folga no bolso do paletó. Uma tarja preta nas bordas significava que os editores anônimos do Documento 64 estavam de luto. A manchete consistia de uma palavra: TESSA, em letras pretas, com 7 centímetros de altura, e o exemplar de Woodrow foi entregue a ele na tarde de sábado por ninguém menos que o adoentado Tim Donohue em pessoa, desgrenhado, de óculos, bigodes e quase 2 metros de altura. A campainha da porta da frente tocou enquanto Woodrow jogava críquete com os garotos no jardim. Gloria, normalmente uma incansável guardiã da porta, debatia-se com uma dor de cabeça no andar de cima; Justin estava mergulhado na sua cela com as cortinas fechadas. Woodrow caminhou pela casa e, suspeitando de alguma artimanha de jornalista, examinou pelo olho mágico. E lá estava Donohue à soleira da porta, um sorriso envergonhado no rosto comprido e triste, abanando o que parecia ser um guardanapo cor-de-rosa.

– Sinto *terrivelmente* incomodá-lo, companheiro. Sábado é sagrado e toda aquela história. Mas parece que jogaram merda das grandes no proverbial ventilador.

Com indisfarçável desprazer, Woodrow conduziu-o até a sala de estar. O que diabo ele *vinha* tramando, poderia imaginar? Woodrow sempre desgostara dos Amigos, como os espiões eram desafetuosamente conhecidos no Foreign Office. Donohue não era fácil, não possuía nenhum talento linguístico que se conhecesse e não tinha charme. Era, para todos os propósitos externos, uma mercadoria vencida. Parecia passar as horas do seu dia no campo de golfe do Clube Muthaiga, com os membros mais corpulentos da comunidade dos negócios de Nairóbi, e as noites jogando *bridge*. Mas vivia em alto estilo em uma bela casa com quatro empregados e uma beldade passada chamada Maud que parecia tão doente quanto ele. Seria Nairóbi uma sinecura para ele? Um beijo de despedida ao final de uma carreira bem-sucedida? Woodrow ouvira falar que os Amigos faziam coisas desse tipo. Donohue era, na sua opinião, lastro supérfluo em uma profissão por definição parasitária e superada.

— Um dos meus rapazes estava passeando pelo mercado — explicou Donohue. — Uma dupla de sujeitos distribuía exemplares grátis de um jeito meio matreiro e então meu rapaz achou que também podia pegar um.

A página da frente consistia de três elogios separados a Tessa, cada um deles supostamente escrito por uma diferente amiga africana. O estilo era afro-inglês vernacular: um pouco de púlpito, um pouco de orador de praça pública, floreios afáveis de sentimento. Tessa — cada uma das escritoras postulava — havia rompido o padrão. Com sua riqueza, seu parentesco, sua educação e sua beleza deveria estar dançando e se divertindo com os piores membros da supremacia branca no Quênia. Em vez disso, era o oposto de tudo o que eles representavam. Tessa sentia revolta contra sua classe, sua raça e tudo aquilo que, segundo ela, a tolhia, fosse a cor de sua pele, o preconceito de seus pares sociais ou os laços de um casamento convencional com um diplomata.

— Como é que Justin está segurando a barra? — perguntou Donohue enquanto Woodrow lia.

— Bem, obrigado, considerando a situação.

— Ouvi dizer que ele esteve em sua casa outro dia.

— Quer que eu leia isto ou não?

— Foi um belo trabalho, devo dizer, amigão, enganando aqueles répteis na porta da casa dele. Você devia entrar para o nosso time. Ele está por aqui?

— Está, mas não recebe ninguém.

Se a África era o país de adoção de Tessa Quayle, leu Woodrow, as mulheres da África eram a religião que ela adotara.

Tessa lutou por nós não importa qual fosse o campo de batalha, não importa quais fossem os tabus. Lutou por nós nas festas chiques regadas a champanhe, nos jantares elegantes e em qualquer outra festa chique louca o bastante para convidá-la, e sua mensagem era sempre a mesma. Só a emancipação das mulheres africanas poderia nos livrar dos erros e da corrupção de nossos homens. E quando Tessa descobriu que estava grávida, insistiu em ter seu filho entre as mulheres africanas que amava.

– Oh, Cristo – exclamou Woodrow baixinho.
– Foi assim que me senti, na verdade – concordou Donohue.
O último parágrafo estava impresso em maiúsculas. Mecanicamente, Woodrow também leu:

ADEUS MAMA TESSA. NÓS SOMOS AS FILHAS DA SUA CORAGEM. OBRIGADA, OBRIGADA, MAMA TESSA, POR SUA VIDA. ARNOLD BLUHM PODE CONTINUAR VIVENDO MAS VOCÊ ESTÁ MORTA SEM DÚVIDA ALGUMA. SE A RAINHA BRITÂNICA CHEGAR A CONCEDER MEDALHAS POSTUMAMENTE, ENTÃO, EM VEZ DE ELEVAR O SR. PORTER COLERIDGE A CAVALEIRO POR SEUS SERVIÇOS À COMPLACÊNCIA BRITÂNICA, VAMOS ESPERAR QUE ELA DÊ A CRUZ DA VITÓRIA A VOCÊ, MAMA TESSA, NOSSA AMIGA, POR SUA NOTÁVEL GALANTERIA DIANTE DA HIPOCRISIA PÓS-COLONIAL.

– A melhor parte está no verso, na verdade – disse Donohue, e Woodrow virou imediatamente o papel.

✞

BEBÊ AFRICANO DE MAMA TESSA

Tessa Quayle acreditava em colocar seu corpo e sua vida onde quer que suas convicções a levassem. Esperava que os outros fizessem o mesmo. Quando Tessa foi confinada no Hospital Uhuru, em Nairóbi, seu amigo muito próximo Dr. Arnold Bluhm a visitou todos os dias e, segundo alguns relatos, levou até uma cama de campanha para que pudesse dormir ao seu lado na enfermaria.

Woodrow dobrou o boletim e colocou-o no bolso.
– Acho que vou levar isto para Porter, se você concorda. Presumo que posso ficar com ele.
– É todo seu, companheiro. Com os cumprimentos da Firma.
Woodrow caminhou para a porta, mas Donohue não deu sinal de segui-lo.
– Vamos andando? – perguntou Woodrow.

– Acho que prefiro ficar mais um pouco, se não se incomoda. Dar uma palavra ao pobre velho Justin. Onde está ele? No andar de cima?

– Achei que tínhamos concordado que você não faria isso.

– Concordamos, companheiro? Não tem problema. Fica para outra vez. A casa é sua, o hóspede é seu. Você não tem Bluhm escondido por aí também, não?

– Não seja ridículo.

Sem se deixar deter, Donohue deu um longo passo e postou-se ao lado de Woodrow, curvando os joelhos, fazendo uma gracinha.

– Quer uma carona? É só até a próxima esquina. Evita que tenha de tirar seu carro. E está quente demais para ir a pé.

Ainda receando que Donohue pudesse voltar e que tentasse de novo contatar Justin, Woodrow acompanhou-o, até que viu, com o canto do olho, o carro de Donohue se afastar. Porter e Veronica Coleridge estavam tomando sol no jardim. Atrás deles estava a mansão em estilo Surrey do Alto Comissariado; diante deles, os gramados impecáveis e os canteiros sem nenhuma erva daninha do jardim de um rico corretor da Bolsa de Valores. Coleridge estava na cadeira de balanço lendo documentos de uma pasta de despachos. Sua mulher, a loura Veronica, em uma saia azul-clara e com um chapéu de palha mole, estava estendida na grama ao lado de um cercadinho de criança acolchoado. Dentro dele sua filha Rosie rolava sobre as costas para a frente e para trás, admirando a folhagem de um carvalho pelas frestas de seus dedos, enquanto Veronica cantarolava para ela. Woodrow entregou o boletim a Coleridge e aguardou os palavrões. Não houve nenhum.

– Quem lê essa porcaria?

– Todo jornalista barato na cidade, imagino – disse Woodrow em voz baixa.

– Qual é sua próxima parada?

– O hospital – replicou com o coração abatido.

Recostado em uma poltrona de veludo cotelê no estúdio de Coleridge, um ouvido escutando a troca de frases cautelosas com o detestado superior em Londres pelo telefone digital que Coleridge guardava trancado dentro da sua escrivaninha, Woodrow, no sonho recorrente do qual não se livraria até o dia de sua morte, observava seu corpo de homem branco caminhando em velocidade colonial pelos imensos corredores lotados do Hospital Uhuru, parando apenas para perguntar a alguém de uniforme pela escada certa, o andar certo, a enfermaria certa, o paciente certo.

– A merda que Pellegrin diz, enfiem tudo debaixo do tapete – anunciou Porter Coleridge, batendo o telefone. – Enfiem bem fundo e rápido. Debaixo de um maldito tapete, o maior que conseguirem encontrar. Típico.

Pela janela do estúdio, Woodrow viu Veronica levantar Rosie do seu cercadinho e carregá-la para a casa.

– Pensei que já estivéssemos fazendo isso – objetou, ainda perdido no seu devaneio.

– O que Tessa fazia no seu tempo livre era problema dela. Isto inclui transar com Bluhm e quaisquer causas nobres em que tenha se metido. Extraoficialmente, e só se formos perguntados, respeitávamos suas cruzadas, mas as considerávamos mal-informadas e malucas. E não fazemos comentários sobre declarações irresponsáveis da imprensa marrom. – Uma pausa enquanto se debatia com nojo de si mesmo. – E vamos dar a entender que ela era louca.

– Por que deveríamos fazer isso? – despertando rapidamente.

– Não cabe a nós explicar. Ficou perturbada com a morte do seu bebê e instável diante do fato. Frequentou um analista em Londres, o que ajuda. Isso cheira mal, e eu odeio. Quando é o enterro?

– No meio da semana que vem é o mais cedo previsto.

– Não pode ser antes?

– Não.

– Por que não?

– Estamos esperando os resultados da autópsia. Os funerais têm de ser marcados antecipadamente.

– Um *sherry*?

– Não, obrigado. Acho que vou voltar para o rancho.

– O Foreign Office deseja muito sofrimento. Ela era nossa cruz, mas nós a carregamos bravamente. Você aguenta muito sofrimento?

– Não creio que aguente.
– Nem eu. Isto me deixa absolutamente fodido e *doente*.

As palavras escaparam tão rápido, com tanta convicção, que Woodrow inicialmente duvidou que tivesse ouvido aquilo.

– O merda do Pellegrin diz que é uma ação simultânea – continuou Coleridge em um tom de desdém mordaz. – "Nada de indecisos nem de traidores." Você é capaz de aceitar isso?

– Acho que sim.

– Bem-feito para você. Eu não sei se conseguiria. Quaisquer representações externas que ela tenha feito em qualquer lugar, ela e Bluhm, juntos ou separadamente, para *quem quer* que seja, incluindo você ou eu, quaisquer ideias fixas que ela tivesse sobre questões de natureza animal, vegetal, política ou *farmacêutica* – uma longa pausa insuportável com os olhos de Coleridge pousados sobre ele com o fervor de um herege instando-o à traição –, estão fora da nossa jurisdição e nada sabemos e absolutamente nos lixamos para toda essa merda. Fui claro ou gostaria que escrevesse isto na parede com tinta invisível?

– Foi bastante claro.

– Porque Pellegrin *foi* claro, como vê. Foi tudo, menos nebuloso.

– Não. Ele não seria.

– Nós tínhamos cópias daquele material que ela nunca lhe deu? O material que nunca vimos, tocamos ou deixamos que sujasse nossas consciências imaculadas?

– Tudo o que ela nos deu foi enviado para Pellegrin.

– Quanta espertez a nossa. E você se sente bem, não é, Sandy? Com o ânimo alto e tudo mais, levando em conta que os tempos são difíceis e você está com o marido dela no seu quarto de hóspedes?

– Acho que sim. E quanto a você? – perguntou Woodrow, que há algum tempo, com o encorajamento de Gloria, vinha buscando se beneficiar da crescente rachadura entre Coleridge e Londres, perguntando-se como poderia explorá-la da melhor maneira.

– Não tenho certeza de *estar* em uma boa, realmente – replicou Coleridge, com mais franqueza do que havia demonstrado a Woodrow no passado. – Não estou seguro mesmo. Na verdade, pensando bem, estou bastante *in*seguro de que consiga participar da brincadeira. Na verdade, não consigo. Me recuso. Por isso, aos diabos com o maldito Bernard Pellegrin e toda a sua engrenagem. Que vão tomar naquele lugar. E ele é um tenista horroroso. Vou dizer isto a ele.

Em qualquer outro dia, Woodrow teria acolhido com alegria tais provas de cisma e dado sua modesta contribuição para fomentá-lo, mas suas memórias do hospital o perseguiam com uma vivacidade da qual não podia escapar, enchendo-o de hostilidade para com um mundo que o mantinha prisioneiro à sua revelia. A caminhada da residência do alto comissário à sua casa não levou mais de dez minutos. No trajeto, tornou-se um alvo para cachorros que latiam, crianças que mendigavam pedindo "5 xelins, 5 xelins" enquanto corriam atrás dele e motoristas bem-intencionados que reduziam a velocidade de seus carros para oferecer-lhe uma carona. Mas, ao pisar na entrada de sua casa, havia revivido a hora mais acusadora de sua vida.

EXISTEM SEIS CAMAS na enfermaria do Hospital Uhuru, três em cada parede. Nenhuma tem lençóis ou travesseiros. O chão é de concreto. Existem claraboias, mas estão fechadas. É inverno, mas nenhuma brisa passa através da sala, e o fedor de excremento e desinfetante é tão forte que Woodrow parece ingeri-lo e não apenas cheirá-lo. Tessa está deitada na cama do meio da parede do lado esquerdo, amamentando um bebê. Ele a avista por último, deliberadamente. As camas de cada lado estão vazias a não ser por lençóis de borracha abotoados aos colchões. Do outro lado da sala, diante dela, uma mulher muito jovem encolhe-se de lado, sua cabeça contra o colchão, um braço nu pendendo. Um adolescente se agacha no chão, bem próximo, seu olhar amplo e suplicante concentrado no rosto da mulher enquanto a abana com um pedaço de papelão. Ao lado deles uma velha de cabelos brancos está pousada severamente na vertical lendo uma Bíblia das Missões através de óculos de aros de chifre. Veste uma canga de algodão, do tipo vendido a turistas. Adiante dela, uma mulher com fones de ouvido faz uma carranca para o que está escutando. Seu rosto está marcado pelo sofrimento e é profundamente devoto. Tudo isto Woodrow assimila como um espião, enquanto, pelo canto do olho, observa Tessa e se pergunta se ela o teria visto.

Mas Bluhm o viu. A cabeça de Bluhm se ergueu assim que Woodrow pisou desajeitadamente na sala. Bluhm levantou-se do seu posto à cabeceira de Tessa e então se curvou para sussurrar algo no ouvido dela, antes de vir silenciosamente na direção dele para tomar sua mão e murmurar "Bem-vindo" de homem para homem. Bem-vindo a *o quê*, precisamente? Bem-vindo a Tessa, por cortesia do seu amante? Bem-vindo a este buraco infernal e fedorento de sofrimento letárgico? Mas a única resposta de Woodrow é um reverente "Prazer em vê-lo, Arnold", enquanto Bluhm desliza discretamente para o corredor.

Mulheres inglesas amamentando, na limitada experiência de Woodrow da espécie, obedeciam a uma discrição decente. Certamente, Gloria havia feito assim. Abrem a frente de suas camisas como os homens abrem as deles, e então usam artes para esconder o que existe ali dentro. Mas Tessa, no sufocante ar africano, não sente nenhuma necessidade de modéstia. Está nua até a cintura, coberta por um pano de canga semelhante ao da velha senhora, e segura a criança junto ao seu seio esquerdo, o seio direito livre e à espera. A parte superior do seu corpo é esguia e translúcida. Seus seios, mesmo nos dias seguintes ao parto, são leves e perfeitos como ele tantas vezes os imaginara. A criança é negra. De um negro azul contra a brancura de mármore da sua pele. Uma pequenina mão negra encontrou o seio que a está alimentando e o apalpa com uma estranha confiança, enquanto Tessa observa. Então, lentamente, ela ergue seus grandes olhos cinzentos e encara Woodrow. Ele procura palavras, mas não tem nenhuma. Debruça-se sobre ela, por cima da criança e, apoiando a mão esquerda na cabeceira, beija sua testa. Ao fazê-lo fica surpreso de ver um caderno de notas ao lado da cama onde Bluhm estava sentado. Equilibra-se precariamente sobre uma mesa minúscula, ao lado de um copo de água com um ar de ranço e de duas canetas esferográficas. Está aberto, e ela vinha escrevendo em uma letra vaga, comprida e fina, que é como uma má lembrança da caligrafia itálica aprendida com professores particulares que associa a ela. Senta-se de lado na cama enquanto pensa em algo para dizer. Mas é Tessa quem fala primeiro. Fraca, com uma voz dopada e estrangulada após o sofrimento e, no entanto, incrivelmente coordenada, ainda conseguindo manter o tom de zombaria que sempre reserva para ele.

– O nome dele é Baraka – diz ela. – Significa bênção. Mas você sabe disso.

– Um bom nome.

– Não é meu.

Woodrow não fala nada.

– Sua mãe não pode amamentá-lo – explica ela. Sua voz é vagarosa e sonolenta.

– Então ele teve sorte de contar com você – diz Woodrow com simpatia. – Como está passando, Tessa? Fiquei terrivelmente preocupado com você, não pode imaginar. Lamento muito. Quem está cuidando de você, além de Justin? Ghita e quem mais?

– Arnold.

– Quero dizer, além de Arnold, também, obviamente?

– Você me disse uma vez que eu procuro coincidências – ela falou, ignorando sua pergunta. – Colocando-me na linha de frente, faço as coisas acontecerem.

– Eu a estava admirando por isso.

– E ainda admira?

– Naturalmente.

– Ela está morrendo – disse, desviando os olhos e visando o outro lado da sala. – A mãe dele está morrendo. Wanza. – Ela olha para a mulher com o braço pendurado e o garoto mudo acocorado no chão ao lado dela. – Vamos, Sandy. Não vai perguntar do quê?

– Do quê? – ele pergunta, obediente.

– Da vida. Que, nos dizem os budistas, é a primeira causa da morte. Superpopulação. Subalimentação. Condições de vida anti-higiênicas – ela está falando para o bebê. – E cobiça. Homens cobiçosos, neste caso. É um milagre que não tenham matado você também.

Mas não conseguiram, não foi? Nos primeiros dias, eles a visitaram duas vezes ao dia. Estavam aterrorizados.

– Quem estava aterrorizado?

– As coincidências. Os cobiçosos. Em finos jalecos brancos. Eles a observaram, examinaram um pouco, leram seus números, falaram com as enfermeiras. Agora, deixaram de vir. – A criança a está machucando. Ela a ajeita com ternura e prossegue: – Cristo podia fazer isto. Cristo podia sentar-se à cabeceira dos doentes, dizer as palavras mágicas, e as pessoas viviam e todo mundo aplaudia. As coincidências não podiam fazer isso. Foi por isso que foram embora. Eles a mataram e agora não sabem as palavras.

– Coitadinhos – disse Woodrow, tentando animá-la.

– Não. – Ela virou a cabeça e tremeu com a dor que a atingiu e apontou a cabeça para o outro lado da sala. – Não, eles é que são os coitadinhos. Wanza. E o menino sentado no chão. Kioko, o irmão dela. Caminhou 80 quilômetros de sua aldeia para afastar as moscas aqui, não foi, o seu tio? – diz ela ao bebê e, colocando-o no seu colo, suavemente bate em suas costas até que ele, às cegas, arrota. Coloca a palma da mão debaixo do outro seio para que o bebê sugue.

– Tessa, me ouça. – Woodrow observa Tessa medi-lo com os olhos. Ela conhece a voz. Ela conhece todas as suas vozes. Ele vê a sombra de suspeita cair sobre o rosto dela e não se mexer. Mandou me chamar porque tinha um uso para mim, mas agora ela lembrou quem sou eu. – Tessa, por favor, me escute. Ninguém está morrendo. Ninguém matou ninguém. Você está febril, está imaginando coisas. Está terrivelmente cansada. Descanse. Dê a si mesma um descanso. Por favor.

Ela volta sua atenção para a criança, tocando com a ponta do dedo em sua minúscula bochecha.

– Você é a coisa mais bonita em que já toquei na minha vida – sussurra. – E não se esqueça disso.

– Estou seguro de que não vai se esquecer – diz Woodrow com sinceridade, e o som de sua voz lembra a ela sua presença.

– Como está a estufa? – pergunta, usando a sua palavra para o Alto Comissariado.

— Florescente.

— Vocês todos podiam fazer as malas e voltar para a Inglaterra amanhã. Não faria a menor diferença — diz vagamente.

— É o que sempre me diz.

— A África está aqui. Vocês estão do lado de lá.

— Vamos discutir isso quando estiver mais forte — sugeriu Woodrow na sua voz mais conciliadora.

— Podemos?

— Naturalmente.

— E você vai ouvir?

— Como um gavião.

— E então poderemos contar-lhe sobre as coincidências gananciosas em jalecos brancos. E vai acreditar em nós. Combinado?

— Nós?

— Arnold.

A menção de Bluhm trouxe Woodrow de volta à terra.

— Farei tudo o que puder nas circunstâncias. Seja o que for. Dentro da razão. Prometo. Agora tente repousar um pouco. Por favor.

Ela reflete sobre isso.

— Ele promete fazer tudo o que puder nas circunstâncias — explica à criança. — Dentro da razão. Bem, isto é que é homem. Como está Gloria?

— Muito preocupada. Manda seus votos e sua simpatia para você.

Tessa deixa escapar um lento suspiro de exaustão e, com a criança ainda agarrada ao seio, recosta-se de novo nos travesseiros e fecha os olhos.

— Então volte para casa, para ela. E não me escreva mais nenhuma carta. E deixe Ghita em paz. Ela também não vai entrar nesse jogo.

Woodrow se levanta e se vira, por algum motivo esperando ver Bluhm na porta, na postura que mais detesta: Bluhm encostado com um ar de desafio contra a moldura da porta, as mãos enfiadas em estilo caubói no cinto ostentoso, exibindo seu sorriso de dentes alvos dentro da pretensiosa barba negra. Mas a porta está vazia, o corredor sem janelas e escuro, iluminado por uma fileira de lâmpadas fracas. Passando pelas padiolas quebradas cheias de corpos reclinados, cheirando o sangue e o excremento misturado com o aroma doce de cavalo da África, Woodrow se pergunta se esta imundície é parte daquilo que a torna atraente: passei minha vida fugindo da realidade, mas por causa dela me sinto atraído para a realidade.

Ingressa em uma confluência cheia de gente e vê Bluhm entregue a uma acalorada discussão com outro homem. Primeiro ouve a voz de Bluhm – embora não as palavras –, estridente e acusadora, ecoando nas vigas de aço. Então o outro homem responde. Certas pessoas, vistas uma vez, vivem para sempre em nossa memória. Para Woodrow esta é uma delas. O outro homem é entroncado e pançudo, com um rosto luzidio e carnudo tomado por uma expressão de abjeto desespero. Seus cabelos, de louro a amarelo-avermelhado, espalham-se esparsamente sobre sua cabeça escaldada. Tem uma boca murcha, um botão de rosa que implora e nega. Seus olhos, redondos de mágoa, são assaltados por um horror que os dois homens parecem partilhar. Suas mãos são sarapintadas e muito fortes, sua camisa cáqui está manchada por linhas de suor em volta do pescoço. O resto dele está oculto debaixo de um jaleco branco de médico.

E então poderemos contar-lhe sobre as coincidências gananciosas em jalecos brancos.

Woodrow segue rápido em frente. Está quase em cima deles, mas nenhuma das duas cabeças gira. Estão empenhados demais na discussão. Caminha por eles com grandes passadas sem ser notado, suas vozes altas perdendo-se na algazarra.

O CARRO DE DONOHUE estava de novo na entrada da casa. Sua visão levou Woodrow a uma fúria doentia. Subiu as escadas correndo, tomou um banho, colocou uma camisa limpa e não se sentiu menos furioso. A casa estava incomumente silenciosa para um sábado, e quando olhou pela janela do banheiro viu por quê. Donohue, Justin, Gloria e os meninos estavam sentados à mesa no jardim jogando Banco Imobiliário. Woodrow detestava todos os jogos de tabuleiro, mas por Banco Imobiliário sentia um ódio irracional, não muito diferente do seu ódio pelos Amigos e por todos os outros membros da inflacionada comunidade secreta britânica. Com que diabos ele volta dez minutos depois de lhe dizer para ficar longe daqui? E que tipo de marido esquisito é aquele que se senta para um alegre jogo de Banco Imobiliário dias depois que sua mulher foi morta a faca? Hóspedes, Woodrow e Gloria costumavam dizer um ao outro, citando o provérbio chinês, eram como peixe, e fediam no terceiro dia. Mas Justin estava se tornando mais perfumado para Gloria a cada dia que passava.

Woodrow desceu as escadas e parou na cozinha, olhando pela janela. Nenhum empregado nas tardes de sábado, naturalmente. Muito mais agradável estarmos juntos sozinhos, querido. Exceto que não *estamos*, eles é que *estão*. E você parece miseravelmente mais feliz com dois homens de meia-idade adulando-a do que *comigo*.

No tabuleiro, Justin tinha caído na rua de alguém e estava pagando uma pilha de dinheiro de aluguel enquanto Gloria e os meninos gritavam de prazer e Donohue protestava também que já era tempo. Justin usava seu estúpido chapéu de palha e, como tudo mais que vestia, caía-lhe com perfeição. Woodrow encheu uma chaleira e acendeu o gás. Vou levar chá para eles, e fazer que saibam que estou de volta, supondo que não estejam ocupados demais uns com os outros para prestarem atenção. Mudando de ideia, caminhou resolutamente para o jardim e marchou até a mesa.

– Justin. Desculpe me intrometer. Será que poderíamos ter uma palavrinha? – E, para os outros, "minha própria família me olhando como se eu tivesse estuprado uma criada": – Não quero interromper a brincadeira, gente. Só vai levar uns minutos. Quem está ganhando?

– Ninguém – disse Gloria com rispidez, enquanto Donohue, dos bastidores, dava o seu sorriso áspero.

Os dois homens ficaram de pé na cela de Justin. Se o jardim não estivesse ocupado, Woodrow teria preferido o jardim. Assim, estavam um diante do outro no soturno quarto de dormir com a mala de Tessa – a mala estilo Gladstone do *pai* de Tessa – recostada atrás da grade. *Minha* adega. A *sua* maldita chave. A mala do *ilustre pai dela*. Mas, quando começou a falar, ficou alarmado ao ver o ambiente mudar. Em vez da cama de ferro, viu a mesa marchetada que a mãe dela amava. E, atrás dela, a lareira de tijolos com os convites sobre o parapeito. E do outro lado do quarto, onde as vigas pareciam convergir, a silhueta nua de Tessa diante do janelão. Transportou-se de volta ao tempo presente, e a ilusão passou.

— Justin.

— Sim, Sandy.

Mas pela segunda vez em poucos minutos desviou-se da confrontação que tinha planejado.

— Um dos jornais locais está publicando uma espécie de *liber amicorum* sobre Tessa.

— Que gentileza deles.

— Há uma porção de detalhes nada ambíguos sobre Bluhm na matéria. Uma sugestão de que ele pessoalmente trouxe à luz o bebê dela. E uma espécie de inferência não muito oculta de que a criança poderia ser dele. Desculpe.

— Você quer dizer Garth.

— Sim.

A voz de Justin estava retesada e, ao ouvido de Woodrow, tão perigosamente alta quanto a sua.

— Sim, é uma inferência a que as pessoas chegaram de tempos em tempos nos últimos meses, Sandy, e sem dúvida, no clima atual, vem mais por aí.

Embora Woodrow deixasse espaço para que ele o fizesse, Justin não sugeria que a inferência fosse errada. E isso impeliu Woodrow a pressionar ainda mais. Alguma força interior de culpa o compelia.

— Sugerem também que Bluhm foi ao ponto de levar uma cama de campanha à enfermaria para que pudesse dormir perto dela.

— Nós dividíamos essa cama.

— Como assim?

— Às vezes Arnold dormia nela, às vezes eu dormia. Nós nos revezávamos, dependendo de nossos respectivos horários de trabalho.

— Então você não se incomoda?

— Me incomodo com o quê?

— Que falem isso deles, que ele estava devotando essa quantidade de atenção a ela, com o seu consentimento, aparentemente, enquanto ela atuava como sua esposa aqui em Nairóbi.

— *Atuava?* Ela *era* minha esposa, com os diabos!

Woodrow não tinha contado com a raiva de Justin, assim como não contara com a de Coleridge. Estava ocupado demais sufocando sua própria raiva. Baixou a voz e na cozinha conseguiu eliminar um pouco da tensão que pesava em seus ombros. Mas a explosão de Justin caiu sobre ele abruptamente e o assustou. Esperava contrição e, se fosse honesto, humilhação, mas não resistência armada.

— O que está me perguntando precisamente? — indagou Justin. — Não creio que eu entenda.

— Preciso saber, Justin. É tudo.

— Saber o quê? Se eu controlava minha mulher?

Woodrow estava implorando e recuando ao mesmo tempo.

— Ouça, Justin, quero dizer, veja as coisas do meu ângulo, só por um momento, ok? A imprensa do mundo inteiro vai explorar isso. Eu tenho o direito de saber.

— Saber o quê?

— O que mais Tessa e Bluhm fizeram que vai parar nas manchetes, amanhã e durante as próximas seis semanas — terminou, com uma nota de autocomiseração.

— Como o quê, por exemplo?

— Bluhm era o seu guru. Bem, não era? O que mais era dela?

— E daí?

— Partilhavam das mesmas causas. Farejavam abusos. Estas coisas de direitos humanos. Bluhm exerce o papel de uma espécie de cão de guarda, não é verdade? Ou seus empregadores. E Tessa — estava perdendo o fio da meada, e Justin o observava —, ela o ajudava. Perfeitamente natural. Nas circunstâncias. Usava sua cabeça de advogada.

— Se importa em me dizer aonde isto vai chegar?

— Aos papéis dela. É tudo. Suas posses. Aquelas que você recolheu. Que nós recolhemos. Juntos.

— O que há com elas?

Woodrow se recompôs: Sou seu superior, pelo amor de Deus, não um miserável suplicante. Vamos definir bem nossas posições, por favor?

— Preciso da sua garantia, portanto, de que quaisquer documentos que ela juntou para suas causas, na qualidade de sua esposa aqui, com status diplomático, sob a égide do governo de Sua Majestade, será entregue ao Foreign Office. Foi com este entendimento que eu o levei até sua casa na última quinta-feira. Caso contrário, não teríamos ido lá.

Justin não se mexeu. Nem um dedo, nem uma pálpebra tremeu enquanto Woodrow se livrava desta reflexão tardia. Iluminado por trás, permanecia tão imóvel quanto a silhueta nua de Tessa.

— A outra garantia que preciso obter de você é óbvia — prosseguiu Woodrow.

— Que outra garantia?

— A sua discrição na questão. O que quer que saiba das atividades de Tessa, de suas agitações, do seu chamado trabalho de assistência que escapou ao controle.

— Controle de quem?

— Eu simplesmente quero dizer que, desde que ela se aventurou em águas oficiais, você está tão sujeito às regras do sigilo quanto o resto de nós. Lamento, mas é uma ordem que vem de cima. — Estava tentando fazer piada daquilo, mas nenhum deles sorriu. — Ordem de Pellegrin.

E você se sente bem, não é, Sandy? Levando em conta que os tempos são difíceis e está com o marido dela no seu quarto de hóspedes?

— Obrigado, Sandy. — Justin finalmente falou. — Aprecio tudo o que fez por mim. Agradeço por ter deixado que visitasse minha própria casa. Mas agora preciso cobrar o aluguel em Piccadilly, onde parece que sou dono de um valioso hotel.

E, para a perplexidade de Woodrow, voltou ao jardim e, retomando seu lugar ao lado de Donohue, reiniciou a partida de Banco Imobiliário no ponto em que a tinha interrompido.

4

Os policiais britânicos eram realmente decentes. Foi o que Gloria disse, e se Woodrow não concordava com ela, não o demonstrava. Até Porter Coleridge, embora parcimonioso ao descrever seus encontros com eles, declarou que eram "surpreendentemente civilizados, considerando que eram uns merdas". E a coisa mais *simpática* deles era – Gloria reportou a Elena do seu quarto de dormir depois que os escoltou à sala de estar para o início do seu segundo dia com Justin –, a coisa mais simpática de *todas* era, El, sentir realmente que estavam aqui para *ajudar*, não para acumular mais dor e constrangimento sobre os ombros do pobre querido Justin. Rob, o rapaz, era um gato – na verdade, *cara*, não devia passar dos 25! Tinha um quê de ator, mas sem ser canastrão, e administrava com muita arte os Garotos Azuis de Nairóbi com os quais eram obrigados a trabalhar. E Lesley – que é uma mulher, *querida*, veja só, pegou *todo mundo* de surpresa, e mostra como conhecemos pouco a verdadeira Inglaterra dos dias de hoje – se veste um *pouquinho* na moda do ano passado, mas, além disso, com franqueza, você nunca adivinharia que não tem o nosso mesmo tipo de educação. Não pela voz, naturalmente, mas hoje *ninguém* fala mais no tom da sua classe social, não ousaria. Mas fica *totalmente* à vontade em nossa sala de estar, *muito* serena e segura, e *agradável*, com um sorriso caloroso e simpático e um pouco de grisalho precoce nos cabelos que ela muito sensatamente *assume*, e o que Sandy chama uma *calma decente*, de modo que você não tem de pensar em coisas para dizer o tempo todo quando vão fazer seus *pit stops* e dão um descanso ao pobre Justin. O único problema era que Gloria não tinha absolutamente *nenhuma* ideia do que se passava entre eles, porque não podia ficar postada o dia inteiro na cozinha com o ouvido colado na portinhola de serviço, bem, certamente não com os empregados a observando, não é mesmo, El?

Mas se a matéria das discussões entre Justin e os dois oficiais de polícia lhe escapava, Gloria sabia ainda menos sobre suas entrevistas com o marido, pelo bom motivo de que ele nem sequer contou a ela o que estava ocorrendo.

Os diálogos iniciais entre Woodrow e os dois oficiais foram pura cortesia. Os oficiais disseram entender a delicadeza de sua missão, que não estavam ali para levantar a tampa sobre a comunidade branca de Nairóbi etc. Woodrow, por sua vez, prometeu a cooperação do seu pessoal e todas as facilidades apropriadas, amém. Os oficiais prometeram manter Woodrow a par de suas investigações, desde que isso fosse compatível com suas instruções da Yard. Woodrow comentou cordialmente que estavam todos a serviço da mesma rainha; e, se os primeiros nomes eram bons o bastante para Sua Majestade, seriam também bons para nós.

— Então, qual seria a descrição das funções de Justin aqui no Alto Comissariado, Sr. Woodrow? – perguntou Rob, o rapaz, ignorando aquele apelo de intimidade.

Rob era um corredor da maratona de Londres, todo orelhas, joelhos, cotovelos, cheio de garra. Lesley, que podia ser sua irmã mais velha e mais esperta, carregava uma bolsa muito útil que Woodrow jocosamente imaginou conter as coisas que Rob necessitava à margem da pista – iodo, tabletes de sal, cadarços de reserva para seus tênis de corrida – mas que na verdade, na medida em que podia ver, nada mais continha além de um gravador de fita, cassetes e um arsenal colorido de bloquinhos de estenografia e cadernetas de notas.

Woodrow fez uma pose de que estava pensando. Envergou a testa franzida ponderada mostrando que era o profissional.

— Bem, é o nosso veterano de Eton residente, em princípio – disse, e todo mundo apreciou a piada. – *Basicamente*, Rob, ele é nosso representante na Comissão de Eficiência das Doações ao Leste da África, conhecida pela sigla CEDLA – continuou, falando com a clareza exigida pela inteligência limitada de Rob.

— O E era para Eficácia, mas não era uma palavra com a qual muitas pessoas estivessem familiarizadas por aqui, por isso mudamos para algo mais acessível.

— E o que faz essa comissão?

– A CEDLA é uma instituição consultiva relativamente *nova*, Rob, sediada aqui em Nairóbi. Compreende representantes de todas as nações doadoras que oferecem ajuda, socorro e recursos para o Leste da África, sob várias formas. Seus membros são escolhidos entre as Embaixadas e os Altos Comissariados de cada doador; a comissão reúne-se toda semana e publica um relatório quinzenal.
– Para...? – disse Rob, escrevendo.
– Todos os países membros, naturalmente.
– Sobre...?
– Sobre o que o título diz – falou Woodrow pacientemente, dando um desconto para as maneiras do rapaz. – Promove a *eficácia*, ou sua *eficiência*, no campo da assistência. No trabalho de assistência, a *eficiência* está muito perto do padrão dourado. A compaixão é um dom – acrescentou com um sorriso conciliatório dizendo que todos éramos pessoas compassivas. – A CEDLA levanta a pergunta espinhosa de quanto de cada dólar de cada nação doadora chega realmente a atingir o alvo e de como muita superposição perdulária e competição dispersiva existe entre as agências no trabalho de campo. Debate-se, como todos nós, com os três Rs do trabalho de assistência mundial: Reduplicação, Rivalidade, Racionalização. Equilibra as despesas gerais contra a produtividade e – com o sorriso de alguém que distribui sabedoria – faz uma *tentativa* desajeitada de recomendação, uma vez que, ao contrário da área de vocês, não possui poderes executivos nem poderes de imposição. – Uma inclinação graciosa da cabeça anunciava uma pequena confidência. – Não estou seguro de que tenha sido a melhor ideia na Terra, entre nós. Mas foi uma criação nascida do cérebro de nosso muito querido ministro das Relações Exteriores, casava-se bem com os apelos por maior transparência e por uma política externa ética e outras panaceias questionáveis do momento, por isso nós seguimos em frente e tentamos tirar o melhor proveito. Existem aqueles que dizem que o trabalho devia caber à ONU. Outros já dizem que a ONU é parte da doença. Vocês decidem – com um encolher de ombros depreciativo que os convidava justamente a fazer aquilo.
– Que doença? – disse Rob.

– A CEDLA não tem poderes para fazer investigação de campo. Ainda assim, a corrupção é o principal fator que tem de ser levado em conta quando se começa a relacionar o que foi gasto com o que foi conseguido. Não deve ser confundida com o desperdício natural e a incompetência, mas é aparentada a eles. – Buscou uma analogia para o homem comum. – Veja a nossa velha e querida rede de distribuição de água britânica construída em 1890 ou por volta disso. A água deixa o reservatório. Parte dela, se você tiver sorte, sai na sua torneira. Mas existem alguns canos muito cheios de vazamento durante o percurso. Ora, quando aquela água é doada pela bondade do coração do público em geral, você não pode deixá-la esvair-se para o nada, não é? Certamente não, se você depende do eleitor volúvel para fazer o seu trabalho.

– E o trabalho nessa comissão coloca Justin em contato com quem? – perguntou Rob.

– Diplomatas de carreira. Escolhidos entre a comunidade internacional aqui em Nairóbi. Em sua maioria conselheiros e gente acima deles. Um ou outro primeiro secretário, mas não muitos. – Pareceu achar que isso requeria alguma explicação. – A CEDLA tem de ser *exaltada*, na minha opinião. A cabeça nas nuvens. Uma vez arrastada para o nível da terra, acabaria como uma espécie de Superorganização Não Governamental – ONG para você, Rob – e se sujaria com o próprio pincel. Eu combatia essa postura. Muito bem: a CEDLA deve atuar aqui em Nairóbi, no terreno, com os pés no chão. Obviamente. Mas ainda continua sendo uma usina de ideias. Deve preservar uma visão distanciada, sem paixão. É absolutamente vital que permaneça – se me permite citar a mim mesmo – uma *zona à prova de emoção*. E Justin é o secretário da comissão. Nada que tenha conquistado: era nosso turno no rodízio. Ele reúne as minutas, confere as pesquisas e esboça os boletins quinzenais.

– Tessa não era uma zona à prova de emoção – objetou Rob, depois de pensar um momento. – Tessa era emoção pura, pelo que ouvimos dizer.

– Receio que ande lendo muitos jornais, Rob.

– Não, de modo algum. Estudei seus relatórios de campo. Estava na zona crítica, com as mangas arregaçadas. Merda até os cotovelos, dia e noite.

– E muito necessária, sem dúvida. Muito louvável. Mas dificilmente chegada à objetividade, que é a primeira responsabilidade da comissão na qualidade de um corpo consultivo internacional – disse Woodrow graciosamente, ignorando esta descida à linguagem de sarjeta, assim como, em um nível inteiramente diferente, a ignorava no seu alto comissário.

– Então eles seguiam caminhos diferentes – concluiu Rob, recostando-se e batucando com o lápis nos dentes. – Ele era objetivo, ela era emocional. Ele jogava com segurança no centro, ela se arriscava nas margens. Estou entendendo. A propósito, acho que já sabia disso. E onde se encaixa Bluhm?

– Em que sentido?

– Bluhm. Arnold Bluhm. O doutor. Onde se encaixa no esquema de coisas da vida de Tessa e da sua?

Woodrow deu um pequeno sorriso, perdoando essa sutil formulação. *Minha* vida? O que tinha a vida *dela* a ver com a *minha*?

– Temos uma grande variedade de organizações financiadas por doadores aqui, como, estou seguro, deve saber. Todas apoiadas por diferentes países e financiadas por todo tipo de agrupamentos de caridade e de outras feições. Nosso galante presidente Moi as detesta *en bloc*.

– Por quê?

– Porque fazem o que o seu governo faria se estivesse preenchendo a sua função. Elas também se atravessam nos seus sistemas de corrupção. A organização de Bluhm é modesta, é belga, possui fundos privados e atua na área da medicina. É tudo o que posso lhe dizer a respeito, receio – acrescentou, com uma candura que os convidava a partilharem da sua ignorância nestas questões.

Mas eles não se entregavam tão facilmente.

– É um grupo de cães de guarda – Rob informou-lhe secamente. – Seus médicos percorrem as outras ONGs, visitam as clínicas, verificam seus diagnósticos e os corrigem. "Talvez isto não seja malária, doutor, talvez seja câncer do fígado." E então fiscalizam o tratamento. Também cuidam de epidemiologia. E quanto a Leakey?

– O que tem ele?
– Bluhm e Tessa estavam a caminho do seu sítio, correto?
– Presumivelmente.
– Quem é ele exatamente? Leakey? Qual é a dele?
– Está para se tornar uma lenda branca da África. Um antropólogo e arqueólogo que trabalhou com os pais nas margens orientais do Turkana explorando as origens da humanidade. Quando eles morreram, continuou seu trabalho. Dirigiu o Museu Nacional aqui em Nairóbi e depois abraçou as causas da vida selvagem e do meio ambiente.
– Mas se demitiu.
– Ou foi forçado a isso. A história é complexa.
– Além de tudo, é uma pedra no sapato de Moi, não é?
– Opôs-se politicamente a Moi e foi implacavelmente derrotado. Agora passa por uma espécie de ressurreição como o flagelo da corrupção queniana. O Fundo Monetário Internacional e o Banco Mundial estão exigindo com firmeza sua presença no governo.

Quando Rob se reclinou e Lesley iniciava seu turno, ficou claro que a distinção que Rob aplicara aos Quayle também definia os estilos separados dos dois oficiais de polícia. Rob falava aos trancos, com a densidade de um homem lutando para conter suas emoções. Lesley era um modelo de frieza.

– Então, que tipo de *homem* é esse Justin? – devaneou, observando-o como um personagem distante em uma história. – Fora do seu local de trabalho nessa sua comissão? Quais são seus interesses, seus apetites, qual é o seu estilo de vida, quem *é* ele?
– Oh, meu *Deus*, quem *é* qualquer um de nós? – declamou Woodrow, talvez um pouco teatral demais, o que fez Rob batucar de novo com o lápis nos dentes, Lesley sorrir pacientemente e Woodrow, com encantadora relutância, recitar uma lista dos magros atributos de Justin: um jardineiro entusiasta – embora, pensando bem, não tão entusiasta desde que Tessa perdeu o bebê –, não há nada que

aprecie mais do que labutar nos canteiros em uma tarde de sábado – um *cavalheiro*, o que quer que isso signifique –, o *tipo certo* de etoniano – cortês ao exagero em suas relações com funcionários locais, naturalmente –, o tipo de sujeito com o qual se pode contar para dançar com aquelas que tomam chá de cadeira na festa anual do alto comissário – um pouco o gênero do solteirão sob certos aspectos que Woodrow não pôde lembrar imediatamente –, um homem que, no seu conhecimento, não jogava golfe nem tênis, não caçava nem pescava, não era chegado ao ar livre, com exceção da sua jardinagem. E, é claro, um diplomata profissional de primeira ordem, essencial – com uma grande experiência de campo, duas ou três línguas, um par de mãos seguras, *totalmente* leal à orientação de Londres. E – aqui está a parte cruel, Rob – sem nenhuma culpa dele, entalado no funil das promoções.

– E não anda em más companhias ou coisa parecida? – perguntou Lesley, consultando seu caderno de notas. – Não poderia ser visto nos clubes noturnos suspeitos enquanto Tessa embarcava em suas excursões de trabalho? – A pergunta em si já era uma espécie de piada. – Não seria do seu feitio, imagino?

– *Clubes noturnos?* Justin? Que pensamento maravilhoso! No Annabel's, talvez, há 25 anos. Quem lhe deu tal ideia? – exclamou Woodrow, com uma risada saudável que não dava há dias.

Rob ficou feliz em esclarecer.

– Nosso chefe, na verdade. O Sr. Gridley passou uma temporada em Nairóbi em um projeto de cooperação. Ele diz que os clubes noturnos são o lugar onde se pode contratar um pistoleiro, se você estiver interessado. Existe um na River Road, a um quarteirão do New Stanley, que fica à mão se você está hospedado lá. Quinhentos dólares americanos e eles apagam quem você quiser. Metade de sinal, metade depois. Mais barato em outros clubes, segundo ele, mas sem a mesma qualidade.

– Justin *amava* Tessa? – perguntou Lesley enquanto Woodrow ainda sorria.

No espírito relaxado que crescia entre eles, Woodrow levantou os braços e ofereceu um grito mudo aos céus.

– Oh, meu Deus! Quem ama quem neste mundo e por quê? – E, quando Lesley não o dispensou da pergunta: – Ela era bonita. Espirituosa. Jovem. Ele tinha quarenta e qualquer coisa quando a conheceu. Perto da meia-idade, quase aposentado, solitário, apaixonado, querendo sossegar. Amor? A palavra é sua, não minha.

Mas se isso era um convite para que Lesley enfatizasse suas próprias opiniões, ela o ignorou. Parecia, como Rob ao seu lado, mais interessada na sutil transfiguração das feições de Woodrow; no retesamento das rugas da pele no alto das faces, nas leves manchas de cor que apareceram no pescoço; nos minúsculos e involuntários tremores da mandíbula inferior.

– E Justin não ficava zangado, em relação ao seu trabalho de assistência, por exemplo? – sugeriu Rob.

– Por que ficaria?

– Não se incomodava quando ela martelava sobre como certas empresas ocidentais, inclusive britânicas, estavam espoliando os africanos, cobrando preços abusivos por serviços técnicos, despejando sobre eles medicamentos superfaturados e vencidos? Usando os africanos como cobaias humanas para testar novas drogas, o que estava às vezes implícito, mas raramente provado, por assim dizer?

– Estou seguro de que Justin tinha muito orgulho do trabalho assistencial dela. Uma porção de nossas mulheres aqui tem tendência a ficar sentada. O envolvimento de Tessa refazia o equilíbrio.

– Então ele não ficava zangado? – pressionou Rob.

– Justin simplesmente *não* é dado à raiva. Não no sentido normal. Se chegava a demonstrar algo, era constrangimento.

– E *o senhor* se sentia constrangido? Quero dizer, aqui no Alto Comissariado?

– Por que motivo?

– Pelo trabalho assistencial de Tessa. Por seus interesses especiais. Eles conflitavam com os interesses de Sua Majestade?

Woodrow compôs sua expressão mais atônita e conciliadora.

– O governo de Sua Majestade jamais ficaria embaraçado por atos humanitários, Rob. Você devia saber disso.

– Estamos aprendendo, Sr. Woodrow – atalhou Lesley calmamente. – Somos novos.

E, tendo-o examinado por algum tempo, sem relaxar por um segundo seu suave sorriso, enfiou seus caderninhos e o gravador de fita de novo na bolsa e, alegando compromissos na cidade, propôs que retomassem suas perguntas no dia seguinte à mesma hora.

– Tessa confiava em alguém, saberia dizer? – perguntou Lesley, em um tom corriqueiro enquanto os três seguiam em grupo para a porta.

– Além de Bluhm, quer dizer?

– Quero dizer amigas, mulheres, na verdade.

Woodrow buscou ostensivamente em sua memória.

– Não. Não, não *creio* que tivesse. Ninguém me vem especificamente à cabeça. Mas não acho que eu saberia, realmente, não é?

– Poderia saber se fosse alguém do seu pessoal. Como Ghita Pearson ou alguém mais – disse Lesley, prestimosa.

– Ghita? Ora, bem, obviamente que sim, Ghita. E o pessoal está cuidando direito de vocês, não? Vocês têm transporte e tudo? Muito bem.

Um dia inteiro se passou, e toda uma noite, antes que viessem de novo.

DESSA VEZ FOI Lesley, não Rob, quem abriu os trabalhos. E o fez com um frescor sugestivo de que coisas animadoras haviam acontecido desde que se encontraram da última vez.

– Tessa teve relações sexuais recentes – anunciou em uma voz brilhante de começo de dia ao retirar suas posses como provas exibidas diante de um tribunal: lápis, cadernos de notas, gravador, um pedaço de borracha. – Suspeitamos de um estupro. Isso não é para ser publicado, embora eu espere que estaremos todos lendo a respeito nos jornais de amanhã. Foi apenas uma amostra vaginal que retiraram neste estágio e examinaram em um microscópio para ver se o esperma estava vivo ou morto. Estava morto, mas ainda acham que possa existir esperma de mais de uma pessoa. Talvez todo um coquetel. Nossa opinião é de que não há como saber.

Woodrow afundou a cabeça nas mãos.

– Bem, teremos de esperar que nossos próprios cientistas loucos deem um parecer antes que seja 100 por cento – disse Lesley, observando-o.

Rob, como na véspera, batia o lápis contra os grandes dentes com indiferença.

– E o sangue na túnica de Bluhm era de Tessa – continuou Lesley no mesmo tom franco. – É apenas provisório, veja bem. Eles só analisam os tipos básicos aqui. Tudo mais, teremos de estudar na Inglaterra.

Woodrow tinha se levantado, coisa que fazia com frequência em reuniões informais para deixar todo mundo à vontade. Caminhando languidamente até a janela, assumiu uma posição no outro lado da sala e parecia analisar a horrenda silhueta da cidade. Havia raios de trovão e aquele cheiro indefinível de tensão que precede a mágica chuva africana. Sua maneira, ao contrário, era o próprio repouso. Ninguém podia ver as duas ou três gotas de suor quente que deixaram suas axilas e estavam rastejando como insetos gordos por suas costelas.

– Alguém já contou a Quayle? – perguntou, e ficou imaginando, como talvez eles também o fizessem, por que o viúvo de uma mulher estuprada subitamente se torna um Quayle e não um Justin.

– Achamos que seria melhor se fosse contado por um amigo – replicou Lesley.

– O senhor – sugeriu Rob.

– Claro.

– Mas é *bem* possível – disse Les agora – que ela e Arnold tenham dado uma saideira. Se quiser mencionar isso a ele. O senhor é quem sabe.

Quando é que vai ser a gota-d'água?, pensou. O que mais vai acontecer antes de eu abrir a janela e saltar para fora? Talvez fosse isso o que eu queria que ela fizesse comigo: levar-me além dos limites de minha própria aceitação.

– Nós realmente *gostamos* de Bluhm – irrompeu Lesley com intimidade exasperada, como se necessitasse que Woodrow gostasse de Bluhm também. – Está bem, também precisamos estar atentos para o *outro* Bluhm, a besta sob forma humana. E de onde viemos as pessoas mais pacíficas farão as coisas mais terríveis quando pressionadas. Mas quem o pressionou, se é que foi pressionado? Ninguém, a não ser que fosse ela.

Lesley fez uma pausa, convidando o comentário de Woodrow, mas ele exercia o seu direito de ficar em silêncio.

– Bluhm é o que mais se aproxima de um *homem bom* – ela insistiu, como se *homem bom* fosse uma condição finita como *Homo sapiens*. – Fez uma porção de coisas realmente boas. Não para se mostrar, mas porque queria. Salvou vidas, arriscou sua própria vida, trabalhou em lugares terríveis de graça, escondeu pessoas no seu sótão. Bem, não concorda, senhor?

Estaria ela instigando-o? Ou simplesmente buscando esclarecimento de um observador maduro da relação Tessa-Bluhm?

– Estou seguro de que ele tem uma bela folha de serviços – admitiu Woodrow.

Rob bufou de impaciência e deu um estranho tremelique com a parte superior do corpo.

– Ouça. Esqueça da sua ficha. Pessoalmente: gosta dele, sim ou não? Uma resposta simples – concluiu, assumindo uma nova posição em sua cadeira.

– Meu Deus – disse Woodrow por cima do ombro, cuidadoso desta vez para não exagerar na interpretação, mas deixando, ainda assim, que uma nota de exasperação entrasse na sua voz. – Ontem eu tinha de definir *amar*, hoje tenho de definir *gostar*. Somos chegados a definições absolutas na Nova Britânia dos dias de hoje, não?

– Nós estamos lhe fazendo uma pergunta, senhor – disse Rob.

Talvez fosse o uso dos *senhores* o que funcionou. No seu primeiro encontro era Sr. Woodrow ou, quando se sentiam ousados, Sandy. Agora era senhor, avisando a Woodrow que estes dois jovens oficiais de polícia não eram seus colegas, nem seus amigos, mas estranhos de uma classe inferior, enfiando o nariz no clube exclusivo que lhe dera posição e proteção naqueles 17 anos. Juntou as mãos atrás das costas, alçou os ombros e então girou nos calcanhares até encarar seus interrogadores.

— Arnold Bluhm é persuasivo — declarou, fazendo uma palestra para eles do outro lado da sala. — É bonito e tem um certo charme. Espirituoso, se vocês gostam desse tipo de humor. Uma espécie de aura — talvez seja aquela barbicha bem-aparada. Para os que se deixam impressionar, é um herói folclórico africano.

Depois disso, afastou-se, como se esperasse que pegassem suas coisas e fossem embora.

— E para os que não se deixam impressionar? — perguntou Lesley, tirando vantagem de ele estar de costas para fazer um reconhecimento com seus olhos: as mãos indiferentes, confortando uma à outra atrás de si, o joelho sem peso levantado em autodefesa.

— Oh, somos uma minoria, estou certo — replicou sedosamente Woodrow.

— Imagino apenas como seria preocupante para o senhor — vexatório, também, na sua posição de responsabilidade como chefe de Chancelaria — ver tudo isso acontecendo debaixo do seu nariz e saber que nada pode fazer para impedir. Quero dizer, não pode simplesmente ir até Justin, pode, e dizer: "Olhe só aquele negro ali adiante, ele está tendo um caso com a sua mulher", pode? Será que pode?

— Se um escândalo ameaça arrastar o bom nome da Embaixada para a sarjeta, estou autorizado — na verdade, obrigado — a me interpor.

— E fez isso? — Lesley falando.

— De uma maneira geral, sim.

— Com Justin? Ou com Tessa diretamente?

— O problema era, obviamente, que a relação dela com Bluhm tinha uma *fachada*, como vocês diriam — replicou Woodrow, dando um jeito de ignorar a pergunta. — O homem é um médico respeitado. É muito bem-visto na comunidade assistencial. Tessa era uma voluntária dedicada. Na superfície, tudo estava perfeitamente correto. Não podemos sair simplesmente e acusá-los de adultério sem provas. Só poderíamos dizer: observem, estão emitindo os sinais errados, portanto, por favor, sejam um pouco mais circunspectos.

— Então para quem falou isso? — Lesley perguntou enquanto rabiscava em uma caderneta.

— Não é tão simples assim. Houve mais na questão do que um simples episódio — um diálogo.

Lesley inclinou-se para a frente, verificando se o carretel da fita estava rodando no gravador.

— Entre você e Tessa?

— Tessa era um motor brilhantemente desenhado com metade dos parafusos faltando. Antes de perder o bebê, um menino, era um pouco arrebatada. Tudo bem. — Prestes a tornar sua traição a Tessa absoluta, Woodrow lembrou-se de Porter Coleridge sentado no seu estúdio citando furiosamente as instruções de Pellegrin. — Mas *depois* — tenho de dizer isto, com enorme pesar — ela pareceu a não poucos de nós como tremendamente perturbada.

— Era ninfomaníaca? — perguntou Rob.

— Receio que esta pergunta esteja um pouco acima da minha faixa salarial — replicou Woodrow glacialmente.

— Vamos dizer que ela flertava afrontosamente — sugeriu Lesley. — Com todo mundo.

— Se vocês insistem — nenhum homem pareceria mais distanciado —, é difícil dizer, não acham? Uma garota bonita, a rainha do baile, um marido mais velho — estaria flertando? Ou está simplesmente sendo autêntica, divertindo-se? Se usar vestidos decotados e reclinar-se um pouco, as pessoas dizem que é leviana. Se não o fizer, dizem que é uma chata. Isto é a Nairóbi branca para vocês. Talvez seja assim por toda parte. Não posso dizer que seja um especialista.

— Flertou com *o senhor*? — perguntou Rob, depois de outro furioso tamborilar de lápis nos dentes.

— Já lhes falei. Era impossível dizer se ela estava flertando ou simplesmente se entregando à sua alegria — disse Woodrow, alcançando novos níveis de cortesia.

— Então, hum, não participou também por acaso no clima do flerte? — perguntou Rob. — Não me olhe assim, Sr. Woodrow. Tem quarenta e qualquer coisa, está perto da meia-idade, quase aposentado, a mesma coisa que Justin. Sentia tesão por ela, por que não? Aposto que eu teria sentido.

A recuperação de Woodrow foi tão rápida que aconteceu antes mesmo que ele se desse conta.

– Ora, meu chapa, eu não pensava em outra coisa. Tessa, Tessa noite e dia. Obcecado por ela. Pergunte a qualquer um.

– Nós perguntamos – disse Rob.

NA MANHÃ SEGUINTE, pareceu ao assediado Woodrow, seus interrogadores estavam indecentes na sua pressa de o pegarem. Rob colocou o gravador de fitas sobre a mesa, Lesley abriu um grande caderno vermelho em uma página dupla marcada por um elástico e conduziu o interrogatório.

– Temos motivos para acreditar que o senhor visitou Tessa no hospital de Nairóbi pouco depois que ela perdeu seu bebê, não é correto?

O mundo de Woodrow balançou. Quem em nome de Deus lhes contou *aquilo*? Justin? Não podia ser, ainda não tinham se encontrado com ele, eu sei.

– Parem tudo – ordenou bruscamente.

A cabeça de Lesley se ergueu. Rob desenredou-se e, como para amassar o rosto com a palma, estendeu uma mão longa e colocou-a sobre o nariz e então estudou Woodrow por cima das pontas de seus dedos esticados.

– Este vai ser nosso tópico desta manhã? – indagou Woodrow.

– É um deles – admitiu Lesley.

– Então podem me dizer, por favor – considerando que o tempo é curto para todos nós –, por que cargas-d'água visitar Tessa no hospital tem a ver com encontrar o assassino dela – o que, suponho, seja o objetivo de estarem aqui?

– Estamos à procura de um motivo – disse Lesley.

– Disseram-me que tinham achado um. Estupro.

– O estupro não se encaixa mais. Não como motivo. O estupro foi um efeito colateral. Talvez um disfarce, para nos fazerem acreditar em um assassinato avulso, não em um assassinato planejado.

– Premeditação – explicou Rob, seus grandes olhos castanhos fixando Woodrow em um olhar solitário. – O que chamamos de um trabalho corporativo.

Diante do que, por um momento breve mas aterrorizador, Woodrow não pensou em absolutamente nada. Então pensou em *corporativo*. Por que ele disse *corporativo*?

Corporativo, significando que foi executado por uma corporação? Absurdo! Muito rebuscado para ser digno de consideração por um diplomata respeitado!

Depois disso sua mente tornou-se uma tela vazia. Nenhuma palavra, nem mesmo as mais banais e sem sentido, vinha ao seu socorro. Ele se viu, mal e mal, como alguma espécie de computador, recuperando, juntando e então rejeitando uma série de conexões fortemente codificadas de uma área interditada do seu cérebro.

Corporativo nada. Foi avulso. Não planejado. Um festim de sangue, ao estilo africano.

– Então o que o levou ao hospital? – ouviu Lesley dizer enquanto ele voltava a acompanhar a trilha sonora. – Por que foi visitar Tessa depois que perdeu o bebê?

– Porque ela me pediu. Pelo marido. Na minha posição de superior de Justin.

– Alguém mais foi convidado para a festa?

– Não que eu saiba.

– Talvez Ghita?

– Quer dizer Ghita Pearson?

– Conhece outra Ghita?

– Ghita Pearson não estava presente.

– Então apenas você e Tessa – observou Lesley em voz alta, escrevendo no seu caderno de notas. – O que o fato de ser superior de Justin tem a ver com isso?

– Estava preocupada com o bem-estar de Justin e desejava se assegurar de que tudo estava bem com ele – replicou Woodrow, deliberadamente ganhando tempo, em vez de aderir ao ritmo acelerado imposto. – Tentei persuadir Justin a tirar uma licença, mas preferiu ficar no seu posto. A conferência anual dos ministros da CEDLA se aproximava, e ele estava decidido a prepará-la. Expliquei isso a Tessa e prometi continuar de olho nele.

— Ela tinha um laptop? — aparteou Rob.

— Como assim?

— Por que é tão difícil? Ela tinha um laptop? Ao seu lado, sobre uma mesa, debaixo da cama, sobre a cama? O seu laptop. Tessa adorava seu laptop. Mandava e-mails às pessoas. Mandava e-mails para Bluhm. Mandava e-mails para Ghita. Mandava e-mails para um garoto doente na Itália do qual ela cuidava e para um namorado que tinha em Londres. Mandava e-mails para metade do mundo o tempo todo. Estava com o seu laptop?

— Obrigado por ser tão explícito. Não, não vi nenhum laptop.

— E quanto a uma caderneta de anotações?

Uma hesitação enquanto buscava na sua memória e compunha a mentira:

— Nenhuma que eu *visse*.

— Alguma que não viu?

Woodrow não se dignou a responder. Rob recostou-se e olhou o teto em uma pose fingida de lazer.

— E como ela estava se sentindo? — perguntou.

— Ninguém está no seu melhor ânimo depois de gerar um bebê natimorto.

— Como ela estava?

— Fraca. Desligada. Deprimida.

— E foi tudo o que falaram. Sobre Justin. Seu amado marido.

— Na medida em que me lembro, sim.

— Quanto tempo ficou no hospital?

— Não cronometrei, mas imagino que foi algo por volta de 20 minutos. Obviamente, eu não queria cansá-la.

— Então falaram sobre Justin durante 20 minutos. Se estava comendo o seu mingau e coisas assim.

— Foi uma conversa desconexa — replicou Woodrow, corando. — Quando alguém está febril, exausto e perdeu um bebê, não é fácil ter uma conversa lúcida.

— Alguém mais presente?
— Já lhes disse. Fui sozinho.
— Não foi o que lhe perguntei. Perguntei se havia mais alguém presente.
— Por exemplo?
— Por exemplo quem quer que estivesse presente. Uma enfermeira, um médico. Outro visitante, um amigo. Uma amiga. Um amigo. Um amigo africano. Como o Dr. Arnold Bluhm, por exemplo. Por que tenho de arrancar as coisas assim do senhor?

Demonstrando seu aborrecimento, Rob esticou-se como um arremessador de dardo, primeiro erguendo uma mão ao ar e depois tortuosamente reposicionando suas longas pernas. Woodrow, enquanto isso, estava de novo visivelmente consultando a memória: juntando as sobrancelhas e franzindo-as com um ar entre o divertido e o pesaroso.

— Agora que mencionou, Rob, você está certo. Muita esperteza a sua. Bluhm estava lá quando cheguei. Cumprimentamos um ao outro e ele saiu. Imagino que estivemos juntos por uns 20 segundos. Para você, 25.

A postura despreocupada de Woodrow era arduamente conquistada. Com os diabos, quem lhe contou que Bluhm estava à cabeceira da cama? Mas sua apreensão ia ainda mais longe. Atingia as fissuras mais obscuras da sua outra mente, tocando de novo naquela cadeia de causalidade que ele se recusava a reconhecer e que Porter Coleridge lhe havia ordenado furiosamente que esquecesse.

— Então o que Bluhm fazia lá, no seu entender, senhor?
— Não deu nenhuma explicação, nem ela. É um médico, não é? Além de qualquer outra coisa.
— O que fazia Tessa?
— Estava deitada na cama. Que esperava que estivesse fazendo? — retorquiu, perdendo a cabeça por um momento. — Brincando de jogo da pulga?

Rob esticou as pernas compridas diante de si, admirando seus pés imensos até a ponta, à maneira de alguém tomando um banho de sol.

– Não sei – disse. – O que esperávamos que ela estivesse fazendo, Les? – perguntou à colega oficial. – Não o jogo da pulga, com certeza. Lá está ela deitada na cama. Fazendo o quê?, perguntamos a nós mesmos.

– Amamentando um bebê negro, eu imaginaria – disse Lesley. – Enquanto a mãe morria.

Por algum tempo, os únicos sons na sala vinham de passos pelo corredor, carros correndo e lutando na cidade do outro lado do vale. Rob estendeu um braço desengonçado e desligou o gravador de fitas.

– Como o senhor comentou, estamos todos com o tempo curto – falou cortesmente. – Portanto, não desperdice a porra do tempo fugindo às perguntas e tratando-nos como merda. – Ligou o gravador de novo. – Queira fazer a gentileza de nos contar com suas próprias palavras sobre a mulher agonizante na enfermaria e seu pequeno bebê, Sr. Woodrow – disse ele. – Por favor. E do que ela morreu e quem a estava tentando curar da doença e como, e tudo mais que possa saber a respeito da questão.

Encurralado e ressentindo-se do seu isolamento, Woodrow buscou instintivamente o apoio do seu chefe de Embaixada, só para ser lembrado que Coleridge estava se fazendo de difícil. Na noite passada, quando Woodrow tentara contatá-lo para uma palavra em particular, Mildred avisou que seu patrão estava enclausurado com o embaixador americano e só podia ser interrompido em uma emergência. Esta manhã, Coleridge estava supostamente "dirigindo os negócios a partir da Residência".

5

Woodrow não era homem de desanimar facilmente. Em sua carreira diplomática fora obrigado a suportar uma quantidade de situações humilhantes e aprendera com a experiência que o caminho mais seguro era se recusar a admitir que algo estivesse errado. Aplicou esta lição agora, quando em sentenças curtas deu uma descrição minimalista da cena na enfermaria do hospital. Sim, concordava – levemente surpreso de que estivessem tão interessados nas minúcias do confinamento de Tessa –, lembrava-se vagamente de que uma paciente, companheira de enfermaria de Tessa, estava dormindo ou em coma. E que, como não podia amamentar seu próprio bebê, Tessa atuava como ama de leite da criança. A perda de Tessa foi o ganho da criança.

– A mulher doente tinha um nome? – perguntou Lesley.
– Não que eu lembre.
– Havia alguém com a mulher doente – um parente ou amigo?
– O irmão. Um garoto adolescente de sua aldeia. Foi o que Tessa contou, mas, considerando o estado dela, não a encaro como testemunha confiável.
– Sabe o nome do irmão?
– Não.
– Ou o nome da aldeia?
– Não.
– Tessa lhe disse qual era o problema da mulher?
– A maior parte do que falou era incoerente.
– Então o resto era coerente – assinalou Rob. Uma paciência estranha tomava conta dele. Suas pernas desengonçadas haviam encontrado um lugar para descansar. Subitamente, tinha o dia inteiro para matar. – Em seus momentos coerentes, o que Tessa lhe contou sobre a mulher doente do outro lado da enfermaria, Sr. Woodrow?
– Que ela estava morrendo. Que sua doença, cujo nome não disse, derivava das condições sociais em que vivia.
– AIDS?
– Não foi o que disse.
– Isso muda as coisas, então.
– De fato.
– Alguém tratava essa mulher dessa doença sem nome?
– Presumivelmente. Por que motivo estaria no hospital?
– Era Lorbeer?
– Quem?

— Lorbeer — Rob soletrou o nome. — Lor como Lor, Deus nos ajude, "*beer*" como Heineken. Mestiço holandês. Cabelos ruivos ou louros. No meio da casa dos 50. Gordo.

— Nunca ouvi falar no homem — replicou Woodrow com absoluta expressão de confiança no rosto enquanto seus intestinos roncavam.

— Viu alguém tratando dela?

— Não.

— Não viu ninguém lhe dar uma pílula ou injetar algo nela?

— Já lhe disse: nenhuma pessoa do hospital apareceu na enfermaria durante minha presença ali.

Em seu novo estado de lazer, Rob achou tempo para analisar esta réplica e sua reação a ela.

— E quanto ao pessoal *não* hospitalar?

— Não na minha presença.

— E fora dela?

— Como poderia saber disso?

— Por meio de Tessa. Do que Tessa lhe contou quando estava coerente — explicou Rob, e abriu um sorriso tão grande que seu bom humor se tornou um elemento perturbador, precursor de uma piada que ainda tinham de compartilhar. — A mulher doente na enfermaria de Tessa, cujo bebê ela amamentava, estava recebendo alguma atenção médica de *alguém*, segundo Tessa? — perguntou com paciência, compondo suas palavras para caberem em algum jogo de salão não especificado. — A mulher doente foi visitada, ou examinada, ou observada, ou tratada, por alguém, homem ou mulher, branco ou negro, médicos, enfermeiros, não médicos, gente de fora, gente de dentro, faxineiros do hospital, visitantes ou pessoas *comuns*?

Recostou-se: safe-se dessa.

Woodrow estava tomando noção da escala do seu apuro. Quanto mais saberiam sem o revelar? O nome Lorbeer soara em sua cabeça como um dobre de finados. Que outros nomes iriam jogar sobre ele? Quanto mais podia negar e se sustentar de pé? O que lhes havia dito Coleridge? Por que lhe negava ajuda, por que se recusava a colaborar com ele? Ou estava confessando tudo, pelas costas de Woodrow?

– Ela contou uma história de que a mulher teria sido visitada por homenzinhos de jalecos brancos – replicou com desdém. – Presumi que tivesse sonhado aquilo. Ou estava sonhando quando relatou. Não lhe dei nenhum crédito.

E nem vocês deviam, sugeria.

– Por que os jalecos brancos a estavam visitando? Segundo a história de Tessa. No que você chama de seu sonho.

– Porque os homens de jalecos brancos tinham matado a mulher. A certa altura ela os chamou de *as coincidências.* – Tinha decidido contar a verdade e ridicularizá-la. – Acho que os chamou também de gananciosos. Desejavam curar a mulher, mas não o conseguiram. A história era um monte de bobagem.

– Curá-la como?

– Isso não foi revelado.

– Mataram-na como, então?

– Receio também que ela tenha sido igualmente pouco clara nesse ponto.

– Ela havia escrito tudo isso?

– A história? Como poderia?

– Havia feito anotações? Leu para você essas anotações?

– Eu lhes disse. Que eu saiba não tinha nenhum caderno de notas.

Rob inclinou sua longa cabeça para um lado a fim de observar Woodrow de um ângulo diferente e talvez mais revelador.

– Arnold Bluhm não acha que a história fosse um monte de bobagem. Não acha que ela fosse incoerente. Arnold considera que ela acertou na mosca em tudo o que disse. Correto, Les?

O SANGUE TINHA SE esvaído do rosto de Woodrow, podia sentir. Mas, mesmo após o choque que sofrera, ficou tão firme sob o fogo quanto qualquer outro diplomata experiente que precisa defender a cidadela. De algum modo encontrou a voz. E a indignação.

– Desculpem. Estão dizendo que *encontraram* Bluhm? Isto é extremamente ultrajante.

– Quer dizer que não deseja que o encontremos? – perguntou Rob, intrigado.

— Não quero dizer nada disso. Quero dizer que vocês estão aqui sob certas condições e, se encontraram Bluhm ou falaram com ele, têm a clara obrigação de partilhar esse conhecimento com o Alto Comissariado.

Mas Rob já sacudia a cabeça.

— De jeito nenhum encontramos Bluhm ou falamos com ele, senhor. Gostaria que tivéssemos. Mas achamos alguns papéis que lhe pertenciam. Uma útil miscelânea, como os senhores diriam, espalhada pelo apartamento. Nada sensacional, infelizmente. Algumas anotações de casos médicos que, suponho, poderiam interessar a alguém. Cópias desta ou daquela carta rude que o doutor mandava para este ou aquele laboratório, firma ou hospital universitário ao redor do mundo. E é só isso, não, Les?

— Espalhado é um pouco de exagero, na verdade – admitiu Lesley. – Enfurnado seria mais correto. Havia uma pilha colada atrás da moldura de um quadro, outra debaixo da banheira. Levou-nos o dia inteiro. Bem, quase um dia, de qualquer maneira.

Passou o dedo na língua e virou uma página do seu caderno.

— Além do mais, os seja-lá-quem-for esqueceram o seu carro – Rob lembrou a ela.

— Parecia mais um depósito de lixo do que um apartamento depois que passaram por lá – concordou Lesley. – Tudo feito sem nenhuma arte, simplesmente quebraram e pegaram. Mas sabe que também temos disso em Londres hoje em dia? Alguém é dado nos jornais como desaparecido ou morto e os bandidos invadem sua casa na mesma manhã e saqueiam. Nossos agentes de prevenção do crime estão ficando muito aborrecidos com isso. Se incomodaria se tentássemos mais uns nomes com o senhor em um minuto, Sr. Woodrow? – perguntou ela, erguendo seus olhos cinzentos e fixando-os sobre ele.

— Fiquem à vontade – disse Woodrow, como se já não estivessem.

— Kovacs, nacionalidade provavelmente húngara, mulher, jovem. Cabelos negros *lustrosos*, pernas *compridas* – ele vai nos dar suas estatísticas vitais a seguir –, primeiro nome desconhecido, pesquisadora.

— Você se lembraria *dela* sem dúvida alguma – disse Rob.

103

— Receio que não me lembre.
— Emrich. Doutora em medicina, pesquisadora científica, diplomada primeiro em Petersburgo, tirou um diploma alemão em Leipzig, fez trabalho de pesquisa em Gdansk. Mulher. Nenhuma descrição disponível. O nome lhe diz algo?
— Nunca ouvi falar de tal pessoa na minha vida. Ninguém com esta descrição, ninguém com este nome, ninguém com esta origem ou qualificação.
— Poxa, o senhor realmente *não* ouviu falar nela, ouviu?
— E nosso velho amigo Lorbeer – atalhou Lesley, escusando-se. – Primeiro nome desconhecido, origem desconhecida, provavelmente metade holandês ou bôer, qualificação também um mistério. Estamos citando das anotações de Bluhm, esse é o problema, por isso estamos à sua mercê, como o senhor diria. Ele colocou os três nomes ligados como anéis em um diagrama, com minúsculas descrições dentro de cada balão. Lorbeer e as duas médicas. Lorbeer, Emrich, Kovacs. Uma boca cheia. Teríamos trazido uma cópia para o senhor, mas estamos um pouco melindrados quanto a usar copiadoras no momento. Sabe como é a polícia local. E as lojas copiadoras – bem, francamente, não lhes confiaríamos nem mesmo a cópia do Pai-nosso, não é, Rob?
— Usem a nossa copiadora – disse Woodrow rápido demais.
Um silêncio pensativo se seguiu, que para Woodrow era como uma surdez em que carros não passavam, pássaros não cantavam e ninguém caminhava pelo corredor do outro lado da sua porta. O silêncio foi quebrado por Lesley, obstinadamente descrevendo Lorbeer como o homem que eles mais gostariam de interrogar.
— Lorbeer é um nômade. *Acredita-se* que pertença ao ramo farmacêutico. *Acredita-se* que tenha entrado e saído de Nairóbi algumas vezes no ano passado, mas os quenianos não conseguem acompanhar seus movimentos, surpreendentemente. *Acredita-se* que visitou a enfermaria do Hospital Uhuru quando Tessa esteve confinada ali. *Taurino* foi outra descrição que tivemos. Pensei que isso se referisse à Bolsa de Valores. E o senhor tem certeza de que nunca cruzou com

um Lorbeer, médico de cabelos ruivos e aparência taurina, talvez um doutor? Em nenhuma de suas viagens?

— Nunca ouvi falar no homem. Ou em alguém com a sua aparência.

— Estamos recebendo muitas respostas assim, na verdade — comentou Rob dos bastidores.

— Tessa o conhecia. E Bluhm também — disse Lesley.

— Isso não quer dizer que eu o conhecesse.

— Então qual é a peste branca, seria capaz de dizer? — perguntou Rob.

— Não tenho absolutamente nenhuma ideia.

Saíram como tinham saído anteriormente: carregando um crescente ponto de interrogação.

ASSIM QUE FICOU seguramente livre deles, Woodrow apanhou o fone interno de Coleridge e, para seu alívio, ouviu sua voz.

— Tem um minuto?

— Acho que sim.

Encontrou-o sentado à mesa, uma mão pousada sobre a testa. Usava suspensórios amarelos com estampas de cavalos. Sua expressão era cautelosa e beligerante.

— Preciso ter a garantia de que Londres está nos apoiando nisto — começou Woodrow, sem se sentar.

— *Nós* sendo exatamente quem?

— Você e eu.

— E por Londres você quer dizer Pellegrin, presumo.

— Por quê? Algo mudou?

— Não que eu saiba.

— Vai mudar?

— Não que eu saiba.

— Bem, Pellegrin tem respaldo? Vamos colocar assim.

— Oh, Bernard *sempre* tem respaldo.

— E *nós* continuamos com isto, ou *não*?

— Continuar mentindo, é o que quer dizer? Claro que continuamos.

– Então por que não podemos chegar a um acordo sobre... sobre o que dizemos?

– Boa ideia. Não sei. Se eu fosse um homem de Deus, tiraria o corpo fora e rezaria. Mas essa porra toda não é tão fácil assim. A garota está morta. Essa é uma parte da questão. E nós estamos vivos. Essa é a outra parte.

– Então lhes contou a verdade?

– Não, não, por Deus que não. Minha memória é como uma peneira. Lamento terrivelmente.

– E *vai* contar-lhes a verdade?

– A eles? Não, não. Nunca. Merda.

– Então por que não podemos concordar em nossas versões?

– É isso. Por que não? Realmente, por quê? Você colocou um dedo na questão, Sandy. O que está nos impedindo?

– É SOBRE SUA VISITA ao Hospital Uhuru, senhor – começou Lesley com firmeza.

– Pensei que já tivéssemos *esgotado* o assunto em nossa última sessão.

– Sua outra visita. A segunda. Um pouco depois. Foi mais uma espécie de seguimento.

– *Um seguimento?* Seguimento do quê?

– Uma promessa que fez a ela, aparentemente.

– Do que está falando? Não a entendo.

Mas Rob a entendia perfeitamente e disse isto:

– Pareceu um inglês bastante claro para mim, senhor. O senhor teve um segundo encontro com Tessa no hospital? Umas quatro semanas depois que ela teve alta, por exemplo? Encontrou-se com ela na sala de espera da clínica pós-natal onde ela tinha uma consulta? Porque é o que as anotações de Arnold dizem que fez, e ele não errou até agora, não pelo que nós, caras ignorantes, somos capazes de entender.

Arnold, notou Woodrow. Não era mais Bluhm.

O filho do soldado debatia consigo mesmo e o fazia com o cálculo glacial de que na crise estava a sua musa, enquanto em sua memória acompanhava a cena no hospital superlotado como se tivesse acontecido a outra pessoa. Tessa carrega uma bolsa de tapeçaria com alças de bambu. É a primeira vez que ele a viu, mas a partir de agora até o resto de sua curta vida a bolsa é parte da dura imagem que ela formou de si mesma, enquanto jazia no hospital com seu bebê morto no necrotério e uma mulher agonizante na cama oposta à dela e o bebê da mulher agonizante no seu seio. Combina com a pouca maquiagem, os cabelos mais curtos e a carranca que não era diferente do olhar descrente que Lesley fixava sobre ele neste minuto, enquanto esperava por sua versão editada do evento. A luz, como em toda parte no hospital, é instável. Imensas colunas de luz do sol dividem a penumbra do interior. Pequenos pássaros planam entre as vigas. Tessa está de pé com as costas apoiadas em uma parede curva, ao lado de um café malcheiroso com cadeiras alaranjadas. Uma multidão entra e sai das colunas de luz, mas ele a vê imediatamente. Segura uma bolsa de tapeçaria com as duas mãos sobre a parte inferior da barriga e está parada do jeito que as rameiras costumavam ficar diante das portas quando ele era jovem e assustado. A parede está na sombra porque os fachos de sol não alcançam as beiras do ambiente, e talvez seja por isso que Tessa escolheu esse ponto particular.

– Você disse que me escutaria quando eu ficasse mais forte – lembra-lhe em uma voz baixa e áspera que ele mal reconhece.

É a primeira vez que se falam desde sua visita à enfermaria. Vê os lábios dela, tão frágeis sem a ajuda do batom. Vê a paixão em seus olhos cinzentos e isso o assusta, como todas as paixões o assustam, inclusive a sua.

– O encontro a que você se refere não foi social – disse a Rob, evitando o olhar implacável de Lesley. – Foi profissional. Tessa alegava ter tropeçado em alguns documentos que, se genuínos, seriam politicamente sensíveis. Pediu-me para encontrá-la na clínica para que pudesse passá-los para mim.

– Tropeçou como? – perguntou Rob.

– Tinha ligações externas. É tudo o que sei. Amigos nas agências de assistência.

– Tal como Bluhm?

— Entre outros. Não era a primeira vez que ela procurava o Alto Comissariado com histórias de alto escândalo, devo acrescentar. Fazia disso um verdadeiro hábito.

— Por Alto Comissariado quer dizer o senhor?

— Se você se refere a mim na minha qualidade de chefe de Chancelaria, sim.

— Por que ela não deu os papéis a Justin para lhe entregar?

— Justin devia ficar fora da equação. Essa foi a decisão dela e presumivelmente a dele. — Estaria explicando demais, outro perigo? Mergulhou na continuação. — Eu a respeitava por isso. Para ser franco, respeitava todo e qualquer sinal de escrúpulo nela.

— Por que não deu os papéis a Ghita?

— Ghita é nova, jovem, e funcionária local. Não teria sido um mensageiro adequado.

— Então vocês se encontraram — continuou Lesley. — No hospital. Na sala de espera da clínica pós-natal. Não era um local de encontro um tanto conspícuo: dois brancos entre todos aqueles africanos?

Você esteve lá, pensou, com outro tremor próximo do pânico. Você visitou o hospital.

— Não era dos africanos que ela sentia medo. Era dos brancos. Não havia meio de persuadi-la. Quando estava com os africanos, se sentia segura.

— Ela dizia isso?

— Eu deduzi.

— A partir do quê? — perguntou Rob.

— Sua atitude durante aqueles últimos meses. Depois do bebê. Comigo, com a comunidade branca. Com Bluhm. Bluhm nada podia fazer de errado. Era africano, bonito e médico. E Ghita era metade indiana — um pouco intempestiva.

— Como foi que Tessa marcou o encontro? — perguntou Rob.

— Mandou um bilhete para minha casa, pelas mãos do seu criado Mustafa.

— Sua esposa sabia que ia se encontrar com ela?

— Eu encarava o encontro como confidencial.

— Por que ela não lhe telefonou?

– Minha mulher?

– Tessa.

– Desconfiava dos telefones diplomáticos. Com razão. Todos nós desconfiamos.

– Por que ela simplesmente não mandou os documentos por Mustafa?

– Havia compromissos que ela exigia de mim. Garantias.

– Por que não lhe trouxe os papéis aqui? – Rob ainda pressionava e pressionava.

– Pelo motivo que já lhe dei. Tinha chegado a um ponto em que não confiava no Alto Comissariado, não desejava ser maculada por ele, não desejava ser vista entrando ou saindo dele. Você fala como se as ações dela fossem lógicas. É difícil aplicar lógica aos meses finais de Tessa.

– Por que não Coleridge? Por que tinha de ser o senhor o tempo todo? À cabeceira dela, na clínica? Ela não conhecia mais ninguém aqui?

Durante um momento perigoso, Woodrow juntou forças com seus inquisidores. Por que eu, realmente?, perguntou a Tessa em um surto de autocomiseração irada. Porque sua maldita vaidade nunca me deixaria em paz. Porque lhe agradava ouvir-me prometer minha alma, quando nós dois sabíamos que no dia do ajuste de contas não a entregaria e você não a aceitaria. Porque me desafiar era como encarar de frente a doença inglesa que você adorava odiar. Porque eu era alguma espécie de arquétipo para você, "todo ritual e nenhuma fé", em suas palavras. Estamos parados face a face a uns 15 centímetros distantes um do outro e estou me perguntando por que temos a mesma altura, até que percebo um degrau que sobe rente à base da parede curva e que, como outras mulheres ali, você subiu, esperando ser avistada pelo seu homem. Nossos rostos estão no mesmo nível e, apesar de sua nova austeridade, é Natal de novo e estou dançando com você, cheirando a doce grama quente dos seus cabelos.

– Então ela lhe deu o maço de papéis – dizia Rob. – Do que tratavam?

Estou apanhando o envelope e sentindo o contato enlouquecedor dos seus dedos enquanto me passa os papéis. Você está deliberadamente reavivando a chama em mim, sabe disto, e não pode evitar, você está me levando de novo para a beira do abismo, embora saiba que nunca vai me acompanhar. Estou sem paletó. Você me observa enquanto abro os botões da camisa, deslizo o envelope contra minha pele nua e o empurro para baixo até que sua margem inferior fica presa entre a cintura da calça e meus quadris. Você me observa de novo enquanto fecho os botões e tenho as mesmas sensações envergonhadas que teria se tivéssemos feito amor. Como bom diplomata, ofereço-lhe uma xícara de café. Você recusa. Ficamos frente a frente como dançarinos, esperando que a música justifique nossa proximidade.

– Rob perguntou-lhe do que tratavam os papéis – Lesley lembrava a Woodrow do campo exterior de sua consciência.

– Pretendiam descrever um escândalo de vulto.

– Aqui no Quênia?

– A correspondência foi considerada de caráter secreto.

– Por Tessa?

– Não seja tolo assim. Como ela poderia atribuir caráter secreto a qualquer documento? – fustigou Woodrow e, tarde demais, arrependeu-se da sua veemência.

Você deve forçá-los a agir, Sandy, você está me pressionando. Seu rosto está pálido de sofrimento e coragem. Seus impulsos teatrais não foram ofuscados pela experiência da tragédia real. Seus olhos estão transbordando de lágrimas que, desde a morte do bebê, nadam neles o tempo todo. Sua voz instiga, mas acaricia também, percorrendo as escalas como sempre o fez. *Precisamos de um defensor, Sandy. Alguém do lado de fora. Alguém oficial e capaz. Prometa-me. Se eu puder manter a fé em você, você poderá manter sua fé em mim.*

Então eu prometo. Como você, sou carregado pela força do momento. *Eu acredito. Em Deus. No amor. Em Tessa.* Quando estamos no palco juntos, *eu acredito.* Juro tudo o que posso, que é o que faço toda vez que a encontro, ao que você quer que eu faça, porque você também é viciada em relações impossíveis e cenas teatrais. *Eu pro-*

meto, confirmo, e você me faz dizer de novo. *Eu prometo, eu prometo. Eu amo você e eu prometo.* E esta é a sua deixa para me beijar nos lábios que fizeram a vergonhosa promessa: um beijo para me silenciar e selar o contrato; um rápido abraço para me prender e me deixar cheirar seus cabelos.

— Os papéis foram mandados pelo malote diplomático ao relevante subministro em Londres — Woodrow explicou a Rob. — Nesse ponto eles foram dados oficialmente como secretos.

— Por quê?

— Por causa das sérias alegações que continham.

— Contra?

— Eu passo, lamento.

— Uma empresa? Um indivíduo?

— Eu passo.

— Quantas páginas tinha o documento, segundo o senhor?

— Quinze. Vinte. Havia uma espécie de anexo.

— Havia fotografias, ilustrações, provas?

— Eu passo.

— Fitas gravadas? Discos — confissões gravadas, declarações?

— Eu passo.

— Para qual subministro o senhor mandou os papéis?

— Sir Bernard Pellegrin.

— Conservou uma cópia aqui?

— Faz parte de nossa política manter o mínimo possível de material sensível aqui.

— Guardou uma cópia ou não?

— Não.

— Os papéis estavam datilografados?

— Por quem?

— Os documentos foram datilografados ou escritos a mão?

— Datilografados.

— Como?

— Não sou especialista em máquinas de escrever.

— Tipo eletrônico? Um processador de palavras? Um computador? Lembra-se da *espécie* de tipo? Da fonte?

Woodrow encolheu os ombros em um gesto mal-humorado próximo da violência.
– Não estava em itálico, por exemplo? – Rob persistiu.
– Não.
– Ou naquela caligrafia falsa meio emendada que eles fazem?
– Era um tipo romano perfeitamente comum.
– Eletrônico.
– Sim.
– Então se lembra. O anexo foi datilografado?
– Provavelmente.
– No mesmo tipo?
– Provavelmente.
– Então quinze ou vinte páginas, mais ou menos, em tipo eletrônico romano perfeitamente comum. Obrigado. O senhor teve algum retorno de Londres?
– Eventualmente.
– De Pellegrin?
– Pode ter sido Sir Bernard, pode ter sido um de seus subordinados.
– Dizendo...
– Nenhuma ação era requerida.
– Algum motivo chegou a ser dado? – Rob ainda arremessava suas perguntas como socos.

As chamadas provas oferecidas pelo documento eram tendenciosas. Quaisquer investigações baseadas nelas nada alcançariam e prejudicariam nossas relações com a nação anfitriã.

– Contou a Tessa que a resposta foi aquela: nenhuma ação?
– Não tão explicitamente.
– O que *foi* que disse a ela? – perguntou Lesley.

Seria a nova atitude de Woodrow de contar a verdade que o levou a replicar como o fez – ou algum instinto mais fraco de confessar?
– Eu lhe disse o que achava que seria aceitável para ela, considerando sua condição: a perda que havia sofrido e a importância que dava aos documentos.

Lesley tinha desligado o gravador e estava colocando seus cadernos na bolsa.

— E que mentira era aceitável para ela, senhor? Na sua opinião? — perguntou.

— Que Londres cuidava do caso. Que medidas estavam sendo tomadas.

Por um momento abençoado Woodrow acreditou que o encontro estivesse encerrado. Mas Rob ainda estava lá, na linha de fogo.

— Uma coisa mais, se não se importa, Sr. Woodrow. Bell, Barker & Benjamin. Mais conhecidos como ThreeBees.*

A postura de Woodrow não se alterou em nenhuma fração.

— Anúncios por toda a cidade. *"ThreeBees, Busy for Africa." "Buzzing for You, Honey! I Love ThreeBees."*** Um grande edifício novo todo de vidro, parece um monólito.

— E o que é que há com eles?

— Levantamos o perfil da empresa na noite passada, não foi, Les? Uma organização impressionante, a gente nem chega a imaginar. Está metida em quase tudo, por toda a África, mas é britânica até o cerne. Hotéis, agências de viagens, jornais, companhias de seguros, mineração de ouro, carvão e cobre, importação de carros, barcos e caminhões — eu poderia continuar indefinidamente. Além de uma bela linha de medicamentos. "Três Abelhas Zumbindo Por Sua Saúde." Vimos esse *outdoor* quando vínhamos para cá de carro esta manhã, não foi, Les?

— Um pouco antes, nesta rua — concordou Lesley.

— E estão enfiados na mixórdia dos Rapazes de Moi também, pelo que ouvimos. Jatos particulares, todas as garotas que você puder comer.

— Suponho que isto não esteja nos levando a lugar algum.

— Não, realmente. Só queria observar seu rosto enquanto falava sobre eles. Já fiz isso. Obrigado por sua paciência.

ThreeBees, em inglês, com o duplo sentido de Três Bs e Três Abelhas. (*N. do T.*)
**Continua a provocação com o duplo sentido: "Três Bs (Três Abelhas), Trabalhando (Zumbindo) pela África." "Trabalhando (Zumbindo) por Vocês, Queridos (Mel)! Eu Amo Três Bs (Três Abelhas)." (*N. do T.*)

Lesley ainda estava ocupada com sua bolsa. Apesar de todo o interesse que pudesse mostrar pelo diálogo, era como se não o tivesse ouvido.

– Pessoas como o senhor deviam ser contidas, Sr. Woodrow – divagou em voz alta, com uma sacudida intrigada de sua sábia cabeça. – Pensa que está resolvendo os problemas do mundo, mas na verdade o senhor é o problema.

– Ela quer dizer que o senhor é um mentiroso fodido – explicou Rob.

Desta vez, Woodrow não os escoltou até a porta. Ficou no seu posto atrás da mesa, ouvindo os passos de seus visitantes que se afastavam, então chamou a portaria da frente e pediu, no tom mais casual, que lhe avisassem quando deixassem o edifício. Ao saber que já tinham saído, dirigiu-se rapidamente ao escritório particular de Coleridge. Como bem sabia, Coleridge estava distante da sua mesa, conferenciando com o ministro do Exterior do Quênia. Mildren falava ao telefone interno, parecendo desagradavelmente relaxado.

– É urgente – disse Woodrow, em contraste com o que quer que Mildren achasse que ele estava fazendo.

Sentado à mesa vazia de Coleridge, Woodrow observou Mildren tirar um losango do cofre pessoal do alto comissário e inseri-lo oficiosamente no telefone digital.

– Quem é que o senhor deseja, afinal? – Mildren perguntou com a insolência peculiar aos secretários particulares diante dos superiores.

– Saia – disse Woodrow.

E, assim que ficou sozinho, discou o número direto de Sir Bernard Pellegrin.

Estavam sentados na varanda, dois colegas de serviço desfrutando um drinque antes de ir dormir sob o brilho incessante de luzes intrusas. Gloria havia se recolhido à sala de estar.

– Não existe um jeito bom de dizer isto, Justin – começou Woodrow. – Por isso, vou dizer de qualquer maneira. A probabilidade muito forte é de que ela foi estuprada. Sinto muito, terrivelmente. Por ela e por você.

E Woodrow *sentia* realmente, devia *sentir*. Às vezes, você não precisa sentir algo para saber que sente. Às vezes, seus sentidos estão de tal maneira esmagados que outro aterrador pedaço de informação é apenas mais um cansativo detalhe para se administrar.

– Isso antes da autópsia, naturalmente, portanto é prematuro e extraoficial – continuou, evitando o olhar de Justin. – Mas parecem não ter dúvidas. – Sentiu uma necessidade de oferecer consolo prático. – A polícia acha que isso é na verdade bastante esclarecedor, existir um motivo, pelo menos. Isso os ajuda em uma visão ampla do caso, embora não possam indicar nenhum culpado ainda.

Justin estava sentado totalmente atento, segurando o copo de conhaque diante dele com as duas mãos, como se fosse um prêmio que alguém lhe tivesse dado.

– Apenas uma *probabilidade*? – objetou finalmente. – Que coisa estranha. Como pode ser assim?

Woodrow não tinha imaginado que, uma vez mais, seria submetido a interrogatório, mas de certo modo penoso acolheu aquilo com prazer. Um demônio o estava empurrando.

– Bem, obviamente eles têm de se perguntar se teria sido algo consentido. É rotina.

– Consentido com quem? – indagou Justin, intrigado.

– Bem, com quem quer... com quem quer em que estejam pensando. Não podemos fazer o trabalho por eles, não acha?

– Não. Não podemos. Pobre Sandy. Todo o trabalho sujo parece sobrar para você. E agora acho que deveríamos dar atenção a Gloria. Estava muito certa ao nos deixar sozinhos. Sentar-se ao relento com todo o reino insetívoro da África seria algo que sua sensível pele inglesa não suportaria.

Sentindo uma súbita aversão à proximidade de Woodrow, ele se levantou e abriu o janelão.

– Gloria, querida, nós a abandonamos.

6

Justin Quayle enterrou sua mulher assassinada em um belo cemitério africano chamado Langata, debaixo de um jacarandá, entre seu filho natimorto Garth e um menino quicuio de 5 anos que era vigiado por um anjo de gesso ajoelhado, com um escudo declarando que havia se juntado aos santos. Além dela, ali jazia Horatio John Williams, de Dorset, com Deus, e a seus pés Miranda K. Soper, amada para sempre. Mas Garth e o pequeno menino africano, que se chamava Gitau Karanja, eram seus companheiros mais próximos, e Tessa jazia ombro a ombro com eles, e era o que Justin desejava e o que Gloria, depois de uma adequada distribuição da generosidade de Justin, tinha obtido para ele. Ao longo de toda a cerimônia, Justin ficou afastado de todo mundo, a sepultura de Tessa à sua esquerda e a de Garth à sua direita, e a dois passos inteiros adiante de Woodrow e de Gloria, que até então tinham pairado em proteção a cada lado dele, em parte para lhe dar consolo, em parte para escudá-lo das atenções da imprensa que, sempre voltada para o seu dever com o público, era incansável na sua determinação de obter fotos e informações sobre o diplomata britânico chifrudo e quase-pai, cuja esposa branca chacinada – assim falavam os tabloides mais ousados – tivera um bebê com o seu amante africano e agora jazia, ao lado dele, em um canto em terra estrangeira – citando não menos do que três do mesmo dia – que fora para sempre Inglaterra.

Além dos Woodrow e bem distanciada deles estava Ghita Pearson em um sari, a cabeça para a frente e as mãos unidas diante de si na atitude permanente de luto, e a seu lado o mortalmente pálido Porter Coleridge e sua mulher Veronica, e, aos olhos de Woodrow, era como se estivessem cobrindo-a da proteção que teriam dispensado a sua filha ausente Rosie.

O cemitério de Langata fica em um luxuriante platô de capim alto, lama vermelha e árvores ornamentais floridas, ao mesmo tempo tristes e alegres, a uns 3 quilômetros do centro da cidade, a curta distância de Kibera, uma das maiores favelas de Nairóbi, um vasto borrão marrom de casas de zinco enfumaçadas cobertas por uma camada da horrível poeira africana e entulhada no vale do rio Nairóbi, separadas uma da outra por menos de uma mão. A população de Kibera é de meio milhão crescente e o vale é rico em depósitos de esgotos, sacos plásticos, linhas coloridas de roupas velhas, cascas de banana e de laranja, espigas de milho e tudo mais que a cidade se digne a despejar ali. Do outro lado da rua, além do cemitério, estão os vistosos escritórios da Junta de Turismo Queniana e a entrada para o Parque de Caça de Nairóbi, e um pouco adiante deles os barracos arruinados do aeroporto Wilson, o mais antigo do Quênia.

Para os dois Woodrow e muitos dos que acompanhavam o funeral de Tessa, havia algo sinistro, bem como heroico, na solidão de Justin à medida que o momento do enterro se aproximava. Ele parecia se despedir não apenas de Tessa, mas de sua carreira em Nairóbi, do seu filho natimorto e da sua vida inteira até agora. Sua perigosa proximidade da beira da cova parecia indicar isso. Havia a sugestão de que boa parte do Justin que eles conheciam, e talvez a totalidade dele, iria seguir com Tessa para o além. Uma única pessoa viva parecia merecer sua atenção, notou Woodrow, e não era o padre, não era a figura de sentinela de Ghita Pearson, nem o reticente e pálido Porter Coleridge, seu chefe de Embaixada, ou os jornalistas que se amontoavam uns sobre os outros em busca de um melhor clique, de um melhor ângulo, não eram as esposas inglesas de queixo comprido unidas em uma empatia de dor por sua falecida irmã cujo destino poderia tão facilmente ter sido o seu, nem era a dúzia de policiais quenianos acima do peso que repuxavam seus cintos de couro.

Era Kioko. Era o menino que estivera sentado no chão da enfermaria de Tessa no Hospital Uhuru, vendo sua irmã morrer; que caminhara dez horas de sua aldeia para ficar com ela até o fim e que tinha caminhado outras dez para estar com Tessa hoje. Justin e Kioko viram um ao outro ao mesmo tempo e, quando isso aconteceu, fixaram seus olhares em uma troca cúmplice. Kioko era a pessoa mais jovem presente, notou Woodrow. Em resposta à tradição tribal, Justin pedira que os jovens ficassem de fora.

Pilares brancos marcavam a entrada do cemitério quando o cortejo de Tessa chegou. Cactos gigantes, trilhas de lama vermelha e dóceis vendedores de bananas e de sorvetes alinhavam-se ao lado do caminho até a sepultura. O padre era negro, velho e grisalho. Woodrow lembrou de ter apertado sua mão em uma das festas de Tessa. Mas o amor do padre por Tessa era efusivo e sua crença na vida após a morte tão fervorosa e o barulho das ruas e do tráfego aéreo tão persistente – para não mencionar a proximidade de outros funerais, o clangor da música espiritual dos carros de som e os oradores em competição usando chifres de touro como megafone que discursavam bombasticamente para os círculos de amigos e parentes que faziam piquenique na grama ao redor dos caixões de seus entes queridos – que não era surpreendente que apenas poucas das palavras metralhadas pelo santo homem alcançassem os ouvidos da sua audiência. E Justin, se é que as ouvia, não mostrava nenhum sinal. Esmerado como sempre no terno escuro que separou para a ocasião, mantinha o olhar fixo no menino Kioko, que, como Justin, buscara seu próprio espaço à parte de todo mundo e parecia ter se pendurado nele, pois seus pés espichados mal tocavam o solo, seus braços pendiam maltrapilhos ao lado do corpo, e a cabeça longa estava esticada em uma postura de permanente indagação.

A jornada final de Tessa não foi suave, mas nem Woodrow nem Gloria desejariam que fosse. Cada um achava tacitamente adequado que seu último ato contivesse o elemento de imprevisibilidade que caracterizara sua vida. A casa dos Woodrow acordara cedo, embora não houvesse nenhum motivo, a não ser que, no meio da noite, Gloria se deu conta de que não tinha um chapéu preto. Um telefonema no raiar da aurora estabeleceu que Elena tinha dois, mas que ambos eram meio anos 1920 e estilo de aviador, Gloria se importava? Um Mercedes oficial foi despachado da residência do seu marido grego, transportando um chapéu preto em uma sacola de plástico da Harrod's. Gloria devolveu-o, preferindo um lenço de cabeça de renda preta da sua mãe; ela o usaria como uma *mantilla*. Afinal, Tessa *era* metade italiana, explicou.

– Espanhola, querida – replicou Elena.

– Bobagem – replicou Gloria. – Sua mãe era uma condessa toscana, foi o que disse o *Telegraph*.

– A *mantilla*, querida – corrigiu pacientemente Elena. – *Mantillas* são espanholas, não italianas, eu receio.

– Bem, a maldita da *mãe* dela, com toda certeza, era italiana – desferiu Gloria, só para ligar cinco minutos depois culpando o estresse por sua explosão.

A essa altura os meninos Woodrow já tinham sido mandados para a escola, o próprio Woodrow saído para o Alto Comissariado e Justin rondava a sala de jantar com seu terno e gravata, querendo flores. Não flores do jardim de Gloria, mas as suas próprias. Queria as frésias amarelas cheirosas cultivadas para ela o ano inteiro, disse, e sempre colocadas à sua espera quando voltava de suas viagens de campo. Queria duas dúzias, pelo menos, para o caixão de Tessa. As deliberações de Gloria sobre como conseguir as flores foram interrompidas por um confuso telefonema de um jornal de Nairóbi pretensamente anunciando que o corpo de Bluhm fora encontrado no leito seco de um rio a 80 quilômetros a leste do lago Turkana, e teria ela algo a dizer a respeito? Gloria gritou "nada a declarar" no fone e bateu o aparelho com força. Mas ficou abalada, e dividida quanto a partilhar ou não a notícia com Justin, ou esperar até que o enterro tivesse terminado. Ficou, por isso, muito aliviada quando recebeu um telefonema de Mildren, menos de cinco minutos depois, dizendo que Woodrow estava em uma reunião, mas os rumores sobre o corpo de Bluhm eram bobagem: o corpo, pelo qual uma tribo de bandidos somalis exigia 10 mil dólares, tinha pelo menos 100 anos de idade, e muito provavelmente mil, e seria possível ele trocar uma palavrinha com Justin?

Gloria trouxe Justin ao telefone e permaneceu oficiosamente a seu lado enquanto ele dizia sim – isso combinava com ele –, você está sendo muito gentil e ele certamente estaria preparado. Mas, com relação ao que Mildren dizia gentilmente e para o que Justin estaria preparado, tudo permanecia obscuro. E não, obrigado – Justin disse enfaticamente a Mildren, acrescentando ao mistério –, não desejava ser recebido ao chegar, preferia fazer seus próprios arranjos. Depois desligou e pediu – um tanto enfaticamente, considerando tudo o que ela fizera por ele – que o deixassem sozinho na sala de jantar para fazer uma ligação a cobrar para seu advogado em Londres, uma coisa que fizera duas vezes antes nos últimos dias, também sem permitir que Gloria tivesse acesso a suas deliberações. Com uma demonstração de discrição, ela se retirou para a cozinha a fim de ouvir da portinhola, mas encontrou um Mustafa tomado de dor que chegara sem se anunciar pela porta dos fundos com uma cesta cheia de frésias amarelas que, por sua própria iniciativa, tinha recolhido do jardim de Justin. Munida dessa desculpa, Gloria marchou para a sala de jantar, esperando pelo menos apanhar o final da conversa de Justin, mas ele desligava quando ela entrou.

De repente, sem que transcorresse mais tempo, ficou muito tarde. Gloria acabara de se vestir, mas não havia *tocado* em seu rosto, ninguém tinha comido *nada* e a hora do almoço tinha passado, Woodrow aguardava do lado de fora do Volkswagen, Justin estava parado no saguão segurando suas frésias – agora enfeixadas em um buquê –, Juma acenava com uma bandeja de sanduíches de queijo para todo mundo e Gloria tentava decidir se dava o nó na *mantilla* debaixo do queixo ou se a colocava sobre os ombros como sua mãe.

Sentada no banco traseiro da van, entre Justin e Woodrow, Gloria admitia para si mesma o que Elena vinha lhe dizendo há vários dias: que estava completamente caída por Justin, coisa que não lhe acontecia há anos, e era uma agonia absoluta pensar que seu hóspede iria embora a qualquer dia. Por outro lado, como Elena havia apontado, sua partida pelo menos lhe permitiria colocar a cabeça no lugar e voltar à normalidade dos serviços maritais. E, se acontecesse que a ausência de Justin deixasse seu coração ainda mais apaixonado, como Elena ousadamente sugeriu, Gloria sempre poderia fazer algo a respeito em Londres.

A travessia da cidade na van pareceu a Gloria mais sacolejante do que de costume e era um consolo ter a noção do calor da coxa de Justin contra a sua. Quando o Volkswagen parou diante da agência funerária, ela sentia um nó na garganta, seu lenço era uma bola úmida na palma da mão e não sabia mais se estava pranteando Tessa ou

Justin. As portas traseiras da van foram abertas pelo lado de fora, Justin e Woodrow saltaram, deixando-a sozinha no assento traseiro com Livingstone no da frente. Nenhum jornalista, ela registrou agradecida, lutando para se recompor. Ou nenhum ainda. Observou seus dois homens pela janela, enquanto subiam os degraus da frente de um edifício térreo de granito com um toque de estilo Tudor nos beirais. Justin com seu terno cortado em alfaiate e a perfeita juba de cabelos negros e grisalhos que ninguém nunca o via pentear ou escovar, agarrando as frésias amarelas – e aquele andar de oficial de cavalaria que, pelo que ela sabia, todos os que eram metade Dudley tinham, ombro direito à frente. Por que Justin sempre parecia liderar e Woodrow seguir? E por que Sandy estava tão *servil* nos últimos tempos, tão *mordomo*? – queixava-se para si mesma. E já estava na hora de comprar um novo terno; aquela coisa de sarja o fazia parecer um detetive particular.

Desapareceram no saguão de entrada.

– Papéis para assinar, querida – Sandy dissera em uma voz superior. – Licenças para o corpo falecido e aquele tipo de bobagem.

Por que me trata como sua Mulherzinha de repente? Esqueceu que eu organizei todo o maldito funeral? Um bando de carregadores de caixão vestidos de preto tinha se reunido na entrada do lado da agência funerária. As portas se abriam e um carro fúnebre negro se aproximava deles em marcha à ré, a palavra CARRO FÚNEBRE gratuitamente pintada em letras brancas de 30 centímetros de altura na lateral. Gloria vislumbrou a madeira envernizada com mel e as frésias amarelas enquanto o caixão deslizava entre os ternos pretos para a traseira aberta do veículo. Deviam ter prendido o buquê com uma fita na madeira; de que outra maneira se conseguia que frésias ficassem sentadas quietas sobre uma tampa de caixão? Justin pensava em tudo. O carro fúnebre saiu do átrio com os carregadores do caixão a bordo. Gloria deu uma fungada e assoou o nariz.

– É ruim, madame – entoou Livingstone da frente da van. – É muito, muito ruim.

– É, realmente, Livingstone – disse Gloria, grata pela formalidade do diálogo. Você está para ser vigiada, jovem mulher, advertiu a si mesma com firmeza. É hora de levantar o queixo e dar o exemplo. As portas de trás se abriram.

– Tudo bem, garota? – perguntou Woodrow jovialmente, desabando ao lado dela. – Foram maravilhosos, não foram, Justin? Muito simpáticos, muito profissionais.

– Não *ouse* me chamar de garota – disse a ele, furiosa, mas não em voz alta.

ENTRANDO NA IGREJA de Santo André, Woodrow analisou a congregação. Em uma única olhada, viu os pálidos Coleridge e atrás deles Donohue e sua esquisita mulher Maud, que parecia uma ex-corista decadente, e ao lado deles, Mildren, aliás Mildred, e uma loura anoréxica que diziam estar dividindo seu apartamento. A Turma da Pesada do Clube Muthaiga – a frase era de Tessa – formara um quadrado militar. Do outro lado da nave, divisou um contingente do Programa Mundial de Alimentação e outro constituído inteiramente de mulheres africanas, algumas de chapéu, outras de jeans, mas todas com o olhar de combate furioso e determinado que era a marca registrada das amigas radicais de Tessa. Atrás delas havia um grupo de jovens perdidos, de aparência gaulesa, vagamente arrogantes, as mulheres com a cabeça coberta, os homens com os pescoços abertos e uma estilosa barba por fazer. Woodrow, depois de algum espanto, concluiu que eram colegas da organização belga de Bluhm. Devem estar se perguntando se teriam de voltar aqui na semana que vem para acompanhar Arnold, pensou brutalmente. Os empregados ilegais dos Quayle estavam alinhados ao lado deles: o criado Mustafa, Esmeralda do Sul do Sudão e o ugandense maneta de nome desconhecido. E na fila da frente, elevando-se ao lado do pequeno e furtivo marido grego, estava a figura acolchoada da própria Querida Elena, com cabelos cor de cenoura, a *bête noire* de Woodrow, adornada com a joalheria funérea de âmbar-negro da sua avó.

– Querida, me diga, eu deveria usar o âmbar-negro ou seria um pouco demais? – ela precisou saber de Gloria às 8 horas desta manhã. Não sem maldade, Gloria havia aconselhado ousadia.

– Em outras pessoas, francamente, El, poderia ser um tiquinho demais. Mas com a *sua* cor, querida, vá fundo.

E nenhum policial, notou com satisfação, nem quenianos nem britânicos. Teriam as poções de Bernard Pellegrin efetuado sua mágica? Sussurre quem ousar.

Deu outra rápida olhada para Coleridge, tão lívido de medo, tão martirizado. Lembrou sua bizarra conversação na Residência, no sábado, e o amaldiçoou por ser um moralista pedante e indeciso. Seu olhar retornou para o caixão de Tessa em câmara ardente diante do altar, as frésias amarelas de Justin seguras a bordo. Lágrimas encheram seus olhos e foram imediatamente recolhidas. O órgão tocava o *Nunc Dimittis*, e Gloria, palavras perfeitas, o acompanhava cantando com lascívia. A canção de vésperas do seu internato, pensou Woodrow. Ou do meu. Odiava igualmente os dois estabelecimentos. Sandy e Gloria, nascidos cativos. A diferença é que eu sei disso e ela, não. *Oh, Senhor, deixai Vossa servidora partir em paz*. Às vezes eu realmente desejava ser capaz. De partir e de nunca mais voltar. Mas onde estaria a paz? O olhar pousava de novo no caixão. Eu amava você. Eu era o maníaco por controle que não conseguia se controlar, e você foi boa o bastante para me mostrar isso. Bem, agora veja só o que lhe aconteceu. E veja *por que* aconteceu com você.

E não, nunca ouvi falar de Lorbeer. Não conheço nenhuma beldade húngara de pernas longas chamada Kovacs, não *vou* mais ouvir quaisquer teorias não provadas e não enunciadas que estão dobrando como sinos dentro da minha cabeça, e estou *totalmente* desinteressado pelos ombros oliva esguios da espectral Ghita Pearson no seu sari. O que eu sei é: depois de você, ninguém mais vai precisar conhecer de novo a criança temerosa que habita este corpo de soldado.

PRECISANDO DISTRAIR-SE, Woodrow embarcou em uma vigorosa avaliação das janelas da igreja. Santos masculinos, todos brancos, nenhum Bluhm. Tessa teria cuspido fogo. Uma janela memorial comemorava um bonito menino branco em roupa de marinheiro, simbolicamente cercado por animais selvagens em atitude de adoração. *Uma boa hiena sente o cheiro de sangue a 10 quilômetros de distância*. Lágrimas de novo ameaçando, Woodrow forçou suas atenções para o próprio querido Santo André, um sósia perfeito de MacPherson, o guia de pesca naquela vez que levamos os garotos para Loch Awe para pegar salmão. O olho escocês, ameaçador, a ferruginosa barba escocesa. O que devem pensar de nós?, perguntou-se, transferindo o olhar nublado para os rostos negros na congregação. O que imaginávamos que fazíamos aqui naqueles dias, impondo nosso Deus branco, britânico, e nosso santo branco, escocês, enquanto usávamos o país como um parque de diversões aventureiras para desgraçados boas-vidas da classe alta?

– Pessoalmente, estou tentando corrigir nossos erros – você me responde com um ar de flerte quando lhe faço a mesma pergunta na pista do Clube Muthaiga. Mas você nunca responde uma pergunta sem a distorcer e usá-la como prova contra mim. – E o que *está* fazendo aqui, Sr. Woodrow? – você pergunta. A orquestra é barulhenta e tentamos dançar bem juntos para conseguir ouvir um ao outro. Sim, estes são os meus seios, seus olhos dizem quando ouso olhar para baixo. Sim, estes são os meus quadris, girando enquanto você me enlaça pela cintura. Pode olhar para eles também, banquetear seus olhos neles. A maioria dos homens o faz e você não precisa tentar ser a exceção.

– Suponho que o que realmente estou fazendo é *ajudar* os quenianos a administrar as coisas que nós lhes demos – grito pomposamente acima da música e sinto seu corpo retesar-se e me escapar quase antes de ter acabado a frase.

– Não lhes *demos* nenhuma maldita coisa! Eles as *tomaram*! Na ponta de um fuzil sangrento! Nós não lhes demos nada – nada!

Woodrow virou-se rapidamente. Gloria, ao seu lado, também fez o mesmo e, do outro lado da nave, os Coleridge. Um grito do lado de fora da igreja fora seguido pelo fragor de alguma coisa grande e de vidro se quebrando. Pela porta aberta Woodrow viu os portões do átrio sendo fechados por dois assustados sacristãos em roupas pretas, enquanto policiais de capacetes formavam um cordão ao longo da balaustrada, brandindo cassetetes antidistúrbios com ponta de metal com as duas mãos, como jogadores de beisebol posicionando-se para golpear. Na rua onde os estudantes se haviam reunido, uma árvore queimava e, embaixo, dois carros estavam virados de ponta-cabeça, os ocupantes aterrorizados demais para tentar sair. Sob os gritos de encorajamento da multidão, uma luzidia limusine negra, uma Volvo igual à de Woodrow, erguia-se do chão aos sacolejos, levantada por um enxame de rapazes e moças. Subiu, cambaleou e deu um salto-mortal, ficando de lado primeiro e depois de costas, estatelando-se com um grande estrondo ao lado de seus colegas. Os policiais investiram. O que quer que estivessem esperando até ali, aconteceu. Em um segundo estavam em repouso, no seguinte abriam a porretadas uma trilha vermelha no meio da turba que fugia, só parando para despejar mais golpes sobre aqueles que já tinham derrubado. Uma van blindada aproximou-se, meia dúzia de corpos ensanguentados foram jogados dentro dela.

– A universidade é um absoluto barril de pólvora, meu chapa – Donohue aconselhara quando Woodrow o consultou sobre riscos. – As bolsas foram suspensas, o pessoal está sem pagamento, as vagas vão para os ricos e burros, os dormitórios e salas de aula estão abarrotados, os banheiros bloqueados, as portas todas arrancadas, o risco de incêndio é elevado e estão cozinhando comida com carvão nos corredores. Não têm nenhuma energia, nem luz elétrica nem livros para estudar. Os estudantes mais pobres estão indo às ruas porque o governo está privatizando o sistema de educação superior sem consultar ninguém e a educação é estritamente para os ricos, os resultados dos exames são manipulados e o governo tenta forçar os estudantes a buscar sua educação no exterior. E ontem a polícia matou dois estudantes, o que, por alguma razão, seus amigos se recusam a aceitar passivamente. Mais alguma pergunta?

As portas da igreja voltaram a se abrir, o órgão voltou a tocar. Os negócios de Deus podiam recomeçar.

NO CEMITÉRIO O CALOR era agressivo e personalizado. O velho padre grisalho havia parado de falar, mas o clamor não tinha diminuído e o sol o atravessava impiedosamente. De um lado de Woodrow, um possante aparelho de som portátil tocava uma versão em rock da Ave-Maria, no volume máximo, para um grupo de freiras negras em hábitos cinzentos. Do outro, um grupo em blazers de futebol se reunia em torno de um coqueiro em meio a latas vazias de cerveja, enquanto um solista cantava o adeus ao companheiro de time. E o Aeroporto Wilson devia estar sediando algum tipo de festival aeronáutico, porque aviõezinhos pintados em cores vivas zumbiam no céu em intervalos de 20 segundos. O velho padre abaixou seu livro de orações. Os carregadores aproximaram-se do caixão. Cada um pegou uma ponta da correia. Justin, ainda sozinho, pareceu oscilar. Woodrow quis correr para apoiá-lo, mas Gloria o reteve com uma garra enluvada.

– Ele a quer só *para si*, idiota – sussurrou entre suas lágrimas.

A imprensa não mostrou nenhum tato. Esta era a foto que tinham vindo fazer: carregadores negros baixam a mulher branca assassinada para dentro do solo africano, observados pelo marido que ela traía. Um homem com marcas de varíola no rosto, cabelos cortados rentes e câmaras balançando na barriga ofereceu a Justin uma colher de pedreiro cheia de terra, esperando uma foto do viúvo despejando a terra sobre o caixão. Justin afastou a colher para o lado. Ao fazê-lo, seu olhar caiu sobre dois homens esfarrapados que empurravam um carrinho de mão com o pneu furado para perto da sepultura. Cimento fresco transbordava do carrinho.

– O que estão fazendo, por favor? – perguntou-lhes, tão duramente que todos os rostos se voltaram para ele. – Será que alguém poderia procurar saber desses senhores o que pretendem fazer com o seu cimento? Sandy, preciso de um intérprete, por favor.

Ignorando Gloria, Woodrow, o filho do general, lançou-se em largas passadas até o lado de Justin. A magrela Sheila do departamento de Tim Donohue falou com os homens e então com Justin.

– Estão dizendo que fazem isso para todas as pessoas ricas, Justin – falou Sheila.

– Fazem o quê, exatamente? Não a entendo. Por favor, explique.

– O cimento. É para afastar os intrusos. Ladrões. Pessoas ricas são enterradas com anéis de casamento e roupas finas. Os uazungos são o alvo favorito. Dizem que o cimento é uma apólice de seguro.

– Quem os instruiu a fazer isso?

– Ninguém. Custa 5 mil xelins.

– Devem retirar-se, por favor. Mande gentilmente que façam isso, por favor, Sheila. Não desejo seus serviços e não vou lhes pagar nenhum dinheiro. Devem pegar seu carrinho e ir embora.

Mas, então, talvez não confiando que ela transmitisse sua mensagem com suficiente vigor, Justin marchou até lá e, colocando-se entre seu carrinho e a sepultura, estendeu um braço, à maneira de Moisés, apontando para cima da cabeça dos presentes.

– Por favor – ordenou. – Saiam imediatamente. Obrigado.

Os pranteadores se afastaram para abrir um caminho ao longo da linha que o seu braço estendido comandava. Os homens com seu carrinho de mão saíram precipitadamente por ela. Justin observou-os até se perderem de vista. No calor vibrante, os homens pareciam galopar direto para o céu vazio. Justin girou o corpo rigidamente, como um soldado de brinquedo, até que se dirigiu à matilha da imprensa.

– Gostaria que todos vocês fossem embora, por favor – disse no silêncio que se formara em meio ao barulho. – Foram muito gentis. Obrigado. Adeus.

Em silêncio e para espanto de todos, os jornalistas recolheram suas câmaras e suas cadernetas e, com murmúrios como "A gente se vê, Justin", deixaram o campo. Justin voltou ao lugar solitário à cabeceira de Tessa. Quando o fez, um grupo de mulheres africanas lançou-se à frente em um tropel e se arranjou em semicírculo ao redor da cova. Cada uma usava o mesmo uniforme: um vestido com babados de flores azuis e um lenço de cabeça do mesmo tecido. Separadamente, poderiam parecer perdidas, mas em grupo pareciam unidas. Começaram a cantar, no início bem baixinho. Ninguém as regia, não havia instrumentos para acompanhar, a maioria do coral chorava, mas não deixou que as lágrimas afetassem suas vozes. Cantavam em harmonia, em inglês e kiSuaíli alternadamente, juntando forças na repetição: *Kwa heri, Mama Tessa... Mãezinha, adeus...* Woodrow tentou captar as outras palavras. *Kwa heri, Mama Tessa, mãezinha, você nos deu seu coração... Kwa heri, Tessa, adeus.*

– De onde diabos elas saíram? – ele perguntou a Gloria com o canto da boca.

– Ali de baixo – Gloria murmurou, apontando a cabeça na direção da favela de Kibera.

A cantoria avolumou-se quando o caixão foi baixado à terra. Justin observou-o descer e estremeceu quando tocou no fundo, estremeceu de novo quando a primeira pá de terra retiniu sobre a tampa e uma segunda pá caiu sobre as frésias, sujando as pétalas. Um uivo assombroso se ergueu, breve como o guincho de uma dobradiça quando uma porta é fechada, mas longo o bastante para que Woodrow visse Ghita Pearson cair de joelhos em câmara lenta e desabar em um belo monte ao enterrar o rosto nas mãos; então, em um movimento igualmente improvável, levantar-se de novo nos braços de Veronica Coleridge e reassumir sua pose de luto.

Justin gritou algo para Kioko? Ou Kioko agiu por conta própria? Leve como uma sombra, ele foi para o lado de Justin e, em um gesto de afeição descontraído, agarrou sua mão. Em um novo jorro de lágrimas, Gloria viu suas mãos unidas mexerem os dedos até que encontraram uma posição mutuamente agradável. Juntos assim, o marido consternado e o irmão consternado viram o caixão de Tessa desaparecer dentro da terra.

JUSTIN DEIXOU NAIRÓBI na mesma noite. Woodrow, para mágoa eterna de Gloria, não lhe dera nenhum aviso. A mesa de jantar foi posta para três, e ela mesma desarrolhou o clarete e colocou um pato no forno para alegrar a todos. Ela ouviu passos no corredor e imaginou com prazer que Justin tivesse decidido tomar um drinquinho antes do jantar, só nós dois enquanto Sandy lia *Biggles* para os meninos no andar de cima. E subitamente lá estava sua horrenda mala de dois compartimentos, acompanhada por uma valise cinza-musgo que Mustafa trouxera, estacionada no corredor, coberta de rótulos, e Justin de pé ao lado da bagagem com a capa de chuva sobre o braço e uma bolsa a tiracolo, querendo devolver-lhe a chave da adega.

– Mas, Justin, você não está indo *embora*!

– Vocês todos foram imensamente bondosos comigo, Gloria. Nunca saberei como lhes agradecer.

– Desculpe-me, querida – cantou Woodrow jovialmente descendo as escadas em um tropel, de dois em dois degraus. – Um pouco de capa e espada, receio. Não queria ver os empregados cochichando. Era a única maneira de jogar o jogo.

Momento em que se ouviu o silvo da campainha, e era Livingstone, o chofer, com um Peugeot vermelho que havia tomado emprestado de um amigo para evitar placas diplomáticas reveladoras no aeroporto. E, afundado no assento do passageiro, estava Mustafa, olhando sério para a frente como sua própria efígie.

– Mas precisamos ir com você, Justin! Temos de levá-lo ao aeroporto! Eu insisto! Preciso dar-lhe uma de minhas aquarelas! Que vai acontecer com você do outro lado? – gritou Gloria em um tom de tristeza. – Não podemos simplesmente deixá-lo partir na noite desta maneira, *querido*!...

O *querido* era tecnicamente endereçado a Woodrow, mas poderia também ter servido para Justin, pois assim que o proferiu ela se dissolveu em lágrimas incontroláveis, as últimas de um dia longo e choroso. Soluçando sem parar, ela puxou Justin contra seu corpo, dando tapinhas em suas costas, encostando o rosto no dele e sussurrando "Oh, não vá embora, por favor, Justin" e outras exortações menos decifráveis antes de, com bravura, afastar-se bruscamente, acotovelando o marido para fora da luz, e arremeter escada acima em direção ao quarto de dormir batendo a porta.

– Está um pouco esgotada – explicou Woodrow, sorrindo.

– Estamos todos – disse Justin, aceitando a mão de Woodrow e apertando-a. – Obrigado de novo, Sandy.

– Ficaremos em contato.

– Certamente.

– E você está bem seguro de que não quer um grupo para recebê-lo na sua chegada? Estão todos loucos para fazer o seu trabalho.

– Estou seguro, obrigado. Os advogados de Tessa estão preparando minha chegada.

No minuto seguinte, Justin descia os degraus em direção do carro vermelho, com Mustafa de um lado carregando a mala de compartimento duplo e Livingstone carregando a valise cinzenta do outro.

– Deixei envelopes para todos vocês com o Sr. Woodrow – Justin disse a Mustafa quando o carro seguia seu caminho. – E isto é para ser entregue em particular a Ghita Pearson. E você sabe como é quando eu digo particular.

– Sabemos que sempre será um homem bom, Mzi – disse Mustafa profeticamente, enfiando o envelope no bolso do seu paletó de algodão. Mas não havia nenhum perdão em sua voz para Justin por deixar a África.

O AEROPORTO, apesar de sua recente "plástica facial", estava um caos. Grupos de turistas escaldados, esgotados de viajar, faziam longas filas, discutiam com guias turísticos e freneticamente enfiavam imensas mochilas em máquinas de raios X. Funcionários do registro de embarque ficavam intrigados diante de cada bilhete e murmuravam interminavelmente em telefones. Anúncios de alto-falantes incompreensíveis espalhavam pânico, enquanto carregadores e policiais olhavam a cena ociosamente. Mas Woodrow tinha arranjado tudo. Justin mal emergira do carro e um homem representando a British Airways o conduziu a um pequeno escritório, a salvo dos olhares públicos.

– Gostaria que meus amigos viessem comigo, por favor – disse Justin.

– Não tem problema.

Com Livingstone e Mustafa pairando atrás, recebeu um cartão de embarque em nome do Sr. Alfred Brown. Olhou passivamente, enquanto sua mala cinzenta era etiquetada.

– E vou levar esta aqui comigo na cabine – anunciou, como em um decreto.

O representante, um jovem louro da Nova Zelândia, fingiu pesar a mala de compartimento duplo em sua mão e soltou um grunhido exagerado de esforço.

– A prata da família, não é, senhor?

– Da família do meu anfitrião – disse Justin, entrando devidamente na piada, mas havia o bastante em seu rosto para sugerir que a questão não era negociável.

– Se o *senhor* é capaz de carregá-la, então *nós* também podemos – disse o representante louro devolvendo-lhe a mala. – Tenha um ótimo voo, Sr. Brown. Vamos levá-lo pelo lado das chegadas, se isso não o incomoda.

– É muita gentileza sua.

Virando para dar os últimos acenos de adeus, Justin agarrou os enormes punhos de Livingstone em um duplo aperto de mão. Mas para Mustafa era mais do que podia aguentar. Silenciosamente como sempre, afastou-se sem ser visto. Com a mala dupla firmemente segura, Justin entrou no saguão das chegadas no vácuo do seu guia, para se defrontar com uma gigantesca e viçosa mulher de raça indefinida sorrindo para ele da parede. Tinha 6 metros de altura e 5 metros na sua parte mais larga, e era o único anúncio comercial em todo o saguão. Vestia um uniforme de enfermeira e tinha três abelhas douradas em cada ombro. Outras três eram exibidas com destaque no bolso da frente de sua túnica branca, e ela oferecia uma bandeja de iguarias farmacêuticas a uma família vagamente multirracial de crianças felizes com seus pais. A bandeja tinha algo para cada um: garrafas de medicamento marrom-dourado que pareciam mais como uísque para o papai, pílulas revestidas de chocolate perfeitas para serem mastigadas pelas crianças e, para a mamãe, produtos de beleza decorados com deusas nuas estendendo-se ao sol. Brasonadas no topo e na base do cartaz, violentas letras em marrom proclamavam a alegre mensagem para todas a humanidade:

ThreeBees
TRABALHANDO PELA SAÚDE DA ÁFRICA!

O cartaz prendeu sua atenção.

Exatamente como prendera a de Tessa.

Olhando firmemente para o alto, Justin ouvira novamente os joviais protestos dela ao seu lado direito. Tontos da viagem, carregados de bagagem de mão de última hora, os dois haviam chegado de Londres há alguns minutos e estavam aqui pela primeira vez. Nenhum deles tinha posto os pés antes no continente africano. O Quênia – toda a África – os esperava. Mas é o cartaz que comanda o interesse exagerado de Tessa.

– Justin, *olhe só*! Você não está *olhando*.

– O que é que há? Claro que estou.

– Sequestraram nossas benditas abelhas! Alguém se imagina Napoleão! É absolutamente descarado. É um ultraje. Você deve fazer alguma coisa!

E assim era. Um ultraje. Hilariante. As três abelhas de Napoleão, símbolos de sua glória, emblemas preciosos da amada ilha de Elba de Tessa onde o grande homem amargara seu primeiro exílio, tinham sido desavergonhadamente deportadas para o Quênia e vendidas em regime de escravidão comercial. Meditando sobre o mesmo cartaz agora, Justin só podia se maravilhar diante da obscenidade das coincidências da vida.

7

Empoleirado rigidamente em seu assento *upgraded* na frente do avião, a mala de compartimento duplo no bagageiro, Justin Quayle olhou através do seu reflexo para a escuridão do espaço. Estava livre. Sem perdão, sem reconciliação, sem consolo, sem solução. Não estava livre dos pesadelos que lhe diziam que ela estava morta, acordando para descobrir que eram de verdade. Não estava livre da culpa do sobrevivente. Não estava livre de se corroer em relação a Arnold. Mas estava livre finalmente para prantear do seu próprio jeito. Livre da sua horrenda cela. Dos carcereiros que aprendera a detestar. De andar em círculos em seu quarto como um condenado, levado quase à loucura pelo atordoamento da cabeça e pela esqualidez do confinamento.

Livre do silêncio de sua própria voz, de sentar à beira da cama perguntando *por quê?*, e assim por diante. Livre dos momentos vergonhosos em que estava tão deprimido e cansado que quase conseguiu se convencer de que não ligava a mínima, que o casamento fora mesmo uma loucura e tinha acabado, portanto, agradeça. E se a dor, como lera em algum lugar, era uma espécie de ócio, então, livre do ócio, não pensava em outra coisa senão na sua dor.

Livre também do interrogatório da polícia, quando um Justin, que ele não reconhecia, caminhava até o centro do palco e em uma série de frases imaculadamente esculpidas depositava seu fardo aos pés dos seus atônitos interrogadores – ou, mais do que isso, como um instinto perplexo a lhe dizer que era prudente revelar. Começaram acusando-o de assassinato.

– Existe um enredo que se impôs a nós, Justin – explica Lesley em tom de desculpa –, e temos de colocá-lo para você de saída, a fim de que tenha noção dele, embora a gente saiba que é doloroso. Chama-se de triângulo amoroso, e você é o marido ciumento e organizou um assassinato encomendado, enquanto sua esposa e o amante estão o mais longe possível, o que é sempre bom como um álibi. Mandou matar os dois, como vingança. Mandou que o corpo de Bluhm fosse retirado do jipe e perdido de modo que pensaríamos que Arnold Bluhm era o assassino, não você. O lago Turkana está cheio de crocodilos, de modo que sumir com Arnold não seria problema. Depois, tem uma bela herança a seu caminho, segundo dizem, o que duplica o motivo.

Eles o estão observando, você tem plena consciência disso, em busca de sinais de culpa ou de inocência, de ultraje ou desespero – em busca de sinais de *alguma coisa*, de qualquer modo –, e observando em vão, porque, ao contrário de Woodrow, Justin, no início, não faz absolutamente nada. Fica sentado quieto, pensativo na cadeira entalhada de Woodrow, uma reprodução, as pontas dos dedos apoiadas na mesa como se acabasse de tocar um acorde musical e estivesse ouvindo o som se dissipar. Lesley o está acusando de assassinato e, no entanto, tudo o que consegue é um pequeno franzir de cenho ligando-o ao seu mundo interior.

— Eu havia na verdade depreendido, do pouco que Woodrow teve a bondade de me contar sobre o progresso das suas investigações – objeta Justin, mais à maneira queixosa de um acadêmico do que de um marido enlutado –, que a sua teoria principal era a de um assassinato *ao acaso*, não de um caso planejado.

— Woodrow está cheio de merda – diz Rob, mantendo a voz baixa em deferência à anfitriã.

Ainda não há gravador de fita sobre a mesa. Os cadernos de notas de muitas cores estão intocados dentro da bolsa de Lesley. Não há nada para apressar ou formalizar a ocasião. Gloria trouxe uma bandeja de chá e, depois de uma longa dissertação sobre o passamento do seu *bull terrier*, partiu com relutância.

— Encontramos as marcas de um segundo veículo estacionado a 8 quilômetros da cena do crime – explica Lesley. – Estava entocado em uma ravina a sudoeste do local onde Tessa foi assassinada. Encontramos uma mancha de óleo e os restos de uma fogueira. – Justin pisca, como se a luz do dia estivesse brilhante demais, e então inclina polidamente a cabeça para mostrar que ainda está ouvindo. – Além de garrafas de cerveja recentemente enterradas e pontas de cigarro – continua, colocando tudo isso à porta de Justin. – Quando o jipe de Tessa passou, o veículo misterioso saiu do seu esconderijo e o seguiu. Então emparelhou. Uma das rodas dianteiras do jipe de Tessa foi atingida por um rifle de caça. Isso não nos parece um assassinato casual.

— Parece mais um assassinato corporativo, como gostamos de chamá-lo – explica Rob. – Planejado e executado por profissionais pagos por encomenda de uma pessoa ou pessoas desconhecidas. Quem quer que lhes tenha dado a indicação, conhecia muito bem os planos de Tessa.

— E o estupro? – pergunta Justin com distanciamento fingido, mantendo os olhos fixos em suas mãos dobradas.

— Forjado ou incidental – replica Rob secamente. – Os vilões perderam a cabeça ou o fizeram com uma intenção.

— O que nos traz de volta ao motivo, Justin – diz Lesley.

— O seu motivo – diz Rob. – A não ser que tenha uma ideia melhor.

Os dois rostos perseguem o de Justin como câmeras, um de cada lado, mas Justin permanece tão impenetrável ao seu olhar duplo como a indiretas. Talvez em seu isolamento interno não tenha consciência de nenhum dos dois. Lesley baixa uma mão até sua útil bolsa a fim de localizar o gravador de fita, mas desiste. A mão fica apanhada em flagrante enquanto o resto dela está voltado para Justin, para este homem de sentenças impecavelmente talhadas, este comitê-do-eu-sozinho em reunião.

– Mas eu não conheço nenhum assassino, vocês sabem – está objetando, apontando a falha na sua argumentação enquanto olha para além deles com olhos vazios. – Não contratei ninguém, não instruí ninguém, receio. Nada tive a ver com o assassinato de minha mulher. Não no sentido que vocês estão sugerindo. Eu não o desejava, eu não o tramei. – Sua voz hesita e ele dá um nó embaraçoso. – Eu o lamento além de palavras.

E isso com tanta firmeza que por um instante os oficiais de polícia parecem não ter para onde ir, preferindo estudar as aquarelas que Gloria fez de Cingapura, que estão penduradas em fileira na lareira de tijolos, cada uma custando "199 libras e NENHUM MALDITO IMPOSTO DE BENS E SERVIÇOS!", cada uma com o mesmo céu lavado, palmeira e bando de aves e seu nome em letras berrantes o bastante para serem lidas do outro lado da rua, além de uma data para benefício dos colecionadores.

Até Rob, que tem a impetuosidade quando não a segurança da sua idade, ergue a cabeça comprida e fina e fala bruscamente:

– Então não se incomodava de que sua mulher e Bluhm dormissem juntos? Muitos maridos ficariam furiosos com uma coisa dessas – e fecha sua boca esperando que Justin faça o que quer que as expectativas honradas de Rob exigem que os maridos enganados façam em tais casos: chorem, enrubesçam, se enraiveçam contra suas próprias falhas ou a perfídia dos amigos. Mesmo assim, Justin o desaponta.

– Isso não vem simplesmente ao caso – replica com tal força que ele mesmo é apanhado de surpresa, senta-se ereto e olha ao seu redor como se para ver quem falou fora de ordem e para repreender o

135

sujeito. – Pode vir ao caso para os jornais. Pode vir ao caso para vocês. Nunca veio ao caso para mim, e não vem ao caso agora.

– Então o que *é* que vem ao caso? – pergunta Rob.

– Eu falhei com ela.

– Como? Não conseguiu, quer dizer? – um sorriso de escárnio masculino. – Falhou com ela na cama, foi isso?

Justin sacode a cabeça.

– Ao me distanciar. – Sua voz baixou em um murmúrio. – Deixando-a atuar sozinha. Emigrando dela na minha mente. Fazendo um contrato imoral com ela. Um contrato que eu nunca devia ter permitido. Nem ela.

– O que foi isso então? – pergunta Lesley suave como leite depois da grossura deliberada de Rob.

– Ela segue a sua consciência, eu continuo com o meu trabalho. Era uma distinção imoral. Nunca devia ter sido feita. Foi como mandá-la à igreja e dizer que rezasse por nós dois. Era como traçar uma risca de giz no meio de nossa casa e dizer eu te vejo na cama.

Sem se perturbar pela franqueza dessas confissões e pelas noites e dias de autorrecriminação que sugeriam, Rob sai a desafiá-lo. Seu rosto lúgubre está fixado no mesmo escárnio incrédulo, a boca redonda e aberta como o cano de uma grande arma. Mas Lesley é mais rápida do que Rob hoje. A mulher nela está bem desperta e escutando sons que o ouvido agressivamente masculino de Rob não consegue captar. Rob vira-se para ela, buscando sua permissão para algo: desafiá-lo de novo com Arnold Bluhm talvez, ou com alguma outra pergunta reveladora que o traga mais próximo do assassinato. Mas Lesley sacode a cabeça e, erguendo a mão da região da bolsa, bate sub-repticiamente no ar, sinalizando "devagar, devagar".

– Como foi que vocês dois se conheceram, antes de mais nada? – pergunta a Justin, como se poderia perguntar a um conhecido casual em uma longa viagem.

E isto é parte da índole de Lesley: oferecer-lhe o ouvido de uma mulher e a compreensão de um estranho; fazer uma trégua como essa e levá-lo do campo de batalha presente às campinas não ameaçadas do seu passado. E Justin corresponde ao seu apelo. Relaxa os ombros, cerra os olhos e em um tom distante e profundamente particular de lembrança conta como foi, exatamente como contara para si mesmo uma centena de vezes em tantas horas atormentadas.

– Então quando um Estado não é um Estado, na sua opinião, Sr. Quayle? – perguntou Tessa suavemente, em um meio de tarde preguiçoso em Cambridge há quatro anos, em uma antiga sala de palestras em um sótão com poeirentos feixes de sol inclinando-se através da claraboia. São as primeiras palavras que lhe dirigiu e desencadeiam uma explosão de risos do lânguido auditório de cinquenta colegas advogados que, como Tessa, se matricularam para um seminário de verão sobre a Lei e a Sociedade Administrada. Justin as repete agora. Como ele foi parar ali, sozinho de pé no estrado em um terno cinzento de flanela de três peças feito por Hayward, segurando a tribuna com as duas mãos, é a história de sua vida até agora, explica, falando por sobre os dois policiais no recesso de falso estilo Tudor da sala de jantar de Woodrow.

– Quayle fará isso! – algum acólito no escritório privado do subministro gritara, no final da noite anterior, a menos de 11 horas do prazo previsto para a palestra. – Ligue para Quayle!

Quayle, o solteirão profissional, queria dizer, Quayle dos postos diplomáticos, o deleite das veteranas debutantes, o último de uma raça em extinção, graças a Deus, recém-chegado da sanguinolenta Bósnia e marcado para a África agora. Quayle, o *macho estepe*, vale a pena conhecê-lo se você está dando um jantar e tem dificuldade de encontrar convidados, maneiras perfeitas, provavelmente gay – só que ele não era, como poucas das esposas mais bonitas tinham razão de saber, ainda que não contassem.

– Justin, é você? Haggarty. Você estava na universidade uns dois anos à minha frente. Escute, o subministro devia dar uma palestra em Cambridge amanhã para um punhado de jovens advogados iniciantes, só que não vai poder. Tem de partir para Washington dentro de uma hora...

E Justin o bom sujeito já se preparando para aceitar:

– Bem, se já está *escrita*, eu suponho... se é apenas questão de *ler* a...

E Haggarty abreviando:

– Mandarei o carro e o chofer dele estarem diante de sua casa às 9 horas, nem um minuto a mais. A palestra é uma porcaria. Ele mesmo escreveu. Você pode dar uma melhorada a caminho. Justin, você é um bom camarada.

E lá estava ele, um bom camarada colega de Eton, depois de ter se livrado da palestra mais chata que já lera em sua vida – paternalista, empolada e verbosa como seu autor, que a esta altura estaria provavelmente repousando no colo da luxúria subministerial em Washington, D.C. Nunca lhe ocorrera que teria de responder a perguntas da plateia, mas quando Tessa fez a sua, não lhe ocorreu recusar. Estava sentada no centro geométrico da sala, um lugar naturalmente dela. Ao localizá-la, Justin formou a tola impressão de que seus colegas haviam deixado deliberadamente um espaço à sua volta em deferência à sua beleza. A gola alta de sua blusa branca de advogado elevava-se, como em uma impecável menina de coro, até o seu queixo. A palidez e a magreza espectral faziam-na parecer uma criança abandonada. Tinha-se vontade de enrolá-la em um cobertor e protegê-la. Os raios de sol da claraboia brilhavam tão intensos nos seus cabelos escuros que isso quase o impedia de ver seu rosto. O máximo que vislumbrou foi uma testa ampla e pálida, um par de olhos grandes e solenes e um maxilar anguloso de lutador. Mas o maxilar veio depois. Nesse meio-tempo ela era um anjo. O que não sabia, mas estava para descobrir, é que ela era um anjo com um cajado.

– Bem... eu suponho que a resposta à sua pergunta é – começou Justin –, e deve por favor me corrigir se pensa de maneira diferente – transpondo o abismo da idade e o abismo do gênero e geralmente dando um ar igualitário –, que um Estado deixa de ser um Estado quando deixa de atender às suas responsabilidades essenciais. Seria este o *seu* pensamento, basicamente?

– Responsabilidades essenciais sendo *o quê*? – o anjo órfão devolveu.

– *Bem...* – disse Justin de novo, sem saber mais ao certo para onde estava indo e portanto recorrendo àqueles sinais desencontrados com os quais imaginava estar garantindo proteção para si mesmo, quando não algum tipo de completa imunidade – *bem*... – gesto perturbado da mão, afago do dedo indicador etoniano na costeleta grisalha, continuando – eu lhes sugeriria que, nos dias atuais, muito por alto, as qualificações para ser um *Estado civilizado* importam em... sufrágio eleitoral, ah... proteção à vida e à propriedade... humm, justiça, saúde e educação para todos, pelo menos em um certo nível... a manutenção de uma infraestrutura administrativa saudável... e estradas, transporte, esgotos etc... e, que mais?... ah, sim, a coleta equitativa dos impostos. Se um Estado deixa de garantir pelo menos um quórum dos acima mencionados... então *temos* de dizer que o contrato entre o Estado e o cidadão começa a parecer bastante *comprometido*... e se ele fracassa em *todos* os itens acima, então é um *Estado falho*, como dizemos nos dias de hoje. Um não Estado – piada. – Um ex-Estado – outra piada, mas ninguém riu. – Isso responde à sua pergunta?

Presumira que o anjo precisaria de um momento de reflexão para ponderar sobre essa resposta profunda e ficou desconcertado quando, mal lhe dando tempo de encerrar o parágrafo, ela atacou de novo.

— O senhor poderia imaginar uma situação em que, pessoalmente, se sentiria obrigado a *minar* o Estado?

— *Pessoalmente?* Neste país? Oh, por Deus, certamente não – replicou Justin, apropriadamente chocado. – Não quando acabei de voltar para casa.

Houve um riso desdenhoso do público, que estava firmemente do lado de Tessa.

— Em nenhuma circunstância?

— Nenhuma que eu possa ver, não.

— E quanto a outros países?

— Bem, não sou um cidadão de outros países, sou? – o riso começando a mudar para o seu lado agora. – Acredite em mim, já é realmente muito trabalho tentar falar por *um* país – recebido por mais risadas, que o animaram –, quero dizer, mais do que um não é simplesmente...

Precisava de um adjetivo, mas ela deu o golpe seguinte antes que ele o encontrasse: uma salva de golpes, na verdade, desferidos rapidamente no rosto e no corpo.

– Por que precisa ser cidadão de um país antes de fazer um julgamento sobre ele? *Negocia* com outros países, não? Fecha *acordos* com eles. Legitima-os por meio de parcerias *comerciais*. Está querendo nos dizer que existe um padrão ético para o *seu* país e outro para o resto? O que *está* nos dizendo, realmente?

Justin ficou primeiro embaraçado, depois zangado. Lembrou, um pouco tarde, que ainda estava profundamente cansado depois de sua recente temporada na sangrenta Bósnia e teoricamente se recuperando. Postulava um posto africano – presumia, como de costume, um posto tenebroso. Não voltara à Mãe Inglaterra para servir de bode expiatório para um subministro ausente, menos ainda para ler sua miserável palestra. E seria amaldiçoado se o Eterno Bom Partido Justin se colocasse no pelourinho por uma bela megera que o pusera no papel de uma espécie de arquétipo-maravilha irresoluto. Havia mais risada no ar, mas era risada no fio da navalha, pronta para cair de qualquer lado. Muito bem: ia atuar para a galeria, com certeza. Assumindo a pose dos melhores canastrões, ergueu suas sobrancelhas esculpidas e as manteve levantadas. Deu um passo à frente e lançou as mãos, palmas para fora em autoproteção.

– Madame – começou, enquanto os risos ficavam a seu favor. – Eu *penso*, madame... eu *receio* mesmo... que a senhora esteja tentando me atrair para uma discussão sobre meus padrões *morais*.

Diante do que a plateia explodiu em aplausos – todo mundo, menos Tessa. O sol que brilhava sobre ela desaparecera e ele pôde ver que seu belo rosto estava magoado e fugidio. E subitamente ele a conhecia muito bem – melhor naquele instante do que conhecia a si mesmo. Entendia o fardo da beleza e a maldição de ser sempre um evento e percebeu que havia conquistado uma vitória que não queria. Ele conhecia suas próprias inseguranças e as identificava em ação nela. Ela sentia, por causa de sua beleza, que tinha a obrigação de ser ouvida. Embarcara em uma provocação e a coisa saíra errada para ela e agora não sabia como voltar à base, fosse qual fosse a base. Ele se lembrou da bobagem terrível que tinha lido e das respostas fáceis que tinha dado e pensou: ela está absolutamente certa e eu sou um porco, sou pior, sou um almofadinha do Foreign Office de meia-idade que fez a sala ficar contra uma bela jovem que fazia o que lhe era natural. Tendo-a derrubado, ele correu para ajudá-la a se pôr de pé:

– Mas se vamos ficar *sérios* por um momento – anunciou em uma voz bem mais rígida através da sala, para ela, enquanto os risos obedientemente morriam –, *colocou* seu dedo precisamente na questão que nenhum de nós na comunidade internacional sabe responder. Quem *são* os chapéus brancos? O que é uma política internacional *ética*? Muito bem. Vamos concordar que o que une as melhores nações nos dias de hoje é uma espécie de liberalismo humanista. Mas o que nos divide é precisamente a pergunta que você faz: quando é que um Estado que se supõe humanista se torna inaceitavelmente repressivo? O que acontece quando ele ameaça nossos interesses nacionais? Quem é o humanista então? Quando, em outras palavras, apertamos o botão de pânico para as Nações Unidas – presumindo que elas apareçam, o que é inteiramente outra questão. Tomem a Chechênia, tomem a Birmânia, tomem a Indonésia, tomem três quartos dos países no chamado mundo em desenvolvimento...

E assim por diante e assim por diante. Lanugem metafísica da pior espécie, ele seria o primeiro a admitir, mas tirou-a da encrenca. Um debate se estabeleceu, lados se formaram e argumentos fáceis foram fustigados. O encontro passou da hora e foi, por isso, julgado um triunfo.

– Gostaria que me levasse para uma caminhada – Tessa lhe pediu assim que a reunião se dissolveu. – Pode me contar sobre a Bósnia – acrescentou, a título de desculpa.

Caminharam pelos jardins do Clare College, e em vez de lhe contar sobre a sangrenta Bósnia, Justin contou-lhe o nome de cada planta, primeiro nome e nome da família e como ganhava o seu sustento. Ela segurou seu braço e o escutou em silêncio, com exceção de um eventual "Por que fazem *isso*?" ou "Como é que *isso* acontece?". E isto exercia o efeito de fazê-lo continuar falando, pelo que ficou de início grato, porque falar era a sua maneira de erguer uma tela contra as pessoas – só que de braço dado com Tessa se viu pensando menos em telas do que em como seus tornozelos eram frágeis dentro de suas pesadas botas da moda enquanto as colocava uma após outra no estreito caminho que dividiam. Estava convencido de que era só dar um tropeção nas botas para quebrar suas tíbias. E com que leveza ela balançava ao seu lado como se não estivessem caminhando, mas singrando. Depois do passeio tiveram um almoço tardio em um restaurante italiano e os garçons flertaram com ela, o que o incomodou, até que transpirou que Tessa era metade italiana, o que de certo modo endireitou as coisas e, ainda, permitiu a Justin que exibisse o seu italiano, do qual se orgulhava. Mas então viu que ela ficou séria, pensativa, e suas mãos vacilaram, como se o garfo e a faca fossem pesados demais para ela, do jeito que as botas haviam sido no jardim.

– Você me protegeu – explicou, ainda em italiano, o rosto abaixado dentro dos cabelos. – Vai me proteger sempre, não vai?

E Justin, educado ao extremo como sempre, disse sim, bem, se chamado, ele a protegeria, naturalmente. Ou faria o melhor de si, digamos. À medida que lembrava, estas foram as únicas palavras trocadas entre eles durante o almoço, embora depois, para seu espanto, ela garantisse que falara brilhantemente sobre o Líbano, um lugar no qual não pensava há anos, e sobre a demonização do Islã pela mídia ocidental e a postura dos liberais do Ocidente que não permitiam que sua ignorância fosse um obstáculo para a sua intolerância; e que ficou impressionada com o sentimento que ele trouxe para este tema importante, o que de novo surpreendeu Justin, porque, pelo que sabia, estava totalmente dividido quanto a essa questão.

Mas algo estava acontecendo a Justin que, para sua excitação e seu alarme, era incapaz de controlar. Fora atraído, completamente por acaso, por uma bela peça e ficara cativado. Estava em um elemento diferente, interpretando um papel, e o papel era um que frequentemente desejara interpretar na vida, mas que até então nunca chegara a conseguir. Uma ou duas vezes, é verdade, experimentara o início de uma sensação semelhante, mas nunca com tamanho e tão intoxicante abandono e confiança. E tudo isso enquanto o experiente mulherengo nele emitia terríveis sinais do tipo mais enfático: desista, esta é encrenca, é jovem demais para você, real demais, sincera demais, ela não sabe como se joga o jogo.

Não fez nenhuma diferença. Depois do almoço, com o sol ainda brilhando, foram até o rio e ele demonstrou a ela o que todos os bons amantes devem demonstrar a suas mulheres no Cam – notavelmente como era habilidoso, polido e com que facilidade, equilibrado com seu colete no alto da popa de uma chalana, manipulava uma vara entretendo espirituosa conversa bilíngue –, o que de novo ela jurou foi o que ele fez, embora tudo o que pudesse lembrar depois foi seu corpo esguio de menor abandonada em sua blusa branca e sua saia preta de amazona com fendas e seus olhos graves observando-o com uma espécie de reconhecimento que ele não podia retribuir, uma vez que nunca na vida fora possuído por atração tão forte ou caíra tão indefesamente sob o seu encanto. Ela perguntou onde tinha aprendido jardinagem e ele replicou "Com nossos jardineiros". Queria saber quem eram seus pais e ele foi obrigado a admitir – com relutância, certo de que ofenderia seus princípios igualitários – que era bem-nascido e bem-criado e que os jardineiros eram pagos por seu pai, que também pagou por uma longa sucessão de babás, internatos, universidades e férias no exterior e tudo mais que fosse necessário para facilitar seu caminho até a "firma da família", que era como seu pai chamava o Foreign Office.

Mas, para seu alívio, ela pareceu achar isso uma descrição perfeitamente razoável de sua proveniência e comparou-a com umas poucas confidências próprias. Seus pais tinham morrido nos últimos nove meses, ambos de câncer.

– Portanto, sou uma órfã – declarou, com leviandade fingida – liberada para achar um lar.

Depois sentaram-se separados por algum tempo, ainda em comunhão.

– Esqueci do carro – falou a ela a certa altura, como se isso de certa forma colocasse um ponto final em novas atividades.

– Onde o estacionou?

– Não estacionei. Tem um chofer. É um carro do governo.

– Não pode telefonar para ele?

E surpreendentemente ela carregava um telefone celular na sua bolsa e ele tinha o número do celular do chofer no seu bolso. Atracou a chalana e sentou-se ao lado dela enquanto mandava o chofer voltar para Londres sozinho, o que equivalia a jogar fora a bússola, um ato de autonaufrágio cúmplice que não escapou a nenhum deles. E depois do rio ela o levou para sua casa e fez amor com ele. E por que fez aquilo, e quem achava que *ele* fosse quando o fez, e quem ele pensava que *ela* fosse, e quem eram ambos ao cabo daquele fim de semana, tais mistérios, ela lhe disse enquanto o pipocava de beijos na estação ferroviária, seriam resolvidos com tempo e prática. O fato era, disse ela, que o amava, e tudo mais se encaixaria quando estivessem casados. E Justin, na loucura que o tomara, fazia declarações insensatas semelhantes, as repetia e as ampliava, tudo na onda de loucura que o assaltava – e assumiu contente, ainda que, em algum recesso de sua consciência, soubesse que cada hipérbole um dia teria o seu preço.

Ela não fez segredo de que desejava um amante mais velho. Como muitas mulheres jovens e bonitas que conhecera, estava farta de homens da própria idade. Em uma linguagem que secretamente o repelia, ela se descrevia como uma vadia, uma rameira com um coração e um pouco de um demônio, mas ele estava muito encantado para corrigi-la. As expressões, descobriu depois, vinham do pai dela, que depois ele passou a detestar, dando-se o trabalho de esconder isso dela, uma vez que falava dele como de um santo. A necessidade que tinha do amor de Justin, explicou, era nela uma fome insaciável, e Justin só podia afirmar que o mesmo valia para ele, sem discussão. E na época acreditava no que dizia.

Seu primeiro impulso, 48 horas depois de voltar a Londres, foi escapar. Fora atingido por um tornado, mas tornados, sabia pela experiência, causavam uma porção de dano, parte dele colateral, e seguiu em frente. Seu novo posto em um buraco do inferno africano, ainda pendente, de repente lhe parecia convidativo. Suas declarações de amor o alarmavam quanto mais ele as ensaiava: isso não é verdade, isso sou eu na peça errada. Tivera uma série de casos e esperava ter mais alguns – mas só segundo parâmetros contidos e premeditados, com mulheres não propensas, como ele, a abandonar o bom-senso pela paixão. Mas, o que era mais cruel, temia a fé dela, porque, como um pessimista bem pago, sabia que não possuía nenhuma. Nem na natureza humana, nem em Deus, nem no futuro e, certamente, não no poder universal do amor. O homem era vil e sempre o seria. O mundo continha um pequeno número de almas sensatas e Justin era uma delas. Seu trabalho, na sua visão singela, era desviar a raça humana dos seus piores excessos – com a cláusula de que quando dois lados estavam decididos a explodir um ao outro em pedacinhos havia muito pouco que uma pessoa sensata pudesse fazer, por mais implacável que fosse em seus esforços para impedir a crueldade. No fundo, o mestre do niilismo altaneiro dizia a si mesmo que todos os homens civilizados são uns bárbaros nos dias de hoje e a maré está vindo cada vez com mais força, o tempo todo. Foi portanto duplamente infeliz que Justin, que considerava qualquer forma de idealismo com o mais profundo ceticismo, se envolvesse com uma jovem que, embora adoravelmente desinibida sob muitas maneiras, era incapaz de atravessar a rua sem antes assumir uma postura moral. Escapar era o único recurso sensato.

Mas, à medida que as semanas passavam e ele embarcava no que tencionava fosse o delicado processo de desligamento, a maravilha do que acontecera firmou raízes nele. Pequenos jantares planejados para a pesarosa cena de despedida acabavam se transformando em banquetes de encantamento seguidos por delícias sexuais ainda mais impetuosas. Começou a sentir-se envergonhado de sua apostasia secreta. Divertia-se, em vez de se desencorajar, com o idealismo excêntrico de Tessa – que, de um modo descontraído, era inflamado por ele. Alguém devia sentir essas coisas e proclamá-las. Até então considerara opiniões inabaláveis como inimigas naturais do diplomata, para serem ignoradas, ridicularizadas ou, como energia perigosa, desviadas para canais inofensivos. Agora, para sua surpresa, ele as via como emblemas de coragem, e Tessa como seu porta-estandarte.

E com esta revelação veio uma nova percepção de si mesmo. Não era mais o deleite das veteranas debutantes, o solteirão ágil sempre se esquivando dos grilhões do casamento. Era a figura paterna engraçada e adorável para uma bela jovem, satisfazendo-lhe cada capricho, deixando-a agir por sua própria cabeça sempre que precisasse. Mas era seu protetor, mesmo assim, seu rochedo, sua mão guia, seu adorado velho jardineiro em um chapéu de palha. Abandonando seu plano de fuga, Justin firmou seu curso na direção dela e desta vez em diante – ou era o que ele queria que os oficiais de polícia acreditassem – nunca se arrependeu, nunca olhou para trás.

– NEM MESMO QUANDO ela se tornou um estorvo para o senhor? – Lesley pergunta depois que ela e Rob, secretamente perplexos com a sua franqueza, ficaram sentados em silêncio respeitoso durante o período regulamentar.

– Eu lhes disse. Havia questões em que ficávamos distantes. Eu esperava. Ou que se moderasse, ou que o Foreign Office nos fornecesse papéis que não estivessem em contraste. O status das esposas no Foreign Office está em fluxo constante. Elas não podem trabalhar por dinheiro nos países onde os maridos serviam. São obrigadas a se mudar quando os maridos se mudam. Em um momento lhes são oferecidas todas as liberdades do dia. No seguinte, espera-se delas que se comportem como a gueixa diplomática.

– É Tessa falando ou o senhor? – pergunta Lesley com um sorriso.

– Tessa nunca esperou para ter acesso à sua liberdade. Ela mesma a assumiu.

– E Bluhm não o constrangia? – perguntou Rob rudemente.

– É irrelevante, mas Arnold Bluhm não era amante dela. Eram unidos por outras coisas. O segredo mais obscuro de Tessa era a sua virtude. Ela adorava chocar.

Isso é demais para Rob.

– Quatro noites na roda-viva, Justin? – ele objeta. – Dividindo um chalé em Turkana? Uma garota como Tessa? E está pedindo seriamente que a gente acredite que não transaram?

– Acreditem no que quiserem – replicou Justin, o apóstolo da não surpresa. – Eu não tenho nenhuma dúvida.

– Por quê?

– Porque ela me contou.

E para isso eles não tinham resposta, de jeito algum. Mas havia algo mais que Justin precisava dizer e, pouco a pouco, empurrado por Lesley, conseguiu desabafar.

— Ela havia se casado com a convenção — começou desajeitadamente. — Comigo. Não algum benfeitor de princípios elevados. Eu. Não devem realmente vê-la como alguém exótico. Nunca duvidei, nem ela quando chegamos aqui, que seria outra coisa além de um membro das gueixas diplomáticas que ridicularizava. À sua própria maneira. Mas pisando dentro da linha. — Deliberou, consciente de seus olhares incrédulos. — Depois da morte de seus pais, ela se apavorou. Agora, comigo para apoiá-la, queria se retrair do excesso de liberdade. Era o preço que estava preparada para pagar por não ser mais uma órfã.

— E o que mudou isso? — perguntou Lesley.

— *Nós* mudamos — retorquiu Justin com fervor. Ele queria dizer os outros *nós*. Nós, seus salvadores. Nós os culpados. — Com nossa complacência — falou, baixando a voz. — Com *isto*.

E fez um gesto que abrangia não só a sala de jantar e as horrendas aquarelas de Gloria empaladas sobre a chaminé da lareira, mas toda a casa ao seu redor, e seus ocupantes, e, por inferência, as outras casas da rua.

— Nós que somos pagos para ver o que está acontecendo e preferimos não ver. Nós que caminhamos ao longo da vida com os olhos baixos.

— Ela falou isso?

— Eu falei. Era como ela veio a nos encarar. Nasceu rica, mas isso nunca a impressionou. Não tinha nenhum interesse por dinheiro. Precisava muito menos dele do que as classes em ascensão. Mas sabia que não tinha desculpa por ficar indiferente ao que via e ouvia. Sabia que estava em débito.

E nesta nota Lesley decreta uma pausa até o dia seguinte à mesma hora, Justin, se isso lhe convém. Ele concorda.

E a British Airways parecia ter chegado à mesma conclusão, pois estava apagando as luzes no compartimento da primeira classe e acolhendo os últimos pedidos da noite.

8

Rob se estira enquanto Lesley desembolsa de novo seus brinquedos: os cadernos de notas coloridos, os lápis, o pequeno gravador de fita que na véspera ficou intocado, o pedaço de borracha. Justin tem uma palidez de prisão e uma teia de rugas, finas como cabelos, em volta dos olhos, que é como as manhãs o acolhem nestes dias. Um médico receitaria ar fresco.

— Declarou que nada teve a ver com o assassinato de sua mulher *no sentido em que nós estávamos insinuando*, Justin — Lesley lembra a ele. — Que outro sentido existe, se não o incomoda que a gente pergunte? — E ela tem de se curvar por sobre a mesa para ouvir suas palavras.

— Eu devia ter ido com ela.

— Para Lokichoggio?

Sacudiu a cabeça.

— Para o lago Turkana?

— Para qualquer lugar.

— Foi o que ela lhe disse?

— Não. Ela nunca me criticou. Nunca dissemos o que fazer um ao outro. Tivemos uma discussão, e se referia a método, não a substância. Arnold nunca foi uma obstrução.

— Sobre o que foi a discussão exatamente? — pergunta Rob, apegando-se com afinco à sua visão literal das coisas.

— Depois da perda do nosso bebê, implorei a Tessa que me deixasse levá-la de volta à Inglaterra ou à Itália. Levá-la aonde quisesse. Não quis nem pensar nisso. Tinha uma missão, uma razão para sobreviver, e era aqui em Nairóbi. Defrontara-se com uma grande injustiça social. Um grande crime, também o chamava assim. Foi tudo o que me foi permitido saber. Em minha profissão, a ignorância estudada é uma forma de arte. — Virou-se para a janela e olhou para o nada. — Já viram como as pessoas vivem nas favelas aqui?

Lesley sacudiu a cabeça.

– Ela me levou uma vez. Em um momento de fraqueza, me disse depois, quis que eu inspecionasse seu local de trabalho. Ghita Pearson veio conosco. Ghita e Tessa eram naturalmente próximas. As afinidades eram incríveis. Suas mães eram médicas, os pais advogados, as duas tinham sido criadas no catolicismo. Fomos até um centro médico. Quatro paredes de concreto e um telhado de zinco e mil pessoas esperando para chegar até a porta. – Por um momento ele se esquece de onde está. – Pobreza nessa escala é uma disciplina própria. Não pode ser aprendida em uma tarde. Mesmo assim, ficou difícil para mim, a partir de então, caminhar pela Stanley Street sem – parou de novo –, sem a outra imagem na minha cabeça.

Depois das evasões suaves de Woodrow, suas palavras ressoam como o verdadeiro evangelho.

– A grande injustiça, o grande crime, era o que a mantinha viva. Nosso bebê tinha morrido há cinco semanas. Sozinha em casa, Tessa ficava olhando vagamente para a parede. Mustafa telefonava para mim no Alto Comissariado: "Venha para casa, Mzi, ela está doente, ela está doente." Mas não fui eu quem a reavivou. Foi Arnold. Arnold entendia. Partilhavam um segredo. Era só ouvir seu carro na frente de casa e ela se tornava uma mulher diferente. "O que é que você traz? O que é que você traz?" Queria dizer notícias. Informação. Progresso. Quando ele ia embora, ela se recolhia ao seu pequeno escritório e trabalhava noite adentro.

– Em seu computador?

Um momento de cautela da parte de Justin. Superado.

– Tinha seus papéis, tinha seu computador. Tinha o telefone, que usava com a maior circunspecção. E tinha Arnold, sempre que ele podia encontrar uma brecha.

– E não se importou com isso então? – zombou Rob, em um retorno infeliz a seu tom fanfarrão. – Sua mulher sentada em êxtase, esperando que o Dr. Maravilha aparecesse?

– Tessa estava desolada. Se precisasse de uma centena de Bluhms, no que me tocava, podia tê-los todos e nos termos em que desejasse.

– E nada sabia sobre o grande crime – Lesley retomou, sem querer se deixar persuadir. – Nada. Do que tratava, quem eram as vítimas e os personagens principais. Eles mantiveram aquilo afastado de você. Bluhm e Tessa juntos e você ficou sozinho sem saber de nada.

– Eu lhes dei essa distância – confirmou Justin obstinadamente.

– Simplesmente não vejo como podiam *sobreviver* assim – Lesley insiste, colocando o caderno de notas sobre a mesa e abrindo as mãos. – Separados, mas juntos – do jeito como descreve –, é como nem se estar falando ou pior.

– Nós não sobrevivemos – Justin lembrou a ela com simplicidade. – Tessa morreu.

AQUI ELES PODERIAM ter achado que o tempo de confidências íntimas acabara e um período de acanhamento ou embaraço se seguiria, ou até de retratação. Mas Justin mal começou. Ele fica ereto, como um homem mostrando seu jogo. Suas mãos caem sobre as coxas e permanecem ali até novas ordens. Sua voz recupera o poder. Alguma profunda força interior está subindo à tona, ao ar poluído da fétida sala de jantar dos Woodrow, ainda rançosa do molho da noite anterior.

– Ela era tão impetuosa – ele declara orgulhosamente, uma vez mais recitando a partir de discursos que fez a si mesmo durante horas intermináveis. – Amei isso nela desde o início. Estava tão desesperada para que tivéssemos nosso filho imediatamente. A morte de seus pais devia ser compensada o mais cedo possível! Por que esperar até que estivéssemos casados? Eu a contive. Não devia ter feito isso. Apelei para a convenção, sabe Deus por quê. "Muito bem", ela disse, "se precisamos nos casar para ter um bebê, vamos nos casar imediatamente." E assim partimos para a Itália e nos casamos imediatamente, para a imensa diversão de meus colegas. – Ele mesmo se diverte. – "Quayle enlouqueceu! O velho Justin casou-se com sua filha! Tessa já passou no vestibular?" Quando ficou grávida, depois de três anos de tentativas, ela chorou. Eu também.

Ele para, mas ninguém interrompe seu fluxo.

– Com a gravidez, ela mudou. Mas só para melhor. Tessa cresceu na maternidade. Exteriormente permanecia serena. Mas interiormente um profundo sentido de responsabilidade se formava. Seu trabalho de assistência assumiu um novo significado. Disseram-me que isso não é fora do comum. O que era importante agora se tornava uma vocação, praticamente um destino. Estava grávida de sete meses e ainda cuidava dos doentes, dos agonizantes e então voltava para comparecer a algum tolo jantar diplomático na cidade. Quanto mais se aproximava a chegada do bebê, mais determinada estava para tornar o mundo melhor. Não só para *nossa* criança. Para *todas* as crianças. A esta altura havia se decidido por um hospital africano. Se eu a tivesse forçado a escolher alguma clínica particular, ela aceitaria, mas eu a teria traído.

– Como? – murmura Lesley.

– Tessa distinguia absolutamente entre a dor observada e a dor compartilhada. A dor observada é dor jornalística. É dor diplomática. É dor da televisão, e passa assim que você desliga o abominável aparelho. Aqueles que observam o sofrimento e nada fazem a respeito, na visão dela, não eram melhores do que aqueles que o infligiam. Eram os maus samaritanos.

– Mas ela *estava* fazendo algo a respeito – Lesley objeta.

– Daí o hospital africano. Nos seus momentos extremos, ela falava em ter a criança na favela de Kibera. Felizmente, Arnold e Ghita conseguiram restaurar seu senso de equilíbrio. Arnold possui a autoridade do sofrimento. Não só tratou vítimas de torturas na Argélia, como foi, ele mesmo, torturado. Ganhou seu passe para os miseráveis da Terra. Eu, não.

Rob agarra-se a isso, como se o assunto não tivesse sido repisado uma dúzia de vezes.

– É um pouco difícil ver onde começa sua atuação, não é? Espécie de pneu estepe, sentado no alto das nuvens com sua dor diplomática e sua comissão de alto nível, não?

Mas a paciência de Justin não tem limites. Existem ocasiões em que é simplesmente educado demais para discordar.

– Ela me isentou do serviço ativo, como costumava dizer – fala com um envergonhado rebaixamento da voz. – Inventava argumentos capciosos para me colocar à vontade. Insistia que o mundo precisava de nós dois: eu, dentro do Sistema, empurrando; ela, do lado de fora, no campo, puxando. "Eu sou aquela que acredita no Estado moral", dizia. "Se a turma de vocês não fizer o seu trabalho, que esperança existe para o resto de nós?" Era sofisma, e nós dois sabíamos disso. O Sistema não precisava do meu trabalho. Nem eu. Qual era o sentido daquilo? Eu escrevia relatórios que ninguém lia e sugeria ações que nunca eram executadas. Tessa era avessa a trapaças. Exceto no meu caso. Por mim, ela se deixava enganar totalmente.

— Ela chegava a ter medo? — pergunta Lesley suavemente a fim de não violar a atmosfera de confissão.

Justin reflete e então se permite um meio sorriso de lembrança.

— Certa vez gabou-se para a embaixatriz americana de que medo era o único palavrão cujo significado ela não conhecia. Sua Excelência não achou graça nenhuma.

Lesley sorri também, mas não por muito tempo.

— E essa decisão de ter o seu bebê em um hospital africano... — começa a perguntar, de olho no caderno de notas. — Pode nos dizer quando e como foi tomada, por favor?

— Havia uma mulher de uma das aldeias-favelas do norte que Tessa visitava regularmente. Wanza, sobrenome desconhecido. Wanza sofria de uma espécie de doença misteriosa. Fora selecionada para tratamento especial. Por coincidência, as duas se encontraram na mesma enfermaria do Hospital Uhuru, e Tessa a amparou.

Será que eles ouvem a nota cautelosa que penetrou em sua voz? Justin ouve.

— Sabe qual era a doença?

— Só o aspecto geral. Estava doente e podia ficar gravemente doente.

— Tinha AIDS?

— Não tenho ideia se sua doença tinha algo a ver com AIDS. Minha impressão era de que as preocupações eram diferentes.

— Isso é bastante fora do comum, não é, uma mulher das favelas dando à luz em um hospital?

— Ela estava sob observação.

— Observação *de quem*?

É a segunda vez que Justin se censura. A impostura não lhe cai com naturalidade.

— Suponho que de um dos postos de saúde. Da sua aldeia. Em uma cidade de barracos. Como veem, estou nebuloso. Fico espantado com a quantidade de coisas que consegui ignorar.

— E Wanza morreu, não foi?

— Morreu na última noite da estada de Tessa no hospital – replica Justin, abandonando agradecido sua reserva para reconstruir o momento para eles. – Eu passava a noite na enfermaria, mas Tessa insistiu que fosse para casa dormir por algumas horas. Dissera o mesmo para Arnold e Ghita. Estávamos fazendo vigílias alternadas à sua cabeceira. Arnold fornecera uma cama de campanha. Às 4 horas, Tessa me telefonou. Não havia telefone na sua enfermaria, por isso usou o da enfermeira-chefe. Estava desolada. Histérica é a descrição mais acurada, mas Tessa, quando está histérica, não levanta a voz. Wanza tinha desaparecido. O bebê também. Acordou e achou a cama de Wanza vazia e o berço do bebê tinha sumido. Fui de carro até o Hospital Uhuru. Arnold e Ghita chegaram no mesmo momento. Tessa estava inconsolável. Era como se tivesse perdido uma segunda criança no espaço de poucos dias. Nós três a persuadimos de que era tempo de convalescer em casa. Com Wanza morta e o bebê removido, não tinha obrigação de ficar.

— Tessa não foi ver o corpo?

— Pediu para vê-lo, mas disseram que não era apropriado. Wanza estava morta e seu bebê fora levado para a aldeia da mãe por seu irmão. No que dizia respeito ao hospital, aquele era o fim da questão. Os hospitais não gostam de perder tempo com a morte – acrescentou, falando com a experiência de Garth.

— E Arnold viu o corpo?

— Chegou tarde demais. O corpo foi mandado para o necrotério e então o perderam.

Os olhos de Lesley se abrem em um espanto autêntico, enquanto, do outro lado de Justin, Rob se inclina rapidamente para diante, agarra o gravador e se certifica pela portinhola de que a fita está rodando.

— Perderam? Mas não se *perdem* corpos! – exclama Rob.

— Ao contrário, me garantiram que em Nairóbi isso acontece o tempo todo.

— E o atestado de óbito?

— Só posso lhe contar o que soube de Arnold e Tessa. Nada sei de um atestado de óbito. Nenhum foi mencionado.

— E nenhuma autópsia? – volta Lesley.

— No meu conhecimento, nenhuma.

— Wanza recebeu visitantes no hospital?

Justin pensa sobre a pergunta, mas evidentemente não vê razão para não responder.

— Seu irmão Kioko. Dormia ao lado dela no chão, quando não estava espantando as moscas que a importunavam. E Ghita Pearson fazia questão de sentar com ela quando ia visitar Tessa.

— Mais alguém?

— Um médico branco, eu creio. Não posso ter certeza.

— De que fosse branco?

— De que fosse médico. Um homem branco, de jaleco branco. E com um estetoscópio.

— Sozinho?

A reserva, de novo, caindo como uma sombra através de sua voz.

— Estava acompanhado por um grupo de estudantes. Ou pelo menos assim julguei. Eram jovens. Usavam jalecos brancos.

Com três abelhas douradas bordadas no bolso de cada jaleco, poderia ter acrescentado, mas sua resolução o conteve.

— Por que diz estudantes? Tessa falou que eram estudantes?

— Não.

— E Arnold?

— Arnold não fez nenhum julgamento sobre eles que eu ouvisse. É pura suposição de minha parte. Eram jovens.

— E quanto ao seu líder? Seu médico, se é o que era. Arnold disse algo sobre ele?

— Não para mim. Se tinha preocupações, ele as dirigia ao próprio homem – o homem com o estetoscópio.

— Na sua presença?

— Mas não ao alcance do meu ouvido. Ou quase não.

Rob, como Lesley, estica o pescoço para pegar cada palavra sua.

— Descreva.

Justin já o está fazendo. Durante uma breve trégua juntou-se ao time deles. Mas o comedimento não abandonou sua voz. Cautela e circunspecção estão escritas ao redor de seus olhos cansados.

— Arnold levou o homem para um canto. Pelo braço. O homem com o estetoscópio. Falaram um com o outro como os médicos costumam fazer. Em voz baixa, à parte.

— Em inglês?

— Acho que sim. Quando Arnold fala francês ou kiSuaíli adquire uma linguagem corporal diferente.

E quando fala inglês se mostra inclinado a levantar um pouco a voz, poderia ter acrescentado.

— Descreva-o... o cara com o estetoscópio — comanda Rob.

— Era corpulento. Um homem grande. Gorducho. Desleixado. Tenho a lembrança de sapatos de camurça. Recordo que achei peculiar que um doutor em medicina usasse sapatos de camurça, não estou seguro por quê. Mas a memória dos sapatos persiste. Seu jaleco estava encardido de nada muito particular. Sapatos de camurça, um jaleco encardido, um rosto corado. Uma espécie de artista. Não fosse o seu jaleco branco, um empresário do *showbiz*. — E as três abelhas douradas, sujas mas distintas, bordadas no seu bolso, como a enfermeira no cartaz do aeroporto, estava pensando. — Ele parecia envergonhado — acrescentou, surpreendido.

— Do quê?

— Da sua presença ali. Do que estava fazendo.

— Por que diz isso?

— Não olhava para Tessa. Para nenhum de nós. Olhava para todos os outros lados. Só não olhava para nós.

— Cor dos cabelos?

— Louros. De louros a amarelo-avermelhados. Seu rosto era o de alguém que tinha bebido. Os cabelos avermelhados acentuavam isso. Sabem a respeito dele? Tessa tinha a maior curiosidade de saber quem era.

— Barba? Bigode?

– Escanhoado. Não. Na verdade, não. Tinha a barba por fazer de um dia pelo menos. Com uma coloração dourada. Ela perguntou seu nome repetidamente. Recusou-se a dar.

– Que *tipo* de conversa parecia? – insiste Rob, entrando de sola novamente. – Era uma discussão? Era amistosa? Estavam se convidando para um almoço? O que estava acontecendo?

A cautela de volta. Nada ouvi. Só vi.

– Arnold parecia estar protestando... repreendendo. O doutor negava. Tive a impressão... – faz uma pausa, dando-se tempo para escolher as palavras. Não confie em ninguém, dissera Tessa. Ninguém, exceto Ghita e Arnold. Prometa-me. Eu prometo. – Tive a impressão de que não era a primeira vez que uma divergência ocorria entre eles. O que eu testemunhava era parte de uma discussão anterior. Foi o que pensei depois, pelo menos. Que eu havia assistido à retomada das hostilidades entre adversários.

– Tem pensado muito a respeito, então.

– Sim. Sim, tenho – Justin concorda dubiamente. – Minha outra impressão foi de que o inglês não era a língua-mãe do doutor.

– Mas não discutiu nada disso com Arnold e Tessa?

– Quando o homem foi embora, Arnold voltou à cabeceira de Tessa, tomou seu pulso e falou no seu ouvido.

– O que, de novo, não ouviu?

– Não, e não era para eu ouvir. – Muito transparente, pensou. Tente com mais afinco. – Era um papel ao qual já estava familiarizado – explica, evitando o olhar dos policiais. – Permanecer fora do seu círculo.

– A que medicação Wanza era submetida? – perguntou Lesley.

– Não tenho nenhuma ideia.

Ele tinha toda a ideia. Veneno. Trouxera Tessa do hospital e estava dois degraus abaixo dela na escada que levava ao seu quarto de dormir, segurando a sacola dela em uma das mãos e a sacola das primeiras roupas de Garth, sua roupa de cama e suas fraldas, na outra, mas ele a observava como um lutador porque, sendo Tessa, tinha de fazer as coisas por sua própria conta. Assim que ela começou a desabar, largou as sacolas, amparou-a antes que os joelhos cedessem e sentiu a terrível leveza dela, e o tremor e o desespero quando ela irrompeu no seu lamento, não sobre a morte de Garth, mas sobre a morte de Wanza. *Eles a mataram!*, começou a falar sem pensar, direto no seu rosto, porque ele a segurava tão de perto. *Aqueles desgraçados mataram Wanza, Justin! Eles a mataram com o seu veneno.* Quem fez isso, querida?, perguntou, afastando seus cabelos suados de suas faces e da testa. Quem a matou? Conte para mim. Com o braço enlaçando suas costas emaciadas, ele a transportou gentilmente escada acima. Que desgraçados, querida? Diga-me quem são os desgraçados. *Aqueles desgraçados dos ThreeBees. Aqueles falsos médicos sanguinários. Aqueles que não queriam olhar para nós!* De que tipo de médicos estamos falando?, erguendo-a e colocando-a na cama, não lhe dando a menor chance para cair de novo. Têm nome, esses médicos? Conte para mim.

Do fundo do seu mundo interior, ouve Lesley fazendo-lhe a mesma pergunta ao reverso.

– O nome Lorbeer significa algo para você, Justin?

Quando em dúvida, minta, havia jurado a si mesmo. Se estiver no inferno, minta. Se não confia em ninguém – nem sequer em si mesmo –, se deve ser leal somente aos mortos, minta.

– Receio que não – responde.

– Não entreouviu em alguma parte... no telefone? Trechos de bate-papos entre Arnold e Tessa? Lorbeer, alemão, holandês... suíço, talvez?

– Lorbeer não é um nome que me toque em qualquer contexto.

– Kovacs, uma mulher húngara? Cabelos escuros, dizem que é uma beldade.

– Tem um primeiro nome? – querendo dizer não de novo, mas dessa vez é a verdade.

– Ninguém conhece – replica Lesley com um certo desespero. – Emrich. Também uma mulher. Mas loura. Não? – Ela joga o lápis na mesa em sinal de derrota. – Então Wanza morre – diz ela. – É oficial. Assassinada por um homem que não queria olhar para vocês. E hoje, seis meses depois, não sabe ainda do que ela morreu. Simplesmente morreu.

— Nunca me foi revelado. Se Tessa ou Arnold sabiam a causa da morte dela, eu não.

Rob e Lesley afundam em suas cadeiras, como dois atletas que concordaram em descansar. Reclinando-se, esticando bem os braços, Rob dá um suspiro cenográfico, enquanto Lesley fica curvada para a frente, apoiando o queixo com a mão em taça, uma expressão de melancolia no seu rosto sábio.

— E não inventou tudo isso, então? — pergunta a Justin através das juntas dos dedos. — Todo esse drama sobre a mulher agonizante Wanza, seu bebê, o chamado doutor que tinha vergonha, os chamados estudantes em jalecos brancos? Não é um tecido de mentiras do começo ao fim, por exemplo?

— Que sugestão mais ridícula! Por que motivo eu gastaria seu tempo inventando tal história?

— O Hospital Uhuru não tem registro de Wanza — explica Rob, também desanimado, de sua posição reclinada. — Tessa existiu e também o seu pobre Garth. Wanza não existiu. Nunca esteve lá, nunca foi internada, nunca foi tratada por um médico, falso ou verdadeiro, ninguém a observou, ninguém receitou nada para ela. Seu bebê nunca nasceu, ela nunca morreu, seu corpo nunca foi perdido porque nunca existiu. Nossa Les aqui fez uma tentativa e falou com algumas das enfermeiras, mas elas não sabem de nada, sabem, Les?

— Alguém deu uma palavrinha em um canto com elas antes que eu o fizesse — explica Lesley.

OUVINDO UMA VOZ de homem atrás de si, Justin se virou. Mas era apenas o comissário de bordo perguntando sobre sua comodidade. Será que o Sr. Brown precisaria de alguma ajuda com os controles do seu assento? Obrigado, o Sr. Brown preferia ficar sentado reto. Ou com sua máquina de vídeo? Não, obrigado, não tenho necessidade dela. Então gostaria que a cortina de sua janela fosse fechada? Não, obrigado — enfaticamente —, Justin preferia sua janela aberta para o cosmo. Então que tal um bom cobertor quente para o Sr. Brown? Com sua incurável polidez, Justin aceitou um cobertor e voltou seu olhar para a janela escura a tempo de ver Gloria invadir a sala de jantar sem bater à porta, carregando uma bandeja de sanduíches de patê. Colocando-a sobre a mesa, ela dá um olhar furtivo ao que quer que Lesley tenha escrito no seu caderno de notas; sem êxito, ao que parece, pois Lesley virou destramente para uma nova página.

— Não vão cansar nosso pobre hóspede, não é, queridos? Ele já está bastante estressado, não está, Justin?

E um beijo na bochecha para Justin e uma saída de teatro de variedades para todo mundo, enquanto os três com uma só mente pulam para abrir a porta para a sua carcereira, enquanto ela parte com a bandeja de chá vazia.

DURANTE ALGUM TEMPO depois da saída de Gloria, a conversa é fragmentada. Mastigam seus sanduíches, Lesley abre um caderno diferente, azul, enquanto Rob com a boca cheia dispara uma rajada de perguntas aparentemente não relacionadas.

— Conhecemos alguém que fume cigarros Sportsman sem parar, conhecemos? — Como se fumar Sportsmans fosse um crime capital.

— Não que eu saiba, não. Nós dois detestávamos fumaça de cigarro.

— Quero dizer por aí afora, não só em casa.

— Ainda assim, não.

— Conhece alguém que possua uma camioneta de safári verde, em boa condição, com placas quenianas?

— O alto comissário se gaba de ter uma espécie de jipe blindado, mas não imagino o que vocês têm em mente.

— Conhece uns caras do tipo militar, com bons corpos, na casa dos 40, sapatos bem-engraxados e peles bronzeadas?

— Não me vem ninguém à lembrança, receio — confessa Justin, sorrindo de alívio por ficar fora da zona de perigo.

— Já ouviu alguma vez falar em um lugar chamado Marsabit?

— Sim, acho que sim. Sim, Marsabit. Claro. Por quê?

— Certo. Está bem. Nós *ouvimos* falar de Marsabit. Onde fica?

— Na beira do deserto Chalbi.

— A leste do lago Turkana, então?

– Se não me falha a memória, sim. É uma espécie de centro administrativo. Um ponto de encontro para viajantes de toda a região norte.

– Já esteve lá?

– Imaginem só, não.

– Conhece alguém que esteve?

– Não. Creio que não.

– Tem ideia dos recursos disponíveis para o viajante cansado em Marsabit?

– Creio que existe acomodação lá. E um posto policial. E uma reserva nacional.

– Mas nunca esteve lá. – Justin nunca esteve. – Ou mandou alguém para lá? Dois *alguéns*, por exemplo? – Justin não mandou. – Então, como é que sabe tudo sobre o lugar? Seria um médium, por acaso?

– Quando sou indicado para um país, faço questão de estudar o mapa.

– Ouvimos histórias sobre uma grande camioneta verde de safári que parou em Marsabit duas noites antes do assassinato, Justin – Lesley explica, quando esta amostra ritual de agressão cumpriu sua função. – Dois homens brancos a bordo. Parecem caçadores. Em forma, mais ou menos da sua idade, trajes paramilitares cáqui, sapatos engraxados, como diz Rob. Não falaram com ninguém, só entre eles. Não flertaram com um bando de garotas suecas no bar. Compraram mantimentos no mercado. Combustível, cigarros, água, cerveja, rações. Os cigarros eram Sportsman, a cerveja era Whitecap em garrafas. Whitecap só é vendida em garrafa. Partiram na manhã seguinte no rumo oeste pelo deserto. Se continuassem rodando teriam atingido a margem do Turkana no entardecer seguinte. Podiam ter até chegado à baía de Allia. As garrafas vazias de cerveja que encontramos perto da cena do crime eram Whitecap. Os restos de cigarros eram Sportsman.

– É simplista da minha parte perguntar se o hotel em Marsabit mantém um registro? – indaga Justin.

– Página faltando – declara Rob triunfante, marcando o seu retorno. – Rasgada intempestivamente. Além do mais, o pessoal do hotel em Marsabit não lembra merda nenhuma dos sujeitos. Estão com tanto medo que não conseguem lembrar nem seus próprios nomes. Alguém trocou uma palavrinha com eles também, imaginamos. As mesmas pessoas que trocaram uma palavra com o pessoal do hospital.

Mas esse é o canto de cisne de Rob no seu papel de carrasco de Justin, uma verdade que ele mesmo parece reconhecer, pois faz uma carranca, puxa a orelha e quase chega a parecer arrependido, mas Justin, enquanto isso, está despertando. Seu olhar viaja inquietamente de Rob para Lesley e de volta. Espera pela próxima pergunta e, quando nenhuma surge, ele faz uma por sua conta.

– E quanto ao departamento de registro dos veículos?

A sugestão provoca um riso cínico nos dois oficiais.

– No Quênia? – perguntam.

– As companhias seguradoras de automóveis, então. As importadoras, as concessionárias. Não podem existir tantas camionetas de safári verdes no Quênia. Não se você fizer uma triagem.

– Os Garotos Azuis estão trabalhando direto nisso – diz Rob. – No próximo milênio, se formos bonzinhos, poderão aparecer com uma resposta. Os importadores também não foram muito expeditos, para ser franco – prossegue, com um olhar de soslaio para Lesley. – Uma pequena firma chamada Bell, Barker & Benjamin, também conhecida como ThreeBees, ouviu falar neles? O presidente vitalício é um Sir Kenneth K. Curtiss, golfista e escroque, Kenny K para os amigos?

– Todo mundo na África ouviu falar nos ThreeBees – diz Justin, colocando-se de novo na linha. Quando em dúvida, minta. – E em Sir Kenneth, obviamente. Ele é uma figura.

– Amada?

– Admirada, suponho seja a palavra. É dono de um time de futebol queniano muito popular. E usa um boné de beisebol virado de trás para a frente – acrescenta, com um desagrado que os faz rir.

– Os ThreeBees mostraram muito do que posso chamar de vigor, mas não muitos resultados – retoma Rob. – Muito *prestimosos*, mas nenhum préstimo. "Sem problemas, oficial! Terá a lista na hora do almoço, oficial!" Mas falava da hora do almoço da semana passada.

– Receio que seja assim com muitas pessoas por aqui – lamenta Justin com um sorriso cansado. – Tentaram as companhias seguradoras de automóveis?

– Os ThreeBees também dominam os seguros automotivos. Bem, seria natural, não? Cobertura grátis para terceiros quando você compra um de seus veículos. Ainda assim, não foi de muita ajuda também. Não quando se trata de camionetas de safári em boa condição.

– Percebo – diz Justin suavemente.

– Tessa nunca os teve sob a sua mira, teve? – perguntou Rob em seu tom casual de sempre. – Os ThreeBees? Kenny K parece bastante íntimo do trono de Moi, o que geralmente devia bastar para fazê-la perder as estribeiras. Isso aconteceu?

– Oh, imagino que sim – diz Justin com igual vagueza. – Em uma ou noutra ocasião. Deve ter acontecido.

– Isso poderia explicar por que não estamos recebendo aquele pouquinho de ajuda extra que buscamos da nobre Casa dos ThreeBees no caso do veículo misterioso e em uma ou em duas outras questões não relacionadas diretamente com ele. Só que eles são poderosos em outros campos também, não são? Tudo, de xarope para tosse até jatos executivos, segundo nos disseram, não foi, Les?

Justin sorri, distanciado, mas não avança o tópico da conversa – nem mesmo, embora seja tentado, com uma divertida referência à glória emprestada de Napoleão ou à absurda coincidência da ligação de Tessa com a ilha de Elba. E não faz nenhuma referência à noite em que a trouxera do hospital para casa nem àqueles desgraçados dos ThreeBees que mataram Wanza com seu veneno.

– Mas eles não estavam na lista negra de Tessa, segundo diz – continua Rob. – O que surpreende, realmente, considerando o que foi dito sobre eles por seus muitos críticos. "O punho de ferro na luva de ferro", foi como um membro do Parlamento em Westminster os descreveu, se me lembro corretamente, a respeito de algum escândalo esquecido. Não creio que *ele* vá ganhar um safári grátis tão cedo, não acha, Les? – Les disse: de jeito algum. – Kenny K e seus ThreeBees. Parece nome de um grupo de *rock*. Mas Tessa não declarou um de seus *fatwas** contra eles, que você saiba?

– Que eu tenha conhecimento, não – disse Justin, sorrindo com o *fatwa*.

Rob não dá nenhuma trégua.

– Baseado em... não sei... alguma experiência negativa que ela e Arnold tiveram no seu trabalho de campo, digamos, alguma espécie de erro médico, na área farmacêutica? Só que ela era bastante versada no lado médico das coisas, não era? E o mesmo vale para Kenny K, quando não está no campo de golfe com os Rapazes de Moi ou zumbindo nas nuvens com o seu Gulfstream comprando mais algumas empresas.

– Oh, com certeza – diz Justin, mas com um ar tão desligado, se não totalmente desinteressado, que não há claramente nenhuma perspectiva de maiores esclarecimentos.

– E se eu dissesse que Tessa e Arnold fizeram repetidas representações aos numerosos departamentos da vasta Casa dos ThreeBees nas últimas semanas – escreveram cartas, deram telefonemas e marcaram entrevistas, tendo sido rechaçados com persistência, apesar de todo o seu empenho –, ainda poderia dizer que isso era algo que não lhe teria chamado a atenção desta ou daquela maneira. É uma pergunta.

– Receio que sim.

– Tessa escreve uma série de cartas furiosas a Kenny K pessoalmente. São entregues em mãos ou registradas. Ela telefona para a secretária dele três vezes por dia e o bombardeia com e-mails. Tenta pressioná-lo na porta de sua fazenda no lago Naivasha e na entrada de seus ilustres novos escritórios, mas seus rapazes o avisam a tempo e ele usa as escadas dos fundos, para grande diversão do seu pessoal. Tudo isso seria novidade total para o senhor, pelo amor de Deus?

– Com ou sem o amor de Deus, sim, é novidade para mim.

---

*Fatwa – Sentença de morte no mundo islâmico. (*N. do T.*)

– E no entanto não pareceu surpreso.
– Não pareci? Que estranho. Pensei que estava perplexo. Talvez não esteja mostrando devidamente minhas emoções – replica Justin, com uma mistura de raiva e reserva que apanha os oficiais fora de guarda, pois suas cabeças se erguem, quase em posição de sentido.

Mas Justin não está interessado em suas reações. Suas ilusões vêm de um lugar inteiramente diverso do de Woodrow. Enquanto Woodrow se ocupava de esquecer, Justin era assaltado de todos os lados por memórias semirrecuperadas: fiapos de conversa entre Bluhm e Tessa que, em nome da honra, se impedira de escutar se arrastavam agora de volta; a exasperação dela, disfarçada em silêncio, sempre que o nome onipresente de Kenneth K era falado ao alcance do seu ouvido – por exemplo, sua iminente elevação à Câmara dos Lordes, que no Clube Muthaiga é tida como uma barbada; os rumores persistentes de uma fusão gigantesca entre os ThreeBees e um conglomerado multinacional ainda mais vasto do que eles. Lembra o boicote implacável que Tessa faz a todos os produtos dos ThreeBees – sua cruzada antinapoleônica, assim a chamava ironicamente –, dos comestíveis e detergentes, que o exército doméstico de miseráveis de Tessa era proibido de comprar sob pena de morte, aos cafés e postos de gasolina de beira de estrada pertencentes aos ThreeBees, às baterias e aos óleos de carros que Justin era proibido de usar quando circulavam de automóvel juntos – e o praguejar furioso dela toda vez que um cartaz dos ThreeBees com o emblema roubado de Napoleão os olhava de esguelha do seu tapume.

– Estamos ouvindo muito a palavra *radical*, Justin – anuncia Lesley, emergindo de suas notas para interromper seus pensamentos mais uma vez. – Tessa *era* radical? Radical no sentido de militante, de onde viemos. "Se não gosta disto, jogue uma bomba", esse tipo de coisa. Tessa não entrava nessa onda, não é? Nem Arnold. Ou será que entravam?

A resposta de Justin tem o tom cansado de alguém repetitivamente sabatinado por um chefe de departamento pedante.

– Tessa acreditava que a busca irresponsável de lucro pelas corporações estava destruindo o globo e o mundo emergente em particular. À guisa de investimento, o capital do Ocidente arruinava o meio ambiente nativo e favorecia a ascensão das cleptocracias. Esse era o argumento dela. Dificilmente chega a ser radical nos dias de hoje. Já o ouvi amplamente discutido nos corredores da comunidade internacional. Até mesmo em minha própria comissão.

Faz uma nova pausa ao se lembrar da visão desagradável de Kenny K, com um vasto excesso de peso, afastando-se de carrinho do primeiro *tee* do Clube Muthaiga na companhia de Tim Donohue, nosso espião principal com excesso de idade.

– Segundo o mesmo argumento, a ajuda ao Terceiro Mundo é exploração sob outro nome – continua. – Os beneficiários são os países que fornecem o dinheiro a juros, os políticos e funcionários africanos locais que embolsam subornos imensos e os empreiteiros e fornecedores de armas ocidentais que saem com lucros enormes. As vítimas são os homens das ruas, os desenraizados, os pobres e os muito pobres. E as crianças que não terão futuro – termina, citando Tessa e lembrando-se de Garth.

– E *você* acredita nisso? – pergunta Lesley.

– É um pouco tarde para que eu acredite em qualquer coisa – replica Justin docilmente, e há um momento de silêncio antes que acrescente, menos docilmente: – Tessa era aquela coisa muito rara: um advogado que acredita na Justiça.

– Por que eles se dirigiam para o sítio de Leakey? – pergunta Lesley depois de assimilar em silêncio sua declaração.

– Talvez Arnold tivesse algum assunto lá para a sua ONG. Leakey é uma pessoa que se preocupa com o bem-estar dos africanos nativos.

– Talvez – concorda Lesley, escrevendo pensativamente em um caderno de notas de capa verde. – Ela o conheceu?

– Acredito que não.

– E Arnold?

– Não tenho nenhuma ideia. Talvez devesse fazer essa pergunta a Leakey.

– O Sr. Leakey nunca ouvira falar de nenhum dos dois até que ligou seu aparelho de televisão na semana passada – replica Lesley em um tom sombrio. – Atualmente o Sr. Leakey passa a maior parte do seu tempo em Nairóbi, tentando ser o Sr. Limpeza de Moi e encontrando as maiores dificuldades para passar adiante sua mensagem.

Rob olha para Lesley em busca de aprovação e recebe um aceno de cabeça velado. Estica o pescoço para a frente e dá no gravador de fita um empurrão agressivo na direção de Justin: fale nesta coisa.

– Então o que é a peste branca, afinal, será que sabe? – pergunta, implicando, com seu tom prepotente, que Justin é pessoalmente responsável por sua propagação. – A peste branca – repete, quando Justin hesita. – O que é? Vamos.

Uma imobilidade estoica baixou de novo sobre o rosto de Justin. Sua voz recolhe-se para sua concha oficial. Trilhas de conexão abrem-se de novo diante dele, mas são de Tessa, e ele caminhará por elas sozinho.

– A peste branca era antigamente um termo popular para a tuberculose – profere. – O avô de Tessa morreu da doença. Ainda criança, ela assistiu à sua morte. Tessa possuía um livro com o mesmo título.

Mas não acrescentou que o livro estava sobre a mesa de cabeceira dela até que ele o transferisse para a mala de dois compartimentos.

Agora é a vez de Lesley de se tornar cautelosa.

– Ela mostrava algum interesse especial na tuberculose por esse motivo?

– Especial, não sei. Como você acabou de dizer, seu trabalho nas favelas despertou nela um interesse por uma variedade de questões médicas. A tuberculose era uma delas.

– Mas se o seu avô *morreu* disso, Justin...

– Tessa detestava em particular o sentimentalismo associado à doença na literatura – continuou Justin severamente, atravessando a fala dela. – Keats, Stevenson, Coleridge, Thomas Mann... Costumava dizer que as pessoas que achavam a tuberculose romântica deviam experimentar sentar-se à cabeceira do seu avô.

Rob de novo consulta Lesley com os olhos e de novo recebe o aceno silencioso dela.

— Então ficaria surpreso se soubesse que durante uma busca não autorizada ao apartamento de Arnold Bluhm encontramos uma cópia de uma antiga carta que ele mandara para o chefe da operação de marketing dos ThreeBees, advertindo-o sobre os efeitos colaterais de uma nova droga antituberculose a curto prazo que os ThreeBees estão distribuindo?

Justin não hesita por um segundo. A linha perigosa de interrogatório reativou suas habilidades diplomáticas.

— Por que deveria me surpreender? A ONG de Arnold assume um sério interesse profissional nas drogas do Terceiro Mundo. Os medicamentos são o escândalo da África. Se existe algo que revela a indiferença do Ocidente ao sofrimento da África é a miserável carência dos remédios corretos e a preços desgraçadamente altos que as firmas farmacêuticas vêm cobrando nos últimos trinta anos — citando Tessa, mas sem dar-lhe crédito. — Estou seguro de que Arnold escreveu dúzias de tais cartas.

— Esta estava dissimulada — diz Rob. — No meio de uma quantidade de dados técnicos acima da nossa compreensão.

— Bem, vamos esperar que possam pedir a Arnold que a decifre para vocês quando ele voltar — diz Justin afetadamente, sem se dar o trabalho de ocultar a repulsa à ideia de que estavam remexendo nas coisas de Bluhm e lendo sua correspondência sem o conhecimento dele.

Lesley assume de novo.

— Tessa tinha um laptop, correto?

— Sim, realmente tinha.

— De que marca?

— O nome me escapa. Pequeno, cinza e japonês é tudo o que lhe posso dizer.

Está mentindo. Descaradamente. Ele sabe, eles sabem. A julgar por seus rostos, um ar de perda entrou em suas relações, de amizade desapontada. Mas não do lado de Justin. Justin só conhece a recusa obstinada, oculta com graça diplomática. Esta é a batalha para a qual se preparou durante dias e noites, embora rezando para que nunca acontecesse.

– Ela o guardava no seu gabinete de trabalho, certo? Onde tinha seu quadro de avisos, seus papéis e seu material de pesquisa.

– Quando não o levava consigo, sim.

– Ela o usava para suas cartas... documentos?

– Acredito que sim.

– E e-mails?

– Frequentemente.

– E imprimia a partir dele, correto?

– Às vezes.

– Escreveu um documento longo há cerca de cinco ou seis meses... cerca de 18 páginas de carta e anexo. Uma espécie de protesto sobre erros médicos, acreditamos, médicos ou farmacêuticos, ou ambos. Era o dossiê de um caso, descrevendo algo muito sério que acontecia aqui no Quênia. Ela o mostrou a você?

– Não.

– E não leu nada a respeito, então. É o que está dizendo?

– Receio que sim – engoliu, com um sorriso arrependido.

– Acontece que estávamos pensando se isso não teria a ver com o grande crime que ela achava ter detectado.

– Percebo.

– E se os ThreeBees poderiam ter algo a ver com esse grande crime.

– É sempre possível.

– Mas ela não lhe mostrou? – Lesley insiste.

– Como lhes disse várias vezes, Lesley: não. – E quase acrescenta "minha cara senhora".

– Acha que poderia envolver os ThreeBees de alguma forma?

– Infelizmente, não tenho absolutamente nenhuma ideia.

Mas ele tem toda ideia. É o momento terrível. É o momento em que temeu que pudesse tê-la perdido; quando seu rosto jovem endureceu a cada dia e seus olhos jovens adquiriram a luz de uma fanática; quando se debruçava, noite após noite, sobre seu laptop no pequeno escritório, cercada por pilhas de papéis assinalados e com remissões recíprocas como uma pasta de advogado; o momento em que ela engolia seu alimento sem se dar conta de que estava comendo e então corria de volta aos seus trabalhos sem nem sequer um até logo; o momento em que tímidos aldeões do interior vinham silenciosamente à porta lateral da casa para visitá-la e sentavam-se com ela na varanda, comendo a comida que Mustafa lhes trazia.

– Então ela nunca *discutiu* o documento com o senhor? – falou Lesley com ar de incredulidade.

– Nunca, eu lamento.

– Ou na sua frente... com Arnold ou Ghita, digamos?

– Nos últimos meses, Tessa e Arnold mantinham Ghita a distância, suponho que para seu próprio bem. Quanto a mim, tinha a impressão de que na verdade desconfiavam de mim. Acreditavam que, se eu fosse apanhado em um conflito de interesses, minha primeira lealdade seria para com a Coroa.

– E seria mesmo?

Nunca em mil anos, pensa. Mas sua resposta reflete a ambivalência que esperam.

– Uma vez que não estou familiarizado com o documento a que se referem, receio que não seja uma pergunta a que eu possa responder.

– Mas o documento teria sido impresso a partir do laptop dela, certo? Esse dossiê de 18 páginas... ainda que ela não o mostrasse para você.

– Possivelmente. Ou no de Bluhm. Ou no de um amigo ou amiga.

– E onde está ele agora... o laptop? Neste minuto?

Inconsútil.

Woodrow poderia ter aprendido com ele.

Nenhuma linguagem corporal, nenhum tremor na voz ou pausa exagerada para respirar.

– Procurei em vão por seu laptop no inventário de posses que me foi apresentado pela polícia do Quênia e, como inúmeras outras coisas, lamentavelmente ele não constava.

– Ninguém em Loki a viu com um laptop – diz Lesley.

– Mas não imagino que tenham inspecionado sua bagagem pessoal.

– Ninguém no Oasis a viu com um laptop. Ela o tinha quando a levou de carro ao aeroporto?

– Tinha a mochila que sempre levava em suas excursões de pesquisa. A mochila também desapareceu. Tinha uma sacola de roupas onde poderia também levar o laptop. Às vezes isso acontecia. O Quênia não estimula mulheres sozinhas a ostentar equipamento eletrônico caro em locais públicos.

– Mas não estava sozinha, estava? – Rob lembra a ele, depois de transcorrer um longo silêncio, tão longo que se torna uma questão de suspense ver quem o vai romper.

– Justin – diz Lesley finalmente. – Quando visitou sua casa com Woodrow, na manhã da última terça-feira, o que foi que levou consigo?

Justin finge estar elaborando uma lista mental.

– Oh... documentos de família... correspondência particular relativa ao legado familiar de Tessa... algumas camisas, meias... um terno escuro para o funeral... umas poucas bugigangas de valor sentimental... umas duas gravatas.

– Nada mais?

– Nada que me venha imediatamente à lembrança. Não.

– E algo que não venha à lembrança? – pergunta Rob.

Justin sorri com um ar cansado, mas não diz nada.

– Conversamos com Mustafa – diz Lesley. – Perguntamos a ele: Mustafa, onde está o laptop da Sra. Tessa? Ele emitiu sinais conflitantes. Em um minuto ela o havia levado consigo. No outro, não havia. Depois disso, os jornalistas o tinham roubado. A única pessoa que *não* o havia levado era o senhor. Pensamos que pudesse estar tentando protegê-lo sem conseguir muito êxito.

– Receio que é o que se colhe quando se intimida o pessoal doméstico.

– Nós não o intimidamos – devolve Lesley, zangada finalmente. – Fomos extremamente gentis. Perguntamos a ele sobre o quadro de avisos dela. Por que estava cheio de alfinetes e de buracos mas não tinha nenhum aviso ou papel? Ele havia limpado, falou. Limpado sozinho, sem a ajuda de ninguém. Não sabe ler inglês, não tem permissão de tocar nas coisas dela ou em nada na sala, mas havia limpado o quadro de avisos. O que havia feito com os papéis?, perguntamos. Queimado, falou. Quem mandou queimar? Ninguém. Quem mandou limpar o quadro de avisos? Ninguém. Menos ainda o Sr. Justin. Achamos que ele o estava protegendo, não muito bem. Achamos que *você* tirou os avisos, não Mustafa. Achamos que ele também o está acobertando no caso do laptop.

Justin afundou uma vez mais naquele estado de calma artificial que é a maldição e virtude da sua profissão.

— Receio que não esteja levando em conta nossas diferenças culturais aqui, Lesley. Uma explicação mais plausível é que o laptop tenha ido com ela para Turkana.

— E também os papéis no quadro de avisos? Não acredito, Justin. Embolsou alguns disquetes durante sua visita?

E aqui por um momento — mas só aqui — Justin baixa sua guarda. Pois enquanto por um lado está engajado na negação pura e simples, por outro lado está tão ansioso quanto seus interrogadores para obter respostas.

— Não, mas confesso que os procurei. Muito da sua correspondência legal estava guardada em disquetes. Tinha o hábito de mandar e-mails ao seu advogado a respeito de uma variedade de assuntos.

— E não os encontrou?

— Estavam *sempre* na sua mesa — Justin protesta, agora generoso no seu desejo de compartilhar o problema. — Em uma bonita caixa de laca, presenteada pelo mesmo advogado no Natal passado — eles não só são primos, mas velhos amigos. A caixa tem uns caracteres chineses. Tessa pediu a um chinês que presta serviços de assistência que os traduzisse. Para seu deleite, era uma tirada contra os desprezíveis ocidentais. Só posso supor que seguiu o mesmo caminho do laptop. Talvez ela tivesse levado os disquetes para Loki também.

— Por que faria isso? — perguntou Lesley, cética.

— Não sou muito versado na tecnologia da informação. Deveria ser, mas não sou. O inventário da polícia nada dizia a respeito dos disquetes também — acrescentou, esperando a sua ajuda.

– O que quer que estivesse nos disquetes – disse Rob, depois de refletir um pouco –, com toda a probabilidade estaria no laptop também. A não ser que ela salvasse em um disquete e então deletasse no disco rígido. Mas por que alguém faria isso?

– Tessa tinha um sentido de segurança altamente desenvolvido, como lhe falei.

Outro silêncio ruminativo, partilhado por Justin.

– Então onde estão esses papéis agora? – pergunta Rod rudemente.

– A caminho de Londres.

– Por mala diplomática?

– Por qualquer meio que eu escolher. O Foreign Office está dando muito apoio.

Talvez seja o eco das evasões de Woodrow que traz Lesley à beira do assento em um surto de indisfarçada exasperação.

– *Justin*.

– Sim, Lesley.

– Tessa *pesquisava*. Certo? Esqueça os disquetes. Esqueça o laptop. Onde estão seus papéis – *todos* os seus papéis – *fisicamente e neste momento*? – pergunta. – E onde estão os papéis do quadro de avisos?

Incorporando o seu eu artificial de novo, Justin concede um franzido de sobrancelha tolerante, implicando que, embora ela esteja se comportando de modo irracional, fará o melhor para levantar o seu humor.

– Entre as minhas coisas, sem dúvida. Se me pergunta em que mala em particular, eu poderia ficar um pouco confuso.

Lesley espera, deixando sua respiração descansar.

– Gostaríamos que abrisse toda a sua bagagem para nós, por favor. Gostaríamos que nos levasse ao andar de baixo *agora* e nos mostrasse *tudo* que tirou da sua casa na manhã de terça-feira.

Ela se levanta. Rob faz o mesmo e se coloca ao lado da porta de prontidão. Só Justin permanece sentado.

– Receio que isso não seja possível – diz.

– Por que não? – dispara Lesley.

– Porque eu peguei os papéis em primeiro lugar. São pessoais e privados. Não pretendo submetê-los ao seu exame ou ao de qualquer pessoa, até que tenha uma oportunidade de ler eu mesmo os papéis.

– Se isto fosse a Inglaterra, Justin – grita Lesley, explodindo –, eu lançaria uma intimação sobre você tão rapidamente que nem sentiria.

– Mas isto não é a Inglaterra, infelizmente. Vocês não têm nenhum mandado nem poderes locais, que eu saiba.

Lesley o ignora.

– Se isto fosse a Inglaterra, eu conseguiria um mandado para dar uma busca nesta casa de alto a baixo. E eu pegaria cada bugiganga, pedaço de papel e disquete que você tirou do escritório de Tessa. E o laptop. E passaria tudo a pente fino.

– Mas você já deu busca em *minha* casa, Lesley – protesta Justin calmamente da sua cadeira. – Não creio que Woodrow aceitaria com prazer que revirassem a sua casa também, não acham? E certamente não posso dar-lhes permissão para fazerem comigo o que fizeram com Arnold sem o seu consentimento.

Lesley está espumando e roxa como uma mulher enganada. Rob, muito pálido, olha ansiosamente para os punhos cerrados.

– Vamos ver a respeito amanhã – diz Lesley, em tom de ameaça, quando se retiram.

Mas o amanhã não chega nunca. Apesar de todas as palavras furiosas dela. Por toda a noite e até o final da manhã, Justin fica sentado na beira da cama esperando que Rob e Lesley voltem, conforme ameaçaram, armados de seus mandados, de suas intimações e de suas ordens e com um bando de Garotos Azuis quenianos para fazerem o trabalho sujo por eles. Debate infrutiferamente opções e esconderijos como vinha fazendo há dias. Pensa como um prisioneiro de guerra, estudando os pisos, as paredes e os tetos: *onde?* Faz planos para recrutar Gloria e os rejeita. Faz outros planos envolvendo Mustafa e o criado de Gloria. Outros ainda envolvendo Ghita. Mas a única palavra dos seus inquisidores é um telefonema de Mildren dizendo que os oficiais de polícia foram requisitados para outro lugar, e não, não há notícias de Arnold. E quando chega a hora do enterro, os oficiais de polícia ainda são necessários em outro lugar – ou é o que parece a Justin, ao passar os olhos pelas pessoas no funeral, contando os amigos ausentes.

O AVIÃO ENTRARA em uma terra de eterno pré-amanhecer. Do lado de fora de sua janela, onda após onda de mar gelado rolava para uma infinidade incolor. Ao seu redor, passageiros envoltos em mortalhas brancas dormiam nas posturas espectrais dos mortos. Uma tinha seu braço arremessado para cima como se tivesse levado um tiro enquanto acenava para alguém. Outro tinha a boca aberta em um grito silencioso e sua mão de morto atravessada sobre o coração. Ereto na cadeira e sozinho, Justin voltou seu olhar para a janela. Seu rosto flutuava ao lado do rosto de Tessa, como as máscaras de pessoas que ele conheceu um dia.

9

– É uma coisa horrível! – gritou uma figura careca em um volumoso sobretudo marrom, tomando o carrinho de bagagem das mãos de Justin e cegando-o com um abraço de urso. – É absolutamente uma maldita filha da putice, é injusto e horrível. Primeiro Garth, agora Tess.

– Obrigado, Ham – disse Justin, devolvendo o abraço da melhor maneira possível, considerando que seus braços estavam colados ao corpo. – E obrigado por aparecer nesta hora medonha. Não, deixa que eu carrego isto, obrigado. Pode levar a valise.

– Eu teria ido ao enterro se você me deixasse! Cristo, Justin!

– Foi melhor você ficar defendendo o bastião – disse Justin gentilmente.

– Este terno é quente o bastante? Faz um frio terrível, não, depois da ensolarada África?

Arthur Luigi Hammond era o sócio único da firma de advogados Hammond Manzini, de Londres e Turim. O pai de Ham e o pai de Tessa tinham aprontado o diabo juntos na faculdade de direito de Oxford e depois na faculdade de direito de Milão. Em uma única cerimônia, em uma grande igreja de Turim, eles se casaram com duas aristocráticas irmãs italianas, ambas beldades fabulosas. Quando Tessa nasceu para uma, Arthur nasceu para a outra. À medida que cresciam, as crianças passavam férias juntas em Elba, esquiavam em Cortina e, como verdadeiros irmãos, diplomaram-se juntos na universidade, Ham com uma medalha de rúgbi e em terceiro, Tessa em primeiro. Desde a morte dos pais de Tessa, Ham desempenhara o papel de um tio sábio, administrando zelosamente os bens da família, fazendo investimentos zelosos e prudentes para ela e, com toda a autoridade de sua cabeça prematuramente calva, refreando os instintos generosos da prima e esquecendo-se de cobrar seus honorários. Era grande, rosado e reluzente, com olhos cintilantes e bochechas líquidas que franziam ou sorriam a cada brisa interior. Quando Ham joga *gin rummy*, costumava dizer Tessa, a gente conhece as suas cartas antes dele mesmo, só pela largura do seu sorriso ao apanhá-las.

— Por que não enfia esta coisa no porta-malas? – rugiu Ham quando subiam no seu minúsculo carro. – Muito bem, no chão, então. O que é que tem nela? Heroína?

— Cocaína – disse Justin enquanto percorria discretamente com o olhar as fileiras de carros cobertos de gelo. Na imigração, duas funcionárias o tinham feito passar com um aceno de cabeça e uma conspícua indiferença. No saguão de bagagens, dois homens de rostos opacos com ternos e crachás de identificação haviam olhado para todo mundo menos para Justin. Três carros depois do de Ham, um homem e uma mulher estavam sentados frente a frente no banco dianteiro de um Ford sedã bege estudando um mapa. Em um país civilizado, nunca se sabe, cavalheiros, o esfalfado instrutor no curso de segurança costumava dizer. A coisa mais confortável que se pode fazer é presumir que estão atrás de você o tempo todo.

— Tudo certo? – perguntou Ham timidamente, afivelando o cinto de segurança.

A Inglaterra estava uma beleza. Raios baixos do sol da manhã douravam a terra gelada de Sussex. Ham dirigia como sempre, a 100 quilômetros por hora em uma estrada com limite de 110, 10 metros atrás do cano de descarga do caminhão mais próximo.

– Meg manda lembranças – anunciou roucamente, em uma referência à sua gravidíssima mulher. – Chorou durante uma semana. Eu também. Vou chorar agora, se não tomar cuidado.

– Lamento, Ham – disse Justin, aceitando sem amargura que Ham era um daqueles pranteadores que buscam consolo nos enlutados.

– Gostaria muito que achassem o miserável, é tudo – desabafou Ham alguns minutos depois. – E quando o enforcarem podem jogar aqueles desgraçados de Fleet Street no Tâmisa em nome do bem. Ela está cumprindo sentença com a maldita mãe – acrescentou. – *Isso* deveria resolver a coisa.

Voltaram a rodar em silêncio, Ham olhando carrancudo para o caminhão que arrotava à sua frente, Justin olhando com perplexidade para o país estranho que representara durante metade da sua vida. O Ford bege os havia ultrapassado, sendo substituído por um motociclista gorducho em roupas de couro pretas. Em um país civilizado, nunca se sabe.

– Você está rico, a propósito – falou Ham, enquanto campos abertos davam lugar a subúrbios. – Não que fosse exatamente um pobre antes, mas agora está podre de rico. O dinheiro do pai dela, o dinheiro da mãe, os bens, o monte todo. Além do mais, você é o único curador do seu fundo de caridade. Ela disse que saberia o que fazer com ele.

– Quando foi que ela disse isso?

– Um mês antes de perder o bebê. Queria se certificar de que estava tudo em ordem caso ela apagasse. Bem, que diabo devia *eu* fazer, pelo amor de Deus? – perguntou, confundindo com repreenda o silêncio de Justin. – Ela era minha cliente, Justin. Eu era o seu advogado. Tentar dissuadi-la? Telefonar para você?

De olho no espelho lateral, Justin fez sons apaziguadores adequados.

– E Bluhm é o outro maldito executor do testamento – acrescentou Ham em um furioso parêntese. – Executor no sentido literal.

As sacrossantas instalações dos senhores Hammond Manzini ficavam em um beco sem saída chamado Ely Place, em dois carcomidos andares superiores com paredes forradas de madeira, das quais pendiam imagens em desintegração dos ilustres mortos. Dentro de duas horas, funcionários bilíngues estariam murmurando em telefones encardidos, enquanto as damas de Ham, vestindo suéter e cardigã da mesma cor, se debateriam com a moderna tecnologia. Mas às 7 horas Ely Place estava deserto, com exceção de uma dúzia de carros estacionados ao longo do meio-fio e uma luz amarela queimando na cripta da capela de Santa Etheldreda. Padecendo com o peso da bagagem de Justin, os dois homens escalaram os quatro vacilantes andares até o escritório de Ham e então um quinto andar até o seu monástico apartamento no sótão. Na minúscula quitinete pendia da parede uma foto de um Ham mais esbelto, marcando um gol para o júbilo de uma multidão de estudantes. No minúsculo quarto de dormir de Ham, onde Justin deveria trocar a roupa, Ham e sua noiva Meg estavam cortando um bolo nupcial de três andares ao som de trompetistas italianos em malhas justas. E no minúsculo banheiro, onde tomou um banho de chuveiro, havia uma pintura a óleo primitiva do lar ancestral de Ham, na frígida Nortúmbria, que era o motivo da penúria dele.

– O maldito telhado saiu voando da ala norte – berrava com orgulho, atrás da parede da cozinha enquanto quebrava ovos e batia panelas. – Os tijolos e azulejos da lareira, o cata-vento, o relógio, veio tudo ao chão. Meg estava com Rosanne, graças a Deus. Se estivesse no pomar teria levado com a torre do relógio nos cornos, sejam lá o que forem.

Justin abriu a torneira quente e imediatamente escaldou a mão.

– Que coisa alarmante para ela – se compadeceu, misturando água fria.

– Mandou-me este livrinho *extraordinário* como presente de Natal – Ham vociferou, ao chiado de fritura do *bacon*. – Não Meg. Tess. Ela chegou a lhe mostrar? O livrinho que me mandou? De Natal?

— Não, Ham, acho que não... — esfregando sabonete nos cabelos à falta de xampu.

— Um sujeito místico indiano. Rahmi Sei-lá-o-quê. Lembra-lhe algo? Vou me lembrar do sobrenome em um minuto.

— Receio que não.

— Tudo sobre como deveríamos amar uns aos outros sem apego. Pareceu-me uma coisa bastante difícil.

Ensequecido pelo sabonete, Justin emitiu um grunhido de simpatia.

— *Liberdade, amor e ação*, é o título. Que diabo ela espera que eu faça com liberdade, amor e ação? Sou casado, porra. Tenho um bebê a caminho. Além do mais, sou um maldito romano. Tess era romana também antes do seu abandono. A rebelde.

— Imagino que ela quisesse agradecer-lhe por todo esforço que fez por ela — sugeriu Justin, escolhendo seu momento, mas cuidando de preservar a nota casual da conversa.

Desconexão temporária do outro lado da parede. Mais fritura, seguida de palavrões heréticos e cheiros de queimado.

— Que esforço foi aquele, então? — berrou Ham desconfiado. — Achei que você não devia *saber* nada desse esforço. Segredo mortal, segundo Tess, todo esse esforço. "Para ser mantido estritamente fora do alcance de todos os Justins." Alerta sanitário. Coloque isso como o assunto em cada e-mail.

Justin tinha achado uma toalha, mas esfregar os olhos só tornava pior a ardência.

— Eu nada *sabia* a respeito na verdade, Ham. Eu como que *adivinhei* — explicou atrás da parede com a mesma casualidade. — O que ela queria que você fizesse? Explodisse o Parlamento? Envenenasse os reservatórios? — Nenhuma resposta. Ham estava enfronhado na sua culinária. Justin procurou às cegas uma camisa limpa. — Vamos lá, não vai me dizer que ela o fez distribuir panfletos subversivos sobre a dívida do Terceiro Mundo — falou.

— Malditos registros de empresas — ouviu de volta, em meio a mais bateção de panelas. — Dois ovos está bem para você ou um chega? São das nossas galinhas.

— Um está ótimo, obrigado. Que tipo de registros eram?

– Tudo o que a interessasse. Toda vez que ela achava que eu estava ficando gordo e sossegado: *pimba*, lá vinha outro e-mail sobre registros de empresas. – Novo fragor de panelas desviou Ham para outras trilhas. – Trapaceava no tênis, sabia disso? Em Turim. Oh, sim. A pequena safada e este cara aqui foram parceiros em um torneio eliminatório de garotos. Ela mentiu descaradamente o jogo inteiro. Cada bola na linha: *fora*. Podia ser 1 metro dentro que não fazia nenhuma diferença. *Fora*. "Sou uma italiana", dizia, "tenho o direito." "Com os diabos que você é italiana", falei. "É inglesa até a raiz dos cabelos, como eu." Só Deus sabe o que eu teria feito se tivéssemos vencido. Devolveria a taça, imagino. Não, eu não devolveria. Ela teria me matado. Oh, Cristo. Me desculpe.

Justin entrou na sala de estar para assumir o seu lugar diante de uma pilha gordurosa de *bacon*, ovo, salsichas, pão frito e tomates. Ham estava de pé com uma mão cerrada sobre a boca, confuso pela sua infeliz escolha de metáfora.

– Que *tipo* de empresas exatamente, Ham? Não fique assim. Vai me tirar o apetite do café da manhã.

– Propriedade – disse Ham por trás das juntas dos dedos ao sentar-se diante de Justin na minúscula mesa. – A coisa toda tinha a ver com propriedade. Quem possuía duas firminhas de merda na ilha de Man? Alguém mais a chama de Tess, você saberia dizer? – perguntou, ainda casto. – Além de mim?

– Não que eu saiba. E certamente não que ela soubesse também. Tess era direito autoral exclusivamente seu.

– Eu gostava terrivelmente dela, você sabe.

– E ela gostava muito de você. Que *tipo* de empresas?

– Propriedade intelectual. Nunca tive nada com ela, fique sabendo. Era muito amiga.

– Caso esteja se perguntando, o mesmo valeu para Bluhm.

– Isso é oficial?

– Ele também não a matou. Não mais do que eu ou você.

– Certeza?

– Certeza.

Ham iluminou-se.

— A velha Meg não estava convencida. Não conhecia Tess como eu a conhecia, sabe. Uma coisa especial. Não pode ser duplicada. "Tess tem *camaradas*", disse a ela. "Amigos. O demônio do sexo não entra nisso." Vou contar a ela o que você disse, se não se importar. Alegrá-la. E toda aquela merda na imprensa. De certa forma ricocheteou sobre mim.

— E então, onde estavam registradas essas empresas? Quais eram os nomes? Está lembrado?

— Claro que me lembro. Não podia deixar de me lembrar, com a velha Tess martelando aquilo para cima de mim, dia sim, dia não.

Ham servia o chá, agarrando o bule com as duas mãos, uma para o bule, a outra para impedir que a tampa caísse enquanto resmungava. Completada a operação, recostou-se na cadeira, ainda acalentando o bule de chá, e então baixou a cabeça como se fosse atacar.

— Muito bem — falou agressivamente. — Me aponte o bando de rapazes corporativos mais sigilosos, duvidosos, mentirosos, hipócritas que já tive o dúbio prazer de conhecer.

— Defesa — sugeriu Justin dissimuladamente.

— Errado. Farmacêuticos. Batem de longe o pessoal da Defesa. Já me lembrei. Sabia que lembraria. Lorpharma e Pharmabeer.

— *Quem?*

— Saiu em algum pasquim médico. Lorpharma descobriu a molécula e Pharmabeer tinha os direitos sobre a técnica. Sabia que ia lembrar. Como é que esses caras inventam uns nomes desses, só Deus sabe.

— Técnica para fazer o quê?

— Produzir a molécula, seu tolo, o que é que você imagina?

— Que molécula?

— Sabe Deus. Igual ao direito, mas pior. Palavras que nunca vi antes e espero nunca mais ver de novo. Acabem com os especuladores da ciência. Mantenha-os nos seus lugares.

Depois do café da manhã desceram juntos e colocaram a mala de compartimento duplo na casa-forte de Ham ao lado do seu escritório. Lábios cerrados em nome da discrição, olhos levantados para os céus, Ham girou a combinação e puxou para trás a porta de aço para que

Justin entrasse sozinho. Observou então da porta enquanto Justin apoiava a mala no chão perto de uma pilha de caixas de couro honradas pelo tempo com o endereço da firma de Turim gravado na tampa.

– Aquilo foi apenas o começo, preste atenção – advertiu Ham sombriamente, afetando indignação. – Um meio galope pela pista antes da corrida de verdade. Depois daquilo, foram nomes de diretores de todas as empresas de propriedade dos Srs. Karel Vita Hudson de Vancouver, Seattle, Basileia, além de cada cidade que você já ouviu falar de Oshkosh até East Pinner. E: "Qual é a situação real dos retumbantes rumores de um colapso iminente da nobre e antiga casa de Balls, Birmingham & Blumfluff Limitada ou seja lá como se chama, conhecida também como os ThreeBees, Presidente Vitalício e Mestre do Universo um tal de Kenneth K. Curtiss, Cavaleiro?" Teria ela mais alguma pergunta?, você se indaga. Sim, o pior é que tinha. Eu lhe disse para tirar o que precisava da internet, mas afirmou que metade do material que queria era censurado, ou seja lá o que fosse quando não queriam o povinho olhando por cima de seus ombros. Eu disse a ela: "Tess, velha amiga, pelo amor de Deus, isso vai levar *semanas*. Meses, garota." Ela ligava a mínima? De jeito nenhum. Era Tess, pelo amor de Deus. Eu teria saltado de um balão sem o paraquedas se ela me mandasse.

– E o resumo da história?

Ham já estava radiante com um orgulho inocente.

– KVH Vancouver e Basileia é dona de 51 por cento das firminhas de merda de biotecnologia da ilha de Man. Lor-rujami e Pharmasabelá. Os ThreeBees de Nairóbi possuem direitos exclusivos de importação e distribuição da dita molécula, mais todos os derivados para o continente africano inteiro.

– Ham, você é incrível!

– Lorpharma e Pharmabeer são propriedade da mesma gangue de três. Ou eram até que venderam seus 51 por cento. Um cara, duas bruxas. O cara se chama Lorbeer. Lor mais Beer mais pharma lhe dá Lorpharma e Pharmabeer. As bruxas são ambas médicas. Endereço aos cuidados de um gnomo suíço que vive em uma caixa postal em Liechtenstein.

— Nomes?

— Lara Qualquer-coisa. Está nas minhas anotações. Lara Emrich. Lembrei.

— E a outra?

— Esqueci. Não, não esqueci. Kovacs. Nenhum primeiro nome foi dado. Foi por Lara que me apaixonei. Minha canção favorita. Costumava ser. Do Jivago. Da velha Tess também naqueles dias. *Foda-se.*

Uma pausa natural enquanto Ham assoava o nariz e Justin esperava.

— E então o que você fez com essas gemas de espionagem quando as descobriu, Ham? – perguntou Justin ternamente.

— Contei-lhe a história toda para ela pelo telefone em Nairóbi. Ela vibrou muito. Me chamou de seu herói – interrompeu, alarmado pela expressão de Justin –, não foi no seu telefone, idiota. O de algum camarada dela no interior. "Você deve ir a uma cabine telefônica, Ham, e me chamar de volta no seguinte número. Tem uma caneta?" Uma vaquinha mandona, sempre foi. Terrivelmente grilada em relação a telefones. Um pouco paranoica a meu ver. Ainda assim, paranoicos têm inimigos de verdade, não têm?

— Tessa tinha – concordou Justin, e Ham deu-lhe um olhar estranho, que ficava mais estranho à medida que durava.

— Você não acha que foi isso o que aconteceu, não? – perguntou Ham em uma voz contida.

— Em que sentido?

— A velha Tess foi apagada pelos caras farmacêuticos?

— É possível.

— Mas eu quero dizer, Cristo, meu camarada, não acha que fecharam sua boca assim, acha? Quer dizer, sei que não são escoteiros.

— Estou seguro de que são filantropos dedicados, Ham. Todos, até o último milionário.

Um silêncio muito longo se seguiu, rompido por Ham.

— Nossa mãe. Oh, Cristo. Bem. O negócio é andar devagar, não?

— Exatamente.

— Joguei-a na merda dando aquele telefonema.

– Não, Ham. Você quebrou um braço e uma perna por ela e ela o adorou.

– Bem, Cristo. Algo que eu possa fazer?

– Sim. Consiga uma caixa para mim. Uma caixa de papelão parda resolve. Tem algo do gênero?

Feliz em executar uma tarefa, Ham partiu e, depois de xingar muito, voltou com uma bandeja quadrada de plástico. Agachando-se diante da mala de dois compartimentos, Justin abriu os cadeados, liberou as correias de couro e, escondido da vista de Ham por suas costas, transferiu o conteúdo para a bandeja.

– E agora, se você pudesse me arranjar um maço das pastas mais velhas e chatas do espólio Manzini... Cifras antigas. Coisa que você guarda mas nunca consulta. O bastante para encher esta mala.

Ham encontrou as pastas também: tão velhas e com tantas orelhas nas pontas quanto Justin desejaria. E ajudou-o a enfiá-las na mala vazia. E o viu afivelar a mala também e trancar com cadeados. Então, de sua janela, observou de novo enquanto ele caminhava a passos largos pelo beco sem saída, mala na mão, para chamar um táxi. E enquanto Justin desaparecia de vista, Ham suspirou "Santa Maria!" em uma honesta invocação da Virgem.

– BOM DIA, SR. QUAYLE. Posso apanhar sua mala, senhor? Terei de passá-la pelos raios X, se não se importa. São os novos regulamentos. Não era assim no nosso tempo, era? Ou no do seu pai. Obrigado, senhor. E aqui está seu talão, tudo legal e numa boa, como dizem. – E, baixando a voz: – Sentimos muito, senhor. Ficamos profundamente consternados.

– Bom dia, senhor! Que bom tê-lo de volta conosco. – E outra voz, mais baixa: – Nossas mais profundas condolências. São os votos da minha esposa também.

– Nossa mais profunda comiseração, Sr. Quayle – outra voz, respirando bafo de cerveja no seu ouvido –, a Srta. Landsbury pede que o senhor suba diretamente, por favor. Bem-vindo ao lar.

Mas o Foreign Office não era mais o lar. O grotesco saguão, construído para injetar terror nos corações de príncipes indianos, só transmitia uma empertigada impotência. Os retratos dos desdenhosos bucaneiros de perucas não exibiam mais seu sorriso familiar.

– Justin. Sou Alison. Ainda não nos conhecemos. Que maneira terrível, *terrível* de travarmos conhecimento. Como vai? – disse Alison Landsbury, aparecendo em uma pose reprimida na porta de 4 metros de altura do seu escritório e apertando em suas duas mãos a mão direita dele antes de sacudir. – Estamos todos *tão*, *tão* tristes, Justin. Tão profundamente *horrorizados*. E você é tão bravo. Vindo aqui tão cedo. Está *realmente* em condições de falar sensatamente? Não vejo como *poderia*...

– Estava querendo saber se tiveram notícias de Arnold.

– Arnold?... ah, o misterioso Dr. Bluhm. Nem um murmúrio, receio. Devemos temer pelo pior – disse, sem revelar o que seria o pior. – Ainda assim, ele não é um súdito britânico, é? – Alegrando-se: – Devemos deixar os bons belgas cuidarem dos seus.

Sua sala tinha dois andares, com frisas douradas e radiadores negros do tempo da guerra e uma sacada que dava para jardins muito privados. Havia duas poltronas e Alison Landsbury mantinha um cardigã sobre as costas da sua para que ninguém sentasse nela por engano. Havia café em uma garrafa térmica, de modo que sua entrevista não precisava ser interrompida. Havia a atmosfera misteriosa e densa de outros corpos que já haviam partido. Quatro anos ministra em Bruxelas, três anos conselheira de Defesa em Washington, ensaiou Justin, recitando do livro oficial. Três anos de volta a Londres vinculada à Comissão Conjunta do Serviço Secreto. Nomeada chefe do pessoal há seis meses. Nossas únicas comunicações registradas: uma carta sugerindo que eu cortasse as asas de minha mulher – ignorada. Um fax ordenando que não visitasse minha própria casa – tarde demais. Ele se perguntava como seria a casa de Alison e concedia-lhe um apartamento-mansão de tijolos vermelhos atrás da Harrods, conveniente para seus encontros de *bridge* nos fins de semana. Era magra, tinha 56 anos e vestia-se de preto em homenagem a Tessa. Usava um anel de sinete masculino no dedo médio da mão esquerda. Justin imaginou que fosse do pai. Uma fotografia na parede a mostrava dirigindo em Moor Park. Outra – um tanto inoportuna, na opinião de Justin – mostrava-a apertando a mão de Helmut Kohl. Em breve terá sua universidade feminina e será Dame Alison, pensou.

– Passei a manhã *inteira* pensando em todas as coisas que *não vou* lhe dizer – começou, projetando sua voz para o fundo da sala como que para os que chegavam atrasados. – Todas as coisas em relação às quais ainda não devemos chegar a um acordo. *Não* vou lhe perguntar como vê o seu futuro. Ou lhe contar como *nós* o vemos. Estamos todos perturbados demais – encerrou, com satisfação didática. – A propósito, sou um bolo de madeira. Não espere que eu tenha múltiplas camadas. Sou a mesma, onde quer que me fatie.

Colocara um laptop na mesa à sua frente e podia ter sido o de Tessa. Ao falar, estocava a tela com um bastão que tinha um gancho na ponta como uma agulha de crochê.

– Existem algumas coisas que *devo* lhe dizer, e vou fazê-lo imediatamente. (*Estocada com o bastão na tela.*) Ah. Licença médica por tempo indeterminado é a primeira coisa. Indeterminada porque, obviamente, está sujeita a relatórios médicos. Licença médica porque você está traumatizado, quer saiba ou não. (*Pronto. Estocada.*) E fornecemos aconselhamento, receio que com nossa experiência estejamos ficando bastante bons nisso (*sorriso triste e estocada*). Dr. Shand. Emily na outra sala lhe dará as coordenadas do Dr. Shand. Você tem uma consulta marcada para amanhã às 11 horas, mas pode mudar, se precisar. Harley Street, onde mais? Importa-se que seja mulher?

– Não, de modo algum – replicou Justin hospitaleiramente.

– Onde vai ficar?

– Em nossa casa. Minha casa. Em Chelsea. Vai ser.

– Mas não é a casa da família? – perguntou ela, franzindo a testa.

– Da família de Tessa.

– Ah. Mas seu pai tem uma casa em Lord North Street. Uma bela casa, pelo que me lembro.

– Vendeu-a antes de morrer.

– Pretende ficar em Chelsea?

– No momento.

– Então Emily, na outra sala, deveria ter as coordenadas *dessa* casa também, por favor.

De volta à tela. Estava lendo ou se escondia?

– Dr. Shand não é uma palestra, é um curso inteiro. Presta aconselhamento a indivíduos e a grupos. E encoraja a interação entre pacientes com problemas semelhantes. Quando a segurança permite, obviamente. (*Estocada.*) E se é de um padre que gostaria, em vez de, ou também, temos representantes de todas as denominações devidamente autorizados, portanto é só pedir. Nosso pensamento aqui é dar *todas* as oportunidades, contanto que sejam seguras. Se Dr. Shand não servir, volte e vamos procurar alguém que sirva.

Talvez vocês também façam acupuntura, pensou Justin. Mas em outro compartimento da cabeça imaginava por que lhe oferecia confessores sigilosos quando ele não tinha segredos a confessar.

– Ah. Você gostaria de ter um *abrigo*, Justin? (*Estocada.*)

– Como assim?

– Uma casa tranquila – a ênfase caindo em *tranquila*, sugerindo uma espécie de estufa. – Um refúgio de tudo até que toda a poeira tenha baixado. Onde você possa ficar *totalmente* anônimo, recuperar seu equilíbrio, fazer longas caminhadas pelo campo, dar um pulo em Londres para nos ver quando precisarmos de você ou vice-versa, e voltar ao seu refúgio. Isto é uma oferta. Não *totalmente* grátis no seu caso, mas generosamente subsidiada pelo governo de Sua Majestade. Que tal discutir com o Dr. Shand antes de decidir?

– Se é o que recomenda.

– Sim. (*Estocada.*) Você sofreu uma dose terrível de humilhação em público. Como isso o afetou, no seu entender?

– Receio que não estive muito exposto. A senhora me fez esconder, se é que se lembra.

– De qualquer forma, você sofreu humilhação. Ninguém gosta de ser retratado como o marido enganado, ninguém gosta de ter sua sexualidade esquadrinhada na imprensa. Mesmo assim, você não nos odeia. Não se sente zangado, ressentido ou diminuído. Não está a fim de se vingar. Está sobrevivendo. Claro que está. Você é o Office dos velhos tempos.

Sem saber ao certo se isso era uma pergunta, uma queixa ou meramente uma definição de durabilidade, Justin deixou-a de lado, fixando sua atenção em uma begônia cor de pêssego condenada, em um vaso perto demais do aquecedor dos tempos da guerra.

— Acho que eu tenho um memo aqui do pessoal do pagamento. Você quer tudo isto agora ou é demais? — Deu a ele, de qualquer maneira. — Vamos mantê-lo com o pagamento integral, *naturalmente*. Ajuda de casado, receio, foi cortada a partir do dia em que se tornou solteiro. São espinhos que a gente tem de enfrentar, Justin, e na minha experiência é melhor enfrentá-los agora e aceitá-los. E os costumeiros subsídios da mudança de volta ao Reino Unido, pendendo de uma decisão sobre seu eventual destino, mas de novo, obviamente, a nível de solteiro. Que tal, Justin, isto é *suficiente*?

— Suficiente dinheiro?

— Suficiente informação para que você se vire por enquanto.

— Por quê? Tem mais?

Depôs o seu bastão e fixou o olhar sobre ele. Anos atrás, Justin teve a audácia de fazer queixa a uma grande loja de Piccadilly e agora ele se defrontava com o mesmo frígido olhar empresarial.

— Não por enquanto, Justin. Não que seja do nosso conhecimento. Vivemos sobre brasas. Não houve sinal de Bluhm e toda essa pavorosa história na imprensa vai rolar e rolar até que o caso seja esclarecido de um modo ou de outro. E você vai almoçar com o Pellegrin.

— Sim.

— Bem, ele é *terrivelmente* bom. Você foi inabalável, Justin, mostrou humor sob pressão, e isso foi notado. Sofreu uma tensão descomunal, estou segura. Não só *depois* da morte de Tessa, mas *antes* também. Devíamos ter sido mais firmes e trazido você para a Inglaterra enquanto havia tempo. Errar do lado da tolerância parece, em retrospectiva, a saída mais fácil, receio. (*Estocada, estudando a tela com contrariedade crescente.*) E você não deu entrevistas à imprensa, deu? Não falou em *absoluto*, oficial ou extraoficialmente?

— Só à polícia.

Ela deixa passar isso.

— E não vai falar. Obviamente. Não vai sequer dizer "nada a declarar". Na sua condição, está perfeitamente autorizado a bater com o telefone na cara deles.

— Estou seguro de que não será difícil.

(*Estocada. Pausa. Estudando a tela de novo. Estudando Justin. Voltando os olhos à tela.*)

— E você não tem papéis ou matérias que nos pertençam? Que sejam — como é que posso colocar isso? — nossa *propriedade intelectual*? Perguntaram-lhe isso, mas tenho de perguntar de novo caso algo tenha surgido, ou venha a surgir no futuro. *Surgiu* algo?

— De Tessa?

— Estou me referindo a suas atividades extraconjugais.

Alison tomou tempo antes de definir o que isso poderia ser. E enquanto o fazia Justin percebeu, um pouco tarde talvez, que Tessa era uma espécie de insulto monstruoso para ela, uma desgraça para sua escola, classe social, sexo, país e para o Serviço que havia maculado; e que, por extensão, Justin era o Cavalo de Troia que a havia introduzido às escondidas na cidadela.

— Estou pensando em quaisquer documentos de pesquisas que ela possa ter adquirido, legitimamente ou por outros meios, no curso de suas investigações ou como quer que as chamasse — acrescentou com franco desdém.

— Não sei nem sequer que tipo de coisa eu deveria procurar — queixou-se Justin.

— Nem nós o sabemos. E é realmente muito difícil para nós aqui entendermos, antes de mais nada, como é que ela foi se meter nessa posição. — Subitamente, a raiva que estava em fogo brando extravasava. Não o fez por querer, ele tinha certeza; se esforçara muito para conter aquele sentimento. Mas havia evidentemente escapado ao seu controle. — É realmente *extraordinário*, observando o que veio à luz desde então, que Tessa tivesse espaço para se tornar *aquela pessoa*. Porter tem sido um excelente chefe de Embaixada à sua maneira, mas não posso deixar de sentir que cabe a ele boa parcela de culpa por isso.

— Pelo quê exatamente?

Sua pausa repentina o pegou de surpresa. Era como se tivesse pisado fundo no freio. Ela parou, os olhos voltados fixamente para a tela. Empunhava sua agulha de crochê, mas não fez nenhum movimento. Colocou-a suavemente na mesa como se descansando o rifle em um funeral militar.

– Sim, bem, Porter – ela admitiu. Mas ele nada dissera que justificasse sua admissão.

– O que houve com ele? – perguntou Justin.

– Acho absolutamente maravilhoso como os dois sacrificaram tudo por aquela pobre criança.

– Eu também acho. Mas o que eles sacrificaram agora?

Alison parecia partilhar seu espanto. Precisava dele como um aliado, quando não, só para denegrir Porter Coleridge.

– É terrivelmente, terrivelmente difícil, neste trabalho, Justin, saber onde colocar o pé. A gente quer tratar as pessoas como indivíduos, a gente *anseia* por conseguir encaixar as circunstâncias de cada pessoa no panorama geral. – Mas se Justin achou que ela temperava seu assalto sobre Porter, estava totalmente errado. Ela estava apenas recarregando. – Mas Porter – temos de admitir isso – se encontrava no local, e nós não. Não podemos agir se somos deixados no escuro. De nada adianta pedirem que juntemos os pedaços *ex post facto* se não formos informados *a priori*. Não é?

– Suponho que não.

– E se Porter estava distraído demais, envolvido demais com seus *terríveis* problemas familiares – ninguém discute isso – para ver o que acontecia debaixo do seu nariz – a história do Bluhm e tudo mais, lamento –, ele tinha um assistente de absolutamente primeira classe em Sandy, com um par de mãos muito seguras, *ao seu cotovelo*, *a qualquer* hora, para mostrar-lhe tudo em letras garrafais de 1 metro de altura. O que Sandy fez. *Ad nauseam*, pelo que percebemos. Mas sem nenhum efeito. Quero dizer que está perfeitamente claro que a criança, obviamente, a pobre criança, Rosie ou seja lá qual for o seu nome, exige atenção em *todas* as suas horas de folga. Não é necessariamente para isso que indicamos um alto comissário. Não acha?

Justin fez um rosto submisso, indicando que simpatizava com o dilema dela.

– Não estou me intrometendo, Justin. Estou lhe perguntando. Como é possível, como *foi* possível – esqueça Porter por um momento – que sua mulher se engajasse em uma *variedade* de atividades das quais, segundo seu relato, você não sabia de nada? Tudo bem. Era uma mulher moderna. Muita sorte dela. Levava sua vida, tinha suas relações. – Silêncio agudo. – Não estou sugerindo que devesse reprimi-la, isso teria sido sexista. Estou lhe perguntando *como*, na realidade, ficou *totalmente* ignorante de suas *atividades* – suas investigações – suas... como devo colocar? Gostaria de dizer *intromissões*, na verdade.

– Tínhamos um acordo – disse Justin.

– Claro que tinham. Vidas iguais e paralelas. Mas na mesma *casa*, Justin! Está realmente dizendo que ela nada lhe contava, nada lhe *mostrava*, nada *partilhava*? Acho isso muito difícil de acreditar.

– Eu também – concordou Justin. – Mas receio que seja o que acontece quando você enfia a cabeça na areia.

(*Estocada.*)

– E então, você dividia o computador com ela? Você talvez não saiba, mas ela endereçou alguns documentos muito pesados ao Office, entre outros. Levantando graves acusações sobre certas pessoas. Acusando-as de coisas horríveis. Criando problemas de um tipo potencialmente prejudicial.

– Potencialmente prejudicial para quem, na verdade, Alison? – perguntou Justin, delicadamente tentando fisgar outras dádivas de informação que ela pudesse soltar.

– Não é o caso de *quem*, Justin – replicou severamente. – Trata-se de saber se você está de posse do computador laptop de Tessa e, caso contrário, onde ele está, fisicamente, neste momento e nesta hora e o que contém?

– Nunca o dividimos, é a resposta à sua primeira pergunta. Era dela e só dela. Eu nem mesmo saberia como entrar naquele computador.

– Não se preocupe em entrar nele. Você o tem em sua posse, isto é o principal. A Scotland Yard pediu que o cedesse, mas você, muito sábia e lealmente, concluiu que estaria melhor nas mãos do Office do que nas deles. Somos agradecidos por isso. Foi notado.

Era uma declaração, era uma pergunta binária. Assinale o quadrado A para sim, eu o tenho, o quadrado B para não, não o tenho. Era uma ordem e um desafio. E, julgando por seu olhar de cristal, era uma ameaça.

– E os disquetes, obviamente – acrescentou, enquanto esperava. – Era uma mulher eficiente, o que torna tudo tão esquisito, uma advogada. Seguramente teria cópias de tudo o que fosse importante para ela. Nas circunstâncias, esses disquetes também constituíam uma quebra de segurança e gostaríamos de tê-los também.

– Não existe nenhum disquete. Não havia.

– Claro que havia. Como poderia ter um computador sem usar disquetes?

– Procurei por toda parte. Não havia disquetes.

– Que coisa bizarra.

– É, não acha?

– Então acredito que a melhor coisa que você pode fazer, Justin, refletindo bem, é trazer tudo o que tem para o Office, *assim* que desfizer as malas e deixar-nos tomar conta para você a partir de então. Para poupar-lhe a dor e a responsabilidade. Sim? Podemos fazer um acordo. Qualquer coisa que não seja relevante a nossas preocupações lhe pertence *exclusivamente*. Vamos imprimir e dar a você e ninguém aqui vai ler ou avaliar ou guardar na memória de jeito algum. Podemos mandar alguém com você agora? Isso ajudaria? Sim?

– Não estou seguro.

– Não está seguro de que precisa de uma segunda pessoa? Deveria estar. Um colega solidário de seu próprio nível? Alguém em quem pode confiar inteiramente? Está seguro quanto a isso?

– Era de Tessa, sabe. Ela o comprou, ela o usava.

– E então?

– Então não estou seguro de que deveria me pedir isso. Dar-lhe a propriedade dela para ser saqueada só porque ela morreu. – Sentindo-se sonolento, fechou os olhos por um momento e então sacudiu a cabeça para despertar. – De qualquer maneira, não é algo em disputa, é?

– Por que não, por favor?

– Porque não o tenho comigo. – Ficou de pé, pegando-se de surpresa, mas precisava esticar as pernas e de um pouco de ar fresco. – A polícia queniana provavelmente o roubou. Roubam quase tudo. Obrigado, Alison. Você foi muito gentil.

Recuperar a mala de compartimento duplo do porteiro levou mais tempo do que de costume.

– Desculpe ter chegado antes do tempo – disse Justin enquanto esperava.

– O senhor não chegou antes do tempo, por favor – replicou o porteiro-chefe e enrubesceu.

– JUSTIN, MEU QUERIDO companheiro!

Justin começara a dar seu nome ao porteiro na porta do clube, mas Pellegrin se adiantara, descendo ruidosamente os degraus para recebê-lo, exibindo um sorriso decente de bom camarada e gritando "Ele é meu, Jimmy, guarde sua mala no depósito e deixe-o comigo", antes de agarrar a mão de Justin e jogar seu outro braço ao redor dos ombros de Justin em um poderoso gesto não inglês de amizade e comiseração.

– Está com disposição para isso? – perguntou, em tom de confidência, certificando-se de que não havia ninguém ao alcance do ouvido. – Podemos dar uma caminhada pelo parque se preferir. Ou conversar em uma outra ocasião. É só dizer.

– Estou ótimo, Bernard. Realmente.

– A Besta de Landsbury não o esgotou?

– Nem um pouco.

– Reservei um lugar para nós na sala de refeições. Tem um bar-refeitório mas é meio na base do rodízio com uma porção de veteranos chatos do Office resmungando sobre a crise de Suez. Quer fazer xixi?

A sala de refeições era um estrado suspenso com querubins pintados fazendo poses em um teto de céu azul. O local de adoração escolhido por Pellegrin era um canto protegido por um pilar de granito polido e uma triste palmeira dracena. Ao redor deles sentavam-se os eternos irmãos do Whitehall, em ternos de um cinza químico e cortes de cabelos universitários. Este era o meu mundo, Justin explicou a ela. Quando me casei com você, ainda era um deles.

— Vamos nos livrar do trabalho pesado primeiro — propôs Pellegrin magistralmente, quando um garçom das Índias Ocidentais em um *dinner jacket* malva colocou em suas mãos cardápios com o formato de raquetes de pingue-pongue. E aquilo foi uma manobra de tato de Pellegrin, típica da sua imagem de bom camarada, porque ao estudarem os menus podiam se acostumar um ao outro e evitar contato visual. — O voo foi suportável?

— Muito, obrigado. Deram-me um *upgrade*.

— Garota maravilhosa, maravilhosa, *maravilhosa*, Justin — murmurou Pellegrin sobre o parapeito de sua raquete de pingue-pongue. — Não é preciso dizer mais nada.

— Obrigado, Bernard.

— Grande espírito, grande garra. Que se foda o resto. Carne ou peixe? — não em uma segunda-feira — o que é que você andou comendo por lá?

Justin conhecera Bernard Pellegrin em intervalos a maior parte da sua carreira. Sucedera Bernard em Ottawa e haviam se encontrado brevemente em Beirute. Em Londres, tinham frequentado juntos um curso de sobrevivência para reféns e compartilhado de que maneira saber que você está sendo perseguido por um grupo de assassinos armados sem medo de morrer; como preservar sua dignidade quando colocam uma venda em seus olhos e lhe amarram as mãos e os pés com fitas gomadas e o jogam no porta-malas de sua Mercedes; e a melhor maneira de pular de uma janela de um andar alto se não puder usar as escadas, mas presumivelmente tiver os pés livres.

— Todos os jornalistas são uns merdas — declarou confidencialmente Pellegrin, ainda dentro do seu menu. — Sabe o que vou fazer um dia? Perseguir esses viados. Fazer o que fizeram com você, mas dar o troco a eles. Contratar um bando, fazer piquete contra o editor do *Grauniad* e do *Screws of the World** enquanto estão transando

---

*Trocadilhos obscenos com os nomes dos jornais *Guardian* e *News of the World*. (*N. do T.*)

com suas piranhas. Fotografar seus filhos indo para a escola. Perguntar a suas mulheres se seus velhos são bons de cama. Mostrar aos merdas como é bom estar do outro lado da câmara. Gostaria de passar uma metralhadora em toda a raça?

– Na verdade, não.
– Eu também. Um bando de hipócritas analfabetos. O filé de arenque é bom. Enguia defumada me faz peidar. A *sole meunière* é boa se você gosta de linguado. Se não gosta, peça grelhado.

Escrevia em um bloco impresso. Sir Bernard P estava impresso em maiúsculas eletrônicas no alto e as opções de comida listadas do lado esquerdo e quadradinhos para se marcar um "x" do lado direito, com espaço para a assinatura do titular na parte de baixo.

– Um linguado seria ótimo.

Pellegrin não ouve, Justin lembrou-se. É o que lhe valeu sua reputação como negociador.

– Grelhada?
– *Meunière*.
– Landsbury está em forma?
– Em forma e combativa.
– Ela lhe falou que era um bolo de madeira?
– Receio que sim.
– Devia economizar essa. Falou sobre o seu futuro?
– Estou traumatizado e em licença médica por tempo indeterminado.
– Aceita uns camarões?
– Acho que vou preferir o abacate, obrigado – disse Justin, e viu Pellegrin rabiscar coquetel de camarão duas vezes.
– O Foreign Office formalmente reprova bebida à hora do almoço nos dias de hoje, você vai ficar aliviado em saber – disse Pellegrin, surpreendendo Justin com um sorriso iluminado. E, caso este tivesse falhado, lançou um segundo. E Justin se lembrou de que os sorrisos eram sempre os mesmos: o mesmo comprimento, a mesma duração, o mesmo grau de calor espontâneo. – No entanto, você é um caso compassivo e é meu doloroso dever fazer-lhe companhia. Servem um subMeursault passável. Está preparado para sua metade?

Sua caneta de prata marcou um "x" no quadrinho apropriado.
– Você está limpo, a propósito. Liberado. Na boa. Parabéns.
Arrancou a papeleta do bloco e colocou o saleiro sobre ela para impedir que voasse.
– Limpo de quê?
– De assassinato, do que mais? Você não matou Tessa ou o motorista, não contratou assassinos em um antro do vício e não tem Bluhm pendurado pelos colhões no seu sótão. Pode deixar a sala do tribunal sem nenhuma mancha na sua reputação. Cortesia dos tiras. – A papeleta do serviço tinha desaparecido sob o saleiro. O garçom devia tê-la levado, mas Justin no seu estado de torpor deixara de notar a manobra. – Que tipo de jardinagem você fazia lá, a propósito? Prometi a Celly que lhe perguntaria. – Celly, diminutivo de Céline, a aterrorizante mulher de Pellegrin. – Exóticas? Suculentas? Não é minha praia, receio.

– Na verdade cultivo quase tudo – Justin se ouviu falando. – O clima queniano é extremamente benigno. Eu não sabia que havia uma mancha na minha reputação, Bernard. Havia uma *teoria*, eu suponho. Mas era só uma remota hipótese.

– Tinham todo *tipo* de teorias, os pobrezinhos. Teorias muito acima do seu potencial, francamente. Você precisa nos visitar em Dorchester um dia. Vou falar com Celly a respeito. Vamos marcar um fim de semana. Joga tênis?

– Receio que não.

Eles *tinham* todo tipo de teorias, repetia sub-repticiamente para si mesmo. *Pobrezinhos*. Pellegrin fala sobre Rob e Lesley do jeito que Landsbury falou sobre Porter Coleridge. Aquele cagalhão do Tom Qualquer-coisa estava indo para Belgrado, dizia Pellegrin, principalmente porque o secretário de Estado não aguenta ver sua cara bestial em Londres, e quem é que aguenta? Dick Outra-coisa estava recebendo seu título de cavaleiro nas próximas Honrarias e então, com alguma sorte, seria chutado para cima, para o Tesouro – Deus tenha piedade da economia nacional, piada –, mas claro que o velho Dick vem beijando a bunda do Novo Trabalhismo nos últimos cinco anos.

No mais, os negócios corriam como de costume. O Office continuava a se abarrotar com os carreiristas das universidades populares de Croydon com sotaques insossos e pulôveres da Velha Albion que faziam Justin se lembrar de seus dias pré-africanos; dentro de dez anos não sobrará Um de Nós. O garçom trouxe dois coquetéis de camarão. Justin observou sua chegada em câmara lenta.

— Mas então eram jovens, não eram? — disse Pellegrin com indulgência, retomando o tom de réquiem.

— Os novos diplomatas? Claro que eram.

— Os seus policiaizinhos em Nairóbi. Jovens e famintos, Deus os abençoe. Como todos nós já fomos uma vez.

— Achei que eram bastante espertos.

Pellegrin franziu a testa e mastigou.

— *David* Quayle seria parente seu?

— Meu sobrinho.

— Nós o contratamos na semana passada. Só 21 anos, mas de que outro modo podemos competir com a City nos dias de hoje? Um afilhado meu começou no banco Barclays na semana passada com 45 mil por ano, mais as mordomias. Totalmente burro e inexperiente.

— Que bom para David. Eu não sabia.

— Uma escolha extraordinária a de Gridley, para ser franco, mandar uma mulher daquelas à África. Frank já trabalhou com diplomatas. Conhece a cena. Quem vai levar uma mulher tira a sério lá? Não os Rapazes de Moi, com *toda* certeza.

— Gridley? — Justin repetiu enquanto as névoas da cabeça clareavam. — Não está falando de Frank *Arthur* Gridley? O sujeito que já foi encarregado da segurança diplomática?

— O mesmo, Deus nos ajude.

— Mas é um pateta absoluto. Lidamos com ele quando eu estava no Departamento do Protocolo. — Justin ouviu sua voz elevar-se acima do nível de decibéis autorizado no clube e apressou-se a baixá-la.

— É um tapado — concordou jovialmente Pellegrin.

— Então que diabos está fazendo investigando o assassinato de Tessa?

– Foi defenestrado para Crimes Sérios. Especialista em casos no exterior. Sabe como são os tiras – disse Pellegrin, enchendo a boca de camarão, pão e manteiga.

– Sei como é Gridley.

Mastigando camarão, Pellegrin resvalou para telegrafês típico do Partido Conservador.

– Dois jovens oficiais de polícia, um deles uma mulher. O outro se imagina um Robin Hood. Um caso importante, os olhos do mundo sobre eles. Começam a ver seus nomes aparecer sob os refletores. – Ajustou o guardanapo no pescoço. – Então fabricam *teorias*. Nada como uma boa *teoria* para impressionar um superior semiletrado. – Bebeu e limpou a boca com um canto do seu guardanapo. – Assassinos contratados, governos africanos corruptos, conglomerados multinacionais – um material *fabuloso*! Talvez consigam até um papel no filme, se tiverem sorte.

– Que multinacional eles tinham em mente? – perguntou Justin, esforçando-se para ignorar a ideia de mau gosto de um filme sobre a morte de Tessa.

Pellegrin o fixou nos olhos, mediu-o por um momento, sorriu e então voltou a sorrir.

– Frase de efeito – explicou, saindo pela tangente. – Não é para ser tomada literalmente. Aqueles jovens tiras estavam vendo o ângulo errado desde o primeiro dia – prosseguiu, divertindo-se enquanto o garçom enchia de novo os copos. – Deplorável, na verdade. De-*flo*-rá-vel. Não é com você, Matthew, meu velho camarada – isso é para o garçom, no espírito politicamente correto para com as minorias étnicas –, e nenhum membro deste clube também, apraz-me dizer. – O garçom sumiu. – Tentaram incriminar Sandy por cinco minutos, se é que me acredita. Uma teoria tola de que estaria apaixonado por ela e matou os dois por ciúmes. Quando não podiam ir adiante com essa tese, apertaram o botão da conspiração. A coisa mais fácil no mundo. Escolha alguns fatos a dedo, junte-os, ouça alguns alarmistas descontentes com um interesse pessoal, jogue no ventilador um ou dois nomes conhecidos e você tem pronta a história de impacto que quiser. O que Tessa fez, se não se importa que eu diga. Bem, *você* sabe tudo sobre isso.

Justin cegamente sacudiu a cabeça. Não estou ouvindo isso. Estou de novo no avião e é um sonho.

– Receio que não saiba – falou.

Pellegrin tinha olhos muito pequenos. Justin não havia reparado nisso antes. Ou talvez fossem do tamanho normal, mas tinham aperfeiçoado a arte de diminuir sob o fogo inimigo – o inimigo, na medida em que Justin podia determinar, sendo todo aquele que rebatesse o que Pellegrin havia acabado de dizer ou levasse a conversa para território não mapeado previamente por ele.

– O linguado está bom? Devia ter pedido *meunière*, não é tão seco.

Seu linguado estava maravilhoso, disse Justin, proibindo-se de acrescentar que fora *meunière* exatamente o que pedira. E o sub-Mersault também maravilhoso. Maravilhoso como *garota maravilhosa*.

– Ela não mostrou a você. Sua grande tese. A grande tese *deles*, se vai me perdoar. Esta é a sua história e você vai ficar fiel a ela. Certo?

– Tese sobre *o quê*? A polícia me fez a mesma pergunta. E também Alison Landsbury, de uma maneira indireta. Que tese?

Agia com simplicidade e começava a acreditar em si mesmo. Estava pescando de novo, mas sob disfarce.

– Ela não mostrou a você, mas mostrou a Sandy – disse Pellegrin, emborcando a informação com um gole de vinho. – É o que você quer que eu acredite?

Justin ficou reto na cadeira.

– Ela *o quê*?

– Absolutamente. Encontro secreto, a história toda. Desculpe contar-lhe isso. Achei que você sabia.

Mas está aliviado por eu não saber, pensou Justin, ainda olhando para Pellegrin, mistificado.

– E o que Sandy fez a respeito? – perguntou.

– Mostrou a Porter. Porter ficou confuso. Porter só toma decisões uma vez ao ano, sempre ajudado por muita água. Sandy mandou o material para mim. Feito em coautoria e marcado confidencial.

Não por Sandy, mas por Tessa e Bluhm. Esses heróis da assistência me deixam doente, a propósito, se me permite desabafar. Um piquenique com ursinhos de pelúcia para burocratas internacionais. Divertimento. Desculpe-me.

– Então o que você fez com o material? Pelo amor de Deus, Bernard? – Eu sou o viúvo enganado, no fim do laço. Sou o inocente ofendido, não tão inocente quanto estou fazendo parecer. Sou o marido indignado, magoado por minha mulher errante e seu amante. – Será que alguém vai *finalmente* me dizer do que se trata? – continuou, na mesma voz chorosa. – Fui o hóspede relutante de Sandy durante a melhor parte de uma eternidade. Ele nunca sussurrou uma palavra para mim sobre um encontro secreto com Tessa ou Arnold ou ninguém mais. Que *tese*? Tese sobre *o quê*? – ainda sondando.

Pellegrin sorria de novo. Uma. Duas vezes.

– Então tudo isso é novidade para você? Muito bem.

– Sim. É. Estou completamente no escuro.

– Uma garota como aquela, metade da sua idade, correndo por fora com liberdade, nunca lhe passou pela cabeça perguntar a ela o que estava aprontando?

Pellegrin está zangado, observou Justin. Como Landsbury estava. Como eu estou. Estamos todos zangados e estamos todos escondendo o jogo.

– Não, nunca me passou. E ela não tinha a metade da minha idade.

– Nunca deu uma olhada no seu diário, apanhou a extensão do telefone por-engano-de-propósito. Nunca leu sua correspondência ou bisbilhotou no seu computador. Zero.

– Zero em todos os itens.

Pellegrin divagava em voz alta, os olhos sobre Justin.

– Então nada chegou até você. Não ouço, não vejo nenhum mal. Impressionante – disse, mal conseguindo conter seu sarcasmo.

– Ela era uma advogada, Bernard. Não era uma criança. Era uma advogada plenamente qualificada, muito esperta. Você está esquecendo.

– Estou? Não tenho muita certeza. – Colocou seus óculos de leitura a fim de traçar a metade inferior do seu linguado. Quando terminou, prendeu a espinha do peixe com garfo e faca olhando ao seu redor como um inválido desamparado em busca de um garçom que lhe trouxesse um prato para os restos. -- Espero apenas que tenha confinado suas representações a Sandy Woodrow, é tudo o que quero. Infernizou o personagem principal, sabemos disso.

– Que personagem principal? Quer dizer *você*?

– Curtiss. Kenny K em pessoa. O homem. – Uma travessa apareceu e Pellegrin desfez-se da espinha. – Surpreende que ela não se tenha jogado na frente dos seus malditos cavalos de corrida enquanto fazia agitação. Fazendo onda em Bruxelas. Fazendo onda nas Nações Unidas. Fazendo onda na TV. Uma garota daquelas, com a missão de salvar o globo, indo aonde seus caprichos a levassem e ao diabo com as consequências.

– Isso não é verdade, de modo algum – disse Justin, debatendo-se com perplexidade e raiva.

– Quer repetir?

– Tessa tinha um grande trabalho para me proteger. E ao seu país.

– Remexendo na lama? Espalhando-a fora de qualquer proporção? Importunando o chefe do marido? Abordando executivos estressados com Bluhm no seu braço – essa não é a minha ideia de proteger o maridinho. Parece mais uma via expressa para arruinar as chances do pobre trouxa, se quer minha opinião. Não que suas chances àquela altura fossem tão brilhantes, para falar com honestidade. – Um gole de água efervescente. – Ah. Percebi agora. Estou vendo o que aconteceu. – Um sorriso duplo. – Você *realmente* não conhece a história de fundo. Vai se ater a isso.

– Sim. Vou. Estou profundamente perplexo. A polícia me pergunta, Alison me pergunta, você me pergunta – eu estava realmente no escuro? A resposta é: sim, estava, e ainda estou.

Pellegrin já sacudia a cabeça em divertida descrença.

– Meu camarada. Como é que é isso? Escute um pouco. Eu podia aceitar. Alison também. Eles o procuraram. Os dois. Tessa e Arnold. De mãos dadas. "Ajude-nos, Justin. Encontramos o revólver, com o cano ainda fumegando. Empresa tradicional, sediada na Grã-Bretanha, está envenenando quenianos inocentes, usando-os como cobaias, Cristo sabe mais o quê. Aldeias inteiras juncadas de corpos lá, e aqui está a prova. Leia isto." Certo?

– Não fizeram nada disso.

– Não fizeram ainda. Ninguém está tentando acusá-lo de nada, certo? Aqui você encontra as portas abertas. Todo mundo é seu companheiro.

– Já notei isso.

– Você os escuta. Como o sujeito decente que é. Lê o seu roteiro de 18 páginas descrevendo o Armagedon e lhes diz que estão ligeiramente malucos. Se quiserem estragar as relações anglo-quenianas durante os próximos vinte anos, encontraram a fórmula ideal. Sujeito esperto. Se Celly tentasse coisa parecida comigo eu lhe teria dado um bom chute na bunda. E, como você, fingiria que o encontro nunca aconteceu, e realmente não aconteceu. Certo? Vamos esquecer disso tão rápido quanto você. Nada na sua ficha, nada no livrinho negro de Alison. Combinado?

– Não vieram me procurar, Bernard. Ninguém me empurrou uma história, ninguém me mostrou nenhum roteiro do Armagedon, como você o chama. Nem Tessa, nem Bluhm, nem ninguém. É um mistério total para mim.

– Uma garota chamada Ghita Pearson, quem diabos é ela?

– Um membro iniciante da Chancelaria. Anglo-indiana. Muito brilhante e empregada na região. A mãe é médica. Por quê?

– E além disso?

– Uma amiga de Tessa. E minha.

– Ela poderia ter visto?

– O documento? Estou seguro que não.

– Por quê?

– Tessa o manteria longe dela.

– Ela não o manteve longe de Sandy Woodrow.

– Ghita é frágil demais. Está tentando construir uma carreira conosco. Tessa não desejaria colocá-la em uma posição indefensável.

Pellegrin precisou de mais sal, que distribuiu colocando um montinho na palma da mão esquerda e lançando pitadas com o indicador e o polegar direitos, esfregando depois as palmas das mãos.

– De qualquer modo, você está limpo – lembrou a Justin, como se isso fosse um prêmio de consolação. – Não vamos ter de ficar nos portões da prisão enfiando *baguettes au fromage* para você entre as grades.

– Você já havia falado. Estou feliz em saber.

– Isto são as boas notícias. As más notícias... seu amigo Arnold. Seu e de Tessa.

– Foi encontrado?

Pellegrin sacudia a cabeça sombriamente.

– Foi descoberto, mas ainda não foi encontrado. Mas existem esperanças.

– Descoberto como? Do que está falando?

– Águas profundas, meu camarada. Muito difíceis de navegar no seu estado de saúde. Gostaria que tivéssemos esta conversa dentro de algumas semanas, quando você estivesse de volta ao normal, mas não podemos esperar. As investigações de assassinatos não respeitam as pessoas, infelizmente. Seguem na sua própria velocidade, à sua própria maneira. Bluhm era seu amigo, Tessa era sua mulher. Não é muito divertido para nós ter de lhe contar que seu amigo matou sua mulher.

Justin olhou para Pellegrin com um espanto genuíno, mas Pellegrin estava ocupado demais com seu peixe para notar.

– Mas e quanto às provas forenses? – ouviu a si mesmo perguntar, de algum planeta gelado. – A camioneta de safári verde? As garrafas de cerveja e as pontas de cigarros? Os dois homens que foram vistos em Marsabit? E quanto – sei lá – aos ThreeBees, todas as coisas que os policiais britânicos me perguntaram?

Pellegrin ostentava o primeiro dos seus dois sorrisos antes que Justin tivesse acabado de falar.

– Provas recentes, meu chapa. Conclusivas, receio. – Abocanhou outro pedaço de pão. – Tiras encontraram suas roupas. De Bluhm. Enterradas às margens do lago. Não sua jaqueta de safári. Essa ele deixou no jipe como um engodo. Camisa, calças, cuecas, meias, tênis. Sabe o que acharam no bolso das calças? Chaves de carro. Do jipe. As chaves com que ele havia trancado a porta do jipe. Dá um novo significado ao que os ianques chamam hoje em dia de *encerramento*. Uma coisa muito comum no seu crime de paixão, disseram-me. Você mata alguém, fecha a porta atrás de si, tranca o seu pensamento. Aquilo nunca aconteceu. A memória foi apagada. Clássico.

Perturbado pela expressão incrédula de Justin, Pellegrin fez uma pausa e então falou em uma voz de conclusão:

– Sou um homem da linha *Oswald*, Justin. Lee Harvey Oswald alvejou John F. Kennedy. Ninguém o ajudou a fazê-lo. Arnold Bluhm perdeu a cabeça e matou Tessa. O motorista objetou e Bluhm também deu cabo dele. Então jogou sua cabeça no mato para os chacais. *Basta*. Chega um momento, depois de toda a masturbação e fantasia, em que somos reduzidos a aceitar o óbvio. Pudim puxa-puxa? Torta de maçã? – Fez sinal ao garçom pedindo café. – Se incomoda se eu lhe der uma palavrinha de aviso entre dois amigos?

– Por favor.

– Está de licença médica. Está no inferno. Mas você é Office da velha guarda, conhece as regras e ainda é um homem da África. E você está na minha mira. – E para que Justin não pensasse que isso era alguma definição romântica do seu status: – Há muita coisa boa aí fora para um sujeito que foi sorteado. Muitos lugares onde eu nunca seria visto. E se está escondendo informação chamada confidencial que não deveria estar – na sua cabeça ou em qualquer outro lugar –, ela pertence a nós, não a você. É um mundo bem mais duro nos dias de hoje do que aquele em que crescemos. Tem um monte de sujeitos maus com tudo a arriscar e muito a perder. Isso gera maus modos.

À medida que aprendemos à nossa custa, pensou Justin bem dentro da sua cápsula de vidro. Ergueu-se com leveza da mesa e ficou surpreso de ver sua imagem em um grande número de espelhos ao mesmo tempo. Justin, o menino perdido em casas grandes, amigo de cozinheiros e jardineiros. Justin, o estudante estrela de rúgbi, Justin, o solteirão profissional, afundando sua solidão em números. Justin, a esperança branca desesperançada do Foreign Office, fotografado com seu amigo a palmeira dracena. Justin, o recém-enviuvado pai de seu filho único e morto.

– Você foi muito gentil, Bernard. Obrigado.

Obrigado a você pela aula magistral de sofisma, quis dizer, se é que queria dizer algo. Obrigado por propor um filme sobre o assassinato de minha mulher e pisotear sem piedade as últimas sensibilidades que me restavam. Obrigado pelo roteiro do Armagedon de 18 páginas e por seu encontro secreto com Woodrow e outros acréscimos torturantes para despertar minhas lembranças. E obrigado pela quieta palavra de advertência, feita com o brilho do aço em seus olhos. Porque, quando olho de perto, vejo o mesmo brilho nos meus.

– Você ficou pálido – disse Pellegrin acusadoramente. – Algo errado, amigão?

– Estou bem. Ainda melhor depois de tê-lo encontrado, Bernard.

– Vá dormir um pouco. Está rodando sem combustível. E precisamos passar aquele fim de semana juntos. Traga um amigo. Alguém que saiba jogar um pouco.

– Arnold Bluhm nunca fez mal a vivalma – disse Justin, cuidadosa e claramente, enquanto Pellegrin o ajudava a vestir sua capa de chuva e lhe devolvia a mala. Mas se falou isso em voz alta, ou para os milhares de vozes que gritavam na sua cabeça, não podia estar absolutamente certo.

10

ERA A CASA QUE odiava em sua memória sempre que estava longe: grande, emaranhada e opressivamente paternal, no número 4 de um buraco frondoso de Chelsea, com um jardim fronteiro que insistia em ficar bravio, por mais que Justin o mimasse quando tinha uma pequena folga na Inglaterra. E os restos da casa da árvore de Tessa grudados como uma jangada apodrecida no carvalho morto que ela não deixava ninguém cortar. E garrafões quebrados de antigas safras e retalhos de pipas arpoados nos galhos secos da árvore morta. E um portão de ferro enferrujado que, quando o empurrava contra um charco de folhas podres, fazia o gato estrábico do vizinho pular para o meio do mato. E um par de cerejeiras mal-humoradas que ele achava necessitadas de cuidados porque tinham alguma praga que encrespava as folhas.

Era a casa que ele temera o dia inteiro e toda a última semana, enquanto cumpria sua sentença no andar inferior e durante sua caminhada para o oeste com o coração batendo no meio da solidão cinzenta de uma tarde de inverno, enquanto o pensamento procurava deslindar o labirinto de monstruosidades na sua cabeça e a mala de dois compartimentos batia contra a sua perna. Era a casa que guardava os pedaços dela que ele nunca havia partilhado e que agora nunca partilharia.

Um vento cortante drapejava o toldo do verdureiro do outro lado da rua, pondo em disparada pela calçada folhas e consumidores tardios. Mas Justin, apesar do terno leve, tinha muita coisa dentro de si para tomar consciência do frio. Os degraus de ladrilhos até a porta da frente ressoavam sob seus passos. No último, ele girou e deu um longo olhar para trás, não sabia bem para quê. Um sem-teto jazia embrulhado debaixo do caixa eletrônico do NatWest. Em um carro estacionado ilegalmente um homem e uma mulher discutiam. Um homem magro de chapéu e capa de chuva inclinava-se para dentro do seu telefone celular. Em um país civilizado, nunca se sabe. A claraboia da porta da frente estava acesa do lado de dentro. Não desejando surpreender ninguém, apertou a campainha e ouviu o seu som enferrujado familiar, como a sirene de um navio, buzinando no patamar do primeiro andar. Quem está em casa?, perguntou-se, esperando por algum passo. Aziz, o pintor marroquino, e seu namorado Raoul. Petronilla, a garota nigeriana em busca de Deus, e seu padre guatemalteco de 50 anos. Alto, fumando um cigarro atrás do outro, o cadavérico médico francês Gazon, que trabalhara com Arnold na Argélia e possuía o mesmo sorriso triste de Arnold e o jeito de Arnold de parar no meio de uma frase e fechar os olhos em dolorosa lembrança, esperando que a cabeça ficasse livre de, sabe Deus, pesadelos antes de retomar o fio da meada.

Não ouvindo nenhum ruído de passos, girou a chave e pisou no vestíbulo esperando cheiros de comida africana, o barulho do reggae no rádio e a estridente conversa em meio ao café na cozinha.

– Alô, pessoal! – gritou. – É Justin. Sou eu.

Nenhum grito em resposta, nenhum som de música, nenhum cheiro ou voz da cozinha. Nenhum som de casa, além do rolar do tráfego na rua lá fora e do eco de sua própria voz, subindo a escadaria. Tudo o que viu foi a cabeça de Tessa, recortada de um jornal a partir do pescoço e colada em um papelão, olhando para ele por trás de um desfile de potes de geleia, cheios de flores. E entre os potes de geleia uma folha de papel dobrada, arrancada, adivinhou, do caderno de desenho de Aziz, com mensagens de pêsames, amor e adeus dos inquilinos desaparecidos de Tessa: *Justin, sentimos não poder ficar aqui*, datada da última segunda-feira.

Redobrou o papel e colocou-o de novo entre os potes. Ficou em posição de sentido, olhos mortos à frente piscando para afastar as lágrimas. Deixando a mala no chão do vestíbulo, caminhou até a cozinha, usando a parede para se firmar. Abriu a geladeira. Vazia, a não ser por um vidro de remédio esquecido, com um nome de mulher no rótulo, desconhecido. Annie Qualquer-coisa. Devia ser de Gazon. Tateou seu caminho ao longo do corredor até a sala de jantar e acendeu as luzes.

A horrenda sala de jantar pseudo-Tudor do pai dela. Seis cadeiras com arabescos e crista de cada lado para companheiros de megalomania. Um trono bordado e entalhado em cada cabeceira para o casal real. *Papai sabia que era terrivelmente feia, mas ele a adorava, e eu também adoro*, ela lhe contou. *Bem, eu não*, pensou ele, *mas Deus me proíba de dizê-lo*. Em seus primeiros meses juntos, Tessa não falara em outra coisa a não ser no pai e na mãe, até que, sob a orientação artificiosa de Justin, se empenhou em exorcizar seus fantasmas enchendo a casa com pessoas da sua própria idade, e quanto mais loucas, melhor: ex-alunos de Eton, trotskistas, prelados polacos bêbados e místicos orientais, mais a metade dos bicões do mundo conhecido. Mas assim que descobriu a África seu objetivo se estabilizou e o número 4 se tornou um santuário para agentes e ativistas assistenciais de todos e duvidosos matizes. Ainda examinando a sala, o olho de Justin caiu com reprovação sobre um montículo de fuligem que jazia ao redor da lareira de mármore, cobrindo o cão da chaminé e o guarda-fogo. Gralhas, pensou. E deixou seu olhar continuar percorrendo a sala até que uma vez mais se fixou na fuligem. Então deixou a mente se fixar nela também. E manteve-a fixada enquanto argumentava consigo mesmo. Ou com Tessa, o que dava na mesma.

Que gralhas?

Quando gralhas?

A mensagem no vestíbulo está datada de segunda-feira.

Ma Gates vem às quartas-feiras — Ma Gates sendo a Sra. Dora Gates, a velha babá de Tessa, nunca outra coisa a não ser Ma.

E se Ma Gates não pode se expor ao mau tempo, sua filha Pauline vem no seu lugar.

E se Pauline não puder vir, tem sempre a piranha da sua irmã Debbie.

E era impensável que qualquer uma dessas mulheres ignorasse um monte tão evidente de fuligem.

Portanto, as gralhas lançaram o seu ataque *depois* de quarta-feira e *antes* desta noite.

Por isso, se a casa foi esvaziada na segunda — veja a mensagem — e Ma Gates fez a limpeza na quarta, por que haveria uma pegada bem definida, masculina, provavelmente de um sapato de corrida, na fuligem?

Havia um telefone no aparador, ao lado de um caderno de endereços. O número de Ma Gates estava rabiscado em *crayon* vermelho na letra de Tessa na capa interna. Ele o discou e quem atendeu foi Pauline, que explodiu em lágrimas e passou a ligação para a mãe.

— Estou muito sentida, muito sentida, querido — disse Ma Gates lenta e claramente. — Muito mais sentida do que eu e o senhor podemos dizer, Sr. Justin. Ou jamais conseguiremos dizer.

Seu interrogatório começou: longo e terno como tinha de ser, ouvindo muito mais do que perguntando. Sim, Ma Gates viera como de costume na quarta-feira, das 9 horas às 12 horas, ela queria... era uma oportunidade de estar sozinha com a Srta. Tessa... Limpara do jeito de sempre, nada foi escamoteado ou esquecido... E chorara e fizera uma prece... Se ele estava de acordo, gostaria de continuar vindo como antes, às quartas-feiras, exatamente como quando a Srta. Tessa estava viva, não era o dinheiro, era a memória...

Fuligem? Certamente que não! Não havia fuligem nenhuma no chão da sala de jantar na quarta-feira ou ela a teria visto com certeza e limpado antes que pisassem nela. A fuligem de Londres é tão graxenta! Com aquelas grandes lareiras, ela sempre tivera um olho para a fuligem! E não, Sr. Justin, o limpador de chaminés seguramente *não* tinha uma chave.

E será que o Sr. Justin sabia se haviam encontrado o Dr. Arnold, porque, de todos os cavalheiros que usaram a casa, o Dr. Arnold era aquele de quem ela mais gostava, as coisas que a gente lia nos jornais, era tudo inventado...

– A senhora é muito bondosa, Sra. Gates.

Acendendo o candelabro na sala de estar, ele se permitiu uma visão das coisas que eram para sempre Tessa: as rosetas de equitação da sua infância; Tessa depois de sua primeira comunhão; seu retrato de casamento nos degraus da pequenina igreja de Santo Antônio, em Elba. Mas era sobre a lareira que ele pensava com mais intensidade. A fornalha era de ardósia, a tela um aparato baixo-vitoriano, latão e aço misturados com garras de bronze que sustentavam a grade. A fornalha e a tela estavam cobertas de uma camada de fuligem. A mesma fuligem jazia em linhas negras ao longo das hastes de aço das tenazes e do atiçador.

Então aqui estava um belo mistério da natureza, disse a Tessa: duas colônias de gralhas não relacionadas entre si escolhem, no momento idêntico, jogar fuligem em duas chaminés não interligadas. Que podemos achar disso? Você, uma advogada, e eu, uma espécie protegida?

Mas, na sala de estar, nenhuma pegada. Quem quer que tenha revistado a lareira da sala de jantar, deixara obsequiosamente uma pegada. Quem quer que tenha revistado a lareira da sala de estar – o mesmo homem, ou um homem diferente –, não a deixara.

Mas por que alguém revistaria uma lareira e, ainda mais, duas? Certo, lareiras antigas tradicionalmente proporcionam esconderijos para cartas de amor, testamentos, diários vergonhosos e sacos de moedas de ouro. Verdade, também, segundo a lenda, que as chaminés eram habitadas por espíritos. Verdade que o vento usava velhas chaminés para contar histórias, muitas delas secretas. E um vento frio soprava neste entardecer, estalando venezianas e chacoalhando fechaduras. Mas por que remexer *nestas* lareiras? *Nossas* lareiras? Por que na casa número 4? A não ser que, naturalmente, as lareiras fossem parte de uma busca mais geral por toda a casa – espetáculos secundários, por assim dizer, em meio à função principal.

No patamar baixo parou para olhou a caixa de remédios de Tessa, um velho armário de temperos italiano, sem nenhum mérito particular, pendurado no ângulo da escada e marcado com uma cruz verde que ela mesma fizera à mão em estêncil. Não era filha de médico à toa. A porta do armário estava entreaberta. Ele a abriu por inteiro.

Pilhado. Latas de emplastro, com as tampas arrancadas, compressas e pacotes de ácido bórico em pó espalhados em uma confusão violenta. Estava fechando a porta quando o telefone gritou ao lado de sua cabeça.

É para você, disse a Tessa. Vou ter de dizer que está morta. É para mim, vou ter de ouvir condolências. É o bolo de vinho Madeira perguntando se tenho tudo o que preciso para ficar seguro e quieto no meu trauma. É alguém que teve de esperar até que a linha ficasse livre depois da minha conversa de 8 quilômetros com Ma Gates.

Ergueu o receptor e ouviu uma mulher ocupada. Vozes metálicas ecoavam por trás dela, passos ecoavam. Uma mulher ocupada em um lugar ocupado com um piso de pedra. Uma mulher ocupada de fala bem-humorada com um sotaque *cockney*, como a voz popular de vendedora de frutas.

– Alô, alô! Posso falar com um Sr. Justin Quayle, por favor, se estiver em casa? – Proferido com cerimônia, como se ela estivesse para efetuar um truque de cartas. – Ele está, querida, posso ouvir – falando de lado.

– Aqui é Quayle.

– Quer falar com ele você mesma, querida? – Querida não queria. – Aqui é do Jeffrey's, a floricultura, Sr. Quayle, em King's Road. Temos um maravilhoso arranjo floral de não-vou-dizer-quem para ser entregue ao senhor pessoalmente sem falta esta noite se o senhor estiver em casa, o mais cedo possível, e não devo dizer quem está mandando, certo, querida? – Evidentemente estava certo. – Que tal eu mandar o garoto *agora*, o que acha, Sr. Quayle? Em dois minutos ele estará aí, não é, Kevin? Um minuto, se lhe der um drinque.

Pode mandá-lo, disse Justin meio confuso.

ESTAVA DE FRENTE para a porta do quarto de Arnold, assim chamado porque quando Arnold se hospedava na casa sempre esquecia alguma coisa, como se fosse um apelo para voltar – um par de sapatos, um barbeador elétrico, um despertador, uma pilha de papéis sobre o fracasso abismal da ajuda médica ao Terceiro Mundo. A visão do cardigã de pelo de camelo de Arnold jogado sobre as costas da cadeira fez Justin estacar e ele estava a ponto de chamar o nome de Arnold ao se aproximar da mesa.

Saqueada.

As gavetas abertas à força, papéis e artigos de escritório arrancados e repostos desleixadamente.

A sirene da campainha estava soando. Desceu as escadas correndo, aprumando-se ao chegar à porta da frente. Kevin, o entregador de flores, tinha as faces rosadas, era pequeno, um entregador de flores dickensiano reluzindo com o frio do inverno. As íris e os lírios em seus braços eram grandes como ele. Um envelope branco estava preso ao arame que juntava os caules. Remexendo no bolso entre um punhado de xelins quenianos, Justin achou 2 libras inglesas, que deu ao garoto, fechando a porta em seguida. Abriu o envelope e tirou um cartão branco envolto em papel grosso para que o texto não aparecesse através do envelope. A mensagem fora impressa eletronicamente.

Justin. Saia de casa, esta noite, às 19h30. Traga uma pasta de executivo recheada com jornais. Vá a pé até o Cineflex, em King's Road. Compre uma entrada para a Sala 2 e veja o filme até as 21 horas. Saia com sua pasta pela saída lateral (oeste). Procure um micro-ônibus azul estacionado perto da saída. Você reconhecerá o motorista. Queime isto.

Nenhuma assinatura.

Examinou o envelope, cheirou-o, cheirou o cartão, não sentiu cheiro de nada, não sabia o que esperava cheirar. Levou o cartão e o envelope à cozinha, encostou um fósforo aceso neles e, na melhor tradição do curso de segurança do Foreign Office, colocou-os para queimar na pia da cozinha. Quando haviam queimado, esmagou a cinza e empurrou os fragmentos para o ralo, deixando a água escoar por mais tempo do que o necessário. Voltou a subir as escadas, de dois em dois degraus, até chegar ao topo da casa. Não era pressa o que o movia, mas determinação: *não pense, aja*. Uma porta de sótão fechada o encarava. Tinha uma chave na mão. Sua expressão era resoluta, mas apreensiva. Era um homem desesperado retesando-se para o pulo. Escancarou a porta e entrou a passos largos no minúsculo vestíbulo. Levava a uma série de quartos de sótão entre chaminés infestadas de gralhas e retalhos secretos de telhado horizontal para cultivar plantas de vaso e fazer amor. Prosseguiu pesadamente, os olhos enrugando-se em fendas para resistir ao brilho da memória. Cada objeto, imagem, cadeira ou canto era possuído por Tessa, habitado e falado por ela. A pomposa escrivaninha de seu pai, repassada a ele no dia do casamento, estava plantada em sua alcova familiar. Abriu a tampa. Que foi que eu lhe disse? Pilhada. Escancarou o armário de roupas e viu seus casacos e vestidos de inverno arrancados dos cabides e deixados a morrer com os bolsos virados para fora. Honestamente, querida, você podia tê-los pendurado. *Você sabe perfeitamente que eu fiz isso e que alguém os arrancou dos cabides.*

Enfiando as mãos por baixo das roupas, sacou o estojo de música de Tessa, a coisa mais parecida que tinha com uma pasta de executivo.

– Vamos fazer isso juntos – falou para ela, agora em voz alta.

Quando estava para sair, parou para espioná-la pela porta aberta do quarto de dormir. Ela havia saído do banheiro e estava de pé nua diante do espelho, a cabeça inclinada para o lado enquanto penteava os cabelos molhados. Um pé descalço estava virado em postura de balé, era o que ela sempre parecia fazer quando estava nua. Uma mão se erguia até a cabeça. Observando-a, sentiu o mesmo distanciamento inexprimível de Tessa que sentira quando era viva. Você é perfeita demais, jovem demais, disse a ela. Eu devia tê-la deixado no mato. *Merda*, replicou ela docemente, e ele se sentiu muito melhor.

Descendo até a cozinha no térreo, encontrou uma pilha de exemplares velhos do *Kenyan Standard, Africa Confidential, The Spectator* e *Private Eye*. Enfiou-os no estojo de música, voltou para o vestíbulo, deu uma última olhada no altar improvisado e na mala de dois compartimentos. Vou deixá-la aqui caso não estejam satisfeitos com o seu trabalho desta manhã no Office, explicou a ela, e pisou na escuridão gelada. A caminhada até o cinema levou dez minutos. A Sala 2 estava com três quartos dos lugares vazios. Não prestou atenção ao filme. Duas vezes teve de se esgueirar até o banheiro, com o estojo de música na mão, para consultar seu relógio sem ser observado. Às 20h55 saiu pela porta oeste e se encontrou em uma rua lateral, onde soprava um frio cortante. Um micro-ônibus azul estacionado olhava para ele e teve um momento absurdo em que imaginou estar vendo o jipão de safári verde de Marsabit. Seus faróis piscaram. Uma figura angulosa em um boné de marinheiro estirava-se no assento do motorista.

– Porta dos fundos – ordenou Rob.

Justin caminhou até a traseira do ônibus e viu a porta já aberta e o braço de Lesley estendido para receber o estojo de música. Aterrissando em um assento de madeira na escuridão total, ele estava em Muthaiga de novo, no banco de ripas da van Volkswagen, com Livingstone ao volante e Woodrow sentado à sua frente dando ordens.

– Estamos seguindo você, Justin – explicou Lesley. Sua voz no escuro era urgente e, no entanto, misteriosamente abatida. Era como se ela também tivesse sofrido uma grande perda. – A equipe de vigilância o seguiu até o cinema e nós fazemos parte dela. Agora estamos cobrindo a porta lateral caso você saia por ela. Existe sempre uma possibilidade de que a presa fique entediada e saia mais cedo. Foi o que fez. Em cinco minutos, é o que relataremos ao controle da missão. Para onde está indo?

– Para o leste.

– Então vai chamar um táxi e seguir para o leste. Nós relataremos o número do seu táxi. Não o seguiremos porque nos reconheceria. Existe um segundo carro de vigilância à sua espera na frente do cinema e outro de reserva parado em King's Road para contingências. Se decidir caminhar ou pegar o metrô, soltarão dois pedestres atrás de você. Se pegar um ônibus, ficarão agradecidos porque não há nada mais fácil do que ficar colado atrás de um ônibus em Londres. Se for até uma cabine telefônica e fizer uma chamada, vão ouvi-la. Têm um mandado do Ministério do Interior e vale para onde quer que você esteja telefonando.

– Por quê? – perguntou Justin.

Seus olhos estavam se acostumando à luz. Rob tinha recostado o longo corpo sobre a traseira do assento do motorista, tornando-se parte da conversação. Sua maneira era tão abjeta quanto a de Lesley, mas mais hostil.

– Porque você nos fodeu – disse.

Lesley tirava os jornais do estojo de música de Tessa e os enfiava em uma sacola plástica de mercado. Uma pilha de grandes envelopes estava a seus pés, talvez uma dúzia. Começou a colocá-los no estojo de música.

– Não entendo – disse Justin.

– Bem, tente – aconselhou Rob. – Estamos sob ordens confirmadas, certo? Nós contamos ao Sr. Gridley o que você faz. Alguém lá de cima diz por que você o faz, mas não para nós. Nós somos a mão de obra.

– Quem revistou minha casa?

– Em Nairóbi ou em Chelsea? – Rob replicou sardonicamente.

– Em Chelsea.

– Não nos cabe interrogar. Toda a equipe se retirou durante quatro horas enquanto quem fazia o serviço trabalhava. É tudo o que sabemos. Gridley colocou um policial uniformizado à porta caso alguém tentasse aparecer por ali. Se o fizesse, sua função era dizer que nossos oficiais estavam investigando um roubo com arrombamento da casa, por isso vá andando. *Se* ele fosse um tira, *coisa* de que duvido – acrescentou Rob, calando a boca.

– Rob e eu estamos fora do caso – disse Lesley. – Gridley nos designaria para serviço de trânsito nas ilhas Orkney se pudesse, só que não ousou.

– Estamos fora de tudo – disse Rob. – Não somos bem-vindos. Graças a você.

– Ele nos quer onde possa nos ver – disse Lesley.

– Dentro da barraca, mijando para fora – disse Rob.

– Mandou dois novos oficiais a Nairóbi para ajudar e orientar a polícia local na busca de Bluhm e *é tudo* – disse Lesley. – Nada de procurar debaixo das pedras, nada de desvios. Ponto final.

– Nada dos Dois de Marsabit, nenhum sofrimento em torno de uma negra morta e de médicos fantasmas – disse Rob. – Palavras adoráveis do próprio Gridley. E nossos substitutos não têm permissão de falar conosco, para evitar que peguem a nossa doença. São uma dupla de descerebrados a um ano da aposentadoria, assim como Gridley.

– É uma situação de segurança extrema e você faz parte dela – disse Lesley, cerrando o fecho do estojo de música, mas abraçando-o em seu colo. – Qual parte, exatamente, cabe a cada um adivinhar. Gridley quer a história de sua vida. Com quem você se encontra, quem visita sua casa, para quem você telefona, o que come, com quem come. Todo dia. Você é uma peça fundamental em uma operação ultrassecreta, é tudo o que nos permitem saber. Devemos fazer o que nos mandam e cuidar da nossa vida.

– Não estávamos há dez minutos de volta à Yard e ele se pôs a berrar, exigindo todos os cadernos de anotações, fitas gravadas e provas materiais sobre a sua mesa *agora* – disse Rob. – Então passamos tudo para ele. A coleção original, completa e sem cortes. Depois de termos feito cópias, naturalmente.

– A gloriosa Casa dos ThreeBees nunca deve ser mencionada de novo, e isto é uma ordem – disse Lesley. – Nem seus produtos, nem suas operações, nem seu pessoal. Não se permite nada que faça o barco jogar. Amém.

– Que barco?

– Um monte de barcos – interrompeu Rob. – Faça a sua escolha. Curtiss é intocável. Está a meio caminho de fechar um excepcional negócio de armamentos britânicos com os somalis. O embargo é um obstáculo, mas encontrou maneiras de contorná-lo. Lidera a corrida para fornecer um sofisticado sistema de telecomunicações para a África Oriental empregando alta tecnologia britânica.

– E eu estou atrapalhando tudo isso?

– Você está atrapalhando, *ponto* – replicou Rob venenosamente. – Se tivéssemos conseguido acesso a você, nós os teríamos apanhado. Agora estamos no meio da rua, de volta ao primeiro dia de nossas carreiras.

– Eles acham que você sabe o que quer que Tessa sabia – Lesley explicou. – Isso poderia ser ruim para sua saúde.

– Eles?

Mas a raiva de Rob não podia ser contida.

– Foi uma trapaça desde o primeiro dia, e você fez parte disso. Os Garotos Azuis riram de nós e o mesmo fizeram os miseráveis nos ThreeBees. Seu amigo e colega Sr. Woodrow mentiu para nós de todas as maneiras. E você também. Era a única chance que tínhamos, e nos chutou na cara.

– Temos uma pergunta para você, Justin – interveio Lesley, quase tão amarga. – Você nos deve uma resposta direta. Tem algum lugar para ir? Um lugar seguro onde possa sentar-se e ler? No estrangeiro é melhor.

Justin foi evasivo.

– O que acontece quando eu for para casa em Chelsea e acender a luz do meu quarto de dormir? O seu pessoal vai ficar do lado de fora de minha casa?

— A equipe o acompanha até em casa, espera que vá para a cama. Os vigilantes pegam algumas horas de sono, os escutas ficam ligados no telefone. Os vigilantes voltam espertos bem cedo na manhã seguinte e você se levanta. Sua melhor hora é entre 1 e 4 horas.

— Então eu tenho um lugar para onde posso ir — disse Justin, depois de pensar por um momento.

— Fantástico — disse Rob. — Nós não temos.

— Se for no estrangeiro, use terra e mar — disse Lesley. — Uma vez lá, rompa a cadeia. Pegue ônibus rurais, trens locais. Vista-se com simplicidade, faça a barba todo dia, não encare as pessoas. Não alugue carros, não voe para lugar nenhum, mesmo em voos internos. As pessoas dizem que é rico.

— Sou.

— Então pegue uma porção de dinheiro. Não use cartões de crédito nem cheques de viagem, não toque em um celular. Não faça chamadas a cobrar ou fale o seu nome na linha aberta que os computadores vão pegar você. O Rob fez um passaporte para você e uma credencial de imprensa do Reino Unido, do *Telegraph*. Quase que não conseguia sua foto até que telefonou ao Foreign Office e disse que precisávamos de uma para nossos arquivos. Rob tem amigos em lugares onde acham que não teríamos acesso, não é, Rob? — Nenhuma resposta. — Não são documentos perfeitos porque os amigos de Rob não tiveram tempo suficiente, não foi, Rob? Portanto, não os use para entrar ou sair da Inglaterra. Combinado?

— Sim — disse Justin.

— Você é Peter Paul Atkinson, repórter de jornal. E *nunca*, faça o que fizer, carregue dois passaportes ao mesmo tempo.

— Por que estão fazendo isso? — perguntou Justin.

— O que lhe importa? — replicou Rob furiosamente do escuro. — Tínhamos um trabalho a fazer, é tudo. Não gostamos de perdê-lo. Então o passamos a você para foder a coisa toda. Quando nos botarem na rua, talvez nos deixe lavar sua Rolls Royce de vez em quando.

— Talvez a gente esteja fazendo isso por Tessa — disse Lesley, jogando o estojo de música em seus braços. — Vamos em frente, Justin.

Você não confiou em nós. Talvez tivesse razão. Mas, se tivesse confiado, poderíamos ter chegado lá. Onde quer que *lá* esteja. – Empunhou a maçaneta da porta. – Tome cuidado. Eles matam. Mas você já notou isso.

Justin saiu caminhando pela rua e ouviu Rob falando no seu microfone. *Candy está saindo do cinema. Repito, Candy está saindo do cinema com sua bolsa.* A porta do micro-ônibus bateu, fechando-se atrás dele. *Encerramento*, pensou. Caminhou alguma distância. Candy está chamando um táxi e ela é um menino.

JUSTIN ESTAVA PARADO diante da longa janela de guilhotina do escritório de Ham ouvindo as badaladas das 22 horas acima do rosnado noturno da cidade. Olhava para a rua lá embaixo, mas um pouco recuado, em um ponto onde era muito fácil ver, mas menos fácil ser visto. Uma lâmpada de leitura pálida ardia na mesa de Ham. Ham estava reclinado em um canto, em uma *bergère* gasta por gerações de clientes insatisfeitos. Do lado de fora, uma névoa gelada subira do rio, congelando as balaustradas do lado de fora da minúscula capela de Santa Etheldreda, cenário das muitas discussões mal resolvidas de Tessa com o seu Criador. Um quadro de avisos verde iluminado informava aos passantes que a capela fora restaurada à Antiga Fé pelos Irmãos Rosminianos. "Confissões, batizados e casamentos marcados com antecedência." Um filete de fiéis tardios subia e descia os degraus da cripta. Nenhum deles era Tessa. No chão do escritório, empilhados na bandeja de plástico de Ham, estavam os conteúdos anteriores da mala em estilo Gladstone. Sobre a mesa, o estojo de música de Tessa e, ao lado dele, em arquivos marcados com o nome de sua firma, a coleção diligentemente reunida por Ham de prints, faxes, fotocópias, notas de conversas telefônicas, cartões-postais e cartas que ele havia acumulado durante o último ano de correspondência com Tessa.

– Um bocado de confusão – confessou, desajeitado. – Não consigo encontrar seu último lote de e-mails.

– Não consegue *encontrá-los*?

– Ou os de qualquer outra pessoa. O computador tem um vírus. O maldito engoliu a caixa de correspondência e metade do disco rígido. Os técnicos ainda estão trabalhando. Quando voltar, vou lhe passar os e-mails.

Falaram sobre Tessa, depois sobre Meg e então críquete, área em que o amplo coração de Ham também investia. Justin não era fã de críquete, mas fazia o seu melhor para soar entusiasta. Um poster turístico de Florença, salpicado de sujeira de mosca, espreitava à meia-luz.

– Você ainda tem aquele excelente serviço de malotes de ida e volta para Turim toda semana, Ham? – perguntou Justin.

– Absolutamente, meu velho. Foi comprado por outros, é claro. Quem não foi? As mesmas pessoas, mas um esquema maior.

– E ainda usa aquelas bonitas caixas de chapéu em couro com o nome da firma estampado que vi no seu cofre esta manhã?

– A última maldita coisa de que vou abrir mão, se depender de mim.

Justin cerrou os olhos para baixo sobre a rua mal-iluminada. Ainda estão lá; uma mulher grandalhona em um sobretudo pesadão e um homem emaciado com um chapéu e pernas cambaias como as de um jóquei desmontado e uma jaqueta de esqui com o colarinho enrolado até o nariz. Estavam olhando para o quadro de avisos de Santa Etheldreda durante os últimos dez minutos, quando nada havia ali em uma noite gélida de fevereiro que não pudesse ser armazenado na memória em dez segundos. Às vezes, em uma sociedade civilizada, a gente acaba sabendo, afinal.

– Diga-me, Ham.

– O que quiser, meu velho.

– Tessa tinha algum dinheiro dando sopa na Itália?

– Um montão. Quer ver os extratos?

– Não muito. É meu agora?

– Sempre foi. Contas conjuntas, está lembrado? O que é meu é dele. Tentei dissuadi-la. Me mandou para aquele lugar. Típico.

– Então seu camarada em Turim podia me remeter algum, não? Para este ou aquele banco? O que eu usava no exterior, por exemplo.

– Não tem problema.

– Ou para quem quer que eu indicasse, na verdade. Contanto que apresentasse seu passaporte.

– Sem problema, meu chapa. Faça o que quiser com ele. Aproveite, é o principal.

O jóquei desmontado tinha virado as costas para o quadro de avisos e fingia olhar as estrelas. A mulher do sobretudo pesadão olhava para o seu relógio. Justin lembrou-se de novo do seu cansativo instrutor no curso de segurança. *Os vigilantes são atores. A coisa mais difícil para eles é ficar sem fazer nada.*

– Eu tenho um amigo, Ham. Nunca lhe falei sobre ele. Peter Paul Atkinson. Tem minha absoluta confiança.

– Advogado?

– Claro que não. Já tenho você. É jornalista do *Daily Telegraph*. Velho amigo dos meus dias de universidade. Quero que tenha poderes completos de procurador sobre os meus negócios. Se você ou o seu pessoal de Turim receber instruções dele, gostaria que as tratassem exatamente como se elas viessem de mim mesmo.

Ham hesitou e esfregou a ponta do nariz.

– Isso não pode ser feito assim, *desse* jeito, meu velho. Não basta acenar com uma maldita mão. Tem de ter a sua assinatura e coisas mais. Uma autorização formal. Com testemunhas, provavelmente.

Justin atravessou a sala até onde Ham estava sentado e deu-lhe o passaporte de Atkinson para examinar.

– Talvez você pudesse copiar os detalhes daqui – sugeriu.

Ham procurou primeiro a fotografia no final do documento e, sem nenhuma mudança discernível em sua expressão, a princípio, comparou-a com as feições de Justin. Deu uma segunda olhada e leu os detalhes pessoais. Folheou lentamente as páginas muito carimbadas.

– Tem viajado muito esse seu amigo – observou friamente.

– E vai viajar muito mais, eu suspeito.

– Vou precisar de uma assinatura. Não posso fazer nada sem uma assinatura.

– Dê-me um momento e vai ter sua assinatura.

Ham levantou-se, devolveu o passaporte a Justin, caminhou deliberadamente até sua mesa. Abriu uma gaveta e tirou dois formulários de aparência oficial e algumas folhas de papel em branco. Justin colocou o passaporte aberto debaixo da lâmpada de leitura e, com Ham bisbilhotando por cima do seu ombro, fez alguns passes de prática antes de assinar suas tarefas para um tal de Peter Paul Atkinson, aos cuidados dos Srs. Hammond Manzini, de Londres e Turim.

– Vou mandar autenticar em cartório – disse Ham. – Pessoalmente.

– Tem uma coisa mais, se não se incomoda.

– Cristo.

– Vou precisar escrever para você.

– Quando quiser, meu velho. Fico feliz em manter o contato.

– Mas não para cá. Não na Inglaterra, de modo algum. E não no seu escritório de Turim também, se não se incomoda. Estou lembrando que você tem uma carrada de tias italianas. Será que uma delas poderia receber a correspondência para você e guardá-la em segurança até a próxima vez que fosse visitá-la?

– Tenho um velho dragão, uma tia, que mora em Milão – disse Ham com um tremor.

– Uma velha dragoa em Milão é justamente o que precisamos. Talvez possa me dar o seu endereço.

ERA MEIA-NOITE em Chelsea. Vestindo um *blazer* e calça de flanela cinzenta, Justin, o burocrata bem-comportado, estava sentado à horrenda mesa de jantar debaixo do candelabro arturiano, escrevendo de novo. Com caneta-tinteiro, em papel de carta número 4. Rasgou vários rascunhos antes de se dar por satisfeito, mas seu estilo e sua caligrafia não lhe eram familiares.

Querida Alison,
  Fiquei agradecido por suas ponderadas sugestões em nosso encontro desta manhã. O Office sempre mostrou sua face humana em momentos críticos, e hoje não foi exceção. Dispensei a devida reflexão ao que você propõe e falei longamente com os advogados de Tessa. Parece que os negócios dela foram muito

negligenciados nos últimos meses e minha atenção imediata é exigida. Existem questões de domicílio e impostos a serem resolvidas, para não mencionar a venda de propriedades aqui e no exterior. Decidi, assim, que me ocuparia dessas questões de negócios em primeiro lugar, e suspeito que vá gostar da tarefa.

Espero, portanto, que me dê uma semana ou duas antes que eu responda às suas propostas. Quanto à licença médica, não sinto que deveria ultrapassar desnecessariamente a boa vontade do Office. Não tirei férias este ano e acredito que tenha cinco semanas de licença de desembarque em acréscimo às minhas férias anuais regulares. Preferiria reivindicar o que me é devido antes de apelar para a sua indulgência. Meus agradecimentos renovados.

Um placebo hipócrita e desonesto, decidiu, satisfeito. Justin, o incurável funcionário civil, se preocupa em saber se seria adequado tirar licença para tratamento de saúde enquanto cuida dos negócios da esposa assassinada. Voltou ao vestíbulo e deu outra olhada na mala de dois compartimentos deitada no chão embaixo da mesa de canto com tampo de mármore. Um cadeado violado que não funciona mais. O outro cadeado desaparecido. Os conteúdos recolocados desordenadamente. Vocês são tão *ruins*, pensou com desprezo. E então pensou: a não ser que estejam tentando me assustar, nesse caso vocês são muito bons. Checou os bolsos do paletó. Meu passaporte, genuíno, para ser usado ao deixar ou ao entrar na Inglaterra. Dinheiro. Nenhum cartão de crédito. Com um ar de firme propósito, pôs-se ao trabalho ajustando as luzes da casa na disposição que melhor sugerisse que estivesse dormindo.

11

A montanha se destacava, negra, contra o céu que escurecia, e o céu era uma confusão de nuvens a galope, perversos ventos da ilha e chuva de fevereiro. A estrada serpenteava, coberta de seixos e lama vermelha da encosta encharcada. Às vezes, surgia um túnel de galhos de pinheiro sobressalentes, e às vezes era um precipício com uma queda livre até o espumante Mediterrâneo, 300 metros abaixo. Fazia uma curva e, sem motivo algum, o mar se erguia em uma muralha à sua frente, para cair de volta ao abismo enquanto fazia a curva seguinte. Mas, por mais curvas que fizesse, a chuva vinha diretamente sobre ele, e quando golpeava o para-brisa, sentia o jipe tremer embaixo dele como um cavalo velho demais para tarefas pesadas. E o tempo todo o antigo forte-colina de monte Capanne o observava, ora do alto, ora agachado ao seu ombro direito em alguma crista inesperada, puxando-o para a frente, iludindo-o como um falso farol.

– Onde diabos está ele? Em algum lugar à esquerda, eu juro – queixava-se em voz alta, em parte para si mesmo, em parte para Tessa. Alcançando um cimo, jogava o carro, irritado, para a margem da estrada e colocava as pontas dos dedos na testa, enquanto avaliava mentalmente a orientação. Estava adquirindo os gestos exagerados da solidão. Abaixo dele jaziam as luzes de Portoferraio. À sua frente, diante do mar, Piombino tremeluzia no continente. À esquerda e à direita, uma trilha de lenhador abria um sulco na floresta. Foi aqui que os seus assassinos ficaram na camioneta de safári verde enquanto esperavam para matar você, explicou a ela em seu pensamento. Foi aqui que fumaram seus horríveis cigarros Sportsman e beberam suas garrafas de Whitecap e aguardaram que você e Arnold passassem. Havia feito a barba, escovado os cabelos e colocado uma camisa limpa. Sentia calor no rosto e suas têmporas pulsavam. Mergulhou à esquerda. O jipe sacolejou sobre um tapete ingovernável de galhos e folhas de pinheiro. As árvores se abriram, o céu clareou e era quase dia de novo. Abaixo dele, ao pé de uma clareira, jazia um grupo de velhas fazendas. *Nunca vou vendê-las, nunca vou alugá-las*, você me disse, da primeira vez que me trouxe aqui. *Vou dá-las às pessoas que importam e depois viremos morrer aqui.*

Estacionando o jipe, Justin foi pisando sobre a grama molhada até a cabana mais próxima. Era limpa e baixa, com paredes recentemente caiadas e velhas telhas rosadas. Havia uma luz acesa nas janelas mais baixas. Bateu com força à porta. Uma suave pluma de fumaça de lenha, abrigada pela floresta que a cercava, subia verticalmente da chaminé para a luz do entardecer, até ser carregada para longe pelo vento. Pássaros negros volteavam e cantavam. A porta se abriu e uma camponesa com um lenço de cabeça vistoso soltou um grito de dor, baixou a cabeça e murmurou algo em uma língua que ele não esperava entender. Com a cabeça ainda baixa, o corpo de lado, pegou com duas mãos a mão dele e apertou-a contra cada face antes de beijá-la devotadamente no polegar.

– Onde está Guido? – ele perguntou em italiano ao segui-la para dentro da casa.

Ela abriu uma porta interna e o fez entrar. Guido estava sentado diante de uma mesa comprida embaixo de uma cruz de madeira, um velho encurvado e ofegante de 12 anos de idade, rosto branco, ossos à flor da pele, olhos assombrados. Suas mãos emaciadas pousavam sobre a mesa e não havia nada nelas, e isso tornava difícil imaginar o que ele fazia antes que Justin entrasse na sala, sozinho em um quarto escuro e baixo com vigas ao longo do teto, sem ler, nem jogar ou olhar para nada. Com sua longa cabeça esticada para um lado e a boca aberta, Guido viu Justin entrar e então se levantou e, usando a mesa como apoio, lançou-se na direção de Justin e fez um gesto de caranguejo para abraçá-lo. Mas sua mira foi curta e os braços bateram de volta nos lados do corpo enquanto Justin o apanhava e segurava com firmeza.

– Ele quer morrer como o pai e a *signora* – queixou-se a mãe. – "Todas as pessoas boas estão no Céu", me diz. "Todas as pessoas ruins ficam vivas." Eu sou uma pessoa ruim, *signor* Justin? O senhor é uma pessoa ruim? A *signora* nos trouxe da Albânia, pagou seu tratamento em Milão, colocou-nos nesta casa para que morrêssemos de tristeza por ela? – Guido escondeu o rosto encovado nas mãos. – Primeiro, ele desmaia, então vai para a cama e dorme. Não come, não toma seus remédios. Recusa-se a ir à escola. Esta manhã, assim que saiu para se lavar, fechei a porta do seu quarto e escondi a chave.

– E é um bom remédio – disse Justin calmamente, os olhos em Guido.

Sacudindo a cabeça ela seguiu até a cozinha, bateu panelas, colocou uma chaleira no fogo. Justin levou Guido de volta à mesa e sentou-se com ele.

– Está me ouvindo, Guido? – perguntou em italiano.

Guido fechou os olhos.

– Tudo ficará exatamente como estava – disse Justin com firmeza. – As mensalidades da sua escola, o médico, o hospital, seus remédios, tudo o que é necessário enquanto você recupera a saúde. O aluguel, a alimentação, o pagamento da universidade quando você chegar lá. Vamos fazer tudo o que foi planejado para você, exatamente como ela planejou. Não podemos fazer menos do que ela desejaria, podemos?

Olhos baixos, Guido refletiu sobre isso antes de dar um relutante aceno com a cabeça: não, não podemos fazer menos, admitiu.

– Você ainda joga xadrez? Podemos jogar uma partida?

Outra sacudida de cabeça, desta vez pudica: não é respeitoso à memória da *signora* Tessa jogar xadrez.

Justin pegou a mão de Guido e a segurou. A seguir a balançou gentilmente, esperando o brilho de um sorriso.

– Então o que é que você faz quando não está morrendo? – perguntou em inglês. – Leu os livros que lhe mandamos? Achei que a esta altura seria um especialista em Sherlock Holmes.

– O Sr. Holmes é um grande detetive – replicou Guido, também em inglês, mas sem um sorriso.

– E quanto ao computador que a *signora* lhe deu? – perguntou Justin, revertendo ao italiano. – Tessa disse que você era uma grande estrela. Um gênio, me falou. Vocês costumavam trocar e-mails apaixonadamente. Eu tinha muito ciúme. Não me diga que abandonou seu *computador*, Guido!

A pergunta provocou uma explosão da cozinha.

– Claro que abandonou! Abandonou tudo! Quatro milhões de liras, custou a ela! O dia inteiro ele sentava em frente ao computador, tap, tap, tap. Tap, tap, tap. "Vai ficar cego", eu dizia a ele, "vai ficar doente de tanto se concentrar." Agora, nada. Até o computador tem de morrer.

Ainda segurando a mão de Guido, Justin encarou seus olhos desviados.

– É verdade? – perguntou.

Era.

– Mas isso é *terrível*, Guido. É um verdadeiro desperdício de talento – queixou-se Justin, enquanto o sorriso de Guido começava a alvorecer. – A raça humana tem uma grande necessidade de cérebros privilegiados como o seu. Está me ouvindo?

– Talvez.

– Está lembrado do computador da *signora* Tessa, aquele em que ela lhe ensinou?

Claro que Guido estava lembrado – e com um ar de grande superioridade, para não dizer presunção.

– Está certo, não é tão bom como o seu. O seu é uns dois anos mais jovem e mais inteligente. Não é?

Sim. Com toda certeza. E o sorriso se ampliando.

– Bem, eu sou um idiota, Guido, ao contrário de você, e não posso mexer com confiança nem no computador *dela*. E o meu problema é que a *signora* Tessa deixou uma quantidade de mensagens nele, algumas para mim, e estou com um medo terrível de perdê-las. E acho que ela gostaria que você fosse a pessoa que garantisse que eu não perdesse as mensagens. Ok? Porque ela queria muito ter um filho como você. E eu também. Portanto, a pergunta é: você vem até a *villa* e me ajuda a ler o que tem no laptop dela?

– Tem impressora?

– Tenho.

– Módulo de disquete?

– Também.

– De CD? Modem?

— E o manual. Os transformadores. Os cabos e um adaptador. Mas ainda sou um idiota, e se existe uma chance de aprontar uma confusão, é comigo mesmo.

Guido já estava se levantando, mas Justin ternamente o puxou de volta à mesa.

— Não esta noite. Esta noite você dorme e amanhã de manhã cedo, se estiver disposto, venho buscá-lo no jipe da *villa*, mas depois você tem de ir à escola. Certo?

— Certo.

— Está cansado também, *signor* Justin — murmurou a mãe de Guido, colocando o café diante dele. — Tanto sofrimento faz mal ao coração.

Estava na ilha há duas noites e dois dias, mas se alguém tivesse provado que era uma semana não ficaria surpreso. Tomara o *ferry*, do canal da Mancha para Bolonha, comprara uma passagem de trem em dinheiro e, a certa altura do trajeto, uma segunda passagem com um destino diferente, muito antes que o primeiro bilhete fosse usado. Mostrara seu passaporte, com o máximo de consciência, apenas uma vez e superficialmente, ao atravessar da Suíça para a Itália por uma ravina na montanha muito escarpada e bonita. E era seu próprio passaporte. Disto ele também tinha certeza. Obediente às instruções de Lesley, mandara o do Sr. Atkinson à sua frente via Ham, em vez de se arriscar a ser apanhado com os dois. Mas de que ravina ou de que trem se tratava — teria de estudar um mapa e adivinhar a cidade onde pegara o trem.

A maior parte da jornada Tessa viajara ao seu lado e de vez em quando partilhavam de uma boa piada — geralmente depois de algum comentário passageiro ou irrelevante de Tessa, proferido em voz baixa. Outras vezes, tinham trocado reminiscências, ombro a ombro, cabeças para trás e olhos fechados como um velho casal, até que abruptamente ela o deixou de novo e a dor da ausência tomou conta dele como um câncer que, sabia, estava ali o tempo todo, e Justin Quayle lamentava sua mulher morta com uma intensidade que excedia suas piores horas no andar inferior da casa de Gloria, ou no enterro em Langata, ou na visita ao necrotério, ou no andar superior do número 4.

Encontrando-se de pé na plataforma da estação ferroviária de Turim, fora a um quarto de hotel para se limpar e dali a uma loja de bagagens de segunda mão, onde comprou duas malas anônimas de lona para guardar os papéis e objetos que viera a encarar como o relicário de Tessa. E *si, signor* Justin, o jovem advogado de terno preto, herdeiro da metade Manzini da parceria, lhe assegurara – entre votos de condolências ainda mais dolorosos por causa da sua sinceridade –, as caixas de chapéu chegaram em segurança e no prazo, acompanhadas de ordens de Ham para que os números 5 e 6 fossem entregues *selados* a Justin *em pessoa* – e se houvesse *qualquer outra coisa, qualquer tipo de coisa* que o jovem pudesse fazer, de natureza legal, profissional ou de qualquer *outra* natureza, era ocioso dizer que a lealdade, para a família Manzini, não terminava com a morte da *signora* etc. Oh, e naturalmente havia o dinheiro, acrescentou desdenhosamente – e contou 50 mil dólares americanos em moeda viva contra a assinatura de Justin. Depois do que Justin se retirou para a privacidade de uma sala de reuniões vazia, onde transferiu o relicário de Tessa e o passaporte do Sr. Atkinson para o seu novo local de repouso nas malas de lona e, pouco depois, tomou um táxi para Piombino, onde, por uma feliz coincidência de horário, conseguiu embarcar em um vistoso e imponente hotel, que se intitulava navio, destinado a Portoferraio, na ilha de Elba.

Sentado o mais distante possível da televisão tamanho gigante, comensal único em um gigantesco restaurante self-service de aparência artificial no sexto convés, com uma mala de cada lado, Justin se tratou indiscriminadamente com uma salada de frutos do mar, uma baguete de salame e meia garrafa de um vinho tinto realmente ruim. Ao aportar em Portoferraio, foi assolado por uma sensação familiar de imponderabilidade, ao abrir caminho nos escuros intestinos do estacionamento de caminhões do navio enquanto motoristas maldosos aceleravam os motores ou simplesmente jogavam seus veículos contra ele, empurrando-o com suas malas contra o revestimento de ferro do casco, para diversão dos carregadores desempregados que olhavam a cena.

Entardecia no inverno profundo, de frio cortante, quando saiu aos tropeços, trêmulo e furioso, para o cais, e os poucos pedestres se moviam com uma pressa fora do comum. Receando ser reconhecido ou, pior ainda, sufocado de pêsames, com o chapéu enfiado sobre a testa, arrastou as malas até o táxi mais próximo e verificou, para seu alívio, que o rosto do motorista não lhe era familiar. Na jornada de 20 minutos, o homem lhe perguntou se era alemão e Justin replicou que era sueco. A resposta não premeditada lhe serviu bem, pois o homem não fez mais perguntas.

A *villa* Manzini estava plantada na margem norte da ilha. O vento soprava direto do mar, farfalhando palmeiras, fustigando paredes de pedra, golpeando venezianas e telhas e fazendo as dependências anexas gemerem como cordas velhas. Sozinho no luar vacilante, Justin deixou-se ficar no lugar onde o táxi o largara, na entrada de um pátio de lajes com sua antiga bomba-d'água e a trituradora de azeitonas, à espera de que seus olhos se acostumassem ao escuro. A *villa* se avolumava à sua frente. Duas fileiras de álamos plantados pelo avô de Tessa marcavam o caminho da porta frontal até a beira-mar. Pouco a pouco, Justin distinguiu as cabanas dos empregados, as escadarias de pedra, os pilares dos portões e retalhos sombreados de pedraria romana. Não havia nenhuma luz acesa. O administrador da herdade estava em Nápoles divertindo-se com a noiva, segundo Ham. Os cuidados da casa estavam a cargo de um par de austríacas itinerantes que se chamavam de pintoras e estavam acampadas em uma capela em desuso do outro lado da propriedade. As duas cabanas dos criados, restauradas pela mãe de Tessa, a *dottoressa*, um título que a ilha preferia ao de *contessa*, e batizadas de Romeu e Julieta para agradar aos turistas alemães, eram responsabilidade de uma agência imobiliária de Frankfurt.

Portanto, bem-vindo ao lar, ele falou a Tessa, caso ela estivesse meio zonza e lenta depois de toda aquela viagem em zigue-zague.

As chaves da *villa* eram guardadas em uma saliência da proteção de madeira que cobria a bomba-d'água. *Primeiro você ergue a tampa, querido – assim – e depois estende o braço e se tiver sorte você as fisga para fora. Então você abre a porta da frente e leva sua noiva até o quarto de dormir e faz amor com ela, assim.* Mas ele não a levou ao quarto de dormir, conhecia um lugar melhor. Apanhando as malas de lona uma vez mais, atravessou o pátio. Ao fazê-lo, a lua obsequiosamente conseguiu escapar das nuvens, clareando o caminho para ele e lançando lâminas brancas entre os álamos. Atingindo o canto mais distante do pátio, passou por um beco estreito parecendo uma antiga rua de fundos romana até uma porta de oliveira, na qual estava entalhada uma abelha heráldica napoleônica em homenagem – segundo a lenda familiar – ao próprio grande homem que, apreciando a boa conversação e o vinho ainda melhor da trisavó de Tessa, havia se tornado um conviva frequente na *villa* durante seus inquietos dez meses de exílio.

Justin selecionou a maior das chaves e a girou. A porta grunhiu e cedeu. *Era aqui que nós contávamos nosso dinheiro,* ela relata severamente, no seu papel de herdeira dos Manzini, noiva e guia turístico. *Hoje as soberbas azeitonas Manzini são embarcadas para Piombino para serem esmagadas como outras quaisquer. Mas no tempo da minha mãe, a* dottoressa, *esta sala ainda era o Santuário dos Santuários. Era aqui que registrávamos o azeite, jarra a jarra, antes de o armazenarmos sob temperatura preciosamente preservada na* cantina *no porão. Era aqui que... você não está ouvindo.*

– Isto porque você está fazendo amor comigo.

Você é meu marido e vou fazer amor com você sempre que quiser. Preste muita atenção. Nesta sala a paga semanal era contada na mão de cada camponês e um recibo assinado, geralmente com uma cruz, em um livro caixa maior do que o seu Cadastro das terras inglesas.

– Tessa, eu não posso...

Não pode o quê? Claro que pode. Você é extremamente engenhoso. Aqui nós também recebíamos nossos bandos acorrentados de prisioneiros, condenados perpétuos, da casa de correção do outro lado da ilha. Daí o olho mágico na porta. Daí as argolas de ferro na parede, onde os prisioneiros eram acorrentados até que chegasse a hora de serem levados para os olivais. Não tem orgulho de mim? Uma descendente de escravistas?

— Incomensuravelmente.
Então por que está trancando a porta? Serei sua prisioneira?
— Eternamente.

A sala do azeite era baixa e cheia de caibros, as janelas altas demais para olhos curiosos, fosse o dinheiro contado, os prisioneiros acorrentados ou os recém-casados fazendo amor langorosamente no sofá de couro reto que ficava encostado à parede do lado do mar. A mesa de contagem era chata e quadrada. Duas bancadas de carpinteiros avolumavam-se atrás dela em recessos em arco. Justin precisou de toda a sua força para arrastá-las por sobre as lajes e colocá-las como alas de cada lado da mesa. Acima da porta havia uma fileira de velhas garrafas resgatadas da velha propriedade. Ele as apanhou e limpou cada uma com seu lenço, antes de as colocar sobre a mesa para usar como peso de papel. O tempo tinha parado. Ele não sentia sede ou fome, nenhuma necessidade de sono. Colocando uma mala em cada bancada, tirou seus dois fardos mais preciosos e os colocou sobre a mesa de contagem, cuidando para escolher o centro exato, com medo de que o sofrimento ou a loucura lhe botasse na cabeça a ideia de saltar pelas bordas. Cautelosamente começou a desfazer a primeira trouxa, camada por camada – o casaco caseiro de algodão de Tessa, seu cardigã de angorá, aquele que usara um dia antes de viajar para Lokichoggio, a blusa de seda, ainda com seu perfume em volta do pescoço –, até que segurou o prêmio ainda não revelado em suas mãos: uma lustrosa caixa cinzenta de 30 por 25 centímetros com o logotipo do seu fabricante japonês impresso na tampa. Ilesa após dias e noites de solidão e viagem. Da segunda trouxa, extraiu os acessórios. Depois de ter feito isso, transportou cuidadosamente toda a coleção, peça por peça, para uma velha mesa de pinho na outra extremidade da sala.

— Mais tarde — prometeu-lhe em voz alta. — Paciência, mulher.

Respirando com mais facilidade, tirou um rádio-relógio-despertador de sua bagagem de mão e girou o dial até que sintonizou na frequência local do Serviço Mundial da BBC. Ao longo de toda a sua jornada, mantivera-se a par da busca infrutífera por Arnold. Colocando o alarme para o noticiário da próxima hora, voltou sua atenção para as pilhas desordenadas de cartas, fichas, recortes de jornais, folhas impressas e maços de papéis com aparência oficial do tipo que, em outra vida, fora o seu refúgio da realidade. Mas não esta noite, em hipótese alguma. Esses papéis não ofereciam nenhum refúgio de nada, fossem as fichas policiais de Lesley, os registros de Ham das imperiosas exigências que Tessa lhe fazia, ou os maços que ela mesma organizara muito bem de cartas, ensaios, recortes de jornal, textos farmacêuticos e médicos, mensagens para si mesma do quadro de avisos do seu escritório, ou suas anotações febris feitas no hospital, resgatadas por Rob e Lesley do seu esconderijo no apartamento de Arnold Bluhm. O rádio ligou automaticamente. Sobre o desaparecido Arnold Bluhm, doutor em medicina, suspeito do assassinato da esposa do enviado britânico Tessa Quayle o locutor nada de novo tinha a dizer. Encerradas suas devoções, Justin aprofundou-se nos papéis de Tessa até que encontrou o objeto que havia decidido conservar ao seu lado em suas explorações. Ela o trouxera consigo do hospital – *a única coisa de Wanza que eles deixaram para trás*. Ela a havia retirado de um cesto de lixo cheio ao lado da cama de Wanza. Durante dias e noites depois de sua volta à casa ficara como uma sentinela acusadora sobre a mesa do seu escritório: uma pequena caixa de papelão, vermelha e preta, 12 por 8 centímetros, vazia. Dali fora para a gaveta do centro, onde Justin a encontrou durante sua apressada busca das coisas de Tessa. Não esquecida, nem rejeitada. Mas relegada, amassada, posta de lado enquanto ela se dedicava a questões mais imediatas. O nome Dypraxa impresso em uma banda em todos os quatro lados, uma bula dentro da caixa mostrando indicações e contraindicações. E três jocosas abelhinhas em formação de voo na tampa. Abrindo-a, devolvendo-a a seu status de caixa, Justin colocou-a no centro de uma prateleira vazia na parede diretamente à sua frente. *Kenny K acha que é Napoleão com suas Três Abelhas*, ela havia sussurrado para ele em meio a sua febre. *E sua ferroada é fatal, sabia disso?* Não, querida, eu não sabia, agora volte a dormir.

LER.
    Viajar.
    Esfriar a cabeça.

Acelerar o pensamento.

Atacar e ainda assim ficar quieto, ser paciente como um santo e impulsivo como uma criança.

Nunca em sua vida Justin estivera tão ansioso por conhecimento. Não havia mais tempo para preparação. Vinha se preparando noite e dia desde a morte de Tessa. Contivera-se, mas se preparara. No medonho andar inferior de Gloria, se preparara. Em suas entrevistas com a polícia, quando a contenção se tornara em alguns momentos quase insuportável, ainda em algum canto insone da sua cabeça, se preparara. No interminável voo para casa, no escritório de Alison Landsbury, no clube de Pellegrin, no escritório de Ham e no número 4, enquanto mil outras coisas lhe passavam pelo pensamento, se preparara. O que precisava agora era de um imenso mergulho no coração do mundo secreto dela; reconhecer cada poste e marco ao longo da sua jornada; extinguir sua própria identidade e reviver a dela; matar Justin e trazer Tessa de volta à vida.

Por onde começar?

Por toda parte!

Que caminho seguir?

Todos os caminhos!

O funcionário público nele estava suspenso. Inflamado pela impaciência de Tessa, Justin deixou de prestar contas ao mundo, só prestava a ela. Se estava dispersa, ele também estaria. Onde ela fosse metódica, ele se submeteria ao método dela. Onde ela dava um salto intuitivo, ele pegaria sua mão e saltariam juntos. Ele tinha fome? Se Tessa não tinha, ele também não teria. Estava cansado? Se Tessa era capaz de ficar sentada metade da noite em seu casaco caseiro, debruçada sobre sua mesa, então Justin podia ficar sentado a noite toda e ainda o dia seguinte inteiro e a noite seguinte também!

Uma vez, arrancando-se dos seus trabalhos, fez uma investida sobre as cozinhas da *villa* e voltou com salame, azeitonas, torradas, queijo *reggiano* e água engarrafada. Outra vez – era o entardecer ou o raiar do dia? –, teve a impressão de uma luz cinzenta – estava no meio do diário do hospital de Tessa, registrando as visitas de Lorbeer e de seus acólitos à cabeceira de Wanza, quando acordou para se descobrir andando a esmo ao redor do jardim murado. Foi ali, sob o olhar apaixonado de Tessa, que plantou tremoceiros matrimoniais, rosas matrimoniais e, inevitavelmente, as frésias matrimoniais por amor a ela. As ervas daninhas subiam até os seus joelhos, sujando suas calças. Uma única rosa florescia. Lembrando que havia deixado a porta da sala do azeite aberta, voltou correndo e atravessou o pátio de lajes só para encontrá-la seguramente trancada e a chave dentro do bolso de sua jaqueta.

Recorte do *Financial Times*:

Três Abelhas Zumbindo

Correm rumores de que o menino-gênio e playboy Kenneth K. Curtiss, da Casa dos ThreeBees, investidores do Terceiro Mundo, está planejando um casamento de conveniência ultrarrápido com a gigante farmacêutica suíço-canadense Karel Vita Hudson. Será que KVH vai comparecer ao altar? Podem os ThreeBees arcar com o dote? A resposta é sim e sim, contanto que as jogadas farmacêuticas tipicamente ousadas de Kenneth K continuem dando certo. Em um acordo considerado sem precedentes no mundo sigiloso e imensamente lucrativo dos produtos farmacêuticos, ThreeBees Nairóbi deverá assumir um quarto dos custos estimados de 500 milhões de libras para pesquisa e aperfeiçoamento da inovadora e miraculosa droga da KVH contra a tuberculose, Dypraxa, em troca dos direitos exclusivos de venda e distribuição em toda a África e de uma fatia não divulgada dos lucros mundiais do remédio...

A porta-voz dos ThreeBees baseada em Nairóbi, Vivian Eber, está cautelosamente jubilante: "Isto é um lance brilhante, típico, totalmente Kenny K. É um ato humanitário, bom para a empresa, bom para os acionistas, bom para a África. ThreeBees estará na vanguarda da luta contra a aterrorizante escalada, em nível mundial, das novas formas de tuberculose."

Presidente da KVH, Dieter Korn, falando em Basileia na noite passada, foi rápido em ecoar o otimismo de Eber: "Dypraxa converte seis ou oito meses de tratamento laborioso em um programa de 12 comprimidos. Acreditamos que ThreeBees são as pessoas certas para esse esforço pioneiro do Dypraxa na África."

Nota escrita a mão, de Tessa para Bluhm, presumivelmente recuperada do apartamento de Arnold:

Arnold coração:
Você não me acreditou quando lhe disse que KVH era má. Verifiquei. São maus. Há dois anos foram acusados de poluir metade da Flórida, onde tinham uma imensa "instalação", e se safaram com uma advertência. Provas irrefutáveis apresentadas pelos queixosos mostravam que a KVH havia excedido sua cota permitida de efluentes tóxicos em 900 por cento, envenenando áreas preservadas, manguezais, rios e praias e provavelmente o leite. KVH executou semelhantes serviços públicos na Índia, onde duzentas crianças na região de Madras, supostamente, morreram de causas relacionadas com a poluição. O caso será levado a um tribunal de justiça indiano dentro de 15 anos, ou mais, se a KVH continuar pagando as pessoas certas. A empresa é famosa também como pioneira na campanha humanitária da indústria farmacêutica para prolongar a vida de suas patentes no interesse dos sofredores bilionários brancos. Boa noite, querido. Nunca mais duvide de uma palavra que eu disser. Sou imaculada. E você também. T.

Recorte das páginas financeiras do *Guardian*, Londres:

Abelhas felizes

O aumento dramático (40 por cento em 12 semanas) no valor dos ThreeBees Nairóbi reflete uma crescente confiança do mercado na franquia recém-adquirida pela empresa, para toda a África, da cura barata e inovadora para a tuberculose multirresistente, o remédio Dypraxa. Falando de sua residência em Mônaco, o presidente executivo dos ThreeBees, Kenneth K. Curtiss, disse: "O que é bom para a África é bom para a Europa, a América e o resto do mundo."

Uma pasta separada marcada HIPPO na letra de Tessa continha cerca de quarenta mensagens, primeiro por carta, depois por e-mail impresso, entre Tessa e uma mulher chamada Birgit, que trabalha para um grupo de vigilância da indústria farmacêutica chamado Hippo, sediado em uma cidadezinha chamada Bielefeld no norte da Alemanha. O logo no alto do papel de carta explica que a organização deve seu nome ao médico grego Hipócrates, nascido em cerca de 460 a.C., cujo juramento é proferido por todos os médicos. A correspondência começa formalmente, mas assim que entram os e-mails ela se suaviza. Os protagonistas rapidamente adquirem codinomes. KVH se torna Gigante, Dypraxa torna-se a Pílula, Lorbeer o Fabricante de Ouro. A fonte de Birgit sobre as atividades de Karel Vita Hudson chama-se "Nossa amiga" e Nossa amiga deve ser protegida em todas as ocasiões, pois o que "ela está nos contando é completamente contra a lei suíça".

E-mail impresso de Birgit para Tessa:

> ...para estas duas médicas Emrich e Kovacs, o Fabricante de Ouro abriu uma empresa na ilha de Man, talvez duas empresas, porque ainda eram tempos comunistas. Nossa amiga diz que L colocou as empresas em seu próprio nome para que as mulheres não tivessem problemas com as autoridades. Desde então, houve discussão feia entre as mulheres. É científico e também pessoal. Ninguém na Gigante tem permissão de conhecer os detalhes. Emrich emigrou para o Canadá há um ano. Kovacs fica na Europa, principalmente em Basileia. O móbile elefante que você mandou para Carl o deixou completamente louco de felicidade e agora trombeteia como um elefante toda manhã para me dizer que está acordado.

E-mail impresso de Birgit para Tessa:

> Aqui vai um pouco mais de história em relação à Pílula. Há cinco anos, quando o Fabricante de Ouro estava procurando apoio financeiro nem tudo lhe corria fácil. Tentou persuadir algumas gran-

des firmas farmacêuticas alemãs a patrocinarem-no, mas elas resistem muito porque não enxergam grandes lucros. O problema com os pobres é sempre o mesmo: não são ricos o bastante para comprar remédios caros! A Gigante entrou tarde na corrida e só depois de grandes pesquisas de mercado. Também Nossa amiga diz que eles foram muito espertos no seu acordo com BBB. Foi um golpe de mestre para explorar a pobre África e conservar para si mesmos o mundo rico! O plano é muito simples, a oportunidade é perfeita. Consiste em testar a Pílula na África por dois ou três anos, tempo em que a KVH calcula que a tuberculose se tornará um GRANDE PROBLEMA no Ocidente. Também dentro de três anos, os BBB estarão tão comprometidos financeiramente que a Gigante poderá comprá-los por uns vinténs! Portanto, de acordo com Nossa amiga, os BBB compraram a ponta errada do cavalo e a Gigante tem o chicote. Carl está dormindo ao meu lado. Querida Tessa, espero muito que o seu bebê seja bonito como Carl. Ele será um grande lutador como a sua mãe, estou segura! *Ciao*, B.

Último item no arquivo de correspondência entre Birgit e Tessa:

Nossa amiga relata sobre atividades muito secretas da Gigante em relação aos BBB e à África. Talvez você tenha mexido em um ninho de vespas? Kovacs será mandada de avião em grande sigilo até Nairóbi onde o Fabricante de Ouro estará à sua espera para recebê-la. Todo mundo fala coisas horríveis sobre *die schöne* Lara. É uma traidora, uma cadela etc. Como é que uma corporação tão chata se torna subitamente tão apaixonada?! Tome cuidado, Tessa. Acho que você é um pouco *waghalsig*, mas é tarde e meu inglês não traduz essa palavra, portanto, talvez possa pedir a seu bom marido que a traduza para você! B.

P.S.: Venha em breve para Bielefeld, Tessa, é uma cidadezinha bonita e muito secreta que você vai adorar! B.

É FIM DE TARDE. Tessa está pesada da gravidez. Caminha pela sala de estar da casa de Nairóbi, ora sentando, ora ficando de pé. Arnold lhe disse que não deve ir mais a Kibera até que tenha tido o bebê. Mesmo sentar diante do seu laptop é uma tarefa cansativa. Depois de cinco minutos, tem de começar a andar a esmo de novo. Justin chegou mais cedo para fazer-lhe companhia nesse momento de espera.

– Quem ou o que é *waghalsig*? – pergunta-lhe, assim que abre a porta da frente.

– Quem é *o quê*?

Ela pronuncia a palavra deliberadamente anglicizando-a, como *wag*, o cão abanando a cauda, e *hall-sick*. Tem de falar mais duas vezes antes que ele perceba.

– Afoita – responde Justin cautelosamente. – Atrevida. Por quê?

– Eu sou *waghalsig*?

– Nunca. Impossível.

– Alguém me chamou disso, é tudo. Muito atrevida que posso ser *nesta* condição.

– Não acredite nisso – replica Justin com devoção, e eles irrompem em uma gargalhada simultânea.

Carta dos Srs. Oakey, Oakey & Farmeloe, Advogados de Londres, Nairóbi e Hong Kong à Sra. T. Abbott, Caixa Postal Nairóbi:

Prezada Sra. Abbott,
    Falamos em nome da Casa dos ThreeBees, Nairóbi, que nos encaminhou suas várias cartas endereçadas pessoalmente a Sir Kenneth Curtiss, presidente executivo daquela empresa, e a outros diretores e membros da junta diretora.

Queremos informá-la de que o produto a que se refere passou por todos os testes clínicos exigidos, muitos deles segundo padrões bem mais elevados do que aqueles determinados por regulamentos nacionais ou internacionais. Como a senhora oportunamente salientou, o produto foi plenamente testado e registrado na Alemanha, Polônia e Rússia. A pedido das autoridades sanitárias quenianas, aquele registro também foi verificado independentemente pela Organização Mundial de Saúde, cujo certificado em cópia foi anexado a esta carta.

Devemos portanto adverti-la de que quaisquer outras representações feitas pela senhora ou por seus associados com relação a essa questão, sejam dirigidas à Casa dos ThreeBees ou a qualquer outra instituição, serão interpretadas como uma calúnia malévola e gratuita contra esse produto altamente prestigiado e o bom nome e a alta posição no mercado de seus distribuidores, a Casa dos ThreeBees Nairóbi. Neste caso, temos instruções expressas para tomar medidas legais com pleno vigor e sem recorrer a posteriores consultas a nossos clientes.

Atenciosamente...

– MEU VELHO. Podemos trocar uma palavrinha, por favor?

Quem fala é Tim Donohue. Meu velho é o próprio Justin, em cuja memória a cena se desenrola. O grupo votou por uma interrupção temporária da partida de Banco Imobiliário. Enquanto isso, os filhos de Woodrow vão correndo à sua aula de caratê, e Gloria vai buscar drinquezinhos na cozinha. Woodrow dirigiu-se ao Alto Comissariado em um acesso de raiva. Justin e Tim estão, portanto, sentados sozinhos e frente a frente à mesa do jardim, cercados por milhões de libras de imitação.

– Incomoda-se se eu pisar em território sagrado no interesse do bem geral? – pergunta Donohue, em uma voz baixa e contida que não viaja mais longe do que o necessário.

– Se for preciso.

– É preciso. É esta briga horrível que a sua saudosa falecida vinha tendo com Kenny K. Enfrentando-o em sua própria fazenda, pobre sujeito. Telefonemas em horas nada sociáveis. Cartas rudes entregues no seu clube.

– Não sei do que está falando.

– Claro que não sabe. Não é um assunto agradável de se falar agora. Particularmente quando existem tiras na área. Vamos varrer a coisa para baixo do tapete, é o nosso conselho. Não é relevante. Tempos difíceis para todos nós. Inclusive para Kenny. – Sua voz se ergueu. – Você está aguentando maravilhosamente. Nada a não ser admiração por ele, certo, Gloria?

– Ele é completamente sobre-humano, não é, Justin, querido? – Gloria confirma ao deixar a bandeja com gim-tônica.

Nosso conselho, lembra-se Justin. Não dele. Deles.

E-MAIL IMPRESSO de Tessa para Ham:

> Primo. Anjo do meu coração. Minha garganta-profunda nos BBB jura que eles estão muito mais encalacrados financeiramente do que se imagina. Ela diz que correm pela casa rumores de que Kenny K está pensando em hipotecar toda a sua operação não farmacêutica para uma corporação sul-americana suspeita baseada em Bogotá! Pergunta: ele pode armar uma venda gigante da empresa sem avisar seus acionistas previamente? Conheço ainda menos legislação corporativa do que você, o que é dizer muito. Tente elucidar ou vá para aquele lugar! Amor, amor, Tess.

Mas Ham não teve tempo de elucidar, ainda que pudesse, imediatamente ou de outro modo, nem Justin. O fragor de um carro velho arrastando-se pela entrada da *villa*, seguido de uma forte batida na porta, fez Justin ficar de pé em um salto e espiar pelo olho mágico as feições bem-nutridas do padre Emilio Dell'Oro, o pároco, dispostas em uma expressão de preocupada piedade. Justin abriu a porta para ele.

— Mas o que está fazendo, *signor* Justin? — gritou o padre, em seu vozeirão operístico, abraçando-o. — Por que preciso ouvir de Mario, o motorista de táxi, que o marido da *signora*, demente de sofrimento, se trancou na *villa* e está dizendo que é um sueco? Para que serve um padre, em nome dos Céus, senão para fazer companhia aos enlutados, um pai para o filho golpeado pela dor?

Justin resmungou algo sobre estar precisando de solidão.

— Mas você está trabalhando! — olhando por cima do ombro de Justin para a pilha de papéis espalhados pela sala do azeite. — Mesmo agora, em sua dor, está servindo ao seu país! Não admira que os ingleses comandassem um império maior que o de Napoleão!

Justin disse algo presunçoso sobre o trabalho de um diplomata nunca estar terminado.

— Como o de um padre, meu filho, como o de um padre! Para cada alma que se volta a Deus, existem centenas que não o fazem! — Aproximou-se. — Mas *la signora* era uma crente, *signor* Justin. Como sua mãe a *dottoressa* era, mesmo que discutissem isso. Com tanto amor por seus irmãos, como podiam fechar seus ouvidos a Deus?

De certo modo, Justin desviou o padre da porta da sala do azeite e o fez sentar no salão da *villa* gelada, e sob os afrescos descascados dos querubins sexualmente precoces o amaciou com um copo e em seguida outro do vinho Manzini, enquanto bebia o seu também. De certo modo, acatou as afirmações do bom padre de que Tessa estava seguramente nos braços de Deus e consentiu, sem discutir, na celebração de uma missa em memória de Tessa no próximo dia do seu santo e também em uma generosa doação para o fundo de restauração da igreja e em outra doação para a conservação do soberbo castelo da ilha, no topo de um morro, uma das preciosidades da Itália medieval, que pesquisadores e arqueólogos eruditos garantem que cairá em breve, a não ser que, com a vontade de Deus, as muralhas e as fundações sejam reforçadas... Escoltando o bom homem até o seu carro, Justin fez tanta questão de não o deter que passivamente aceitou sua bênção antes de voltar apressadamente para Tessa.

Ela o esperava de braços abertos.

Recuso-me a acreditar na existência de um Deus que permite o sofrimento de crianças inocentes.

– Então por que vamos nos casar em uma igreja?

Para derreter Seu coração, replicou.

PORCA, CADELA. PARE DE CHUPAR O PAU DO SEU DOUTOR NEGRO! VOLTE AO RIDÍCULO EUNUCO DO SEU MARIDO E COMPORTE-SE. TIRE O SEU NARIZ DE MERDA DE NOSSOS NEGÓCIOS <u>AGORA</u>! SENÃO, VAI VIRAR CARNE MORTA, E ESTE É UM AVISO SOLENE.

A folha de papel comum que segurava em suas mãos trêmulas não tinha a intenção de derreter o coração de ninguém. Sua mensagem estava impressa em maiúsculas grossas com centímetro e meio de altura. A assinatura, isso não surpreendia, fora omitida. A ortografia, isso surpreendia, imaculada. E o impacto sobre Justin tão violento, tão acusador, tão flamejante, que por alguns segundos temíveis ele perdeu a calma com ela completamente.

Por que não me *contou*? Não me *mostrou*? Eu era o seu marido, seu protetor, supostamente, seu homem, sua maldita outra metade!

Desisto. Largo tudo. Você recebe uma ameaça de morte pelo correio. Você a pega. Você a lê – uma vez. *Argh!* E então, se você é como eu, você a oculta de mim porque é tão vil, tão repulsiva fisicamente, que você não quer vê-la perto do rosto. Mas você a lê de novo. E de novo. Até que a decorou. Como eu.

Então o que você faz? Me telefona – "Querido, algo terrível aconteceu, pode vir para casa imediatamente?" Salta em um carro? Dirige como uma doida até o Alto Comissariado, esfrega a carta em meu rosto, me obriga a ir até o Porter? O inferno. Nada disso. Como de costume, seu orgulho vem em primeiro lugar. Você não me *mostra* a carta, não me *conta* sobre ela, não a queima. Você a guarda em segredo. Arquiva como documento confidencial. Bem no fundo de uma gaveta da área proibida de sua escrivaninha. Faz exatamente o que me ridicularizaria se eu fizesse igual: arquiva entre os seus papéis e preserva o que, em mim, chamaria zombeteiramente de uma discrição aristocrática em relação ao caso. Como é que vive consigo mesma depois disto – como é que vive *comigo* –, só adivinhando. Deus sabe como você convive com a ameaça, mas este é um problema seu. Portanto, obrigado. Muito obrigado, Ok? Obrigado por desferir o último golpe de *apartheid* conjugal. Bravo. E obrigado de novo.

A raiva deixou-o tão rápido quanto o assolara, para ser substituída por um suor de vergonha e remorso. Não podia suportar isso, podia? A ideia de realmente mostrar aquela carta a alguém. Começando toda uma avalanche que você não era capaz de controlar. A história com Bluhm, a história comigo. Era demais. Você estava nos protegendo. A todos nós. Claro que estava. Contou a Arnold? Claro que não. Ele tentaria dissuadi-la de continuar na luta.

JUSTIN DEU UM PASSO mental para trás em sua afável linha de raciocínio.

Suave demais. Tessa era mais forte do que isso. E quando a irritavam ficava pior.

Pense com o intelecto de um advogado. Pense com um pragmatismo glacial. Pense duro, minha jovem, e prepare o golpe fatal.

Ela sabia que estava ficando quente. A ameaça de morte confirmava isso. Você não manda ameaças de morte a pessoas que não o ameaçam.

Divulgar o jogo sujo a essa altura significaria entregar-se às autoridades. Os britânicos são indefesos. Não têm poderes, nem jurisdição. Nosso único recurso é mostrar a carta às autoridades quenianas.

Mas Tessa não tinha fé nas autoridades quenianas. Era sua convicção, repetida com frequência, que os tentáculos do império de Moi alcançavam cada canto da vida no Quênia. A fé de Tessa, como o seu dever conjugal, era investida, bem ou mal, nos britânicos: vejam o seu contato secreto com Woodrow.

No momento em que ela fosse à polícia queniana, teria que oferecer uma lista de seus inimigos, reais e potenciais. Sua perseguição ao grande crime seria abortada na hora. Seria obrigada a desistir da luta. Jamais faria isso. O grande crime era mais importante do que sua própria vida.

Bem, é importante para mim também. Mais importante do que minha vida.

ENQUANTO JUSTIN se esforça para recobrar o equilíbrio, seu olho cai em um envelope endereçado a mão, que em uma ocasião anterior ele retirara com pressa cega da mesma gaveta do centro do escritório de Tessa em Nairóbi, no qual achara a caixa vazia de Dypraxa. A escrita no envelope lembra algo, mas não é familiar. O envelope foi rasgado e aberto. Dentro está uma única folha azul dobrada com o timbre da papelaria de Sua Majestade. A caligrafia é caótica, o texto saiu em um jorro de pressa e paixão.

Minha querida Tessa, que eu amo acima de todas as outras e sempre amarei.

Esta é minha única convicção, minha única certeza de autoconhecimento enquanto escrevo. Você foi terrível comigo hoje, mas não tão terrível quanto eu fui com você. A pessoa er-

rada falava por meio de nós dois. Eu a desejo e adoro além do que posso suportar. Estou pronto, se você estiver. Vamos descartar casamentos ridículos e partir para onde você quiser, o mais cedo que você quiser. Se for para o fim da Terra, tanto melhor. Eu te amo, te amo e te amo.

Mas dessa vez a assinatura não fora omitida. Estava escrita com todas as letras em um tamanho que competia com o da ameaça de morte: Sandy. Meu nome é Sandy, ele dizia, e você pode contar ao maldito do mundo.

Data e hora também fornecidos. Mesmo nas presas de um grande amor, Sandy Woodrow permanecia um homem escrupuloso.

12

Justin, o marido enganado, imobilizado pelo luar, olha firmemente para o horizonte prateado do mar e aspira grandes sopros do glacial ar noturno. Tem a sensação de que inalou algo nauseante e precisa limpar os pulmões. *Sandy vai da fraqueza para a força*, você me disse uma vez. *Sandy engana primeiro a si mesmo, e ao restante de nós depois... Sandy é o covarde que precisa da proteção de gestos grandiosos e de palavras grandiosas porque qualquer coisa menos do que isso o deixa desprotegido...*

Se você sabia tudo isso, por que em nome de Deus deixou que caísse sobre si mesma?, perguntou, ao mar, ao céu, ao vento da noite que fustigava.

Nada a ver, ela replicou serenamente. *Sandy tomou erradamente meus flertes como uma promessa, exatamente como tomou erradamente suas boas maneiras por fraqueza.*

Por um momento, mesmo assim, quase um luxo, Justin deixa que sua coragem lhe falte, como no recesso do seu coração às vezes deixou que faltasse com relação a Arnold. Mas sua memória está se agitando. Alguma coisa que leu ontem, na noite passada, na noite anterior. Mas o quê? Algo impresso, de Tessa para Ham. Um longo e-mail, um pouco íntimo demais para o sangue de Justin à primeira leitura, o que o fez colocá-lo de lado em uma pasta dedicada a enigmas para serem resolvidos quando eu estiver suficientemente forte para encará-los. Voltando à sala do azeite, ele exuma a impressão e examina a data.

E-mail impresso de Tessa para Ham, datado exatamente 11 horas depois que Woodrow, contrariando as ordens do serviço diplomático relativas ao uso de papel timbrado oficial, declarava sua paixão pela esposa de um colega em papel de carta azul de Sua Majestade:

> Não sou mais uma garota, Ham, e é tempo de colocar de lado as coisas adolescentes, mas o que pode uma garota fazer quando está em uma enrascada? E agora eu me meti em uma megaconfusão de cinco estrelas e as coisas estão difíceis para mim. O problema é que Arnold e eu encontramos ouro, afinal, mais acuradamente excremento do tipo mais fedorento, e precisamos desesperadamente do mencionado canalha para falar por nós nos corredores do poder, que é a única maneira que posso suportar se sou a esposa de Justin e a britânica leal a que aspiro ser, apesar de tudo. Será que ouço você dizer que eu sou a mesma cadela implacável que gosta de puxar os homens por uma coleira ainda quando são supercanalhas? Bem, não diga isso, Ham. Não diga, mesmo que seja verdade. Cale-se a respeito. Porque tenho promessas a manter, e você também, querido. E preciso que fique do meu lado como o querido e doce amigão que é e diga-me que sou realmente uma boa garota, porque eu sou. E se não fizer isso, vou lhe dar o beijo mais molhado desde o dia em que o empurrei no Rubicão com sua roupa de marinheiro. Todo o meu amor, querido. *Ciao*. Tess.
>
> P.S. Ghita diz que sou uma completa piranha, mas não consegue pronunciar adequadamente e então sai pir-ra-nha, como em pirraça.
>
> Com amor, Tess (pirranha).

A ré está inocentada da acusação, falou para ela. E eu, como de costume, posso ficar devidamente envergonhado de mim mesmo.

MISTICAMENTE ACALMADO, Justin reiniciou sua intrigante jornada.

Trecho do relatório conjunto de Rob e Lesley para o superintendente Frank Gridley, Divisão Criminal Estrangeira, Scotland Yard, na sua terceira entrevista com Woodrow, Alexander Henry, chefe de Chancelaria, Alto Comissariado Britânico, Nairóbi:

> O depoente forçosamente repete o que ele alega ser a opinião de Sir Bernard Pellegrin, diretor de assuntos africanos do Foreign Office, de que maiores investigações nas linhas sugeridas pelo memorando de Tessa Quayle viriam inevitavelmente comprometer as relações do governo de Sua Majestade com a República Queniana e prejudicar os interesses comerciais do Reino Unido (...) O depoente se recusa, por motivos de segurança, a divulgar os conteúdos do dito memorando (...) O depoente nega qualquer conhecimento de uma droga inovadora que está sendo comercializada pela Casa dos ThreeBees (...) O depoente nos aconselha que qualquer pedido de vista do memorando de Tessa Quayle deveria ser encaminhado diretamente a Sir Bernard, presumindo que ele ainda exista, o que o depoente está preparado para duvidar. O depoente retrata Tessa Quayle como uma mulher cansativa e histérica que se achava mentalmente instável com relação ao seu trabalho de assistência. Interpretamos isso como um método conveniente de minimizar a importância do seu memorando. Um pedido é feito, por conseguinte, para que um apelo formal seja enviado o mais cedo possível ao Foreign Office para o fornecimento de cópias de todos os papéis encaminhados ao depoente pela falecida Tessa Quayle.

Nota marginal, em vermelho, assinada por F. Gridley, subcomissário: FALEI COM SIR B. PELLEGRIN. PEDIDO RECUSADO POR MOTIVOS DE SEGURANÇA NACIONAL.

Trechos de publicações eruditas especializadas em medicina, variavelmente obscuros, louvando, em termos adequadamente oblíquos, os benefícios sensacionais do remédio inovador Dypraxa, sua "ausência de mutagenicidade" e sua "longa semivida em ratos".

Trecho do *Haiti Journal of Health Sciences* expressando brandas reservas em relação ao Dypraxa, assinado por um médico paquistanês que realizou testes clínicos da droga em um hospital de pesquisa haitiano. As palavras "potencial de toxicidade" sublinhadas em vermelho por Tessa, espectros de falência do fígado, sangramento interno, tontura, danos aos nervos ópticos.

Trecho do número seguinte do mesmo jornal com uma fileira de eminências médicas, com um monte de cátedras e iniciais de títulos após seu nome, contra-ataca com vigor, citando trezentos casos. O mesmo artigo acusa o paquistanês de "tendenciosidade" e "irresponsabilidade para com os seus pacientes" e lança maldições sobre sua cabeça.

(Nota escrita a mão por Tessa: Estes líderes de opinião não tendenciosos são todos, sem exceção, contratados da KVH por comissões variáveis "altamente remuneradas" para descobrir projetos de pesquisa biotécnica promissores no mundo inteiro.)

Trecho de um livro intitulado *Testes clínicos*, de Stuart Pocock, copiado a mão por Tessa como a maneira preferida de fixar na memória. Algumas passagens destacadas em vermelho em contraste com o estilo sóbrio do autor:

> Existe uma tendência entre estudantes e também muitos clínicos de tratar a literatura médica com indevido respeito. Muitas publicações, como o *Lancet* e o *New England Journal of Medicine*, são tidas como oferecendo fatos médicos que não podem ser questionados. Tal fé ingênua nos "evangelhos clínicos" é talvez encorajada pelo estilo dogmático que muitos autores adotam, de modo que as incertezas inerentes em qualquer projeto de pesquisa frequentemente recebem uma ênfase inadequada...

(Anotação de Tessa: Os artigos são constantemente plantados pelas empresas farmacêuticas, até mesmo nos pasquins chamados de qualidade.)

No que se refere a palestras em reuniões científicas e a publicidade feita por empresas farmacêuticas precisamos ser ainda mais céticos (...) as oportunidades de tendenciosidade são enormes (...)

(Anotação de Tessa: Segundo Arnold, grandes empresas farmacêuticas gastam zilhões comprando cientistas e médicos para empurrar o seu produto. Birgit reporta que a KVH recentemente doou 50 milhões de dólares a um importante hospital universitário dos EUA, mais salários e despesas para três importantes clínicos e seis assistentes de pesquisa. A corrupção no seio das universidades é ainda mais fácil: cátedras, laboratórios de biotécnica, fundações de pesquisa etc. "A opinião científica que não se deixa comprar é cada vez mais difícil de encontrar." – Arnold.)

Mais de Stuart Pocock:

...existe sempre o risco de que os autores sejam persuadidos a assumir uma ênfase em descobertas positivas maior do que é realmente justificado.

(Anotação de Tessa: Ao contrário do resto da imprensa mundial, os jornais farmacêuticos não gostam de publicar más notícias.)

...Ainda que apresentem um relatório de teste de suas experiências negativas, provavelmente será publicado em um jornal especializado obscuro em vez de nos jornais importantes de informação geral (...) em consequência, este rebate negativo do seu relato positivo anterior não será disponibilizado para um público mais amplo. Muitos testes carecem de fases essenciais de planejamento para atingir uma avaliação não tendenciosa da terapia.

(Anotação de Tessa: São direcionados para provar algo, não para questioná-lo, isto é, não valem coisa alguma.)

Ocasionalmente, os autores podem deliberadamente <u>manipular os dados para provar positivamente</u>...

(Anotação de Tessa: Não vale nada.)

Trecho do *Sunday Times* de Londres, intitulado "Firma farmacêutica coloca pacientes em risco em testes hospitalares". Fortemente marcado e sublinhado por Tessa e presumivelmente reproduzido ou enviado por fax a Arnold Bluhm, pois levava a subscrição: Arnie, você VIU isto?!

UMA das maiores empresas de remédios do mundo <u>colocou centenas de pacientes sob risco de infecções potencialmente</u> fatais ao deixar de divulgar informação crucial sobre questões de segurança para seis hospitais no início de um teste de droga em escala nacional.

Até 650 pessoas foram submetidas a cirurgias na Grã-Bretanha em experiência organizada pela Bayer, a gigante da indústria farmacêutica alemã, apesar de já ter a empresa realizado estudos mostrando que sua droga reagia mal com outras, tendo seriamente prejudicada sua capacidade de matar bactérias.

Essa pesquisa anterior, obtida por *The Sunday Times*, não foi revelada no início do estudo para os hospitais em questão.

<u>O teste, cujo fracasso nunca foi revelado aos pacientes ou a suas famílias,</u> resultou em que quase a metade daqueles que foram operados em um centro de testes em Southampton <u>apresentaram uma variedade de infecções que ameaçavam a vida</u>.

A Bayer negou-se a revelar os números gerais das infecções e fatalidades pós-operatórias, sob a alegação de que as informações permaneciam confidenciais.

"O estudo foi aprovado pelas autoridades regulamentares competentes e todas as comissões de ética antes do início", declarou um porta-voz.

Anúncio de página inteira em cores arrancado de uma revista popular africana, com a legenda: EU ACREDITO EM MILAGRES! No centro, uma bonita mãe africana com uma blusa branca decotada e uma saia comprida sorrindo radiante. Bebê feliz está sentado em seu colo, uma mão no seio. Irmãos e irmãs felizes enxameiam ao redor enquanto o bonito papai domina a todos. Todo mundo, inclusive a mãe, está admirando ostensivamente a criança sadia no seu colo. Ao longo da margem inferior da página as palavras THREEBEES TAMBÉM ACREDITAM EM MILAGRES! Em um balão desenhado, saindo da boca da mãe, lê-se: "Quando disseram que meu bebê tinha TB, eu rezei. Quando meu clínico-geral me falou do Dypraxa, eu sabia que minha prece fora ouvida no Céu!"

JUSTIN VOLTA à ficha policial.

Trecho do relatório dos oficiais sobre sua entrevista com PEARSON, Ghita Janet, funcionária da Chancelaria contratada, Alto Comissariado Britânico, Nairóbi, na região:

Entrevistamos a depoente em três ocasiões, de 9, 54 e 90 minutos, respectivamente. A pedido da depoente, nossas entrevistas foram conduzidas em território neutro (a casa de uma amiga), em circunstâncias discretas. A depoente tem 24 anos, é anglo-indiana de nascimento, educada em conventos no Reino Unido (católica romana), filha adotiva de pais com as profissões de advogado e médica, ambos católicos fervorosos. A depoente formou-se com distinção na Universidade de Exeter (artes inglesa, americana e da comunidade britânica), de inteligência óbvia e altamente nervosa. Nossa impressão foi de que, além de estar tomada pela dor, estava sob medo considerável. Por exemplo, a depoente fez várias declarações que depois retirou, por exemplo: "Tessa foi assassinada para que se calasse." Exemplo: "Quem quer que ataque a indústria farmacêutica está sujeito a ter a garganta cortada." Exemplo: "Algumas empresas farmacêuticas são negociantes de armas sob vestes reluzentes." Pressionada sobre estas declarações, ela se recusou a substanciá-las e pediu que fossem apagadas do registro. Também negou a sugestão de que BLUHM pudesse ter cometido os assassinatos de Turkana. BLUHM e QUAYLE, disse ela, não eram um "item", mas eram "as duas melhores pessoas na Terra" e aqueles ao seu redor "só tinham as mentes sujas".

Submetida a outras perguntas, a depoente, primeiro, afirmou que estava sujeita à Lei dos Segredos Oficiais, e, depois afirmou ter feito um voto de sigilo para com a falecida. Em nosso terceiro e último encontro adotamos uma atitude mais hostil com relação à depoente, assinalando para ela que, ao reter informação, podia estar acobertando os assassinos de Tessa e prejudicando a busca de BLUHM. Anexamos as transcrições nos Apêndices A e B. A depoente leu esta transcrição, mas se recusa a assiná-la.

APÊNDICE A

P. Em algum momento ajudou ou acompanhou Tessa Quayle em viagens de exploração?
R. Nos fins de semana e em meu tempo livre acompanhei Arnold e Tessa em várias excursões de trabalho até a favela de Kibera e ao interior do país a fim de assistir às clínicas rurais e verificar a ministração de remédios. Este é o propósito particular da ONG de Arnold. Vários dos medicamentos que Arnold examinou já haviam ultrapassado muito sua data de vencimento e estavam desestabilizados, embora pudessem funcionar até um certo nível. Outros remédios eram inadequados para os males que supostamente deveriam tratar. Pudemos também confirmar um fenômeno comum, experimentado em outras partes da África, a saber, que as indicações e contraindicações em alguns pacotes haviam sido reescritas para o mercado do Terceiro Mundo a fim de ampliar o uso do remédio muito além de sua aplicação permitida em países desenvolvidos; por exemplo, um analgésico usado na Europa ou nos Estados Unidos, para aliviar casos extremos de câncer, era oferecido como uma cura para dores temporárias e dores de juntas menores. Contraindicações não eram citadas. Também estabelecemos que quando os médicos africanos faziam um diagnóstico correto, rotineiramente receitavam o tratamento errado por falta de instruções adequadas.
P. Eram os ThreeBees os distribuidores em questão?
R. Todo mundo sabe que a África é a lata de lixo farmacêutica do mundo e que os ThreeBees são um dos principais distribuidores de produtos farmacêuticos na África.
P. Então os ThreeBees estavam envolvidos nesse caso?
R. Em certos casos os ThreeBees eram os distribuidores.
P. Os distribuidores culpados?
R. Certo.
P. Em quantos casos? Em que proporção?
R. (*Depois de muita demora.*) Em todos.
P. Repita, por favor. Está dizendo que em todos os casos em que vocês encontraram defeito em um produto os ThreeBees eram os distribuidores daqueles produtos?
R. Não acho que deveríamos estar falando assim enquanto Arnold ainda pode estar vivo.

APÊNDICE B

P. Havia algum produto em particular a respeito do qual Arnold e Tessa se ressentiam com mais força, está lembrada?
R. Isto não é correto, não pode ser.
P. Ghita. Estamos tentando entender por que Tessa foi assassinada e por que você acha que discutir essas coisas colocará Arnold em maior perigo do que ele já está.
R. Estava por toda parte.
P. *O que* estava? Por que está chorando, Ghita?
R. Estava matando pessoas. Nas aldeias. Nas favelas. Arnold tinha certeza disso. Era um bom remédio, dizia. Com mais cinco anos de aperfeiçoamento, provavelmente chegariam lá. Não se podia contestar o conceito da droga. Era de curto prazo, barata e de uso fácil pelo paciente. Mas foram rápidos demais. Os testes tinham sido programados seletivamente. Não haviam coberto os efeitos colaterais. Tinham sido testados em fêmeas de animais grávidas, de ratos, macacos, coelhos e cães, e não apresentaram problemas. Quando chegaram aos humanos – certo, surgiram problemas, mas sempre surgem. Essa é a área cinzenta que as empresas farmacêuticas exploram. Está à mercê das estatísticas e as estatísticas provam qualquer coisa que se queira que elas provem. Na opinião de Arnold, estavam muito afoitos para botar o produto no mercado à frente de um concorrente. Existem tantas regras e regulamentos que a gente acha que isso não seria possível, mas Arnold disse que isso acontecia o tempo todo. As coisas parecem de um jeito quando se está sentado em um luxuoso escritório da ONU, em Genebra. E bem de outro jeito quando se está vivenciando tudo.
P. Quem era o fabricante?
R. Realmente, não quero continuar com isso.
P. Como se chamava o remédio?
R. Por que não o testaram mais? Não é culpa dos quenianos. Você não pode questionar se é um país do Terceiro Mundo. Tem de aceitar o que lhe é dado.
P. Era Dypraxa?
R. (*ininteligível*)
P. Ghita, acalme-se por favor e nos diga. Como se chama a droga, para que é e quem a fabrica?
R. A África tem 85 por cento dos casos de AIDS do mundo, sabiam disso? Quantos desses têm acesso a medicação? Um por cento! Não é mais um problema humano! É um problema econômico! Os homens

não podem trabalhar. As mulheres não podem trabalhar! É uma doença heterossexual e é por isso que existem tantos órfãos! Eles não podem alimentar suas famílias! Nada é feito! Eles simplesmente morrem!

P. Então é de um remédio para a AIDS que estamos falando?

R. Não, enquanto Arnold estiver vivo!... É associado. Onde há tuberculose, você suspeita de AIDS... Nem sempre, mas geralmente... Era o que Arnold dizia.

P. Wanza estava sofrendo dessa droga?

R. *(ininteligível)*

P. Wanza morreu dessa droga?

R. Não enquanto Arnold estiver vivo! Sim. Dypraxa. Agora saiam.

P. Por que estavam indo para o sítio de Leakey?

R. Não sei! Saiam!

P. O que havia por trás de sua viagem a Lokichoggio? Além dos grupos de conscientização feminina?

R. Nada! Parem com isso!

P. Quem é Lorbeer?

R. *(ininteligível)*

RECOMENDAÇÃO

Que um pedido formal seja feito ao Alto Comissariado para que a testemunha receba proteção em troca de uma declaração completa. Seriam dadas a ela garantias de que quaisquer informações que fornecesse em relação às atividades de Bluhm e da falecida não seriam usadas de modo a colocar Bluhm em risco, presumindo-se que estivesse vivo.

RECOMENDAÇÃO REJEITADA POR QUESTÕES DE SEGURANÇA.

F. Gridley (Superintendente)

Queixo na mão, Justin olhava para a parede. Memórias de Ghita, a segunda mulher mais bonita em Nairóbi. Autoindicada discípula de Tessa que sonha apenas em impor padrões de decência a um mundo maldoso. *Ghita sou eu sem o lado mau,* Tessa gosta de dizer.

Ghita, a última das inocentes, frente a frente sobre chá verde com a gravidíssima Tessa, resolvendo os problemas do mundo em Nairóbi, enquanto Justin, o cético e futuro pai absurdamente feliz, vai podando, aparando e arrancando ervas daninhas pelos canteiros, amarrando, regando e fazendo o papel do perfeito idiota inglês de meia-idade.

– Cuidado com os seus pés, por favor, Justin – elas gritam ansiosamente. Estão advertindo contra as formigas safári que marchavam da terra em colunas depois da chuva e podiam matar um cachorro ou um bebê. No final da gravidez, Tessa receava que as formigas safári pudessem interpretar erroneamente as mangueiradas de Justin como uma chuvarada intempestiva.

Ghita permanentemente chocada com tudo e com todo mundo, dos católicos romanos que se opunham ao controle da natalidade e demonstravam isso queimando camisinhas no Estádio Nyao às empresas de cigarro americanas que aumentavam os teores de nicotina para gerar crianças viciadas; dos senhores da guerra somalis que jogam bombas que explodem em cachos sobre aldeias indefesas às indústrias de armas que fabricam essas bombas.

– Quem *são* essas pessoas, Tessa? – ela sussurrava com sinceridade. – Qual é a sua *mentalidade*, me diga, por favor? Esse é o pecado original de que estamos falando? Se me pergunta, é algo muito pior que aquilo. O pecado original pertence, em minha opinião, a alguma ideia de inocência. Mas onde está a inocência hoje, Tessa?

E se Arnold aparecia, o que fazia com frequência nos fins de semana, a conversa tomava um rumo mais específico. Suas três cabeças se aproximavam, suas expressões se retesavam e se Justin por maldade esguichava a mangueira muito perto deles, passavam a conversar trivialidades ostensivas até que ele se retirasse para um canteiro mais remoto.

Relatório dos oficiais de polícia sobre o encontro com representantes da Casa dos ThreeBees, Nairóbi:

Havíamos solicitado uma entrevista com Sir Kenneth Curtiss e nos deram a entender que ele nos receberia. Ao chegarmos ao quartel-general da Casa dos ThreeBees fomos informados de que Sir Kenneth fora convocado para uma audiência com o presidente Moi, depois do que foi obrigado a voar para Basileia a fim de discutir diretrizes com Karel Vita Hudson (KVH). Foi-nos então sugerido que endereçássemos as perguntas que tínhamos a fazer à gerente de marketing farmacêutico da Casa dos ThreeBees, Sra. Y. Rampuri. Naquele momento, a Sra. Rampuri cuidava de questões familiares e não estava disponível. Fomos então aconselhados a tentar uma entrevista com Sir Kenneth ou com a Sra. Rampuri em uma data posterior. Quando explicamos as limitações do nosso tempo, fomos finalmente brindados com uma entrevista com "membros seniores do corpo funcional" e, depois de um atraso de uma hora, fomos recebidos afinal por uma Sra. V. Eber e um Sr. D. K. Crick, ambos das relações com os consumidores. Também presente um Sr. P. R. Oakey, que se descreveu como "um advogado da operação londrina que estava visitando Nairóbi em função de outros negócios".

A Sra. Vivian Eber é uma africana alta e atraente, no final da casa dos 20, e tem um diploma de Administração e Negócios de uma universidade americana.

O Sr. Crick, que vem de Belfast, tem a mesma idade, um físico impressionante e fala com um ligeiro sotaque norte-irlandês.

Investigações subsequentes indicaram que o Sr. Oakey, o advogado londrino, equivale a Percy Ranelagh Oakey, da firma londrina de Oakey, Oakey & Farmeloe. O Sr. Oakey tem ultimamente defendido, com sucesso, várias grandes empresas farmacêuticas em processos de danos e indenizações, entre elas a KVH. Não fomos informados disto na ocasião.

Ver apêndice para a anotação sobre D. K. Crick.

RESUMO DA REUNIÃO

1. Desculpas em nome de Sir Kenneth K. Curtiss e da Sra. Y. Rampuri.
2. Expressões de condolências da parte de BBB (Crick) em relação à morte de Tessa Quayle e preocupação pelo destino do Dr. Arnold Bluhm.

BBB (CRICK): Este maldito país fica cada dia mais complicado. Este caso da Sra. Quayle é simplesmente terrível. Era uma excelente senhora que conquistara uma bela reputação na cidade. Em que podemos ajudar os senhores oficiais? O chefe manda suas saudações pessoais e nos instruiu para dar-lhes toda assistência possível. Tem um grande respeito pela polícia britânica.

OFICIAL: Soubemos que Arnold Bluhm e Tessa Quayle fizeram uma variedade de representações aos ThreeBees em relação a um novo remédio para tratamento da tuberculose que vocês estão comercializando, com o nome de Dypraxa.

BBB (CRICK): Fizeram mesmo? Precisamos investigar isso. Sabem, a Sra. Eber tem mais a ver com o setor de relações públicas e eu sou uma espécie de regra-três para outras funções enquanto aguardamos uma grande reestruturação da empresa. O chefe tem uma teoria de que qualquer pessoa parada está desperdiçando dinheiro.

OFICIAL: As representações resultaram em um encontro entre Quayle, Bluhm e outros membros do seu pessoal aqui, e gostaríamos de pedir-lhes uma vista de quaisquer registros que foram feitos desse encontro e quaisquer outros documentos relevantes a ele relacionados.

BBB (CRICK): Certo, Rob. Nenhum problema. Estamos aqui para ajudar. Apenas, quando diz que ela fez representações aos ThreeBees – sabe que departamento tem em mente? Acontece que existem abelhas demais nesta corporação, pode me acreditar!

OFICIAL: A Sra. Quayle endereçou cartas, e-mails e telefonemas a Sir Kenneth pessoalmente, ao seu escritório particular, à Sra. Rampuri e quase a todo mundo de sua junta diretora de Nairóbi. Mandou algumas de suas cartas por fax e mandou cópias também pelo correio. Outras foram entregues em mãos.

BBB (CRICK): Bem, ótimo. Isso nos daria um ponto de partida. E tem cópias daquela correspondência, presumivelmente?

OFICIAL: Não no momento.

BBB (CRICK): Mas sabe quem compareceu ao encontro do nosso lado, presumivelmente?

OFICIAL: Achamos que os senhores saberiam disso.

BBB (CRICK): Oh, meu caro. O que é que temos então?

OFICIAL: Depoimentos escritos e verbais de testemunhas de que tais representações foram feitas. A Sra. Quayle foi ao ponto de visitar Sir Kenneth na sua fazenda na última vez que esteve em Nairóbi.

BBB (CRICK): Foi mesmo? Bem, isto é novo para mim, devo confessar. Ela tinha um encontro marcado?

OFICIAL: Não.

BBB (CRICK): Então quem a convidou?

OFICIAL: Ninguém. Ela simplesmente apareceu.

BBB (CRICK): Uau. Garota corajosa. Até onde chegou?

OFICIAL: Não chegou muito longe, aparentemente, porque depois tentou confrontar Sir Kenneth aqui no escritório, mas não teve sucesso.

BBB (CRICK): Ora, vejam só. Mesmo assim o chefe é uma abelha ocupada. Uma porção de pessoas quer um monte de favores dele. Não muitas têm sorte.

255

OFICIAL: Isso não era favor.

BBB (CRICK): O que era?

OFICIAL: Respostas. Nossa impressão é de que a Sra. Quayle também apresentou a Sir Kenneth uma porção de casos e históricos descrevendo os efeitos colaterais da droga em pacientes identificados.

BBB (CRICK): Realmente, ela fez isso, Cristo? Bem, bem. Não sabia que existiam efeitos colaterais. Ela é uma cientista, uma médica? Era, deveria dizer?

OFICIAL: Ela era um membro da opinião pública, uma advogada e uma defensora dos direitos humanos. E estava profundamente engajada no trabalho de assistência.

BBB (CRICK): Quando você diz *apresentou*, do que estamos falando aqui?

OFICIAL: Entregou-os em mãos neste prédio, pessoalmente para Sir Kenneth.

BBB (CRICK): Ela pegou um recibo?

OFICIAL: (*mostra o recibo*)

BBB (CRICK): Ah, bem. Recebido um pacote. A questão é o que está no pacote, não? Ainda assim, vocês têm cópias, estou seguro. Uma quantidade de casos e históricos. Devem ter.

OFICIAL: Esperamos tê-los a qualquer momento.

BBB (CRICK): Verdade? Bem, nós estaríamos muito interessados em dar uma olhada neles, não é, Viv? Quero dizer, Dypraxa é o nosso principal produto neste momento, o que o chefe chama de nau capitânia. Tem uma porção de mamães, papais e criancinhas felizes por aí, sentindo-se muito melhor por causa do Dypraxa. Por isso, se Tessa tinha uma queixa com relação ao produto, é algo que realmente precisamos saber e tomar providências. Se o chefe estivesse aqui seria o primeiro a dizer isso. Acontece que é um desses sujeitos que vivem em um jato Gulfstream. Surpreende-me que lhe tenha dado o contra, mesmo assim. Não é do seu feitio. Mas imagino que se uma pessoa é tão ocupada quanto ele...

BBB (EBER): Nós temos um procedimento aqui em relação a queixas de consumidores quanto à nossa lista farmacêutica, sabe, Rob. Somos o único distribuidor aqui. Importamos, distribuímos. A partir do momento em que o governo queniano deu o sinal verde a uma droga e os centros médicos se sentem confortáveis fazendo uso dela, estamos agindo apenas como intermediários, como vê. É exatamente aí que termina nossa responsabilidade. Acolhemos recomendações sobre armazenamento, naturalmente, e nos certificamos de que estamos proporcionando os graus corretos de temperatura e umidade e assim por diante. Mas basicamente cessa aí a relação entre o fabricante e o governo queniano.

OFICIAL: E quanto a testes clínicos? Vocês não deveriam estar efetuando testes?

BBB (CRICK): Nada de testes. Receio que não tenha feito o dever de casa, Rob. Não se você está pensando no tipo de teste estruturado, de avaliação total, feito no escuro, se podemos descrever assim.

OFICIAL: Então do que estamos falando?

BBB (CRICK): Não a partir do momento em que um remédio está sendo distribuído em um país como o Quênia, isso não faz parte de nossa política. Uma droga, quando você a distribui em um país e tem os rapazes locais por trás de você 100 por cento, é o que chamamos um fato consumado.

OFICIAL: Então que tipo de avaliações, testes, experiências vocês *estão* fazendo, se é que fazem algum?

BBB (CRICK): Veja. Não jogue com as palavras, está certo? Se se trata de acrescentar algo ao registro histórico de uma droga, uma droga realmente boa como essa, se se trata de preparar para a distribuição em qualquer outro país importante – bem fora do mercado africano – os EUA, por exemplo –, sim, tudo bem, eu admito, de uma maneira indireta podemos chamar o que estamos fazendo aqui de testes. Só nesse sentido. Em um sentido preparatório, para a situação que nos espera, o dia em que os ThreeBees e KVH entrarem juntos no empolgante novo mercado a que aludi. Está me acompanhando?

OFICIAL: Ainda não. Estou esperando pela palavra cobaia.

BBB (CRICK): Tudo o que estou dizendo é que, no melhor interesse de todas as partes, cada paciente é, de certa forma, um caso teste em favor do bem maior. Ninguém está falando de cobaias. Pare com isso.

OFICIAL: O bem maior sendo o mercado americano, quer dizer?

BBB (CRICK): Pare com essa porra! Tudo o que estou dizendo é que cada resultado, cada vez que registramos algo, que um paciente é acompanhado, esses resultados são cuidadosamente armazenados e monitorizados o tempo todo em Seattle, Vancouver e Basileia para referência futura. Para a validação futura do produto quando estivermos procurando registrá-lo em outro país. Para que fiquemos totalmente à prova de riscos o tempo todo. Além do mais, temos os rapazes dos serviços sanitários do Quênia por trás de nós o tempo todo.

OFICIAL: Fazendo o quê? Recolhendo os corpos?

P. R. OAKEY: Você não disse isso, Rob, estou seguro, e nós não o ouvimos. Doug tem sido extremamente franco e generoso com sua informação. Talvez generoso demais. Não acha, Lesley?

OFICIAL: Então o que fazem com suas reclamações, enquanto isso? Jogam no lixo?

BBB (CRICK): Basicamente, Les, o que fazemos é encaminhá-las aos fabricantes, o senhor Karel Vita Hudson. Então, ou respondemos ao queixoso sob a orientação de KVH, ou KVH pode preferir responder diretamente. Elas por elas. Mas qual é a forma e o tamanho da coisa, Rob? Algo que podemos fazer por você? Talvez devêssemos agendar outro encontro para quando tiverem sua documentação pronta?

OFICIAL: Um minuto só, por favor. De acordo com sua informação, Tessa Quayle e o Dr. Arnold Bluhm vieram aqui pessoalmente em novembro último a seu convite – a convite dos ThreeBees – para discutir os efeitos, positivos ou negativos, do seu produto Dypraxa. Também apresentaram a membros da sua corporação cópias de anotações dos casos que haviam enviado a Sir Kenneth Curtiss em pessoa. Está dizendo que não têm nenhum registro daquele encontro, nem de quem compareceu representando os ThreeBees?

BBB (CRICK): Sabe a data do encontro, Rob?

OFICIAL: Temos uma anotação de agenda confirmando que um encontro foi marcado, por sugestão dos ThreeBees, para as 11 horas do dia 18 de novembro. O encontro foi agendado pelo escritório da Sra. Rampuri, sua gerente de *marketing,* que, soubemos agora, não está disponível.

BBB (CRICK): Isto é novidade para mim, devo dizer. E quanto a você, Viv?

BBB (EBER): Para mim também, Doug.

BBB (CRICK): Escutem, por que eu não procuro na agenda de Yvonne para vocês?

OFICIAL: Boa ideia. Nós o ajudaremos.

BBB (CRICK): Espere, espere. Vou ter de conseguir o ok dela em primeiro lugar, obviamente. Yvonne é uma garota e tanto. Eu não iria mexer na agenda sem sua autorização, como não faria isso na sua agenda, Lesley.

OFICIAL: Ligue para ela. Nós pagamos.

BBB (CRICK): Não é possível, Rob.

OFICIAL: Por que não?

BBB (CRICK): Sabe, Rob, Yvonne e seu namorado foram a esse megacasamento em Mombaça. Quando dissemos "cuidando de questões familiares", era isso mesmo, não? Um problema realmente cabeludo, podem crer. Portanto, eu imagino que segunda-feira seria o mais cedo que poderíamos contatá-la. Não sei se já estiveram em um casamento em Mombaça, mas podem me acreditar...

OFICIAL: Não vamos nos preocupar com a sua agenda. E quanto às anotações que deixaram com ela?

BBB (CRICK): Você se refere ao registro desses casos de que estava falando?

OFICIAL: Entre outras coisas.

BBB (CRICK): Bem, se se trata de históricos de casos reais e envolve – obviamente, Rob – discussão técnica de sintomas, indicações, dosagem, efeitos colaterais, Rob – então é como dissemos, vai toda vez para o nosso fabricante. Estamos falando de Seattle, estamos falando de Basileia e estamos falando de Vancouver. Quero dizer, porra. Nós estaríamos agindo com *irresponsabilidade criminosa*, não é, Viv, se não enviássemos os dados *imediatamente* aos especialistas para avaliação. Isto não é apenas uma diretriz da empresa. Eu diria que é a Escritura Sagrada aqui nos ThreeBees, concorda comigo?

BBB (EBER): Incondicionalmente. Com certeza, Doug. O chefe insiste. No momento em que surge um problema, é correr para a ajuda da KVH.

OFICIAL: Que está nos dizendo? Isto é ridículo. O que acontece aos papéis neste lugar, pelo amor de Deus?

BBB (CRICK): Estou lhe dizendo que nós o estamos ouvindo e montaremos uma busca e veremos o que podemos conseguir. Isto aqui não é o serviço público, Rob. Ou a Scotland Yard. Isto é a África. Não ficamos colados à porra dos nossos arquivos. Temos melhores maneiras de gastar a porra do nosso tempo do que...

P. R. OAKEY: Acho que existem dois pontos aqui. Talvez três. Posso examiná-los separadamente? O primeiro é até onde têm certeza de que o encontro entre a Sra. Quayle, o Dr. Bluhm e os representantes dos ThreeBees a que se refere realmente aconteceu?

OFICIAL: Conforme já lhe dissemos, temos prova documental escrita a mão por Bluhm, na agenda de Bluhm, de que um encontro estava marcado para 18 de novembro pelo escritório da Sra. Rampuri.

P. R. OAKEY: Marcado é uma coisa, Lesley. Consumado é outra coisa bem diferente. Vamos esperar que a Sra. Rampuri tenha uma boa memória. Ela sempre tem uma agenda cheia, pode estar certo. Meu segundo ponto é uma questão de tom. Na medida em que pode dizer, as alegadas representações foram de um tom *contestatório*? Poderia existir, por exemplo, um sopro de litígio no ar? *De mortuis* e assim por diante,* mas tudo o que ouvimos sobre a Sra. Quayle indica que ela não era exatamente uma pessoa de poupar seus golpes, certo? Era também advogada, como diz. E o Dr. Bluhm era um verdadeiro cão de guarda no campo farmacêutico, pelo que percebi. Não estamos lidando com joões-ninguém.

OFICIAL: E se fossem contestatórias? Se alguém morreu por causa de um medicamento, as pessoas têm o direito de contestar.

P. R. OAKEY: Bem, obviamente, Rob, se a Sra. Rampuri cheirou um litígio no ar, ou pior, se o chefe o fez, presumindo que ele houvesse de fato recebido os documentos, o que está claramente aberto à dúvida, então seu *primeiro* instinto seria o de enviá-los ao departamento jurídico da empresa. Que seria um outro lugar onde procurar, não, Doug?

OFICIAL: Pensei que o senhor fosse o departamento jurídico.

P. R. OAKEY: *(com humor)* Sou o último recurso, Rob. Não o primeiro. Sou caro demais.

BBB (CRICK): Vamos dar-lhe um retorno, Rob. Foi nosso prazer. Da próxima vez vamos marcar um almoço. Mas não espere pela lua, é o meu conselho. É como eu digo. Não passamos o dia inteiro arquivando papéis aqui. Temos muitas coisas em andamento, como o chefe gosta de dizer, os ThreeBees não fazem negócios improvisadamente. Foi assim que esta empresa se tornou o que é hoje.

OFICIAL: Gostaríamos de contar com mais um pouco do seu tempo, por favor, Sr. Crick. Estamos interessados em falar com um senhor chamado Lorbeer, provavelmente Dr. Lorbeer, de origem alemã, suíça ou talvez holandesa. Receio que não tenhamos seu primeiro nome, mas sabemos que esteve intimamente associado com a carreira do Dypraxa aqui na África.

BBB (CRICK): De que lado, Lesley?

OFICIAL: Isto tem importância?

BBB (CRICK): Tem, realmente. Se Lorbeer é um médico, o que você pensa que ele é, o mais provável é que tenha a ver com os fabricantes do que conosco. Os ThreeBees não usam médicos, sabe. Somos leigos no mercado. Vendedores. Então o negócio é tentar de novo com a KVH, receio, Les.

---

*Alusão à frase latina *De mortuis nil nisi bonum* = dos mortos só se fala bem. (*N. do T.*)

OFICIAL: Ouça, conhece ou não conhece Lorbeer? Não estamos em Vancouver, Basileia ou Seattle. Estamos na África. É a sua droga, é o seu território. Vocês importam o produto, fazem a sua propaganda, distribuem e vendem. Estamos lhes dizendo que um Lorbeer se envolveu com a *sua* droga aqui na África. Ouviu falar de Lorbeer ou não?

P. R. OAKEY: Acho que você já teve sua resposta, não, Rob? Tente os fabricantes.

OFICIAL: E quanto a uma mulher chamada Kovacs, podia ser húngara?

BBB (EBER): Uma médica, também?

OFICIAL: Conhece seu *nome*? Não ligue para o título. Algum de vocês ouviu o nome de Kovacs? Mulher. No contexto do *marketing* desta droga?

BBB (CRICK): Tente o catálogo telefônico, eu o faria, Rob.

OFICIAL: Há também uma Dra. Emrich com quem gostaríamos de falar...

P. R. OAKEY: Parece que vocês tiraram um bilhete em branco, oficiais. Estou muito desolado por não podermos mais ajudá-los. Apertamos todos os botões para atendê-los, mas simplesmente não parece ser o nosso dia.

Nota acrescentada uma semana depois que o encontro se realizou:

Apesar das confirmações dos ThreeBees de que estavam realizando buscas, fomos informados de que nenhum documento, carta, histórico, e-mail ou fax de Tessa Abbott ou Quayle e Arnold Bluhm surgiu até agora. KVH nega qualquer conhecimento e o mesmo faz o departamento jurídico dos ThreeBees, em Nairóbi. Nossas tentativas de entrar de novo em contato com Eber e Crick também não foram bem-sucedidas. Crick está "frequentando um curso de atualização na África do Sul", Eber foi "transferida para outro departamento". Substitutos ainda não foram indicados. A Sra. Rampuri continua indisponível, na "pendência de reestruturação da empresa".

RECOMENDADO: Que a Scotland Yard faça uma representação direta a Sir Kenneth K. Curtiss com um pedido de uma plena declaração das relações de sua empresa com a falecida e o Dr. Bluhm, de que instrua seu pessoal para efetuar uma busca incansável da agenda da Sra. Rampuri e dos documentos desaparecidos e que a Sra. Rampuri seja convocada imediatamente para uma entrevista.

[Rubricado com as iniciais do superintendente Gridley, mas nenhuma ação foi ordenada ou registrada.]

APÊNDICE

Crick, Douglas (Doug) James, nascido em Gibraltar em 10 de outubro de 1970 (Departamento de Registros Criminais, Ministério da Defesa e Procuradoria Geral da Justiça Militar)

Indivíduo é filho ilegítimo de Crick, David Angus, da Marinha Real (dispensa desonrosa). Crick pai serviu 11 anos em prisões do Reino Unido por crimes múltiplos incluindo dois de homicídio. Vive agora prodigamente em Marbella, na Espanha.

Crick, Douglas James (o indivíduo em questão) chegou ao Reino Unido vindo de Gibraltar aos 9 anos de idade sob os cuidados do pai (veja acima), que foi preso ao desembarcar. O indivíduo foi posto sob os cuidados do Estado, ocasião em que o indivíduo se destacou passando por uma sucessão de tribunais juvenis por crimes variados incluindo tráfico de drogas, danos físicos de gravidade, proxenetismo e tumulto. Foi também suspeito de cumplicidade no assassinato de dois jovens negros por uma gangue em Nottingham (1984), mas não indiciado.

Em 1989 o indivíduo alegou ser uma pessoa recuperada e se ofereceu como voluntário para o serviço policial. Foi rejeitado, mas parece ter sido aceito como informante.

Em 1990 o indivíduo se ofereceu, com sucesso, como voluntário para serviço com o Exército britânico, recebeu treinamento de forças especiais e ficou agregado ao Serviço Secreto do Exército britânico, na Irlanda do Norte, atuando à paisana com a patente e os direitos de sargento. O indivíduo serviu três anos na Irlanda antes de ser reduzido à patente de soldado raso e dispensado com desonra. Nenhum outro registro do seu serviço está disponível.

Embora D. J. Crick (o indivíduo) nos fosse apresentado como um funcionário de relações públicas da Casa dos ThreeBees, foi até recentemente mais conhecido como uma figura de destaque no seu departamento de proteção e segurança. Depoimentos dizem que goza da confiança pessoal de Sir Kenneth K. Curtiss, para quem em muitas ocasiões atuou como guarda-costas pessoal, por exemplo, durante a visita de Curtiss ao golfo do México e à América Latina, Nigéria e Angola, nos últimos 12 meses.

ESCONDIDO EM SUA FAZENDA, pobre sujeito, Tim Donohue está dizendo sobre o tabuleiro de Banco Imobiliário no jardim de Gloria. *Telefonemas em horas nada sociáveis. Cartas rudes entregues no clube dele. Varra para baixo do tapete é o nosso conselho.*

Eles matam, Lesley está dizendo na escuridão da van em Chelsea. *Mas você já notou isso.*

Com essas memórias ainda ecoando em sua cabeça, Justin deve ter adormecido sobre a mesa de contagem porque acordou para ouvir a batalha aérea matutina dos pássaros da terra contra as gaivotas, verificando, ao observar melhor, que não era o amanhecer, mas o crepúsculo. E a certa altura, não muito depois disso, ficou confuso. Tinha lido tudo o que havia para ler e sabia, se jamais chegara a duvidar, que sem o laptop de Tessa ele estava olhando apenas um canto da pintura.

13

Guido esperava na soleira da porta da cabana, com um sobretudo preto comprido demais para ele e uma sacola escolar que não achava nenhum lugar nos ombros para pendurar. Em uma mão comprida e fina apertava uma caixa de alumínio com seus remédios e sanduíches. Eram 6 horas. Os primeiros raios do sol da primavera douravam as teias de aranha na encosta gramada. Justin chegou com o jipe o mais perto que podia da cabana e a mãe de Guido observou por uma janela enquanto Guido, rejeitando a mão de Justin, saltou para o banco do passageiro, braços, joelhos, sacola, caixa de alumínio e abas do casaco despencando ao lado de Justin como um filhote de passarinho no final do seu primeiro voo.

– Há quanto tempo estava esperando aqui? – perguntou Justin, mas a única resposta de Guido foi um franzir de testa. *Guido é um mestre em autodiagnóstico,* Tessa lembra a ele, muito impressionada por sua recente visita ao hospital de Milão onde se encontrava o menino doente. *Se Guido se sente mal, ele chama a enfermeira. Se se sente muito mal, chama a irmã. E se acha que pode estar morrendo, chama o médico. E nenhum deles deixa de vir correndo.*

– Preciso estar no portão do colégio às 8h45 – diz Guido a Justin firmemente.

– Não tem problema.

Estavam falando inglês, para orgulho de Guido.

– Se me atraso muito, chego à classe ofegante. Se chego muito cedo, fico parado por ali e me torno conspícuo.

– Entendido – disse Justin e, olhando pelo espelho, viu que o rosto de Guido estava branco como cera, do jeito que havia quando ele precisava de uma transfusão de sangue. – E, caso queira saber, vamos trabalhar na sala do azeite, não na *villa* – acrescentou Justin tranquilizadoramente.

Guido nada disse, mas quando chegaram à estrada da orla a cor havia voltado ao seu rosto. Às vezes também não posso suportar a proximidade dela pensou Justin.

A cadeira era muito baixa para Guido e a banqueta alta demais, por isso Justin foi até a *villa* e trouxe duas almofadas. Mas quando voltou, Guido já estava de pé diante da mesa de pinho, manipulando com indiferença os componentes do laptop de Tessa – as conexões de telefone para o modem, transformadores para o computador e a impressora, os cabos do adaptador e da impressora e, finalmente, o computador propriamente dito, que manuseou com impetuoso desrespeito, primeiro abrindo com violência a tampa, depois enfiando a tomada da eletricidade no laptop, mas não – graças a Deus –, ou não ainda, os cabos principais. Com a mesma confiança soberba, Guido colocou de lado o modem, a impressora e tudo mais de que não precisava e afundou nas almofadas da cadeira.

– Ok – anunciou.

– Ok o quê?

– Pode ligar – disse Guido em inglês, acenando com a cabeça para a tomada da parede perto de seus pés. – Vamos.

E entregou a Justin o cabo para ser enfiado na tomada. Sua voz, para o ouvido supersensível de Justin, tinha adquirido um desagradável tom americano anasalado.

– Pode acontecer algo errado? – perguntou Justin nervoso.

– Como o quê, por exemplo?

– Podemos apagar os dados ou alguma coisa por engano?

– Só porque ligamos? De jeito nenhum.

– Por que não?

Guido circunavegou pomposamente a tela com sua mão de espantalho.

– Tudo o que está aqui dentro foi salvo por ela. Se ela não salvou, é porque não queria, então não está aqui. Isto não lhe parece razoável?

Justin franziu a testa, mal-humorado. Era sua reação imediata sempre que as pessoas falavam no jargão da informática com ele.

– Então tudo bem. Se você garante. Vou ligar. – E agachando-se cautelosamente enfiou o plugue na tomada da parede. – Sim?

– Oh, cara.

Relutantemente, Justin largou o disjuntor e ficou de pé a tempo de ver absolutamente nada acontecer na tela. Sua boca ficou seca e sentiu-se enjoado. Estou abusando. Sou um idiota desajeitado. Devia ter procurado um especialista, não uma criança. Devia ter aprendido a trabalhar com esta maldita coisa eu mesmo. E então a tela se acendeu e ofereceu-lhe uma procissão de crianças africanas sorrindo e acenando em uma fila do lado de fora de um posto de saúde com telhado de zinco, seguida por uma vista aérea de retângulos e ovais coloridos espalhados em um campo cinza-azulado.

– O que é isso?

– A área de trabalho.

Justin olhou por cima dos ombros de Guido: *Meus Documentos...Meus locais de rede ... Atalho para Conectar.*

– E agora?

– Quer ver os arquivos? Vou mostrar-lhe os arquivos. Vamos até os arquivos, você lê.

– Quero ver o que Tessa via. Qualquer coisa em que estivesse trabalhando. Quero seguir os seus passos e ler tudo o que houver. Achei que tinha deixado isso claro.

Em sua ansiedade, estava se ressentindo da presença de Guido. Queria Tessa para si de novo, na mesa de contagem. Queria que seu laptop não existisse. Guido direcionou a seta para um painel no lado esquerdo inferior da tela de Tessa.

– Por que está dando essas pancadinhas?

– No mouse. Esses são os últimos nove arquivos em que ela trabalhou. Quer que lhe mostre os outros? Vou lhe mostrar os outros, não tem problema.

Um painel apareceu, com o cabeçalho *Abrir Arquivo, Documentos de Tessa*. Nova pancadinha.

– Ela tem 25 arquivos nessa categoria – falou.

– Eles têm títulos?

Guido inclinou-se para um lado, convidando Justin a olhar por si mesmo:

Indústria farmacêutica	**Peste**	**Testes**
farmacêutica-geral	histórico da peste	Rússia
farmacêutica-poluição	peste-Quênia	Polônia
farmacêutica-no 3º Mundo	peste-curas	Quênia
farmacêutica-cães de guarda	peste-nova	México
farmacêutica-subornos	peste-velha	Alemanha
farmacêutica-litígio	peste-charlatães	Mortalidades conhecidas
farmacêutica-dinheiro		Wanza
farmacêutica-protesto		
farmacêutica- hipocrisia		
farmacêutica-testes		
farmacêutica-imposturas		
farmacêutica-acobertamentos		

Guido estava movendo a seta e acionando o mouse de novo.

– Arnold. Quem é esse Arnold? – perguntou.

– Um amigo dela.

– Ele tem documentos também. Jesus, como *ele* tem documentos!
– Quantos?
– Vinte. Mais.
Outra pancadinha.
– *Bits and Bobs*, bugigangas. Isso é alguma expressão idiomática britânica?
– Sim, é inglesa. Não americana, talvez, mas certamente inglesa – replicou Justin ressentido. – O que é isso? Que está fazendo agora? Está indo rápido demais.
– Não, não estou. Estou indo lentamente para você. Estou olhando nos documentos dela para ver quantas pastas tem. Uau! Tem uma *porção* de pastas. Pasta 1, pasta 2. E mais pastas. – Apertou de novo. Sua imitação de inglês estava deixando Justin maluco. Onde foi que ele o aprendeu? Tem visto muitos filmes americanos. Vou falar com o diretor da escola. – Vê isto? É sua lixeira. É aqui que ela coloca o que está pensando em jogar fora.
– Mas ela não fez, presumivelmente. Jogou fora.
– O que estiver lá, ela não jogou. O que não estiver, ela jogou.
Outro toque no *mouse*.
– O que é AOL? – perguntou Justin.
– America Online. PSI. Provedor de serviços da internet. O que ela recebeu via AOL e conservou está armazenado neste programa, assim como seus velhos e-mails. Novas mensagens, você tem de acessar a rede para recebê-las. Se quiser *enviar* mensagens, tem de entrar na rede para mandá-las. Se não estiver online, nenhuma mensagem entra ou sai.
– Eu sei disso. É óbvio.
– Quer que eu entre na rede?
– Ainda não. Quero ver o que já está ali.
– Tudo?
– Sim.
– Então você tem o que equivale a dias de leitura. Semanas, talvez. Tudo o que tem a fazer é apontar o mouse e clicar. Quer sentar aqui onde estou sentado?

– Está absolutamente certo de que nada pode sair errado? – insistiu Justin, abaixando-se para sentar na cadeira, enquanto Guido ficava de pé do seu lado.

– O que ela salvou, está salvo. É como eu disse. Por que mais ela teria salvado?

– E não posso perdê-lo?

– Santa paciência, homem! Só se você clicar no delete. Ainda que clique no delete, a máquina vai lhe perguntar, Justin, está seguro de que deseja deletar? Se não está seguro, você diz não. Aperta no não. Apertar não significa *Não, não estou seguro*. Clica. É só o que tem a fazer. Vá em frente.

Justin está digitando cautelosamente seguindo o labirinto de Tessa, enquanto Guido o tutor, paternalista ao seu lado, vai entoando comandos em sua cybervoz americana fanhosa. Quando um procedimento é novo para Justin, ou o confunde, ele pede uma pausa, apanha uma folha de papel e anota os lances ditados imperiosamente por Guido. Novas paisagens de informação estão se desenrolando diante dos seus olhos. Siga aqui, siga ali, agora volte para cá. É tudo muito vasto, você viajou muito longe, nunca vou conseguir alcançá-la, diz a ela. Se eu ler durante um ano, como vou chegar a saber que encontrei o que você estava procurando?

Notas distribuídas pela Organização Mundial da Saúde.

Registros de obscuras conferências médicas realizadas em Genebra, Amsterdã e Heidelberg sob a égide de outro posto avançado desconhecido do vasto império médico das Nações Unidas.

Prospectos de empresas exaltando produtos farmacêuticos impronunciáveis e suas virtudes restauradoras da vida.

Notas para si mesma. Memorandos. Uma citação chocante da revista *Time*, emoldurada com pontos de exclamação, destacada em maiúsculas em negrito e visível na sala para qualquer um que quisesse ver. Uma notícia aterrorizante para estimular sua busca:

EM 93 TESTES CLÍNICOS PESQUISADORES ENCONTRARAM 691 REAÇÕES ADVERSAS, MAS SÓ REPORTARAM 39 PARA OS INSTITUTOS NACIONAIS DE SAÚDE.

Toda uma pasta dedicada a VF. Quem no nome de Deus é este ou esta VF? Desespero. Mas quando ele clica em *Bits and Bobs*, surge um VF de novo, olhando para a sua cara. E depois de outro clique fica tudo claro: VF é a sigla de Vigilantes Farmacêuticos, que se descrevem como um cybermovimento supostamente baseado no Kansas com "a missão de expor os excessos e as imperícias da indústria farmacêutica", para não mencionar "a desumanidade daqueles que se intitulam humanitários e estão saqueando as nações mais pobres".

Relatórios de conferências chamadas de "Off-Broadway" entre manifestantes que planejam convergir sobre Seattle ou Washington D.C. para tornar conhecidos seus sentimentos ao Banco Mundial e ao Fundo Monetário Internacional.

Comentários exaltados sobre "A grande hidra corporativa americana" e o "Monstro capital". Um artigo frívolo de sabe-Deus-onde intitulado "O anarquismo está de volta em alto estilo".

Clica de novo para encontrar a palavra *Humanidade* sob ataque. Humanidade é a palavra-H de Tessa, ele descobre. Sempre que a ouve, confia a Bluhm em um tagarela e-mail, ela saca o seu revólver.

> Toda vez que ouço uma empresa farmacêutica justificando suas ações sob a alegação de Humanidade, Altruísmo, Dever para com a Raça Humana, quero vomitar, e isso não porque esteja grávida. É porque estou lendo ao mesmo tempo como os gigantes farmacêuticos dos EUA estão tentando estender a vida de seus pacientes para que possam preservar seu monopólio e cobrar os preços que bem quiserem e usar o Departamento de Estado para assustar o Terceiro Mundo e impedi-lo de fabricar seus próprios produtos genéricos a uma fração do preço da versão com marca registrada. Tudo bem, fizeram um gesto cosmético com relação às drogas contra a AIDS. Mas e o que dizer...

Eu sei tudo isso, ele pensa, e clica de volta à área de trabalho e daí para *Documentos de Arnold*.

– O que é isto? – pergunta aguçadamente, erguendo as mãos do teclado como para negar sua responsabilidade. Pela primeira vez em sua relação Tessa está lhe exigindo uma senha antes de deixá-lo prosseguir. Seu comando é finito: SENHA, SENHA, como a placa de um bordel acendendo e apagando.

– Merda – diz Guido.

– Ela usava uma senha quando lhe ensinou como mexer com esta coisa? – pergunta Justin, ignorando essa explosão escatológica.

Guido coloca uma mão sobre a boca, inclina-se para diante e com sua outra mão digita cinco caracteres.

– Eu – diz orgulhoso.

Cinco asteriscos aparecem e nada mais.

– Que está fazendo? – pergunta Justin.

– Digitando meu nome. Guido.

– Por quê?

– Esta era a senha – diz ele, recaindo em volúvel italiano no seu nervosismo. – O I não é um I. É um 1. O O é um zero. Tessa era maluca por essa coisa. Em uma senha, você precisa ter pelo menos um número. Ela insistia.

– Por que estou vendo apenas asteriscos?

– Porque eles não querem que você veja Guido! Caso contrário você olharia por cima do meu ombro e leria a senha! Não funciona! Guido não é a senha dela.

Enterra o rosto nas mãos.

– Então o que podemos fazer é adivinhar – sugere Justin, tentando acalmá-lo.

– Adivinhar como? Adivinhar o quê? Quantas adivinhações eles permitem? Só três!

– Quer dizer que se adivinharmos errado nós não chegamos lá – diz Justin, valentemente tentando minimizar o problema. – Ei. Você. Saia daí.

– É a maldita verdade, não chegamos!

– Muito bem, então. Vamos pensar. Que outros números são formados por letras?

– Três poderia ser o E invertido. Cinco poderia ser o S. Existe uma meia dúzia deles. Mais. É terrível... – ainda falando por trás das mãos.

– E o que acontece exatamente quando esgotarmos as nossas chances?

– A senha fica bloqueada e não podemos abrir mais. Que acha?

– Nunca?

– Nunca!

Justin ouve a mentira em sua voz e sorri.

– E você acha que três tentativas é tudo o que temos?

– Ouça, eu não sou uma enciclopédia, ok? Não sou um manual. O que eu não sei, não digo. Podiam ser três, podiam ser dez. Tenho de ir para a escola. Talvez você pudesse apelar para a Ajuda.

– Pense, Guido. Depois de você, qual era a coisa favorita dela?

O rosto de Guido emerge finalmente de suas mãos.

– Você. Quem acha que seria? Justin!

– Ela não faria isso.

– Por que não?

– Porque é o seu domínio, não o meu.

– Você está apenas adivinhando! É ridículo. Tente Justin. Estou certo, eu sei que estou!

– Ouça. Depois de Justin, qual era a outra coisa favorita dela?

– Eu não era casado com ela. Ok? Você era!

Justin pensa *Arnold,* então *Wanza*. Ele tenta *Ghita*, entrando o I como 1. Nada acontece. Emite um som nervoso de escárnio que diz que esse jogo infantil está aquém dele, mas isso porque sua mente está se estendendo em todas as direções e ele não sabe qual escolher. Pensa em *Garth*, o falecido pai dela, e *Garth* seu falecido filho, e descarta ambos por motivos estéticos e emocionais. Pensa em *Tessa*, mas ela não é uma egomaníaca. Pensa em *ARNO1D* e *ARN0LD* e *ARN01D*, mas Tessa não seria tão primária a ponto de bloquear o arquivo de Arnold com uma senha dizendo Arnold. Flerta com *Maria*, que era o nome da mãe dela, depois com *Mustafa*, então *Hammond*, mas nenhum deles se impõe como uma senha conduzindo a Arnold. Olha para a sepultura dela e vê as frésias amarelas sobre o caixão desaparecerem sob o solo vermelho. Vê Mustafa de pé na cozinha dos Woodrow agarrando sua cesta de flores. Vê a si mesmo com seu chapéu de palha cuidando delas no jardim de Nairóbi e de novo aqui em Elba. Entra com a palavra *frésia* digitando o I como 1. Seis asteriscos aparecem, mas nada acontece. Entra com a mesma palavra de novo, digitando o S como 5.

— Ele ainda vai me aceitar? – pergunta suavemente.

— Tenho 12 anos, Justin! Doze! – O menino sossega um pouco. – Você tem talvez *mais uma* tentativa. E então acaba o jogo. Eu salto fora, ok? É o laptop dela. Seu. Me deixe fora disso.

Ele entra com *frésia* uma terceira vez deixando o S como 5, mas voltando o 1 para I e se vê olhando para um ensaio polêmico inacabado. Com a ajuda de suas frésias amarelas ele invadiu o arquivo chamado *Arnold* e encontrou um texto sobre direitos humanos. Guido está dançando em volta da sala.

— Conseguimos! Eu lhe disse! Somos fantásticos! *Ela* é fantástica!

Por que os gays da África são forçados a ficar no armário?
Ouçam as palavras consoladoras daquele grande árbitro da decência pública, o presidente Daniel Arap Moi:

"Palavras como lesbianismo e homossexualismo não existem nas línguas africanas." – Moi, 1995.

"O homossexualismo é contra as normas e até na religião é considerado um grande pecado." – Moi, 1998.

Sem surpreender ninguém, o Código Criminal do Quênia concorda obedientemente com Moi 100 por cento. As seções 162-165 preveem uma sentença de CINCO A 14 ANOS DE PRISÃO por "Conhecimento carnal contra a ordem da natureza". A lei vai além:

— A lei queniana define quaisquer relações sexuais entre homens como um ATO CRIMINOSO.
— Não ouviu sequer falar de relações entre mulheres.

Qual é a CONSEQUÊNCIA SOCIAL dessa atitude antediluviana?
– Os homens gays se casam ou têm casos com mulheres para ocultar sua sexualidade.
– Vivem em desgraça, e também suas mulheres.
– Nenhuma educação sexual é oferecida aos homens gays, mesmo em meio à longamente desmentida epidemia de AIDS do Quênia.
– Setores da sociedade queniana são forçados a viver em um estado de mentira. Médicos, advogados, homens de negócios, padres e até políticos vivem sob o terror da chantagem e da prisão.
– Um círculo vicioso de corrupção e opressão é criado, arrastando a sociedade ainda mais fundo para o lodaçal.

Aqui o artigo para. Por quê?

E por quê, em nome de Deus, você arquiva um texto polêmico incompleto sobre os direitos dos gays sob o nome de *Arnold* e o bloqueia com uma senha?

Justin desperta para a presença de Guido ao seu ombro. Ele voltou de suas peregrinações e está debruçado, estudando a tela com perplexidade.

– É hora de eu levar você para a escola – diz Justin.

– Não precisamos ir ainda! Temos mais dez minutos! Quem é Arnold? Ele é gay? O que é que os caras gays *fazem*? Minha mãe vai ficar louca se eu perguntar a ela.

– Estamos indo agora. Podíamos ficar entalados atrás de um trator.

– Escute. Deixe-me abrir a caixa de entrada de Tessa, ok? Alguém pode ter lhe escrito. Talvez Arnold. Não quer ver o que tem na caixa de correio dela? Talvez ela tenha mandado uma mensagem que *você* não tenha lido. Por isso vou abrir a caixa? Sim?

Justin suavemente colocou a mão no ombro de Guido.

– Vai dar tudo certo. Ninguém vai rir de você. Todo mundo se afasta da escola de vez em quando. Isto não faz de você um inválido. Faz de você uma pessoa normal. Vamos olhar a caixa de correio dela quando você voltar.

Levar Guido até a escola e voltar custou a Justin uma longa hora, e naquele tempo não se permitiu nenhum voo de fantasia ou especulação prematura. Quando voltou à sala do azeite dirigiu-se não para o laptop, mas para a pilha de papéis entregue a ele por Lesley na van do lado de fora do cinema. Movendo-se com mais confiança do que com o laptop, encontrou uma fotocópia de uma carta escrita desajeitadamente em papel pautado que chamara a atenção do seu olho durante uma de suas primeiras escaramuças com a papelada. Não tinha data. Tinha "surgido", segundo a minuta anexa rubricada por Rob, entre as páginas de uma enciclopédia médica que os dois oficiais encontraram caída no chão da cozinha do apartamento de Bluhm, derrubada ali por ladrões frustrados. A folha de papel era desbotada e velha. O envelope estava endereçado à caixa postal da ONG de Bluhm. O selo carimbado era da velha ilha árabe de escravos de Lamu.

Meu muito querido adorado Arnie:

Não esqueço nunca nosso amor e seus abrassos e bondade para mim que te quero tanto. Que sorte e alegria para mim que você onra nossa bonita ilha para suas férias! Tenho que dizer obrigado mas é a deus que agradesso pelo seu generozo amor e os presentes e agora o conheçimento que chega para mim nos meus estudos graças a você, mais a motocicleta. Para você meu querido homem eu trabalho dia e noite, sempre feliz no meu coração de saber que meu querido está comigo em cada passo, me segurando e me amando.

E a assinatura? Justin, como Rob antes dele, lutou para decifrá-la. O estilo da carta, como a minuta de Rob indicava, sugeria uma caligrafia árabe, a escrita longa e baixa com rondéis bem-acabados. A assinatura, feita com um floreio, parecia possuir uma consoante em cada fim e uma vogal no meio: Pip? Pet? Pat? Dot? Era inútil adivinhar. Pelo que todo mundo podia ver, era de fato uma assinatura árabe.

Mas o autor era uma mulher ou um homem? Será que uma mulher árabe iletrada de Lamu escreveria com tanta ousadia? Será que ela montaria em uma motocicleta?

Atravessando a sala até a mesa de pinho, Justin colocou-se em frente do laptop, mas em vez de acessar *Arnold* de novo, ficou olhando para a tela vazia.

— Então quem é que *Arnold* realmente ama? — pergunta a ela, com uma casualidade fingida, enquanto estão deitados lado a lado na cama em um entardecer quente de domingo em Nairóbi. Arnold e Tessa voltaram naquela mesma manhã da primeira excursão de trabalho que fizeram juntos. Tessa declarou que foi uma das maiores experiências de sua vida.

— Arnold ama toda a raça humana — responde languidamente. — Sem excluir ninguém.

— Ele vai para a cama com toda a raça humana?

— Talvez. Não lhe perguntei. Quer que pergunte?

— Não. Acho que não. Pensei que talvez eu mesmo pudesse fazer isso.

— Não será necessário.

— Seguro?

— Seguríssimo.

E ela o beija. E beija de novo. Até que o beija de volta à vida.

— E nunca mais me faça essa pergunta de novo — diz a ele em uma reflexão tardia, deitada com o rosto apoiado no ângulo do braço dele e com suas pernas esparramadas nas dele. — Vamos dizer que Arnold perdeu seu coração em Mombaça. — E ela se aproxima ainda mais dele, a cabeça abaixada e os ombros rígidos.

Em Mombaça?

Ou em Lamu, 250 quilômetros costa acima?

De volta à mesa de contagem, Justin selecionou dessa vez o relatório de fundo de Lesley sobre "BLUHM, Arnold Moise, doutor em medicina, vítima ou suspeito desaparecido". Nenhum escândalo, nenhum casamento, nenhuma companheira conhecida, nenhuma parceira informal registrados. Em Argel, o sujeito viveu em um albergue para jovens médicos de ambos os sexos, ocupando acomodação de solteiro. Nenhum Outro Significativo registrado em sua

ONG. O parente mais próximo dado pelo sujeito é sua meio-irmã adotiva belga, residente em Bruges. Arnold nunca solicitou despesas de viagem ou alojamento para uma companheira e nunca requereu algo além de acomodações de solteiro. O apartamento do sujeito invadido e debulhado em Nairóbi foi descrito por Lesley como "monástico, com um forte ar de abstinência". O sujeito morava ali sozinho e não tinha empregada. "Em sua vida privada, o sujeito parece sobreviver sem confortos materiais, inclusive água quente."

O CLUBE MUTHAIGA todo se convenceu de que nosso bebê foi feito por Arnold – Justin informa Tessa, em um tom perfeitamente amistoso, enquanto comem seu peixe em um restaurante indiano nos arredores da cidade. Tessa está no quarto mês da gravidez e, embora sua conversa não o pudesse sugerir, Justin está mais apaixonado por ela do que nunca.
— Quem é o Clube Muthaiga todo? – ela pergunta.
— Elena, a Grega, eu suspeito. Soprou para Gloria, que soprou para Woodrow – prossegue jovialmente. – O que devo fazer a respeito não sei muito bem. Levá-la de carro até lá e fazer amor com você na mesa de bilhar podia ser uma solução, se você topar.
— Então é duplo risco, não é? – diz ela pensativamente. – E duplo preconceito.
— Duplo? Por quê?
Ela corta a conversa, baixa os olhos e suavemente sacode a cabeça.
— São um bando desgraçado de preconceituosos... deixa para lá.

E NA OCASIÃO FEZ o que ela mandou. Mas não mais agora.
Por que *duplo*?, perguntou a si mesmo, ainda olhando para a tela.
Risco *simples* significa o adultério de Arnold. Mas duplo? *Duplo* significa o quê? A sua raça? Arnold é discriminado por seu suposto adultério e por sua raça? Daí uma dupla discriminação?
Talvez.
A não ser...

A não ser que a advogada de olhos frios nela esteja falando de novo: a mesma advogada que decidiu ignorar uma ameaça de morte em vez de comprometer sua busca de justiça.

A não ser que o *primeiro* preconceito percebido não se dirigisse contra um homem negro que estava supostamente dormindo com uma branca casada, mas contra os homossexuais em geral, *entre os quais Bluhm* – embora seus detratores não o soubessem – *se incluía*.

Nesse caso, o raciocínio da advogada de olhos frios e coração quente funcionava assim:

Primeiro risco: Arnold é homossexual, mas o preconceito local não permite que assuma essa condição. Se a assumisse, ficaria incapacitado de continuar seu trabalho de assistência, uma vez que Moi detesta as ONGs tanto quanto odeia os homossexuais e, no mínimo, mandaria expulsar Arnold do país.

Segundo risco: Arnold é forçado a viver em um estado de falsidade (veja o artigo de imprensa inacabado escrito por?). Em vez de declarar sua sexualidade, é levado a adotar a pose de playboy, atraindo assim a crítica reservada para adúlteros transraciais.

Daí: um risco duplo.

E por que, finalmente, Tessa uma vez mais não confia este segredo a seu amado marido, em vez de o deixar com suspeitas desonrosas que ele não vai, que ele não deve admitir nem sequer para si mesmo?, perguntou ele à tela.

Lembrou-se do nome do restaurante indiano de que ela gostava tanto. Haandi.

AS MARÉS DE CIÚME que Justin contivera por tanto tempo subitamente romperam os diques e o engolfaram. Mas era ciúme de um novo tipo: ciúme de que Tessa e Arnold haviam guardado dele até esse segredo, junto com todos os outros que partilhavam; que o haviam deliberadamente excluído do seu círculo de dois, deixando-o a observá-los como um atormentado *voyeur*, nunca sabendo, apesar de todas as assertivas dela, que não havia nada para ver e nunca haveria; que, como Ghita desejara explicar a Rob e Lesley antes de se fechar, nenhuma centelha poderia se acender; que a única relação entre eles era precisamente a amizade de irmão e irmã, que Justin descrevera para Ham sem que, no fundo do coração, acreditasse totalmente naquilo.

Um homem perfeito, Tessa assim chamara Bluhm certa vez. Até Justin, o cético, nunca pensara nele de outra maneira. Um homem que tocava o nervo homoerótico em todos nós, ele certa vez comentara para ela em sua inocência. Bonito e com boa conversa. Cortês para amigos e estranhos. Bonito de sua voz vigorosa até a barba cinza-ferro bem-aparada e os olhos africanos arredondados de longas pálpebras que nunca se afastavam de você enquanto ele falava ou ouvia. Bonito nos gestos raros, mas oportunos, que pontuavam suas opiniões lúcidas e inteligentes, elegantemente proferidas. Bonito das juntas dos dedos bem esculpidas até o corpo gracioso leve como pluma, aprumado e ágil como o de um dançarino e tão disciplinado em sua contenção. Nunca arrogante, nunca inconsciente, nunca cruel, embora em cada festa e conferência encontrasse ocidentais tão ignorantes que Justin se sentia constrangido por ele. Até os veteranos do Muthaiga diziam: aquele sujeito Bluhm, meu Deus, não faziam negros como ele no nosso tempo, não admira que a noiva-criança de Justin tenha caído de amores.

Então, por que em nome de tudo o que é sagrado você não me tirou da minha miséria?, perguntou furioso para ela, na tela.

Porque eu confiava em você e esperava a mesma confiança em troca.

Se confiava em mim, por que não me contou?

Porque eu não traio a confiança dos amigos e espero que você respeite esse fato e me admire por isso. Enormemente e o tempo todo.

Porque eu sou uma advogada e quando se trata de segredos — como ela costumava dizer —, *comparada comigo, uma sepultura é tagarela.*

14

E a tuberculose é um meganegócio: pergunte a Karel Vita Hudson. Qualquer dia destes as nações mais ricas estarão se defrontando com uma pandemia de tuberculose e Dypraxa se tornará o ganhador multibilionário de dólares com que todos os bons acionistas sonham. A Peste Branca, o Grande Caçador, o Grande Imitador, o Capitão da Morte não estão mais confinados aos miseráveis da Terra. Estão fazendo o que faziam há 100 anos. Pairam como uma nuvem suja de poluição *sobre o próprio horizonte do Ocidente*, ainda que suas vítimas continuem sendo os pobres.

– Um terço da população do mundo está infectada pelo bacilo.

Tessa está falando com o seu computador, destacando e sublinhando à medida que progride.

– Nos Estados Unidos, a incidência aumentou em 20 por cento em sete anos...
– Um doente sem tratamento transmite o mal para uma média de dez a quinze pessoas por ano...
– As autoridades sanitárias na cidade de Nova York se outorgaram poderes para encarcerar as vítimas da tuberculose que não queiram se submeter ao isolamento...
– Trinta por cento de todos os casos conhecidos de tuberculose são hoje resistentes a medicamentos...

A Peste Branca não nasce conosco, lê Justin. Ela nos é forçada pelo ar poluído, por condições de vida miseráveis, por falta de higiene, água poluída e negligência administrativa.

Os países ricos odeiam a tuberculose porque ela é uma condenação à sua qualidade de vida, os países pobres porque em muitos deles ela é sinônimo de AIDS. Alguns países recusam-se a admitir que a têm, preferindo viver na negação a confessar o estigma da vergonha.

E no Quênia, como em outros países africanos, a incidência da tuberculose quadruplicou desde o advento do vírus HIV.

Um e-mail falante de Arnold enumera as dificuldades práticas de tratar a doença em campo:

- O diagnóstico é complexo e prolongado. Os pacientes devem trazer amostras de escarro em dias consecutivos.
- O trabalho de laboratório é essencial, mas os microscópios quebraram ou foram roubados.
- Não há corante para detectar os bacilos. O corante foi vendido, bebido, acabou e não foi renovado.
- O tratamento leva oito meses. Os pacientes que se sentem melhor depois de um mês abandonam o tratamento ou vendem as pílulas. A doença então volta em uma forma resistente a remédios.
- As pílulas contra a tuberculose são vendidas no mercado negro africano como curas para DST (doenças sexualmente transmissíveis). A Organização Mundial de Saúde insiste que um paciente que toma um tablete deve ser vigiado enquanto ele, ou ela, o engole. Resultado: no mercado negro uma pílula é vendida "molhada" ou "seca", conforme tenha ou não estado na boca de alguém...

Um pós-escrito simples continua:

A tuberculose mata mais mães do que qualquer outra doença. Na África, as mulheres sempre pagam o preço. Wanza foi uma cobaia e tornou-se uma vítima.
Como aldeias inteiras de Wanzas foram cobaias.

Trechos de um artigo na página 4 do *International Herald Tribune:*

"Ocidente advertido, também é vulnerável a mutações de tuberculose resistentes à medicação", por Donald G. McNeil Jr., serviço do *New York Times.*

Algumas passagens destacadas por Tessa.

AMSTERDÃ: Mutações fatais de um tipo de tuberculose resistente à medicação estão aumentando não só em países pobres, mas em países Ocidentais ricos, segundo um relatório da Organização Mundial de Saúde e de outros grupos anti-TB.

"É uma mensagem: Tomem cuidado, amigos, isso é sério" disse o Dr. Marcos Espinal, principal autor do relatório. "É uma crise potencialmente importante no futuro..."

Mas a arma mais poderosa de que a comunidade médica internacional dispõe para levantar fundos é o fantasma de uma epidemia fora de controle no Terceiro Mundo, o que pode provocar mutações que tornarão a doença incurável, altamente contagiosa e com alvo no Ocidente.

Nota de pé de página de Tessa, escrita em uma letra misteriosamente amarrada, como se estivesse deliberadamente fugindo da sensação:

"Arnold diz: imigrantes russos nos EUA, particularmente aqueles que vêm diretamente de campos de prisioneiros, são portadores de todo tipo de variedades multirresistentes de tuberculose – na verdade, em uma proporção maior do que no Quênia, onde multirresistente não é sinônimo de HIV positivo. Um amigo trata de casos muito graves na área de Brooklyn's Bay Ridge, e os números já são assustadores, diz. A incidência nos Estados Unidos, entre os grupos de minoria urbana superpopulosa, estaria em aumento constante."

Ou, para colocar na linguagem que as Bolsas de Valores do mundo inteiro entendem: se o mercado relacionado à tuberculose evoluir conforme está previsto, bilhões e bilhões de dólares estão à espera para serem colhidos, e o prodígio capaz de colhê-los é Dypraxa – contanto que, naturalmente, sua carreira preliminar em terreno africano não revele nenhum efeito colateral perturbador.

É esse pensamento que leva Justin a voltar, em regime de urgência, ao Hospital Uhuru, em Nairóbi. Correndo para a mesa de contagem remexe de novo nos arquivos da polícia e desencava seis páginas em fotocópia cobertas pelos rabiscos febris de Tessa, enquanto ela se esforça para registrar o histórico de Wanza em uma linguagem de criança.

Wanza é mãe solteira.
Não sabe ler nem escrever.
Eu a conheci na sua aldeia e depois na favela de Kibera. Ela engravidou do tio que a estuprou e então alegou que ela o havia seduzido. Esta é sua primeira gravidez. Wanza deixou a aldeia para não ser violentada de novo pelo tio e também por outro homem que a estava molestando.
Wanza diz que muitas pessoas na sua aldeia estavam doentes com tosses horríveis. Muitos dos homens tinham AIDS, as mulheres também. Duas mulheres grávidas tinham morrido recentemente. Como Wanza, elas frequentavam um centro médico a 8 quilômetros dali. Wanza não queria mais usar o mesmo centro médico. Receava que suas pílulas estivessem estragadas. Isso mostra que Wanza é inteligente, pois a maioria das mulheres nativas tem uma fé cega nos médicos, embora respeitem injeções mais do que pílulas.
Em Kibera, um homem branco e uma mulher branca vieram vê-la. Usavam jalecos brancos, por isso ela presumiu que fossem médicos. Sabiam de que aldeia ela tinha vindo. Deram-lhe algumas pílulas, as mesmas pílulas que ela está tomando no hospital.
Wanza diz que o nome do homem era Law-bear. Peço que o diga várias vezes. Lor-bear? Lor-beer? Lohrbear? A mulher branca que veio com ele não disse o seu nome, mas examinou Wanza e recolheu amostras do seu sangue, da urina e do escarro.
Vieram vê-la em Kibera mais duas vezes. Não estavam interessados em outras pessoas no seu barraco. Disseram-lhe que ia ter seu bebê no hospital porque estava doente. Wanza ficou inquieta em relação a isso. Muitas mulheres grávidas em Kibera estão doentes, mas não vão ao hospital para ter seus bebês.

Lawbear disse que não haveria nenhuma despesa, que tudo seria pago por eles. Ela não perguntou por quê. Disse que o homem e a mulher estavam muito preocupados. Ela não gostava que estivessem tão preocupados. Fez uma piada sobre isso mas eles não riram.

No dia seguinte um carro veio buscá-la. Estava próxima do final da gravidez. Era a primeira vez que tinha andado em um automóvel. Dois dias depois, Kioko, seu irmão, chegou ao hospital para ficar com ela. Ouvira falar que ela estava no hospital. Kioko sabe ler e escrever e é muito inteligente. Irmão e irmã gostam muito um do outro. Wanza tem 15 anos de idade.

Kioko diz que quando outra mulher grávida na aldeia estava morrendo, o mesmo casal branco foi vê-la e recolheu amostras dela, assim como fez com Wanza. Enquanto visitavam a aldeia, souberam que Wanza havia fugido para Kibera. Kioko diz que estavam muito curiosos em relação a ela e perguntaram-lhe como encontrá-la e ele escreveu instruções em um caderno de notas. Foi assim que o casal branco encontrou Wanza na favela de Kibera e a confinou no Hospital Uhuru para observação. Wanza é uma cobaia africana, uma das muitas que não sobreviveram ao Dypraxa.

TESSA ESTÁ FALANDO com ele do outro lado da mesa do café da manhã. Está grávida de sete meses. Mustafa está parado onde sempre insiste em ficar, dentro da cozinha mas ouvindo pela porta parcialmente aberta para que saiba exatamente quando fazer mais torrada ou servir mais chá. As manhãs são uma ocasião feliz. Também as noites. Mas é de manhã que a conversa flui com mais facilidade.

– Justin.
– Tessa.
– Pronto?
– Estou a postos.
– Se eu gritasse *Lorbeer* para você, assim, de repente, o que diria para mim?
– Loureiro.

— Mais.
— Louros. Coroa. César. Imperador. Atleta. Vencedor.
— Mais.
— Coroado com – louro – folhas de louro – baga de louro – dormir sobre os louros – louros sangrentos, vitória alcançada por meio de guerra violenta – por que não está rindo?
— Tão alemão? – ela insiste.
— Alemão. Substantivo. Masculino.
— Soletre.
Ele o fez.
— Podia ser holandês?
— Acho que sim. Quase. Não é o mesmo, mas está próximo, provavelmente. Está se dedicando a palavras cruzadas ou o quê?
— Não mais – replicou ela pensativa. E ponto, como acontece frequentemente com Tessa, a advogada. *Comparada comigo, a sepultura é uma tagarela.*

NEM J, NEM G, nem A, sua anotação continua. Quer dizer: Justin, Ghita e Arnold, nenhum deles está presente. Ela está sozinha na enfermaria com Wanza.

15h23 – Entram o homem branco com cara de bife e a mulher de aparência eslava, com jalecos brancos; o da eslava aberto no pescoço. Três outros homens assistem. Todos usam jalecos brancos. Abelhas napoleônicas roubadas nos bolsos. Vão até a cabeceira de Wanza e a olham estupidamente.

Eu: Quem são vocês? Que estão fazendo com ela? Vocês são médicos?

Eles me ignoram, olham para Wanza, ouvem a sua respiração, verificam seu coração, pulso, temperatura, olhos, chamam "Wanza". Nenhuma reação.

Eu: Você é Lorbeer? Quem são vocês todos? Como se chamam?

Mulher eslava: Você não tem nada a ver com isso.
Exeunt.

A mulher eslava é uma piranha braba. Cabelos negros tingidos, pernas compridas, remexe os quadris, não consegue evitar.

Como um homem culpado apanhado em um ato criminoso, Justin rapidamente desliza as notas de Tessa para baixo da pilha de papéis mais próxima, se põe de pé em um salto e vira-se com uma incredulidade horrorizada para a porta da sala do azeite. Alguém está batendo com muita força. Pode vê-la tremer debaixo dos golpes e ouvir acima do barulho a voz fanfarrona de 4 hectares, terrivelmente familiar, de um inglês da classe dominante.

– Justin! Saia daí, amigão! Não se esconda! Sabemos que está aí! Dois amigos queridos lhe trazem presentes e consolo!

Gelado, Justin não consegue responder.

– Você está se escondendo, amigão! Está dando uma de Greta Garbo! Não é preciso! Beth e Adrian! Seus amigos!

Justin agarra as chaves do aparador e, como um homem que vai ser executado, caminha às cegas para a luz do sol, para se defrontar com Beth e Adrian Tupper, o Maior Duo de Escritores da sua Época, os mundialmente famosos Tupper da Toscana.

– *Beth. Adrian.* Quanto prazer – declara, batendo a porta atrás de si.

Adrian o agarra pelos ombros e baixa a voz dramaticamente.

– Meu caro amigo. Justin. Que os deuses amam. Mmh? Mmh? Virilidade. Uma coisa – ele entoa, tudo em uma nota confidente de comiseração. – Você está sozinho. Não precisa me dizer. *Terrivelmente* sozinho.

Sujeitando-se aos seus abraços, Justin vê seus dois olhos minúsculos e profundos buscando avidamente por cima de seus ombros.

– Oh, Justin, nós realmente gostávamos tanto dela – Beth mia, esticando sua boca pequenina em uma curva penosa para baixo e então a endireitando de novo para beijá-lo.

– Onde está seu homem Luigi? – pergunta Adrian.

– Em Nápoles. Com a noiva. Vão se casar. Em junho – acrescenta Justin inutilmente.

– Devia estar aqui dando assistência a você. É o mundo de hoje, meu caro amigo. Nenhuma lealdade. Os empregados se acabaram.

– A grande é para a querida Tessa, em memória, e a pequena para o pobre Garth, para ficar ao lado dela. – Beth explica em uma voz pequena e metálica. – Achei que poderíamos plantá-las como uma lembrança, não foi, Adrian?

No pátio está sua picape, a traseira ostensivamente carregada de toras rústicas para benefício dos leitores de Adrian, que são convidados a acreditar que é ele mesmo quem as serra. Amarrados atrás das toras estão dois jovens pessegueiros com sacos plásticos protegendo suas raízes.

– Beth tem essas maravilhosas vibrações – troveja triunfalmente Adrian. – Comprimento de onda, meu querido. Está sintonizada o tempo todo, não está, querida? "Devemos levar árvores para ele", ela falou. Ele as conhece, você sabe? Conhece.

– Podíamos plantá-las agora e então elas estariam em casa, não? – diz Beth.

– Depois do almoço – diz Adrian com firmeza.

E um simples piquenique camponês – a embalagem padrão de Beth, como a chama, consistindo de um pão, azeitonas e uma truta para cada um de nossa própria defumação, querido, só nós três, com uma garrafa do seu ótimo vinho Manzini.

Cortês até a morte, Justin os conduz até a *villa*.

– NÃO PODE FICAR em luto eterno, meu querido. Os judeus não ficam. Sete dias é tudo o que têm. Depois disso, estão novamente de pé, prontos para a batalha. É a *lei* deles, está vendo, querida? – explica Adrian, dirigindo-se à mulher como se ela fosse uma imbecil.

Estão sentados no salão sob os querubins, comendo truta no colo para satisfazer a visão de piquenique de Beth.

– Tudo para eles está escrito. O que fazer, quem deve fazer, por quanto tempo. Depois disso, é seguir em frente. Justin devia fazer o mesmo. Não vale a pena *remanchar*, Justin. Nunca se deve remanchar na vida. É muito negativo.

– Ora, não estou remanchando – objeta Justin, maldizendo-se por abrir uma segunda garrafa de vinho.

– O que *está* fazendo então? – pergunta enquanto seus olhinhos redondos perfuram Justin.

– Bem, Tessa deixou uma porção de negócios inacabados, sabem – explica Justin sem muita convicção. – Tem o espólio, obviamente. E a fundação beneficente que havia criado. Mais um monte de pequenas coisas.

– Tem um computador?

Você viu!, pensou Justin secretamente irado. Não pode ter visto! Fui rápido demais para você, sei que fui!

– A invenção mais importante desde a imprensa, meu querido. Não é, Beth? Nada de secretária, de mulher, nada. Qual o tipo que você usa? Nós resistimos, no início, não foi, Beth? Um erro.

– Não nos demos conta – explica Beth, tomando um gole grande demais para a mulher pequena que é.

– Oh, simplesmente peguei o que eles têm aqui – replica Justin, recuperando o equilíbrio. – Os advogados de Tessa me empurraram um monte de disquetes. Apelei para a máquina da casa e debulhei o material da melhor maneira que pude.

– Então você terminou. É hora de ir para casa. Não vacile. Vá. Seu país precisa de você.

– Bem, não terminei *tudo*, na verdade, Adrian. Ainda tenho alguns dias de trabalho.

– O Foreign Office sabe que você está aqui?

– Provavelmente – diz Justin. Como é que Adrian faz isso comigo? Rouba minhas defesas? Invade locais privados da minha vida onde não tem nada a ver e eu aceito e o deixo fazer?

Uma moratória, durante a qual, para seu imenso alívio, Justin é submetido a um relato extraordinariamente tedioso de como o Maior Casal de Escritores do Mundo se converteu, contra toda a inclinação natural, à internet – um ensaio geral, sem dúvida, para outro emocionante capítulo das Histórias Toscanas e outra máquina grátis como brinde dos fabricantes.

– Você está fugindo, amigo – Adrian o adverte severamente enquanto os dois homens retiram os pessegueiros da picape e os levam de carrinho de mão até a *cantina* para Justin plantar depois. –

Algo chamado dever. Uma palavra antiquada nos dias de hoje. Quanto mais você resistir, mas difícil será. Vá para casa. Eles o receberão de braços abertos.

– Por que não podemos plantá-los agora? – pergunta Beth.

– É muito emocional, querida. Deixe que ele faça isso sozinho. Deus o abençoe, caro amigo. Sintonia. A coisa mais importante no mundo.

O que você foi? Justin perguntou a Tupper ao observar a picape que partia: um acaso feliz ou uma conspiração? Você saltou ou foi empurrado? Foi o cheiro de sangue que o trouxe – ou foi Pellegrin? Em várias etapas da vida muito divulgada de Tupper, ele agraciara a BBC com o seu talento, e um vil jornal britânico. Mas também trabalhara nas grandes salas dos fundos da sede do governo, o secreto Whitehall. Justin lembrou-se de Tessa em um de seus momentos mais ferinos.

– O que você acha que Adrian *faz* com toda a inteligência que não coloca nos seus livros?

VOLTOU PARA WANZA só para descobrir que o diário de seis páginas de Tessa sobre a doença de sua companheira de enfermaria se esvaziava com um final insatisfatório. Lorbeer e sua equipe visitaram a enfermaria mais três vezes. Arnold duas vezes os desafia, mas Tessa não ouve o que é dito. Não é Lorbeer, mas a sensual mulher eslava quem examina fisicamente Wanza, enquanto Lorbeer e seus ajudantes observam, impassíveis. O que acontece depois disso acontece à noite, enquanto Tessa está dormindo. Tessa acorda, chama e grita, mas nenhuma enfermeira aparece. Elas estão muito assustadas. Só com a maior dificuldade Tessa as encontra e força a admitir que Wanza morreu e seu bebê voltou à sua aldeia.

Recolocando as páginas entre os papéis da polícia, Justin uma vez mais se dirigiu ao computador. Sentia-se bilioso. Tinha bebido muito vinho. Sua truta, que devia ter escapado da defumação na metade do tempo, pousava como borracha na barriga. Digitou algumas teclas, pensou em voltar à *villa* e beber um litro de água mineral. Subitamente, olhava incrédulo e horrorizado para a tela. Desviou o olhar, sacudiu a cabeça para clareá-lo, voltou a olhar. Enfiou o rosto nas mãos para afastar a névoa. Mas quando olhou de novo a mensagem ainda estava lá.

ESTE PROGRAMA EXECUTOU UMA OPERAÇÃO ILEGAL. VOCÊ PODE PERDER TODOS OS DADOS QUE NÃO FORAM SALVOS EM TODOS OS PROGRAMAS EM OPERAÇÃO.

E abaixo da sentença de morte, uma fileira de caixas dispostas como caixões para um funeral em massa: clique aquela em que mais tiver vontade de ser enterrado. Deixou as mãos penderem ao lado do corpo, girou a cabeça para os lados e então, com os calcanhares, cuidadosamente afastou a cadeira do computador.

– Maldito Tupper! – sussurrou. – Maldito, maldito, maldito! O que queria dizer era: maldito eu.

Foi algo que fiz, ou que não fiz. Devia ter colocado o bruto para dormir.

Guido. Tragam-me Guido.

Olhou para o relógio. O horário da escola terminaria em 20 minutos, mas Guido se recusou a ser apanhado. Prefere tomar o ônibus escolar como todos os outros meninos normais, muito obrigado, e vai pedir ao chofer que buzine quando o deixar no portão – e a esta altura Justin tem a graciosa permissão para ir buscá-lo de jipe. Nada havia a fazer senão esperar. Se desse uma corrida para chegar antes do ônibus, havia a chance de chegar tarde demais na escola e ter de voltar correndo. Deixando o computador de molho, voltou à mesa de contagem em uma tentativa de restaurar seu humor com o papel sólido que preferia vastamente à tela.

Serviço telegráfico PANA (24/09/97)
Em 1995, a África Subsaariana teve o maior número de novos casos de tuberculose do que qualquer região global, bem como uma elevada incidência de casos de dupla infecção TB-HIV, segundo a Organização Mundial de Saúde...

Eu também já sabia disso, obrigado.

Megacidades tropicais serão infernos na Terra
À medida que a urbanização ilegal, a poluição da água e da terra e a irrefreada extração de petróleo destróem o ecossistema do Terceiro Mundo, mais e mais comunidades rurais do Terceiro Mundo são forçadas a migrar para as cidades em busca de trabalho e sobrevivência. Especialistas predizem o surgimento de dezenas e talvez centenas de megacidades tropicais atraindo vastas novas populações faveladas fornecendo mão de obra mais barata e gerando níveis sem precedentes de doenças assassinas, como tuberculose...

Ele ouviu a buzina de um ônibus distante.

— Então você fez merda – disse Guido com satisfação, quando Justin o levou à cena do desastre. – Entrou na caixa de correio dela? – Já estava digitando as teclas.

— Claro que não. Eu não saberia como fazer isso. O que está fazendo?

— Acrescentou algum material e se esqueceu de salvá-lo?

— Absolutamente não. De jeito algum. Nem saberia.

— Então não é nada. Você não perdeu nada – disse Guido serenamente no seu jargão de computador e, com mais alguns toques suaves no mouse, devolveu a saúde à máquina. – Podemos entrar online agora? *Por favor?* – pediu.

— Por que deveríamos?

— Para pegar a correspondência dela, pelo amor de Deus! Centenas de pessoas mandavam e-mails todo dia para ela e você não quer ler? E quanto às pessoas que mandaram seu amor e seus pêsames para *você*? Não quer saber o que disseram? Tem e-mails meus aqui que ela nunca respondeu! Talvez nunca os tivesse lido!

Guido estava à beira das lágrimas. Pegando-o gentilmente pelos ombros, Justin o fez sentar na banqueta diante do teclado.

— Diga-me qual é o risco – sugeriu. – Diga o que de pior pode acontecer.

– Não arriscamos nada. Tudo foi salvo. Não existe um caso pior. Estamos fazendo as coisas absolutamente mais simples com este computador. Se quebrarmos a cara, é como antes. Vou salvar os novos e-mails. Tessa salvou tudo mais. Confie em mim. – Guido conecta o laptop ao modem e oferece a Justin uma extensão de cabo telefônico. – Tire a linha do telefone e plugue isto nele. Então vamos ficar ligados.

Justin faz o que lhe mandam. Guido batuca no mouse e espera. Justin está olhando por cima do seu ombro. Hieróglifos, uma janela, mais hieróglifos. Uma pausa para prece e contemplação, seguida por uma mensagem em tela cheia acendendo e apagando como um anúncio de néon e uma exclamação de raiva de Guido.

Zona de perigo!!
ISTO É UM AVISO SANITÁRIO.
NÃO CONTINUE ALÉM DESTE PONTO. TESTES CLÍNICOS
JÁ INDICARAM QUE MAIS PESQUISA PODE
ATRAIR EFEITOS COLATERAIS FATAIS. PARA SUA SEGURANÇA E
CONFORTO SEU DISCO RÍGIDO FOI LIMPO DE
MATÉRIA TÓXICA.

Por alguns segundos enganosos Justin não sente nenhuma preocupação séria. Teria gostado, em melhores circunstâncias, de sentar-se à mesa de contagem e escrever a mão uma carta irada aos fabricantes fazendo objeções ao seu estilo hiperbólico. Por outro lado, Guido acabou de demonstrar que o latido deles é pior que sua mordida. Por isso, está para exclamar algo como "Ora, são *eles* de novo, veja só, eles são impossíveis" quando vê que a cabeça de Guido afundou no seu pescoço como se ele tivesse sido atingido por um valentão, seus dedos virados para cima se amontoaram como aranhas mortas em cada lado do laptop e seu rosto, ou a parte que Justin pode ver dele, voltou à sua palidez pré-transfusão.

– É ruim? – pergunta Justin suavemente.

Jogando-se ansiosamente para a frente como um piloto aéreo em crise, Guido clica os seus procedimentos de emergência. Em vão, aparentemente, porque fica ereto de novo, bate com uma palma na testa, fecha os olhos e solta um grunhido assustador.

— Me diga só o que está acontecendo — implora Justin. — Nada é tão sério assim, Guido. Conte para mim. — E quando Guido ainda não responde: — Você desligou. Não foi?

Petrificado, Guido assente com a cabeça.

— E agora está desplugando o modem.

Outro aceno. A mesma petrificação.

— Por que faz isso?

— Estou reiniciando.

— Que quer dizer isso?

— Vamos esperar um minuto.

— Por quê?

— Talvez dois.

— E o que vai acontecer?

— Dê a ele tempo para esquecer. Para baixar a poeira. Isto *não* é natural, Justin. É muito ruim. — Ele reverteu ao seu americano de computador. — Não é um grupo de rapazes socialmente inadequados se divertindo. Pessoas muito doentias fizeram isso, pode acreditar.

— Para mim ou para Tessa?

Guido sacode a cabeça.

— É como se alguém o odiasse.

Religa o computador, salta de novo na sua banqueta, toma um longo fôlego como um suspiro ao avesso. E Justin, para seu deleite, vê a fila familiar de felizes meninos negros acenando para ele da tela.

— Você conseguiu — exclama. — Você é um gênio, Guido!

Mas enquanto diz isso os meninos são substituídos por uma vistosa pequena ampulheta empalada em uma seta branca diagonal. E elas também desaparecem, deixando apenas um infinito azul-negro.

— Eles o mataram — sussurra Guido.

— Como?

— Colocaram um vírus em você. Mandaram o vírus apagar o disco rígido e deixaram uma mensagem para você dizendo o que tinham feito.

— Então não é nossa culpa — disse Justin com sinceridade.

– Ela baixou os documentos?
– Tudo aquilo que ela imprimiu eu li.
– Não estou falando de impressão. Ela fez disquetes?
– Não conseguimos encontrá-los. Achamos que pode ter levado consigo na viagem para o norte.
– Por que para o norte? Por que ela não os mandou por e-mail para o norte? Não entendo. Não *estou* entendendo.

Justin está se lembrando de Ham e pensando em Guido. O computador de Ham também tinha um vírus.

– Você disse que ela lhe mandava muitos e-mails – diz Justin.
– Uma vez por semana. Duas. Se ela esquecia uma semana, duas na seguinte.

Ele está falando italiano. É uma criança de novo, tão perdida como no dia em que Tessa o encontrou.

– Você abriu o seu e-mail desde que ela foi morta?

Guido sacode a cabeça em vigorosa negativa. Era demais para ele. Não conseguia.

– Então talvez pudéssemos voltar à sua casa e você podia ver o que tem lá. Se incomodaria? Não estou interferindo?

Dirigindo morro acima para dentro das árvores escuras, Justin não pensava em nada e ninguém a não ser Guido. Guido era um amigo ferido e a única finalidade de Justin era levá-lo em segurança até a casa de sua mãe, restaurar sua calma e garantir que a partir de agora Guido ia parar de se deprimir e seguir em frente como um pequeno gênio arrogante de 12 anos em vez de um aleijado, cuja vida terminara com a de Tessa. E se, como suspeitava, *eles* – quem quer que fossem – tinham feito ao computador de Guido o que tinham feito ao de Ham e ao de Tessa, então Guido devia ser consolado e, na medida do possível, descansar a cabeça. Esta era a única prioridade de Justin, excluindo todos os outros objetivos e emoções, porque alimentá-los significava anarquia. Significava afastar-se do caminho de investigação racional e confundir a busca de vingança com a busca de Tessa.

Estacionou o jipe e com uma sensação de últimas coisas colocou a mão sob o braço de Guido. E Guido, de certo modo para surpresa de Justin, não se desvencilhou. Sua mãe fez um cozido com pão recém-saído do forno de que ela se orgulhava e, por insistência de Justin, comeram primeiro, os dois, elogiando a comida enquanto ela os observava. Então Guido foi buscar o computador no quarto e por algum tempo não entraram online, mas ficaram sentados ombro a ombro lendo os boletins de Tessa sobre os leões sonolentos que vira em suas viagens e os elefantes TERRIVELMENTE brincalhões que teriam sentado sobre o seu jipe e o esmagado se lhes tivesse dado a menor chance e as girafas REALMENTE desdenhosas que NUNCA estão felizes a não ser que haja alguém admirando seus elegantes pescoços.

– Quer um disquete com todos os e-mails dela? – perguntou Guido, sentindo corretamente que Justin vira tanto disto quanto podia suportar.

– Seria muita gentileza – disse Justin muito polidamente. – E quero que faça cópias do seu trabalho para que eu possa ler com sossego e escrever para você: ensaios, seu dever de casa e todas as coisas que teria desejado que Tessa visse.

Os disquetes devidamente feitos, Guido substituiu o cabo de telefone pelo cabo ligado ao modem e viram uma bela manada de gazelas a todo galope antes que a tela escurecesse. Quando Guido tentou clicar de volta à área de trabalho, o disco rígido estava todo apagado, como o de Tessa, mas sem aquela mensagem maluca sobre testes clínicos e toxicidade.

– E não lhe mandou nada para guardar para ela – perguntou Justin, soando a si mesmo como um funcionário da alfândega.

Guido sacudiu a cabeça.

– Nada que você devesse repassar para outra pessoas – ela não o usava como um correio ou coisa assim?

Mais sacudidas de cabeça.

– Então, que material você perdeu que era importante para você?

– Só as últimas mensagens dela – murmurou Guido.

– Bem, então somos dois. – Ou três se você incluir Ham, estava pensando. – Então, se eu puder aguentar isso, você também pode, porque eu era casado com ela. Ok? Talvez houvesse algum vírus na máquina *dela* que infectasse *sua* máquina. Isso é possível? Ela pegou algo e passou a você por engano. Sim? Não sei do que estou falando, sei? Estou adivinhando. O que estou realmente lhe contando é que nunca saberemos. Então, é melhor a gente dizer "que azar" e continuar vivendo. Nós dois. Sim? E você vai pedir tudo o que precisar para se instalar de novo. Certo? Vou dizer ao escritório de Milão que é isso o que você vai fazer.

Bastante confiante de que Guido estava recuperado, Justin se despediu; vale dizer, dirigiu morro abaixo de volta à *villa* e estacionou o jipe no pátio onde o encontrara e da sala do azeite carregou o laptop dela até a beira-mar. Tinham-lhe dito em vários cursos de treinamento e estava disposto a acreditar que havia pessoas espertas capazes de recuperar o texto de computadores supostamente apagados. Mas tais pessoas estavam do lado oficial da vida ao qual ele não pertencia mais. Passou-lhe pela cabeça contatar Rob e Lesley e de certo modo contar com eles para ajudá-lo, mas estava relutante em embaraçá-los. E além do mais, se era honesto, havia algo contaminado no computador de Tessa, algo obsceno do qual gostaria de se livrar em um sentido físico.

Assim, à luz de uma lua meio escondida, caminhou ao longo de um trapiche caindo aos pedaços, passando no caminho por uma placa antiga e bastante histérica declarando que quem se aventurasse além o fazia por sua própria conta e risco. Tendo chegado ao fim do trapiche, jogou o laptop violentado de Tessa para as profundezas antes de voltar à sala do azeite para colocar no papel todo o seu coração até o amanhecer.

Caro Ham:

Aqui vai a primeira do que espero seja uma longa série de cartas para sua querida tia. Não quero parecer piegas, mas se eu for atropelado por um ônibus gostaria que você entregasse todos os documentos pessoalmente ao mais irado e imbatível membro da sua profissão, lhe pagasse os tubos e começasse a botar pra quebrar. Assim nós dois estaremos prestando um bom serviço a Tessa.

Como sempre,
Justin

15

Até o final da tarde, quando o uísque finalmente levou a melhor sobre ele, Sandy Woodrow permanecera lealmente em seu posto no Alto Comissariado modelando, reescrevendo e afiando sua próxima atuação no encontro da Chancelaria do dia seguinte; submetendo-a ao alto da hierarquia de sua mente oficial e então baixando para aquela outra mente que, como um contrapeso errante, o arrastava sem aviso prévio por uma confusão de fantasmas acusadores, forçando-o a gritar mais alto do que eles: vocês não existem, vocês são uma série de episódios aleatórios; não estão relacionados de modo algum à abrupta partida de Porter Coleridge para Londres com a mulher e a filha, sob as justificativas questionáveis de que tinham decidido impulsivamente tirar férias e encontrar uma escola especial para Rosie.

E, às vezes, seus pensamentos assumiam vida própria inteiramente, para serem apanhados vagando por questões subversivas como divórcio por mútuo consentimento e se Ghita Pearson ou aquela nova garota chamada Tara Qualquer-coisa do Departamento Comercial dariam uma adequada parceira de vida e, caso positivo, qual delas os rapazes prefeririam. Ou se, afinal, não estaria melhor levando esta existência de lobo solitário, sonhando com uma ligação, não encontrando nenhuma, observando seu sonho se afastar cada vez mais do seu alcance. Dirigindo para casa com portas e janelas trancadas, porém, pôde uma vez mais se ver como o leal pai de família e marido – tudo bem, discretamente aberto a sugestões, e que homem não o era? –, mas, em última análise, o mesmo filho de soldado decente, resoluto, equilibrado por quem Gloria se apaixonara loucamente há muitos anos. Ao entrar em sua casa, ficou portanto surpreso, para não dizer magoado, ao descobrir que Gloria não adivinhara por algum ato de telepatia suas boas intenções e preparara algum prato para ele, mas em vez disso o deixara a vascular sozinho a geladeira em busca de comida. Afinal, porra, *eu sou o alto comissário em exercício*. Sou merecedor de um *pouco* de respeito, mesmo em minha própria casa.

– Algo nos noticiários? – perguntou a ela pateticamente, comendo seu bife frio em degradante solidão.

O teto da sala de jantar, da espessura de uma placa de concreto, era também o chão do seu quarto de dormir.

– Você não recebe notícias na loja? – devolveu Gloria.

– Não ficamos sentados o dia inteiro ouvindo rádio, se é o que quer dizer – replicou Woodrow, meio que sugerindo que era o que Gloria fazia. E de novo esperou, o garfo parado a meio caminho dos lábios.

– Mataram mais dois fazendeiros brancos em Zimbábue, se isto chega a ser notícia – anunciou Gloria, depois de uma aparente pausa na transmissão.

– E não estou sabendo! Tivemos Pellegrin no nosso cangote o desgraçado do dia inteiro. Por que não podemos persuadir Moi a colocar um freio em Mugabe? Por favor. Pela mesma razão que não podemos persuadir Moi a colocar um freio em Moi, é a resposta a *essa* pergunta.

Esperou por um "Meu pobre querido", mas tudo o que teve foi um silêncio enigmático.

– Nada mais? – perguntou. – Nos noticiários? Nada mais?

– Que deveria haver?

Que diabo tomou conta da maldita mulher?, pôs-se a pensar aborrecido, servindo-se de outra taça de clarete. Nunca foi assim. Desde que o seu amado viúvo se mandou para a Inglaterra, ela tem zanzado abatida pela casa como uma vaca doente. Não bebe comigo, não come comigo, não me encara nos olhos. Não faz aquela outra coisa também, não que fosse alguma vez prioridade na sua lista. Quase não se preocupa com sua maquiagem, é surpreendente.

De qualquer maneira, estava satisfeito de que ela não tivesse ouvido nada de novo. Pelo menos ele sabia de algo que desta vez ela não sabia. Não é com frequência que Londres consegue ficar sentada sobre uma história quente sem que algum idiota do Departamento de Informação deixe vazar para a mídia antes do prazo estipulado. Se conseguissem simplesmente ficar firmes até amanhã, de manhã ele teria uma boa vantagem, e era o que havia pedido a Pellegrin.

– É uma questão de moral, Bernard – ele o advertira, em seu melhor tom militar. – Umas duas pessoas aqui vão reagir muito mal. Gostaria de ser o primeiro a contar para elas. Particularmente com Porter ausente.

É sempre bom lembrar a eles quem estava no comando, também. Circunspecto mas inabalável, esta é a característica que buscam em seus funcionários ambiciosos. Não alardear isso, naturalmente; muito melhor deixar que Londres note sozinha como as coisas funcionam suavemente quando Porter não está em ação para transformar cada vírgula em uma agonia.

Muito desgastante esse impasse do tipo vai-não-vai, se queria ser honesto. Talvez seja isso o que a está deprimindo. Existe a Residência do alto comissário a 100 metros rua acima, com seus empregados e pronta para funcionar, o Daimler na garagem, mas nenhuma bandeira hasteada. Existe Porter Coleridge, nosso alto comissário ausente. E existe o coitadinho de mim aqui executando o trabalho de Coleridge, muito melhor do que Coleridge o vinha fazendo, esperando noite e dia para ouvir se, tendo assumido o lugar dele, posso atuar não como um interino, mas como seu sucessor oficial, formal, plenamente credenciado, com as devidas mordomias – a saber, a Residência, o Daimler, o escritório privado, Mildren, 35 mil libras adicionais em subsídios e alguns furos mais perto de um título de cavaleiro.

Mas havia um obstáculo importante. O Office tradicionalmente relutava em promover um homem que estivesse *en poste*. Preferiam trazê-lo de volta à Inglaterra e despachá-lo para algum lugar novo. Houve exceções, claro, mas não muitas...

Seus pensamentos se arrastaram de novo para Gloria. *Lady Woodrow*: isto vai tirá-la do buraco. Inquieta é o que ela está. Para não dizer ociosa. Devia ter-lhe dado mais uns dois filhos para mantê-la ocupada. Bem, não ficará ociosa se for instalada na Residência, *isto* é garantido. Uma noite livre por semana, se tiver sorte. Anda briguenta também. Teve uma discussão terrível com Juma na semana passada sobre um detalhe totalmente trivial como uma redecoração do andar de baixo. E na segunda-feira, embora ele nunca sonhasse que viveria para assistir a esse dia, ela aprontou algum tipo de confusão com a Arquipiranha Elena, *casus belli* desconhecido.

– Não era hora de convidarmos os El para jantarem conosco, querida? – sugeriu cavalheirescamente. – Há meses que não comemoramos com os El.

– Se quiser, pode convidá-los – Gloria sugeriu com frieza, e ele não o fez.

Mas sentia a perda. Gloria sem uma amiga era como um motor sem engrenagens. O fato – o fato *extraordinário* – de que havia feito uma espécie de trégua com Ghita Pearson, de olhos de corça, não lhe servia de consolo. Há apenas uns dois meses Gloria fizera pouco de Ghita dizendo que não era uma coisa, nem outra.

– Não posso aguentar filhas de *brahmins* educadas na Inglaterra que falam como nós e se vestem como dervixes – disse a Elena ao alcance do ouvido de Woodrow. – E aquela garota Quayle está exercendo má influência sobre ela

Bem, agora a garota Quayle estava morta e Elena fora chutada para escanteio. E Ghita, que se vestia como um dervixe, fora convocada como guia para levar Gloria em uma excursão à favela de Kibera com a intenção divulgada de encontrar para ela um trabalho voluntário junto a uma das agências de assistência. E isso, além do mais, no exato momento em que o comportamento da própria Ghita vinha causando a Woodrow séria preocupação.

Primeiro, houve sua manifestação no funeral. Bem, não existia nenhum manual regulando como as pessoas deviam se comportar em um enterro, era verdade. Mesmo assim, Woodrow considerou a atuação de Ghita exagerada. Houve então o que ele chamaria de um período de luto agressivo durante o qual ela perambulava pela Chancelaria como um zumbi, recusando-se à queima-roupa a travar contato visual com ele, enquanto no passado ele a considerara, bem, uma candidata, digamos. E então, na sexta-feira passada, sem dar a menor explicação, ela pediu o dia de folga, embora, como membro muito recente da Chancelaria – e a mais jovem –, ainda não possuísse tecnicamente aquele direito. No entanto, com seu coração bondoso, dissera "Muito bem, certo, Ghita, não há problema, imagino, mas não vá deixá-lo esgotado" – nada abusivo, apenas um gracejo inocente entre um homem casado mais velho e uma garota jovem e bonita. Mas, se olhares pudessem matar, ele teria caído fulminado aos pés dela.

E o que foi fazer com o tempo que lhe concedi – sem nem sequer oficializar a folga? Voou até o maldito lago Turkana em um avião fretado com uma dúzia de outras mulheres membros do fã-clube de Tessa Quayle e depositaram uma coroa e bateram tambores e cantaram hinos no local onde Tessa e Noah foram assassinados! Woodrow ficou sabendo disso no café da manhã de segunda-feira ao abrir o seu *Nairobi Standard* e ver a fotografia dela, posando no centro do palco entre duas enormes africanas das quais vagamente se lembrava do funeral.

— Bem, Ghita Pearson, veja só que coisa – ele bufou, empurrando o jornal para Gloria no outro lado da mesa. — Quero dizer, pelo amor de Deus, é hora de enterrar os mortos e não de ficar desenterrando-os a cada dez minutos. Sempre achei que ela estava caída por Justin.

— Se não tivéssemos o compromisso com o embaixador italiano, eu teria voado até lá com elas – replicou Gloria, em uma voz carregada de reprimenda.

A luz do quarto estava apagada. Gloria fingia dormir.

— Vamos sentar, por favor, senhoras e senhores?

Uma furadeira elétrica estava ganindo no andar de cima. Woodrow despachou Mildren para silenciá-la enquanto ostensivamente se ocupava com os papéis sobre a mesa. O ganido parou. Sem pressa, Woodrow olhou de novo para encontrar todo mundo reunido diante dele, inclusive um Mildren ofegante. Excepcionalmente, Tom Donohue e sua assistente Sheila foram convidados. Sem mais reuniões do Alto Comissariado para juntar a força completa do pessoal diplomático, Woodrow insistiu em um comparecimento maciço. Daí também a presença dos adidos de Defesa e de Serviço e de

Barney Long, do Departamento Comercial. E a pobre Sally Aitken, com gagueiras e rubores, substituindo o ministro de Ag. e Pesca. Ghita, notou, estava no canto de sempre onde, desde a morte de Tessa, fizera o seu melhor para ficar invisível. Para sua irritação, ainda ostentava o lenço preto de seda em volta do pescoço que lembrava a bandagem suja de sangue ao redor do pescoço de Tessa. Seus olhares furtivos seriam de flerte ou de desprezo? Com belezas eurasianas, como é que você saberia?

– É uma história bem triste, lamento dizer, amigos – começou despreocupado. – Barney, você poderia ver a porta para mim, como dizemos na América? Não precisa trazê-la para mim, é só trancá-la.

Risadas – mas do tipo apreensivo.

Foi direto ao assunto, exatamente como planejara. Enfrentando o problema – somos todos profissionais – a cirurgia é necessária. Mas também algo tacitamente corajoso na atitude do seu alto comissário em exercício enquanto, primeiro, passa os olhos pelas anotações e, depois, bate nelas com a ponta cega do lápis e ergue os ombros antes de se dirigir à tropa.

– Existem duas coisas que tenho de lhes comunicar esta manhã. A primeira não pode ser divulgada até que vocês a ouçam nos noticiários, britânicos ou quenianos, o que sair primeiro. Às 12 horas de hoje a polícia queniana emitirá um mandado para a prisão do Dr. Arnold Bluhm pelo assassinato premeditado de Tessa Quayle e do motorista Noah. Os quenianos mantiveram contatos com o governo belga e os empregadores de Bluhm serão informados antecipadamente. Estamos à frente no jogo por causa do envolvimento da Scotland Yard, que passará seus arquivos para a Interpol.

Nenhuma cadeira chega a ranger depois da explosão. Nenhum protesto, nenhuma arfada de perplexidade. Apenas os olhos enigmáticos de Ghita fixados nele finalmente, admirando-o ou detestando-o.

– Sei que isto será um choque para vocês todos, particularmente para aqueles que conheciam Arnold e gostavam dele. Se quiserem contar para seus parceiros ou parceiras, têm minha permissão de fazê-lo, segundo seu próprio critério.

Um rápido lampejo de Gloria que, até a morte de Tessa, tivera Bluhm na conta de um gigolô arrivista, mas agora estava misteriosamente preocupada com o seu bem-estar.

– Não posso fingir que esteja contente – confessou Woodrow, tornando-se o mestre de lábios cerrados da narração incompleta. – Surgirão as explicações fáceis da imprensa quanto ao motivo, é claro. A relação Tessa-Bluhm será esmiuçada *ad infinitum*. E se por acaso o pegarem, haverá um rumoroso julgamento. Mas, do ponto de vista desta Embaixada, as notícias não podiam ser piores. Não tenho informações a esta altura quanto à credibilidade das provas. Disseram-me que são indiscutíveis, mas diriam isso de qualquer maneira, não? – A mesma sugestão de garra dentro do humor. – Alguma pergunta?

Nenhuma, aparentemente. A notícia parecia ter esvaziado todo mundo. Até Mildren, que sabia de tudo desde a noite passada, não achou nada melhor a fazer do que coçar a ponta do nariz.

– Minha segunda comunicação não deixa de estar relacionada à primeira, mas é terrivelmente mais delicada. Os parceiros *não* serão colocados a par sem meu consentimento prévio. O pessoal mais jovem será informado *seletivamente* quando necessário, em uma base estritamente controlada. Por mim ou pelo alto comissário se ou quando ele voltar. Não por vocês, por favor. Estou sendo claro até aqui?

Estava. Houve acenos de cabeça de expectativa desta vez, não apenas olhares bovinos. Todos os olhos estavam sobre ele e os de Ghita nunca haviam deixado os dele. *Meu Deus, suponha que ela tenha caído por mim: como vou me livrar disso?* Acompanhou o pensamento até o fim. *Claro! É por isso que está se aproximando de Gloria! Primeiro corria atrás de Justin, agora sou eu! Ela é uma carona de casais, só está segura quando tem a mulher a bordo também!* Endireitou-se e reiniciou seu viril boletim.

– Lamento muito ter de lhes dizer que nosso colega até há pouco tempo Justin Quayle desapareceu. Vocês provavelmente sabem que ele recusou toda assistência de recepção quando chegasse a Londres, dizendo que preferia se virar sozinho etc. Ele *conseguiu* comparecer a um encontro com o Pessoal ao chegar, ele *conseguiu* comparecer a um almoço com o Pellegrin no mesmo dia. Ambos o descreveram como muito tenso, tristonho e agressivo, pobre sujeito. Ofereceram-lhe abrigo e aconselhamento, e ele os recusou. E nesse meio-tempo saltou fora do barco.

Agora era Donohue que Woodrow estava favorecendo discretamente, não mais Ghita. O olhar de Woodrow, por um cuidadoso desígnio, não se fixava em nenhum deles, naturalmente. Ostensivamente, oscilava entre o nível dos olhos e as anotações na sua mesa. Mas na realidade estava enfocando em Donohue e persuadindo-se com convicção crescente de que novamente Donohue e sua esquelética Sheila tinham recebido informação prévia da fuga de Justin.

– No mesmo dia em que chegou à Grã-Bretanha – na mesma noite, mais acuradamente –, Justin mandou uma carta de certo modo insincera à chefe do Pessoal informando-a de que estava se afastando para cuidar dos negócios da mulher. Usou o correio comum, o que lhe deu três dias para se safar. Quando o Pessoal se mexeu para colocar a mão nele – para seu próprio bem, devo acrescentar –, havia desaparecido da tela de todo mundo. Os sinais indicam que teve um grande trabalho para ocultar seus movimentos. Conseguiram rastreá-lo até Elba, onde Tessa tinha propriedades, mas quando o Office farejou a pista ele já havia seguido em frente. Para onde, só Deus sabe, mas existem suspeitas. Ele não fez nenhum pedido formal de licença, claro, e o Office, do seu lado, estava tentando decidir a melhor solução para ajudá-lo a se colocar de pé, encontrar uma situação na qual pudesse cicatrizar suas feridas por um ano ou dois. – Um encolher de ombros, significando que não havia mais muita gratidão no mundo. – Bem, seja lá o que estiver fazendo, está fazendo sozinho. E certamente não o está fazendo por nós.

Olhou implacavelmente para o seu auditório e então voltou a suas anotações.

– Existe um aspecto de segurança nisso que obviamente não posso partilhar com vocês, de modo que o Office está duplamente aflito sobre onde ele aparecerá de novo e como. Estão também genuinamente preocupados, como, tenho certeza, vocês todos também estão. Tendo demonstrado muita capacidade de trabalho e autodomínio enquanto estava aqui, ele parece ter explodido em pedaços sob a tensão. – Estava chegando à parte mais dura, mas eles estavam preparados para ela. – Temos várias interpretações dos especialistas, nenhuma delas, do nosso ponto de vista, agradável.

O filho do general marcha, galante, em frente.

– Uma possibilidade, segundo as pessoas espertas que leem as entrelinhas desses casos, é que Justin está em negação – vale dizer, ele se recusa a aceitar que sua mulher morreu e saiu à sua procura. É muito doloroso, mas estamos falando da lógica de uma cabeça temporariamente perturbada. Ou esperamos que isto seja temporário. Outra teoria, igualmente provável ou improvável, diz que ele está em uma viagem de vingança em busca de Bluhm. Parece que o Pellegrin, com a melhor das intenções, deixou escapar que Bluhm era suspeito do assassinato de Tessa. Talvez Justin tenha acreditado e corrido atrás. Triste. Muito triste, realmente.

Por um momento, na visão flutuante de si mesmo, Woodrow se tornou a encarnação da sua tristeza. Era o rosto decente de um compassivo serviço público britânico. Era o juiz romano, lento no julgamento, ainda mais lento na condenação. Era um homem do mundo, que não temia as decisões difíceis, mas estava decidido a deixar que seus melhores instintos prevalecessem. Estimulado pela excelência da sua atuação, sentiu-se livre para improvisar.

– Parece que pessoas na condição de Justin frequentemente criam programas dos quais não se dão conta totalmente. Estão no piloto automático, esperando por uma desculpa para fazer o que inconscientemente planejavam fazer de qualquer maneira. Um pouco como suicidas. Alguém diz algo de brincadeira... e bangue, apertam o gatilho.

Estava falando demais? Estava falando pouco? Estava se afastando do assunto? Ghita fazia uma carranca para ele como uma sibila irada, e havia algo por trás dos olhos amarelos de Donohue que Woodrow não conseguia ler. Desprezo? Raiva? Ou apenas aquele ar permanente de quem tem um propósito diferente, de quem vem de um lugar diferente e voltará para ele?

— Mas a teoria mais viável do que vai pela cabeça de Justin no momento, receio — aquela que mais se encaixa com os fatos conhecidos e é apoiada pelos psicanalistas do Office —, é de que Justin embarcou na trilha da conspiração, o que poderia ser realmente muito sério. Se você não consegue lidar com a realidade, então sonhe com uma conspiração. Se não pode aceitar que sua mãe morreu de câncer, então culpe o médico que a estava tratando. E os cirurgiões. E os anestesistas. E as enfermeiras. Que estavam todos mancomunados entre si, é claro. E coletivamente *conspiraram* para acabar com ela. E isto parece ser exatamente o que Justin está dizendo para si mesmo com relação a Tessa. Tessa não foi simplesmente estuprada e assassinada. Tessa foi vítima de uma intriga internacional. Não morreu porque era jovem e atraente e desesperadamente infeliz, mas porque *Eles* a queriam morta. Quem são *Eles* — receio que vocês precisem adivinhar. Pode ser o verdureiro da vizinhança ou a senhora do Exército da Salvação que tocou a campainha da sua porta e lhe empurrou um exemplar da sua revista. Estão todos na jogada. Todos conspiraram para matar Tessa.

Uma onda de risadas constrangidas. Teria falado demais ou estavam se bandeando para o seu lado? Endureça. Está generalizando demais.

— Ou, no caso de Justin, podem ser os *Moi's Boys*, os Rapazes de Moi, ou os Meganegócios, e o Foreign Office e nós aqui nesta sala. Somos todos inimigos. Todos conspiradores. E Justin é a única pessoa que sabe disso, o que é outro elemento de paranoia. A vítima, aos olhos de Justin, não é Tessa, mas ele mesmo. Quem são os seus inimigos, se você está na pele de Justin, depende de quem você ouviu pela última vez, dos livros e dos jornais que leu recentemente, dos filmes que viu e de onde você se encontra no seu momento biológico. A propósito, soubemos que Justin está bebendo demais, o que não acredito fosse o caso quando ele morava aqui. Pellegrin diz que um almoço para dois no seu clube lhe custou um mês de salário.

Outro filete de riso nervoso, partilhado por quase todo mundo, com exceção de Ghita. Ele continuou patinando, admirando sua própria habilidade, descrevendo figuras no gelo, rodopiando, deslizando.

Esta é a minha parte que você mais detestava, está dizendo ofegante a Tessa enquanto executa uma pirueta e volta até ela. *Esta é a voz que arruinou a Inglaterra*, você me disse em tom jocoso enquanto dançávamos. *Esta é a voz que afundou mil navios, e eles eram todos nossos.* Muito engraçado. Bem, ouça essa voz agora, garota. Ouça o artificioso desmantelamento da reputação do seu ex-marido, cortesia do Pellegrin e de meus cinco anos de envenenamento mental no sempre sincero Departamento de Informação do Foreign Office.

Uma onda de náusea tomou conta dele enquanto por um momento odiava cada superfície insensível de sua própria natureza paradoxal. Era a náusea que poderia expulsá-lo da sala a pretexto de um telefonema urgente ou de uma necessidade física, simplesmente para se afastar de si mesmo; ou o empurraria cambaleando para sua escrivaninha, para abrir a gaveta e puxar uma página de papel azul timbrado de Sua Majestade e preencher o seu vazio com declarações de adoração e promessas de atos impetuosos. Quem fez isso comigo?, se perguntava, enquanto falava. Quem me fez como eu sou? A Inglaterra? Meu pai? Minhas escolas? Minha patética e aterrorizada mãe? Ou 17 anos mentindo por meu país? *Chegamos a uma idade, Sandy,* você foi bondosa o bastante para me informar, *em que nossa infância não é mais uma desculpa. O problema no seu caso é que a idade vai chegar a 95.*

Seguiu em frente. Estava sendo brilhante de novo.

— De que conspiração exata Justin sonhou, e onde *nós* entramos na história, nós do Alto Comissariado — seja em associação com os maçons, ou os jesuítas, ou a Ku Klux Klan ou o Banco Mundial —, receio não poder esclarecer-lhes. O que *posso* lhes dizer é que ele está em campo. Já fez algumas sérias insinuações, é ainda muito plausível, *muito* persuasivo — quando não o foi? — e é perfeitamente possível que amanhã ou dentro de três meses ele se dirija para cá. — Endureceu de novo. — E neste caso, vocês todos, coletiva e individualmente, estão instruídos, por favor — isto não é um pedido, eu receio, Ghita, mas uma ordem, quaisquer que sejam seus sentimentos pessoais para com Justin —, e, podem me acreditar, não sou diferente, ele é um sujeito doce, gentil, generoso, todos sabemos disto – para que a qualquer hora do dia ou da noite –, *me* informem. Ou a Porter, quando ele voltar. Ou – um olhar para ele – Mike Mildren. – Quase chegou a dizer Mildred. – Ou, se for de noite, avisem o oficial de plantão do Alto Comissariado *imediatamente*. Antes que a imprensa ou a polícia ou quem quer que seja o encontre – avisem-*nos*.

Os olhos de Ghita, dissimuladamente observados, pareciam mais escuros e mais langorosos do que nunca, os de Donohue, mais doentios. Os olhos sujos de Sheila eram como diamantes e igualmente impassíveis.

– Para facilitar a referência – e por questões de segurança – Londres deu a Justin o codinome de *Holandês*. Como em Holandês Voador. Se por um acaso – é uma possibilidade remota, mas estamos falando de um homem profundamente perturbado com dinheiro ilimitado à sua disposição –, se por um acaso ele cruzar o seu caminho – direta ou indiretamente, por boato, seja lá o que for –, ou se já o fez, então, para o bem dele, como para o de vocês, peguem o telefone, onde quer que estejam, e digam: "É a respeito do Holandês, ele está fazendo isto ou aquilo, recebi uma carta do Holandês, ele acabou de telefonar, ou passar um fax ou um e-mail, está sentado à minha frente na minha poltrona." Estamos completamente entendidos com relação a isto? Alguma pergunta? Sim, Barney?

– Você disse "sérias insinuações". Para quem? Insinuando o quê?

Era uma área perigosa. Woodrow a tinha discutido longamente com Pellegrin no telefone codificado de Porter Coleridge.

– Parece existir um pequeno padrão. Ele está obcecado com assuntos farmacêuticos. Até onde pudemos ver, convenceu-se de que os fabricantes de uma determinada droga – e os seus *inventores* – foram os responsáveis pela morte de Tessa.

– Ele acha que ela não teve a garganta cortada? Ele viu seu corpo! – Barney de novo, injuriado.

– Receio que a droga se relacione com a infeliz temporada dela no hospital daqui. Matou seu filho. Foi o primeiro tiro desferido pelos conspiradores. Tessa queixou-se aos fabricantes e então os fabricantes a mataram também.

— Ele é perigoso? — pergunta a Sheila do Donohue, presumivelmente para demonstrar a todos os presentes que não possui conhecimento superior.

— Ele *poderia* ser perigoso. É o que nos diz a sabedoria de Londres. Seu alvo primeiro é a empresa farmacêutica que fabricava o veneno. Depois disso, são os cientistas que criaram o produto. E então vêm as pessoas que o administram, o que significa, neste caso, a empresa aqui em Nairóbi que o importa, que vem a ser a Casa dos ThreeBees, de modo que teremos de adverti-los.

De Donohue nem um pestanejar.

— E não me deixem repetir que estamos lidando com um diplomata britânico aparentemente racional e articulado. Não esperem nenhum lunático com cinzas nos cabelos, bandana amarela e a boca espumando. Exteriormente, é o camarada de que nos lembramos e amamos. Suave, bem-vestido, de boa aparência, *terrivelmente* educado. Até que comece a berrar para você sobre a conspiração internacional que matou seu filho e sua mulher. — Uma pausa. Uma nota pessoal: Deus, como o homem tem recursos! — É trágico. É pior que trágico. Acho que todos nós que éramos íntimos dele devemos sentir assim. Mas é precisamente por isso que precisamos insistir. Nada de *sentimentos*, por favor. Se o Holandês cruzar o seu caminho, temos de saber imediatamente. Está certo, pessoal? Obrigado. Mais alguma coisa, aproveitando a ocasião? Sim, Ghita.

SE WOODROW ESTAVA tendo dificuldades em decifrar as emoções de Ghita, ele estava muito mais perto do que imaginava do seu estado mental. Ela ficara de pé enquanto todos os demais, inclusive Woodrow, estavam sentados. Nisso ela se garantia. E estava ficando de pé a fim de ser vista. Mas, acima de tudo, estava de pé porque nunca em sua vida ouvira um monte de mentiras tão maldosas e porque seu impulso era literalmente não aceitá-las passivamente sentada. Então aqui estava ela de pé: em protesto, em ultraje, em preparação para chamar Woodrow de mentiroso na sua cara; e porque em sua breve e tumultuada vida até agora nunca encontrara pessoas melhores do que Tessa, Arnold e Justin.

Disto Ghita tinha consciência. Mas quando olhou para a sala – por sobre as cabeças severas do adido de Defesa e do adido comercial e de Mildren, o secretário particular do alto comissário, todas voltadas para ela –, direto para os olhos mentirosos e insinuantes de Sandy Woodrow, sabia que tinha de encontrar um caminho diferente.

O caminho de Tessa. Não por covardia, mas por tática.

Chamar Woodrow de mentiroso na sua cara seria conquistar um minuto de glória duvidosa, seguido de uma demissão garantida. E o que poderia provar? Nada. As mentiras dele não eram fabricações. Eram uma lente de distorção brilhantemente preparada que transformava fatos em monstros e, no entanto, os deixava com feições de fatos.

– Sim, Ghita querida.

Ele jogara a cabeça para trás e as sobrancelhas estavam erguidas e a boca meio aberta como a de um mestre de coro, como se estivesse pronto para cantar. Ela afastou o olhar rapidamente. O rosto daquele velho Donohue está cheio de rugas para baixo, pensou. Irmã Marie no convento tinha um cachorro assim. As bochechas de um cão de caça são chamadas de filuras, Justin me contou. Joguei tênis de peteca com Sheila na noite passada e ela está me observando também. Para seu espanto, Ghita ouviu a si mesma falando para o auditório.

– Bem, talvez não seja uma boa ocasião para eu sugerir isto, Sandy. Talvez eu devesse deixar para daqui a alguns dias – começou.
– Com tanta coisa acontecendo.

– Deixar *o quê* para depois? Não nos deixe em suspense, Ghita.

– Acontece que tivemos esta pesquisa por intermédio do Programa Mundial de Alimentação, Sandy. Estão pressionando vigorosamente para que mandemos um representante da CEDLA ao próximo encontro de debate em grupo sobre o Consumo Autossustentável.

Era uma mentira. Uma mentira funcional, eficiente, aceitável. Por um milagre da trapaça, desencavara da sua memória um convite de rotina e o reembalara para parecer uma convocação urgente. Se Woodrow pedisse para ver o arquivo, ela não teria a menor ideia do que fazer. Mas ele não o fez.

– Consumo o *quê*, Ghita? – perguntou Woodrow, entre leves risos de catarse.

– É o que também se chama de Parturição da Assistência, Sandy – replicou Ghita severamente, puxando outra peça de jargão da circular. – Como é que uma comunidade que recebeu substancial assistência em comida e remédios aprende a se sustentar quando as agências se retiram? Esta é a questão em debate. Que precauções devem ser tomadas pelos doadores para garantir que as provisões logísticas adequadas continuem funcionando e não resulte nenhuma privação posterior? Grandes expectativas estão investidas nessas discussões.

– Bem, parece bastante sensato. E quanto tempo dura a festança?

– Três dias completos, Sandy. Terça, quarta e quinta, com um possível prolongamento. Mas nosso problema, Sandy, é que não temos um representante junto à CEDLA agora que Justin se foi.

– Então pensou que talvez *você* pudesse ir no lugar dele – gritou Woodrow, com uma risada alusiva à astúcia das mulheres bonitas. – Onde é que vai ser a reunião, Ghita? Na cidade do Picado? – Seu codinome favorito para o complexo das Nações Unidas.

– Na verdade, em Lokichoggio, Sandy – disse Ghita.

Querida Ghita:
Não tive a oportunidade de lhe dizer o quanto Tessa gostava de você e valorizava o tempo que vocês duas passaram juntas. Mas você sabe disso, de qualquer maneira. Obrigado por tudo o que deu a ela.
Tenho um pedido a lhe fazer, mas é apenas um pedido, e não devia deixar que isto a preocupasse a não ser que entre no espírito da coisa. Se por acaso, no curso de suas viagens, passar por Lokichoggio, por favor entre em contato com uma sudanesa chamada Sarah que era amiga de Tessa. Ela fala inglês e foi uma espécie de empregada doméstica para uma família inglesa durante o mandato britânico. Talvez ela possa trazer alguma luz ao que realmente levou Tessa e Arnold a irem até Loki.

É apenas um palpite, mas me parece, em retrospecto, que eles foram para lá com um sentimento de excitação maior do que era justificado por um curso de conscientização feminina para mulheres sudanesas! Neste caso, Sarah deve saber algo a respeito.

Tessa mal conseguiu dormir na noite anterior à viagem e estava, até mesmo para Tessa, excepcionalmente efusiva quando nos despedimos – o que Ovídio chama de "adeus pela última vez", embora eu presuma que nenhum de nós dois soubesse disso. Aqui vai um endereço na Itália para onde você pode escrever se tiver a ocasião. Por favor, não se exponha. Obrigado de novo.

Carinhosamente,
Justin.

Nada de Holandês. Justin.

16

Justin chegou à cidadezinha de Bielefeld perto de Hanover depois de dois dias tumultuados de trem. Como Atkinson, registrou-se em um hotel modesto em frente à estação ferroviária, fez um reconhecimento da cidade e comeu uma refeição indistinta. Quando escureceu, entregou sua carta. É isto que os espiões fazem o tempo todo, pensou, ao avançar para a casa da esquina sem luzes. É este estado de alerta que aprendem desde o berço. É assim que atravessam uma rua escura, examinam as entradas das portas, dobram uma esquina: você está à minha espera? Já o vi em algum lugar antes? Mal havia postado a carta e o seu bom-senso já lhe fazia cobranças: esqueça os espiões, idiota, você podia ter mandado a maldita coisa por táxi. E agora, à luz do dia, quando avançava para a casa da esquina, pela segunda vez, punia-se com medos diferentes: estarão me vigiando? Será que me viram na noite passada? Pretendem me prender quando eu chegar? Alguém telefonou ao *Telegraph* e descobriu que eu não existo?

Na viagem de trem dormira pouco e a noite passada no hotel não dormira nada. Não viajava mais com papéis volumosos, malas de lona, laptops ou acessórios. Tudo o que precisava ser preservado seguira para a tia draconiana de Ham, em Milão. O que não precisava, jazia a uma profundidade de duas braças em um leito do Mediterrâneo. Liberado do fardo, movimentava-se com uma leveza simbólica. Linhas mais aguçadas definiam suas feições. Uma luz mais forte brilhava por trás dos seus olhos. E Justin sentia-se bem consigo mesmo. Estava gratificado pelo fato de que a missão de Tessa fosse a partir de agora a sua missão.

A casa da esquina era um castelo germânico de torrinhas em cinco andares. O térreo fora pintado toscamente em faixas rústicas que à luz do dia se revelavam verde-papagaio e laranja. Na noite anterior, sob a iluminação de sódio, pareciam chamas em tons doentios de preto e branco. De um andar superior, um mural de bravas crianças de todas as raças sorria para ele, lembrando as crianças que acenavam no laptop de Tessa. As crianças se repetiam ao vivo em uma janela do andar térreo, sentadas em círculo ao redor de uma professora atormentada. Um bonito cartaz na janela seguinte perguntava como cresce o chocolate e oferecia fotos onduladas de sementes de cacau.

Fingindo desinteresse, Justin primeiro passou pelo edifício e então virou abruptamente à esquerda e perambulou pela calçada, parando para estudar as placas de médicos e psicólogos de segunda. *Em um país civilizado, nunca se sabe.* Um carro de polícia passou, os pneus crepitando na chuva. Seus ocupantes, um deles uma mulher, olharam-no sem expressão. Do outro lado da rua dois velhos em capas de chuva pretas e chapéus melão pareciam estar à espera de um funeral. A janela atrás dele tinha cortinas. Três mulheres de bicicleta deslizavam em sua direção ladeira abaixo. Pichações nas paredes proclamavam a causa palestina. Ele voltou ao castelo pintado e parou diante da porta, onde havia um hipopótamo verde pintado. Um hipopótamo verde menor marcava a campainha. Uma janela de sacada ornada, parecendo a proa de um navio, olhava do alto para ele. Estivera parado aqui na noite passada para deixar sua carta. Quem me olhou lá de cima então? A professora atormentada na janela gesticulou para que usasse a outra porta, mas estava fechada e trancada. Ele expôs seu problema também por gestos.

— Deviam tê-la deixado aberta – sussurrou para ele, ainda não de todo calma, depois de puxar os ferrolhos e fechar de novo a porta.

Justin de novo se desculpou e passou delicadamente por entre as crianças, desejando-lhes "*grüss Dich*" e "*guten Tag*", mas seu estado de vigilância colocava limites em sua cortesia tradicionalmente infinita. Subiu uma escada passando por bicicletas e carrinhos de bebê e entrou em uma saleta que parecia ter sido reduzida às necessidades vitais: um bebedouro, uma fotocopiadora, estantes nuas, montes de livros de referência e caixas de papelão empilhadas no chão. Por uma porta aberta viu uma jovem de óculos com aros de chifre e gola rulê sentada diante de uma tela.

— Sou Atkinson – falou em inglês. – Tenho um encontro com Birgit da Hippo.

— Por que não telefonou?

— Cheguei à cidade no final da noite passada. Achei que uma nota seria melhor. Ela pode me receber?

— Não sei. Pergunte a ela.

Seguiu a jovem ao longo de um pequeno corredor até um par de portas duplas. Abriu uma delas.

— Seu *jornalista* está aqui – anunciou em alemão, como se jornalista fosse sinônimo de amante ilícito, e caminhou de volta à sua sala.

Birgit era pequena e ágil, com bochechas rosadas, cabelos louros e a postura de um jovem pugilista. Seu sorriso era rápido e atraente. Sua sala era tão escassa quanto a saleta, com o mesmo ar vago de despojamento.

— Temos nossa reunião às 10 horas. – explicou um pouco ofegante ao apertar-lhe a mão. Falava o inglês dos seus e-mails. Ele deixou. O Sr. Atkinson não precisava chamar a atenção falando alemão. – Aceita um chá?

— Obrigado. No momento, não.

— Se é a respeito do roubo, nada temos a dizer – ela o advertiu.

– Que roubo?

– Não é importante. Poucas coisas foram levadas. Talvez tivéssemos posses demais. Agora já não temos.

– Quando foi isso?

– Há muito tempo – disse ela, encolhendo os ombros. – Na semana passada.

Justin puxou um caderno de notas do bolso e, no melhor estilo Lesley, abriu-o sobre o joelho.

– É sobre o trabalho que vocês fazem aqui – disse. – Meu jornal planeja uma série de reportagens a respeito das empresas farmacêuticas e o Terceiro Mundo. Nós a batizamos de Mercadores da Medicina. Como os países do Terceiro Mundo não têm nenhum poder de consumo. Como as grandes doenças estão em um lugar, os grandes lucros estão no outro. – Preparara-se para soar como um jornalista, mas não tinha certeza de que estivesse conseguindo. – Os pobres não podem pagar, por isso morrem. Quanto tempo mais vai durar isso? Parece que dispomos dos meios, mas não da vontade. Aquele tipo de coisa.

Para sua surpresa ela sorriu largamente.

– Quer que eu lhe responda essas perguntinhas simples antes das 10 horas?

– Se pudesse me contar o que a Hippo faz exatamente, quem financia vocês, como é que encaminham as questões, por assim dizer – falou severamente.

Birgit falava e ele anotava no caderninho sobre o joelho. Ela lhe oferecia o que ele supunha seria uma interpretação premiada e fingia da melhor maneira que estava ouvindo enquanto anotava. Estava pensando que aquela mulher fora amiga e aliada de Tessa sem a ter conhecido e, se tivessem se encontrado, ambas se congratulariam por sua escolha. Estava pensando que havia uma porção de motivos para um roubo e um deles era fornecer cobertura a qualquer pessoa para instalar os dispositivos que registram o que o Foreign Office tinha o prazer de chamar Produto Especial, para uso exclusivo de olhos maduros. Estava se lembrando de novo do curso de treinamento e da visita em grupo a um laboratório macabro em um porão atrás de Carlton Gardens, onde os estudantes podiam admirar os mais novos e incríveis locais para plantar dispositivos de escuta subminiaturizados. Vasos de plantas, bases de abajur, rosáceas decorativas no teto, frisos e molduras de quadros – tudo isso já era. Em seu lugar, qualquer coisa que se imaginasse, do grampeador sobre a mesa de Birgit até a sua jaqueta Sherpa pendurada na porta.

Ele escrevera o que quisera escrever e ela aparentemente dissera o que queria dizer, porque estava de pé e examinando uma pilha de panfletos em uma estante, procurando alguma leitura básica que pudesse lhe dar como um prelúdio para fazê-lo sair da sala em tempo para a sua reunião das 10 horas. Enquanto procurava, falava distraidamente sobre a Agência Federal Alemã de Drogas e declarava que era um tigre de papel. E a Organização Mundial de Saúde arranca seu dinheiro da América, acrescentou com desdém – o que significa que favorece as grandes empresas, reverencia o lucro e não gosta de decisões radicais.

– Vá a qualquer assembleia da OMS, e o que você vê? – perguntou retoricamente, entregando-lhe um monte de panfletos. – Lobistas, pessoal de relações públicas das grandes indústrias farmacêuticas. Dúzias deles. De uma grande firma farmacêutica, talvez de três ou quatro. "Venha almoçar conosco. Venha ao nosso fim de semana de confraternização. Já leu este maravilhoso estudo do professor Fulano?" E o Terceiro Mundo não é sofisticado. Não tem dinheiro, não tem experiência. Com linguagem diplomática e manobras, os lobistas podem enganá-lo facilmente.

Havia parado de falar e franzia a testa para ele. Justin segurou o caderno de notas aberto para que ela lesse. Segurava-o perto do seu rosto para que pudesse ver a sua expressão enquanto lia a mensagem; e a sua expressão, esperava, era branda e tranquilizadora ao mesmo tempo. Em apoio, estendera o indicador da mão esquerda livre em uma espécie de advertência.

SOU O MARIDO DE TESSA QUAYLE E NÃO CONFIO NESTAS PAREDES. PODE SE ENCONTRAR COMIGO ESTA TARDE ÀS 17H30 EM FRENTE AO VELHO FORTE?

Ela leu a mensagem, olhou para além do seu dedo erguido encarando-o nos olhos e continuou a fixá-los enquanto ele preenchia o silêncio com a primeira coisa que lhe veio à cabeça.

– Então está dizendo que o que precisamos é algum tipo de organismo internacional independente com o poder de atropelar essas empresas? – perguntou com agressão não intencional. – Diminuir sua influência?

– Sim – ela replicou, perfeitamente calma. – Acho que seria uma excelente ideia.

Ele passou pela mulher de gola rulê e lhe deu o tipo de aceno jovial que achava adequado em um jornalista.

– Tudo certo – assegurou-lhe. – Estou de saída. Obrigado por sua cooperação – não há necessidade de telefonar à polícia e dizer que tem um impostor no prédio.

Atravessou a sala de aula na ponta dos pés e tentou uma vez mais arrancar um sorriso da professora atormentada.

– É a última vez – prometeu-lhe. Mas as únicas que sorriram foram as crianças.

Na rua os dois velhos de capas e chapéus pretos ainda estavam aguardando o enterro. Junto ao meio-fio duas jovens de ar severo estavam sentadas em um sedã Audi, estudando um mapa. Voltou ao seu hotel e por capricho perguntou na recepção se por acaso havia alguma correspondência. Nenhuma correspondência. Chegando ao quarto, arrancou a página comprometedora do seu caderno e a página seguinte, porque também ficara marcada. Queimou-as na pia e ligou o exaustor para se livrar da fumaça. Deitou-se na cama pensando no que faziam os espiões para matar o tempo. Cochilou e foi acordado pelo telefone. Ergueu o receptor e lembrou-se de dizer "Atkinson". Era a camareira, "checando", disse ela. Desculpe-a, por favor. *Checando o quê*, pelo amor de Deus? Mas os espiões não fazem estas perguntas em voz alta. Nunca chamam a atenção sobre si mesmos. Os espiões ficam deitados em camas brancas em cidades cinzentas e esperam.

A VELHA FORTALEZA de Bielefeld ficava em uma elevação verde que dava para morros cobertos de nuvens. Estacionamentos, bancos de piquenique e jardins municipais estavam dispostos entre as muralhas cobertas de hera. Nos meses mais quentes era um ponto preferido dos moradores da cidade que passeavam por suas avenidas bordadas de árvores, admiravam os canteiros de flores e almoçavam em meio a muita cerveja no Restaurante do Caçador. Mas nos meses cinzentos o local tinha o ar de um parque de diversões deserto no meio das nuvens, e era assim que parecia a Justin nesta tarde, quando pagou o seu táxi e, adiantado em vinte minutos, fez o que esperava ser um reconhecimento casual do ponto de encontro que escolhera. Os estacionamentos vazios, esculpidos dentro das ameias, estavam empoçados com água da chuva. Em gramados encharcados, placas enferrujadas o advertiam para controlar o seu cão. Em um banco abaixo das ameias, dois veteranos com lenços no pescoço e sobretudos estavam sentados eretos, observando-o. Seriam os mesmos dois velhos que haviam usado chapéus melão pretos esta manhã enquanto esperavam pelo enterro? Por que me olham desta maneira? Sou judeu? Sou polaco? Quanto tempo levará para a Alemanha se tornar outro aborrecido país europeu?

Só uma estrada conduzia ao forte, e caminhou por ela, seguindo pela parte elevada para evitar as trincheiras de folhas caídas. Quando ela chegar, vou esperar até que estacione antes de falar com ela, decidiu. Os carros também têm ouvidos. Mas o carro de Birgit não tinha ouvidos, porque era uma bicicleta. À primeira vista, ela parecia uma espécie de amazona espectral, esforçando-se em pedaladas relutantes para chegar ao cume da colina, enquanto sua capa plástica se inflava às suas costas. Seus arreios fluorescentes pareciam a cruz de um cruzado. Lentamente a aparição se tornou carne e ela não era nem um serafim alado nem um mensageiro ofegante da batalha, mas uma jovem mãe com uma capa, montada em uma bicicleta. E da capa destacavam-se não uma cabeça, mas duas, a segunda pertencendo ao seu belo filho louro, todo afivelado em uma cadeirinha de criança na traseira – e medindo, aos olhos inexperientes de Justin, 18 meses na escala Richter.

E a visão dos dois foi tão agradável para ele, e tão incongruente, e atraente, que pela primeira vez desde a morte de Tessa ele irrompeu em um riso genuíno, rico e descontraído.

— Mas tão em cima da hora, como é que eu ia conseguir uma babá? — perguntou Birgit, ofendida por sua hilariedade.

— Não devia, não devia! Não importa, é maravilhoso. Como se chama?

— Carl. E você?

Carl manda lembranças... O móbile elefante que mandou para Carl o deixou completamente louco... Espero muito que o seu bebê seja bonito como Carl.

Mostrou a ela seu passaporte Quayle. Ela o examinou, nome, idade, fotografia, lançando olhares diretos para ele entre cada observação.

— Você disse que ela era *waghalsig* — falou, e viu seu cenho transformar-se em um sorriso enquanto tirava a capa e a dobrava e lhe dava a bicicleta para segurar a fim de desafivelar Carl da sua cadeirinha. E, tendo soltado Carl e o colocado no chão, afrouxou as correias de uma bolsa de sela e virou as costas a Justin para que ele pudesse passar para a mochila que ela usava: a mamadeira de Carl, um pacote de Knäckerbrot, fraldas de reserva e duas baguetes de presunto e queijo embrulhadas em papel encerado.

— Você comeu hoje, Justin?

— Não muito.

— Então podemos comer. Não vai ficar mais tão nervoso. *Carlchen, du machst das bitte nicht.* Podemos caminhar. Carl é capaz de caminhar para sempre.

Nervoso? Quem está nervoso? Fingindo estudar as nuvens de chuva ameaçadoras, Justin girou lentamente nos calcanhares, a cabeça no ar. Estavam ainda ali, dois velhos sentinelas sentados em estado de alerta.

— NÃO SEI NA VERDADE quanta coisa foi perdida — queixou-se Justin, quando lhe contou a história do laptop de Tessa. — Tive a impressão de que havia mais correspondência entre vocês duas, que ela não tinha impresso.

– Você não leu sobre Emrich?
– Que ela emigrou para o Canadá. Mas ainda trabalhava para KVH.
– Não sabe qual é a sua posição agora, o seu problema?
– Ela brigou com Kovacs.
– Kovacs não é nada. Emrich brigou com KVH.
– Por que diabos de motivo?
– Dypraxa. Ela acredita que identificou certos efeitos colaterais muito negativos. KVH acredita que ela não identificou.
– O que fizeram a respeito? – perguntou Justin.
– Até agora só destruíram sua reputação e sua carreira.
– É tudo?
– É tudo.

Caminharam sem falar por um momento, com Carl como um caçador à frente deles, mergulhando para apanhar castanhas-da-índia apodrecidas e sendo impedido de levá-las à boca. A névoa do entardecer formara um mar ao longo da sucessão de colinas, transformando seus cumes arredondados em ilhas.

– Quando foi que isso aconteceu?
– Ainda está acontecendo. Ela foi dispensada pela KVH e dispensada de novo pelos membros do Conselho da Universidade de Dawes, em Saskatchewan, e pela diretoria administrativa do Hospital Universitário de Dawes. Tentou publicar um artigo em um jornal médico sobre suas conclusões em relação ao Dypraxa, mas seu contrato com a KVH tinha uma cláusula de confidencialidade, por isso protestaram a revista e nenhum exemplar pode circular.
– Processaram. Não protestaram. Processaram.
– Dá na mesma.
– E você contou a Tessa sobre isso? Ela deve ter vibrado.
– Claro. Contei a ela.
– Quando?

Birgit encolheu os ombros.

– Talvez há três semanas. Talvez duas. Nossa correspondência também desapareceu.
– Quer dizer que quebraram seu computador?

— Foi roubado. Na invasão do nosso prédio. Eu não havia baixado suas cartas e não as havia impresso. *Então*.

Então concordou Justin silenciosamente.

— Alguma ideia de quem o levou?

— Ninguém o levou. Com as grandes corporações é sempre ninguém. O chefão chama o subchefão, o subchefão chama o seu assistente, o assistente fala com o chefe de segurança da corporação que fala com o subchefe que fala com seus amigos que falam com os amigos deles. E assim a coisa é feita. Não pelo chefe ou pelo subchefe ou pelo assistente ou seu subchefe. Não pela corporação. Não por ninguém, na verdade. Mesmo assim é feito. Não há papéis, não há cheques, não há contratos. Ninguém sabe de nada. Ninguém esteve lá. Mas a coisa é feita.

— E quanto à polícia?

— Oh, nossa polícia é *muito* esforçada. Se perdemos um computador, comunique à companhia de seguros e compre um novo, não venha chatear a polícia. Você conheceu Wanza?

— Só no hospital. Já estava muito doente. Tessa lhe escreveu sobre Wanza?

— Que ela foi envenenada. Que Lorbeer e Kovacs foram visitá-la no hospital e que o bebê de Wanza sobreviveu, mas Wanza não. Que a droga a matou. Talvez uma combinação a tenha matado. Talvez fosse muito magra, sem gordura no corpo suficiente para assimilar a droga. Talvez, se lhe tivessem dado menos, pudesse sobreviver. Talvez a KVH corrija a farmacinética antes de vendê-la à América.

— Ela disse isso? Tessa disse?

— Claro. "Wanza era apenas outra cobaia. Eu gostava dela, eles a mataram. Tessa."

Justin já estava protestando.

— Pelo amor de Deus, Birgit, e com relação a Emrich? Se Emrich, como uma das descobridoras da droga, a declarou insegura, então certamente...

— Emrich exagera — atalhou Birgit. — Pergunte a Kovacs. Pergunte a KVH. A contribuição de Lara Emrich à descoberta da molécula Dypraxa foi mínima. Kovacs foi o gênio, Emrich era sua assistente de laboratório, e Lorbeer foi o Svengali delas. Naturalmente, como Emrich também era amante de Lorbeer, sua importância foi inflada bem acima da realidade.

– Onde está Lorbeer agora?

– Não se sabe. Emrich não sabe, a KVH não sabe – diz que não sabe –, nos últimos cinco meses ele tem estado completamente invisível. Talvez também o tenham matado.

– Onde está Kovacs?

– Está viajando. Viaja tanto que a KVH nunca nos diz onde está ou onde vai estar. Na semana passada estava no Haiti, talvez há três semanas estivesse em Buenos Aires ou Timbuctu. Mas onde estará amanhã ou na semana que vem é um mistério. Seu endereço residencial é, naturalmente, confidencial, seu telefone também.

Carl estava com fome. Em um minuto seguia placidamente um pedaço de galho em uma poça, no minuto seguinte estava berrando por comida. Sentaram-se em um banco enquanto Birgit o alimentava da mamadeira.

– Se você não estivesse aqui ele se alimentaria sozinho – disse orgulhosa. – Sairia caminhando como um pequeno bêbado com a mamadeira na boca. Mas agora tem um tio a observá-lo e por isso exige sua atenção. – Algo nas suas palavras a lembrou do sofrimento de Justin. – Desculpe-me, Justin – murmurou. – Como posso dizer?

Mas tão rápida e suavemente que dessa vez não lhe foi necessário dizer "obrigado" ou "sim, é terrível" ou "você é muito gentil" ou quaisquer das outras frases sem sentido que aprendera a proferir quando as pessoas se sentiam obrigadas a dizer o indizível.

ESTAVAM CAMINHANDO de novo e Birgit reconstituía o roubo.

– Cheguei ao escritório de manhã – meu colega Roland está em uma conferência no Rio –, fora isso é um dia normal. As portas estão trancadas, devo abri-las como de costume. No início não noto nada. Isto é que é estranho. Que ladrão tranca as portas ao sair? A polícia nos fez perguntas também. Mas nossas portas estavam fechadas com certeza. O lugar não estava em ordem, mas isso é normal. Na Hippo nós limpamos nossas próprias salas. Não podemos nos dar o luxo de pagar uma faxineira e às vezes estamos ocupados demais, ou preguiçosos demais, para limpar nós mesmos.

Três mulheres de bicicleta passaram solenemente, descreveram um círculo ao redor do estacionamento e voltaram, passando por eles a caminho da descida da colina. Justin lembrou das três mulheres ciclistas desta manhã.

– Tenho de verificar o telefone. Temos uma secretária eletrônica na Hippo. Um aparelho comum de 100 marcos, mas, de qualquer modo, são 100 marcos, e ninguém o levou. Temos correspondentes no mundo inteiro e por isso precisamos de uma secretária eletrônica. A fita sumiu. Oh, merda, pensei, quem tirou a maldita da fita? Vou até a outra sala para buscar uma nova fita. O computador sumiu. Oh, merda, pensei, quem foi o idiota que pegou o computador e onde foi que o meteram? É um computador grande, de dois andares, mas não é impossível removê-lo, tem rodas. Temos uma garota nova, uma advogada estagiária, uma grande garota na verdade, mas iniciante: Beate, querida, eu digo, onde está a porra do computador? Então começamos a procurar. Computador. Fitas. Disquetes. Papéis. Arquivos. Desaparecidos, e as portas trancadas. Não levaram nada mais de valor. Nem o dinheiro na caixa do dinheiro, nem a máquina de café ou o rádio ou a televisão ou o gravador de fita vazio. Não são drogados. Não são ladrões profissionais. E para a polícia não são criminosos. Por que criminosos trancariam as portas? Talvez você saiba por quê.

– Para nos contar – replicou Justin depois de uma longa pausa.

– Como assim? Para nos contar o quê? Não entendo.

– Trancaram as portas para Tessa também.

– Explique, por favor. Que portas?

– Do jipe. Quando a mataram. Trancaram as portas do jipe para que as hienas não levassem os corpos.

– Por quê?

– Queriam nos contar para que sentíssemos medo. Esta foi a mensagem que colocaram no laptop de Tessa. Para ela ou para mim. "Fiquem avisados. Não continuem com o que estão fazendo." Mandaram-lhe uma ameaça de morte também. Só descobri isso há poucos dias. Ela nunca me contou.

– Então foi corajosa – disse Birgit.

Lembrou-se das baguetes. Sentaram-se em outro banco e as comeram enquanto Carl mastigava um biscoito e cantava e os dois velhos sentinelas marchavam perdendo-se de vista colina abaixo.

– Havia um padrão naquilo que levaram? Ou foi uma coisa aleatória?

– Foi aleatório, mas havia também um padrão. Roland diz que não havia padrão, mas Roland é relaxado. Está sempre relaxado. É como um atleta cujo coração bate à metade do ritmo normal para que possa correr mais rápido do que todo mundo. Mas só quando ele quer. Quando é conveniente andar rápido, ele é rápido. Quando nada pode ser feito, fica na cama.

– Qual foi o padrão? – ele perguntou.

Ela tem um cenho parecido com o de Tessa, notou. É o cenho da discrição profissional. Como fazia com Tessa, não fez nenhum esforço para romper o silêncio dela.

– Como você traduziu *waghalsig*? – perguntou finalmente.

– Impetuosa, eu acho. Atrevida, talvez. Por quê?

– Então eu também fui *waghalsig* – disse Birgit.

Carl queria ser carregado, o que segundo ela era inédito. Justin podia com segurança insistir em arcar com o fardo. Houve algum trabalho enquanto ela desafivelava a mochila e estendia as correias para ele e – só quando ficou satisfeita com o ajustamento – ergueu Carl e o exortou a ser bem-comportado com o seu novo tio.

– Fui pior do que *waghalsig*. Fui uma idiota completa. – Mordeu o lábio, odiando-se pelo que tinha para contar. – Recebemos uma carta. Semana passada. Quinta-feira. Veio por *courier* de Nairóbi. Não uma carta, um documento. Setenta páginas. Sobre Dypraxa. Sua história, seus aspectos e seus efeitos colaterais. Positivos e negativos, mas principalmente negativos em vista das fatalidades e dos efeitos colaterais. Não estava assinada. Era, sob todos os aspectos científicos, objetiva, mas em todos os outros aspectos um pouco maluca. Endereçada a Hippo, não a ninguém nominalmente. Simplesmente Hippo. Aos senhores e senhoras da Hippo.

– Em inglês?

— Inglês, mas não escrito por um inglês, eu acho. É impressa, por isso não pudemos ver a caligrafia. Continha muitas referências a Deus. Você é religioso?

— Não.

— Mas Lorbeer é religioso.

A GAROA SE TRANSFORMARA em pancadas ocasionais de chuva. Birgit estava sentada em um banco. Tinham chegado a um palanque com cadeiras de balanço para crianças, equipadas com barras na frente dos assentos para mantê-las seguras. Carl precisou ser colocado em uma delas e empurrado. Lutava contra o sono. Uma suavidade felina baixara sobre ele. Seus olhos estavam semicerrados e ele sorria enquanto Justin o empurrava com uma cautela obsessiva. Um Mercedes branco com placa de Hamburgo subiu lentamente a colina, passou por eles, deu uma volta em círculo no estacionamento inundado e voltou lentamente. Um motorista, um passageiro do seu lado. Justin lembrou-se das duas mulheres no Audi estacionado esta manhã quando saíra à rua. O Mercedes voltou a descer a colina.

— Tessa disse que você fala todas as línguas — comentou Birgit.

— Isso não significa que eu tenha algo a dizer nelas. Por que você foi *waghalsig*?

— É melhor me chamar de estúpida.

— Por que você foi estúpida?

— Fui estúpida porque quando o *courier* entregou o documento de Nairóbi fiquei excitada e telefonei para Lara Emrich, em Saskatchewan, e disse a ela: "Lara, querida, me ouça, nós recebemos uma história muito longa, anônima, muito mística, muito louca, muito autêntica sobre o Dypraxa, sem endereço, sem data, de alguém que eu acho seja Markus Lorbeer. Relata as fatalidades da combinação de drogas e ajudará grandemente no seu caso." Eu estava tão feliz porque o documento fora na verdade intitulado em função dela. Chamava-se "A doutora Lara Emrich está certa". "É loucura," eu disse a ela, "mas é feroz como uma declaração política. Também muito polêmico, muito religioso e muito destrutivo da parte de Lorbeer." "Então é de Lorbeer", diz ela. "Markus está se flagelando. É normal."

— Já se encontrou com Emrich? Você a conhece?

— Como eu conhecia Tessa. Por e-mail. Logo, somos e-amigas. O documento contava que Lorbeer passara seis anos na Rússia, dois sob o velho comunismo e quatro anos sob o novo caos. Eu contei isso a Lara, que já o sabia. Segundo o papel, Lorbeer é agente para certas empresas farmacêuticas, fazendo lobby junto a funcionários da Saúde russa, vendendo-lhes drogas do Ocidente, eu digo a ela. De acordo com o papel, em seis anos teve contatos com oito diferentes ministros da Saúde. "Os ministros da Saúde russos chegavam em um Lada e saíam em um Mercedes." É uma das piadas favoritas de Lorbeer, ela me diz. Isso confirma para nós duas que Lorbeer é o autor do documento. É a sua confissão masoquista. Também de Lara fico sabendo que o pai de Lorbeer era um luterano alemão, muito calvinista, muito rígido, o que explica as concepções religiosas mórbidas do filho e seu desejo de se confessar. Você conhece medicina? Química? Um pouco de biologia, talvez?

— Minha educação foi um pouco cara demais para isso, receio.

— Lorbeer alega em sua confissão que, enquanto trabalhava para a KVH, conseguiu a validação do Dypraxa por meio de bajulação e suborno. Descreve a compra de funcionários da Saúde, testes clínicos acelerados, a compra de registro de drogas e licenças de importação e como molhava cada mão burocrática na cadeia alimentar. Em Moscou, uma validação assinada por eminentes líderes da opinião médica podia ser comprada por 25 mil dólares. É o que ele escreve. O problema é que, quando você suborna um, tem de subornar também aqueles que não foram eleitos, caso contrário denegrirão a molécula por inveja e ressentimento. Na Polônia não era diferente, mas menos dispendioso. Na Alemanha, a influência era mais sutil, mas não *muito* sutil. Lorbeer escreve sobre uma famosa ocasião em que fretou um Jumbo para a KVH e levou oitenta eminentes médicos alemães até a Tailândia em uma viagem educacional.

Ela sorria enquanto contava isto.

— Sua educação foi proporcionada na partida da viagem, na forma de filmes e palestras, e também de caviar Beluga e conhaques e uísques extremamente envelhecidos. Tudo tinha de ser da melhor qualidade, escreve Lorbeer, porque os bons doutores da Alemanha foram mal-acostumados desde cedo. O champanhe não lhes interessa mais. Na Tailândia, os médicos ficaram livres para fazer o que quisessem, mas era fornecida recreação àqueles que a desejassem e também parceiras atraentes. Lorbeer, pessoalmente, conseguiu um helicóptero para lançar orquídeas em uma certa praia onde os médicos e suas parceiras estavam relaxando. No voo de volta, nenhuma educação era mais necessária. Os médicos já estavam mais do que educados. Tudo o que tinham de lembrar era de escrever suas receitas e seus artigos eruditos.

Mas embora estivesse rindo ela ficou constrangida com esta história e precisou corrigir o seu impacto.

– Isso não significa que Dypraxa seja um mau remédio, Justin. Dypraxa é uma droga muito boa que ainda não completou os seus testes. Nem todos os médicos podem ser seduzidos, nem todas as empresas farmacêuticas são desleixadas e cobiçosas.

Parou, consciente de que estava falando demais, mas Justin não fez nenhuma tentativa de interrompê-la.

– A indústria farmacêutica moderna tem apenas 65 anos de existência. Conta com bons homens e mulheres, alcançou milagres humanos e sociais, mas sua consciência coletiva não se desenvolveu. Lorbeer escreve que as empresas farmacêuticas viraram as costas para Deus. Faz muitas citações bíblicas que não entendo. Talvez seja porque não entendo Deus.

Carl havia adormecido no balanço. Justin tirou-o da cadeira e, com sua mão sobre suas costas quentes, caminhou com ele suavemente para cima e para baixo na pista.

– Estava me contando como telefonou para Lara Emrich – Justin lembrou a ela.

– Sim, mas eu me distraí deliberadamente porque estou constrangida e fui estúpida. Está confortável ou quer que eu o pegue?

– Estou ótimo.

O Mercedes branco tinha parado no sopé da colina. Os dois homens ainda estavam sentados do carro.

— Na Hippo nós presumimos durante anos que nossos telefones estivessem sob escuta, sentimos um certo orgulho com relação a isso. De tempos em tempos nossa correspondência é censurada. Mandamos cartas para nós mesmos e as vemos chegarem depois em uma condição diferente. Muitas vezes alimentamos a fantasia de plantar informação falsa para o *Organy*.

— O quê?

— É uma palavra de Lara. Uma palavra russa dos tempos soviéticos. Significa os órgãos do Estado.

— Vou adotá-la imediatamente.

— Então talvez o *Organy* nos ouvisse rindo e vibrando no telefone quando prometi a Lara que lhe mandaria uma cópia do documento para o Canadá imediatamente. Lara disse que infelizmente não possuía uma máquina de fax porque gastara seu dinheiro em advogados e não lhe era permitido nem sequer entrar nas dependências do hospital. Se ela tivesse um aparelho de fax, talvez não houvesse problema hoje. Teria uma cópia da confissão de Lorbeer, ainda que nós não a tivéssemos. Tudo estaria salvo. Talvez. Tudo é talvez. Ninguém tem uma prova.

— E quanto a e-mail?

— Ela não tem mais e-mail. Seu computador sofreu uma parada cardíaca um dia depois que tentou publicar seu artigo e ela não o recuperou.

Ficou sentada corada e estoica na sua vexação.

— E então? — Justin a provocou.

— Então não temos nenhum documento. Eles o roubaram quando roubaram o computador, os arquivos e as fitas. Telefonei para Lara à tarde, 17 horas no horário alemão. Nossa conversa terminou talvez às 17h40. Ela estava emocionada, muito feliz. Eu também. "Espere até Kovacs saber disso", dizia. Assim, falamos por muito tempo e rimos e eu pensei em deixar para fazer uma cópia da confissão de Lorbeer na manhã seguinte. Coloquei o documento em nosso cofre e o tranquei. Não é um cofre enorme, mas é considerável. Os ladrões tinham uma chave. Assim como trancaram nossas portas depois que saíram, também trancaram o cofre depois de roubar o documento.

Quando a gente pensa nessas coisas, elas são óbvias. Até então, não existem. O que faz um gigante quando quer uma chave? Manda o seu pessoalzinho descobrir que tipo de cofre temos e então telefona para o gigante que fabricou o cofre e pede que dê uma cópia da chave ao pessoalzinho. No mundo dos gigantes, isso é normal.

O Mercedes branco não tinha se mexido. Talvez isso também fosse normal.

Encontraram um abrigo de zinco. Filas de espreguiçadeiras dobráveis estão acorrentadas como prisioneiros uma de cada lado. A chuva chocalha e silva no telhado de zinco e corre em regatos a seus pés. Carl voltou para sua mãe. Está dormindo no seu colo com a cabeça aninhada em seu ombro. Ela abriu uma sombrinha e a segura acima dele. Justin está sentado a distância no banco, as mãos trançadas entre os joelhos em prece e a cabeça inclinada sobre as mãos. Isto foi o que lamentei na morte de Garth, lembra. Garth privou-me de minha educação complementar.

— Lorbeer estava escrevendo um *roman* – diz ela.
— Romance.
— *Roman* é um romance?
— Sim.
— Então esse romance tem o final feliz no começo. Era uma vez duas belas médicas chamadas Emrich e Kovacs. São internas na Universidade de Leipzig, na Alemanha Oriental. A universidade tem um grande hospital. Estão pesquisando sob a orientação de professores sábios e sonham que um dia farão uma grande descoberta que salvará o mundo. Ninguém fala do deus Lucro, a não ser que seja lucro para a humanidade. No hospital de Leipzig estão chegando muitos alemães-russos que voltam da Sibéria, e eles têm tuberculose. Nos campos de prisioneiros da Sibéria a ocorrência de tuberculose era muito elevada. Todos os pacientes são pobres, todos estão doentes e sem defesas, a maioria tem modalidades de TB multirresistentes, muitos estão morrendo. Assinarão qualquer coisa, não vão criar problemas. Por isso é natural que as duas jovens médicas isolem bactérias e experimentem com remédios embriônicos para a tuberculose.

Fizeram testes em animais, talvez tenham testado também em estudantes de medicina e outros internos. Estudantes de medicina não têm dinheiro. Serão médicos um dia, estão interessados no processo. E encarregado de suas pesquisas temos um *Oberarzt*...

– Um médico sênior.

– A equipe é liderada por um *Oberarzt* que se entusiasma com as experiências. Toda a equipe anseia por sua admiração de modo que todos participam das experiências. Ninguém é mau, ninguém é criminoso. São jovens sonhadores, têm um tema excitante para pesquisar e os pacientes estão desesperados. Por que não?

– Por que não? – Justin murmura.

– E Kovacs tem um namorado. Kovacs sempre tem um namorado. Muitos namorados. Esse namorado é polonês, um bom sujeito. Casado, mas deixa pra lá. E tem um laboratório. Um laboratório pequeno, eficiente, inteligente, em Gdansk. Por amor a Kovacs, o polonês diz que ela pode brincar à vontade no seu laboratório sempre que tiver um tempo livre. Pode trazer quem quiser, e ela então traz sua bela amiga e colega Emrich. Kovacs e Emrich pesquisam, Kovacs e o polonês fazem amor, todo mundo está feliz, ninguém menciona o deus Lucro. Esses jovens estão apenas em busca de honra e glória e talvez de uma pequena promoção. E seus estudos apresentam resultados positivos. Pacientes ainda morrem, mas iam morrer de qualquer maneira. E alguns que deveriam morrer sobrevivem. Kovacs e Emrich estão orgulhosas. Escrevem artigos para revistas de medicina. Seu professor escreve artigos apoiando-as. Outros professores apoiam o professor, todo mundo está feliz, todo mundo congratula o vizinho, não existem inimigos, ou não ainda.

Carl cutuca o ombro dela. Ela dá um tapinha em suas costas e sopra suavemente no seu ouvido. Ele sorri e volta a dormir.

– Emrich também tem um amante. Tem um marido cujo nome é Emrich, mas ele não a satisfaz, estamos na Europa Oriental, todo mundo foi casado com todo mundo. O nome do seu amante é Markus Lorbeer. Tem uma certidão de nascimento sul-africana, um pai alemão e uma mãe holandesa e está morando em Moscou como agente de uma indústria farmacêutica, como colaborador, mas também como uma espécie de empresário que identifica possibilidades interessantes no campo da biotecnologia e as explora.

– Um caçador de talentos.

– É mais velho que Lara cerca de uns 15 anos, nadou em todos os oceanos, como dizemos, mas nunca se tornou um cientista. Ama a medicina, mas não é médico. Ama Deus e o mundo inteiro, mas também ama dinheiro vivo e o deus Lucro. Então ele escreve: "O jovem Lorbeer é um crente, ele adora o Deus cristão, adora as mulheres, mas adora também muito o deus Lucro." Esta é a sua perdição. Acredita em Deus, mas O ignora. Pessoalmente, eu rejeito esta atitude, mas não importa. Para um humanista, Deus é uma desculpa para não ser humanista. Seremos humanistas no além, enquanto isso vamos fazer lucro. Deixa pra lá. "Lorbeer pegou o dom da sabedoria de Deus" – creio que quer dizer a molécula – "e o vendeu para o Diabo." Creio que se refere a KVH. Então escreve que quando Tessa veio vê-lo, no deserto, contou a ela a plena extensão do seu pecado.

Justin se soergue rapidamente.

– Ele *diz* isso? Contou a *Tessa*? Quando? No hospital? Onde é que ela foi vê-lo? Que *deserto*? Que diabos ele está dizendo?

– Como lhe falei, o documento é um pouco maluco. Ele a chama de Abade, de Abbott, o sobrenome de Tessa. "Quando o Abade veio visitar Lorbeer no deserto, Lorbeer chorou." Talvez seja um sonho, uma fábula. Lorbeer se tornou um penitente no deserto agora. É Elias ou Cristo, não sei. É repugnante, na verdade. "O Abade chamou Lorbeer para prestar contas perante Deus. Por isso, nessa reunião no deserto, Lorbeer explicou ao Abade a natureza íntima de seus pecados." Isso é o que ele escreve. Seus pecados eram evidentemente muitos. Não me lembro de todos. Havia o pecado de iludir a si mesmo e o pecado da falsa argumentação. Então vem o pecado do orgulho, acho. Seguido pelo pecado da covardia. Deste ele não se justifica de modo algum, o que na verdade me deixa feliz. Mas provavelmente ele também está feliz. Lara diz que ele só se sente feliz quando está confessando ou fazendo amor.

– Escreveu tudo isso em inglês?

Ela concordou com um aceno de cabeça.

– Um parágrafo ele escreveu como a Bíblia inglesa, no parágrafo seguinte fornecia dados extremamente técnicos sobre o formato deliberadamente capcioso dos testes clínicos, as disputas entre Kovacs e Emrich sobre os problemas do Dypraxa quando combinado com outras drogas. Só uma pessoa muito bem-informada poderia conhecer esses detalhes. Esse Lorbeer eu prefiro grandemente ao Lorbeer do Céu e do Inferno, devo admitir a você.

– Abade com um A minúsculo?

– Maiúsculo. "O Abade anotava tudo o que eu contava a ela." Mas havia um outro pecado. Ele a matou.

Esperando, Justin fixou seu olhar no reclinado Carl.

– Talvez não diretamente, ele é ambíguo. "Lorbeer matou-a com a sua traição. Cometeu o pecado de Judas, por isso cortou o pescoço dela com suas próprias mãos e pregou Bluhm na árvore." Quando eu estava lendo estas palavras para Lara, perguntei-lhe: "Lara. Marcus está dizendo que matou Tessa Quayle?"

– Como foi que ela respondeu?

– Marcus não seria capaz de matar seu pior inimigo. Esta é a sua agonia, diz ele. Ser um homem mau com uma boa consciência. Ela é russa, muito deprimida.

– Mas se ele matou Tessa então não é um homem bom, é?

– Lara jura que isso seria impossível. Lara tem muitas cartas de Marcus. Só sabe amar sem esperança. Ouviu muitas confissões dele, mas não esta, naturalmente. Markus é muito orgulhoso dos seus pecados, diz ela. É vaidoso, e os exagera. É complicado, talvez um pouco psicótico, é por isso que o ama.

– Mas ela não sabe onde ele está?

– Não.

O olhar direto e desatento de Justin tinha se fixado no ilusório crepúsculo.

– *Judas* não matou ninguém – objetou. – Judas traiu.

– Mas o efeito foi o mesmo. Judas matou com a sua traição.

Outra longa contemplação do crepúsculo.

— Está faltando um personagem. Se Lorbeer traiu Tessa, para quem a traiu?

— Não ficou claro. Talvez para as Forças das Trevas. Só tenho o que está em minha memória.

— As Forças das Trevas?

— Na carta ele falava das Forças das Trevas. Odeio essa terminologia. Será que quer dizer a KVH? Talvez ele conheça outras forças.

— O documento mencionava Arnold?

— O Abade tinha um guia. No documento ele é o Santo. O Santo chamou Lorbeer ao hospital e disse-lhe que a droga Dypraxa era um instrumento da morte. O Santo era mais cauteloso que o Abade porque é médico e mais tolerante porque tem experiência da maldade humana. Mas a verdade maior está com Emrich. Disto Lorbeer tem certeza. Emrich sabe tudo, portanto não tem permissão de falar. As Forças das Trevas estão determinadas a suprimir a verdade. Foi por isso que o Abade teve de ser morto, e o Santo, crucificado.

— *Crucificado?* Arnold?

— Na fábula de Lorbeer as Forças das Trevas arrastaram Bluhm para bem longe e o pregaram em uma árvore.

Ficaram em silêncio, ambos de certo modo envergonhados.

— Lara diz também que Lorbeer bebe como um russo — acrescentou, em alguma espécie de mitigação, mas Justin não se deixou desviar.

— Ele escreve do deserto mas usa um serviço de *courier* a partir de Nairóbi — objetou.

— O endereço estava impresso, a guia escrita a mão, o pacote foi despachado do Hotel Norfolk, Nairóbi. O nome do remetente era difícil de ler, mas acho que era McKenzie. É escocês? Se o pacote não pudesse ser entregue, não devia ser devolvido ao Quênia. Devia ser destruído.

— A guia tinha um número, presumivelmente.

— A guia estava presa ao envelope. Quando coloquei o documento no cofre para a noite, primeiro eu o recoloquei dentro do envelope. Naturalmente, o envelope também desapareceu.

— Procure o serviço de *courier*. Devem ter uma cópia.

– O serviço de *courier* não tem nenhuma cópia do pacote. Nem em Nairóbi, nem em Hanover.

– Como posso encontrá-la?

– Lara?

A chuva batia no telhado de zinco e as luzes alaranjadas da cidade cresciam e diminuíam na névoa enquanto Birgit arrancava uma folha de papel de sua agenda e escrevia um longo número de telefone.

– Ela tem uma casa, mas não por muito tempo. Ou então você deve perguntar na universidade, mas deve tomar cuidado porque eles a odeiam.

– Lorbeer dormia com Kovacs e também com Emrich?

– Para Lorbeer não seria fora do comum. Mas acredito que a briga entre as mulheres não foi em função de sexo, mas da molécula.

Fez uma pausa, acompanhando o olhar dele. Ele mirava a distância, mas nada havia para ver a não ser os cumes dos morros distantes perfurando a cerração. Ela ficou agachada diante dele.

– Então – disse. – Volta a pé?

– Volto a pé.

Tirou um envelope do interior da jaqueta.

– Isto é tudo o que me lembro do romance de Lorbeer. Coloquei no papel para você. Minha letra é muito ruim, mas vai decifrá-la.

– Você é muito generosa.

Enfiou o envelope dentro de sua capa de chuva.

– Então, boa caminhada – ela disse.

Ia apertar a mão dele, mas mudou de ideia e beijou-o na boca: um beijo de afeição e despedida, rígido, deliberado, necessariamente desajeitado, enquanto ele mantinha a bicicleta de pé. Então Justin segurou a bicicleta enquanto ela afivelava seu capacete de proteção sob o queixo, antes de montar no selim e pedalar colina abaixo.

VOLTO A PÉ.

Começou a andar, mantendo-se no centro do caminho, um olho nos arbustos escuros de rododendros de cada lado. Lâmpadas de sódio brilhavam a cada 50 metros. Perscrutava as manchas negras entre as luzes. O ar noturno cheirava a maçã. Chegou ao sopé do morro e aproximou-se do Mercedes estacionado, passando a 10 metros do seu capô. Nenhuma luz dentro do carro. Dois homens ainda estavam sentados na frente, a julgar por suas silhuetas imóveis, e não eram os mesmos dois que haviam subido o morro antes e depois descido. Continuou caminhando e o carro o alcançou. Ignorou-o, mas em sua imaginação os homens não o estavam ignorando. O Mercedes chegou a um cruzamento e virou à esquerda. Justin dobrou à direita, dirigindo-se para o brilho da cidade. Um táxi passou e o chofer o chamou.

– Obrigado, obrigado – respondeu, expansivo –, mas prefiro caminhar.

Não houve resposta do chofer. Estava na calçada agora, seguindo pela margem externa. Dobrou outra rua e entrou em uma rua lateral muito iluminada. Rapazes e moças de olhos mortos agachavam-se nas soleiras das portas. Homens com jaqueta de couro estavam parados nas esquinas, os cotovelos erguidos, falando em celulares. Atravessou mais duas ruas e viu o seu hotel à sua frente.

O saguão estava no costumeiro e inevitável tumulto do começo de noite. Uma delegação japonesa estava se registrando, câmaras espocavam, carregadores empilhavam bagagem cara no único elevador. Tomando seu lugar na fila, tirou a capa de chuva e a pendurou no braço, mantendo o envelope de Birgit no bolso interno. O elevador desceu, ele se afastou para trás, deixando que as mulheres entrassem primeiro. Subiu até o terceiro andar e foi o único a saltar. O corredor horrendo com sua pálida iluminação de lâmpadas fluorescentes em série o fazia lembrar do Hospital Uhuru. Aparelhos de televisão berravam de cada quarto. O seu quarto era o 311, e a chave da porta era um pedaço de plástico achatado com uma seta preta impressa. O barulho dos aparelhos de televisão que competiam entre si o enfurecia e pensou até em queixar-se a alguém. Como posso escrever a Ham com essa algazarra toda? Entrou no quarto, colocou a capa de chuva sobre uma cadeira e viu que o seu próprio aparelho de televisão é que era o culpado. As arrumadeiras deviam tê-lo deixado aceso enquanto limpavam o quarto e não se deram o trabalho de desligar quando saíram. Avançou para o aparelho. Estava levando o tipo de programa que ele detestava particularmente. Uma cantora semivestida uivava a todo volume em um microfone, para deleite de um público juvenil em êxtase enquanto neve iluminada caía pela tela.

E foi a última coisa que Justin viu quando as luzes se apagaram: flocos de neve caindo na tela. Um negrume baixou sobre ele e sentiu que era golpeado e sufocado ao mesmo tempo. Braços humanos grampearam seus próprios braços dos lados do corpo, uma bola de pano grosseiro enfiada na sua boca. Suas pernas foram colhidas em um abraço de rúgbi e desabaram debaixo dele, e concluiu que estava tendo um ataque do coração. Sua teoria foi confirmada quando um segundo golpe comprimiu o seu estômago e tirou o último fôlego que lhe restava, porque, quando tentou gritar, nada aconteceu, não tinha voz ou respiração, e a bola de pano o amordaçava.

Sentiu joelhos sobre seu peito. Alguma coisa estava sendo apertada ao redor do seu pescoço, pensou em um laço, e presumiu que seria enforcado. Teve uma clara visão de Bluhm pregado em uma árvore. Sentiu o cheiro de desodorante masculino e teve uma lembrança do cheiro de corpo de Woodrow e lembrou-se de ter cheirado a carta de amor de Woodrow para ver se tinha o mesmo odor. Por um raro momento não havia nenhuma Tessa em sua memória. Estava caído no chão sobre o seu lado esquerdo e o que quer que havia atingido seu estômago atingiu sua virilha com outro golpe terrível. Estava encapuzado, mas ninguém o havia enforcado ainda e ainda estava deitado sobre o seu lado. A mordaça o fazia vomitar, mas não podia lançar o vômito para fora da boca e então ele descia pela garganta. Mas foi rolado sobre suas costas e seus braços foram esticados, as juntas das mãos tocando o tapete, as palmas para cima. Vão me crucificar, como Arnold. Mas não o estavam crucificando, ou ainda não; estavam prendendo suas mãos para baixo e ao mesmo tempo torcendo-as, e a dor era pior do que ele imaginava que pudesse ser qualquer dor; nos braços, no peito, nas pernas e na virilha. Por favor, pensou. Não a minha mão direita, senão como é que vou poder escrever para Ham? E devem ter ouvido sua prece porque a dor cessou e ele escutou uma voz masculina, sotaque alemão do norte, ou de Berlim, e bastante culta. Estava dando uma ordem para que colocassem o porco de novo de lado e atassem suas mãos às costas, e a ordem estava sendo obedecida.

– Sr. Quayle? Está me ouvindo?

A mesma voz, mas agora em inglês. Justin não respondeu. Não por falta de educação, mas porque conseguira cuspir a sua mordaça de pano afinal e vomitava de novo e o vômito deslizava ao redor do seu pescoço dentro do capuz. O som do aparelho de televisão diminuiu.

– É o bastante, Sr. Quayle. Vai parar agora, ok? Senão vai ter o mesmo fim de sua mulher. Está me ouvindo? Quer um pouco mais de castigo, Sr. Quayle?

Com o segundo Quayle veio outro horrendo chute na virilha.

– Talvez tenha ficado ligeiramente surdo. Vamos deixar-lhe uma pequena nota, ok? Sobre sua cama. Quando acordar, vai ler essa nota e vai se lembrar. Então vai voltar para a Inglaterra, ouviu? Não vai fazer mais perguntas ruins. Vai para casa, vai ser um bom menino. Da próxima vez nós mataremos você, como fizemos com Bluhm. É um processo muito demorado. Ouviu?

Outro chute na virilha gravou bem a lição. Ouviu a porta se fechar.

FICOU CAÍDO SOZINHO, em sua própria escuridão e em seu próprio vômito, sobre o lado esquerdo, com os joelhos dobrados até o queixo e as mãos amarradas atrás de si, e o interior do cérebro em fogo das dores elétricas que dilaceravam todo o seu corpo. Ficou caído em uma agonia negra fazendo a chamada de suas tropas despedaçadas – pés, canelas, joelhos, virilha, barriga, coração, mãos – e confirmou que estavam todos presentes, embora não corretos. Mexeu-se e teve uma sensação de estar rolando sobre brasa ardente. Ficou quieto de novo e um terrível prazer começou a despertar nele, espalhando-se em um vitorioso fulgor de autoconhecimento. *Fizeram isto comigo mas eu permaneci quem sou. Fui temperado. Sou capaz. Dentro de mim existe um homem intocado. Se voltassem agora e fizessem comigo tudo de novo, nunca atingiriam o homem intocado. Passei no exame do qual venho fugindo toda a minha vida. Sou um diplomado na dor.*

Então, ou a dor cessou ou a natureza veio em sua ajuda, porque ele cochilou, mantendo a boca bem fechada e respirando pelo nariz durante a noite fedorenta, encharcada e negra do capuz. O aparelho de televisão ainda estava ligado, podia ouvir. E se o seu sentido de orientação não fora danificado, estava de frente para ele. Mas o capuz devia ser forrado porque não conseguia enxergar nenhum lampejo da TV, e quando, a grande custo para suas mãos, rolou sobre suas costas, não viu nenhum sinal das luzes do teto acima dele, embora as tivesse acendido quando entrou no quarto, e não se lembrava de ouvi-las desligadas quando os torturadores partiram. Rolou de lado e entrou em pânico por um momento, esperando que a sua parte forte lutasse para se impor de novo. Raciocine, homem. Use sua estúpida cabeça, foi a única coisa que deixaram intacta. *Por que* a deixaram intacta? Porque não queriam escândalo. O que equivale a dizer que quem os mandou não queria escândalo. "Da próxima vez o matamos como Bluhm" – mas não desta vez, no entanto, por mais que o desejassem. Então eu grito. É isto que vou fazer? Eu rolo no chão, chuto os móveis, chuto as paredes do vizinho, chuto o aparelho de televisão e continuo me comportando como um maníaco até que alguém decida que não somos dois amantes apaixonados perdidos nas franjas exteriores do sadomasoquismo, mas um inglês amarrado e surrado com a cabeça dentro de um saco?

O diplomata treinado deduziu minuciosamente as consequências de tal descoberta. O hotel chama a polícia. A polícia toma um depoimento meu e chama o Consulado Britânico local, neste caso o de Hanover, se ainda temos um lá. Entra o cônsul de plantão, furioso por ser arrancado do seu jantar para inspecionar mais um maldito Súdito Britânico em Apuros, e seu reflexo automático é verificar meu passaporte – qual dos dois passaportes não vem mais ao caso. Se for o de Atkinson, teremos um problema, porque é falsificado. Um telefonema para Londres esclarece tudo. Se for o de Quayle, temos um problema diferente, mas o desfecho será provavelmente o mesmo: o primeiro avião de volta a Londres sem nenhuma opção, uma Comissão de Boas-vindas nada hospitaleira à minha espera no aeroporto.

Suas pernas não estavam amarradas. Até agora relutara em afastá-las. Quando fez isso, sua virilha e barriga pegaram fogo e as coxas e canelas sentiram o mesmo logo a seguir. Mas podia, definitivamente, separar as pernas, e podia juntar os pés de novo e ouvir a batida dos calcanhares. Encorajado por esta descoberta, fez o gesto extremo, rolou sobre o estômago e soltou um grito involuntário. Então mordeu o lábio para não gritar de novo.

Mas ficou obstinadamente com o rosto para baixo. Pacientemente, cuidadoso para não perturbar seus vizinhos nos quartos de cada lado, começou a trabalhar nas suas amarras.

17

O avião era um velho bimotor Beechcraft fretado pela ONU com um curtido comandante de 50 anos, de Joanesburgo, e um corpulento copiloto africano com costeletas, e uma caixinha branca de papelão com o lanche em cada um dos nove assentos rasgados. O aeroporto era Wilson, perto do túmulo de Tessa, e enquanto o avião suava e esperava na pista, Ghita se esforçava para ver o seu montículo sepulcral através da janela e pensava quanto tempo ainda ela teria de esperar por sua lápide. Mas tudo o que viu foi capim de folhas prateadas e um membro de uma tribo com um manto vermelho e um bastão apoiado sobre uma perna só, cuidando de suas cabras e uma manada de gazelas estremecendo e pastando debaixo de um amontoado de nuvens azul-negras. Tinha enfiado sua sacola de viagem debaixo do assento, mas a sacola era grande demais e teve de afastar em ângulo seus sapatos formais. Fazia um calor terrível no avião e o comandante já tinha avisado aos passageiros que só podia ligar o ar-condicionado depois que o avião levantasse voo. No compartimento com zíper colocara a pasta de instruções da conferência e suas credenciais como delegada da CEDLA pelo Alto Comissariado Britânico. No compartimento principal, seus pijamas e uma muda de roupa. Estou fazendo isto por Justin. Estou seguindo os passos de Tessa. Não preciso me sentir envergonhada por minha inexperiência ou duplicidade.

Os fundos da fuselagem estavam cheios de sacos da preciosa *miraa*, uma planta levemente narcótica, mas permitida, adorada pelas tribos do norte. Seu aroma de madeira estava gradualmente tomando conta do avião. Na frente dela sentavam-se quatro tarimbados agentes assistenciais, dois homens e duas mulheres. Talvez a *miraa* fosse deles. Invejava seu jeito resoluto e relaxado, as roupas surradas e sua dedicação simplória. E percebia com uma pitada de remorso que tinham a sua idade. Queria ser capaz de romper com os hábitos de humildade adestrada, de bater os calcanhares toda vez que apertasse as mãos de superiores, uma prática instilada pelas freiras. Deu uma olhada dentro de sua caixa e identificou dois sanduíches de banana-da-terra, uma maçã, uma barra de chocolate e uma caixa de suco de maracujá. Quase não dormira e estava faminta, mas sua noção de decoro a proibia de comer um sanduíche antes da decolagem. Na noite passada seu telefone tocara sem parar a partir do momento em que voltou ao seu apartamento enquanto os amigos e amigas, um a um, davam vazão ao seu ultraje e descrédito diante da notícia de que Arnold era um homem procurado. Sua posição no Alto Comissariado exigia que fizesse o papel de uma estadista mais velha para todos eles. À meia-noite, embora estivesse morta de sono e cansaço, tentou dar um passo a partir do qual não poderia recuar; um passo que, se tivesse sucesso, a resgataria da terra de ninguém onde estivera se escondendo como uma reclusa nas últimas três semanas. Deu uma busca no velho pote de bronze, onde guardava miudezas, e retirou uma tira de papel que escondera ali. É para cá que você nos telefona, Ghita, se decidir que deseja falar conosco de novo. Se não estivermos, deixe um recado e um de nós sempre lhe dará um retorno na hora, prometo. Uma voz masculina africana agressiva respondeu e ela esperou que tivesse discado o número errado.

– Gostaria de falar com Rob ou Lesley, por favor.

– Qual é o seu nome?
– Desejo falar com Rob ou Lesley. Algum deles está aí?
– Quem é você? Diga seu nome e o assunto imediatamente.
– Gostaria de falar com Rob ou Lesley, por favor.

Quando o telefone foi desligado do outro lado da linha ela aceitou sem drama o fato de que estava, como suspeitara, sozinha. A partir de então, nenhuma Tessa, nenhum Arnold, nenhuma sábia Lesley da Scotland Yard poderia poupar-lhe da responsabilidade de suas ações. Seus pais, embora os adorasse, não eram uma solução. Seu pai, o advogado, ouviria seu testemunho e declararia que por um lado isto, mas por outro lado aquilo, e lhe perguntaria que prova objetiva tinha em apoio a essas acusações muito sérias. Sua mãe, a médica, diria: você está esquentando a cabeça, querida, venha para casa e tenha um pouco de D & D – querendo dizer descanso e diversão. Com esse pensamento firme na cabeça turva ela abrira seu laptop que, não tinha dúvida, estaria abarrotado de gritos de dor e indignação em relação a Arnold. Mas, mal entrara online, a tela estalou e apagou-se. Recorreu a seus procedimentos – em vão. Telefonou para dois ou três amigos para ficar sabendo que suas máquinas não tinham sido afetadas.

– Uau, Ghita, talvez você tenha pegado um daqueles vírus malucos das Filipinas ou de sabe lá onde esses cybermalucos se escondem! – uma de suas amigas gritou com inveja, como se Ghita tivesse sido eleita para receber atenção especial.

Talvez o tivesse, concordou, e dormiu mal, preocupada com os e-mails que tinha perdido, as conversas pingue-pongue com Tessa que nunca imprimira porque preferia reler na tela, assim eram mais vívidas, mais Tessa.

O Beechcraft ainda não havia decolado e Ghita, como era seu hábito, se entregou às questões maiores da vida, enquanto conscienciosamente evitava a maior de todas, que era o que estou fazendo aqui e por quê? Há uns dois anos na Inglaterra, em minha Era Antes de Tessa, como secretamente a chamava, se martirizava com as injúrias, reais e imaginárias, que suportava todo dia por ser anglo-indiana. Via-se como um híbrido sem salvação, a seminegrinha à procura de Deus, semibranca superior para as raças menores à margem da lei. Acordada ou dormindo, pedia para saber a quem pertencia em um mundo de homens brancos e como e onde deveria investir suas ambições e humanidade e se deveria continuar estudando dança e música na universidade londrina que frequentava depois de Exeter ou, à imagem dos seus pais adotivos, seguir sua outra estrela e entrar em uma das profissões.

O que explica como em certa manhã ela se viu-se, agindo quase por impulso, submetendo-se a um concurso para o Serviço Exterior de Sua Majestade, concurso em que falhou, o que não a surpreendeu uma vez que nunca voltara um pensamento para a política, mas com o conselho de que devia se reinscrever dentro de dois anos. E de certa forma a própria decisão de submeter-se a um exame, embora sem sucesso, conduziu-a a um raciocínio por trás daquilo tudo, e sentiu-se melhor consigo mesma aderindo ao Sistema do que ficando à margem dele, mesmo alcançando pouco mais do que a gratificação parcial de seus impulsos artísticos.

E foi a esta altura, visitando seus pais na Tanzânia, que decidiu, de novo impulsivamente, candidatar-se a um emprego local no Alto Comissariado Britânico e procurar uma promoção depois que fosse aceita. E se não tivesse feito isso jamais teria conhecido Tessa. Jamais, como pensava agora, teria se colocado na linha de fogo onde estava decidida a ficar, lutando pelas coisas às quais resolvera ser leal – ainda que, em resumo, elas oferecessem uma leitura bastante simplista: verdade, tolerância, justiça, uma noção da beleza da vida e uma rejeição quase violenta dos seus opostos –, mas, acima de tudo, uma crença herdada de pai e mãe e fortalecida por Tessa, de que o Sistema em si deveria ser forçado a espelhar essas virtudes, ou não teria razão nenhuma para existir. O que a trouxe de volta à maior questão de todas. Amara Tessa, amara Bluhm, ainda amava Justin, na verdade um pouco mais do que era adequado ou cômodo, ou qualquer que fosse a palavra. E o fato de que estava trabalhando para o Sistema não a obrigava a aceitar as mentiras do Sistema, como aquelas que ouvira ontem mesmo da boca de Woodrow. Ao contrário, sentia-se obrigada a rejeitá-las, e colocar o Sistema de volta no seu lugar, que era o lado da verdade. O que explicava a satisfação total de Ghita no que estava fazendo aqui e por quê. "É melhor estar dentro do Sistema lutando contra ele", seu pai – no fundo um iconoclasta – costumava dizer, "do que fora do Sistema, uivando para ele."

E Tessa, o que era uma coisa maravilhosa, dissera exatamente o mesmo.

O Beechcraft tremia como um cachorro velho e cambaleava para a frente, sacolejando laboriosamente no ar. Pela sua minúscula janela, Ghita viu toda a África espalhar-se abaixo dela: cidades-favelas, manadas de zebras correndo, as plantações de flores do lago Naivasha, os Aberdares, o monte Quênia fracamente pintado no horizonte distante. E, cercando-os como um mar, as extensões intermináveis de savana marrom enevoada, rabiscadas por manchas verdes. O avião entrou em uma nuvem de chuva, um crepúsculo acinzentado tomou conta da cabine. Um sol coruscante surgiu em seu lugar e foi acompanhado por uma grande explosão em algum lugar lá fora à esquerda de Ghita. Sem nenhum aviso o avião virou de lado. Caixas de lanche, mochilas e a sacola de viagem de Ghita foram espalhadas pelo corredor em meio a um coro de alarmes e sirenes e de luzes vermelhas piscando. Ninguém falou a não ser um velho africano que deu uma ressonante gargalhada e berrou "Nós o amamos, Senhor, e não vá se esquecer disto", para o alívio e divertimento nervoso dos outros passageiros. O avião ainda não havia se endireitado. O motor reduzira-se a um murmúrio. O copiloto africano de costeletas encontrara um manual e consultava uma lista de instruções, enquanto Ghita tentava ler por sobre seu ombro. O comandante com a pele igual a couro cru virou na sua cadeira para falar aos passageiros apavorados. Sua boca oblíqua coriácea combinava com o ângulo das asas do avião.

– Como devem ter observado, senhoras e senhores, um motor estourou – disse secamente. – Isso significa que vamos ter de voltar até Wilson para pegar outra destas engenhocas.

E não tenho medo, notou Ghita, contente consigo mesma. Antes de Tessa morrer, coisas como esta aconteciam com outras pessoas. Agora estão acontecendo comigo e eu posso dar conta de todas.

Quatro horas depois, ela pisava na pista alcatroada de Lokichoggio.

– Você é Ghita? – uma garota australiana gritou por cima do ruído dos motores e das saudações berradas por outras pessoas. – Sou Judith. Olá!

Era alta, com faces coradas e um ar feliz, e usava um chapéu masculino de feltro marrom e uma camiseta proclamando os Serviços Unidos de Chá do Ceilão. Abraçaram-se, amigas espontâneas em um lugar tumultuado e barulhento. Aviões de carga brancos da ONU decolavam e aterrissavam, caminhões brancos manobravam e roncavam, o sol era uma fornalha e o seu calor subia da pista sobre ela e os vapores do combustível dos aviões coruscavam em seus olhos e a ofuscavam. Com Judith como guia, ela se apertou na traseira de um jipe entre sacolas de correio e sentou-se ao lado de um chinês suarento com um colarinho redondo e um terno preto. Jipes passavam zunindo na direção contrária, perseguidos por um comboio de caminhões brancos que se dirigiam para os aviões de carga.

– Era uma senhora muito legal! – gritou Judith do assento de passageiro para ela. – Muito dedicada! – Falava evidentemente de Tessa. – Por que alguém desejaria prender Arnold? São completamente estúpidos! Arnold seria incapaz de matar uma mosca. Você tem reserva para três noites, não é? É que temos um bando de nutricionistas chegando de Uganda!

Judith está aqui para alimentar os vivos, não os mortos, pensou Ghita, enquanto o jipe chocalhava passando pelo portão e entrava em uma faixa de estrada ruim. Passaram por uma favela-prostíbulo cheia de bares e tendas e um cartaz jocoso dizendo Piccadilly Por Aqui. Tranquilos morros marrons se elevavam à sua frente. Ghita disse que adoraria caminhar até eles. Judith falou que se o fizesse não voltaria.

– Animais?
– Pessoas.

Aproximaram-se do campo. Em uma faixa de poeira vermelha ao lado do portão principal crianças jogavam basquete usando uma sacola branca de mercado pregada em um poste de madeira. Judith levou Ghita até a recepção para apanhar seu passe. Ao assinar o livro, Ghita folheou casualmente para trás e a página se abriu onde ela fingia não estar procurando:

Tessa Abbott, Caixa Postal, Nairóbi, Tukul 28.

A. Bluhm, Médecins de l'Univers, Tukul 29.

E a mesma data.

– Os rapazes da imprensa fizeram a festa – dizia Judith com entusiasmo. – Reuben cobrou-lhes 50 dólares americanos por foto, dinheiro vivo. Oitocentos paus no total, ou seja, oitocentos estojos com cadernos de desenho e lápis de cor. Reuben acredita que isso produzirá dois Dinka van Goghs, dois Dinka Rembrandts e um Dinka Andy Warhol.

Reuben, o lendário organizador do campo, lembrou Ghita. Congolês. Amigo de Arnold.

Caminhavam por uma ampla avenida de tulipeiras, suas flamejantes trombetas vermelhas brilhando contra as fiações suspensas e os *tukuls* pintados de branco com telhados de sapê. Um inglês magro como um mestre de escola preparatória passou calmamente em uma antiquada bicicleta de policial. Vendo Judith, tocou a campainha e deu-lhe um adorável aceno.

– Chuveiros e escaninhos de correspondência do outro lado da rua, a primeira sessão é amanhã às 8 horas em ponto, encontro na entrada da cabana 32 – anunciou Judith ao mostrar a Ghita seus alojamentos. – *Spray* antimosquito do lado de sua cama, use o mosquiteiro se for esperta. Gostaria de molengar no clube ao pôr do sol para uma cerveja antes do jantar?

Ghita gostaria.

– Bem, vê se se cuida. Alguns dos rapazes estão bastante famintos depois de passar um tempo no mato.

– Oh, a propósito – Ghita tentou soar casual –, tem uma mulher chamada Sarah. Era uma espécie de amiga de Tessa. Pensei que se estivesse por aqui eu poderia dar uma palavrinha com ela.

Desfez a bagagem e, armada com sua bolsinha de banho e toalha, zarpou corajosamente pela avenida. Tinha chovido, o que abafava o barulho do aeroporto. Os morros perigosos haviam assumido uma coloração preta e oliva. O ar cheirava a gasolina e temperos. Tomou um banho de chuveiro, voltou ao seu *tukul* e sentou-se diante de suas anotações de trabalho em uma mesa frouxa onde, suando sem parar, se perdeu nos labirintos da Autossustentação na Assistência.

O CLUBE DE LOKI era uma árvore ampla e frondosa com um longo telhado de sapê embaixo, um bar de drinques com um mural de fauna selvagem e um projetor de vídeo que lançava imagens desfocadas de um jogo de futebol há muito tempo acabado sobre uma parede caiada, enquanto do sistema de som jorrava música de dança africana. Gritos deliciados de reconhecimento cortavam o ar da noite enquanto agentes assistenciais de lugares remotos redescobriam uns aos outros em diferentes línguas, se abraçavam, tocavam os rostos e caminhavam de braços dados. Este deveria ser o meu lar espiritual, pensou melancólica. Este é o meu povo do arco-íris. Sua indefinição de classe, de raça, seu zelo, sua juventude, são meus. Venha até Loki e sintonize com a santidade! Vagabundeie em aeroplanos, desfrute uma imagem romântica e a adrenalina do perigo! Deixe o sexo escorrer de uma torneira e leve uma vida nômade à prova de envolvimentos! Nada do serviço chato de escritório e sempre um pouco de erva para fumar na viagem! Glória e rapazes quando eu voltar do mato, dinheiro e mais rapazes à minha espera no meu D & D! Quem precisa de mais?

Eu preciso.

Preciso entender por que esta mixórdia foi necessária em primeiro lugar. E por que é necessária agora. Preciso dizer como Tessa no seu tom mais vituperativo: "Loki é uma merda. Não tem mais direito de existir do que o Muro de Berlim. É um monumento ao fracasso da diplomacia. De que diabo vale sustentar um serviço de ambulâncias Rolls-Royce quando nossos políticos nada fazem para impedir os acidentes?"

A noite caiu em um segundo. Fileiras de lâmpadas fluorescentes amarelas substituíram o sol, os passarinhos pararam de tagarelar e então retomaram as conversas em um nível mais aceitável. Ela estava sentada em uma mesa longa, e Judith estava a três cadeiras dela com o braço ao redor de um antropólogo de Estocolmo, e Ghita pensava que não se sentia assim desde o tempo em que era aluna novata no internato do convento, só que na escola do convento você não bebia cerveja e não havia meia dúzia de rapazes atraentes de todas as nações do mundo à sua mesa e meia dúzia de pares de olhos masculinos avaliando seu peso e sua disponibilidade sexual. Escutava histórias de lugares de que nunca ouvira falar e feitos tão cabeludos que se convencia de que nunca se qualificaria para compartilhá-los, e fazia o seu melhor para parecer enturmada e apenas remotamente impressionada. O porta-voz do movimento era um ianque de Nova Jersey cujo nome era Hank the Hawk, Hank o Gavião. Segundo Judith, fora pugilista por algum tempo e depois agiota, e mergulhara no trabalho assistencial como alternativa para uma vida de crime. Discorria sobre as facções em choque na área do Nilo: como o SPLE havia temporariamente beijado a bunda do SPLM; como o SSIM estava massacrando outro grupo de letras, chacinando os homens, roubando as mulheres e o gado e geralmente dando sua contribuição aos dois milhões de mortos já computados nas insensatas guerras civis do Sudão. E Ghita bebericava sua cerveja e fazia o melhor para sorrir, enquanto acompanhava Hank, o Gavião, porque seu monólogo parecia ser endereçado exclusivamente a ela na qualidade de recém-chegada e de sua próxima conquista. Por isso, ficou agradecida quando uma africana roliça de idade indeterminada, usando short, tênis e um boné pontudo de verdureiro londrino apareceu da escuridão, bateu no seu ombro e gritou:

– Eu sou Sarah, do Sudão, querida, você deve ser Ghita. Ninguém me disse que era tão bonita. Vamos, venha tomar um chá comigo, querida.

E sem mais cerimônia conduziu-a por um labirinto de escritórios até um *tukul* que parecia uma cabana de praia sobre palafitas, com uma cama de solteiro, uma geladeira e uma estante cheia de volumes, com a mesma encadernação de literatura inglesa clássica, de Chaucer a James Joyce.

E, do lado de fora, uma pequena varanda com duas cadeiras para sentarem-se debaixo das estrelas e combater os percevejos, assim que a chaleira fervesse.

– Ouvi dizer que vão prender Arnold agora – disse Sarah do Sudão, comodamente, quando já haviam lamentado devidamente a morte de Tessa. – Bem, deviam fazer isso. Se você decidiu ocultar a verdade, a primeira coisa que tem de fazer é dar às pessoas uma verdade diferente para que fiquem quietas. Senão vão começar a se perguntar se a verdade *real* não estaria escondida em algum lugar, e isto *nunca* vai funcionar.

Uma diretora de escola, imaginou Ghita. Ou uma governanta. Acostumada a divulgar seus pensamentos e a repeti-los para crianças desatentas.

– E depois do assassinato vem o encobrimento – continuou Sarah nas mesmas cadências afáveis. – E nunca deveríamos nos esquecer de que um bom encobrimento é muito mais difícil de alcançar do que um mau crime. Um crime, sempre se pode sair impune de um crime. Mas um encobrimento vai colocá-lo na cadeia sempre. – Estava indicando o problema com suas grandes mãos. – Você cobre *este* pedaço e então aparece *outro* pedaço. Então você cobre *aquele* pedaço. E você faz um giro e vê que o primeiro pedaço está aparecendo de novo. E você se vira e vê que tem um terceiro pedaço enfiando o dedão para fora da areia ali adiante, tão claro como o fato de que Caim matou Abel. Mas o que eu deveria lhe contar, querida? Tenho a impressão de que não estamos falando sobre as coisas de que deseja falar.

Ghita começou astutamente. Justin, disse, estava tentando traçar um retrato dos dias finais de Tessa. Gostaria de assegurar que sua última visita a Loki fora feliz e produtiva. De que maneira Tessa contribuíra exatamente para o seminário de conscientização feminina, Sarah podia dizer? Teria Tessa apresentado uma tese, talvez, baseada no seu conhecimento legal ou em suas experiências com as mulheres no Quênia? Havia um episódio em particular ou um momento feliz que Sarah lembrasse e que Justin gostaria de saber?

Sarah ouviu-a contente, os olhos brilhando sob a aba de seu boné de verdureiro enquanto bicava seu chá e abanava uma mão grande para cima dos mosquitos, nunca deixando de sorrir para os passantes ou comentar com eles:

— Alô, Jeannie, querida, sua garota má! Que vai fazer com aquele vagabundo do Santo? Vai escrever tudo isso para Justin, querida?

A pergunta desestabilizou Ghita. Era bom ou mau que ela tivesse a intenção de escrever para Justin? Havia alguma insinuação na palavra *tudo*? No Alto Comissariado Justin não era ninguém. Seria a mesma coisa aqui também?

— Bem, estou segura de que Justin *gostaria* que eu lhe escrevesse a respeito — admitiu meio sem jeito. — Mas só vou fazê-lo se puder contar-lhe coisas que trarão descanso à sua mente, se é que isso é possível. Quero dizer, não lhe contaria nada que o *ferisse* — protestou, perdendo o rumo. — Quero dizer, Justin sabe que Tessa e Arnold estavam viajando juntos. O mundo inteiro sabe, a esta altura. O que quer que houvesse entre eles, ele está reconciliado com *isso*.

— Ora, não havia nada entre aqueles dois, querida, pode me acreditar — disse Sarah com um riso fácil. — Foi tudo fofoca de jornal. Não podia haver nada. Sei disso com certeza. Olá, Abby, como vai você, querida? Aquela é a minha irmã Abby. Teve mais do que a sua cota. Já foi casada quase quatro vezes.

O significado de ambas as declarações, se havia algum, escapou a Ghita. Estava ocupada demais montando o que parecia cada vez mais uma mentira tola.

— Justin quer preencher os vazios — esforçou-se bravamente. — Quer os detalhes na sua cabeça, com tudo em cima. Para que possa juntar as peças de tudo o que ela fez e pensou nos seus últimos dias. Quero dizer, é óbvio, se você me contasse algo que seria, digamos, doloroso para ele, eu não sonharia em passar-lhe a informação. Obviamente.

— Tudo em cima — repetiu Sarah e sacudiu a cabeça de novo, sorrindo para si mesma. — É por isso que sempre amei a língua inglesa. Tudo em cima é uma expressão adequada para aquela boa senhora. Agora, o que acha que fizeram quando estavam aqui, querida?

Andaram por aí como um casal em lua de mel? Não era de modo algum o estilo deles.

— Participavam do seminário de conscientização feminina, obviamente. Você também tomou parte? Provavelmente o organizou ou algo do gênero? Nunca lhe perguntei o que faz aqui. Eu deveria saber. Lamento.

— Não peça desculpas, querida. Você não lamenta. Está apenas um pouco perdida. Não está com *tudo em cima* ainda. – Ela riu. – Sim, bem, agora me lembro. Eu *participei* daquele seminário. Talvez até o presidisse. Fazíamos um rodízio. Era um bom grupo, estou lembrada. Duas brilhantes mulheres de uma tribo de Dhiak, uma médica viúva de Aweil, um pouco pomposa, mas receptiva apesar do seu jeito, e uma dupla de para-advogadas sei lá de onde. Era um bom grupo, posso lhe garantir. Mas o que aquelas mulheres vão fazer quando voltarem para casa no Sudão nunca se pode saber. É de coçar a cabeçar e ficar imaginando sem saber ao certo.

— Talvez Tessa se relacionasse com as para-advogadas – disse Ghita esperançosa.

— Talvez, querida. Mas a maioria dessas mulheres nunca havia andado de avião antes. Uma porção ficava doente e assustada e então fomos obrigados a levantar seu ânimo antes que falassem e ouvissem, que era o motivo da sua vinda até aqui. Algumas ficam tão amedrontadas que nunca falam a ninguém, só querem voltar para casa e para suas indignidades. Nunca entre para este negócio se tem medo de fracassos, querida, eu digo às pessoas. Conte os seus sucessos é o conselho de Sarah, do Sudão, não pense nem sequer nas ocasiões em que falhou. Ainda quer me perguntar sobre aquele seminário?

A confusão de Ghita aumentou.

— Bem, ela brilhou nele? Ela o aproveitou?

— Não sei nada a respeito disto, querida, como posso saber?

— Deve haver algo que lembre que ela fez ou disse. Ninguém se esquece de Tessa por muito tempo. – Ela soava rude, na sua opinião, e não pretendia isso. – Ou Arnold?

— Não.

— Nem chegou a ler um documento ou coisa assim?

349

— Nada disso, querida. Nenhum deles.

— Quer dizer que apenas ficaram sentados em silêncio? Os dois? Não é do feitio de Tessa ficar quieta. Nem do de Arnold também. Quanto tempo durou o seminário?

— Cinco dias. Mas Tessa e Arnold não ficaram em Loki cinco dias. Nem todo mundo ficou. Todas as pessoas que vêm para cá gostam de sentir que estão indo para outro lugar. Tessa e Arnold não eram diferentes do resto. – Parou e examinou Ghita, como se avaliando sua disponibilidade para algo. – Sabe o que estou dizendo, querida?

— Não. Receio que não.

— Talvez você saiba o que não estou dizendo.

— Também não sei disso.

— Bem, que diabos pretende então?

— Estou tentando descobrir o que fizeram. Arnold e Tessa. Nos seus últimos dias. Justin escreveu e me pediu que buscasse isso em particular.

— Tem a carta com você, então, por acaso, querida?

Ghita entregou-a com uma mão trêmula, depois de tirá-la de uma nova sacola pendurada ao ombro que comprara para a viagem. Sarah levou a carta ao *tukul* para que pudesse ler debaixo da lâmpada e então ficou parada antes de voltar à varanda e se sentar em sua cadeira com um ar de considerável confusão moral.

— Vai me dizer uma coisa, querida?

— Se puder.

— Tessa contou-lhe com sua própria doce boca que ela e Arnold vinham a Loki para um seminário de conscientização?

— Foi o que contaram a todos nós.

— E acreditou nela?

— Sim, acreditei. Todos nós acreditamos. Justin também. Ainda acreditamos.

— E Tessa era sua amiga íntima? Como uma irmã, pelo que eu soube. Mesmo assim nunca chegou a lhe *contar* que tinha outra razão para vir até aqui? Ou que o seminário de conscientização era um mero pretexto, uma desculpa, assim como a Autossustentação é um pretexto para *você*?

– No começo de nossa amizade, Tessa me contava coisas. Então começou a se preocupar comigo. Achou que tinha me contado coisas demais. Que não era justo me sobrecarregar. Sou uma funcionária temporária, contratada no local. Ela sabia que eu estava pensando em me candidatar a um posto permanente. Submeter-me a exames de novo.

– Ainda pensa segundo essas linhas, querida?

– Sim, penso. Mas isso não significa que não possam me contar a verdade.

Sarah tomou um gole do seu chá, puxou a aba do boné e sentou-se confortavelmente na cadeira.

– Vai ficar aqui três noites, pelo que sei.

– Sim. Volto a Nairóbi na quinta-feira.

– Isso é ótimo. Isso é ótimo. E vai ter um bom seminário. Judith é uma mulher prática, talentosa, que não aceita desaforo de ninguém. Um pouco dura com os de raciocínio mais lento, mas nunca deliberadamente maldosa. E amanhã à noite vou apresentá-la ao meu bom amigo comandante McKenzie. Nunca ouviu falar dele?

– Não.

– Nunca ouviu Tessa ou Arnold mencionar um comandante McKenzie?

– Não.

– Bem, o capitão é piloto aqui com a gente em Loki. Voou até Nairóbi hoje, acho que vocês dois se cruzaram no ar. Tinha alguns suprimentos para apanhar e um pequeno negócio para resolver. Vai gostar muito do comandante McKenzie. É um homem de boas maneiras, com mais coração do que o corpo inteiro de muita gente. Pouca coisa acontece por estas partes que escape à atenção do comandante McKenzie e muito pouco escapa dos seus lábios também. O comandante lutou em muitas guerras desagradáveis, mas agora é um devotado homem da paz e é por isso que está aqui em Loki alimentando meu povo faminto.

— Ele conhecia bem Tessa? — Ghita perguntou temerosa.
— O comandante McKenzie conhecia Tessa e achava que ela era uma ótima figura, e a coisa ficava por aí. O comandante McKenzie não teria ideias com relação a uma mulher casada tanto quanto, bem, tanto quanto Arnold. Mas o comandante McKenzie conhecia Arnold melhor do que conhecia Tessa. E acha que a polícia de Nairóbi é maluca de correr atrás de Arnold dessa maneira e tem a intenção de lhes dizer isto, porque, me acredite, o comandante McKenzie fala o que lhe passa pela cabeça sem medo nem censura.
— O comandante McKenzie estava aqui em Loki quando Tessa e Arnold vieram para o seminário?
— O comandante McKenzie estava aqui. E esteve muito mais com Tessa do que eu, querida, de longe.

Parou por um tempo e ficou sentada contemplando as estrelas, e pareceu a Ghita que ela estava tentando chegar a uma decisão em sua cabeça — se devia falar ou guardar os segredos para si mesma, perguntas que Ghita vinha se fazendo nas últimas três semanas.

— Agora, querida — Sarah continuou finalmente. — Estive ouvindo você. E observando você, pensando e me preocupando com você. E cheguei à conclusão de que é uma garota com um cérebro dentro da cabeça e é também um ser humano bom e decente com um sentido de responsabilidade aguçado, o que eu valorizo. Mas se você não é esse tipo de pessoa, se eu a avaliei mal, nós poderíamos colocar o comandante McKenzie em uma confusão muito séria. As informações que vou lhe passar são conhecimento perigoso e não há nenhum jeito, depois que o tenha adquirido, de enfiá-lo de volta na garrafa. Por isso eu sugiro que me diga agora se a estou superestimando ou se fiz a leitura correta. Porque as pessoas que falam levianamente nunca se corrigem. Foi uma coisa que aprendi. Podem jurar sobre a Bíblia um dia e no dia seguinte estão errando como antes, falando pelos cotovelos. A Bíblia não fez nenhuma diferença para elas.

— Entendo — disse Ghita.

— Agora você vai me dizer que interpretei mal o que vi, ouvi e pensei de você? Ou devo lhe dizer o que tenho na cabeça e você arcará com o fardo daquela responsabilidade para todo o sempre?

— Gostaria que confiasse em mim, por favor.
— Foi o que achei que iria dizer, portanto me escute. Vou falar baixinho, por isso chegue o ouvido mais perto de mim. — Sarah deu um puxão na aba do boné para que Ghita pudesse se aproximar. — Pronto. E talvez as lagartixas nos favoreçam com alguns arrotos barulhentos, espero. Tessa nunca esteve naquele seminário, nem Arnold. Assim que puderam, Tessa e Arnold montaram na traseira do jipe do meu amigo, comandante McKenzie, e seguiram quieta e tranquilamente até a pista com as cabeças abaixadas. E o comandante McKenzie, assim que *pôde*, os colocou no seu aeroplano Buffalo e voou com eles para o norte, sem a ajuda de passaportes, vistos ou quaisquer das formalidades normais impostas pelos rebeldes sudaneses do sul, que não conseguem parar de lutar uns contra os outros e não possuem espírito ou inteligência para se unir contra aqueles árabes maldosos do norte, que parecem achar que Alá perdoa tudo, mesmo que o seu Profeta não perdoe.

Ghita achou que Sarah tinha terminado e ia falar, mas ela havia apenas começado.

— Uma outra complicação é que o Sr. Moi, que seria incapaz de administrar um circo de pulgas com a assistência de todo o seu gabinete, mesmo que dispusesse de dinheiro, botou na cabeça que tem de controlar a gerência do aeroporto de Loki, como pôde observar. O Sr. Moi tem uma afeição muito limitada pelas ONGs, mas um grande apetite por impostos de aeroportos. E o Dr. Arnold insistia particularmente em que o Sr. Moi e o seu pessoal não tomassem conhecimento da sua viagem aonde quer que quisessem ir.

— E então *aonde* eles foram? — sussurrou Ghita, mas Sarah rolou em frente.

— Nunca perguntei que lugar era porque o que eu desconheço eu não posso falar durante o sono. Não que haja alguém para me ouvir nos dias de hoje, estou muito velha. Mas o comandante McKenzie sabe, disto não há dúvida. O comandante McKenzie os trouxe de volta cedo no dia seguinte de onde quer que os tenha levado, discretamente, do jeito que os levou no dia anterior. E o Dr. Arnold fala para mim: "Sarah", diz ele, "nós nunca estivemos em outro lugar além de Loki. Estávamos participando do seu seminário de conscientização feminina 24 horas por dia. Tessa e eu lhe agradecemos por continuar lembrando deste fato importante." Mas Tessa está morta agora e é pouco provável que agradeça a Sarah do Sudão ou a qualquer outra pessoa. E o Dr. Arnold, se eu sei um pouco das coisas, está pior do que morto. Porque aquele Moi tem sua gente por toda parte e eles matam e roubam quanto querem, e isto significa muita matança. E quando fazem um homem prisioneiro com a intenção de arrancar-lhe certas verdades, abandonam toda compaixão, e este é um fato de que você precisa se lembrar muito bem por sua própria conta, agora que está navegando em águas muito profundas. Foi por isso que decidi que é essencial você conversar com o comandante McKenzie, que sabe coisas que prefiro não saber. Porque Justin, que é um bom homem pelo que ouvi, precisa ter toda a informação disponível sobre a questão do assassinato da sua mulher e do Dr. Arnold. Será este o caminho certo para o meu pensamento ou existe outro caminho?

– É o caminho certo – disse Ghita.

Sarah terminou o seu chá e depôs a xícara.

– Muito bem, então. Agora você vai comer e se fortalecer e eu vou ficar aqui um pouco, querida, porque este lugar é cheio de conversa, conversa, conversa, como deve ter verificado. E não toque no *curry* de bode, querida, por mais que goste de bode. Porque o jovem *chef* somali, que é um rapaz talentoso e um dia se tornará um excelente advogado, tem um ponto fraco em relação ao *curry* de bode.

GHITA NUNCA SOUBE como conseguiu atravessar o primeiro dia do grupo de debates sobre a Autossustentação, mas o sino bateu as 17 horas – embora o sino estivesse somente em sua cabeça – e teve a satisfação de saber que não fizera um papel de tola, que não falara muito nem pouco, que ouvira com humildade a opinião de participantes mais velhos e experientes, que fizera anotações copiosas para mais um relatório da CEDLA que não seria lido.

– Contente por ter vindo? – perguntou Judith, agarrando jovialmente seu braço quando a reunião terminou. – Vejo você no clube então.

— Isto é para você, querida – disse Sarah, saindo de uma cabana da administração para entregar-lhe um envelope pardo. – Aproveite a sua noite.

— Você também.

A letra de Sarah vinha direto de um caderno escolar.

Ghita querida. O comandante McKenzie ocupa o tukul Entebbe que é o número 14 do lado da pista. Leve uma lanterna de mão para quando os geradores se apagarem. Ele vai ficar feliz em recebê-la às 21 horas depois do seu jantar. É um cavalheiro, portanto não precisa ter nenhum receio. Por favor, entregue esta nota a ele para que eu possa estar segura de que ela foi devidamente destruída. Cuide-se muito a partir de agora e lembre-se das suas responsabilidades no que diz respeito à discrição.

Sarah

Os nomes dos *tukuls* pareciam a Ghita como as honras de batalha regimentais na igreja da aldeia perto do seu internato-convento na Inglaterra. A porta da frente de Entebbe estava semiaberta, mas a porta de tela contra mosquitos do lado de dentro, trancada. Uma lâmpada com abajur azul estava acesa e o comandante McKenzie sentado diante dela, de modo que ao se aproximar do *tukul* Ghita viu apenas a silhueta dele, debruçado sobre sua mesa enquanto escrevia como um monge. E porque as primeiras impressões contavam muito para ela, ficou parada por um momento observando sua aparência áspera e extrema quietude, antecipando uma natureza militar inflexível. Estava para bater na moldura da porta, mas o comandante McKenzie devia ter ouvido, visto ou adivinhado sua presença, porque saltou sobre seus pés e deu duas passadas atléticas até a porta de tela e abriu-a.

— Ghita, sou Rick McKenzie. Você chegou na hora exata. Tem uma nota para mim?

Nova Zelândia, pensou ela, e sabia que acertara. Às vezes esquecia o seu conhecimento dos nomes e dos sotaques ingleses, mas esta não era uma delas. Nova Zelândia, e estava mais próximo dos 50 do que dos 30 anos, mas só podia adivinhar isso pelas rugas como fios de cabelo nas faces emaciadas e pelas pontas prateadas nos cabelos negros bem-aparados. Entregou-lhe a nota de Sarah e observou enquanto ele virava as costas para ela e aproximava a nota da lâmpada azul. No brilho mais forte ela viu um aposento despojado e limpo com uma tábua de passar, sapatos marrons bem-engraxados e uma cama de soldado arrumada do jeito que a haviam ensinado a fazer no convento, com cantos de hospital e os lençóis dobrados sobre o cobertor no topo e então dobrados sobre si mesmos, formando um triângulo equilátero.

– Por que não senta ali? – perguntou, indicando uma cadeira de cozinha. Quando se moveu até a cadeira, a lâmpada azul moveu-se atrás dela, para pousar no chão no centro da entrada do *tukul*. – Assim ninguém consegue enxergar aqui dentro – explicou. – Temos vigilantes de *tukul* operando em horário integral por aqui. Aceita uma Coca? – Estendeu para ela, à distância do braço. – Sarah diz que você é uma pessoa confiável, Ghita. Isso é o suficiente para mim. Tessa e Arnold não confiavam em ninguém a não ser um no outro nesta história. E em mim, porque precisavam. É assim que gosto de trabalhar. Você veio para uma reunião de Autossustentação, ouvi dizer.

Era uma pergunta.

– O grupo de debates sobre Autossustentação foi um pretexto. Justin escreveu-me pedindo que descobrisse o que Tessa e Arnold faziam em Loki nos dias anteriores à morte dela. Não acreditava na história do seminário sobre conscientização.

– E estava totalmente certo. Tem a carta dele?

Meu documento de identidade, pensou. Minha prova de boa-fé como mensageira de Justin. Passou para ele e observou-o enquanto se levantava, pegava um par de óculos austeros com aros de aço e postava-se obliquamente no facho de lâmpada azul, mantendo-se fora da visão da porta.

Devolveu-lhe a carta.

– Então me ouça – disse.

Mas primeiro ligou o rádio, ansioso para estabelecer o que pedantemente chamava de *nível de som aceitável*.

GHITA JAZIA NA SUA CAMA, debaixo de um único lençol. A noite não estava mais fria do que o dia. Através do mosquiteiro que a cercava podia distinguir o brilho avermelhado da espiral contra insetos. Tinha puxado as cortinas, mas eram muito finas. Passos e vozes continuavam desfilando por sua janela e cada vez que passavam sentia uma necessidade de pular da cama e gritar "Olá!". Seus pensamentos voltaram-se para Gloria, que uma semana antes, para sua confusão, a convidara para um jogo de tênis no clube.

– Diga-me, querida – Gloria lhe perguntara, tendo-lhe enfiado 6 games a 2 em cada um dos três sets. Estavam caminhando de braços dados para a sede do clube. – Tessa tinha uma espécie de queda por Sandy ou era o oposto?

Diante do que Ghita, apesar de seu apego ao altar da verdade, mentiu descaradamente na cara de Gloria sem nem sequer corar.

– Estou segura de que não havia nada disso, de *nenhum* dos lados – disse formalmente. – O que é que a faz pensar isso, Gloria?

– Nada, querida. Nada mesmo. Só o jeito dele durante o enterro, imagino.

E depois de Gloria, Ghita voltou ao comandante McKenzie.

– Tem esse bôer maluco que administra um posto de alimentos 8 quilômetros a oeste de uma cidadezinha chamada Mayan – ele estava dizendo, mantendo a voz um pouco abaixo da de Pavarotti. – É uma espécie de iluminado de Deus.

18

Seu rosto havia escurecido, suas rugas estavam mais sulcadas. A luz branca do céu de Saskatchewan não conseguia penetrar em suas sombras. O lugarzinho era uma cidade perdida a três horas de trem, partindo de Winnipeg no meio de um campo de neve de 1.500 quilômetros, e Justin caminhava decididamente, evitando o olhar dos passantes. O vento constante do Yukon ou do alto Ártico, que o ano inteiro açoitava a pradaria plana, gelando a neve, curvando o trigo, sacudindo cartazes de rua e os fios que cortavam o ar, não chegou a colorir suas faces encovadas. O frio glacial – quase 30 graus abaixo de zero – só empurrava seu corpo dolorido para a frente. Em Winnipeg, antes de pegar o trem para cá, comprara uma jaqueta forrada, um gorro de pele e luvas. A fúria que sentia era como um espinho. Um retângulo de papel de escritório comum estava aninhado em sua carteira: VÁ PARA CASA AGORA E FIQUE QUIETO OU VÁ JUNTAR-SE À SUA MULHER.

MAS FORA SUA MULHER que o levara até ali. Ela ajudara a desvencilhar as mãos, a desatar o capuz. Tessa o fizera ficar de joelhos ao lado da cama e em etapas ajudou-o a ir até o banheiro. Animado por ela, levantara-se encurvado com a ajuda da banheira, abrira a torneira do chuveiro e dera uma mangueirada no rosto, na frente da camisa e na lapela do paletó, porque ele sabia – ela o avisara – que se tirasse a roupa não seria capaz de vestir-se de novo. A frente da camisa estava suja, o paletó manchado de vômito, mas assim mesmo conseguiu dar uma boa limpeza. Queria voltar a dormir, mas ela não o deixava. Tentou escovar o cabelo, mas seus braços não subiam tanto. Tinha uma barba por fazer de 24 horas, mas devia permanecer assim. Ficar de pé fazia sua cabeça rodar e teve sorte de chegar à cama antes de cair. Mas foi aconselhado por ela que, deitado na cama em um sedutor semidesmaio, se recusou a pegar o telefone e ligar para a portaria ou recorrer às habilidades médicas da Dra. Birgit. Não confie em ninguém, Tessa disse a ele, por isso não confiou. Esperou até que seu mundo tivesse se reequilibrado e então ficou de pé de novo e cambaleou pelo quarto, grato pelo seu miserável tamanho.

Tinha deixado a capa de chuva sobre uma cadeira. Ainda estava lá. Para sua surpresa, também estava o envelope de Birgit. Abriu o guarda-roupa. O cofre estava embutido nas costas dele, sua porta trancada. Teclou a data do seu dia de casamento, quase desmaiando cada vez que digitava. A porta se abriu para revelar o passaporte de Peter Atkinson dormitando em paz lá dentro. Com as mãos moídas, mas aparentemente não quebradas, pegou o passaporte e o colocou no bolso interno do paletó. Enfiou-se penosamente na capa de chuva e conseguiu abotoá-la no pescoço e depois na cintura. Decidido a viajar sem peso, possuía apenas uma sacola a tiracolo. Seu dinheiro ainda estava lá dentro. Recolheu os apetrechos de barba do banheiro e suas camisas e roupas de baixo da cômoda e derrubou-os dentro da sacola. Colocou o envelope de Birgit por cima e fechou o zíper. Colocou lentamente a alça da sacola sobre o ombro e ganiu de dor como um cão. Seu relógio marcava 5 horas e parecia estar funcionando. Cambaleou até o corredor e foi rolando apoiado na parede até o elevador. No saguão do andar térreo duas mulheres em roupas turcas operavam um aspirador de pó de tamanho industrial. Um porteiro noturno idoso dormitava atrás do balcão da recepção. De algum jeito Justin deu-lhe o número do quarto e pediu-lhe a conta. De algum jeito enfiou a mão no bolso de trás da calça, destacou as notas do maço e acrescentou uma gorda gorjeta "atrasada pelo Natal".

– Posso pegar um destes? – perguntou em uma voz que não reconheceu. Indicou um feixe de guarda-chuvas de portaria de hotel enfiados em um vaso de cerâmica ao lado da porta.

– Tantos quanto quiser – disse o velho porteiro.

O guarda-chuva tinha um cabo sólido de freixo que chegava até os seus quadris. Apoiado nele, atravessou a praça vazia até a estação ferroviária. Alcançando os degraus que levavam ao pátio da estação parou para descansar e ficou intrigado ao ver o porteiro ao seu lado. Tinha pensado que era Tessa.

– Consegue subir? – perguntou o velho, solícito.

– Sim.

– Quer que eu compre seu bilhete?

Justin virou-se e ofereceu o bolso ao velho.

– Zurique – falou. – Só de ida.

– Primeira classe?

– Absolutamente.

A Suíça era um sonho da infância. Havia 40 anos que seus pais o tinham levado em uma excursão de férias ao Engandine e tinham ficado em um grande hotel em uma faixa de floresta entre dois lagos. Nada havia mudado. Nem o piso de tacos polido, os vitrais ou a castelã de rosto severo que o conduziu ao quarto. Reclinando na espreguiçadeira em sua sacada, Justin observava os mesmos lagos brilhando ao sol de fim de tarde e o mesmo pescador acocorado em seu bote remando na névoa. Os dias se passaram sem contar, pontuados por visitas ao spa e pelos dobres funéreos do gongo do restaurante, convocando-o para refeições solitárias entre sussurrantes casais de velhos. Em uma rua lateral de velhos chalés um médico pálido e sua assistente faziam curativos em seus ferimentos. "Uma batida de carro", explicou Justin. O médico franziu as sobrancelhas por trás dos óculos. Sua jovem assistente riu.

À noite seu mundo interior o reclamava, como acontecera toda noite desde a morte de Tessa. Penando na escrivaninha marchetada junto à janela de sacada, escrevendo tenazmente para Ham com sua mão direita machucada, acompanhando os sofrimentos de Markus Lorbeer conforme recontados por Birgit e, então, escrupulosamente recomeçando sua lida de amor para Ham. Justin tinha consciência de uma sensação nascente de sua própria perfeição. Se Lorbeer, o penitente, estava no deserto, purgando sua culpa com uma dieta de gafanhotos e mel silvestre, Justin também estava sozinho com o seu destino. Mas estava decidido. E, em algum sentido obscuro, purificado. Jamais imaginara que sua busca chegaria a um bom término. Nunca lhe ocorrera que podia haver um. Assumir a missão de Tessa – empunhar sua bandeira e envergar sua coragem – era propósito suficiente para ele. Ela havia testemunhado uma injustiça monstruosa e saíra a combatê-la. Tarde demais, ele também a testemunhara. A luta dela era sua.

Mas quando se lembrava da noite eterna no capuz preto e cheirava o próprio vômito, quando examinava as contusões sistemáticas por todo o corpo, as marcas ovais de amarelo e azul que corriam como notas musicais coloridas ao longo do seu tronco, das costas e das coxas, experimentava uma espécie diferente de parentesco. Eu sou de vocês. Não cultivo mais as rosas enquanto vocês murmuram sobre o chá verde. Não precisam baixar as vozes quando eu me aproximar. Estou com vocês à mesa, dizendo *sim*.

No sétimo dia Justin pagou a conta e, quase sem dizer a si mesmo o que fazia, pegou um ônibus e um trem para Basileia, aquele fabuloso vale do alto Reno onde os gigantes farmacêuticos têm os seus castelos. E ali, de um palácio cheio de afrescos, postou um gordo envelope para o velho dragão, a tia de Ham, em Milão.

Então Justin caminhou. Penosamente, mas caminhou. Primeiro por uma rua de pedras até a cidade medieval com seus campanários, casas de mercadores, estátuas de livres-pensadores e mártires da opressão. E quando se havia lembrado devidamente dessa herança, como ela lhe parecia, refez seus passos até a beira do rio e, de um parque de diversões infantil, olhou para cima, quase sem acreditar, para o tentacular reino de concreto dos bilionários da indústria farmacêutica, para seus quartéis sem rosto formados ombro a ombro contra o inimigo individual. Gruas alaranjadas se agitavam acima deles. Chaminés brancas como minaretes mudos, algumas enxadrezadas nas pontas, algumas listradas ou pintadas em cores vivas para alertar as aeronaves, despejavam seus gases invisíveis no céu acinzentado. E a seus pés jaziam ferrovias inteiras, pátios enfileirados, estacionamentos de caminhões e armazéns, cada um protegido por seu próprio Muro de Berlim coroado de arame farpado e lambuzado de pichações.

Puxado por uma força que cessara de definir, Justin atravessou a ponte e, como em um sonho, percorreu uma lúgubre terra arrasada de conjuntos habitacionais em ruínas, lojas de roupas usadas e operários imigrantes de olhos vazios montados em bicicletas. E gradualmente, por algum acidente de atração magnética, se viu no que parecia inicialmente uma agradável avenida margeada de árvores, ao fim da qual havia um portão ecológico tão densamente coberto de trepadeira que no começo mal se conseguia ver as portas de carvalho que ele emoldurava, com campainha de latão polido para apertar e caixa de correio de latão. Só quando Justin olhou para cima, e mais para o alto, e então bem para o céu sobre sua cabeça, foi que acordou para a imensidão de um tríptico de edifícios-torres brancos ligados por corredores aéreos. A alvenaria era de uma limpeza hospitalar, as janelas eram de vidro e cobre. E de algum lugar por trás de cada bloco monstruoso se erguia uma chaminé branca, nítida como um lápis enfiado no céu. E de cada chaminé as letras KVH, feitas em ouro e montadas verticalmente ao longo da sua altura, piscavam para ele como velhas amigas.

Quanto tempo ficou ali, sozinho, preso como um inseto na base do tríptico, não tinha nenhuma ideia, na hora ou depois. Às vezes parecia-lhe que as asas do edifício estavam se fechando para esmagá-lo. Às vezes estavam caindo sobre ele. Seus joelhos cederam e ele descobriu que estava sentado em um banco em algum trecho de terra batida, onde mulheres cautelosas passeavam com seus cães. Notou um cheiro leve mas insistente e por um momento foi levado de volta ao necrotério de Nairóbi. Quanto tempo preciso morar aqui, pensou, até que deixe de sentir o cheiro? A noite devia ter caído, porque as janelas de cobre se iluminaram. Divisou silhuetas em movimento e cintilantes pontinhos azuis de computador. Por que estou sentado aqui?, perguntou a ela enquanto continuava olhando. Em que estou pensando, a não ser em você?

Tessa estava sentada ao seu lado, mas dessa vez não tinha uma resposta pronta. Estou pensando na sua coragem, replicou por ela. Estou pensando que era você e Arnold contra tudo isso, enquanto o querido velho Justin se preocupava em manter seus canteiros arenosos o suficiente para cultivar suas frésias amarelas. Estou pensando que não acredito mais em mim, em tudo o que defendia. Que houve um tempo em que, como as pessoas neste edifício, o seu Justin tinha orgulho de se submeter aos julgamentos mais duros de uma vontade coletiva – o que ele costumava chamar de *País*, ou a *Doutrina do Homem Sensato* ou, com alguma desconfiança, a *Causa Superior*. Houve um tempo em que acreditava que era necessário que um homem – ou uma mulher – devesse morrer pelo benefício de muitos. Chamava a isso de sacrifício, dever ou necessidade. Houve um tempo em que podia parar diante do Foreign Office à noite e olhar para suas janelas iluminadas e pensar: boa noite, sou eu seu humilde servidor, Justin. Sou uma peça da grande e sábia máquina e me orgulho disso. Eu sirvo, logo eu sinto. Enquanto tudo o que sinto agora é: foi você contra todo o bando deles e, sem nenhuma surpresa, eles venceram.

Da rua principal da cidadezinha, Justin virou à esquerda e na direção noroeste para o bulevar Dawes, recebendo em cheio a rajada do vento da pradaria no rosto escurecido, enquanto continuava o seu exame cuidadoso do ambiente que o cercava. Seus três anos como adido econômico, em Ottawa, não tinham sido em vão. Embora nunca tivesse estado aqui na vida, tudo o que via lhe era familiar. Neve do Halloween até a Páscoa, lembrava-se. Plante depois da primeira lua de junho e colha antes da primeira geada forte de setembro. Ainda levaria várias semanas até que assustados açafrões começassem a surgir nos tufos de grama morta e na pradaria sua. Do outro lado da rua à sua frente estava a sinagoga, vigorosa e funcional, construída por colonos despejados na estação ferroviária com suas más lembranças, malas de papelão e promessas de terra grátis. A uma centena de metros erguia-se a igreja ucraniana e a seguir os católicos romanos, os presbiterianos, as testemunhas de Jeová e os batistas. Seus estacionamentos eram dispostos como estrebarias eletrificadas para que os motores dos fiéis ficassem aquecidos enquanto seus donos rezavam. Uma frase de Montesquieu passou-lhe pela cabeça: nunca houve tantas guerras civis quanto no Reino de Cristo.

Atrás das casas de Deus ficavam as casas do Falso Deus, o setor industrial da cidade. Os preços da carne bovina deviam ter caído muito, imaginou. De outro modo por que estaria olhando para a novíssima fábrica da Deliciosa Carne de Porco de Guy Poitier? E os grãos não deviam andar muito melhor pelas aparências – caso contrário o que estaria uma Empresa de Óleo de Girassol fazendo no meio de um campo de trigo? E aquele montinho de pessoas tímidas paradas ao redor das velhas casas de cômodos na zona da praça da estação deviam ser Sioux ou Cree. O caminho fez uma curva e o levou para o norte por um túnel curto. Emergiu em um país diferente, de casas de barcos e mansões de frente para o rio. É aqui que os anglos ricos aparam seus gramados e lavam seus carros e envernizam seus barcos e se enfurecem com os judeus, com os ucranianos e com aqueles miseráveis índios sustentados pela previdência, decidiu. E lá no alto da colina, ou do que mais se parecia com uma colina pelos padrões locais, estava a sua meta, o orgulho da cidade, a joia do leste de Saskatchewan, sua Camelot Acadêmica, a Universidade Dawes, uma miscelânea organizada de arenito medieval, tijolo vermelho colonial e cúpulas de vidro. Chegando a uma bifurcação no caminho, Justin escalou a curta elevação e por um Ponte Vecchio dos anos 1920 alcançou um portão de ameias encimado por um brasão dourado. No arco do portal pôde admirar o imaculado *campus* medieval e seu fundador em bronze, o próprio George Eamon Dawes Junior, proprietário de minas, barão de ferrovia, libertino, ladrão de terras, caçador de índios e santo local, resplandecente sobre um pedestal de granito.

Continuou andando. Havia estudado o guia. O caminho se alargava e tornava-se uma praça de armas. O vento levantava poeira granulada do piso. Na outra extremidade havia um pavilhão coberto de hera envolvido por três blocos de aço e concreto feitos por encomenda. Longas janelas iluminadas a néon os cortavam em camadas. Uma placa em verde e dourado – as cores favoritas do Sr. Dawes, segundo o guia – proclamava em francês e inglês o Hospital Universitário de Pesquisa Clínica. Uma placa menor dizia Pacientes de Ambulatório. Justin a seguiu e chegou a uma fileira de portas de vaivém encimadas por uma marquise de concreto ondulada e vigiadas por duas mulheres corpulentas em sobretudos verdes. Desejou-lhes boa-noite e recebeu um caloroso cumprimento de volta. Com o rosto gelado, seu corpo alquebrado palpitando da caminhada, cobras quentes correndo para cima e para baixo de suas pernas, deu uma última olhada furtiva para trás e subiu os degraus.

O saguão era alto, marmóreo e funéreo. Um retrato grande e horroroso de George Eamon Dawes Junior em trajes de caça lembrava-lhe o saguão de entrada do Foreign Office. Um balcão de recepção, atendido por homens e mulheres de cabelos prateados em túnicas verdes, corria ao longo de uma parede. Em um momento vão me chamar "Sr. Quayle, por favor" e dizer-me que Tessa era uma senhora excelente, realmente excelente. Perambulou em um shopping em miniatura. O banco Dawes Saskatchewan. Uma agência de correio. Uma banca de revistas Dawes. McDonald's, Pizza Paradise, um café Starbuck, uma butique Dawes vendendo lingerie, roupas de maternidade e colchas de cama. Chegou a uma convergência de corredores cheios com o tinido e o guincho de carrinhos sobre rodas, o rosnado dos elevadores, o eco metálico de saltos altos rápidos e a campainha de telefones. Visitantes apreensivos ficavam de pé ou sentados. Funcionárias em saias verdes saíam apressadas de uma porta e entravam por outra. Nenhuma tinha abelhas douradas bordadas no bolso.

Um grande quadro de avisos pendia ao lado de uma porta marcada Só Para Médicos. Com as mãos juntas às costas em uma maneira que denotasse autoridade, Justin examinou os anúncios. Babás, barcos e carros são oferecidos. Quartos para alugar. O Grupo Coral Dawes, a classe de estudos bíblicos Dawes, a sociedade ética Dawes, o Grupo de Danças Escocesas Dawes. Um anestesista procura um bom cão marrom de porte médio com mais de 3 anos de idade, "deve ser um ás de caminhadas". Planos Financeiros Dawes, Planos de Pagamento de Estudos a Longo Prazo Dawes. Um serviço na Capela Memorial Dawes em memória da doutora Maria Kowalski – alguém sabe o tipo de música que ela gostava, por acaso? Listas de Médicos de Plantão, de Médicos de Férias, de Médicos de Serviço. E um cartaz alegre anunciando que as pizzas grátis para os estudantes de medicina desta semana são uma oferta de Karel Vita Hudson de Vancouver – *e por que não vir ao nosso Brunch Dominical e Sessão de Cinema na Haybarn Disco também? É só preencher o cupom Por Favor Me Convide que acompanha a sua pizza e ganhar um ingresso grátis para a experiência de uma vida!*

Mas não havia uma palavra sequer sobre a dra. Lara Emrich, até recentemente a luz-guia do corpo acadêmico de Dawes, especialista em variedades de tuberculose multi e não resistentes, ex-professora de pesquisas patrocinada pela KVH e codescobridora da droga milagrosa Dypraxa. Não estava de férias, não estava de plantão. Seu nome não era incluído no acetinado catálogo telefônico interno que pendia por um cordão verde com borlas do lado do quadro de avisos. Também não estava à procura de um cachorro marrom de porte médio. A única referência a ela talvez fosse um cartão escrito a mão relegado à base do quadro de avisos e quase fora da visão, lamentando que "por ordem do Reitor" o encontro previsto dos Médicos de Saskatchewan Pela Integridade não teria lugar nas dependências da Universidade Dawes. Um novo local seria anunciado tão logo possível.

COM O CORPO DESESPERADO reclamando de frio e de cansaço, Justin relaxa o suficiente para pegar um táxi de volta ao seu hotel de ar impessoal. Foi esperto desta vez. Inspirando-se em Lesley, mandou sua carta por um florista, com um generoso buquê de rosas de amante.

> Sou um jornalista inglês e amigo de Birgit da Hippo. Estou investigando a morte de Tessa Quayle. Por gentileza, poderia me telefonar para o Saskatchewan Man Motel, quarto 18, depois das 19 horas esta noite? Sugiro que use uma cabine pública a uma boa distância da sua casa.
> Peter Atkinson

Contar a ela quem sou depois. Não a assustar. Escolher a hora e o local. Mais seguro. Seu disfarce não está mais se aguentando, mas é o único disfarce que tem. Foi Atkinson no hotel alemão e Atkinson quando o surraram. Mas tinham se dirigido a ele como Sr. Quayle. Mesmo assim foi como Atkinson que voou de Zurique para Toronto, baixou em uma pensão de tijolos perto da estação ferroviária e, com uma sensação surreal de distanciamento, ouviu no seu radinho sobre a caçada internacional ao Dr. Arnold Bluhm, procurado em função do assassinato de Tessa Quayle. *Sou um homem da linha Oswald, Justin... Arnold Bluhm perdeu a cabeça e matou Tessa...* E foi como ninguém em particular que embarcou no trem para Winnipeg, esperou um dia, e então pegou outro trem para esta cidadezinha. De qualquer maneira, não estava se iludindo. Na melhor das hipóteses, tinha alguns dias de vantagem sobre eles. Mas em um país civilizado nunca se sabe.

– PETER?

Justin acordou bruscamente e olhou para o relógio: 21 horas. Colocara uma caneta e um caderno de notas ao lado do telefone.

– Peter falando.
– Aqui é *Lara*.

Era uma queixa.

– Alô, Lara. Onde podemos nos encontrar?

Um suspiro. Um suspiro desamparado, terminalmente cansado para combinar com a desamparada voz eslava.

– Não é possível.
– Por que não?
– Tem um carro em frente a minha casa. Às vezes eles colocam uma van. Vigiam e escutam o tempo todo. Um encontro discreto não é possível.
– Onde está agora?
– Em um quiosque telefônico. – Fez soar como se jamais conseguisse sair dali viva.
– Alguém a está vigiando agora?
– Não tem ninguém à vista. Mas é noite. Obrigada pelas rosas.
– Posso encontrá-la onde for conveniente para você. Na casa de um amigo. No campo, em algum lugar, se preferir.
– Você tem um carro?
– Não.
– Por que não? – Era uma censura e um desafio.
– Não tenho os documentos em ordem.
– Quem é você?
– Já lhe disse. Um amigo de Birgit. Um jornalista britânico. Podemos falar mais sobre isso quando nos encontrarmos.

Ela havia desligado. Seu estômago estava revirando e ele precisava ir ao banheiro, mas o banheiro não tinha extensão telefônica. Esperou até que não podia aguentar mais e disparou até o banheiro. Com a calça ao redor dos tornozelos, ouviu o telefone tocar. Tocou três vezes, mas quando chegou coxeando até ele já estava mudo. Com a cabeça nas mãos sentou-se na beira da cama. Não sou bom neste negócio. O que é que os espiões fariam? O que o esperto velho

Donohue faria? Com uma heroína de Ibsen na linha, o mesmo que vou fazer agora e provavelmente pior. Checou o relógio de novo, temendo que tivesse perdido a noção do tempo. Tirou-o do pulso e colocou ao lado da caneta e do caderninho. Quinze minutos. Vinte. Trinta. Que diabo aconteceu com ela? Colocou o relógio de novo, perdendo a paciência enquanto tentava ajeitar a pulseira.

– Peter?

– Onde podemos nos encontrar? Qualquer lugar que você escolher.

– Birgit diz que você é o marido dela.

Oh, Deus. Terra, pare por favor. Oh, Jesus.

– Birgit disse isso no *telefone*?

– Não mencionou nomes. "Ele é o marido dela." Foi tudo. Foi discreta. Por que não me contou que era o marido dela? Então eu não acharia que você pudesse ser uma provocação.

– Ia lhe contar quando nos encontrássemos.

– Vou telefonar para minha amiga. Não devia ter mandado rosas. Foi exagerado.

– Que amiga? Lara, tome cuidado com o que diz a ela. Meu nome é Peter Atkinson. Sou um jornalista. Ainda está na cabine telefônica?

– Sim.

– A mesma?

– Não estou sendo observada. No inverno eles só observam de dentro dos carros. São preguiçosos. Não há nenhum carro visível.

– Tem moedas suficientes?

– Tenho um cartão.

– Use moedas. Não use cartão. Usou um cartão quando ligou para Birgit?

– Não é importante.

Passava das 22h30 quando ela ligou de novo.

– Minha amiga está assistindo em uma operação – explicou sem desculpas. – A operação é complicada. Tenho outra amiga. Ela está disposta. Se você tem medo, pegue um táxi até Eaton's e caminhe a distância que faltar.

– Não tenho medo. Sou prudente.

Pelo amor de Deus, pensou, escrevendo o endereço. Ainda não nos encontramos, mandei-lhe duas dúzias de rosas exageradas e já estamos tendo uma briga de namorados.

HAVIA DUAS MANEIRAS de deixar o seu motel: pela porta da frente e descendo um degrau até o estacionamento, ou pela porta de trás ao corredor que levava, por um emaranhado de outros corredores, até a recepção. Apagando as luzes do seu quarto, Justin olhou pela janela para o estacionamento. Debaixo de uma lua cheia, cada carro parado estava cercado de um halo prateado de gelo. Dos vinte e poucos carros no estacionamento, só um estava ocupado. Uma mulher sentava-se ao volante. Seu passageiro da frente era um homem. Estavam discutindo. Sobre rosas? Ou sobre o deus Lucro? A mulher gesticulava, o homem sacudia a cabeça. O homem saiu e latiu uma palavra final, um palavrão, bateu a porta, entrou em um outro carro e foi embora. A mulher ficou onde estava. Ergueu as mãos em desespero e colocou-as no alto do volante, as juntas para cima. Curvou a cabeça sobre as mãos e chorou, os ombros sacudindo. Vencendo um desejo absurdo de consolá-la, Justin seguiu apressadamente até a recepção e pediu um táxi.

A CASA ERA UMA em uma sucessão de novas residências brancas construídas em uma rua vitoriana. Cada casa estava postada em um ângulo, como uma fileira de proas de navios apontando o nariz para um velho porto. Cada uma tinha um porão e sua própria escadaria e uma porta acima do nível da rua e degraus de pedra levando até a casa e balaustradas de ferro e ferraduras de bronze como aldravas que não funcionavam. Observado por um gato gordo e cinzento que se instalara bem à vontade entre as cortinas e a janela do número 7, Justin subiu os degraus do número 6 e apertou a campainha. Carregava tudo o que possuía: uma sacola de viagem, dinheiro e, apesar da advertência de Lesley para que não o fizesse, seus dois passaportes. Pagou o motel adiantado. Se voltasse, o faria por sua própria vontade e não porque precisasse. Eram 22h de uma noite glacial, clara como gelo. Os carros estavam estacionados com o nariz de um colado na cauda do outro ao longo do meio-fio, as calçadas estavam vazias. A porta foi aberta pela silhueta de uma mulher alta.

– Você é Peter – falou acusadoramente.
– Você é Lara?
– Naturalmente.

Ela fechou a porta atrás dele.

– Foi seguido até aqui? – perguntou a ela.
– É possível. Você foi?

Olharam um para o outro debaixo da lâmpada. Birgit estava certa: Lara Emrich era bonita. Bonita na inteligência altiva do seu olhar. Em seu distanciamento gélido e científico que, já ao primeiro faro, o fez recuar interiormente. No jeito como afastava para o lado com as costas do pulso os cabelos que começavam a se acinzentar; então, com o ombro ainda erguido e o pulso na sobrancelha, continuou a estudá-lo criticamente com um olhar arrogante e, no entanto, inconsolável. Estava vestida de preto. Calças pretas, uma bata preta longa e nenhuma maquiagem. A voz, ouvida de perto, era ainda mais sombria do que ao telefone.

– Lamento muito por você – disse. – É terrível. Você está triste.
– Obrigado.
– Ela foi assassinada por Dypraxa.
– Acredito nisso, também. Indiretamente, mas sim.
– Muitas pessoas foram assassinadas por Dypraxa.
– Mas nem todas foram traídas por Markus Lorbeer.

Do andar de cima veio um fragor de aplausos de televisão.

– Amy é minha amiga – disse ela, como se a amizade fosse uma aflição. – É médica em estágio de especialização no Hospital Dawes. Mas infelizmente assinou uma petição a favor da minha reintegração e é membro fundador dos Médicos de Saskatchewan pela Integridade. Portanto, vão procurar uma desculpa para demiti-la.

Ia perguntar-lhe se Amy o conhecia como Quayle ou Atkinson quando uma mulher de voz possante berrou para eles e um par de chinelos apareceu no alto da escada.

– Traga-o até aqui, Lara. O homem precisa de um drinque.

Amy era de meia-idade e gorda, uma daquelas mulheres sérias que decidiram levar tudo na comédia. Vestia um quimono de seda carmesim e brincos de pirata. Seus chinelos tinham olhos de vidro. Mas seus próprios olhos eram cercados de sombra e havia rugas de sofrimento nos cantos de sua boca.

– Os homens que mataram sua mulher deviam ser enforcados – disse. – Scotch, Bourbon ou vinho? Este é Ralph.

Era um quarto de sótão, grande, forrado de pinho e da altura do telhado. Na outra extremidade havia um bar. Um imenso aparelho de televisão passava um jogo de hóquei no gelo. Ralph era um velho de cabelos finos em um roupão. Estava sentado em uma poltrona de couro falso com uma banqueta combinando, sobre a qual colocara os pés cobertos por chinelos. Ao ouvir o seu nome, levantou uma mão cheia de manchas, mas manteve os olhos no jogo.

– Bem-vindo a Saskatchewan. Pegue um drinque – gritou, com um sotaque da Europa Central.

– Quem está ganhando? – perguntou Justin, para ser amistoso.

– Os canadenses.

– Ralph é advogado – disse Amy. – Não é, querido?

– Não sou grande coisa agora. O miserável do Parkinson está me arrastando para o túmulo. Aquele corpo acadêmico se comportou como um bando de imbecis. Foi por isso que veio aqui?

– De certo modo.

– Sufocar a liberdade de expressão, se interpor entre médico e paciente, já era hora de homens e mulheres cultos mostrarem que têm colhões e defenderem a verdade em vez de se encolher no banheiro como um bando de covardes.

– É verdade – disse Justin polidamente, aceitando um copo de vinho branco de Amy.

– Karel Vita é o flautista, Dawes dança conforme a música. Vinte e cinco milhões de dólares em dinheiro vivo para iniciar um novo edifício de biotécnica, mais 50 milhões prometidos. Isso não é amendoim nem para uma corja de ricos burros como Karel Vita. E se todo mundo se comportar direitinho, tem muito mais a caminho. Como é possível resistir a esse tipo diabólico de pressão?

— Você tenta — disse Amy. — Se não tentar, está fodido.

— Fodido se tentar, fodido se não tentar. Abra a boca e lhe tiram o salário, o demitem e expulsam da cidade. A liberdade de expressão custa muito caro nesta cidade, Sr. Quayle — mais do que a maioria de nós pode pagar. Qual é seu outro nome?

— Justin.

— Esta é uma cidade de uma só safra, Justin, quando se trata de liberdade de expressão. Tudo está muito bom, contanto que uma cadela russa maluca não insista em publicar temerários artigos na imprensa médica falando mal de uma pilulazinha que ela inventou e que vale uns 2 bilhões por ano para a Casa de Karel Vita, que Alá o proteja. Onde pretende alojá-los, Amy?

— Na toca.

— É melhor desligar os telefones para que não sejam perturbados. Amy é a figura técnica por aqui, Justin. Eu sou apenas o velho bundão. Tudo o que precisar, Lara resolve para você. Conhece a casa melhor que nós, o que é um desperdício, já que vamos ser jogados na rua dentro de uns dois meses.

Voltou aos seus vitoriosos canadenses.

ELA NÃO O ENXERGA MAIS, embora tenha colocado óculos pesados que deviam ser de homem. Seu lado russo trouxe uma sacola do "talvez" que jaz de boca aberta aos seus pés, recheada de papéis que ela conhece de cor: cartas de advogados ameaçando-a, cartas da faculdade demitindo-a, uma cópia do seu artigo não publicado e, finalmente, cartas de seu próprio advogado, mas não muitas porque, como ela explica, não tem dinheiro e além do mais seu advogado se sente mais à vontade defendendo os direitos dos Sioux do que combatendo os recursos legais ilimitados dos Srs. Karel Vita Hudson, de Vancouver. Ficam sentados como jogadores de xadrez sem um tabuleiro, um de frente para o outro, os joelhos quase se tocando. Uma memória dos postos que ocupou no Oriente sugere a Justin que não aponte os pés para ela e por isso se senta obliquamente, para certo desconforto do seu corpo machucado. Há algum tempo ela vem falando para as sombras atrás do ombro dele e ele quase não a interrompeu. Está absolutamente ensimesmada, sua voz oscila entre o desânimo e o didatismo. Vive apenas com a monstruosidade e desesperança do seu caso insolúvel. Tudo se reporta a ele. Às vezes – com muita frequência, ele suspeita –, ela o esquece inteiramente. Ou ele passa a ser outra coisa para ela – uma hesitante reunião da faculdade, uma tímida convocação de colegas de universidade, um professor vacilante, um advogado inadequado. Só quando ele fala o nome de Lorbeer ela desperta para ele e franze a testa – e então oferece alguma generalidade mística que é uma evasão palpável: Markus é romântico demais, é tão fraco, todos os homens fazem coisas más, as mulheres também. E não, ela não sabe onde o encontrar:

– Está escondido em algum lugar. É errante, toda manhã toma um rumo diferente – explica com inexorável melancolia.

– Se ele fala em deserto, é um deserto de verdade?

– Será um lugar de grande inconveniência. Isso também é típico.

Para defender sua causa ela absorveu frases que ele não lhe crediaria: "Vou dar um *fast-forward*... KVH não está fazendo prisioneiros." Chega até a falar de "meus pacientes no corredor da morte". E quando lhe mostra a carta de um advogado, cita trechos enquanto ele a lê, para que não perca as partes mais ofensivas:

> Devemos lembrar-lhe de novo que sob a cláusula de confidencialidade no seu contrato está expressamente proibida de transmitir esta *des*informação aos seus pacientes... Fica formalmente advertida contra qualquer nova disseminação, seja verbal ou por quaisquer outros meios, dessas opiniões inexatas e maliciosas baseadas na falsa interpretação de dados obtidos enquanto estava sob contrato com os Srs. Karel Vita Hudson...

Isto seguido da falsa ilação soberbamente arrogante de que "nossos clientes negam absolutamente que tenham em qualquer ocasião tentado de qualquer forma suprimir ou influenciar o debate científico legítimo...".

– Mas por que *assinou* o desgraçado contrato em primeiro lugar? – Justin interrompe bruscamente.

Contente com o ânimo dele, ela dá uma risada sem alegria:

– Porque eu *confiei* neles. Fui uma *tola*.

– Você é tudo, menos uma tola, Lara! É uma mulher muito inteligente, pelo amor de Deus – exclama Justin.

Insultada, ela cai em um silêncio meditativo.

OS PRIMEIROS DOIS ANOS depois que Karel Vita adquiriu a molécula Emrich-Kovacs por intermédio da agência de Markus Lorbeer, conta ela, foram uma era de ouro. Os testes iniciais a curto prazo foram excelentes, as estatísticas os tornaram ainda melhores, a parceria Emrich-Kovacs era o grande assunto da comunidade científica. A KVH providenciou laboratórios completos de pesquisa, uma equipe de técnicos, testes clínicos por todo o Terceiro Mundo, viagens em primeira classe, hotéis glamourosos, respeito e dinheiro em abundância.

– Para a frívola Kovacs, era a realização de um sonho. Dirigirá um Rolls-Royce, ganhará o prêmio Nobel, será famosa e rica, terá muitos e muitos amantes. E para a séria Lara, os testes clínicos serão científicos, serão responsáveis. Testarão a droga em uma ampla variedade de comunidades étnicas e sociais que são vulneráveis à doença. Muitas vidas serão melhoradas, outras serão salvas. Isso será muito satisfatório.

– E para Lorbeer?

Um olhar irritado, uma careta de reprovação.

– Markus deseja ser um santo rico. Gosta de Rolls-Royces, mas também de vidas salvas.

– Por Deus e pelo Lucro, então – sugere Justin levianamente, mas a única resposta é outra carranca.

– Depois de dois anos eu fazia uma descoberta infeliz. Os testes da KVH eram uma impostura. Não tinham sido cientificamente programados. Tinham apenas o objetivo de colocar a droga no mercado o mais cedo possível. Certos efeitos colaterais foram deliberadamente excluídos. Se efeitos colaterais eram identificados, o teste era imediatamente reescrito para que eles não reaparecessem.

– Quais *eram* os efeitos colaterais?

Sua voz de palestrante, de novo, mordaz e arrogante:

– Na ocasião dos testes não científicos, poucos efeitos colaterais foram observados. Isto se devia também ao entusiasmo excessivo de

Kovacs e Lorbeer e à determinação das clínicas e dos centros médicos de países do Terceiro Mundo em fazer que os testes parecessem bons. Os testes também estavam merecendo pareceres favoráveis em importantes publicações médicas, assinados por conhecidos líderes de opinião que não declaravam suas lucrativas ligações com a KVH. Na verdade, tais artigos eram escritos em Vancouver ou em Basileia e apenas assinados pelos renomados líderes de opinião. Foi observado que a droga não era adequada a uma proporção insignificante de mulheres em idade reprodutiva. Algumas ficavam com a visão nublada. Houve algumas mortes, mas uma manipulação de dados nada científica garantiu que não fossem incluídas no período em questão.

– Ninguém se queixou?

Esta pergunta a enfurece.

– Quem vai se queixar? Médicos e assistentes hospitalares do Terceiro Mundo que estão ganhando dinheiro com os testes? O distribuidor que está ganhando dinheiro com o marketing da droga e não deseja perder os lucros de todo o plantel de drogas da KVH – perder talvez todo o seu negócio?

– E quanto aos pacientes?

Sua opinião a respeito dele chegou ao fundo do poço.

– A maioria dos pacientes vive em países não democráticos com sistemas muito corruptos. Teoricamente, deram seu consentimento consciente ao tratamento. Vale dizer, suas assinaturas figuram nas fichas de consentimento ainda que não possam ler o que assinaram. A lei não lhes permite receber pagamento, mas são generosamente recompensados por sua viagem e pela perda de rendimentos e têm comida grátis, o que eles gostam muito. Também têm muito medo.

– Das indústrias farmacêuticas?

– De todo mundo. Se eles se queixam, são ameaçados. Dizem-lhes que seus filhos não receberão mais remédios da América e que seus homens irão para a prisão.

– Mas *você* se queixou.

– Não, eu não me queixei. Eu protestei. Vigorosamente. Quando descobri que o Dypraxa estava sendo promovido como uma droga segura e não como uma droga experimental, eu dei uma palestra em um encontro científico da universidade na qual descrevi acuradamente a posição antiética da KVH. Não foi uma atitude popular. Dypraxa é uma boa droga. A questão não é essa. A questão tem três aspectos. – Três dedos esguios já se levantavam. – Item 1: os efeitos colaterais estão sendo deliberadamente ocultados no interesse do lucro. Item 2: as comunidades mais pobres do mundo estão sendo usadas como cobaias pelas mais ricas do mundo. Item 3: o debate científico legítimo destas três questões é sufocado pela intimidação corporativa.

Os dedos são recolhidos enquanto sua outra mão mergulha na sacola e puxa um folheto azul lustroso com o cabeçalho BOAS-NOVAS DA KVH.

DYPRAXA é um substituto altamente eficaz, seguro e econômico para os tratamentos da tuberculose até agora aceitos. Demonstrou ser de uma importante vantagem para os países emergentes.

Repõe o folheto na sacola e o substitui por uma carta de advogado muito manuseada. Um parágrafo está em destaque.

O estudo do Dypraxa foi programado e implementado segundo uma maneira inteiramente ética durante um número de anos com o consentimento consciente de todos os pacientes. KVH não faz distinções em seus testes entre países ricos e pobres. Ela se preocupa unicamente em selecionar condições apropriadas ao projeto em andamento. KVH é justificadamente enaltecida por sua alta qualidade de tratamento.

– Onde fica Kovacs nisso?
– Kovacs é totalmente a favor da corporação. Não possui integridade. É com a assistência de Kovacs que muitos dos dados clínicos são distorcidos ou suprimidos.
– E Lorbeer?
– Markus está dividido. Isto é normal nele. Em sua autopercepção, tornou-se o chefe de toda a África para o Dypraxa. Mas está também assustado e envergonhado. Por isso ele se confessa.

— Empregado pelos ThreeBees ou pela KVH?

— Se é Markus, talvez pelos dois. Ele é complicado.

— E como foi que a KVH acabou instalando você em Dawes?

— Porque fui uma tola – repete Lara com orgulho, rebatendo o protesto anterior de Justin. – Por que deveria aceitar e assinar, a não ser que fosse uma tola? A KVH foi muito polida, muito encantadora, muito compreensiva, muito esperta. Eu estava em Basileia quando dois jovens vieram de Vancouver para me ver. Fiquei lisonjeada. Como você, me enviaram rosas. Eu lhes disse que os testes eram uma merda. Concordaram. Eu lhes disse que não deviam vender Dypraxa como uma droga segura. Concordaram. Eu lhes disse que muitos efeitos colaterais nunca tinham sido adequadamente avaliados. Admiraram-me por minha coragem. Um deles era russo de Novgorod. "Vamos almoçar, Lara. Conversaremos sobre tudo isso." Então disseram que gostariam de me trazer para Dawes a fim de que eu desenhasse meu próprio teste do Dypraxa. Foram sensatos, ao contrário dos seus superiores. Aceitaram que não tínhamos feito o suficiente em matéria de testes corretos. Agora em Dawes nós os faríamos. Era a minha droga. Eu me orgulhava dela, eles também. A universidade se orgulhava. Fizemos um arranjo harmonioso. Dawes me acolheria, KVH me pagaria. Dawes tem a localização ideal para tais testes. Temos índios nativos das reservas que são suscetíveis à velha tuberculose. Temos casos multirresistentes da comunidade *hippie* em Vancouver. Para o Dypraxa, esta é uma combinação perfeita. Foi com base neste arranjo que assinei o contrato e aceitei a cláusula da confidencialidade. Fui uma tola – repetiu, com a fungada que diz "caso provado".

— E a KVH tem escritórios em Vancouver.

— *Grandes* escritórios. Seu terceiro maior complexo no mundo depois de Basileia e Seattle. Portanto, podiam me vigiar. E este era o objetivo. Colocar uma focinheira em mim e controlar-me. Assinei o estúpido contrato e fui trabalhar com as melhores intenções. No ano passado completei meu estudo. Foi extremamente negativo. Eu achava necessário informar meus pacientes sobre minha opinião a respeito dos efeitos colaterais potenciais do Dypraxa. Como médica, tenho um dever sagrado. Também concluí que a comunidade médica internacional deveria ser informada em uma publicação em um jornal importante. Tais jornais não gostam de imprimir opiniões negativas. Eu sabia disso. Sabia também que o jornal convidaria três renomados cientistas para comentar minhas verificações. O que o jornal não sabia era que os três renomados cientistas tinham acabado de assinar ricos contratos com a KVH de Seattle para pesquisar curas biotécnicas para outras doenças. Eles imediatamente informaram minhas intenções a Seattle, que informou Basileia e Vancouver.

Entrega a ele uma folha dobrada de papel branco. Ele a abre e tem uma sensação aterrorizadora de reconhecimento.

PUTA COMUNISTA. TIRE SUAS MÃOS SUJAS DE MERDA DA NOSSA UNIVERSIDADE. VOLTE PARA O SEU CHIQUEIRO BOLCHEVIQUE. PARE DE ENVENENAR AS VIDAS DE PESSOAS DECENTES COM SUAS TEORIAS CORRUPTAS.

Grandes maiúsculas eletrônicas. Nenhum erro de ortografia. O uso familiar de compostos. Entre para o clube, pensa Justin.

— Ficou acertado que a Universidade Dawes participaria nos lucros mundiais do Dypraxa — ela continua, desatentamente pegando a carta de volta. — Os funcionários leais ao hospital receberão ações preferenciais. Aqueles que não são leais recebem tais cartas. É mais importante ser leal ao hospital do que ser leal aos pacientes. É mais importante ser leal à KVH.

— Foi Halliday quem escreveu — diz Amy, irrompendo no quarto com uma bandeja de café e biscoitos. — Halliday é a sapatão-mor da máfia médica de Dawes. Todo mundo na faculdade tem de beijar sua bunda ou morrer. Exceto eu e Lara e umas duas outras idiotas.

— Como sabe que foi ela que escreveu? — pergunta Justin.

— Pelo DNA da vaca. Tirei o selo do envelope e chequei o DNA do cuspe. Ela gosta de malhar no ginásio do hospital. Eu e Lara roubamos um cabelo da sua escova Bambi cor-de-rosa e fizemos a comparação, positiva.

— Alguém a confrontou?

— Certamente. Toda a diretoria. A vaca confessou. Excesso de zelo no cumprimento dos seus deveres, que consistem unicamente em proteger os melhores interesses da universidade. Desculpou-se humildemente, alegou estresse emocional, que é a sua palavra para inveja sexual. Caso encerrado, a vaca congratulada. Enquanto isso, trituraram Lara. Eu sou a próxima.

— Emrich é uma comunista – explica Lara, saboreando a ironia. – Ela é russa, cresceu em Petersburgo quando ainda se chamava Leningrado, frequentou escolas e universidades soviéticas, portanto, é comunista e anticorporativa. É conveniente.

— Emrich também não inventou o Dypraxa, inventou, querida? – lembra Amy.

— Foi Kovacs – Lara concorda amargamente. – Kovacs foi o gênio completo. Eu era sua promíscua assistente de laboratório. Lorbeer era meu amante e por isso reivindicou a glória para mim.

— Motivo por que não lhe estão pagando mais nenhum dinheiro, ok, querida?

— Não. É por uma razão diferente. Desobedeci à cláusula de confidencialidade, portanto meu contrato foi rompido. É lógico.

— Lara é uma prostituta também, não é, querida? Trepou com os meninos bonitos que mandaram de Vancouver, só que ela não fez isso. Ninguém em Dawes trepa. E somos todos cristãos, exceto os judeus.

— Já que a droga está matando os pacientes, eu gostaria muito de não tê-la inventado – diz Lara calmamente, escolhendo não ouvir a última piada de Amy.

— Quando viu Lorbeer pela última vez? – pergunta Justin, ao ficarem sozinhos de novo.

O TOM DELA AINDA DEFENSIVO, porém mais suave.

— Ele esteve na África – respondeu.

— Quando?

— Faz um ano.

— Menos de um ano — Justin a corrigiu. — Minha mulher falou com ele no Hospital Uhuru há seis meses. Sua apologia, ou sei lá como a chama, foi enviada de Nairóbi há vários dias. Onde está agora?

Ser corrigida não era bem o que Lara Emrich gostava.

— Você me perguntou quando foi que o vi pela última vez — replicou, empertigando-se. — Foi há um ano. Na África.

— Onde na África?

— No Quênia. Ele me chamou. O acúmulo de provas tornara-se insuportável para ele. "Lara, preciso de você. É essencial e muito urgente. Não conte a ninguém. Eu pago. Venha." Fiquei afetada pelo seu apelo. Falei a Dawes que minha mãe estava muito doente e voei para Nairóbi. Cheguei numa sexta-feira. Markus me encontrou no aeroporto de Nairóbi. Já no carro me perguntou: "Lara, é possível que nossa droga esteja aumentando a pressão no cérebro, esmagando o nervo óptico?" Lembrei-lhe que tudo era possível, uma vez que os dados científicos não tinham sido reunidos, embora estivéssemos tentando corrigir isso. Levou-me de carro a uma aldeia e me mostrou uma mulher que não conseguia ficar de pé. Suas dores de cabeça eram terríveis. Estava morrendo. Levou-me a outra aldeia, onde uma mulher não podia encontrar foco nos seus olhos. Quando saiu da sua choça, o mundo escureceu. Relatou-me outros casos. Os agentes sanitários relutavam em falar abertamente conosco. Estavam muito amedrontados. Os ThreeBees punem toda crítica, diz Markus. Ele também tinha medo. Medo dos ThreeBees, medo da KVH, medo pelas mulheres doentes, medo de Deus. "Que vou fazer, Lara, que vou fazer?" Falou com Kovacs, que estava em Basileia. Ela disse que ele era um tolo por entrar em pânico. Estes não são os efeitos colaterais do Dypraxa, mas de uma combinação ruim com outra droga. Isso é típico de Kovacs, que se casou com um rico escroque sérvio e passa mais tempo na ópera do que no laboratório.

— Então, o que ele deveria fazer?

— Eu lhe mostrei a verdade. O que ele está observando na África é o que estou observando no Hospital Dawes, em Saskatchewan.

"Markus, estes são os mesmos efeitos colaterais que estou documentando no meu relatório para Vancouver, baseada em testes clínicos objetivos de seiscentos casos." Ainda assim ele grita para mim: "Que devo fazer, Lara, que devo fazer?" "Markus", eu respondo, "você tem de ser corajoso, tem de fazer unilateralmente o que as corporações se recusam a fazer coletivamente, tem de retirar a droga do mercado até que tenha sido exaustivamente testada." Ele chorou. Foi nossa última noite juntos como amantes. Eu também chorei.

ALGUM INSTINTO SELVAGEM tomou conta agora de Justin, um ressentimento radical que ele não conseguia definir. Sentia rancor daquela mulher. Por que ela sobrevivera? Ressentia-se de que tivesse dormido com o traidor confesso de Tessa e de, ainda agora, falar dele com ternura? Sentia-se ofendido de que ela pudesse sentar-se diante dele, bonita, viva e obcecada por si mesma, enquanto Tessa jazia morta ao lado do seu filho? Sentia-se insultado porque Lara mostrara tão pouca preocupação por Tessa e tanta por si mesma?

– Lorbeer chegou a mencionar Tessa para você?
– Não na ocasião de minha visita.
– Quando então?
– Escreveu-me que havia uma mulher, casada com um funcionário britânico, que estava colocando pressão sobre os ThreeBees em relação ao Dypraxa, escrevendo cartas e fazendo visitas indesejáveis. Essa mulher era apoiada por um médico de uma das agências de assistência. Não mencionou o nome do médico.
– Quando foi que escreveu isso?
– No meu aniversário. Markus sempre se lembra do meu aniversário. Congratulou-me pelo aniversário e me contou de uma mulher britânica e do seu amante, o médico africano.
– Ele sugeriu o que devia ser feito com eles?
– Ele tinha receio por ela. Disse que era bonita e muito trágica. Acho que se sentia atraído por ela.

Justin foi assaltado pela ideia extraordinária de que Lara estava com ciúmes de Tessa.

– E o médico?

– Markus admira todos os médicos.
– De onde ele escreveu?
– Da Cidade do Cabo. Estava examinando a operação dos ThreeBees na África do Sul, privadamente fazendo comparações com suas experiências no Quênia. Respeitava sua mulher. A coragem não vem facilmente a Markus. Deve ser aprendida.
– Ele falou onde a conheceu?
– No hospital de Nairóbi. Ela o desafiara. Ele estava embaraçado.
– Por quê?
– Fora obrigado a ignorá-la. Markus acredita que se ignora alguém isso vai deixar a pessoa infeliz, especialmente se é uma mulher.
– Ainda assim conseguiu traí-la.
– Markus nem sempre é prático. Ele é um artista. Se diz que a traiu, pode ser também algo figurativo.
– Você respondeu à sua carta?
– Sempre.
– Para onde?
– Era uma caixa postal em Nairóbi.
– Ele mencionou uma mulher chamada Wanza? Estava na mesma enfermaria com minha mulher no Hospital Uhuru. Morreu de Dypraxa.
– O caso não é do meu conhecimento.
– Não me surpreende. Todos os vestígios foram eliminados.
– É previsível. Markus me falou de tais coisas.
– Quando Lorbeer visitou a enfermaria de minha mulher, estava acompanhado de Kovacs. O que fazia Kovacs em Nairóbi?
– Markus queria que eu fosse a Nairóbi uma segunda vez, mas meu relacionamento com a KVH e com o hospital a essa altura estava péssimo. Tinham sabido da minha viagem anterior e já estavam ameaçando me expulsar da universidade porque eu mentira em relação à minha mãe. Portanto, Markus telefonou para Kovacs, em Basileia, e a persuadiu a ir para Nairóbi como minha substituta e observar a situação. Esperava que ela lhe poupasse a difícil decisão de recomendar aos ThreeBees que recolhessem a droga. A KVH em

Basileia estava relutante no início em deixar que Kovacs fosse a Nairóbi, depois consentiu sob a condição de que a visita permanecesse um segredo.

— Até mesmo dos ThreeBees?

— Dos ThreeBees não teria sido possível. Os ThreeBees estavam próximos demais da situação e Markus os aconselhava. Kovacs visitou Nairóbi durante quatro dias em grande sigilo e então voltou ao seu escroque sérvio em Basileia para mais ópera.

— Escreveu algum relatório?

— Foi um relatório desprezível. Fui educada como cientista. Aquilo não era ciência. Era polêmica.

— Lara.

— O que é?

Ela o encarava combativamente.

— Birgit leu para você a carta de Lorbeer pelo telefone. Sua apologia. Sua confissão. Sua seja lá como a chama.

— E então?

— O que essa carta representou para você?

— Que Markus não pode ser redimido.

— Do quê?

— É um homem fraco que busca força nos lugares errados. Infelizmente, são os fracos que destroem os fortes. Talvez tenha feito algo muito mau. Às vezes ele se apaixona demais por seus próprios pecados.

— Se tivesse de encontrá-lo, onde o procuraria?

— Não tenho como encontrá-lo. — Esperou. — Só tenho um número de caixa postal em Nairóbi.

— Poderia me dar?

Sua depressão tinha atingido novas profundezas.

— Vou anotar para você. — Escreveu em um bloco, arrancou a folha e entregou a ele. — Se estivesse à sua procura iria até aqueles que ele injuriou — disse ela.

— No deserto.

— Talvez seja figurativo.

383

O tom agressivo havia deixado sua voz, como havia deixado a de Justin.

– Markus é uma criança – explicou simplesmente. – Age por impulso e reage às consequências. – Ela sorriu, na verdade, e seu sorriso também era bonito. – Muitas vezes ele fica bastante surpreso.

– Quem proporciona o impulso?

– Houve um tempo em que era eu.

Justin se levantou rápido demais, querendo dobrar os papéis que tinha recebido e colocá-los no bolso. Sua cabeça rodou, sentiu-se nauseado. Encostou uma mão na parede para se apoiar, só para descobrir que a médica profissional havia segurado o seu braço.

– Qual é o problema? – disse ela bruscamente e continuou a segurá-lo enquanto o fazia sentar de novo.

– Fico zonzo às vezes.

– Por quê? Tem pressão arterial alta? Não devia usar gravata. Afrouxe o colarinho. Você é ridículo.

Colocou a mão na sua testa. Justin se sentia fraco como um inválido e desesperadamente cansado. Ela o deixou e voltou com um copo-d'água. Ele bebeu um pouco e devolveu-lhe o copo. Os gestos dela eram seguros, mas ternos. Sentiu seu olhar sobre ele.

– Você está com febre – disse acusadoramente.

– Talvez.

– Talvez não. Está com febre. Vou levá-lo de carro para o seu hotel.

Era o momento contra o qual aquele cansativo instrutor o advertira no curso de segurança, o momento em que você está muito entediado, muito preguiçoso ou simplesmente muito cansado para se importar; tudo o que quer é voltar para o seu miserável hotel, dormir e de manhã, quando a cabeça tiver clareado, fazer um grande pacote para a sofredora tia de Ham, em Milão, contendo tudo o que a Dra. Lara Emrich lhe contou, incluindo uma cópia do seu artigo não publicado sobre os perigosos efeitos colaterais da droga Dypraxa, tais como visão nublada, sangramento, cegueira e morte, e também uma anotação com o número da caixa postal de Markus Lorbeer, em

Nairóbi, e outra descrevendo o que você tencionava fosse seu próximo movimento, caso seja impedido de executá-lo por forças alheias ao seu controle. É um momento de lapso consciente, culpado, voluntário, quando a presença de uma bonita mulher, outra pária como ele, de pé junto ao seu ombro e tomando-lhe o pulso com dedos bondosos, não pode ser uma desculpa para deixar de obedecer aos princípios básicos da segurança operacional.

– Não devia ser vista comigo – objetou sem convencer. – Eles sabem que estou por aqui. Isto só tornará as coisas piores para você.

– Não existe nenhum *pior* para mim – replica. – Minha situação negativa é completa.

– Onde está seu carro?

– A cinco minutos daqui. Pode andar?

É um momento também em que Justin no seu estado de exaustão física reverte com gratidão às escusas de boas maneiras e antigo cavalheirismo que lhe foram inoculadas desde seu berço etoniano. Uma mulher sozinha devia ser acompanhada até a sua carruagem à noite, não devia ser exposta a vagabundos, salteadores e bandidos. Fica de pé. Ela coloca uma mão sob o seu cotovelo e a mantém ali enquanto atravessam na ponta dos pés da sala de estar para as escadas.

– Boa noite, crianças – grita Amy diante de uma porta fechada. – Divirtam-se agora.

– Você foi muito gentil – responde Justin.

19

Descendo a escadaria de Amy em direção da porta da rua, Lara segue à frente de Justin, carregando a sacola russa em uma mão e segurando o corrimão com a outra, enquanto o observa por trás do ombro. No vestíbulo ela tira o casaco dele do cabide e o ajuda a vesti-lo. Coloca o próprio casaco e um gorro de pele estilo Ana Karenina, e faz menção de levar a sacola de viagem dele, mas o cavalheirismo etoniano proíbe isso e assim ela o vê, com seu olhar castanho fixo, o olhar de Tessa sem a malícia, ajustar a alça no seu próprio ombro e, como um inglês de lábios comprimidos, suprimir qualquer sinal de dor. Sir Justin abre a porta para ela e sussurra sua surpresa quando o ar glacial o corta repetidamente em fatias, ignorando o casaco forrado e as botas de pele. Na calçada, a Dra. Lara coloca o antebraço esquerdo dele na sua mão esquerda e estende seu braço direito por suas costas para ampará-lo, mas desta vez nem mesmo o endurecido etoniano pode reprimir uma exclamação de dor quando um coro de nervos no seu dorso explode em uma canção. Ela nada diz, mas os olhos dos dois se encontram naturalmente, enquanto ele gira a cabeça defensivamente afastando-se da direção da dor. O olhar dela sob o gorro Ana Karenina lembra de modo alarmante outros olhos. A mão que não está mais em suas costas juntou-se à mão que segura seu antebraço esquerdo. Ela diminuiu o passo para acompanhá-lo. Quadris contra quadris, vão executando uma marcha majestosa ao longo da calçada congelada quando ela para de chofre e, ainda segurando seu braço, olha para o outro lado da rua.

– O que é?

– Não é nada. É previsível.

Estão sozinhos na praça da cidade. Um pequeno carro cinza de marca indefinida está parado isolado debaixo de uma luminária alaranjada. Está muito sujo apesar de congelado. Usa um cabide de arame como antena. Visto dessa maneira, tem um ar sinistro e desprotegido. É um carro à espera de explodir.

– É seu? – pergunta Justin.

– É. Mas não vai andar.

O grande espião observa com atraso o que Lara já havia detectado. O pneu direito da frente está furado.

– Não se preocupe. Vamos trocar o pneu – diz Justin ousadamente, esquecendo por um momento ridículo o frio, seu corpo machucado, a hora tardia e quaisquer outras considerações de segurança operacional.

– Não vai resolver – ela replica com desalento justificado.

– Claro que vai. Vamos ligar o motor. Pode sentar-se no carro e mantê-lo aquecido. Tem um estepe e um macaco, não tem?

Mas a esta altura chegaram à outra calçada e ele viu o que ela antecipara: o pneu dianteiro esquerdo também está furado. Tomado por uma necessidade de ação, tenta desvencilhar-se, mas ela se agarra nele e ele entende que não é o frio o que a faz tremer.

– Isto acontece muito?
– Frequentemente.
– Você chama uma oficina?
– À noite eles não atendem. Procuro um táxi e volto para casa. De manhã, quando volto, ganhei uma multa por estacionamento irregular. Talvez também uma multa pela condição insegura do carro. Às vezes o rebocam e eu tenho de ir recuperá-lo em um local inconveniente. Às vezes não tem nenhum táxi, mas esta noite demos sorte.

Segue o olhar dela e vê para sua surpresa um táxi estacionado em um canto distante da praça com as luzes internas acesas, e o motor ligado e uma figura agarrada ao volante. Ainda segurando seu braço, ela o impele para a frente. Ele a acompanha por alguns metros e então para, seus alarmes internos tocando.

– Os táxis normalmente ficam na rua até tão tarde?
– Não é importante.
– Sim, na verdade, é importante. Muito.

Desviando-se do olhar dela, ele enxerga um segundo táxi chegando por trás do primeiro. Lara também o vê.

– Você está sendo ridículo. Veja. Agora temos dois táxis. Podemos pegar um para cada um de nós. Talvez pegar um só. Então primeiro eu o acompanho ao seu hotel. Vamos ver. Não é importante.

E esquecendo sua condição, ou simplesmente perdendo a paciência, ela o agarra pelo braço de novo, ele tropeça, se livra dela e fica parado bloqueando sua passagem.

– Não – diz ele.

Não querendo dizer eu me recuso. Querendo dizer: vi a falta de lógica dessa situação. Se fui precipitado antes, não vou ser precipitado agora, nem você vai ser. São coincidências demais. Estamos na praça vazia de uma cidadezinha esquecida de Deus no meio da tundra, em uma noite gelada de março, quando até o único cavalo da cidade está dormindo. Seu carro foi deliberadamente inutilizado. Um táxi aparece convenientemente disponível, um segundo táxi junta-se a ele. Quem mais os táxis estariam esperando senão nós? Não é racional supor que as pessoas que quebraram o seu carro sejam as mesmas pessoas que nos querem nos carros delas?

Mas Lara não é acessível a esse argumento científico. Acenando com um braço para o motorista mais próximo, ela caminha ao seu encontro. Justin a agarra pelo outro braço, a interrompe no meio da caminhada e a puxa para trás. A ação a enfurece tanto quanto a machuca. Já se cansou de ser empurrada.

– Deixe-me em paz. Me largue! Me devolva isso!

Ele agarrou sua sacola russa. O primeiro táxi está se afastando do meio-fio. O segundo está vindo atrás do primeiro. Especulativamente? Em apoio? Em um país civilizado nunca se pode saber.

– Volte para o carro – ordena a ela.

– Que carro? Não funciona. Você está maluco.

Ela puxa a sacola russa e fica remexendo, pondo de lado os papéis, lenços e tudo mais que obstrui sua busca.

– Me dê as chaves do carro, Lara, *por favor*!

Encontrou a bolsinha dentro da sacola e a abriu. Tem as chaves na mão – um molho cheio, o bastante para entrar em Fort Knox. Por que diabo uma mulher sozinha em desgraça precisa de tantas chaves? Aproxima-se do carro dela separando as chaves, gritando "Qual é? Qual é?", puxando-a consigo, mantendo a sacola de compras afastada dela, arrastando-a para a luz do poste onde possa separar a chave do carro para ele – o que ela faz, venenosa, vingativa, mostrando-a para ele e escarnecendo.

– Agora você tem a chave de um carro com pneus vazios! Sente-se melhor agora? Sente-se um homem de verdade?

Seria assim que falava com Lorbeer?

Os táxis estão dando a volta na praça em direção a eles, o nariz do segundo na traseira do primeiro. Sua postura é inquisitiva, ainda não agressiva. Mas têm um ar furtivo. Há um propósito maligno, Justin está convencido: um clima de ameaça e premeditação.

– É uma fechadura central? – ele grita. – A chave abre todas as portas ao mesmo tempo?

Ela não sabe ou está furiosa demais para responder. Ele está apoiado em um joelho, a sacola presa debaixo do braço, tentando enfiar a chave na porta do passageiro. Raspa o gelo com a ponta dos dedos, a pele cola na lataria e os músculos uivam tão alto quanto as vozes na sua cabeça. Ela puxa a sacola de compras russa e berra para ele. A porta do carro abre-se e ele a agarra.

– Lara. Pelo amor de Deus. Quer *por favor* fazer a gentileza de calar a boca e *entrar* no carro *agora*!

O uso da ênfase cortês é bem calculado. Ela olha para ele com incredulidade. Ele tem a sacola em sua mão. Joga-a para dentro do carro. Ela se lança à sacola como um cachorro atrás de uma bola, cai no assento do passageiro enquanto ele bate a porta. Justin pisa de novo na rua e caminha ao redor do carro. Ao fazê-lo, o segundo táxi ultrapassa o primeiro e acelera sobre ele, obrigando-o a saltar para o meio-fio. O para-lama dianteiro do carro tenta em vão atingir as abas do seu casaco ao passar por ele. Lara abre a porta do motorista pelo lado de dentro. Os dois táxis param no meio da rua, 40 metros atrás. Justin gira a chave na ignição. Os limpadores de para-brisa estão cheios de gelo mas a janela de trás está razoavelmente limpa. O motor tosse como um burro velho. A esta hora da noite?, está dizendo. Com *esta* temperatura? *Eu?* Gira a chave de novo.

– Tem gasolina nesta coisa?

Pelo espelho retrovisor vê dois homens descendo de cada táxi. O segundo par devia estar escondido na traseira abaixo da linha da janela. Um homem segura um taco de beisebol, outro, um objeto que Justin conclui ser sucessivamente uma garrafa, uma granada de mão, um cacete de ponta chumbada. Todos os quatro homens estão caminhando deliberadamente em direção do carro. Queira Deus que o motor pegue. Justin pisa no acelerador e solta o freio de mão. Mas o carro é hidramático e Justin, pelo amor da sua vida, não consegue se lembrar de como os carros hidramáticos funcionam. Colocando a alavanca na posição de tração, prende o carro com o freio de pé até que a sanidade prevaleça. O carro finalmente pula para a frente, sacudindo e protestando. O volante está duro como ferro nas suas mãos. No espelho, os homens rompem em um trote. Justin acelera com cautela, as rodas da frente guincham e sacolejam, mas de algum jeito o carro está andando, apesar de si mesmo, e ganhando velocidade, para alarme dos seus perseguidores que não mais trotam, mas correm. Estão vestidos para a ocasião, observa Justin, em volumosas roupas de corrida e botas macias. Um deles usa um gorro de lã de marinheiro com um pompom no alto, é o que leva o taco de beisebol. Os outros usam gorros de pele. Justin olha para Lara. Ela tem uma mão sobre o rosto, os dedos enfiados entre os dentes. Sua outra mão segura o pegador no painel à sua frente. Seus olhos se fecharam e está sussurrando, talvez rezando, coisa que Justin acha estranho, pois até agora a imaginara sem Deus, ao contrário do seu amante Lorbeer. Estão deixando a pequena praça e aos solavancos entram em uma rua mal-iluminada com uma fileira de chalés em decadência.

– Onde fica a parte mais iluminada da cidade? A mais pública? – pergunta a ela.

Lara sacode a cabeça.

– Onde fica a estação?

– É muito longe. Não tenho dinheiro.

Ela parece imaginar que vão escapar juntos. Fumaça ou vapor sobe do capô e um cheiro assustador de borracha queimada o faz lembrar dos conflitos estudantis em Nairóbi, mas continua a acelerar, enquanto pelo espelho observa os homens correndo e pensa de novo como são estúpidos e como fazem mal essas coisas, deve ser o treinamento deles. E como um time com um melhor comando nunca teria deixado os carros para trás. E como a melhor coisa que poderiam fazer se tivessem alguma cabeça seria correr como o diabo de volta para seus carros, mas não mostram nenhum sinal de que vão fazer isso, talvez porque agora estão chegando mais perto e tudo depende de quem desistirá primeiro, este carro ou aqueles homens. Uma placa em francês e inglês o avisa de um cruzamento à frente. Como um filólogo de domingo, ele se vê comparando as duas línguas.

– Onde fica o hospital? – pergunta a ela.

Ela tira os dedos da boca.

– A Dra. Lara Emrich não tem permissão para entrar nas dependências do hospital – ela entoa.

Ele ri por ela, disposto a animá-la.

– Ora, veja só, então não podemos ir até lá, podemos? Não, se é proibido. Vamos lá. Onde fica?

– À esquerda.

– A que distância?

– Em condições normais levará pouquíssimo tempo.

– Quanto?

– Cinco minutos. Se não houver tráfego, menos.

Não há tráfego, mas o capô está arrotando vapor ou fumaça, a superfície da rua é pedra gelada, o velocímetro indica uns otimistas 25 quilômetros por hora no máximo, os homens no espelho não dão sinais de cansaço, não há outro som além do gemido encrespado do aro das rodas girando como mil unhas arranhando um quadro-negro. Subitamente, para espanto de Justin, a rua à frente se transforma em uma praça de armas congelada. Ele vê o portão de ameias e o penacho heráldico de Dawes ostentosamente iluminado diante de si e à sua esquerda o pavilhão coberto de hera e seus três blocos satélites de aço e vidro avolumando-se como icebergs. Vira o volante para a esquerda e aumenta a pressão no acelerador, mas sem resultado. O velocímetro registra zero quilômetro por hora, mas isso é ridículo porque ainda estão rodando, mal e mal.

– Quem conhece aqui? – grita para ela.

Ela devia estar se fazendo a mesma pergunta.

– Phil.

– Quem é Phil?

– Um russo. Um motorista de ambulância. Já está velho demais.

Ela estende o braço à traseira do carro para pegar sua sacola, tira um maço de cigarros – não são Sportsmans –, acende um e passa para ele, mas ele o ignora.

– Os homens foram embora – diz ela, ficando com o cigarro.

391

Como uma montaria fiel que correu o que podia, o carro morre. O eixo dianteiro entra em colapso, fumaça negra acre sobe do capô, um rangido terrível aos seus pés anuncia que o carro encontrou seu repouso final no centro da praça de armas. Observados por um par de Crees com olhos drogados em casacos de paina, Justin e Lara jogam-se do carro.

O LOCAL DE TRABALHO de Phil consistia em uma caixa branca ao lado de um estacionamento de ambulâncias. Continha uma banqueta, um telefone, uma lâmpada vermelha rotativa, um aquecedor elétrico manchado de café e uma folhinha que estava permanentemente aberta em dezembro, mês em que a mulher vestida de Papai Noel em roupas leves oferece o corpo quase descoberto a um agradecido coral masculino de cânticos natalinos. Phil estava sentado na banqueta falando ao telefone, com um boné de couro com proteção para as orelhas. Seu rosto era couro também, rachado, enrugado e polido, empoeirado por fios prateados de uma barba por fazer. Quando ouviu a voz de Lara falando russo fez o que os velhos prisioneiros fazem: manteve a cabeça quieta e os olhos encapuzados olhando direto para a frente, enquanto esperava a prova de que era com ele que estavam falando. Só quando teve certeza foi que a encarou e tornou-se o que os russos de sua idade se tornam na presença de mulheres bonitas mais jovens: um pouco místico, um pouco envergonhado, um pouco abrupto. Phil e Lara falaram pelo que pareceu a Justin uma eternidade desnecessária, ela na entrada da porta com Justin de guarda à sua sombra como um amante não declarado e Phil na banqueta, as mãos nodosas cruzadas no colo. Perguntaram – assim supôs Justin – por sua família e como ia o Tio Este ou a Prima Aquela, até que finalmente Lara se afastou para deixar o velho passar, o que ele fez segurando-a gratuitamente pela cintura antes de trotar rampa abaixo até um estacionamento subterrâneo.

– Ele sabe que você está banida? – perguntou Justin.
– Não é importante.
– Para onde foi?

Nenhuma resposta foi necessária. Uma nova e reluzente ambulância se aproximava e Phil, com seu boné de couro, estava ao volante.

SUA CASA ERA NOVA e rica, parte de um condomínio de luxo à beira do lago construído para acomodar os filhos favoritos dos Srs. Karel Vita Hudson, de Basileia, Vancouver e Seattle. Serviu-lhe um uísque e para si mesma uma vodca, mostrou-lhe a banheira Jacuzzi, demonstrou o sistema de som e o superforno de micro-ondas multifuncional, e com o mesmo distanciamento distorcido indicou o ponto ao longo da sua cerca onde o *Organy* estacionava quando vinha vigiá-la, o que acontecia na maior parte dos dias da semana, dizia, geralmente por volta das 8 horas, dependendo do tempo, até a chegada da noite, a não ser que houvesse um jogo de hóquei importante, caso em que saíam mais cedo. Mostrou-lhe o absurdo céu noturno no seu quarto de dormir, a cúpula de gesso branco perfurada por minúsculas luzes para imitar as estrelas e o redutor que as acendia ou apagava, segundo o capricho dos ocupantes da grande cama redonda abaixo da cúpula. E houve um momento, quando ambos observavam as estrelas surgirem e sumirem, em que pareceu possível que eles próprios poderiam se tornar os ocupantes – dois foragidos do Sistema consolando um ao outro, e o que podia ser mais lógico do que aquilo? Mas a sombra de Tessa surgiu entre eles e o momento passou sem que nenhum dos dois comentasse a respeito. Justin comentou sobre os ícones, em vez disso. Ela possuía meia dúzia deles: André, Paulo e Simão, Pedro e João, e a própria Virgem Maria, com halos de folha-de-flandres e suas mãos unidas em prece ou erguidas para dar uma bênção ou significar a Trindade.

– Suponho que foi Markus quem lhe deu – falou, parecendo confuso por essa nova demonstração de improvável religiosidade.

Ela exibiu a sua pior carranca.

– É uma posição totalmente científica. Se Deus existe, Ele ficará agradecido. Se não, é irrelevante – e corou quando ele riu, e então riu também.

O quarto de hóspedes ficava no porão. Com sua janela de grades dando para o jardim, lembrava o andar inferior da casa de Gloria.

Dormiu até às 5 horas, escreveu para a tia de Ham durante uma hora, vestiu-se e subiu furtivamente ao andar superior com a intenção de deixar uma nota para Lara e tentar a chance de uma carona até a cidade. Ela estava sentada à janela da sacada fumando um cigarro e vestindo as mesmas roupas da noite anterior. O cinzeiro ao seu lado estava cheio.

– Pode pegar um ônibus para a estação ferroviária no alto da rua – disse ela. – Parte dentro de uma hora.

Fez café para ele, que o tomou em uma mesa na cozinha. Nenhum dos dois parecia disposto a discutir os acontecimentos da noite.

– Provavelmente, apenas um bando de arruaceiros malucos – disse imediatamente, mas ela continuou absorta em suas meditações.

Em outro momento perguntou-lhe sobre seus planos.

– Por quanto tempo mais você terá esta casa?

– Mais uns poucos dias respondeu distraída. Talvez uma semana.

– O que é que vai fazer?

Isso dependeria, replicou. Não era importante. Não morreria de fome.

– Vá agora – disse subitamente. – É melhor você esperar no ponto do ônibus.

Quando ele saía, ela ficou de costas com a cabeça inclinada tensamente para a frente, como se estivesse ouvindo algum som suspeito.

– Você deve ser misericordioso com Lorbeer – ela anunciou.

Mas se isso era uma predição ou um comando, ele não podia dizer.

20

— De que porra seu homem Quayle acha que está brincando, Tim? – perguntou Curtiss, girando o corpo imenso ao redor de um calcanhar para desafiar Donohue no salão cheio de eco. Era grande o suficiente para uma capela de bom tamanho, com vigas de teca servindo de caibros e portas com dobradiças de cárceres e escudos tribais nas paredes de cabana de troncos.

— Ele não é nosso homem, Kenny. Nunca foi — replicou Donohue estoicamente. — Ele é puro Foreign Office.

— Puro? O que há de puro nele? É o sujeito mais impuro de que já ouvi falar. Por que não me procura se está preocupado com a minha droga? A porta está bem aberta. Não sou um monstro, sou? O que é que ele quer? Dinheiro?

— Não, Kenny. Não acredito. Não acredito que esteja pensando em dinheiro.

Aquela voz dele, pensou Donohue enquanto esperava para saber por que fora chamado. Nunca vou me livrar dela. Fanfarrona e lisonjeira. Mentirosa e chorona. Mas a fanfarronice ainda é de longe o seu estilo favorito. Enxaguado mas nunca lavado. A sombra do gueto de Lancashire ainda o traindo, para desespero de todos aqueles instrutores de boa fala que vinham e saíam no meio da noite.

— O que o está incomodando então, Tim? Você o conhece. Eu, não.

— Sua mulher, Kenny. Ela sofreu um acidente. Está lembrado?

Curtiss girou de novo no calcanhar, caminhou até a grande janela panorâmica e ergueu as mãos, palmas para cima, fazendo um apelo à razão para o crepúsculo africano. Além da vidraça a prova de balas estendiam-se gramados que escureciam e, no final, um lago. Luzes cintilavam nas encostas das colinas. Algumas estrelas precoces penetravam na névoa azul-escura do entardecer.

— Então a mulher dele é liquidada — raciocinou Curtiss, no mesmo tom lamuriento. — Um bando de meninos maus fica louco por ela. A coisa negra dela a liquida, como é que vou saber? Do jeito que andava se comportando, estava pedindo. É de Turkana que estamos falando, não da merda de Surrey. Mas eu lamento muito? Lamento muito mesmo.

Mas não lamentava tanto quanto devia, pensou Donohue.

Curtiss tinha casas de Mônaco ao México e Donohue odiava todas elas. Odiava seu cheiro de iodo, seus empregados apavorados e os vibrantes assoalhos de madeira. Odiava os bares espelhados e as flores sem cheiro que olhavam para você como as piranhas entediadas que Curtiss mantinha à sua volta. Na sua cabeça, Donohue os colocava junto aos Rolls-Royces, ao jato Gulfstream e ao iate a motor, como um único insosso palácio flutuante escarranchado sobre meia dúzia de países. Mas, mais do que tudo, odiava esta fazenda fortificada, fincada às margens do lago Naivasha, com suas cercas de arame farpado, seus guardas de segurança, almofadas de pele de zebra, pisos de lajotas vermelhas, tapetes de pele de leopardo, sofás de antílope, cristaleiras de bebidas espelhadas com luzes cor-de-rosa e aparelhos de televisão com antenas parabólicas e telefones por satélite e sensores de movimentos e botões de alarme e rádios de mão – porque era para esta casa, para esta sala e para este sofá de antílope que fora convocado como um pedinte, ao capricho de Curtiss, durante os últimos cinco anos, para receber quaisquer sobras que o grande Sir Kenneth K achasse cabível jogar nas mandíbulas esfomeadas do Serviço Secreto Britânico. E foi para este lugar que o convocaram de novo esta noite, por motivos que ainda precisava saber, justo no momento em que estava desarrolhando uma garrafa de vinho branco sul-africano, antes de se sentar diante de uma porção de salmão do lago com sua adorada mulher Maud.

> É assim que vemos a coisa, Tim, velho camarada, para o que der e vier,

dizia um tenso aviso sigiloso, escrito no estilo vagamente puxado a P. G. Wodehouse do seu diretor regional em Londres.

> Na fachada visível, você deveria manter um contato amistoso para combinar com a imagem pública que estabeleceu ao longo dos últimos cinco anos. Golfe, um drinque vez por outra, um almoço vez por outra etc.; antes você do que eu. Do lado oculto, deveria continuar agindo com naturalidade e parecer ocupado, uma vez que as alternativas – rompimento, o ultraje consequente do sujeito etc. – são medonhas demais para se pre-

ver na crise atual. Para sua informação pessoal, pegou fogo de ambos os lados do rio aqui e a situação muda dia a dia, mas sempre para pior.

Roger

– Por que veio de carro, afinal? – perguntou Curtiss em um tom melindrado, enquanto continuava olhando pela janela para os seus hectares africanos. – Podia vir de Beechcraft se tivesse pedido. Doug Crick tinha um piloto à sua disposição. Está tentando fazer com que eu me sinta mal ou qualquer coisa do gênero?

– Você me conhece, chefe. – Às vezes, por agressão passiva, Donohue o chamava de chefe, um título reservado à eternidade para o cabeça do seu próprio Serviço. – Sou um motorista. Abrir as janelas do carro, levantar poeira. Não há nada de que eu goste mais.

– Nestas estradas fodidas? Você está maluco. Falei para o Homem. Ontem. Estou mentindo. Domingo. "Qual é a porra da primeira coisa que um barqueiro vê quando chega a Kenyatta e sobe no seu ônibus de safári?", perguntei. "Não é a porra dos leões e das girafas. São as *suas* estradas, Sr. Presidente. São as suas estradas esburacadas e horríveis." O Homem só vê o que ele quer, esse é o seu problema. Depois, ele voa sempre que pode. "O mesmo com os seus trens", falei a ele. "Use a porra dos seus prisioneiros", eu disse, "o senhor tem uma porção deles. Bote seus prisioneiros para trabalhar nos trilhos e dê uma chance aos trens." "Fale com Jomo", disse ele. "Que Jomo é esse?", pergunto. "Jomo, meu novo ministro dos Transportes", diz ele. "Desde quando?", pergunto. "A partir de agora mesmo", responde. Foda-se.

– Foda-se, realmente – disse Donohue devotadamente e sorriu do jeito que sempre sorria quando não havia nada que justificasse sorrir: com sua cabeça comprida e inclinada pendendo como a de um bode para um lado e ligeiramente para trás, os olhos amarelados, piscando e não perdendo nada enquanto afagava as antenas do seu bigode.

Um silêncio sem precedente enchia a grande sala. Os criados africanos tinham voltado a pé para suas aldeias. Os guarda-costas israelenses, aqueles que não policiavam o terreno, estavam na casa de porteiro assistindo a um filme de kung fu. Donohue fora submetido a dois garrotes rápidos enquanto esperava que o deixassem passar. Os secretários particulares e o valete somali tinham sido mandados para o complexo de alojamentos do pessoal, do outro lado da fazenda. Pela primeira vez na história nem um só telefone tocava em uma residência de Curtiss. Um mês atrás, Donohue teria que brigar para dar uma palavrinha, teria de ameaçar que iria embora a não ser que Curtiss lhe desse uns poucos minutos de conversa pessoal. Esta noite ele teria acolhido com prazer o trinado do telefone da casa ou o guincho do satélite de comunicações que olhava carrancudo do carrinho com rodas, ao lado da enorme escrivaninha.

Com as costas de lutador ainda voltadas para Donohue, Curtiss adotara o que para ele era uma pose ruminante. Vestia o que sempre costumava vestir na África: camisa branca com punhos duplos e abotoaduras de ouro das ThreeBees, calça azul-marinho, sapatos de verniz e um relógio de ouro fino, como uma moeda em volta do grande pulso cabeludo. Mas era o cinto preto de crocodilo que chamava a atenção de Donohue. Com outros homens gordos que conhecia, o cinto corria baixo na frente e a barriga pendia sobre ele. Mas com Curtiss o cinto ficava rigorosamente em nível, como uma linha perfeita riscada no centro de um ovo, dando-lhe a aparência de um enorme Humpty Dumpty. Sua juba de cabelos pintados de preto era penteada para trás no estilo eslavo a partir da testa ampla e terminava em um rabo de pato na nuca. Fumava um charuto e franzia a testa cada vez que tragava. Quando o charuto o chateava, largava-o ainda ardendo sobre qualquer inestimável peça de mobiliário que estivesse à mão. Quando sentia sua falta, costumava acusar o pessoal de tê-lo roubado.

– Você sabe o que aquele canalha está aprontando agora, suponho – perguntou.

– Moi?

– Quayle.

– Não sei não. Deveria?

– Eles não lhe contam? Ou não estão se importando?

– Talvez não saibam, Kenny. Tudo o que me disseram é que ele está assumindo a causa da esposa – qualquer que fosse –, que está fora de contato com seus empregadores e que está voando solo. Sabemos que a mulher tinha uma propriedade na Itália e existe uma teoria de que foi lá que ele aterrissou.

– E quanto à porra da Alemanha? – interrompeu Curtiss.

– O que quanto à porra da Alemanha? – perguntou Donohue, arremedando um estilo de falar que detestava.

– Ele esteve na Alemanha. Na semana passada. Fuçando no meio de um bando de liberais bonzinhos de cabelos compridos que têm suas facas enfiadas na KVH. Se eu não fosse molenga, ele já estaria fora da lista de eleitores a esta altura. Mas seus rapazes lá em Londres não sabem disso, sabem? Não se incomodam. Têm melhores coisas a fazer com o seu tempo. *Estou falando com você, Donohue!*

Curtiss tinha se virado para encará-lo. O imenso tronco havia se dobrado, suas mandíbulas carmesim estavam apontadas para a frente. Tinha uma mão enfiada no bolso da calça, que parecia uma tenda. Com a outra agarrava o charuto, a ponta acesa à frente como se fosse enfiá-la como uma estaca de barraca na cabeça de Donohue.

– Receio que você esteja à minha frente, Kenny – Donohue replicou serenamente. – O meu Office está na pista de Quayle?, você pergunta. Não tenho a menor ideia. Existem preciosos segredos nacionais em risco? Duvido. Nossa preciosa fonte, Sir Kenneth Curtiss, está necessitada de proteção? Nunca prometemos protegê-lo comercialmente, Kenny. Não creio que exista uma instituição no mundo que faria isso, se posso afirmar, do ponto de vista financeiro ou de outros. E sobrevivesse.

– *Foda-se!* – Curtiss tinha espalmado as duas mãos enormes sobre a grande mesa do refeitório e estava se balançando como um gorila na direção de Donohue. Mas Donohue deu o seu sorriso de caninos e ficou firme. – Posso enterrar seu Serviço fodido com uma mão só, se quiser, não sabe disso? – gritou Curtiss.

– Meu chapa, nunca duvidei disso.

– Compro o almoço dos rapazes que lhe pagam o seu dinheiro. Ofereço-lhes bebida na porra do meu barco. Garotas. Caviar. Borbulhas.

Conseguem empregos comigo em época de eleição. Carros, grana, secretárias com boas tetas. Faço negócios com empresas que faturam dez vezes mais do que a sua loja gasta por ano. Se eu lhes contasse o que sei você entraria para a história. Por isso, *foda-se*, Donohue.

– Você também, Curtiss, você também – murmurou Donohue cansado, como um homem que já ouviu tudo isso antes, e era verdade.

Apesar de tudo, dentro do seu crânio operacional, estava pensando com afinco sobre as consequências dessa explosão histriônica. Curtiss já havia tido chiliques antes, sabe Deus. Donohue não podia mais contar as vezes em que ficara sentado aqui à espera de que uma tempestade se desencadeasse ou – se os insultos se tornassem muito venenosos para serem ignorados – de fazer uma retirada tática da sala até que Kenny decidisse que era hora de chamá-lo de volta e se desculpar, às vezes com a assistência de uma ou duas lágrimas de crocodilo. Mas esta noite Donohue tinha a sensação de estar sentado em uma casa minada. Lembrou-se do olhar pegajoso que Doug Crick lhe dera no portão, da deferência extra em seu "Oh, boa *noite*, Sr. Donohue, vou avisar o chefe imediatamente, senhor". Ele estava ouvindo com inquietude crescente o silêncio mortal toda vez que as explosões maníacas de Curtiss ecoavam no vazio.

Na janela panorâmica, dois israelenses de short passaram em marcha lenta, conduzindo cães de guarda rebeldes. Eucaliptos imensos pontilhavam o gramado. Macacos cólobos zanzavam entre eles, deixando os cachorros malucos. A grama estava luxuriante e perfeita, irrigada pelo lago.

– Sua gangue está pagando para ele! – Curtiss acusou Donohue subitamente, agitando uma mão e baixando a voz para criar um efeito. – Quayle é homem de vocês! Certo? Agindo sob *suas* ordens para que possam me foder. Certo?

Donohue ofereceu um sorriso sábio.

– Certíssimo, Kenny – apoiou. – Completamente desorientado e maluco, mas fora isso acertou na mosca.

– Por que está fazendo isso comigo? Tenho o direito de saber! Sou a porra do *Sir Kenneth* Curtiss! Doei – só no ano passado – a porra de meio *milhão* de libras para os fundos do partido. Ofereci a vocês – o *fodido* Serviço Secreto Britânico – pepitas de ouro puro. Executei *voluntariamente* certos serviços para vocês de uma espécie muito, *muito* melindrosa – eu fiz...

– Kenny – Donohue interrompeu calmamente. – Cale a boca. Não na frente dos empregados, ok? Agora me ouça. Por que teríamos o menor interesse em encorajar Justin Quayle a enrabar você? Por que o meu Serviço – sobrecarregado ao máximo e sob fogo cerrado do Whitehall como de costume –, por que desejaríamos dar um tiro no pé, sabotando um trunfo valioso como Kenny K?

– Porque vocês sabotaram todas as outras coisas na porra da minha vida, é por isso! Porque mandaram os bancos da City me apertarem! Dez mil empregos britânicos estão sob risco, mas quem liga a mínima, contanto que estejam chutando a bunda de Kenny K? Porque vocês avisaram a seus amigos políticos para se afastarem de mim antes que eu entre pelo cano. Não fizeram isso? Não fizeram isso? Eu disse *não fizeram isso*?

Donohue estava ocupado separando a informação da questão. *Os bancos da City o apertaram? Será que Londres sabe? E se sabe, por que, em nome de Deus, Roger não me avisou?*

– Lamento saber disso, Kenny. Quando foi que os bancos fizeram isso?

– Que porra de importância tem saber quando foi? Hoje. Esta tarde. Por telefone e fax. O telefone para me avisar, o fax para o caso de eu esquecer, e uma carta a caminho caso eu me esqueça do fodido do fax.

Então Londres *sabe*, pensou Donohue. Mas, se sabe, por que me deixou no escuro? Vamos resolver depois.

– Os bancos ofereceram algum motivo para essa decisão, Kenny? – perguntou solicitamente.

– Sua grave preocupação ética com relação a certas práticas do comércio está acima de tudo em seus pensamentos. *Que* porra de práticas? Que porra de ética? Sua ideia de ética é um pequeno condado a leste de Londres. Dizem que a perda da confiança no mercado também seria uma preocupação. Que foi que causou esta merda então? Eles o fizeram! Rumores desestabilizantes é outra alegação. Que se fodam. Já vi esse filme antes.

– E seus amigos políticos, que estão se afastando, aqueles que nós não avisamos?

– Um telefonema de um lacaio do Número 10 com uma batata enfiada no rabo. Falando em nome de etc. São eternamente gratos etc. mas no clima atual em que é preciso ser mais santo que o Papa estão devolvendo minhas muito generosas contribuições para os fundos do partido, e para onde deveriam enviá-las, por favor, porque quanto mais cedo o dinheiro saia da porra dos livros, mais felizes ficarão, e não poderíamos todos fingir que isso nunca aconteceu? Sabe onde ele está agora? Sabe onde estava há duas noites, se esbaldando?

Só depois de pestanejar e tremelicar foi que Donohue se deu conta de que Curtiss não estava mais falando sobre o ocupante da Downing Street, 10, mas de Justin Quayle.

– No Canadá. Na porra do Saskatchewan – Curtiss bufou, respondendo à sua própria pergunta. – Congelando o rabo, espero.

– Fazendo o quê? – perguntou Donohue, mistificado não tanto pela ideia de Justin no Canadá, mas pela facilidade com que Curtiss pôde segui-lo até lá.

– Em alguma universidade. Tem uma mulher lá. Uma porra de uma cientista. Ela meteu na cabeça que ia sair dizendo para todo mundo que a droga era assassina, em violação ao seu contrato. Quayle se juntou a ela. Um mês depois da morte de sua mulher. – Sua voz levantou-se, ameaçando outro vendaval. – Ele tem um passaporte falso, pelo amor de Deus! Quem foi que o conseguiu? Foram *vocês*. Paga tudo em dinheiro. Quem lhe manda dinheiro? *São vocês, desgraçados*. Toda vez ele escapa da rede como uma porra de uma enguia. Quem o ensinou a fazer isso? Foram vocês!

– Não, Kenny. Não fomos nós. Nada disso.

A rede *deles*, pensou. Não a rede de vocês.

Curtiss enchia-se de ar para outro grito. E ele veio.

– Então o que, se pode fazer a gentileza de me informar, está o Sr. Porter porra Coleridge fazendo, plantando informação inacurada e difamatória junto ao escritório do Gabinete sobre *minha* empresa e *minha* droga, que *merda* ele está ameaçando de ir à porra dos jornais de *Fleet Street* se não lhe prometerem uma investigação plena e imparcial por nossos chefes e mestres no antro de malucos de Bruxelas? E por que a porra dos punheteiros da *sua loja* o deixam fazer isso – ou, pior, *encorajam* o canalha?

E como foi que você ficou sabendo disso? Donohue estava silenciosamente maravilhado. Como em nome de Deus conseguia um homem, mesmo habilidoso e dúplice como Curtiss, meter suas patas cabeludas em uma peça de informação codificada ultrassecreta apenas oito horas depois que fora enviada pessoalmente por Donohue pelo canal do Serviço? E, tendo feito esta pergunta a si mesmo, Donohue, mestre do seu ofício, se pôs a obter uma resposta. Abriu seu sorriso jovial, mas um sorriso realmente contente dessa vez, refletindo o seu honesto prazer de que umas poucas coisas neste mundo ainda são feitas decentemente entre amigos.

– Claro – disse. – O velho Bernard Pellegrin lhe deu a deixa. Bravo da parte dele. E oportuno. Só espero que eu pudesse ter feito o mesmo. Sempre tive um fraco por Bernard.

Seus olhos sorridentes se fixaram nas feições coradas de Curtiss. Donohue os viu primeiro hesitarem, depois se comporem em uma expressão de desprezo.

– *Aquela* bicha covarde? Não confiaria nele nem quando leva seu *poodle* para fazer xixi no parque. Estou guardando um belo emprego para sua aposentadoria e o viado não levantou nem um dedo para me proteger. Quer um pouco? – perguntou Curtiss, empurrando uma garrafa de conhaque para ele.

– Não posso, meu velho. Ordens do esculápio.

– Eu já lhe disse. Procure o meu médico. Doug lhe deu o endereço. Fica logo ali, na Cidade do Cabo. Nós o levamos de avião até lá. Pegue o Gulfstream.

– É meio tarde para trocar os cavalos, obrigado, Kenny.

– Nunca é tarde – replicou Curtiss.

Então é Pellegrin, pensou Donohue, confirmando uma velha suspeita enquanto observava Curtiss servir-de de outra dose letal da garrafa de conhaque. Algumas coisas a seu respeito são previsíveis, afinal, e uma delas é que nunca aprendeu a mentir.

HÁ CINCO ANOS, impelidos por um desejo de fazer algo útil, os Donohue, sem filhos, seguiram de carro até o norte do país para se hospedar na casa de um pobre fazendeiro africano que em seu tempo livre estava organizando uma rede de times de futebol infantil. O problema era dinheiro: dinheiro para um caminhão que transportasse os garotos para as partidas, dinheiro para uniformes dos times e outros símbolos preciosos de dignidade. Maud tinha recebido recentemente uma pequena herança, e Donohue, um seguro de vida. Quando voltaram a Nairóbi, destinaram todo o dinheiro em parcelas dispostas ao longo dos próximos cinco anos, e Donohue nunca ficou tão feliz na vida. Seu único arrependimento, olhando para trás, era que dedicara tão pouco de sua vida ao futebol infantil e tanto dela a espiões. O mesmo pensamento por algum motivo passou por sua cabeça, enquanto via Curtiss depositando o seu vasto vulto em uma poltrona de teca, acenando com a cabeça e piscando como um vovô bondoso. Aí vem o encanto fabuloso que me deixa indiferente, disse Donohue para si mesmo.

— Dei um pulo em Harare há uns dois dias — confiou Curtiss astutamente, batendo com as mãos nos joelhos e inclinando-se para a frente, buscando um clima de confidência. — Aquele estúpido pavão Mugabe nomeou um novo ministro de Projetos Nacionais. Um rapaz bastante promissor, devo dizer. Chegou a ler algo sobre ele, Tim?

— Sim, cheguei.

— Um cara jovem. Você gostaria dele. Está nos ajudando em um pequeno esquema que montamos lá. Muito chegado a uma molhada de mão. Chegadíssimo, na verdade. Achei que você apreciaria essa informação. Funcionou para nós no passado, não? Um cara que deixa Kenny K molhar a mão dele não será avesso a deixar Sua Majestade fazer o mesmo. Certo?

— Certo. Obrigado. Boa ideia. Vou passar para o pessoal.

Mais acenos e piscadelas acompanhados por um generoso gole de conhaque.

— Conhece aquele novo arranha-céu que construí à margem da rodovia Uhuru?

— É um belo edifício, Kenny.

— Vendi a um russo na semana passada. Um chefe da Máfia, me diz Doug. Dos grandes, também, aparentemente, não um pé de chinelo como os que temos por aqui. Corre que está fechando um negócio de drogas muito grande com os coreanos. — Recostou-se e examinou Donohue com a preocupação profunda de um amigo íntimo. — Ei, Tim. O que é que há com você? Parece fraco.

— Estou bem. Isso acontece comigo de vez em quando.

— É a quimioterapia, é isso. Eu lhe falei para procurar meu médico e você não quis. Como está Maud?

— Maud está ótima, obrigado.

— Peguem o iate. Tirem uma folga, só vocês dois. Fale com Doug.

— Obrigado de novo, Kenny, mas isso seria esticar demais a fachada, não acha?

Outra explosão temperamental os ameaçou quando Kenny deu um longo suspiro e deixou os grandes braços caírem ao lado do corpo. Nenhum homem se magoava tanto ao ver sua generosidade rejeitada.

— Você não está se juntando à brigada dos ex-amigos de Kenny, está, Tim? Não está me botando na geladeira como aqueles rapazes dos bancos?

— Claro que não.

— Bem, não faça isso. Só vai se machucar. Esse russo de que eu lhe falava. Ouça. Sabe o que ele tem guardado para dias mais difíceis? E mostrou a Doug?

— Sou todo ouvidos, Kenny.

— Construí um porão naquele prédio. Não muitos fazem isso por aqui, mas eu decidi que ia dar ao prédio um porão para um estacionamento. Custou-me os tubos, mas eu sou assim. Quatrocentos espaços para duzentos apartamentos. E esse russo, cujo nome vou lhe dar, tem um grande caminhão branco em cada porra de vaga, com ONU pintado na lateral. Zero quilômetro, diz a Doug. Caíram de um cargueiro a caminho da Somália. Quer torrá-los.

Jogou os braços para o ar encantado com sua própria anedota.

– Que merda é essa, hein? A Máfia russa está torrando caminhões da ONU! Para *mim*. Sabe o que queria que Doug fizesse?

– Me diga.

– Que os importasse. De Nairóbi para Nairóbi. Vai repintá-los para nós e tudo o que temos a fazer é passar a conversa nos rapazes da alfândega e registrar os caminhões em nossos livros, um pouco de cada vez. Se isso não é crime organizado, o que é então? Um escroque russo roubando a ONU aqui em Nairóbi à plena luz do dia, isso é anarquia. E eu sou contra a anarquia. Logo, você pode ter esse item de informação secreta. Grátis para a porra de todo mundo. Com os cumprimentos de Kenny K. Diga a eles que é uma cortesia. Minha.

– Vão ficar embasbacados.

– Quero que ele seja detido, Tim. Onde estiver. Agora.

– Coleridge ou Quayle.

– Os dois. Quero que interrompam Coleridge, quero que o relatório daquela estúpida mulher Quayle seja *perdido*...

Meus Deus, ele sabe a respeito disso também, pensou Donohue.

– Eu achava que Pellegrin já o tivesse perdido para você – queixou-se, com o tipo de cenho que os homens mais velhos fazem quando a memória lhes falha.

– Deixe Bernard fora disso! Não é meu amigo e nunca será. E quero que diga ao seu senhor Quayle que se ele continuar vindo para cima de mim não há porra nenhuma que eu possa fazer, porque está indo contra o *mundo*, não contra mim! Entendeu? Eles o teriam fechado na Alemanha não fosse eu implorar de joelhos por ele! Está me ouvindo?

– Estou ouvindo, Kenny. Vou passar para o pessoal. É tudo o que posso prometer.

Com agilidade de urso, Curtiss saltou da cadeira e rolou para outro canto da sala.

– Sou um patriota – gritou. – Confirme isso, Donohue! Sou um fodido de um patriota!

– Claro que é, Kenny.

– Diga de novo. Sou um patriota!

– Você é um patriota. Você é John Bull. Winston Churchill. O que quer mais que eu diga?

– Me dê um exemplo de que *eu* sou patriota. Um entre dúzias. O melhor exemplo de que pode pensar. *Agora*.

Para onde diabos isto está levando? Donohue deu um exemplo, mesmo assim.

– Que tal o trabalho que fizemos em Serra Leoa no ano passado?

– Me conte a respeito. Vamos. *Me conte!*

– Um cliente nosso queria armas e munição em um negócio anônimo.

– E então?

– Então compramos as armas...

– Eu comprei a porra das armas!

– Você comprou as armas com nosso dinheiro, nós lhe fornecemos um certificado falsificado dizendo que elas se destinavam para Cingapura...

– Você esqueceu a porra do navio!

– Os ThreeBees fretaram um cargueiro de 40 mil toneladas e o abarrotaram de armas. O navio se perdeu no nevoeiro...

– Fingiu se perder, você quer dizer!

– ... e teve de aportar em um pequeno porto perto de Freetown, onde nosso cliente e sua equipe estavam a postos para descarregar as armas.

– E eu não tive de fazer isso por você, tive? Podia ter amarelado. Podia ter dito "Endereço errado, tente a porta ao lado". Mas não fiz isso. Fiz o que fiz por amor à porra do meu país. Porque sou um patriota! – Reduziu o volume da voz, que se tornou conspiratória. – Muito bem. Ouça. Isto é o que você faz, o que o Serviço faz. – Estava caminhando pela longa sala enquanto dava suas ordens em frases baixas, *staccato*. – O seu Serviço – não o Foreign Office, são um bando de maricas –, o seu Serviço, em pessoa, vai aos bancos. E *identifica* em cada banco – vou marcar a carta para você – *um inglês de verdade*. Ou uma mulher. Está ouvindo? Porque você vai passar isto para eles quando chegar em casa esta noite.

Assumira sua voz de visionário. Tons agudos, um pouco de *tremolo*, o milionário do povo.

— Estou ouvindo — Donohue assegurou-lhe.

— Bom. E vocês os reúnam. Esses ingleses bons e verdadeiros. Ou mulheres. Em um belo salão forrado de madeira em algum lugar da City. Os seus rapazes conhecem os lugares. E diga a eles com sua capacidade formal de representante do Serviço Secreto Britânico, diga a eles: "Senhores. Senhoras. Deixem em paz Kenny K. Não vamos lhes dizer por quê. Tudo o que estamos dizendo é para o deixarem em paz em nome da rainha. Kenny K prestou grandes serviços a este país, mas não podemos dizer-lhes o que foi, e ainda há mais a caminho. Devem dar-lhe um novo prazo de três meses nos créditos e estarão agindo em favor do seu país, assim como Kenny K." E eles o farão. Se um deles disser sim, todos dirão sim, porque são carneiros. E os outros bancos os seguirão porque também são carneiros.

Donohue nunca imaginara que pudesse ter pena de Curtiss. Mas, se tivesse, o momento poderia ser este.

— Vou pedir a eles, Kenny. O problema é que não possuímos esse tipo de poder. Se o possuíssemos, teriam de nos desmantelar.

Mas o efeito dessas palavras foi mais drástico do que qualquer coisa que ele pudesse temer. Curtiss trovejava e seus trovões ecoavam nos caibros do teto. Arremessara seus braços acima da cabeça. A sala vibrava ao fragor de sua voz de tirano.

— Você é lorota, Donohue. Pensa que os *países* mandam na porra do mundo! Volte à merda da sua escola dominical. É "Deus salve nossa multinacional" que estão cantando nos dias de hoje. E eis aqui outra coisa que pode contar a seus amigos Sr. Coleridge e Sr. Quayle e quem mais estiver se alinhando contra mim. *Kenny K ama a África...* — Um giro de todo o seu tronco abarcou a janela panorâmica e o lago banhado pelo luar sedoso. — ...corre na porra do seu sangue! E Kenny K ama a sua *droga*! E Kenny K foi posto na Terra para levar esse remédio a todo homem, mulher e criança da África que necessite dele! E é isso que ele vai fazer, portanto fodam-se todos vocês! E se alguém se levantar e se opuser à marcha da ciência, vai acabar se arrependendo. Porque não posso impedir esses rapazes, não posso mais, nem vocês podem. Porque aquele remédio foi experimentado e testado de todas as maneiras possíveis pelos melhores cérebros que o dinheiro é capaz de conseguir. E não houve *um* entre eles – a voz elevando-se em um crescendo de ameaça histérica –, não houve *um* entre eles que encontrasse uma porra de palavra a dizer contra o remédio. E não vai encontrar. *Nunca!* E agora vão se foder.

Como Donohue fez o que lhe fora recomendado, uma furtiva cacofonia de pressa irrompeu à sua volta. Sombras perpassaram os corredores, cães latiram e um coro de telefones começou a sua cantoria.

SAINDO PARA O AR FRESCO, Donohue parou para deixar que os cheiros e sons noturnos da África o lavassem. Estava, como sempre, desarmado. Um véu de nuvem esfarrapada se espalhara através das estrelas. Sob o brilho das luzes da segurança as acácias tinham a cor amarelo-papel. Ouviu noitibós e um zurrar de zebra. Perscrutou lentamente ao seu redor, forçando o olhar longamente sobre os locais mais escuros. A casa ficava em um terraço elevado, mais além estava o lago e antes dele uma extensão de piso alcatroado que ao luar parecia uma cratera profunda. Seu carro estava parado no centro. Como era seu hábito, ele o estacionara longe da moita circundante. Sem estar muito seguro de ter visto uma sombra em movimento, ficou parado. Estava pensando, estranhamente, em Justin. Pensava que se Curtiss estivesse certo e Justin houvesse passado em rápida sucessão pela Itália, Alemanha e Canadá, viajando com um passaporte falso, então esse era um Justin que ele não conhecia, mas nas últimas semanas já suspeitava que podia existir. Justin o solitário, não recebendo ordem de ninguém, além da suas próprias; Justin arrebatado e em pé de guerra, decidido a descobrir o que, anteriormente, poderia ter ajudado a encobrir. E se aquele era o Justin destes dias, e aquela a tarefa de que se incumbira, então que melhor lugar para começar a procurar do que aqui, na residência lacustre de Sir Kenneth Curtiss, importador e distribuidor de *"minha droga"*?

Donohue deu meio passo em direção do carro e, ouvindo um som perto de si, parou e pousou o pé suavemente no piso. Do que está brincando, Justin? De esconde-esconde? Ou você é apenas outro macaco cólobo? Uma pisada desta vez, um passo seguro atrás dele. Homem ou besta? Donohue ergueu o cotovelo direito em defesa e, suprimindo um desejo de sussurrar o nome de Justin, virou-se para ver Doug Crick a pouco mais de um metro e sob o luar, as mãos pendendo expansivamente livres do lado do corpo. Era um sujeito grandalhão, alto como Donohue, mas com a metade da sua idade, com um rosto largo e pálido, cabelos louros e um sorriso atraente, apesar de efeminado.

– Olá, Doug – disse Donohue. – Tem passado bem?

– Muito bem, senhor, obrigado, e espero que possa dizer o mesmo do senhor.

– Há algo que eu possa fazer por você?

Os dois falavam muito baixo.

– Sim, senhor. Pode seguir de carro pela estrada principal, virar na direção de Nairóbi, dirigir até o Parque Nacional Hell's Gate, que fechou há uma hora. É uma estrada de terra, sem luzes. Eu o encontro lá daqui a dez minutos.

Donohue desceu de carro por um caminho de grevíleas escuras até a casa do porteiro e deixou o guarda apontar uma lanterna no seu rosto e então dentro do carro, para ver se não tinha roubado os tapetes de pele de leopardo. O kung fu fora substituído por um filme pornô desfocado. Ele se deslocou lentamente para a estrada principal, prestando atenção para ver se não havia animais ou pessoas. Nativos encapuzados agachavam-se e jaziam ao longo das margens da estrada. Caminhantes solitários com longos cajados erguiam uma mão lenta para ele, ou saltavam zombeteiramente sobre os faróis do carro. Continuou rodando até que viu uma grande placa indicando o parque nacional. Parou, desligou os faróis e esperou. Um carro aproximou-se da traseira do seu. Destravou a porta do passageiro e a abriu alguns centímetros, o que fez acender a luz interna. Não havia nuvens nem lua. Através do para-brisa as estrelas tinham o brilho duplicado. Donohue divisou Touro e Gêmeos; e depois de Gêmeos, Câncer. Crick deslizou para o assento do passageiro e bateu a porta depois de entrar, deixando-os em absoluta escuridão.

– O chefe está desesperado, senhor. Não o vejo assim desde... bem, nunca o vi assim antes – disse Crick.

– Não creio que tenha visto, Doug.

– Está ficando meio maluco, francamente.

– Esgotado, imagino – disse Donohue em tom de simpatia.

– Fiquei sentado na sala de comunicações o dia inteiro, passando os telefonemas para ele. Os bancos de Londres, Basileia, então os bancos de novo, depois empresas financeiras de que nunca ouviu falar oferecendo-lhe crédito mensal com juros de 40%, então o que ele chama de seu bando de ratos, os políticos. É difícil a gente deixar de ouvir, não?

Uma mãe com uma criança no braço arranhava timidamente o para-brisa com sua mão emaciada. Donohue abaixou a janela e deu-lhe uma nota de 20 xelins.

– Ele hipotecou as casas em Paris, Roma e Londres e vai haver um pedido de penhora da casa em Sutton Place, Nova York. Está tentando encontrar um comprador para o seu estúpido time de futebol, embora só um surdo-mudo pudesse querer um time daqueles. Pediu a seu amigo especial no Crédit Suisse 25 milhões de dólares americanos hoje, para lhe pagar de volta 30 milhões na segunda-feira. Além do mais, a KVH está atrás dele para que pague seus contratos de *marketing*. E se não tiver dinheiro eles irão além do limite e encamparão a sua empresa.

Um trio familiar aturdido se juntou do lado da janela, refugiados de algum lugar, indo para lugar nenhum.

– Quer que eu os despache, senhor? – perguntou Crick, pegando no trinco da porta.

– Não vai fazer nada disso – ordenou Donohue bruscamente. Ligou o motor e saiu lentamente ao longo da estrada, enquanto Crick continuava falando.

– Grita com eles, é tudo o que faz. É patético, francamente. A KVH não quer o seu dinheiro. Querem o seu negócio, coisa que todos nós sabíamos, menos ele. Não sei aonde vão acabar essas ondas de choque, francamente.

— Lamento ouvir isso, Doug. Sempre achei que você e Kenny eram unha e carne.

— Eu também, senhor. Foi preciso muito para me trazer a este ponto, vou confessar. Não é do meu feitio ter duas caras, é?

Um grupo de gazelas machos veio à margem da estrada para vê-los passar.

— O que você quer, Doug? — perguntou Donohue.

— Queria saber se havia algum trabalho informal disponível, senhor. Alguém que o senhor desejasse vigiado ou visitado. Algum documento especial de que precisasse. — Donohue esperou, sem se mostrar impressionado. — E também tenho um amigo. Dos dias de Irlanda. Mora em Harare, o que não é exatamente o meu sonho.

— E o quê, com relação a esse amigo?

— Foi sondado. Ele é um *freelance*.

— Sondado para quê?

— Certas pessoas da Europa que eram amigas de amigos seus o procuraram. Oferecendo-lhe megadólares para pacificar uma mulher branca e seu namorado negro na região de Turkana. Era para ontem. Parta hoje, temos um carro à espera.

Donohue aproximou-se do acostamento e parou o carro de novo.

— Data? — perguntou.

— Dois dias antes da morte de Tessa Quayle.

— Ele aceitou o contrato?

— Claro que não, senhor.

— Por que não?

— Ele não é desse tipo. Não toca em uma mulher, isso é definitivo. Esteve em Ruanda, esteve no Congo. Nunca mais vai tocar em uma mulher.

— Então, o que foi que fez?

— Aconselhou-os procurar umas pessoas que ele conhecia e que não eram tão particulares assim.

— Como quem?

– Ele não diz, Sr. Donohue. E, se dissesse, eu não deixaria que me contasse. Existem certas coisas que é perigoso demais saber.

– Não tem muito a oferecer então, tem?

– Bem, ele *está* preparado para falar para os parâmetros mais amplos, se sabe a que me refiro.

– Não sei. Eu compro nomes, datas e lugares. A varejo. Dinheiro vivo em uma sacola. Sem parâmetros.

– Acho que o que ele está falando na verdade, senhor, se cortarmos a linguagem cheia de frescura, é: o senhor gostaria de comprar o que aconteceu com o Dr. Bluhm, incluindo mapas de referência? Sendo chegado a escrever, ele redigiu um relato dos acontecimentos de Turkana mostrando como afetaram o doutor, baseado no que seus amigos lhe contaram. Exclusivo para seus olhos, supondo que o preço seja certo.

Outro grupo de migrantes noturnos se juntou em volta do carro, liderado por um velho com um chapéu de mulher de abas largas com um laço.

– Parece merda para mim – disse Donohue.

– Não acho que seja merda, senhor. Acho que é um documento quentíssimo. Sei que é.

Donohue sentiu um calafrio. *Sabe?*, perguntou-se. Sabe como? Ou nosso amigo dos dias de Irlanda seria um código para Doug Crick?

– Onde está? Esse relato que ele escreveu?

– Está à mão, senhor. Vou colocar nesses termos.

– Estarei no bar da piscina no Hotel Serena amanhã ao meio-dia por vinte minutos.

– Ele está pensando em 50 mil, Sr. Donohue.

– Vou lhe dizer no que ele está pensando quando olhar o material.

Donohue dirigiu por uma hora, desviando-se de crateras, diminuindo a velocidade muito raramente. Um chacal atravessou à frente dos faróis, em direção ao parque dos animais. Um grupo de mulheres de uma fazenda de flores local pediu uma carona, mas desta vez não parou. Até ao passar por sua própria casa recusou-se a reduzir a marcha, mas seguiu direto para o Alto Comissariado. O salmão do lago teria de esperar até o dia seguinte.

21

— Sandy Woodrow – anunciou Gloria com jocosa severidade, parada com as mãos nos quadris, diante dele, em seu novo roupão felpudo –, já era mais do que tempo de você hastear a bandeira.

Ela acordara cedo e escovara os cabelos enquanto ele fazia a barba. Despachou os meninos para a escola com o motorista e então preparou *bacon* e ovos, proibidos para ele, mas de vez em quando uma garota tinha o direito de mimar o seu homem. Estava imitando a diretora de escola que havia dentro de si, usando sua voz de aluna líder, embora nada disso fosse aparente ao marido, que desbravava o caminho, como de costume, por uma pilha de jornais de Nairóbi.

– A bandeira volta a subir na segunda-feira, querida – replicou Woodrow distraidamente, mastigando *bacon*. – Mildred esteve no Departamento de Protocolo. Tessa recebeu mais bandeira a meio pau do que um príncipe de sangue azul.

– Não estou falando daquela bandeira, *bobinho* – disse Gloria, afastando os jornais do seu alcance e colocando-os em ordem em uma mesinha lateral abaixo de suas aquarelas. – Está sentado confortavelmente? Então, ouça. Estou falando de darmos uma festa absolutamente de arromba para alegrar a todos nós, inclusive você. Já é *tempo*, Sandy. Realmente é. É tempo de todos dizermos uns aos outros: "Tudo bem. Passou. Estivemos lá. Terrivelmente pesarosos. Mas a vida tem de continuar." Tessa sentiria exatamente o mesmo. Questão vital, querido. Qual é a história de bastidores? Quando é que os Porter vão voltar?

Os Porter como *os Sandy* e *os Elena*, que é o jeito como falamos das pessoas quando nos sentimos confortáveis.

Woodrow transferiu um quadrado de ovo para o seu pão frito.

– "O Sr. e a Sra. Porter Coleridge estão gozando de um período prolongado de licença na Inglaterra enquanto instalam sua filha Rosie na escola" – entoou, citando um porta-voz imaginário.

– História de bastidores, história oficial, é a única história que existe.

Mas uma história que, apesar de sua aparente facilidade, atormentava Woodrow consideravelmente. Que diabo estava Coleridge aprontando? Por que esse silêncio do rádio? Tudo bem, estava de licença na Inglaterra. Sorte dele. Mas chefes de Embaixada licenciados deixam telefones, e-mails e endereços. Sofrem da síndrome de abstinência, telefonam para seus substitutos e secretários particulares sob as desculpas mais esfarrapadas, querendo saber de seus empregados, jardins, cachorros e como a coisa está andando sem mim? E ficam chateados quando lhe sugerem que a coisa está indo bem melhor sem eles. Mas de Coleridge, desde sua partida abrupta, nem um pio. E se Woodrow ligava para Londres com o objetivo de lançar algumas perguntas inocentes a seu respeito – e a bem da verdade para sabatiná-lo sobre suas metas e seus sonhos – era rechaçado por um muro após outro. Coleridge estava "fazendo um estágio no escritório do Gabinete", dizia um neófito do Departamento Africano. Estava "participando de uma força-tarefa ministerial", dizia um sátrapa no departamento permanente do subsecretário.

E Bernard Pellegrin, quando Woodrow finalmente o alcançou no telefone digital da mesa de Coleridge, estava tão aéreo quanto os demais.

– Uma dessas cagadas do Departamento do Pessoal – explicou vagamente. – O primeiro-ministro quer um resumo e o secretário de Estado tem de providenciar um, de modo que todo mundo está correndo atrás disso. Todo mundo quer um pouco da África. O que é que manda?

– Mas Porter está voltando para cá ou não, Bernard? Quero dizer, isto é uma coisa *muito* desestabilizante. Para todos nós.

– Eu seria o último a saber, meu velho. – Uma breve pausa. – Está sozinho?

— Sim.

— Aquela merdinha da Mildred não está com a orelha na fechadura?

Woodrow olhou para a porta fechada que dava para a antessala e baixou a voz.

— Não.

— Lembra daquele calhamaço que me mandou não faz muito tempo? Umas vinte páginas, a autora uma mulher?

O estômago de Woodrow deu uma fisgada. Dispositivos de escuta poderiam ser seguros contra elementos de fora, mas seriam seguros contra *nós*?

— Que é que há com ele?

— Minha ideia é — seria o melhor cenário e resolveria tudo — que ele nunca chegou. Perdeu-se no correio. O que é que acha, funciona?

— Você está falando do seu lado da história, Bernard. Não posso falar pelo seu lado. Se você não recebeu, isso é problema seu. Mas eu o enviei para você. É tudo o que sei.

— Suponha que *não tenha* mandado, meu velho. Suponha que nada disso aconteceu. Nunca foi escrito, nunca foi enviado? Isso seria viável do seu lado? — sua voz absolutamente em paz consigo mesmo.

— Não. É impossível. Não é de todo viável, Bernard.

— Por que não? — Interessado, mas sem se perturbar no menor grau.

— Eu o mandei para você por malote. Foi relacionado. Pessoal para você. Protocolado. Os mensageiros da rainha assinaram. Eu contei à — ia dizer "Scotland Yard", mas mudou de ideia a tempo —, eu contei ao pessoal que veio até aqui sobre a papelada. Tive de contar. Eles já tinham levantado a história quando vieram falar comigo. — Seu medo o deixou zangado. — Já lhe *contei* que tinha falado a eles! Eu o *avisei*, na verdade! Bernard, alguma coisa está aparecendo? Você está me deixando um pouco nervoso, na verdade. Achei, pelo que me falou, que tudo já estivesse devidamente esquecido.

— Não há nada, meu velho. Acalme-se. Essas coisas aparecem e desaparecem. Um pouco de pasta de dente escorre do tubo, você coloca de volta. As pessoas dizem que é impossível fazer isso. Acontece todo dia. A esposa vai bem?

– Gloria está ótima.

– Os garotinhos?

– Ótimos.

– Transmita meus cumprimentos.

– Então decidi que será realmente um superbaile – Gloria anunciou entusiasmada.

– Ora, certo, esplêndido – disse Woodrow e, dando-se tempo para retomar o fio da conversa, serviu-se das pílulas que ela o fazia engolir toda manhã; três tabletes de farelo de aveia, um de óleo de fígado de bacalhau e meia aspirina.

– Sei que você detesta dançar, mas a culpa não é sua, é da sua mãe – continuou Gloria docemente. – Não vou deixar Elena interferir, não depois do arrasta-pé cafona que ela deu recentemente. Vou apenas mantê-la informada.

– Bem, certo. Vocês duas se beijaram e fizeram as pazes, não foi? Pensa que eu não sabia? Parabéns.

Gloria mordeu o lábio. Lembranças da festa de Elena a deixaram momentaneamente deprimida.

– Eu tenho amigas, Sandy, você sabe – explicou um pouco deploravelmente. – Tenho necessidade delas, para ser franca. É muito solitário esperar o dia inteiro até você voltar para casa. Amigas riem, conversam, fazem favores umas às outras. E às vezes nos deixam. Mas depois acabam voltando. É isso que amigas fazem. Gostaria muito que *você* tivesse alguém assim. Bem, não gostaria?

– Mas eu tenho você, querida – disse Woodrow galantemente, enquanto se despedia com um abraço.

GLORIA SE PÔS AO TRABALHO com toda a energia e eficiência que colocara no funeral de Tessa. Formou uma comissão executiva de colegas esposas de diplomatas e de funcionárias jovens demais para se recusarem. À frente delas estava Ghita, uma escolha muito importante para Gloria porque Ghita fora a causa involuntária da rixa entre Elena e ela e da cena horrorosa que se seguira. Aquela memória perseguiria todos os seus dias.

Elena tinha dado o seu baile e fora, até certo ponto, era preciso reconhecer, bem, um sucesso. E Sandy, sabia-se bem disso, era um grande defensor de que os casais se separassem nas festas e *trabalhassem a sala*, como ele chamava. Nas festas, gostava de dizer, fazia a sua melhor diplomacia. E assim deveria ter sido. Ele estava encantador. A maior parte da noite, Gloria e Sandy não tinham visto muito um ao outro, exceto pela eventual troca de olhares no salão e pelo eventual aceno na pista de dança. O que era perfeitamente normal, embora Gloria tivesse desejado pelo menos *uma* dança, ainda que fosse um foxtrote para que Sandy pudesse pegar o ritmo. Além daquilo, Gloria tivera muito pouco a dizer da noitada, exceto que achava que Elena devia se cobrir um *pouquinho* mais na sua idade, em vez de ter o busto transbordando, e desejava que o embaixador brasileiro não tivesse insistido em colocar a mão no seu traseiro para o samba, mas Sandy diz que é o que os latinos fazem.

Por isso, foi atingida como por um raio saído do nada quando na manhã seguinte à dança – na qual Gloria nada havia notado de inconveniente, deve ser repetido, e ela se considerava *bastante* observadora –, durante um café *post-mortem* no clube Muthaiga, Elena *deixou escapar* – de maneira completamente casual, como se fosse apenas uma fofoca perfeitamente comum em vez de uma bomba *total*, arruinando completamente sua vida – que Sandy *forçou tanto a barra com Ghita Pearson* – palavras exatas de Elena – que Ghita pretextou uma dor de cabeça e foi mais cedo para casa, o que Elena considerou muito chato da parte dela, porque, se todo mundo fizesse aquilo, então era melhor nem se dar o trabalho de oferecer uma festa.

Gloria no começo ficou sem fala. Então se recusou terminantemente a acreditar em uma palavra daquilo. O que Elena queria dizer por *forçou a barra* exatamente? Ora, vamos lá, El? Seja específica, por favor. Acho que estou um tanto perturbada. Não, tudo bem, continue, vamos lá. Agora que começou a falar, vamos ouvir tudo.

Testando-a com uma espécie de aperitivo, Elena respondeu com deliberada grossura, incensada pelo que percebeu como pudicícia de Gloria. Bolinou suas tetas. Esfregou seu pau safado no meio das pernas dela. O que espera que um homem faça quando tem tesão por alguém, mulher? Você deve ser a única garota na cidade que *não* sabe que Sandy é o maior caçador de bocetas do pedaço. Veja só como ele cercava Tessa naqueles meses todos com a língua de fora, mesmo quando ela estava grávida de oito meses!

A menção a Tessa foi a gota-d'água. Gloria há muito tempo aceitara que Sandy sentira alguma *coisa* inofensiva por Tessa, embora ele fosse, naturalmente, correto demais para deixar que seus pensamentos se descontrolassem. Para sua vergonha, resolvera interrogar Ghita sobre o assunto e recebera uma negativa satisfatória. Agora Elena não só reabrira a ferida: jogara vinagre sobre ela. Incrédula, mistificada, humilhada e terrivelmente zangada, Gloria partiu como um trovão para casa, dispensou os empregados, colocou os meninos para fazer o dever, trancou o armário das bebidas e esperou soturna pela volta de Sandy. O que finalmente aconteceu, por volta das 20 horas, com ele se queixando de pressão no trabalho como de costume mas, na medida em que ela podia ver em seu estado de nervos, sóbrio. Não desejando ser bisbilhotada pelos meninos, ela o agarrou pelo braço e o fez descer pela escada de serviço para o andar de baixo.

– Qual diabos é o problema com você? – ele se queixou. – Preciso de um *scotch*.

– Você é o problema, Sandy – Gloria replicou, destemida. – Não quero rodeios, por favor. Nada de fala macia diplomática, por favor. Nada de mesuras de nenhum tipo. Somos ambos crescidos. Você teve ou não teve um caso com Tessa Quayle? Estou lhe avisando, Sandy. Eu o conheço muito bem. Ficarei sabendo *imediatamente* se estiver mentindo.

– Não – disse Woodrow simplesmente. – Não tive. Mais alguma pergunta?

– Esteve apaixonado por ela?

– Não.

Estoico debaixo de fogo, como seu pai. Sem mexer uma sobrancelha. O Sandy que ela mais amava, para ser honesta. O tipo de homem com o qual você sabe onde está pisando. Nunca mais vou falar com Elena.

– Você deu em cima de Ghita Pearson enquanto dançavam na festa de Elena ou não?

– Não.

– Elena disse que você deu.

– Então Elena está falando bobagem. Qual é a novidade?

– Ela disse que Ghita saiu mais cedo, em lágrimas, porque você passou a mão nela.

– Então eu suponho que Elena está puta comigo porque eu não passei a mão nela.

Gloria não havia esperado desmentidos tão diretos, inequívocos, quase afoitos. Podia ter dispensado o "está puta", chegara a suspender a mesada de Philip por ter usado a expressão, mas Sandy devia estar certo, sem dúvida.

– Você bolinou Ghita? Tocou nela? Se esfregou nela? Conte para mim! – gritou e explodiu em lágrimas.

– Não – Woodrow replicou de novo e deu um passo na sua direção, mas ela o repeliu.

– Não me toque! Me deixe em paz! Você queria ter um caso com ela?

– Com Ghita ou com Tessa?

– Com qualquer uma delas! Com as duas! Que diferença faz?

– Vamos falar de Tessa primeiro?

– Faça o que quiser!

– Se você quer dizer por "caso" ir para a cama com ela, estou seguro de que a ideia me ocorreu, como ocorreria à maioria dos homens de apetite heterossexual. Ghita, eu acho menos atraente, mas a juventude tem os seus encantos, por isso vamos incluí-la também. Que tal a fórmula de Jimmy Carter? "Cometi adultério no meu coração." Aí está. Confessei. Quer um divórcio ou posso ter o meu *scotch*?

A essa altura ela estava com o corpo dobrado, chorando convulsivamente com vergonha e desprezo de si mesma, e implorando a Sandy que a perdoasse porque ficara horrivelmente óbvio para ela o que acabara de fazer. Ela o acusara de todas as coisas de que acusara a si mesma desde que Justin chegou no meio da noite com suas malas. Estava exorcizando sua culpa nele. Mortificada, abraçou a si mesma e falou sem pensar: "Lamento tanto, Sandy" e "Oh, Sandy, por favor" e "Sandy, me perdoe, eu sou tão má", enquanto lutava para escapar dos seus braços. Mas Sandy a essa altura tinha um braço ao redor de seus ombros e a ajudava a subir as escadas como o bom médico que devia ter sido. E quando chegaram à sala de estar, ela lhe deu a chave do armário das bebidas e ele serviu uma dose reforçada para cada um.

Mesmo assim, o processo de cicatrização levou tempo. Suspeitas tão monstruosas não são esquecidas em um dia, particularmente quando ecoam outras suspeitas que haviam sido esquecidas no passado. Gloria voltou no tempo uma certa distância, depois outra distância. Sua memória, que tinha um jeito de desligar automaticamente, insistia em recuperar incidentes que na época deixara de lado. Afinal, Sandy era um homem atraente. Claro que as mulheres iam dar em cima dele. Era a pessoa mais destacada no salão. E um pequeno flerte inocente nunca fazia mal a ninguém. Mas então a memória voltou com força e ela começou a pensar. Mulheres de postos anteriores vieram à sua cabeça – parceiras de tênis, babás, jovens esposas com maridos candidatos a promoção. Ela se viu revivendo piqueniques, festas de piscina e até – com um tremor involuntário – uma festa um tanto embriagada na base do *todo-mundo-nu* na piscina do embaixador francês em Amã, quando ninguém *realmente* olhava e todos nós corremos aos gritinhos para nossas toalhas mas, mesmo assim...

Vários dias se passaram até que Gloria pudesse perdoar Elena, o que de certo modo, naturalmente, ela nunca faria. Mas Elena estava tão infeliz, refletiu, com seu lado generoso. Como não poderia estar, casada com aquele horroroso pequenino grego e tentando compensar sua frustração com um caso promíscuo após outro?

Excetuando isso, a única coisa que chateava ligeiramente Gloria era *o quê* precisamente eles iriam comemorar. Obviamente tinha de ser um Dia, como o Dia da Independência ou o Dia do Trabalho. Obviamente teria de ser logo, ou os Porter voltariam, o que Gloria não queria de jeito algum. Ela queria Sandy sob os refletores. O Dia da Comunidade era forte candidato, mas estava muito distante. Com alguma manobra poderiam ter um Dia da Comunidade *antecipado,* à frente de todo mundo. Isso mostraria iniciativa. Ela teria preferido o Dia da Comunidade *Britânica*, mas tudo tinha de ser minimizado nos dias de hoje, é a época em que vivemos. Ela teria preferido o Dia de São Jorge, e vamos matar o maldito dragão para sempre! Ou o Dia de Dunquerque, e vamos combatê-los nas praias! Ou o Dia de Waterloo ou o Dia de Trafalgar ou o Dia de Agincourt, todas retumbantes vitórias inglesas – mas infelizmente eram vitórias sobre os franceses que, como Elena acidamente comentou, tinham os melhores cozinheiros do mundo. E, como nenhum desses dias servia, tinha de ser o Dia da Comunidade.

Gloria decidiu que era tempo de embarcar no seu grande plano, para o qual precisava das bênçãos do Gabinete Particular. Mike Mildren era o homem em questão. Depois de ter dividido seu apartamento nos últimos seis meses com uma insalubre garota da Nova Zelândia, ele a trocara da noite para o dia por um rapagão italiano de boa aparência que passava o dia na piscina do Norfolk Hotel. Escolhendo a hora depois do almoço, quando diziam que Mildren estaria mais receptivo, ela telefonou para ele do clube Muthaiga, usando toda a sua astúcia e prometendo a si mesma não o chamar de Mildred por engano.

– Mike, aqui é Gloria. Como *vai* você? Tem um minuto? Dois talvez?

O que era gentil e modesto da sua parte porque, afinal, era a esposa do alto comissário em exercício, ainda que não fosse Veronica Coleridge. Sim, Mildred tinha um minuto.

– Bem, Mike, como você deve ter ouvido, eu e um bando de amigas corajosas estamos planejando uma comemoração de arromba antecipando o Dia da Comunidade. Uma espécie de abre-alas para as outras festas que vierem depois. Sandy deve ter falado com você a respeito, obviamente. Não falou?

– Ainda não, Gloria, mas sem dúvida irá fazê-lo.

Sandy estava sendo inútil como sempre. Esquecendo-se de tudo em relação a ela assim que saía pela porta da frente. E quando volta para casa bebe até dormir.

– Bem, de qualquer maneira, o que estamos pensando, Mike – ela seguiu em frente –, é em uma *grande* tenda. Tão grande quanto pudermos encontrar, francamente, com uma cozinha do lado. Vamos ter um *buffet quente* e uma banda local ao vivo, realmente das boas. Não música de discoteca como na festa de Elena e também não salmão frio. Sandy vai oferecer uma boa parcela dos seus preciosos subsídios e os adidos dos serviços vão assaltar *seus* cofrinhos, o que é um começo, digamos. Está me ouvindo?

– Estou sim, Gloria.

Garotinho pomposo. Todo cheio dos ares e graças do seu patrão. Sandy vai colocá-lo no lugar, assim que tiver uma chance.

– Portanto, são duas perguntas na verdade, Mike. Ambas um pouco delicadas, mas não se incomode, vou direto ao assunto. *Uma*. Com Porter ausente e nenhuma entrada financeira das despesas de Sua Excelência, por assim dizer, existiria, bem, um fundo de reserva disponível, ou poderia Porter ser persuadido a dar sua colaboração a distância, por assim dizer?

– Dois?

Ele é realmente insuportável.

– Dois, Mike, é *onde*? Considerando a dimensão do evento – e a *vasta* tenda – e sua importância para a comunidade britânica nestes tempos *particularmente* difíceis e o cunho que queremos imprimir, se é que cunho se imprime – bem, estávamos pensando – eu estava pensando, não Sandy, claro, ele é muito ocupado, obviamente – que o melhor lugar para se realizar uma festa monumental cinco estrelas do Dia da Comunidade poderia justamente ser – uma vez que todo mundo concordasse, claro – o gramado do Alto Comissariado. Mike?

Teve a estranha impressão de que ele tinha mergulhado debaixo d'água e nadado para longe.

– Estou escutando, Gloria.

– Bem, não seria o ideal? Para estacionamento e tudo mais. Quero dizer, ninguém precisaria entrar na *casa*, obviamente. Ela é de Porter. Bem, exceto para os *pit stops*, obviamente. Não podemos instalar banheiros portáteis nos jardins de Sua Excelência, podemos? – Estava ficando ansiosa com esta história de Porter e portáteis, mas seguiu em frente. – Quero dizer, está tudo ali à nossa *espera*, não está? Empregados, carros, segurança e assim por diante? – Corrigiu-se depressa. – Quero dizer, à espera de Porter e Veronica, obviamente. Não à *nossa* espera. Sandy e eu estamos apenas defendendo o forte até a volta deles. Não é uma invasão ou coisa parecida. Mike, está me ouvindo? Sinto que estou falando sozinha.

Estava. A recusa veio na mesma noite na forma de uma nota impressa, entregue em mãos, da qual Mildred devia ter guardado uma cópia. Ela não o viu entregar o papel. Tudo o que viu foi um carro aberto se afastando da casa com Mildred no assento do passageiro e seu garotão de piscina ao volante. O Departamento foi enfático, escreveu pomposamente. A residência do alto comissário e seus gramados eram área proibida para qualquer tipo de função. Não deveria haver nenhuma anexação *de facto* do *status* do alto comissário, encerrava cruelmente. Uma carta formal do Foreign Office nesse sentido estava a caminho.

Woodrow ficou furioso. Nunca a atacara dessa maneira antes.

– Bem-feito para você por ter perguntado – falou com raiva, pisando forte de um lado para o outro na sala de estar. – Você realmente acredita que vou conquistar o posto de Porter acampando no seu maldito gramado?

– Eu só os estava *sondando* um pouco – ela protestou pateticamente, enquanto ele continuava ralhando. – É perfeitamente *natural* querer que você seja Sir Sandy um dia. Não é atrás da glória emprestada que estou. Só quero que você seja feliz. – Mas a conclusão dela foi tipicamente regeneradora. – Então vamos ter de fazer a coisa aqui em casa, e bem melhor – prometeu, olhando para o jardim.

A GRANDE FESTA do Dia da Comunidade tinha começado.
   Todos os frenéticos preparativos haviam dado certo, os convidados tinham chegado, a música tocava, a bebida jorrava, os casais estavam tagarelando, os jacarandás no jardim da frente estavam floridos, a vida era realmente bela, afinal. A tenda errada fora trocada pela certa, guardanapos de papel trocados por linho, facas e garfos de plástico por prata, horríveis flâmulas marrons por galhardetes em azul e ouro. Um gerador que zunia como uma mula doente fora substituído por outro que borbulhava como uma panela quente. O espaço diante da casa não parecia mais um canteiro de obras, e um brilhante esforço de última hora de Sandy ao telefone conseguiu trazer alguns animados africanos, incluindo dois ou três da *entourage* de Moi. Em vez de depender de garçons não treinados – vejam o que havia acontecido na festa de Elena! – ou melhor, não havia acontecido! –, Gloria reuniu empregados de outras residências diplomáticas. Um desses recrutas era Mustafa, o lanceiro de Tessa, como ela costumava chamá-lo, que estava ainda muito tomado pela dor para procurar outro emprego. Mas Gloria mandara Juma no seu encalço e ali estava ele finalmente, adejando entre as mesas do outro lado da pista de dança, com a boca ligeiramente caída, Deus o abençoe, mas obviamente satisfeito de que o tivessem lembrado, que era o que contava. Os Rapazes Azuis milagrosamente haviam chegado a tempo de coordenar o estacionamento e o problema, como de costume, seria mantê-los longe da bebida, mas Gloria lhes fizera uma boa preleção e tudo o que se podia fazer era esperar pelo melhor. E a banda era maravilhosa, realmente *jungle*, com uma batida bem forte para Sandy dançar bem, se fosse preciso. E não estava ele simplesmente esplêndido no novo *dinner jacket* que Gloria lhe comprou como um presente de "desculpas"? Que belo cavalo de parada iria ser um dia! E o *buffet* quente, o que ela provara dele – bem, estava muito bom. Não sensacional, não se espera isso em Nairóbi, havia um limite no que você podia comprar, mesmo que pudesse pagar. Mas muitos furos acima do de Elena, ainda que Gloria não se sentisse nem um pouco competitiva. E a querida Ghita no seu sari dourado, divina.

Woodrow também tem toda razão para se congratular. Vendo os casais girarem ao som de uma música que detesta, bebericando metodicamente seu quarto uísque, é o marinheiro curtido pelas tempestades que voltou ao seu porto seguro contra todas as expectativas. *Não*, Gloria, nunca tentei nada com ela – ou com qualquer outra. *Não* para todas. *Não*, eu não vou lhe fornecer os meios para me destruir. Nem você, nem a arquipiranha Elena, nem Ghita, a pequena puritana calculista. Sou um homem do *status quo*, da situação, como Tessa observou.

Pelo canto dos olhos Woodrow vê Ghita remexendo o corpo com um deslumbrante africano que provavelmente ela nunca vira na vida até esta noite. Beleza como a sua é um pecado, diz a ela na sua cabeça. Era um pecado em Tessa, é um pecado em você. Como pode qualquer mulher habitar um corpo como o seu e não compartilhar os desejos do homem que ela inflama? Mas, quando eu lhe saliento isso – só em um toque confidencial, de vez em quando, nada grosseiro –, seus olhos se incendeiam e você silva para mim em um sussurro teatral para que tire as mãos de cima de você. E então corre para casa em um acesso, observada de perto pela arquipiranha Elena... Seu devaneio foi interrompido por um homem pálido e calvo que parecia ter perdido o caminho, acompanhado por uma amazona de 2 metros com mechas na testa.

– Olá, embaixador, que gentileza da sua parte ter vindo!

O nome esquecido, mas com esta maldita música ninguém está reparando. Berrou a Gloria para se aproximar.

– Querida, este é o novo embaixador suíço que chegou há uma semana. Muito gentilmente apareceu para apresentar seus cumprimentos a Porter! Pobre sujeito, acabou tendo de falar comigo! A esposa deve chegar dentro de duas semanas, não é, embaixador? De modo que está à solta esta noite, ha, ha! Adorei vê-lo por aqui! Desculpe-me mas preciso fazer a ronda! *Ciao!*

A líder da banda cantava, se é que se pode descrever assim o seu miado de gata no cio. Agarrando o microfone em um punho e acariciando sua ponta com o outro. Girando os quadris em êxtase copulativo.

– Querido, você não está nem um pouquinho ligado? – sussurrou Gloria, enquanto passava rodando nos braços do embaixador indiano. – Eu estou!

Uma bandeja de drinques se aproximou. Woodrow destramente colocou o copo vazio nela e apanhou outro, cheio. Gloria estava sendo levada à pista de dança pelo jovial e desavergonhadamente corrupto Morrison M'Gumbo, o ministro do Lanche. Woodrow passou os olhos desalentado pelo salão em busca de alguém com um bom corpo com quem pudesse dançar. Era essa *não* dança que o irritava. Esse requebrado, essa exibição das partes. Fazia com que se sentisse o mais desajeitado, o mais inútil dos amantes que alguma mulher já tivera de aturar. Evocava o *faça-isso-não-faça-aquilo* e o *pelo-amor-de-Deus-Woodrow* que buzinaram em seus ouvidos desde os 5 anos de idade.

– Venho fugindo de mim mesmo a vida inteira! – berrava no rosto espantado de sua parceira de dança, uma dinamarquesa de busto grande, de alguma agência assistencial, chamada Fitt ou Flitt. – Sempre soube do que estava *fugindo*, mas nunca tive a menor ideia de para onde ia. E você? *Eu disse, e você?* – Ela riu e sacudiu a cabeça. – Você acha que eu estou louco ou bêbado, não acha? – ele gritou. Ela concordou com a cabeça. – Pois bem, está enganada. Estou as duas coisas!

Amiga de Arnold Bluhm, lembrava. Jesus, que saga. Quando é que *esse show* terminará? Mas devia ter ponderado isso alto o bastante para que ela o escutasse acima do barulho terrível porque viu seus olhos baixarem e ouviu-a dizer "Talvez nunca", com o tom de piedade que os católicos reservam para o Papa. Sozinho de novo, Woodrow subiu a correnteza em direção das mesas de refugiados ensurdecidos, acocorados em grupos traumatizados pelas explosões. É hora de comer alguma coisa. Desfez o nó da gravata-borboleta e a deixou pender afrouxada no colarinho.

– Definição de um cavalheiro, meu pai costumava dizer – explicou a uma Vênus negra que não o entendia. – É o sujeito que sabe fazer o nó da sua gravata-borboleta!

Ghita fizera uma reivindicação territorial sobre um canto da pista de dança e gingava a pélvis com duas belas garotas africanas do British Council. Outras garotas se juntavam a elas em uma roda de bruxas e a banda inteira na beirada do tablado cantava *yeh, yeh, yeh* para elas. As garotas batiam nas palmas das mãos umas das outras e então se viravam e esfregavam os traseiros umas nas outras e só Cristo sabia o que os vizinhos estavam dizendo dos dois lados da rua, porque Gloria não convidara todos eles, ou a casa ficaria inundada de vendedores de armas e traficantes de drogas – uma piada que Woodrow devia ter partilhado com um magote de grandalhões em fatiota nativa, porque se dobraram em gargalhadas e foram recontar a história a suas patroas que explodiram em risadas também.

Ghita. Que diabos está aprontando agora? É uma repetição do encontro da Chancelaria. Toda vez que olho para ela, afasta o olhar. Toda vez que afasto o olhar, ela olha para mim. É a coisa mais danada que já vi. E uma vez mais Woodrow deve ter externado seus pensamentos, porque um chato chamado Meadower, do clube Muthaiga, imediatamente concordou, dizendo que se os jovens estavam decididos a dançar daquele jeito, por que simplesmente não fodiam na pista de dança e resolviam a parada? O que coincidia perfeitamente com a opinião de Woodrow, um fato que ele berrava no ouvido de Meadower quando deu de cara com Mustafa, o anjo negro, parado diante dele como se estivesse tentando impedi-lo de passar, só que Woodrow não pretendia ir a lugar nenhum. Woodrow notou que Mustafa nada tinha nas mãos, o que lhe pareceu impertinente. Se Gloria, com a bondade do seu coração, contratara o pobre homem para trazer e levar, por que diabos ele não traz e não leva? Por que está parado aqui como a minha consciência má, de mãos vazias, exceto por um pedaço de papel em uma mão, proferindo palavras ininteligíveis como um peixinho dourado?

– O sujeito diz que tem uma mensagem para você – Meadower gritava.

– *O quê?*

– Uma mensagem muito pessoal, muito urgente. Alguma bela garota se apaixonou perdidamente por você.

– Mustafa disse isso?
– O quê?
– Eu disse *Mustafa disse isso*?
– Não vai procurar saber quem é ela? Provavelmente sua mulher! – trovejou Meadower, dissolvendo-se em uma risada histérica.

Ou Ghita, pensou Woodrow, com um absurdo lampejo de esperança.

Deu meio passo e Mustafa continuou ao seu lado, virando o ombro para ele, de modo que no ângulo de visão de Meadower pareciam dois homens debruçados um sobre o outro acendendo seus cigarros no vento. Woodrow estendeu a mão e Mustafa reverentemente colocou a nota sobre a sua palma. Papel A4 comum, dobrado em um pequeno retângulo.

– Obrigado, Mustafa – gritou Woodrow, querendo dizer "dá o fora".

Mas Mustafa ficou firme, ordenando a Woodrow com os olhos que lesse o papel. Está bem, desgraçado, fique onde está. Não sabe ler inglês de qualquer maneira. Desdobrou o papel. Tipologia eletrônica. Nenhuma asssinatura.

Prezado Senhor:
    Tenho em meu poder uma cópia da carta que escreveu para a Sra. Tessa Quayle convidando-a a fugir consigo. Mustafa o trará até mim. Por favor, não fale nada a ninguém e venha imediatamente, senão serei forçado a destinar esta carta a outro lugar.

Nenhuma assinatura.

COM UM JATO DO CANHÃO d'água da polícia antidistúrbios, parecia a Woodrow, ele ficou totalmente sóbrio. Um homem a caminho do cadafalso pensa em uma quantidade de coisas ao mesmo tempo, e Woodrow, apesar de todo o uísque livre de impostos que enfiara no corpo, não era exceção. Suspeitou que a transação entre ele e Mustafa não tivesse escapado à atenção de Gloria, e estava certo: ela nunca mais tiraria os olhos dele em uma festa. Por isso, lançou-lhe um aceno tranquilizador no salão, murmurou algo para sugerir "nenhum problema" e seguiu submissamente no vácuo de Mustafa. Ao fazê-lo, captou o olhar de Ghita cravado nele pela primeira vez na noite, e o achou calculista.

Enquanto isso, especulava a fundo sobre a identidade desse chantagista e o associava com a presença dos Rapazes Azuis. Seu argumento funcionava assim. Os Rapazes Azuis tinham a certa altura revistado a casa dos Quayle e descoberto o que o próprio Woodrow buscara mas não achara. Um deles guardara a carta no bolso até que viu uma oportunidade de explorá-la. Aquela oportunidade surgira.

Uma segunda possibilidade lhe ocorreu quase simultaneamente: a de que Rob ou Lesley, ou ambos, tendo sido afastados de um caso de assassinato importante contra a sua vontade, tinham decidido faturar. Mas por que aqui e agora, pelo amor de Deus? Em algum lugar nessa mixórdia incluía também Tim Donohue, mas isso porque Woodrow o considerava um descrente ativo, apesar de senil. Ainda esta noite, sentado com sua mulher Maud, coberta de contas, no canto mais escuro debaixo do toldo, Donohue havia, na opinião de Woodrow, mantido uma presença maligna e inconfiável.

Enquanto isso, Woodrow anotava intimamente as coisas físicas ao seu redor, mais ou menos como buscaria portas de emergência quando um avião atinge uma zona de turbulência: as estacas da tenda mal enfiadas e os cordames frouxos – meu Deus, a menor brisa poderia levar tudo pelos ares! –, o tapete de coqueiro com torrões de lama ao longo do corredor da tenda – alguém podia tropeçar naquilo e me processar! –, a porta aberta e desguarnecida no andar inferior – malditos assaltantes poderiam limpar toda a casa e jamais teríamos visto.

Contornando as bordas da cozinha, ficou desconcertado com a quantidade de acampados sem autorização que tinham convergido à sua casa na esperança de algumas sobras do buffet e estavam sentados como grupos de Rembrandt à luz de um lampião. Devia haver uma dúzia deles, mais até, percebeu, indignado. Além de umas vinte crianças acampadas pelo chão. Bem, seis, de qualquer maneira. Ficou igualmente incensado ao ver os próprios Rapazes Azuis, encharcados de sono e bebida à mesa da cozinha, suas jaquetas e pistolas penduradas nas costas das cadeiras. Sua condição, porém, o persuadiu de que era improvável que fossem os autores da carta que ainda agarrava, dobrada, em sua mão.

Deixando a cozinha pela escada dos fundos, Mustafa liderou a marcha com uma lanterna de mão até o saguão e daí à porta da frente. Philip e Harry! Woodrow lembrou-se com súbito terror. Deus do Céu, se me vissem agora. Mas o que veriam? Seu pai de *dinner jacket* com a gravata preta afrouxada em volta do pescoço. Por que deviam supor que fora afrouxada para o laço do carrasco? Além do mais – lembrava-se agora –, Gloria tinha desovado os garotos na casa de amigos para aquela noite. Vira o bastante de crianças de diplomatas em danças e achou que Philip e Harry deviam ficar fora daquilo.

Mustafa segurava a porta da frente aberta, apontando com a lanterna para a entrada de automóveis. Woodrow saiu. A escuridão era total. Para efeito romântico, Gloria mandara apagar as luzes do lado de fora, trocando-as por fileiras de velas sobre sacos de areia, mas a maioria delas se apagara misteriosamente. Perguntem a Philip, que recentemente adotara a sabotagem doméstica como passatempo. Era uma bela noite, mas Woodrow não estava com ânimo para estudar as estrelas. Mustafa caminhava para o portão como um fogo-fátuo, conduzindo-o com a sua lanterna. O vigia Baluhya abriu os portões enquanto sua família ampliada observava Woodrow com seu costumeiro e intenso interesse. Havia carros estacionados dos dois lados da rua e os guardadores cochilavam nas margens ou murmuravam entre si ao redor de pequenas chamas. Mercedes com motoristas, Mercedes com guardadores, Mercedes com cães alsacianos dentro deles, e a multidão rotineira de nativos tribais com nada a fazer a não ser ver a vida passar. O barulho da banda era tão terrível lá fora como o era debaixo do toldo. Woodrow não ficaria surpreso se recebesse uma ou duas queixas formais no dia seguinte. Aqueles transportadores belgas no número 12 mandavam uma intimação até mesmo quando o cachorro do vizinho peidava no seu espaço aéreo.

Mustafa parou diante do carro de Ghita. Woodrow o conhecia bem. Ele o observara frequentemente na segurança da janela do seu escritório, geralmente com um copo na mão. Era uma daquelas coisinhas japonesas, tão pequeno que quando ela se contorcia para sair podia imaginá-la vestindo uma roupa de banho. Mas por que estamos parando aqui?, seu olhar perguntava a Mustafa. O que é que o carro de Ghita tem a ver com o fato de eu estar sendo chantageado? Começou a calcular quanto ele valeria em termos de dinheiro vivo. Iriam querer centenas? Milhares? Dezenas de milhares? Teria de tomar emprestado de Gloria, mas que desculpa inventaria como justificativa? Bem, era apenas dinheiro. O carro de Ghita estava estacionado tão longe de uma lâmpada de rua quanto possível. As lâmpadas estavam apagadas, com a energia cortada, mas nunca se saberia quando poderiam voltar. Calculou que devia ter consigo cerca de 80 libras em xelins quenianos. Quanto silêncio *aquilo* poderia comprar? Começou a pensar em termos de negociação. Que sanções teria como pagante? Que garantia existiria de que o sujeito não voltaria em seis meses ou seis anos? Fale com Pellegrin, pensou, em um surto de humor de cadafalso; peça ao velho Bernard para enfiar a pasta dentro do tubo.

A não ser.

Afogando-se, Woodrow agarrou-se à mais louca de todas as palhas.

Ghita!

Ghita roubou a carta! Ou, o que é mais provável, Tessa lhe deu para guardar! Ghita mandou Mustafa me tirar da festa e me punirá pelo que aconteceu na casa de Elena. *E olhe, lá está ela!* No assento do motorista, à minha espera! Escapou dando a volta por trás da casa e está sentada no carro, minha subordinada, esperando para me chantagear!

Seu ânimo melhorou, mas só por um segundo. Se é Ghita, podemos fazer negócios. Posso dobrá-la a hora que quiser. Talvez mais do que negócios. Seu desejo de me ferir é apenas o reverso de desejos diferentes, mais construtivos.

Mas não era Ghita. Fosse quem fosse a figura, era inequivocamente masculina. O chofer de Ghita, então? Seu namorado regular, que veio apanhá-la depois da dança para que ninguém mais ficasse com ela? A porta do passageiro estava aberta. Sob o olhar impassível de Mustafa, Woodrow se abaixou e entrou no carro. Não era como vestir sua roupa de banho, não para Woodrow. Mais como se ajeitar com Philip em um carrinho de trombadas no parque de diversões. Mustafa fechou a porta depois que ele entrou. O carro balançou, o homem no assento do motorista não fez nenhum movimento. Vestia-se do jeito que alguns africanos urbanos se vestem, em um estilo Saint Moritz desafiando o calor, um anoraque xadrez escuro e um gorro de lã enfiado até a testa. O sujeito era negro ou branco? Woodrow aspirou, mas não sentiu nenhum cheiro doce da África.

– Bela música, Sandy – disse Justin em voz baixa, estendendo o braço para dar a partida no motor.

22

Woodrow estava sentado diante de uma escrivaninha entalhada de teca da floresta tropical avaliada em 5 mil dólares americanos. Estava curvado de lado, um cotovelo apoiado em um mata-borrão com moldura de prata que custava menos. O brilho de uma única vela iluminava seu rosto suado e sombrio. Do teto acima dele estalactites espelhadas refletiam a mesma chama ao infinito. Justin estava de pé do outro lado da sala, na escuridão, apoiado na porta, quase como Woodrow se apoiara na porta de Justin no dia em que lhe trouxe a notícia da morte de Tessa. Suas mãos estavam apertadas atrás das costas. Presumivelmente, não queria ter problemas com elas. Woodrow estudava as sombras lançadas nas paredes pela luz da vela. Podia divisar elefantes, girafas, gazelas, rinocerontes rampantes e rinocerontes agachados. As sombras na parede oposta eram todas de aves. Aves de poleiro, aves aquáticas com longos pescoços, aves de rapina com avezinhas menores em suas garras, aves canoras gigantes pousadas em troncos de árvores com caixas de música embutidas, preço a ser consultado. A casa ficava em uma rua lateral arborizada. Completamente deserta. Ninguém bateria na janela para saber por que um homem branco semialcoolizado em um *dinner jacket* com a gravata afrouxada conversava com uma vela no Empório de Arte Africana & Oriental de Ahmad Khan, em uma colina frondosa a cinco minutos de carro de Muthaiga à meia-noite e meia.

– Khan é seu amigo? – Woodrow perguntou.
Nenhuma resposta.
– Com quem conseguiu a chave então? É amigo de Ghita?
Nenhuma resposta.
– Amigo da família, provavelmente. De Ghita, quero dizer. – Tirou um lenço do bolso de cima do *dinner jacket* e enxugou furtivamente um par de lágrimas das faces. Mal tinha feito isso e um novo par surgiu, e teve de enxugá-lo também. – O que digo a eles quando voltar? Se voltar?
– Vai pensar em algo.
– É o que sempre faço – admitiu Woodrow para o seu lenço.
– Estou certo que sim – disse Justin.

Assustado, Woodrow virou a cabeça para encará-lo, mas Justin ainda estava de pé encostado na porta, as mãos apertadas em segurança atrás das costas.

– Quem o mandou suprimi-lo, Sandy? – perguntou Justin.
– Pellegrin, quem acharia que foi? "Queime, Sandy. Queime todas as cópias." Ordem do trono. Só tinha guardado uma. Por isso, a queimei. Não levou muito tempo. – Fungou, resistindo à ânsia de chorar de novo. – Bom menino, está vendo. Preocupado com a segurança. Não confiava nos faxineiros. Levei-o ao porão, à sala do aquecedor, com minhas próprias mãos. Joguei na fornalha. Bem-treinado. Vou ao primeiro lugar da classe.
– Porter sabia que você tinha feito isso?
– De certo modo. Pela metade. Não gostou. Não vai com Bernard. Guerra declarada entre os dois. Declarada segundo os padrões do

Office. Porter fez uma piada sobre ele. *Pellegrine e ature ele...* Parecia muito engraçada na época.

Parecia engraçada agora, aparentemente, porque ele tentou uma risada áspera que só terminou em mais lágrimas.

– Pellegrin disse *por que* você tinha de suprimir o documento, queimá-lo? Queimar todas as cópias?

– Cristo – Woodrow sussurrou.

Um longo silêncio durante o qual Woodrow parecia se hipnotizar com a vela.

– Qual é o problema? – perguntou Justin.

– Sua voz, meu velho, é tudo. Você cresceu.

Woodrow passou a mão pela boca e estudou as pontas dos dedos procurando vestígios.

– Supunha-se que você já havia atingido seu máximo.

Justin fez a pergunta de novo, refraseando-a como se faria para um estrangeiro ou uma criança.

– Você pensou em perguntar a Pellegrin *por que* o documento tinha de ser destruído?

– Motivo duplo, segundo Bernard. Interesses britânicos em jogo, para começar. Tínhamos de protegê-los.

– Acreditou nele? – perguntou Justin, e de novo teve de esperar enquanto Woodrow liberava outra onda de lágrimas.

– Eu *acreditava* em relação aos ThreeBees. Claro que acreditava. Ponta de lança da investida britânica na África. Joia da Coroa. Curtiss, o favorito dos líderes africanos, distribuindo suborno à direita, à esquerda e ao centro, o sujeito é um importante patrimônio nacional. Depois, é íntimo de metade do gabinete britânico, o que não lhe faz nenhum mal.

– E qual é o segundo motivo?

– KVH. Os rapazes de Basileia vêm emitindo sinais de acasalamento para a abertura de uma vasta indústria química em Gales do Sul. Uma segunda na Cornualha, dentro de três anos. Uma terceira na Irlanda do Norte. Trazendo riqueza e prosperidade para nossas áreas empobrecidas. Mas se detonássemos o Dypraxa não fariam nada disso.

— Detonássemos?

— A droga ainda estava no estágio de testes. Ainda está, teoricamente. Se ela envenena algumas pessoas que iam morrer de qualquer maneira, por que essa grande comoção? A droga não era licenciada no Reino Unido, portanto isso não chegava a ser problema, não é? — Sua truculência tinha voltado. Estava apelando para um colega de profissão. — Quero dizer, por Cristo, Justin. As drogas precisam ser testadas em *alguém*, não precisam? Quero dizer, quem é que você escolhe, pelo amor de Deus? A Escola de Negócios de Harvard? — Desorientado por não contar com o endosso de Justin a este lúcido ponto de argumentação, arriscou um outro. — Quero dizer, Jesus, não é atribuição do Foreign Office submeter a julgamento a segurança de drogas estrangeiras, é? É de supor que se lubrificaria as engrenagens da indústria britânica evitando sair por aí contando a todo mundo que uma empresa britânica na África está envenenando os seus consumidores. Você conhece o jogo. Não somos pagos para ter corações moles. Não estamos matando pessoas que, de outro modo, não morreriam. Quero dizer, Cristo, veja o índice de mortalidade neste lugar. Não que haja alguém contando.

Justin levou um momento para pensar nestes excelentes argumentos.

— Mas você foi um coração mole, Sandy — objetou finalmente. — Você a amava. Está lembrado? Como podia jogar o seu relatório na fornalha se a amava? — Sua voz parecia incapaz de deixar de aumentar o volume. — Como podia mentir para ela quando ela confiava em você?

— Bernard disse que ela precisava ser detida — resmungou Woodrow. — Não daquele jeito. Pessoas inteiramente diferentes. Não é o meu mundo. Não é o seu.

Justin deve ter se alarmado com esta explosão, pois quando voltou a falar foi no tom civilizado de um colega desapontado.

— Como podia *detê-la*, como você diz, quando a adorava tanto, Sandy? Da maneira como escreveu para ela, ela era a sua salvação de *tudo isto*... — Devia ter esquecido onde estava por um momento, pois o gesto amplo dos braços abarcava não só os lúgubres adornos do confinamento de Woodrow, mas manada após manada de animais entalhados, alinhados à direita na escuridão das estantes de vidro. – Tessa era o seu escape de tudo, o caminho para a felicidade e para a liberdade, pelo menos foi o que você lhe disse. Por que não apoiou a sua causa?

– Lamento – sussurrou Woodrow e baixou os olhos, enquanto Justin escolhia uma pergunta diferente.

– Então o que você queimou exatamente? Por que o documento era tão ameaçador para você e para Bernard Pellegrin?

– Era um ultimato.

– A quem?

– Ao governo britânico.

– *Tessa* estava fazendo um ultimato ao governo britânico? Ao *nosso* governo?

– Para que agisse ou então... Ela se sentia ligada a nós. A você. Por lealdade. Era a esposa de um diplomata britânico e estava decidida a fazer as coisas pela via diplomática. "A maneira fácil é passar por cima do Sistema e ir ao público. A maneira difícil é fazer o Sistema funcionar. Prefiro a maneira difícil." Ela disse isso. Agarrava-se a uma patética noção de que os britânicos tinham mais *integridade – virtude* no governo – do que qualquer outra nação. Algo que seu pai martelou na sua cabeça, aparentemente. Ela disse que Bluhm concordara que os britânicos poderiam controlar a situação, contanto que eles jogassem limpo. Se os britânicos tinham tanta coisa empenhada na questão, era melhor que conversassem com os ThreeBees e a KVH. Nada de confrontação. Nada agressivo. Apenas persuadi-los a recolher a droga do mercado até que estivesse pronta. E se não o fizessem...

– Ela estipulou um prazo?

– Aceitava que seria diferente de zona a zona. América do Sul, Oriente Médio, Rússia, Índia. Mas sua primeira preocupação era a África. Queria provas dentro de três meses de que a droga estava sendo recolhida. Depois disso a merda seria jogada no ventilador. Não foram suas palavras, mas quase.

– E foi isso o que você mandou a Londres?

– Sim.
– O que foi que Londres fez?
– Pellegrin fez.
– Fez o quê?
– Disse que era um monte de merda ingênua. Disse que se sentia enrabado e que a política do Foreign Office não podia ser ditada a ele por alguma esposa britânica iluminada e seu amante negro. Então pegou um avião para Basileia. Almoçou com os rapazes da KVH. Perguntou-lhes se podiam estudar o hasteamento de uma bandeira vermelha temporária. Responderam no sentido de que a bandeira não era vermelha o bastante e não havia maneira tranquila de retirar uma droga do mercado. Os acionistas não iriam apoiar aquilo. Não que os acionistas estivessem sendo consultados, mas, se o fossem, não aceitariam. Logo, nem a diretoria aceitaria. Drogas não são receitas de um livro de culinária. Não se pode tirar uma pitada disto, um átomo ou o que seja, acrescentar outra pitada, tentar de novo. A única coisa que você pode fazer é mexer com a dosagem, reformular, não redesenhar. Se quiser mudar, tem de voltar à estaca zero, foi o que lhe disseram, e ninguém faz isso nesse estágio. E então ameaçaram cortar seu investimento na Grã-Bretanha, aumentando o número dos desempregados da rainha.

– E quanto aos ThreeBees?

– Foi um almoço bem diferente. Caviar e champanhe Krug, a bordo do Gulfstream de Kenny K. Bernard e Kenny concordaram que haveria confusão na África se vazasse a história de que os ThreeBees estavam envenenando as pessoas. A única coisa a fazer era ganhar tempo, enquanto os cientistas da KVH davam um polimento na fórmula e afinavam a droga. Bernard só tem dois anos de serviço à frente. Acalenta a esperança de ingressar na diretoria dos ThreeBees. E na diretoria da KVH também, se o acolherem. Por que ficar com uma só diretoria se você pode ter duas?

– Quais foram as provas que a KVH contestou?

A pergunta pareceu provocar um calafrio em todo o corpo de Woodrow. Soergueu-se na cadeira, segurou a cabeça com as duas mãos e esfregou o escalpo vigorosamente com as pontas dos dedos. Lançou-se para diante, a cabeça ainda nas mãos, e sussurrou "Jesus".

– Tente água – sugeriu Justin e o levou ao longo do corredor até uma pia e ficou debruçado ao seu lado, como ficara no necrotério quando ele estava vomitando. Woodrow colocou as mãos debaixo da torneira e jogou água no rosto.

– As provas eram terrivelmente poderosas – resmungou Woodrow, de volta à sua cadeira. – Bluhm e Tessa tinham percorrido aldeias e clínicas, falado com pacientes, pais e parentes. Curtiss soube da sua atuação e lançou uma operação de encobrimento. Mandou o seu homem Crick organizá-la. Mas Tessa e Bluhm mantiveram um registro também do próprio encobrimento. Voltaram e procuraram as pessoas com as quais tinham falado. Não conseguiram encontrá-las. Colocaram tudo no seu relatório, como os ThreeBees não estavam apenas envenenando as pessoas, mas destruindo as provas depois. "Esta testemunha desapareceu. Esta testemunha foi acusada de atos criminosos. Esta aldeia teve seus habitantes evacuados." Fizeram um trabalho muito bom. Você devia se orgulhar dela.

– A mulher Wanza figurava no relatório?

– Oh, a mulher Wanza era uma estrela. Mas colocaram uma mordaça naquele irmão dela direitinho.

– Como?

– Prenderam-no. Arrancaram uma confissão voluntária. Foi julgado na semana passada. Dez anos por agredir um turista branco no Parque Nacional de Tsavo. O turista branco nunca deu queixa, mas vários africanos muito assustados viram o garoto praticar o ato, de modo que a condenação ficou valendo. O juiz o sentenciou a trabalhos forçados e a vinte golpes de bambu como medida exemplar.

Justin fechou os olhos. Viu o rosto amarfanhado de Kioko agachado no chão ao lado da irmã. Sentiu a mão amarfanhada de Kioko quando apertou a de Justin na sepultura de Tessa.

– E você ainda não sentiu nenhuma necessidade, quando leu da primeira vez aquele relatório, e sabia mais ou menos que era verdadeiro, suponho, de dizer alguma coisa aos quenianos? – sugeriu.

A truculência de novo.

— Pelo amor de Deus, Quayle. Quando foi que você chegou a colocar seu melhor terno, dirigir seu carro até o quartel-general dos Rapazes Azuis e acusá-los de montarem um encobrimento orquestrado e levarem os xelins de Kenny K por seu trabalho? Isto não é a maneira de fazer amigos e influenciar as pessoas na ensolarada Nairóbi.

Justin afastou-se um passo da porta, aprumou-se e reassumiu a distância que se impunha.

— Havia provas clínicas também, presumivelmente.

— Havia o quê?

— Estou lhe perguntando sobre as provas clínicas contidas no memorando escrito por Arnold Bluhm e Tessa Quayle e destruído a pedido de Bernard Pellegrin por *VOCÊ*! Uma cópia do qual foi mesmo assim submetida por Bernard Pellegrin à KVH, que a estraçalhou durante o almoço!

O eco deste clangor ressoou nas estantes de vidro. Woodrow esperou que amainasse.

— As provas clínicas eram o departamento de Bluhm. Estavam no anexo. Aprendeu com você. Você é um homem de anexos. Ou já foi. Ela também.

— Provas clínicas dizendo o quê?

— O histórico de casos. Anamneses. Trinta e sete ao todo. Capítulo e versículo. Nomes, endereços, tratamento, local e data do enterro. Mesmos sintomas toda vez. Sonolência, cegueira, sangramento, colapso do fígado, bingo.

— Bingo querendo dizer morte?

— De certo modo. Digamos. Acho que sim. Sim.

— E a KVH contestou essas provas?

— Não eram científicas, eram indutivas, parciais, tendenciosas... emocionalizadas. Esta eu nunca ouvira antes. Emocionalizadas. Significa que você se preocupa demais para poder ser confiável. Sou o oposto disto. Desemocionalizado. Inemocionalizado. Desprovido de emoção. Quanto menos você sente, mais alto você grita. Maior o vazio que tem de preencher. Não você. Eu.

– Quem é Lorbeer?
– A besta negra dela.
– Por quê?
– A força-motriz por trás da droga. Seu defensor. Convenceu a KVH a desenvolvê-la, levou o evangelho aos ThreeBees. Megamerda, segundo o livro dela.
– Ela diz que Lorbeer a traiu?
– Por que deveria? Nós todos a traímos. – Estava chorando incontrolavelmente. – E você, sentado sobre a sua bunda e cultivando flores enquanto ela estava lá fora sendo uma santa?
– Onde está Lorbeer agora?
– Não tenho a menor ideia. Ninguém tem. Viu o lado de onde soprava o vento e deu um sumiço. Os ThreeBees o procuraram por um tempo e depois se cansaram. Tessa e Bluhm assumiram a sua caçada. Queriam Lorbeer como testemunha principal. Encontrem Lorbeer.
– Emrich?
– Uma das inventoras da droga. Esteve aqui uma vez. Tentou dar o alerta à KVH. Eles a chutaram para córner.
– Kovacs?
– Terceiro membro da gangue. Patrimônio total e absoluto da KVH. Piranha, aparentemente. Nunca a encontrei. Vi Lorbeer uma vez, acho. Um *bôer* grande e gordo. Olhos borbulhantes. Cabelos vermelhos.

Deu um salto para o lado, aterrorizado. Justin estava de pé junto ao seu ombro. Pousou um pedaço de papel sobre o mata-borrão e ofereceu a Woodrow uma caneta esferográfica, a tampa na direção dele, do jeito como as pessoas educadas passam as coisas umas para as outras.

– É uma autorização de viagem – explicou Justin. – Uma das suas. – Leu o texto em voz alta para ajudar Woodrow. – "O viajante é um súdito britânico atuando sob os auspícios do Alto Comissariado do Reino Unido em Nairóbi." Assine.

Woodrow apertou os olhos para ver, aproximando o papel da vela.

— Peter Paul Atkinson. Que diabo é ele?

— O que o formulário diz. Um jornalista britânico. Escreve para o *Telegraph*. Se alguém telefonar para o Alto Comissariado para confirmar, é um jornalista confiável e um nome respeitado. Vai se lembrar disto?

— Por que diabo quer ir até Loki? É o cu do mundo. Ghita foi até lá. O documento deveria ter uma foto, não?

— Vai ter.

Woodrow assinou, Justin dobrou o papel, colocou-o no bolso e voltou resoluto para a porta. Uma fileira de relógios de cuco de Taiwan anunciou que era 1 hora.

Mustafa esperava no meio-fio com sua lanterna quando Justin se aproximou do carrinho de Ghita. Devia estar aguardando o som do seu motor. Woodrow, sem ter ideia de que fora devolvido à sua casa, estava sentado com as mãos cruzadas no colo enquanto Justin se inclinava para ele e falava com Mustafa pela janela do passageiro. Falou em inglês, entremeado com as poucas palavras de kiSuaíli de cozinha que conhecia.

— O Sr. Woodrow não está bem, Mustafa. Você o trouxe para tomar um pouco de ar e para vomitar. Ele deve ir para o seu quarto de dormir, por favor, e ficar deitado até que a Sra. Woodrow possa cuidar dele. Por favor, diga à srta. Ghita que estou de saída.

Woodrow começou a descer do carro e então se virou para Justin.

— Você não vai comentar essa história com Gloria, meu velho, vai? Não tem nada a ganhar, agora que já ouviu tudo. Ela não tem nossa sofisticação, você sabe. Velhos colegas e tudo mais. Conto com você?

Como um homem carregando um saco de algo que lhe desagrada, embora tentasse não demonstrar, Mustafa arrancou Woodrow do carro e o escoltou até a porta da frente. Justin tinha colocado de novo o gorro de lã e o anoraque. Fachos de luzes coloridas escapavam da tenda. A banda tocava um rap interminável. Ainda sentado no carro, Justin olhou para a esquerda e achou ter visto a sombra de um homem alto parado diante dos rododendros na calçada, mas quando olhou melhor ela havia desaparecido. Continuou olhando, mesmo assim, primeiro para os arbustos, depois para os carros estacionados de cada lado. Ouvindo passos, virou-se para ver uma figura correndo na sua direção, e era Ghita, com um xale sobre os ombros, os sapatos de dança em uma das mãos e uma lanterna de bolso na outra. Deslizou para o banco do passageiro enquanto Justin ligava o carro.

– Estão querendo saber aonde é que ele foi – disse.
– Donohue estava lá?
– Não acredito. Não tenho certeza. Não o vi.

Justin começou a perguntar-lhe algo, mas decidiu não o fazer.

Ele dirigia lentamente, olhando para carros estacionados, verificando repetidamente em seus espelhos laterais. Passou por sua casa, mas mal olhou-a. Um cão amarelo correu para o carro, atacando as rodas. Justin dava guinadas no volante, mantendo os olhos nos espelhos enquanto freava suavemente o carro. Crateras se aproximavam como lagos negros à luz dos faróis. Ghita perscrutava pela janela traseira. A estrada estava escura como breu.

– Fique olhando para a frente – pediu a ela. – Corro o perigo de perder o caminho. Me indique as esquerdas e as direitas.

Ele dirigia mais rápido agora, desviando de crateras, saltitando sobre saliências de alcatrão, procurando o centro da estrada sempre que desconfiava das laterais. Ghita murmurava: esquerda aqui, esquerda de novo, grande buraco à frente. Reduziu a marcha abruptamente e um carro os ultrapassou, seguido por um segundo.

– Vê alguém que reconhece?
– Não.

Entraram em uma avenida margeada de árvores. Uma placa decrépita que dizia AJUDE VOLUNTÁRIOS barrava a passagem. Uma fileira de rapazes emaciados, com varapaus e um carrinho de mão sem roda, estava reunida atrás dela.

– Estão sempre aqui?
– Dia e noite – disse Ghita. – Tiram as pedras de um buraco e as colocam no outro. Assim seu trabalho não acaba nunca.

Pisou no freio. O carro diminuiu até parar diante da placa. Os garotos se apinharam ao redor do automóvel, batendo no capô com as palmas das mãos. Justin abaixou a janela e uma lanterna varreu o interior do carro, seguida pelos olhos rápidos e pela cabeça sorridente do seu porta-voz. Tinha 16 anos no máximo.

— Boa noite, Bwana — gritou em um tom de alta cerimônia. — Sou o Sr. Simba.

— Boa noite, Sr. Simba — disse Justin.

— Gostaria de contribuir para esta bonita estrada que estamos fazendo, homem?

Justin passou uma nota de 100 xelins pela janela. O rapaz saiu dançando triunfalmente, mostrando-a sobre a cabeça enquanto os outros aplaudiam.

— Qual é a tarifa usual? — Justin perguntou a Ghita ao seguir em frente.

— Cerca de um décimo daquilo.

Outro carro os ultrapassou e Justin de novo olhou com firmeza para seus ocupantes, mas pareceu não encontrar nada daquilo que procurava. Entraram no centro da cidade. Luzes de lojas, cafés, calçadas cheias. Ônibus Matutus correndo com a música a todo volume. À esquerda, um fragor de metal foi seguido pelo ruído de buzinas e gritos. Ghita o orientava de novo: esquerda aqui, passando por estes portões *agora*. Justin subiu uma rampa e entrou no pátio caindo aos pedaços de um prédio quadrado de três andares. Nas luzes do perímetro leu as palavras VENHA PARA JESUS *AGORA!* pintadas na parede branca.

— Isto é uma igreja?

— Era um clínica dentária dos adventistas do Sétimo Dia — respondeu Ghita. — Agora foi convertida em apartamentos.

O estacionamento era um pedaço de terreno baixo cercado por arame farpado, e se ela estivesse sozinha nunca teria entrado, mas Justin já dirigia para a rampa de entrada com a mão procurando a chave. Estacionou, e Ghita o observou enquanto olhava de novo para a rampa, escutando.

– Quem você está esperando? – ela sussurrou.

Ele a conduziu por grupos sorridentes de garotos até a entrada e os degraus para o saguão. Uma nota escrita a mão dizia SERVIÇO DE ELEVADOR SUSPENSO. Cruzaram até uma escadaria cinzenta iluminada por lâmpadas fracas. Justin subiu ao lado dela até que chegaram ao último andar, que estava no escuro. Sacando a lanterna de bolso, Justin iluminou o caminho. Música asiática e cheiros de comida oriental saíam de portas fechadas. Passando-lhe a lanterna, Justin voltou à escadaria enquanto ela abria a grade de ferro e girava as três fechaduras. Ao pisar no apartamento, Ghita ouviu o telefone tocando. Olhou em volta procurando Justin e o viu de pé a seu lado.

– Ghita, minha querida, *alô* – gritou uma encantadora voz masculina que ela não pôde identificar de imediato. – Como você estava radiante esta noite. Aqui é Tim Donohue. Estava pensando se poderia dar um pulinho aí por um minuto e tomar uma xícara de café com vocês dois debaixo das estrelas.

O APARTAMENTO DE GHITA era pequeno, só três cômodos, todos dando para o mesmo armazém decrépito e para a mesma rua agitada com cartazes em néon quebrados, carros buzinando e mendigos intrépidos que ficavam à frente dos veículos até o último minuto. Uma janela com grades dava para uma escadaria de ferro externa, supostamente uma escada de incêndio, embora por motivos de segurança os moradores tivessem serrado o lance inferior. Mas os andares superiores ainda estavam intactos e nas noites quentes Ghita podia subir até a cobertura e instalar-se, encostada no madeirame que revestia a caixa d'água, e estudar para os exames do Foreign Office que estava decidida a enfrentar no próximo ano, ouvindo o barulho de seus irmãos asiáticos por todo o edifício, partilhando da sua música, de suas discussões e de suas crianças, e quase convencida de que estava entre seu próprio povo.

E se essa ilusão desaparecia no momento em que ela atravessava os portões do Alto Comissariado e vestia sua outra pele, a cobertura com seus gatos, seus galinheiros, seus varais de roupa e suas antenas permanecia um dos poucos lugares onde se sentia em paz

– e foi por isso que não ficou indevidamente surpresa quando Donohue propôs que degustassem seu café debaixo das estrelas. Como sabia que tinha uma cobertura era um mistério para ela, uma vez que nunca, na medida do seu conhecimento, ele colocara os pés no seu apartamento. Mas ele sabia. Com Justin olhando cautelosamente, Donohue entrou pela porta e, com um dedo sobre os lábios, enfiou seu corpo anguloso pela janela e para a plataforma da escada de ferro, sinalizando para que o seguissem. Justin foi atrás e Ghita juntou-se a eles com a bandeja de café. Donohue estava empoleirado em uma caixa, os joelhos ao nível das orelhas. Mas Justin não conseguia se encaixar em lugar nenhum. Em um minuto estava postado como uma sentinela em pé de guerra diante dos néons do outro lado da rua, no outro minuto estava agachado ao lado dela, a cabeça abaixada, como um homem desenhando com o dedo na areia.

– Como foi que atravessou as barreiras, meu velho? – perguntou Donohue por cima do ronco do tráfego enquanto bebericava seu café. – Um passarinho me contou que você estava em Saskatchewan uns dois dias atrás.

– Um pacote de safári – disse Justin.

– Via Londres?

– Amsterdã.

– Grupo grande?

– O maior que pude encontrar.

– Como Quayle?

– Mais ou menos.

– Quando foi que saltou do barco?

– Em Nairóbi. Assim que passamos pela alfândega e pela imigração.

– Rapaz esperto. Eu me enganei a seu respeito. Pensei que ia usar uma das rotas terrestres. Infiltrar-se pela Tanzânia ou coisa assim.

– Não quis que eu fosse buscá-lo no aeroporto – disse Ghita em tom protetor. – Veio até aqui de táxi no escuro.

– O que é que você quer? – Justin perguntou de outra parte da escuridão.

— Uma vida tranquila, se não se incomoda, meu velho. Cheguei a uma idade. Nada mais de escândalos. Nada mais de procurar debaixo de pedras. Nada mais de sujeitos esticando os pescoços, procurando o que não existe mais. – Sua silhueta áspera virou-se para Ghita. – Que foi fazer em Loki, querida?

— Ela foi a meu pedido – a voz de Justin atalhou, antes que ela pensasse em uma resposta.

— E é o que devia fazer – disse Donohue em aprovação. – E em nome de Tessa também, estou seguro. Ghita é uma garota admirável. – E falando para Ghita mais vividamente: – E achou o que procurava, não foi, querida? Missão cumprida? Estou seguro que sim.

Justin de novo, mais rápido do que antes.

— Eu lhe pedi que levantasse os últimos dias de Tessa lá. Que confirmasse que eles estavam fazendo o que disseram que iam fazer: participar de um seminário de conscientização feminina. Estavam.

— E você concorda com aquela versão dos acontecimentos, querida? – perguntou Donohue de novo para Ghita.

— Sim.

— Bem, ótimo para você – observou Donohue e tomou outro gole de café. – Vamos ser francos? – sugeriu a Justin.

— Pensei que estivéssemos fazendo isso.

— Quanto aos seus planos.

— Que planos?

— Precisamente. Por exemplo, se estivesse com a ideia de ter uma palavrinha quieta com Kenny K. Curtiss, estaria desperdiçando o seu fôlego. Posso dizer-lhe isso sem cobrar nada.

— Por quê?

— Os valentões dele estão à sua espera, este é um motivo. O outro é que ele está fora do páreo, se é que chegou a estar completamente dentro. Os bancos lhe tiraram seus brinquedos. Os interesses farmacêuticos dos ThreeBees vão voltar para o lugar de onde vieram: a KVH.

Nenhuma reação.

— O que quero dizer, Justin, é que não há muita satisfação em mandar bala em alguém que já está morto. Se é satisfação que você procura. É?

Nenhuma resposta.

– Quanto ao assassinato de sua mulher, por mais que me doa ter de lhe contar isto, Kenny K não foi, repito, não foi *complicit*, envolvido, como dizemos no tribunal. Nem seu companheiro inseparável, o Sr. Crick, embora eu não tenha dúvida de que se agarraria à oportunidade caso lhe fosse oferecida. Crick tinha ordens estritas de relatar os movimentos de Arnold e de Tessa para a KVH, naturalmente. Fez amplo uso dos trunfos locais de Kenny K, principalmente da polícia queniana, para ficarem de olhos e ouvidos abertos em relação aos dois. Mas Crick também não foi mais *complicit* do que Kenny K. Um relatório de vigilância não faz dele um assassino.

– Para quem Crick fazia seus relatórios? – perguntou a voz de Justin.

– Crick passava os relatórios para uma secretária eletrônica em Luxemburgo que foi desde então desligada. Dali, a mensagem fatal foi transmitida por meios que você e eu jamais conseguiremos estabelecer. Até chegar aos ouvidos dos cavalheiros sensíveis que assassinaram sua mulher.

– Marsabit – disse Justin, de perto.

– Exatamente. Os célebres Dois de Marsabit, em seu jipão de safári verde. Foram reforçados, no caminho, por quatro africanos, caçadores de recompensas como eles. A bolsa do serviço era de 1 milhão de dólares, a serem divididos a critério do líder, conhecido como coronel Elvis. Tudo de que podemos ter certeza é que seu nome não é Elvis e que nunca foi coronel.

– Crick relatou a Luxemburgo que Tessa e Arnold estavam a caminho de Turkana?

– Esta, meu caro, é uma pergunta muito difícil.

– Por quê?

– Porque Crick não vai respondê-la. Tem medo. Como eu desejaria que você também tivesse. Receia que se for muito liberal com sua informação e com a informação de certos amigos seus, vai ter a língua cortada para dar espaço aos seus testículos. E deve estar certo.

– Que é que você quer? – repetiu Justin. Estava agachado do lado de Donohue, olhando para seus olhos enegrecidos.

— Dissuadi-lo de fazer o que tenciona, caro rapaz. Dizer-lhe que, o que quer que esteja procurando, não vai achar, mas isso não impedirá que seja morto. Existe um processo contra você que vigora assim que pisar na África, e aqui está você, com os dois pés nela. Todo mercenário renegado e chefe de gangue no negócio sonha em encontrá-lo. Meio milhão para matá-lo, um milhão para fazer que a coisa pareça suicídio, a opção que preferirem. Você pode contratar toda a proteção que quiser, isso não vai lhe ajudar em nada. Provavelmente vai contratar as mesmas pessoas que têm a esperança de matá-lo.

— Por que o seu Serviço se importa se eu viva ou morra?

— No nível dos negócios, não se importa. No nível pessoal, preferiria que o lado errado não ganhasse. – Tomou fôlego. – Em cujo contexto, lamento dizer-lhes, Arnold Bluhm está morto como uma pedra, e isso já faz semanas. Portanto, se está aqui para salvar Arnold, receio que, uma vez mais, não há nada a ser salvo.

— Prove isso – pediu Justin com rudeza, enquanto Ghita se afastava silenciosamente e enterrava o rosto no antebraço.

— Estou velho, morrendo e desencantado e estou lhes contando histórias exclusivas que fariam meus empregadores me fuzilarem de madrugada. É toda a prova que podem ter. Bluhm foi golpeado até perder os sentidos, foi jogado na camioneta de safári e levado ao deserto vazio. Sem água, sem sombra, sem comida. Torturaram-no durante dois dias na esperança de descobrir se ele ou Tessa tinham feito uma segunda cópia dos disquetes que encontraram no jipe deles. Lamento, Ghita. Bluhm disse não, que não tinham feito uma segunda cópia, mas por que deveriam aceitar um não como resposta? Então o torturaram até morrer, para ficarem garantidos e porque se compraziam com aquilo. Depois, o deixaram para as hienas. Esta, receio, é a verdade.

— Oh, meu Deus!

Era Ghita, sussurrando em suas mãos.

— Pode riscar Bluhm da sua lista, Justin, assim como Kenny K. Curtiss. Nenhum dos dois vale mais a viagem. – Prosseguiu sem remorsos. – Enquanto isso, ouça só esta. Porter Coleridge está lutando por você no seu canto em Londres. E isto não é apenas ultrassecreto. É para engolir antes de ler.

Justin havia desaparecido da visão de Ghita. Ela procurou na escuridão e o descobriu próximo, atrás de si.

– Porter está pedindo que o caso de Tessa seja redistribuído de volta aos oficiais de polícia originais e que a cabeça de Gridley seja colocada em uma bandeja ao lado da de Pellegrin. Quer que a relação entre Curtiss, a KVH e o governo britânico seja submetida a uma investigação multipartidária e, aproveitando o embalo, está desbastando os pés de barro de Sandy Woodrow. Quer que a droga seja avaliada por uma equipe de cientistas independentes, se é que ainda sobrou algum no mundo. Descobriu que existe algo chamado Comissão Ética de Testes na Organização Mundial de Saúde que poderia servir. Se voltar para casa agora, você *ainda* poderia ter a chance de desequilibrar a balança. Foi por isso que eu vim aqui – encerrou, feliz. E tendo sorvido a última gota do seu café, se levantou. – Tirar pessoas de países é uma das poucas coisas que ainda fazemos bem, Justin. Por isso, se preferir ser contrabandeado para fora do Quênia em uma caçarola quente a enfrentar o inferno do Aeroporto Kenyatta uma segunda vez, para não mencionar os vigilantes de Moi e todo mundo mais, peça a Ghita que nos dê um sinal.

– Você foi muito generoso – disse Justin.

– Era o que eu receava que fosse dizer. Boa noite.

GHITA ESTAVA DEITADA na cama com a porta aberta. Olhava para o teto sem saber se chorava ou orava. Sempre imaginara que Bluhm estivesse morto, mas a vileza de sua morte era pior do que qualquer coisa que temesse. Desejava poder voltar às coisas simples da escola no convento e recuperar sua crença de que era a vontade de Deus que o homem devesse subir tão alto e cair tão baixo. Do outro lado da parede, Justin estava de volta à mesa dela, escrevendo à caneta porque era do que gostava, embora ela lhe tivesse oferecido seu laptop. O avião para Loki devia partir de Wilson às 7 horas, o que significava que sairia dentro de uma hora. Ghita desejava partilhar do resto de sua viagem, mas sabia que ninguém podia. Oferecera-se para levá-lo de carro até o aeroporto, mas ele preferira tomar um táxi no Hotel Serena.

– Ghita?

Estava batendo à sua porta. Ela disse "Tudo bem" e se levantou.

– Gostaria que você, por favor, postasse isto para mim – disse Justin, entregando-lhe um envelope gordo endereçado a uma mulher em Milão. – Não é uma namorada, caso esteja curiosa. É a tia de meu advogado (*um raro sorriso*), e aqui está uma carta para Porter Coleridge endereçada para o seu clube. Não use a agência de correio do Comissariado, por favor. E também não use o serviço de malote ou qualquer outra coisa do gênero. Os correios quenianos normais são bastante confiáveis. Muitíssimo obrigado por toda a sua ajuda.

Sem poder mais se conter, abraçou-o, jogando o corpo contra ele e o segurando como se estivesse se agarrando à própria vida, até que ele se desvencilhou.

23

O comandante McKenzie e seu copiloto Edsard estão sentados na cabine do Buffalo e a cabine é uma plataforma elevada no nariz da fuselagem, sem portas divisórias separando a tripulação da sua carga – ou a carga, por conseguinte, da tripulação. E diretamente abaixo da plataforma, a um degrau dela, uma alma caridosa plantou uma poltrona vitoriana baixa, castanho-avermelhada do tipo que um velho criado da família aproximaria da lareira da cozinha em uma noite de inverno, e grampeou seus pés no piso com soquetes de ferro improvisados. É nela que Justin está sentado, com fones de ouvido e tiras de náilon puídas como um arreio de criança em volta da sua barriga, enquanto recebe a sabedoria do comandante McKenzie e de Edsard e ocasionalmente remove o fone de ouvido para responder a perguntas de uma garota zimbabuana branca chamada Jamie que se instalou confortavelmente entre uma montanha de caixas de embalagem marrons amarradas. Justin tentou oferecer-lhe sua poltrona, mas McKenzie o impediu com um firme "Este lugar é seu". Na rabeira da fuselagem, seis mulheres sudanesas vestidas de túnicas se agacham em atitudes variadas de estoicismo ou terror puro. Uma delas está vomitando em um balde plástico mantido à mão para este propósito. Painéis axadrezados de um cinza lustroso forram o teto do avião, linhas de lançamento vermelhas pendem de um cabo, as pontas forradas de metal dançando ao som dos motores. A fuselagem grunhe e ondula como um velho cavalo de ferro arrastado à força para mais uma guerra. Não há nenhum sinal de ar-condicionado ou paraquedas. Uma cruz vermelha empolada em um painel na parede indica suprimentos médicos. Abaixo dela há uma fileira de latas marcadas "Querosene" e amarradas com barbante. *Esta é a viagem que Tessa e Arnold fizeram e este é o homem que os conduziu. Esta é a última viagem deles antes da sua viagem final.*

— Então você é o amigo de Ghita — observara McKenzie, quando Sarah do Sudão trouxe Justin ao seu *tukul* em Loki e os deixou sozinhos.

— Sim.

— Sarah me disse que você tinha um documento de viagem emitido pelo escritório do Sudão do Sul em Nairóbi, mas o perdeu. Correto?

— Sim.

— Incomoda-se se eu der uma olhada no seu passaporte?

— De modo algum.

Justin passa para ele seu passaporte Atkinson.

— Qual é sua linha de trabalho, Sr. Atkinson?

— Jornalista. Do *Telegraph* de Londres. Estou escrevendo uma reportagem sobre a Operação Salva-vidas Sudão da ONU.

— É realmente uma pena, justamente quando a OSS precisa de toda a divulgação possível. Parece tolo deixar que um pedacinho de papel interfira. Sabe onde o perdeu?

— Infelizmente, não.

– Estamos transportando principalmente engradados de óleo de soja hoje. Mais algumas caixas de medicamentos para os rapazes e as garotas nos campos. É o rotineiro circuito do leiteiro, se está interessado.

– Estou.

– Faz alguma objeção a sentar-se no chão de um jipe debaixo de uma pilha de cobertores por uma hora ou duas?

– De jeito nenhum.

– Então negócio feito, Sr. Atkinson.

E depois McKenzie se apegara obsessivamente a esta ficção. No avião, como o faria para qualquer jornalista, descreve os detalhes do que orgulhosamente chama a mais dispendiosa operação contra a fome já montada na história da humanidade. Sua informação sai em rajadas metálicas que nem sempre superam o barulho dos motores.

– No Sudão do Sul temos ricos em calorias, médios em calorias, pobres em calorias e simplesmente miseráveis, Sr. Atkinson. O trabalho de Loki é dimensionar as brechas de fome. Cada tonelada métrica que despejamos custa à ONU 1.300 dólares americanos. Em guerras civis, os ricos morrem primeiro. Isso porque, se alguém rouba o seu gado, eles não podem se ajustar. Os pobres ficam do jeito que estavam. Para que um grupo sobreviva, a terra ao seu redor tem de ser boa para plantar. Infelizmente, não há muita terra boa por aqui. Estou sendo muito rápido?

– Está indo muito bem, obrigado.

– Então Loki tem de avaliar as colheitas e medir onde é que vão aparecer as brechas de fome. Neste momento, estamos à beira de uma nova brecha. Mas você tem de atuar no tempo certo. Jogue a comida quando estão à espera da colheita e você complica a economia deles. Jogue a comida com atraso, já estarão morrendo de fome. E o transporte aéreo é a única saída, a propósito. Se transportar a comida por estrada, ela é sequestrada, geralmente pelo chofer.

– Certo. Percebo. Sim.

– Não vai tomar nota?

Se você é jornalista, comporte-se como um. Justin abre o seu caderninho e Edsard assume e continua a palestra. Seu tema é segurança.

– Temos quatro níveis de segurança nos postos de alimentação, Sr. Atkinson. O nível 4 significa abortar a operação. O nível 3 é alerta vermelho; nível 2 é situação regular. Não temos áreas de risco zero no Sudão do Sul. OK?

– Ok. Entendi.

– O monitor vai lhe indicar – retoma McKenzie –, quando chegarmos à estação, o nível que temos hoje. Se houver alguma emergência, faça o que ele mandar. O posto que estamos visitando é território tecnicamente controlado pelo general Garang, que deu o visto que você perdeu. Mas está sob ataques regulares do norte, bem como de tribos rivais do sul. Não pense que isto é uma briga do tipo norte-sul. Os grupos tribais mudam da noite para o dia, preferem lutar uns contra os outros a combater os muçulmanos. Ainda está me acompanhando?

– Completamente.

– O Sudão como país é basicamente uma fantasia dos cartógrafos coloniais. No sul temos a África, campos verdes, petróleo e cristãos animistas. No norte temos a Arábia, a areia e um bando de extremistas muçulmanos preocupados em introduzir as leis sagradas do Islã. Sabe o que isso representa?

– Mais ou menos – disse Justin que, em uma outra vida, escrevera ensaios sobre o assunto.

– O resultado é que temos tudo o que precisamos para uma situação de fome perpétua. O que as secas não conseguem, as guerras civis o fazem e vice-versa. Mas Cartum ainda é o governo legal. Em última análise, quaisquer que sejam os acordos que a ONU faz no sul, ela ainda tem de prestar contas a Cartum. Então, o que temos aqui, Sr. Atkinson, é um pacto triangular único entre a ONU, os rapazes de Cartum e os rebeldes que eles estão estraçalhando. Está comigo?

– Você está indo para o acampamento 7! – Jamie, a garota branca do Zimbábue, berra na sua orelha, agachando-se decorosamente ao lado dele nos seus jeans marrons e chapéu de mato, e colocando as mãos em concha sobre a boca.

Justin acena com a cabeça.

– O 7 é o quente neste momento! Uma amiga minha encarou um nível 4 lá umas duas semanas atrás! Teve de caminhar 11 horas pelos banhados e depois esperar outras seis horas, sem as calças, pelo avião de resgate!

– O que aconteceu com suas calças? – Justin gritou.

– Você tem de tirar as calças! Rapazes e garotas! É a esfoladura! Calças quentes e suadas! É insuportável! – Ela descansa por um pouco e então coloca de novo suas mãos na orelha de Justin: – Quando você ouvir gado saindo de uma aldeia, corra. Quando as mulheres seguirem o gado, corra ainda mais rápido. Uma vez tivemos um cara que correu 14 horas sem água. Perdeu 4 quilos. Carabino estava atrás dele.

– Carabino?

– Carabino era um bom sujeito até que se juntou aos nortistas. Agora pediu desculpas e voltou para nós. Todo mundo está muito satisfeito. Ninguém lhe pergunta onde esteve. Esta é a sua primeira vez?

Outro aceno de cabeça.

– Ouça. Estatisticamente, em termos atuariais, você deveria estar bastante seguro. Não se preocupe. E Brandt é uma figura incrível.

– Quem é Brandt?

– O monitor de alimentos do acampamento 7. Um grande sujeito. Todo mundo o adora ele. Louco de pedra. Um grande homem de Deus.

– De onde ele veio?

Ela sacode os ombros.

– Diz que é um vira-lata degradado como o resto de nós. Ninguém tem um passado aqui. É praticamente uma regra.

– Há quanto tempo está aqui? – berra Justin e é obrigado a se repetir.

– Há seis meses, acho! Seis meses no acampamento direto é toda uma vida, me acredite! Ele não chega nem a descer até Loki

455

para uns dois dias de D & D! – conclui arrependida e desaba exausta por causa da gritaria.

Justin desafivela o cinto e vai até a janela. *Esta foi a viagem que você fez. Este foi o espetáculo que lhe apresentaram. Isto foi o que você viu.* Abaixo dele se esparrama o pantanal esmeralda do Nilo, nublado pelo calor, entrecortado por buracos negros de água na forma de um quebra-cabeça. Em terreno mais elevado, currais de gado celulares estão abarrotados de animais.

– Os homens das tribos nunca lhe dizem quanto gado possuem! – Jamie está de pé ao lado de seu ombro, gritando na sua orelha. – É trabalho dos monitores de alimentos descobrir isso! Cabras e ovelhas ficam no centro do curral, as vacas, do lado externo, os bezerros, perto delas! Os cachorros ficam com as vacas! À noite, queimam bosta de vaca em suas pequenas casas no perímetro! Afugenta os predadores, mantém as vacas aquecidas e provoca acessos de tosse terríveis! Às vezes colocam as mulheres e as crianças ali também! As garotas conseguem boa comida no Sudão! Se são bem alimentadas, conseguem um melhor preço de casamento! – Dá uns tapinhas no estômago, rindo. – Um homem pode ter tantas mulheres quantas puder sustentar. Existe esta dança incrível deles – quero dizer, *realmente* – exclama e coloca a mão sobre a boca enquanto explode em uma risada.

– Você é monitora de alimentos?
– Assistente.
– Como conseguiu o emprego?
– Fui ao clube noturno certo de Nairóbi! Quer ouvir um enigma?
– Claro.
– Nós lançamos cereais de avião aqui, certo?
– Certo.
– Por causa da guerra norte-sul, certo?
– Continue.
– Grande parte dos grãos que jogamos no sul foi cultivada no Sudão do Norte. Excetuando os grãos que os fazendeiros dos EUA desovam aqui por causa de sua superprodução. Calcule. O dinheiro das agências de assistência compra os grãos de Cartum. Cartum

usa o dinheiro para comprar armas para a guerra contra o sul. Os aviões que trazem os grãos de Loki usam o mesmo aeroporto que os bombardeiros de Cartum usam para bombardear as aldeias do Sudão do Sul.

– E onde está o enigma?

– Por que a ONU financia o bombardeio do Sudão do Sul e alimenta as vítimas ao mesmo tempo?

– Passo.

– Vai voltar a Loki depois disso?

Justin sacode a dabeça.

– Pena – diz ela e dá uma piscada de olho.

Jamie volta ao seu assento entre os engradados de óleo de soja. Justin fica à janela, observando a mancha dourada do reflexo do avião adejando sobre os banhados cintilantes. Não há horizonte. Depois de uma distância, as cores do chão se fundem com a névoa, tingindo a janela com tons cada vez mais profundos de malva. *Podíamos voar durante toda a nossa vida*, diz a ela, *e jamais chegaríamos à margem da Terra*. Sem nenhum aviso o Buffalo começa sua lenta descida. O pantanal fica marrom, a terra dura se eleva acima do nível da água, árvores isoladas aparecem como couves-flores verdes quando o reflexo do avião as atinge. Edsard assumiu os controles. O comandante McKenzie está estudando uma brochura de equipamentos de acampamento. Vira-se e dá a Justin um sinal de positivo, polegar para o alto. Justin volta para o seu assento, aperta o cinto e olha para o relógio. Estão voando há três horas. Edsard manobra bruscamente o avião para a descida. Caixas de papel higiênico, *sprays* contra insetos e barras de chocolate viajam pelo corredor de aço e se chocam contra o tablado da cabine de comando aos pés de Justin. Um amontoado de cabanas com telhado de palha aparece na ponta da asa do avião. Os fones de ouvido de Justin estão carregados de estática, como música clássica tocada na velocidade errada. Dessa cacofonia, ele seleciona uma áspera voz germânica dando detalhes do estado do terreno. Distingue as palavras "firme e suave". O avião começa a vibrar, arisco. Elevando-se nos seus arreios, Justin olha pela janela da cabine e vê uma faixa de terra vermelha correndo através de um campo verde. Fileiras de sacos brancos servem de marcadores. Mais sacos estão espalhados em um canto do campo. O avião se apruma e o sol atinge a nuca de Justin como uma ducha de água escaldante. Ele se senta abruptamente. A voz germânica se torna mais alta e clara.

– Vamos descendo, Edsard, vamos lá, cara! Preparamos um belo ensopado de bode para o seu almoço de hoje! Aquele vagabundo do McKenzie está aí com você?

Edsard não se deixa engambelar tão facilmente.

– O que é que esses sacos estão fazendo naquele canto ali, Brandt? Alguém fez algum lançamento recente? Estamos dividindo nosso espaço com outro avião aqui?

– São só sacos vazios, Edsard. Ignore esses sacos e desça, está me ouvindo? Aquele jornalista importante está com você?

– Está com a gente, Brandt – responde McKenzie, lacônico.

– Quem mais vocês têm aí?

– Eu! – grita Jamie alegremente acima da barulheira.

– Um jornalista, uma ninfomaníaca, seis delegadas de retorno – entoa McKenzie tão calmo quanto antes.

– Como é que ele é, cara? O jornalista?

– Me diga você – fala McKenzie.

Risadas soltas da cabine partilhadas pela voz sem rosto na pista.

– Por que ele está nervoso? – pergunta Justin.

– Estão todos nervosos aqui. É o final da linha. Quando descermos, Sr. Atkinson, o senhor fica comigo. O protocolo requer que eu o apresente ao comissário antes de todo mundo mais.

A pista é uma quadra de tênis de saibro alongada, coberta em parte por capim. Cães e aldeões estão emergindo de um capão de floresta e se dirigindo para o avião. As cabanas têm telhados de palha e são cônicas. Edsard faz uma tentativa de pouso, enquanto McKenzie estuda ambos os lados da pista.

– Nenhum bandido? – pergunta Edsard.

– Nenhum bandido – confirma McKenzie.

O Buffalo se inclina lateralmente, nivela e corre em frente. A pista o atinge como um foguete. Nuvens de poeira vermelha flamejante envolvem as janelas. A fuselagem se inclina para a esquerda, e então ainda mais para a esquerda, a carga geme e sacoleja. Os motores se apagam. A poeira baixa. Chegaram. Justin olha através do pó que desce para uma delegação de dignitários africanos, crianças, e uma dupla de mulheres brancas com jeans encardidos, trancinhas e braceletes. No centro, com um chapéu melão, short cáqui antigo e sapatos de camurça surrados, caminha a figura exultante, bulbosa, ruiva e inegavelmente majestosa de Markus Lorbeer sem o seu estetoscópio.

As mulheres sudanesas descem com dificuldade do avião e juntam-se a um grupo do seu povo que está cantando. Jamie, a zimbabuana, está abraçando suas companheiras com gritinhos de prazer e surpresa mútuos, e abraça Lorbeer também, acariciando seu rosto, tirando seu chapéu melão e alisando seus cabelos ruivos, enquanto Lorbeer sorri e dá um tapinha no bumbum dela e ri à socapa como um colegial no dia do seu aniversário. Carregadores Dinka enxameiam na cauda da fuselagem e descarregam seguindo instruções de Edsard. Mas Justin deve permanecer em seu assento até que o comandante McKenzie acena para que desça os degraus e o conduz para longe das festividades, pela pista de pouso, até uma pequena elevação onde um grupo de anciãos Dinka vestindo calça preta e camisa branca está sentado em semicírculo em cadeiras de cozinha debaixo da sombra de uma árvore. No seu centro está sentado Arthur, o comissário, um homem enrugado, de cabelos grisalhos, com um rosto intenso que parece talhado a manchado e tem olhos sagazes. Ele usa um boné de beisebol com Paris bordado em dourado.

– Então o senhor é um homem da pena, Sr. Atkinson – diz Arthur em inglês arcaico impecável, depois que McKenzie fez as apresentações.

– Está correto, senhor.

– E que jornal ou publicação, se posso ousar, é afortunado o bastante para contratar os seus serviços?

– O *Telegraph* de Londres.

– *Sunday Telegraph?*

– Principalmente o diário.

– Ambos são excelentes jornais – Arthur declara.

— Arthur foi sargento na Força de Defesa Sudanesa durante o Mandato Britânico — explica McKenzie.

— Diga-me, senhor. Estaria eu correto se dissesse que se encontra aqui para alimentar sua mente?

— E as mentes dos meus leitores também, espero — disse Justin com unção diplomática, enquanto pelo canto do olho vê Lorbeer e sua delegação avançando pela pista.

— Então, senhor, eu rogo que possa também alimentar as mentes do meu povo enviando-nos livros ingleses. As Nações Unidas aprovisionam nossos corpos, mas muito raramente nossas mentes. Nossos autores preferidos são os mestres contadores de histórias ingleses do século XIX. Talvez o seu jornal considerasse subsidiar tal iniciativa.

— Certamente vou propor a eles — diz Justin. Por cima do seu ombro direito, Lorbeer e seu grupo estão se aproximando do montículo.

— É muito bem-vindo, senhor. Por quanto tempo contaremos com o prazer de sua distinta companhia?

McKenzie responde por Justin. Abaixo deles, Lorbeer e seu grupo fizeram alto ao pé do montículo e estão esperando que McKenzie e Justin desçam.

— Até esta mesma hora, amanhã, Arthur — diz McKenzie.

— Mas não mais do que isso, por favor — diz Arthur com um olhar lateral para seus cortesãos. — Não se esqueça de nós quando nos deixar, Sr. Atkinson. Estaremos à espera dos seus livros.

— Dia quente — observa McKenzie, enquanto descem o montículo. — Deve estar fazendo 42 e vai subir mais. Ainda assim, é o Jardim do Éden para você. Mesma hora amanhã, ok? Olá, Brandt. Aqui está o seu figurão.

JUSTIN NÃO ESPERAVA uma índole tão avassaladoramente boa. Os olhos arruivados que no Hospital Uhuru se recusavam a olhar para ele irradiam deleite espontâneo. O rosto de bebê, escaldado pelo sol diário, é um sorriso amplo e contagiante. A voz gutural que lançava seus resmungos nervosos sobre os caibros do telhado da enfermaria de Tessa agora é vibrante e imperiosa. Os dois homens apertam as mãos enquanto Lorbeer fala, uma mão de Justin entre as duas de Lorbeer. Seu aperto é amistoso e confidente.

– Eles lhe deram informações em Loki, Sr. Atkinson, ou deixaram o trabalho duro para mim?

– Receio que não tivesse muito tempo para receber informações – replica Justin, retribuindo o sorriso.

– Por que os jornalistas estão sempre com tanta pressa, Sr. Atkinson? – queixa-se jovialmente Lorbeer, soltando a mão de Justin só para lhe dar um tapinha no ombro, enquanto o conduz de volta à pista de pouso. – Será que a verdade muda tão rapidamente nos dias de hoje? Meu pai sempre me ensinou: se algo é verdadeiro, então é eterno.

– Gostaria que ele contasse isso ao meu editor – diz Justin.

– Mas talvez o seu editor não acredite na eternidade – adverte Lorbeer, virando-se para Justin e apontando um dedo para o seu rosto.

– Talvez ele não acredite – concorda Justin.

– E você?

As sobrancelhas de palhaço se erguem em inquisição sacerdotal.

O cérebro de Justin fica por um momento amortecido. *O que estou fingindo ser? Este é Markus Lorbeer, o seu traidor.*

– Acho que vou viver um pouco antes de responder a esta pergunta – replica desajeitadamente, enquanto Lorbeer explode em honesta gargalhada.

– Mas não por muito tempo, homem! Senão a eternidade vem e pega você! Já viu um lançamento de comida antes? – com um súbito rebaixamento da voz enquanto agarra o braço de Justin.

– Não, realmente.

– Então vou mostrar um para você, homem. E você vai acreditar na eternidade, prometo. Temos quatro lança nentos por dia aqui e cada vez é um milagre de Deus.

– É muito gentil.

Lorbeer está para colocar no ar o seu "comercial". O diplomata em Justin, o colega sofista, sente que está a caminho.

— Nós *tentamos* ser eficientes aqui, Sr. Atkinson. *Tentamos* colocar comida nas bocas certas. Talvez exageremos. Quando os consumidores estão morrendo de fome, nunca encarei isso como um crime. Talvez eles mintam um pouco para nós, sobre quantos são nas suas aldeias, quantos estão morrendo. Talvez ajudemos a fazer uns poucos milionários no mercado negro em Aweil. Isto é ruim, eu digo. Ok?

— Ok.

Jamie apareceu no ombro de Lorbeer, acompanhada por um grupo de mulheres africanas com pranchetas.

— Talvez os feirantes não cheguem a gostar muito de nós por arruinarmos o seu negócio. Talvez os pobres lanceiros e curandeiros do mato digam que os prejudicamos com nossos remédios ocidentais. Talvez, com nossos lançamentos de comida, estejamos criando uma dependência, Ok?

— Ok.

Um sorriso imenso descarta todas essas imperfeições.

— Ouça, Sr. Atkinson. Conte isso aos seus leitores. Conte isso aos bundões da ONU em Genebra e Nairóbi. Toda vez que meu posto de alimentação coloca uma colherada de mingau na boca de uma criança faminta, eu cumpri o meu trabalho. Durmo no colo de Deus nessa noite. Justifiquei a razão de ter nascido. Vai contar isso a todos?

— Vou tentar.

— Tem um primeiro nome?

— Peter.

— Brandt.

Apertam as mãos de novo, mas por mais tempo do que antes.

— Pergunte aquilo que quiser, ok, Peter? Não tenho segredos para Deus. Existe algo especial que queira me perguntar?

— Ainda não. Talvez depois, quando tiver tido uma oportunidade de sentir as coisas.

— Isso é bom. Não precisa ter pressa. O que é verdadeiro é eterno, ok?

— Ok.

É HORA DE PRECE.
 É hora da Sagrada Comunhão.
 É hora de milagre.
 É hora de partilhar a Hóstia com toda a humanidade.
 É o que está pronunciando Lorbeer e Justin finge que anota no seu caderninho, em um esforço vão para escapar ao opressivo bom humor do seu guia. É hora de observar "o mistério da bondade do homem corrigindo os efeitos da maldade do homem", outro dos desconcertantes bordões de Lorbeer, proferido enquanto seus olhos ruivos olham semicerrados e devotadamente para as chamas do céu e o grande sorriso irradia a bênção de Deus e Justin sente o ombro do traidor de sua mulher tocar afetuosamente no seu. Uma fila de espectadores se formou. Jamie, a zimbabuana, e Arthur, o comissário, e seus cortesãos estão mais próximos. Cães, grupos tribais em mantos vermelhos e uma multidão inerme de crianças nuas se arranjam ao redor da pista de pouso.
 — Peter, nós vamos alimentar hoje 416 famílias. Para uma família você tem de multiplicar por seis. O comissário aqui, eu lhe dou 5 por cento de tudo o que nós lançamos. Isto é extraoficial. Você é um cara legal, por isso eu lhe conto. Ouvindo o comissário, você acharia que a população do Sudão era de cem milhões. Outro problema que temos são os rumores. Basta um sujeito dizer que viu um cavaleiro com uma arma e dez mil pessoas fogem como do diabo, abandonando suas colheitas e aldeias.
 Para bruscamente. Ao seu lado, Jamie aponta um braço para o céu, enquanto sua mão livre descobre a de Lorbeer e dá um aperto furtivo nela. O comissário e seu séquito também ouviram e sua reação é levantar a cabeça, semicerrar os olhos e estender seus lábios em tensos e ensolarados sorrisos. Justin ouve o ronco distante de um motor e vê um ponto negro perdido em um céu lustroso. Lentamente o ponto se torna outro Buffalo como o que o trouxe até aqui, branco, bravo e solitário como a cavalaria do próprio Deus, tangenciando o topo das árvores à distância de uma mão, oscilando e jogando enquanto busca nível e altura. E então desaparece para não voltar mais. Mas a congregação de Lorbeer não perde a fé. As cabeças continuam

erguidas, torcendo para que ele volte. E lá vem ele de novo, baixo, reto, cheio de propósito. Justin sente um aperto na garganta e lágrimas assomam aos seus olhos quando a primeira chuva branca de sacos de alimento, como uma trilha de flocos de sabão, cai da cauda do avião. No começo, eles vagam divertidamente, depois ganham velocidade e salpicam a zona do lançamento como uma rajada molhada de metralhadora. O avião descreve um círculo e repete a manobra.

— Viu só que coisa, homem? — murmura Lorbeer. Há lágrimas nos seus olhos também. Será que ele chora quatro vezes por dia? Ou só quando tem um público?

— Eu vi — confirma Justin. *Como você viu e igual a mim, sem dúvida, se tornou um membro instantâneo de sua igreja.*

— Escute, homem. Nós precisamos de mais pistas de pouso. Coloque isto no seu artigo. Mais pistas de pouso e mais perto das aldeias. A caminhada é muito longa para elas, muito perigosa. São estupradas, têm suas gargantas cortadas. Seus filhos são roubados enquanto elas saem. E quando chegam ao local, descobrem que foram enganadas. Não é o dia da sua aldeia. Então voltam para casa e ficam confusas. Uma quantidade de mulheres morre na confusão. Seus filhos também. Vai escrever isso?

— Vou tentar.

— Loki diz que mais pistas significa mais monitoramento. Eu digo, ok, vamos ter mais monitoramento. Loki diz, onde está o dinheiro? Eu digo, gastem primeiro, depois procurem. Que diabo?

Um silêncio diferente toma conta da pista de pouso. É o silêncio da apreensão. Haveria saqueadores à espreita na floresta, esperando para roubar a dádiva de Deus e fugir? A mão grande de Lorbeer agarra de novo o braço de Justin.

— Não temos armas aqui, homem — explica, respondendo à pergunta não proferida que estava na cabeça de Justin. — Nas aldeias há armas leves e Kalashnikovs. Arthur, o comissário ali adiante, ele as compra com seus 5 por cento e as distribui ao seu povo. Mas aqui no posto de alimentos tudo o que temos é rádio e orações.

O momento de crise já teria passado. Os primeiros carregadores avançam timidamente até a pista para empilhar os sacos. Pranchetas na mão, Jamie e as outras assistentes assumem suas posições entre eles, uma para cada pilha. Alguns sacos estouraram. Mulheres com escovas zelosamente juntam o grão esparramado. Lorbeer agarra o braço de Justin enquanto o familiariza com "a cultura do saco de comida". Depois que Deus inventou o lançamento de comida, diz ele com uma risada sonora, Ele inventou o saco de comida. Rompidos ou inteiros, estes sacos brancos de fibra sintética estampados com as iniciais do Programa Mundial de Alimentação são um artigo básico do Sudão do Sul, tão importante quanto a comida que embalam:

– Está vendo aquela biruta? Vê os mocassins daquele cara? Viu este lenço de cabeça? Vou lhe contar, homem, se um dia me casar vou vestir minha noiva com sacos de comida!

Do seu outro lado Jamie dá uma risada que é rapidamente partilhada por aqueles ao seu lado. A risada ainda ecoa quando três colunas de mulheres emergem de diferentes pontos ao longo da margem do bosque do outro lado da pista. Têm a altura dos Dinka – 1,80 metro não é excepcional. Têm o majestoso andar africano que é o sonho impossível de toda passarela de moda. A maioria está com os seios nus, outras, em vestidos de algodão puxados estritamente do peito. Seu olhar impassível se fixa nas pilhas de sacos à sua frente. Sua fala é macia e privada. Cada coluna conhece o seu destino. Cada assistente conhece as suas clientes. Justin olha furtivamente para Lorbeer enquanto, uma a uma, cada mulher dá o seu nome, agarra um saco pela boca, o arremessa para o ar e o coloca delicadamente sobre a cabeça. E ele vê que os olhos de Lorbeer agora estão cheios de trágica descrença, como se fosse o autor do drama das mulheres, não a sua salvação.

– Há algo errado? – pergunta Justin.

– As mulheres, elas são a única esperança da África, homem – replica Lorbeer, ainda em um sussurro, enquanto continua olhando para elas. Estaria vendo Wanza entre elas? E todas as outras Wanzas? Seus olhos miúdos e pálidos perscrutam culpados, da sombra do seu chapéu melão. – Escreva isso, homem. Nós só damos comida às mulheres. Os homens, nós não confiamos nem um pingo naqueles idiotas. Não, senhor. Vendem nosso mingau nas feiras. Obrigam as mulheres a fazer uma bebida forte com ele. Compram cigarros, armas, garotas. Os homens são vagabundos. As mulheres fazem as casas, os homens fazem as guerras. Toda a África é uma grande luta dos sexos, homem. Só as mulheres fazem o trabalho de Deus aqui. Escreva isso.

Justin obedientemente escreve como é mandado. Sem necessidade, porque ouvia a mesma mensagem de Tessa todo dia. As mulheres entram em coluna silenciosamente por entre as árvores. Cães culpados lambem os grãos que não foram recolhidos.

JAMIE E AS ASSISTENTES se dispersaram. Remando com o seu comprido cajado, Lorbeer em seu chapéu melão tem a autoridade de um professor espiritual, enquanto conduz Justin pela pista, afastando-se da aldeia de *tukuls* para a linha azul da floresta. Uma dúzia de crianças compete para ver quem fica nos seus calcanhares. Beliscam a mão do grande homem. Cada uma segura um dedo e puxa, soltando grandes urros, dando chutes no ar como elfos dançarinos.

– Estes garotos pensam que são leões – confia Lorbeer a Justin, indulgentemente, enquanto as crianças o puxam e rugem para ele. – No último domingo estávamos tendo aula de Bíblia e o leão engole Daniel tão rápido que Deus não teve nenhuma chance de salvá-lo. Digo aos meninos: não, não, vocês têm que deixar Deus *salvar* Daniel! É o que está na Bíblia! Mas me dizem que os leões estão famintos demais para esperar. Deixe que comam Daniel primeiro e depois Deus pode fazer a sua mágica. Caso contrário, dizem eles, aqueles leões vão morrer.

Estão se aproximando de uma fileira de barracos retangulares na extremidade da pista. Cada barraco tem um cercado rudimentar parecido com um padoque. Cada cercado é um Hades em miniatura dos desesperadamente doentes, crestados, aleijados e desidratados. Mulheres encurvadas dobrando-se estoicamente sobre si mesmas em tormento silencioso. Bebês cobertos de moscas, doentes demais para chorar. Velhos comatosos com vômitos e diarreia.

Paramédicos e médicos extenuados fazendo o melhor para adulá-los e persuadi-los a entrar em uma tosca linha de montagem. Garotas nervosas de pé em uma longa fila, sussurrando e trocando risinhos. Rapazes adolescentes em combate frenético enquanto um velho bate neles com um pau.

Seguidos a uma certa distância por Arthur e sua corte, Lorbeer e Justin chegaram a um dispensário com telhado de sapê parecido com um pavilhão campestre de críquete. Abrindo o caminho entre os pacientes com ternura, Lorbeer leva Justin até uma tela de aço guardada por dois africanos parrudos com camisetas dos Médicos sem Fronteiras. O aramado é aberto, Lorbeer entra rápido, tira o chapéu melão e puxa Justin atrás de si. Uma paramédica branca e três assistentes estão misturando e medindo atrás de um balcão de madeira. A atmosfera é de emergência controlada, mas constante. Vendo Lorbeer entrar, a paramédica ergue os olhos rapidamente e sorri.

– Olá, Brandt. Quem é o seu belo amigo? – pergunta ela em um vivo sotaque escocês.

– Helen, este é Peter. É jornalista e vai contar ao mundo que vocês são um bando de vagabundos.

– Olá, Peter.

– Olá.

– Helen é enfermeira, de Glasgow.

Nas prateleiras, caixas de papelão multicores e frascos de vidro estão empilhados até o teto. Justin os percorre com os olhos, fingindo uma curiosidade geral, procurando a caixa familiar vermelha e preta com seu logo feliz de três abelhas douradas, sem encontrar uma. Lorbeer colocou-se diante do cinescópio, assumindo uma vez mais o papel de palestrante. A paramédica e suas auxiliares trocam sorrisos irônicos. Lá vamos nós de novo. Lorbeer segura um frasco industrial de pílulas verdes.

– Peter – entoa gravemente. – Agora vou lhe mostrar a outra linha da vida da África.

Será que diz isso todo dia? Para todo visitante? Em seu ato de contrição diário? Disse isso para Tessa também?

– A África tem 80 por cento dos pacientes de AIDS do mundo, Peter. É uma estimativa conservadora. Três quartos deles não recebem nenhuma medicação. Isso devemos agradecer às empresas farmacêuticas e a seu criado, o Departamento de Estado dos EUA, que ameaça com sanções qualquer país que ousar produzir sua própria versão barata dos remédios patenteados pelos americanos. Ok? Anotou?

Justin dá a Lorbeer um aceno de cabeça tranquilizador.

– Prossiga.

– As pílulas neste frasco custam 20 dólares americanos a unidade em Nairóbi, 6 em Nova York, 18 em Manilha. A qualquer dia, a Índia vai fabricar a versão genérica e a mesma pílula custará 60 centavos. Não me fale dos custos de pesquisa e desenvolvimento. Os rapazes da indústria farmacêutica os detonaram há dez anos e muito do seu dinheiro vem do governo, em primeiro lugar, por isso é tudo merda. O que temos aqui é um monopólio amoral que custa vidas humanas todo dia. Ok?

Lorbeer conhece suas provas tão bem que nem precisa procurá-las. Recoloca o frasco na prateleira e apanha uma grande caixa preta e branca.

– Esses patifes vêm empurrando este mesmo preparado já faz 30 anos. Para que serve? Malária. Sabe por que tem 30 anos de idade, Peter? Talvez algumas pessoas em Nova York devessem pegar malária um dia e então você ia ver que achariam uma cura muito rápido!
– Seleciona outra caixa. Suas mãos, como sua voz, tremem de indignação sincera. – Esta generosa e filantrópica indústria farmacêutica de Nova Jersey fez doações do seu produto para as nações pobres e famintas do mundo, ok? As indústrias farmacêuticas sentem necessidade de serem amadas. Se não forem amadas, ficam amedrontadas e deprimidas.

E perigosas, pensa Justin, mas não em voz alta.

– Por que a indústria farmacêutica doou essa droga? Vou lhe contar. Porque produziu outra melhor. A velha é supérflua para estocar. Então mandam para a África a velha com seis meses de validade ainda e recebem alguns milhões de dólares de isenção de impostos por sua generosidade. Além disso, estão economizando mais alguns milhões de custos de armazenagem *e* os gastos de destruição de drogas velhas que não podem vender. E ainda todo mundo diz: vejam só que sujeitos legais eles são. Até os acionistas estão dizendo isso. – Vira a caixa e olha sua base com uma carranca de desprezo. – Este lote ficou mofando em um depósito da alfândega de Nairóbi por três meses, enquanto os caras da aduana esperavam que alguém os viesse subornar. Uns dois anos antes, a mesma indústria mandou para a África restaurador capilar, curas para o tabagismo e curas para a obesidade, e recolheu uma isenção de impostos multimilionária em dólares por sua filantropia. Aqueles canalhas não têm nenhum outro sentimento a não ser pelo gordo deus do Lucro, esta é a verdade.

Mas o calor maior da sua raiva indignada era reservado para seus próprios patrões – *aqueles vagabundos preguiçosos na comunidade assistencial de Genebra que favorecem as grandes indústrias farmacêuticas o tempo todo.*

– Aqueles sujeitos que se dizem humanitários! – protesta entre mais sorrisos das assistentes, enquanto evoca inconscientemente a odiada palavra-H de Tessa. – Com seus empregos garantidos e salários isentos de impostos, suas pensões, seus belos carros, escolas internacionais para os filhos! Viajando o tempo todo, de modo que nunca chegam a gastar seu dinheiro. Eu vi essa gente, homem! Nos melhores restaurantes suíços, comendo belas refeições com os simpáticos lobistas das indústrias farmacêuticas. Por que deveriam arriscar o pescoço pela humanidade? Genebra tem alguns bilhões de dólares de sobra para gastar? Ótimo! Vamos gastá-los nas grandes indústrias farmacêuticas e manter a América feliz!

Na bonança que se segue a esta tempestade, Justin arrisca uma pergunta.

– Que função exatamente você tinha quando os viu, Brandt?

Cabeças se levantam. Todas, menos a de Justin. Ninguém antes, aparentemente, pensou em desafiar o profeta no seu deserto. Os olhos ruivos de Lorbeer se abrem. Um cenho magoado vinca sua testa avermelhada.

– Eu os vi, homem. Estou lhe dizendo. Com meus olhos.

– Não duvido que os tenha visto, Brandt. Mas meus leitores podem duvidar. Estarão perguntando: "Quem era Brandt quando os viu?" Você estava na ONU? Era um comensal no restaurante? – Um pequeno riso para indicar a circunstância improvável. – Ou estava trabalhando para *as Forças das Trevas*?

Será que Lorbeer sente a presença de um inimigo? Será que as Forças das Trevas soam ameaçadoramente familiares para ele? O borrão que era Justin no hospital está deixando de ser um borrão? Seu rosto tornou-se lamentável. A luz infantil é drenada, deixando um velho magoado sem o seu chapéu. Não faça isto comigo, sua expressão está dizendo. Você é meu camarada. Mas o jornalista consciencioso está ocupado demais tomando notas para ser de alguma ajuda.

– Se quer se voltar para Deus, você tem de ser um pecador primeiro – diz Lorbeer roucamente. – Todo mundo neste lugar é um convertido à piedade de Deus, homem, creia em mim.

Mas a mágoa não abandonou o rosto de Lorbeer. Nem a inquietude. Baixou sobre ele como uma intimação de más notícias que está tentando não ouvir. No caminho de volta pela pista ostensivamente prefere a companhia de Arthur, o comissário. Os dois homens andam no estilo Dinka, de mãos dadas, o grande Lorbeer no seu chapéu melão e Arthur um espantalho espichado em um gorro de Paris.

UMA PALIÇADA DE MADEIRA com uma barreira de toras como portão define o domínio de Brandt, o monitor de alimentos, e seus assistentes. As crianças se afastam. Só Arthur e Lorbeer escoltam o distinto visitante em um giro compulsório das instalações do campo. O cubículo do chuveiro tem um balde suspenso com uma corda presa a ele para emborcá-lo. Um tanque com água da chuva é suplementado por uma bomba da Idade da Pedra acionada por um gerador também da Idade da Pedra. Todos são invenções do grande Brandt.

– Um dia vou registrar a patente deste aqui!

Lorbeer se curva, com uma piscadela que Arthur retribui devidamente.

Um painel solar jaz no chão no centro de um galinheiro. As galinhas o usam como um trampolim.

– Ilumina todo o complexo, só com o calor do dia! – gaba-se Lorbeer. Mas a vibração sumiu do seu monólogo.

As latrinas ficam na beira da paliçada, uma para os homens, outra para as mulheres. Lorbeer bate à porta da latrina masculina e então a abre para revelar um buraco fedorento no chão.

– As moscas daqui criam resistência contra todo desinfetante que usamos contra elas! – queixa-se.

– Moscas multirresistentes? – sugere Justin, sorrindo, e Lorbeer lança um olhar terrível para ele antes de articular um sorriso penoso.

Atravessam o complexo, parando no caminho para dar uma olhada em uma sepultura de 3,5 metros por 1,2. Uma família de cobras verdes e amarelas está enroscada na lama vermelha à sua base.

– Este é o nosso abrigo antiaéreo, homem. As cobras neste campo têm picadas piores do que as bombas – protesta Lorbeer, continuando seu lamento contra as crueldades da natureza.

Sem receber qualquer reação de Justin, ele se vira para partilhar a piada com Arthur. Mas Arthur voltou para sua própria gente. Como um homem desesperado por amizade, Lorbeer joga um braço ao redor do ombro de Justin e o mantém ali, enquanto o faz marchar em um passo de infantaria ligeira em direção do *tukul* central.

– Agora você vai provar nosso ensopado de bode – anuncia com determinação. – Aquele velho cozinheiro faz ensopado melhor do que os restaurantes de Genebra! Ouça, você é um cara legal, ok, Peter? Você é meu amigo!

Quem foi que você viu ali na sepultura entre as cobras?, está perguntando a Lorbeer. Foi Wanza de novo? Ou foi a mão fria de Tessa que se estendeu para tocar em você?

O ESPAÇO DO CHÃO dentro do *tukul* não tem mais do que 5 metros de comprimento. Uma mesa tamanho família foi montada com estrados de madeira. As cadeiras são engradados fechados de cerveja e óleo de cozinha. Um ventilador elétrico barulhento gira inutilmente do teto de junco, o ar fede a soja e a spray contra mosquito. Só Lorbeer, o chefe da família, tem uma cadeira, que foi surrupiada do seu lugar diante do rádio disposto em unidades empilhadas ao lado do fogão a gás. Ele se empoleira nela muito ereto em seu chapéu melão, com Justin de um lado e Jamie do outro, que parece ocupar este lugar cativo por direito. Do outro lado de Justin está um jovem médico de Florença com um rabo de cavalo; ao lado dele senta-se a escocesa Helen do dispensário e, diante de Helen, uma enfermeira nigeriana chamada Salvation.

Outros membros da família ampliada de Lorbeer não têm tempo a perder. Servem-se do ensopado e o comem de pé ou se sentam o tempo suficiente para o engolir e ir embora. Lorbeer trabalha vorazmente o seu ensopado com a colher, os olhos movendo-se rapidamente pela mesa enquanto come e fala. E embora ocasionalmente se fixe em algum membro particular da sua audiência, ninguém duvida que o principal beneficiário de sua sabedoria é o jornalista de Londres. O primeiro tópico de conversa de Lorbeer é a guerra. Não as escaramuças tribais que grassam ao redor deles, mas essa "desgraçada grande guerra" que se desenrola nos campos de petróleo de Bentiu, ao norte, propagando-se diariamente em direção ao sul.

— Aqueles patifes em Cartum têm tanques e helicópteros armados lá em cima, Peter. Estão massacrando os pobres africanos. Vá até lá, veja por si mesmo, homem. Se os bombardeios não fazem o serviço, eles têm tropas terrestres para completar o estrago, sem problemas. Essas tropas estupram e assassinam à vontade. E quem as está ajudando? Quem está aplaudindo das arquibancadas? As multinacionais do petróleo!

Sua voz indignada domina a sala. Outras conversas têm de competir ou morrer, e a maioria está morrendo.

— As multinacionais *adoram* Cartum, homem! "Rapazes", elas dizem, "nós respeitamos seus princípios fundamentalistas. Algumas chicotadas em público, algumas mãos decepadas, nós admiramos isso. Queremos ajudá-los da melhor maneira que pudermos. Queremos que usem suas estradas e suas pistas de pouso tanto quanto desejarem. Só não vão deixar aqueles africanos vagabundos das cidades e aldeias interferirem com o grande deus do Lucro! Queremos ver aqueles vadios africanos etnicamente purgados e afastados do caminho tanto quanto vocês o querem! Portanto, aqui estão mais alguns belos rendimentos do petróleo para vocês, rapazes. Vão comprar mais armas!" Ouviu isto, Salvation? Peter, está anotando?

– Cada palavra, obrigado, Brandt – diz Justin calmamente para o seu caderninho.

– As multinacionais fazem o trabalho do Diabo, eu lhe digo, homem! Um dia vão acabar no Inferno, a quem pertencem e de onde vieram, e é melhor que acreditem nisso!

Ele se encolhe teatralmente, suas mãos grandes escudando o rosto. Está interpretando o papel do Homem Multinacional enfrentando o seu Criador no Dia do Juízo Final. "Não fui eu, Senhor. Só estava cumprindo ordens. Fui comandado pelo grande deus do Lucro!" Aquele Homem Multinacional, é ele quem o faz ficar viciado em cigarros e depois lhe vende a cura do câncer que você não tem meios de pagar!

É ele quem vende para nós remédios não testados também. É ele quem apressa os testes clínicos e usa os miseráveis da terra como cobaias.

– Vocês querem café?

– Eu adoraria. Obrigado.

Lorbeer fica de pé em um pulo, apanha a caneca de sopa de Justin e a lava com água quente de uma garrafa térmica, como um prelúdio antes de enchê-la de café. A camisa de Lorbeer está colada nas costas, revelando ondas de carne trêmula. Mas ele não para de falar. Criou dentro de si um terror do silêncio.

– Os rapazes de Loki lhe contaram do trem, Peter? – grita, enxugando a caneca com um pedaço de pano tirado do saco de lixo ao seu lado. – Esse miserável velho trem que vem para o sul a uma velocidade de caminhada umas três vezes ao ano?

– Não, não me contaram.

– Desce pela ferrovia que vocês, britânicos, construíram, ok? O trem. Como nos filmes antigos. É protegido pelos cavaleiros selvagens do norte. Esse velho trem reabastece toda guarnição de Cartum na sua rota do norte ao sul. Ok?

Por que ele está suando tanto? Por que está com os olhos tão assombrados e inquisitivos? Que comparação secreta está fazendo entre o velho trem árabe e seus próprios pecados?

– Homem! Aquele trem! Neste exato momento está entalado entre Ariath e Aweil, a dois dias de caminhada daqui. Temos de rezar a Deus para garantir que o rio continue inundado e então talvez os canalhas não venham para cá. Eles fazem Armagedon por toda parte que passam, eu lhe digo. Matam todo mundo. Ninguém pode impedi-los. São fortes demais.

– De que canalhas estamos falando aqui exatamente, Brandt? – pergunta Justin, anotando de novo no caderninho. – Eu me perdi por um momento.

– Os cavaleiros selvagens são os canalhas, homem! Acha que são pagos para proteger aquele trem? Nem um grão de feijão, homem. Nem 1 dracma. Eles fazem isso de graça, pela bondade dos seus corações! Sua recompensa é matar e estuprar aldeias inteiras. É tocar fogo. É raptar rapazes e moças e levar para o norte quando o trem está vazio! É roubar tudo aquilo que não queimam.

– Ah. Entendi.

Mas o trem não é suficiente para Lorbeer. Nada é suficiente se ameaça trazer o silêncio no seu vácuo e expô-lo a perguntas que não quer ouvir. Seus olhos assombrados já estão procurando desesperadamente uma continuação.

– Contaram-lhe então sobre o avião? O velho avião fabricado na Rússia, homem, mais velho que a Arca de Noé, o avião que fica em Juba? Homem, isso é uma história e tanto!

– Nem o trem, nem o avião, não me contaram. Como disse, não tinham tempo para me contar nada.

E Justin espera uma vez mais, a caneta obedientemente no ar, para ouvir sobre aquele velho avião fabricado na Rússia que eles mantêm em Juba.

– Aqueles muçulmanos malucos de Juba fazem umas bombas burras como bolas de canhão. Sobem com elas e depois as rolam pela fuselagem do velho avião e as despejam sobre aldeias cristãs, homem! "Aqui vai uma bela carta de amor de seus irmãos muçulmanos." E aquelas bombas burras são muito eficazes, pode me acreditar, Peter. Aqueles rapazes dominaram a arte de acertá-las bem no alvo. Oh, sim! E aquelas bombas são tão voláteis que a tripulação faz questão de se livrar de todas elas antes de aterrissar com o seu avião de novo em Juba!

O rádio de campanha está anunciando a chegada de outro Buffalo. Primeiro se ouve a voz lacônica de Loki, depois o capitão no ar, buscando contato. Debruçada sobre o aparelho, Jamie anuncia bom tempo, terreno firme e nenhum problema de segurança. Os comensais partem apressadamente, mas Lorbeer continua no seu lugar. Com um estalido, Justin fecha o caderninho e, sob o olhar de Lorbeer, o enfia no bolso da camisa com as canetas e seus óculos de leitura.

– Bem, Brandt. Excelente ensopado de bode. Tenho algumas perguntas de interesse especial, se for conveniente para você. Existe algum lugar onde possamos nos sentar por uma hora sem sermos interrompidos?

Como um homem liderando o caminho para seu local de execução, Lorbeer guia Justin por um pedaço de grama repisada cheio de barracas de dormir e varais de roupa. Uma barraca em forma de sino está separada para eles. Chapéu na mão, Lorbeer segura a aba da tenda para Justin e fabrica um horrendo sorriso de servilidade ao deixá-lo entrar primeiro. Justin se agacha, os olhos se encontram e Justin vê em Lorbeer o que já vira quando estavam no *tukul*, mas agora com maior clareza: um homem aterrorizado por aquilo que resolutamente se proíbe de ver.

24

O ar dentro da barraca é acre, sufocante e muito quente, os cheiros são de grama podre e roupas azedas que quantidade alguma de lavagens pode limpar. Há uma cadeira de madeira e para liberá-la Lorbeer precisa remover uma Bíblia luterana, um volume de poesias de Heine, uma roupa de dormir felpuda em estilo bebê e uma mochila de emergência de monitor de alimentos com rádio e lanterna protuberante. Só então oferece a cadeira a Justin antes de se agachar na beira de uma esquelética cama de campanha a 15 centímetros do chão, cabeça ruiva nas mãos, costas úmidas arfando, enquanto espera que Justin fale.

– Meu jornal está interessado em uma controvertida nova cura da tuberculose chamada Dypraxa, fabricada por Karel Vita Hudson e distribuída na África pela Casa dos ThreeBees. Reparei que você não a tem nas suas prateleiras. Meu jornal acredita que seu nome verdadeiro é *Markus Lorbeer* e que você é a fada boa que colocou a droga no mercado – explica Justin, enquanto, uma vez mais, abre sua caderneta.

Nada se mexe em Lorbeer. As costas molhadas, a cabeça ruivadourada, os ombros ensopados e caídos permanecem imóveis depois do choque das palavras de Justin.

– Existe um clamor crescente em relação aos efeitos colaterais do Dypraxa, conforme estou seguro que sabe – continua Justin, virando uma página e consultando-a. – A KVH e os ThreeBees não podem tapar a barragem com os dedos para sempre. Seria melhor você dar um alerta antes dos outros.

Os dois suando sem parar, duas vítimas da mesma doença. O calor dentro da barraca é tão soporífico que há o risco na cabeça de Justin de que os dois sucumbam e tombem em uma doença do sono, lado a lado. Lorbeer começa a percorrer como uma fera aprisionada a circunferência da barraca. Foi assim que suportei o confinamento do andar inferior, pensa Justin, ao ver seu prisioneiro fazer uma pausa e se olhar em um espelho de lata ou consultar uma cruz de madeira pregada à tela acima de sua cama.

– Deus do céu, cara. Com que diabos me achou?

– Falei com as pessoas. Tive um pouco de sorte.

– Não me venha com essa, ô cara. Sorte nenhuma. Quem é que está pagando você?

Ainda caminhando. Sacudindo a cabeça para livrá-la do suor. Virando-se como se à espera de encontrar Justin nos seus calcanhares. Olhando para ele com suspeita e reprovação.

– Sou um *freelance* – diz Justin.

– Com os diabos que é, homem! *Comprei* jornalistas como você! Conheço todos os seus macetes! Quem o comprou?

– Ninguém.

– KVH? Curtiss? Fiz *dinheiro* para eles, pelo amor de Deus!

– E eles fizeram dinheiro para você também, não foi? Segundo meu jornal, você é dono de um terço de 49 por cento das empresas que patentearam a molécula.

– Eu renunciei a tudo, homem. Lara renunciou. Era dinheiro sangrento. "Podem pegar", falei a eles. "É de vocês. E no Dia do Juízo Final que Deus proteja todos vocês." Estas foram minhas palavras, Peter.

– Ditas para quem exatamente? – pergunta Justin, escrevendo. – Curtiss? Alguém da KVH? – O rosto de Lorbeer é uma máscara de terror. – Ou para Crick, talvez. Ah, sim. Estou vendo. Crick era a sua ligação com os ThreeBees. – E ele escreve *Crick* no seu caderninho, uma letra de cada vez, porque sua mão está pesada do calor. – Mas Dypraxa não era uma droga *ruim*, era? Meu jornal acha que era uma droga boa que foi trabalhada muito às pressas.

– *Às pressas?* – A palavra o diverte amargamente. – *Às pressas*, homem? Aqueles rapazes da KVH queriam resultados de testes tão rápidos que mal podiam esperar pelo café da manhã do dia seguinte.

Uma explosão terrível faz o mundo parar. Primeiro é o avião de Cartum, fabricado pelos russos, que vem de Juba e despeja uma de suas bombas burras. Depois são os cavaleiros selvagens do norte. E então é a batalha cruel pelos campos petrolíferos de Bentiu que chegou às portas do posto de alimentação. As barracas sacodem, vergam e se aprontam para um novo ataque. As cordas de retenção estremecem e gemem, enquanto lençóis d'água caem sobre o toldo de lona. Mas Lorbeer não parece ter notado o ataque. Fica de pé no centro da barraca com uma mão apertada sobre a testa, como se tivesse esquecido algo. Justin puxa para dentro a aba da barraca e pelas lâminas d'água conta três barracas mortas e duas outras morrendo aos seus olhos. A água jorra das roupas no varal. Ela criou um lago no gramado e está subindo em uma maré contra as paredes de madeira do *tukul*. Arrebenta em ondas inesperadas no telhado de sapê do abrigo antiaéreo. E, tão subitamente como chegou, para.

— Então, Markus — propõe Justin, como se a tempestade tivesse clareado o ar dentro da barraca, assim como clareou lá fora —, fale-me da garota Wanza. Ela foi um ponto crucial na sua vida? Meu jornal acha que foi.

Os olhos esbugalhados de Lorbeer ficam fixados em Justin. Faz menção de falar, mas as palavras não saem.

— Wanza de uma aldeia ao norte de Nairóbi. Wanza que se mudou para a favela de Kibera. E foi levada para o Hospital Uhuru para ter seu bebê. Ela morreu e seu bebê viveu. Meu jornal acredita que ela dividiu uma enfermaria com Tessa Quayle. Isto é possível? Ou Tessa Abbott, como às vezes se chamava.

E ainda a voz de Justin é calma e desapaixonada, ao se tornar o repórter objetivo. E esta ausência de paixão de certa maneira não é fingida, pois ele não gosta de ter um homem à sua mercê. É mais responsabilidade do que deseja. Seus instintos de vingança são fracos demais. Um avião se aproxima voando baixo sobre eles a caminho da zona de lançamento. Os olhos de Lorbeer se erguem para ele em uma frágil esperança. Vieram me salvar! Não vieram. Vieram salvar o Sudão.

— Quem é você, homem?

Foi preciso muita coragem para fazer a pergunta. Mas Justin a ignora.

— Wanza morreu. Tessa também. E também Arnold Bluhm, um agente assistencial, médico belga e grande amigo dela. Meu jornal acredita que Tessa e Arnold vieram até aqui falar com você uns dois dias antes de serem mortos. Meu jornal também acredita que você confessou a verdade a Tessa e a Arnold sobre a questão do Dypraxa e — isto é só uma suposição, naturalmente — assim que eles se foram você os traiu para seus antigos empregadores a fim de se garantir.

Talvez por uma mensagem de rádio para seu amigo, o Sr. Crick. Isto lhe faz lembrar alguma coisa?

– Jesus, Deus, homem. Pelo bom Cristo.

Markus Lorbeer está queimando na fogueira. Agarrou o poste central da barraca com os dois braços e com a cabeça apertada nele se abraça ao poste, como para abrigar-se da saraivada de perguntas impiedosas de Justin. Sua cabeça se ergue ao céu em agonia, a boca sussurra e implora de modo inaudível. Levantando-se, Justin leva sua cadeira pela barraca e a coloca junto dos calcanhares de Lorbeer, então pega-o pelo braço e o abaixa sobre a cadeira.

– O que Tessa e Arnold procuravam quando vieram aqui? – indaga. Suas perguntas ainda são formuladas com uma casualidade deliberada. Não quer mais saber de confissões soluçantes nem de apelos a Deus.

– Estavam à procura da minha culpa, homem, de minha história vergonhosa, do meu pecado de orgulho – Lorbeer murmura em resposta, enxugando o rosto com um pedaço de trapo que tirou do bolso do seu short.

– E eles a conseguiram?

– Tudo, homem. Até a última gota, eu juro.

– Com um gravador de fita?

– Com dois, homem! Aquela mulher não tinha fé em um sozinho! – Com um sorriso para dentro, Justin reconhece a perspicácia legal de Tessa. – Eu me rebaixei totalmente diante deles. Dei-lhes a verdade nua diante do Senhor. Não havia saída. Eu era o último elo na cadeia de suas investigações.

– Disseram o que pretendiam fazer com a informação que lhes deu?

Os olhos de Lorbeer se abriram, mas seus lábios ficaram fechados e o corpo tão imóvel que por um segundo Justin imaginou que tivesse tido uma morte misericordiosa, mas parecia que estava apenas se lembrando. Subitamente, começou a falar muito alto, suas palavras alçando-se a um grito enquanto as tentava botar para fora.

– Eles apresentariam a gravação ao único homem no Quênia em quem confiavam. Levariam toda a história para Leakey. Tudo o que haviam recolhido. O Quênia deveria resolver o problema do Quênia, disse ela. Leakey era o homem para conseguir aquilo. Era a sua convicção. Advertiram-me. Ela o fez. "Markus, é melhor se esconder, homem. Este lugar não é mais seguro para você. Tem de encontrar um buraco mais fundo ou eles vão fazê-lo em pedaços por tê-los traído para nós."

É difícil para Justin recriar as verdadeiras palavras de Tessa a partir da voz estrangulada de Lorbeer, mas faz o melhor que pode. E certamente não tem problema com o fluxo geral do que ela deve ter dito, uma vez que a primeira preocupação de Tessa seria sempre para com Lorbeer em vez dela mesma. E "fazê-lo em pedaços" era sem dúvida uma de suas expressões.

– O que Bluhm tinha a dizer?

– Ele foi bastante direto, homem. Disse que eu era um charlatão e um traidor de minhas crenças.

– E aquilo, naturalmente, o ajudou a traí-lo – sugere Justin gentilmente, mas sua gentileza é em vão, pois o choro de Lorbeer é ainda pior que o de Woodrow: lágrimas uivantes, alienadas, furiosas enquanto se defende em mitigação. Ele *ama* aquela droga, homem! Ela não *merece* ser condenada publicamente! Mais alguns anos e terá seu lugar entre as grandes descobertas médicas da nossa era! Tudo o que temos de fazer é corrigir os níveis elevados de toxicidade, controlar a velocidade com que é administrada ao corpo! Já estão trabalhando nisso, homem! Quando atingirem o mercado dos Estados Unidos, todos esses defeitos terão desaparecido, sem problemas! Lorbeer ama a África, homem, ama toda a humanidade, é um homem bom, não nasceu para suportar tanta culpa! No entanto, mesmo quando implora, geme e esbraveja, ele consegue se levantar misteriosamente da derrota. Senta-se reto. Joga os ombros para trás e um sorriso afetado de superioridade substitui a sua dor de penitente.

– E depois, veja só o seu *relacionamento*, homem – protesta, com forte insinuação. – Veja o seu *comportamento ético*. De que pecados estamos falando aqui, precisamente, eu me pergunto?

– Não chego a acompanhá-lo – diz Justin suavemente, enquanto uma cortina de segurança mental entre ele e Lorbeer começa a se formar dentro da sua cabeça.

– Leia os jornais, homem. Escute o rádio. Forme sua própria opinião independente e me diga, por favor. O que é que essa bela mulher branca faz viajando com esse belo médico negro e seu companheiro constante? Por que ela usa seu nome de solteira e não o nome do seu marido legal? Por que desfila ao lado do seu amante nesta mesma barraca, homem, descaradamente, uma adúltera e hipócrita, interrogando Markus Lorbeer sobre sua moralidade pessoal?

Mas a cortina de segurança deve ter caído de certa forma, porque Lorbeer está olhando para Justin como se tivesse visto o próprio anjo da morte vindo convocá-lo para o julgamento que tanto teme.

– Deus, Cristo, homem. Você é ele. O marido dela. Quayle.

O ÚLTIMO LANÇAMENTO de comida do dia esvaziou a paliçada de seus trabalhadores. Largando Lorbeer a chorar sozinho na sua barraca, Justin se senta em um monte de terra ao lado do abrigo antiaéreo para apreciar o espetáculo do entardecer: primeiro as garças negras descendo e descrevendo círculos anunciando o pôr do sol. Depois os relâmpagos, afastando o crepúsculo com salvas longas e trêmulas e então a umidade do dia se elevando em um véu branco. E finalmente as estrelas, tão perto que se pode tocar nelas.

25

Em uma triagem do mexerico finamente trançado do Whitehall e de Westminster; dos bordões de papagaio e das imagens enganadoras da televisão; da cabeça ociosa dos jornalistas cujo dever de investigar não ia além do próximo fechamento e da próxima boca livre, um capítulo de acontecimentos foi acrescentado à soma da história menor da humanidade.

A elevação formal *en poste* – ao contrário da prática estabelecida – do Sr. Alexander Woodrow ao cargo de alto comissário britânico em Nairóbi provocou ondas de quieta satisfação na Nairóbi branca e foi bem-recebida pela imprensa indígena africana. "Uma força silenciosa para o entendimento", dizia a manchete na página 3 do *Nairobi Standard*, e Gloria era "um sopro de ar fresco que afastará as últimas teias de aranha do colonialismo britânico".

Do desaparecimento abrupto de Porter Coleridge nas catacumbas do Whitehall oficial pouco era dito, mas muito implícito. O predecessor de Woodrow estava "fora de sintonia com o Quênia moderno". Havia "antagonizado ministros trabalhadores com seus sermões sobre corrupção". Havia até uma sugestão, espertamente não levada muito adiante, de que poderia ter caído vítima do vício que tanto condenava.

Rumores de que Coleridge fora "submetido a uma comissão disciplinar do Whitehall" e convidado a explicar "certas questões embaraçosas que haviam surgido durante o seu comando" foram descartados como especulação ociosa, mas não foram desmentidos pelo porta-voz do Alto Comissariado que os havia iniciado. "Porter era um excelente estudioso e um homem dos mais elevados princípios. Seria injusto negar suas muitas virtudes", informou Mildren a jornalistas confiáveis em um obituário *off the record* e devidamente lido nas entrelinhas.

"O César do Foreign Office para a África, Sir Bernard Pellegrin", um público desinteressado ficou sabendo, havia "solicitado aposentadoria prévia a fim de assumir um importante posto de diretoria na gigante farmacêutica multinacional Karel Vita Hudson de Basileia, Vancouver e Seattle, e agora de Londres", onde, graças aos "fabulosos talentos na formação de redes" de Pellegrin, se mostraria altamente eficaz. Um banquete de despedida em honra de Pellegrin contou com a participação de um brilhante grupo de altos comissários da Corte de St. James na África e de suas esposas. Um discurso espirituoso do delegado sul-africano observou que Sir Bernard e sua senhora não haviam conquistado Wimbledon, mas certamente ganharam os corações de muitos africanos.

Um renascer espetacular das cinzas daquele "Houdini moderno da City", Sir Kenneth Curtiss foi bem-acolhido tanto por amigos como por inimigos. Só uma minoria de Cassandras insistia que a ascensão de Kenny era puramente uma questão de ótica e que a ruptura da Casa dos ThreeBees fora nada menos do que um ato de coerção em plena luz do dia. Essas vozes queixosas não impediram a elevação do grande populista à Câmara dos Lordes, onde ele insistiu no título de lorde Curtiss de Nairóbi e Spennymoor, este último sendo o seu humilde local de nascimento. Até seus numerosos críticos em Fleet Street tiveram de admitir que o arminho caía bem no velho demônio.

A coluna "Diário de um londrino" do *Evening Standard* explorava com humor a longamente esperada aposentadoria daquele incorruptível inimigo do crime, o superintendente Frank Gridley, da Scotland Yard, "conhecido afetuosamente no submundo de Londres como o Velho Grade neles". Na verdade, aposentadoria era a última coisa que o aguardava. Uma das principais empresas de segurança da Grã-Bretanha estava a postos para contratá-lo assim que tivesse levado sua mulher para uma viagem de férias, prometida há muito tempo, na ilha de Maiorca.

A saída de Rob e Lesley do serviço policial, ao contrário, não recebeu publicidade nenhuma, embora os especialistas observassem que um dos últimos atos de Gridley antes de deixar a Yard foi pressionar para a remoção do que ele definira como "uma nova geração de carreiristas inescrupulosos" que estavam dando um mau nome à força.

Ghita Pearson, outra carreirista em potencial, não teve sucesso em sua inscrição para ser aceita como um funcionário britânico estabelecido no exterior. Embora os resultados dos seus exames estivessem entre bom e excelente, relatórios confidenciais do Alto Comissariado de Nairóbi davam causa a preocupações. Decidindo que ela era "facilmente influenciada por seus sentimentos pessoais", o Departamento do Pessoal a aconselhou a esperar uns dois anos e candidatar-se de novo. Sua raça mista, enfatizou, não foi um fator determinante.

Nenhum ponto de interrogação, porém, pairava sobre o infeliz passamento de Justin Quayle. Desconcertado pelo desespero e pela dor, acabara com sua própria vida no mesmo lugar onde sua esposa Tessa fora assassinada apenas algumas semanas antes. Sua rápida perda de equilíbrio mental fora um segredo aberto entre aqueles aos quais estava confiado seu bem-estar. Seus empregadores em Londres tinham se esforçado ao máximo para salvá-lo de si mesmo, só faltaram trancá-lo. A notícia de que seu fiel amigo Arnold Bluhm era também o assassino de sua mulher desferiu o golpe final. Traços de golpes sistemáticos no abdome e na região abaixo da cintura contavam uma triste história conhecida apenas do pequeno grupo que sabia do segredo: nos dias que antecederam a sua morte, Quayle havia recorrido à autoflagelação. Como tivera acesso à arma fatal – uma pistola de cano curto calibre 38 em excelente condição, com cinco balas de ponta mole restantes no tambor – era um mistério que dificilmente seria solucionado. Um homem rico e desesperado em busca de sua própria destruição acaba certamente encontrando um meio. Seu repouso final, no cemitério de Langata, a imprensa anotou com aprovação, o reunia com a mulher e o filho.

O governo permanente da Inglaterra, no qual políticos transitórios giram e se postam como muitos dançarinos, havia uma vez mais cumprido o seu dever; exceto, isto é, em um pequeno mas irritante quesito. Justin, parecia, passara as últimas semanas de sua vida compondo um "dossiê negro" destinado a provar que Tessa e Bluhm haviam sido assassinados por saberem demais sobre as maquinações malignas de uma das mais prestigiosas empresas farmacêuticas do mundo, que até agora conseguira ficar anônima. Um advogado presunçoso de origem italiana – parente da mulher assassinada, além do mais – viera a público e, fazendo uso liberal do dinheiro de seus falecidos clientes, contratou os serviços de um encrenqueiro profissional que se escondia por trás da máscara de agente de relações públicas. O mesmo advogado infeliz se aliara a uma firma de advogados da City que cobrava caro e era famosa por sua combatividade. A casa de Oakey, Oakey & Farmeloe, representando a empresa não nomeada, contestou a legalidade do uso de fundos dos clientes para esse propósito, mas sem sucesso. Teve de se contentar em enviar intimações para qualquer jornal que ousasse embarcar na história.

Apesar disso, alguns embarcaram, e os rumores persistiram. A Scotland Yard, chamada para examinar o material, declarou publicamente que "carece de base e é um pouco triste" e declinou de remetê-lo ao Serviço de Processos do Tribunal. Mas os advogados do casal, longe de jogarem a toalha, recorreram ao Parlamento. Um parlamentar escocês, também advogado, foi instigado e entrou com uma inócua questão parlamentar ao ministro do Exterior concernente à saúde do continente africano em geral. O ministro do Exterior a rebateu com sua ironia costumeira, só para se ver debatendo com uma suplementar que saltou na jugular.

P: O ministro do Exterior tem conhecimento de quaisquer representações feitas ao seu departamento durante os últimos 12 meses pela falecida Tessa Quayle, tragicamente assassinada?
R: Quero requerer uma notificação desta questão.
P: Isto é um "não" que estou ouvindo?
R: Não tenho nenhum conhecimento de tais representações feitas no tempo de vida dessa senhora.
R: Então ela escreveu para o senhor postumamente, talvez? (*risos*)

Nos debates escritos e verbais que se seguiram, o ministro do Exterior inicialmente negou qualquer conhecimento dos documentos e depois protestou que, em vista das ações legais em curso, eles estavam *sub judice*. Depois de "novas pesquisas prolongadas e custosas" ele finalmente admitiu ter "descoberto" os documentos, só para concluir que eles haviam recebido toda a atenção que mereciam, então ou agora, "levando em conta a condição mental perturbada do autor". Imprudentemente, acrescentou que os documentos eram confidenciais.

P: O Foreign Office regularmente classifica como confidenciais os escritos de pessoas de condições mentais perturbadas? (*risos*)
R: Nos casos em que tais escritos poderiam causar embaraço a terceiros inocentes, sim.
P: Ou embaraço ao Foreign Office, talvez?

R: Estou pensando no sofrimento desnecessário que poderia ser infligido aos parentes mais próximos dos falecidos.
P: Então fique em paz. A Sra. Quayle não tinha nenhum parente próximo.
R: Estes não são, porém, os únicos interesses que sou obrigado a levar em conta.
P: Obrigado. Acho que ouvi a resposta pela qual estava esperando.

No dia seguinte, um pedido formal para a divulgação do dossiê Quayle foi apresentado ao Foreign Office e secundado por um pedido ao Supremo Tribunal. Simultaneamente, e com certeza não por coincidência, uma iniciativa paralela foi montada em Bruxelas por advogados de amigos e parentes do falecido Dr. Arnold Bluhm. Durante a audiência preliminar, uma multidão racialmente variada de encrenqueiros, vestida de jalecos brancos simbólicos, desfilou diante das câmaras da televisão do lado de fora do Palácio da Justiça de Bruxelas, brandindo cartazes com o slogan *Nous Accusons*. O incômodo foi rapidamente eliminado. Uma série de petições de advogados belgas assegurava que o caso rolaria durante anos. No entanto, chegava agora ao conhecimento geral que a empresa em questão não era outra senão Karel Vita Hudson.

– ALI ADIANTE ESTÁ a cadeia Lokomorinyang – informa o comandante McKenzie a Justin pelo sistema de intercomunicação. – Ouro e petróleo. O Quênia e o Sudão vêm lutando por eles há mais de cem anos. Velhos mapas dão a região para o Sudão, novos mapas a dão como queniana. Acredito que alguém molhou a mão do cartógrafo.

O comandante McKenzie é um daqueles homens de tato que sabem exatamente quando ser irrelevantes. O avião que escolheu desta vez é um Beech Baron de dois motores, Justin está a seu lado no assento do copiloto, ouvindo sem escutar, ora o comandante McKenzie, ora brincadeiras dos outros pilotos nas redondezas:

– Como estamos *nós* hoje, Mac? Estamos acima do nível das nuvens ou abaixo? – Onde diabos está você, homem? – Um quilômetro à sua direita e 300 metros abaixo de você. O que aconteceu com sua vista?

Estão sobrevoando pedaços de rochas marrons chapadas, escurecendo para o azul. As nuvens acima são espessas. Retalhos vermelhos vívidos aparecem onde o sol penetra para atingir uma rocha. Os contrafortes à frente são amarrotados e desalinhados. Uma estrada aparece como uma veia entre os músculos da rocha.

– Cidade do Cabo ao Cairo – diz McKenzie laconicamente. – Não tente.

– Não vou tentar – promete Justin obedientemente.

McKenzie inclina a lateral do avião e desce, seguindo o seu curso. A estrada torna-se uma estrada de vale, serpeando ao longo de uma cadeia de montes sinuosos.

– A estrada à direita, ali, foi a estrada que Arnold e Tessa pegaram, de Loki a Lodwar. Excelente, se não se incomoda com bandidos.

Despertando, Justin olha fundo para a névoa pálida à sua frente e vê Arnold e Tessa no seu jipe com poeira nos rostos e a caixa de disquetes sacudindo entre eles no banco da frente. Um rio se juntou à estrada do Cairo. Chama-se Tagua, diz McKenzie, e sua fonte fica no alto das montanhas Tagua. As Tagua têm mais de 3.300 metros de altitude. Justin agradece polidamente essa informação. O sol se recolhe, as colinas viram azul e preto, ameaçadoras e separadas, Tessa e Arnold desaparecem. A paisagem fica de novo perversa, nem um homem ou animal em qualquer direção.

– Homens das tribos sudanesas descem da cadeia Mogila – diz McKenzie. – Na selva não vestem nada. Quando vêm para o sul ficam envergonhados, se cobrem com uns pedacinhos de pano. E, *menino*, como sabem correr!

Justin dá um sorriso educado, enquanto montanhas marrons, sem árvores, se erguem, retorcidas em terra cáqui. Atrás delas ele divisa a névoa azul de um lago.

– Aquele é o Turkana?

– Não vá nadar nele. A não ser que seja muito rápido. Água fresca. Grandes ametistas. Crocodilos amistosos.

Rebanhos de cabras e carneiros aparecem abaixo deles, então uma aldeia e um complexo de construções simples.

– Tribos do Turkana – diz McKenzie. – Um grande tiroteio no ano passado por causa de roubos de gado. É melhor ficar longe deles.

– Vou ficar – promete Justin.

McKenzie olha de frente para ele, um olhar prolongado e interrogativo.

– Não são as únicas pessoas de que se deve manter distância, é o que me dizem.

– Não, realmente – concorda Justin.

– Em duas horas podíamos estar em Nairóbi.

Justin sacode a cabeça.

– Quer que dê uma esticada e leve você até Kampala? Temos combustível.

– É muito gentil.

A estrada reaparece, arenosa e deserta. O avião reage violentamente, enfiando o nariz à esquerda e à direita como um cavalo saltador, como se a natureza lhe estivesse dizendo para voltar.

– Os piores ventos nos quilômetros à frente – informa McKenzie. – A região é famosa.

A cidade de Lodwar está abaixo deles, pequena entre morros negros em forma de cone, que não ultrapassam os 60 metros de altura. Parece limpa e organizada, com telhados de zinco, uma pista de pouso alcatroada e uma escola.

– Nenhuma indústria – diz McKenzie. – Grande mercado de vacas, burros e camelos, se você está interessado em comprar.

– Não estou – diz Justin com um sorriso.

– Um hospital, uma escola, muito exército. Lodwar é o centro de segurança de toda a área. Soldados passam a maior parte do seu tempo nas colinas Apoi, caçando bandidos, sem nenhum êxito. Bandidos do Sudão, bandidos de Uganda, bandidos da Somália. Uma área realmente boa para captação de bandidos. Roubar gado é o esporte local – recita McKenzie, de volta ao papel de guia turístico. – Os Mandangos roubam gado e dançam durante duas semanas, até que outra tribo os rouba de volta.

– Qual é a distância de Lodwar até o lago? – pergunta Justin.

— Mais ou menos uns 50 quilômetros. Tem um pavilhão de pesca ali. Pergunte por um barqueiro chamado Mickie. Seu menino é Abraham. Abraham é legal desde que esteja com Mickie, sozinho é veneno puro.

— Obrigado.

A conversa termina. McKenzie sobrevoa a pista, acenando as pontas das asas para sinalizar sua intenção de pousar. Sobe novamente e volta. Subitamente, estão em terra. Não há nada mais a dizer exceto, de novo, obrigado.

— Se precisar de mim, encontre alguém que possa me chamar no rádio — diz McKenzie, enquanto estão parados no calor sufocante da pista. — Se eu não puder ajudá-lo, tem um sujeito chamado Martin, dirige a Escola de Pilotagem de Nairóbi. Está voando há 30 anos. Treinado em Perth e Oxford. Mencione meu nome.

Obrigado, diz Justin de novo, e em sua ansiedade de ser cortês anota o nome.

— Quer minha maleta de voo emprestada? — pergunta McKenzie, fazendo um gesto com a pasta preta na mão direita. — Pistola de mira de cano longo, se está interessado. Fornece uma boa chance a até 40 metros.

— Oh, eu não seria bom nem a 10 metros — exclama Justin com o tipo de risada recatada que data dos dias anteriores a Tessa.

— E este é Justice — indica McKenzie, apresentando um filósofo grisalho com uma camiseta esfarrapada e sandálias verdes que apareceu do nada. — Justice é o seu motorista. Justin, este é Justice. Justice, este é Justin. Justice tem um cavalheiro chamado Ezra que vai acompanhá-lo. Mais alguma coisa que possa fazer por você?

Justin puxa um envelope grosso do bolso da jaqueta.

— Gostaria, por favor, que postasse isto para mim quando for da próxima vez a Nairóbi. O correio comum serve. Não é uma namorada. É a tia do meu advogado.

— Esta noite estaria bem?

— Esta noite será esplêndido.

— Cuide-se então — diz McKenzie enfiando o envelope dentro da sua maleta de voo.

— Vou me cuidar, com certeza — afirma Justin, e desta vez consegue não dizer a McKenzie que ele foi muito gentil.

O LAGO ERA BRANCO, cinza e prata e o sol acima fazia listas pretas e brancas do barco de pesca de Mickie, preto à sombra do toldo, branco e impiedoso, onde o sol brilhava livremente na madeira, branco na pele da água fresca que estalava e borbulhava com os peixes que subiam, branca nas montanhas cinzentas enevoadas que dobravam seus costados sob o calor do sol, branca onde atingia os rostos negros do velho Mickie e de seu jovem companheiro, o venenoso Abraham — uma criança zombeteira, secretamente zangada, McKenzie tinha toda razão —, que por algum motivo insondável falava alemão e não inglês, de modo que a conversação, ou o pouco que havia dela, era triangulada: alemão para Abraham, inglês para o velho Mickie e sua própria versão de kiSuaíli quando falavam entre eles. Branco também quando Justin olhava para Tessa, o que acontecia com frequência, empoleirada no seu jeito de menina levada na proa da embarcação, onde estava decidida a sentar-se apesar dos crocodilos, com uma mão para o barco do jeito que seu pai lhe ensinara e outra para Arnold, nunca muito distante, caso ela escorregasse. No rádio do barco um programa de culinária em língua inglesa exaltava as virtudes de tomates secos ao sol.

No início foi difícil para Justin explicar o destino em qualquer língua. Talvez nunca tivessem ouvido falar da baía de Allia. A baía de Allia não lhes interessava, de modo algum. O velho Mickie queria levá-lo para sudeste até o Oasis de Wolfgang, que era onde ele devia estar, e o venenoso Abraham havia apoiado com fervor a ideia: o Oasis era onde os Uazungos ficavam, era o primeiro hotel da região, famoso por suas estrelas do cinema, estrelas do rock e milionários, o Oasis, sem dúvida, era para onde Justin se dirigia, soubesse ou não. Foi só quando Justin puxou uma pequena fotografia de Tessa da sua carteira — uma foto de passaporte, nada que tivesse sido profanado pelos jornais — que o propósito da sua missão se tornou claro para eles e ficaram silenciosos e inquietos. Então Justin desejava visitar o local onde Noah e a mulher Mzungo foram assassinados?, perguntou Abraham.

Sim, por favor.

Justin fazia ideia de que muitos policiais e jornalistas haviam visitado aquele lugar, que tudo o que podia ser achado ali já fora achado e que a polícia de Lodwar *e* a esquadrilha aeronáutica de Nairóbi tinham, separada e conjuntamente, decretado que o local era uma área proibida para turistas, visitantes, caçadores de troféus e quaisquer outras pessoas que não tivessem nenhum negócio ali?, persistia Abraham.

Justin não fazia ideia, mas sua intenção permanecia a mesma e estava disposto a pagar generosamente para vê-la concretizada.

Ou que o lugar era muito conhecido como mal-assombrado e que já o era antes mesmo que Noah e a Mzungo fossem assassinados? – mas com muito menos convicção, agora que o lado financeiro fora esclarecido.

Justin assegurou que não tinha medo de fantasmas.

No começo, em deferência à natureza sombria da sua missão, o velho e seu assistente tinham adotado uma atitude melancólica, e foi preciso toda a jovialidade decidida de Tessa para tirá-los daquela postura. Mas, como de costume, com a ajuda de uma sequência de comentários divertidos da proa, ela conseguiu. A presença de outros barcos de pesca mais adiante no horizonte também foi uma ajuda. Ela gritava para eles – o que pegaram? – e eles respondiam para ela – tantos peixes vermelhos, tantos azuis, tantos arco-íris. E tão contagiante era o seu entusiasmo que Justin logo persuadiu Mickie e Abraham a jogarem uma linha também, o que teve o efeito de canalizar sua curiosidade para caminhos mais produtivos.

– O senhor está passando bem? – perguntou-lhe Mickie, bem de perto, olhando em seus olhos como um velho médico.

– Estou bem. Bem. Muito bem.

– Acho que o senhor está com febre. Por que não repousa debaixo do toldo e me deixa lhe trazer uma bebida gelada?

– Ótimo. Nós dois vamos tomar.

– Obrigado, senhor. Eu tenho de cuidar do barco.

Justin fica sentado sob o toldo, usando o gelo do seu copo para refrescar o pescoço e a testa enquanto é embalado pelo movimento do barco. É uma estranha companhia a que trouxeram com eles, tem de admitir, mas Tessa é absolutamente leviana quando se trata de ampliar a quantidade de convidados e realmente só nos resta morder os beiços e dobrar o número inicial previsto. É bom ver Porter aqui, e você também, Veronica, e sua filhinha Rosie sempre um prazer, não – nenhuma objeção *aqui*. E Tessa sempre parece arrancar aquele algo mais de Rosie, melhor do que qualquer outra pessoa. Mas Bernard e Celly Pellegrin um erro total, querida, e quão absolutamente típico de Bernard incluir *três* raquetes, não apenas uma, na sua abominável sacola de tênis. Quanto aos Woodrow – honestamente, já era tempo de você superar a sua louvável mas inoportuna convicção de que até mesmo os mais promissores entre nós têm corações de ouro e cabe a você provar isto a eles. E pelo amor de Deus pare de me olhar como se estivesse para fazer amor comigo a qualquer momento. Sandy já está ficando quase maluco de tanto olhar para o decote da sua blusa.

– O que foi? – perguntou Justin bruscamente.

No começo pensou que fosse Mustafa. Gradualmente percebeu que Mickie tinha agarrado um pedaço de sua camisa acima da omoplata e o sacudia para acordá-lo.

– Já chegamos, senhor, na margem oriental. Estamos perto do lugar onde a tragédia aconteceu.

– A que distância?

– A pé, dez minutos, senhor. Nós o acompanharemos.

– Não é necessário.

– É muito necessário, senhor.

– *Was fehlt dir?* – perguntou Abraham, por cima do ombro de Mickie.

– *Nichts*. Nada. Estou bem. Vocês dois foram muito gentis.

– Beba mais um pouco d'água, senhor – disse Mickie estendendo um novo copo para ele.

Eles formam uma coluna e tanto, escalando as lajes de rocha de lava aqui no berço da civilização, Justin tem de admitir.

– Nunca percebi que havia tantos sujeitos civilizados por aqui – diz a Tessa, fazendo a sua encenação do inglês bobalhão, e Tessa ri para ele, aquela risada silenciosa que ela dá quando sorri deliciada e se sacode, e geralmente faz todas as coisas certas mas sem emitir nenhum som. Gloria abre o caminho, bem, é típico dela. Com aquele andar de realeza britânica e aqueles cotovelos é capaz de caminhar mais rápido do que qualquer um de nós. Pellegrin sacaneando, o que também é normal. Sua mulher Celly dizendo que não aguenta o calor, qual é a novidade? Rosie Coleridge nas costas do pai, entoando uma boa canção em honra de Tessa – por que milagre coubemos todos no barco?

Mickie parou, uma mão segurando levemente o braço de Justin. Abraham parou pouco atrás.

– Este é o lugar onde sua esposa faleceu, senhor – diz Mickie em voz baixa.

Mas ele não precisava se dar o trabalho, porque Justin sabia exatamente – embora não soubesse como Mickie havia deduzido que era o marido de Tessa, mas talvez Justin o tivesse informado disso em seu sono. Vira o local em fotografias, na escuridão do andar inferior e em seus sonhos. Aqui corria o que parecia o leito seco de um rio. Ali adiante a triste pilha de pedras erguidas por Ghita e suas amigas. Ao redor dela – mas espalhando-se em todas as direções, que tristeza – jazia o lixo que nestes dias era inseparável de todo e qualquer evento bem divulgado: caixas e cartuchos de filmes descartados, maços de cigarro, garrafas plásticas e pratos de papel. Mais além – talvez a uns 30 metros subindo a encosta de rocha branca – estava a estrada onde a camioneta de safári havia interceptado o jipe e atirado na roda, fazendo o jipe disparar encosta abaixo perseguido pelos assassinos de Tessa com seus *pangas*, suas armas e o que mais estivessem carregando. E ali adiante – Mickie apontava silenciosamente com o seu dedo velho e nodoso – estavam as manchas azuis da tinta da lataria do jipe do Oasis marcadas na face da rocha enquanto ele deslizava para a ravina. E a face da rocha, ao contrário da rocha vulcânica negra que a cercava, era branca como uma lápide. E talvez as manchas marrons fossem mesmo sangue, como Mickie sugeria. Mas quando Justin as examinou concluiu que também podiam ser líquen. No mais, pouca coisa viu para o jardineiro observador, além de capim amarelo e uma fileira de palmeiras africanas que como de costume pareciam ter sido plantadas pela municipalidade. Uns poucos arbustos de euforbiáceas – bem, naturalmente – conseguiam levar uma vida precária entre blocos de basalto negro. E uma espectral árvore branca comífora – quando é que *chegavam* a ter folhas? –, seus galhos esguios estendidos para cada lado como as asas de uma mariposa. Escolheu uma pedra grande e arredondada de basalto e sentou-se. Sentia-se despreocupado, mas lúcido. Mickie passou-lhe uma garrafa d'água e Justin tomou um gole, atarraxou de novo a tampa e colocou-a a seus pés.

– Gostaria de ficar sozinho por pouco tempo, Mickie – disse. – Por que você e Abraham não vão pegar um peixe e eu os chamo da margem quando estiver pronto?

– Preferiríamos esperá-lo com o barco, senhor.

– Por que não vão pescar?

– Preferíamos ficar aqui com o senhor. O senhor está com febre.

– Não vai demorar. Apenas umas duas horas. – Olhou para o seu relógio. Eram 16 horas. – A que horas é o crepúsculo?

– Às 19 horas, senhor.

– Ótimo. Bem, vocês podem me apanhar no crepúsculo. Se precisar de alguma coisa, eu chamo. – E com mais firmeza: – Quero ficar sozinho, Mickie. Foi para isso que vim aqui.

– Sim, senhor.

Não os ouviu saírem. Por algum tempo não ouviu nenhum som, exceto os eventuais estalidos do lago e o pipocar de um ocasional barco de pesca. Ouviu um chacal uivar e a tagarelice intensa de uma família de urubus que havia pousado no alto de uma palmeira africana à beira do lago. E ouviu Tessa dizendo que se tivesse que fazer tudo de novo, este ainda era o lugar em que preferia morrer, na África, enquanto combatia uma grande injustiça. Bebeu um pouco d'água, levantou-se, esticou as pernas e caminhou até as marcas de tinta porque era ali que sabia com certeza que estava mais perto dela. Não foi preciso muito esforço. Se colocasse as mãos nas marcas, estaria a cerca de meio metro dela, descontando a largura da porta do carro, ou o dobro se Arnold estivesse no meio. Ele até conseguiu trocar umas risadas com ela, porque sempre fizera o diabo para obrigá-la a usar o cinto de segurança. Nas estradas africanas, cheias de buracos, ela argumentara, com a costumeira teimosia, que ficava melhor solta: pelo menos podia se mexer e desviar dentro do carro, em vez de ser jogada como um saco de batatas em cada maldita cratera. E das marcas de tinta ele se encaminhou até o fundo da ravina e, mãos nos bolsos, ficou no ponto onde o jipe parara imaginando o pobre Arnold sendo arrancado sem sentidos para ser levado ao local da sua prolongada e terrível execução.

Então, como um homem metódico, voltou à pedra que escolhera como assento quando chegara, sentou-se de novo e devotou-se ao estudo de uma pequena flor azul não muito diferente do flox que plantara no jardim da frente de sua casa em Nairóbi. Mas o problema era que não tinha nenhuma certeza de que a flor pertencesse ao lugar onde ele a via, ou se a transplantara em sua mente de Nairóbi, ou, imaginem só, dos vales que cercavam o seu hotel no Engandine. E também seu interesse pela flora estava ultimamente em baixa. Não desejava mais cultivar a imagem de um sujeito doce apaixonadamente interessado por nada mais a não ser floxes, ásteres, frésias e gardênias. E ainda refletia sobre esta transição em sua natureza quando ouviu o som de um motor da direção da margem do lago, primeiro a pequena explosão quando saltou para a vida, depois sua descarga regular à medida que sumia à distância. Mickie decidiu arriscar, afinal, pensou; para o verdadeiro pescador, peixes saltadores no crepúsculo são uma tentação irresistível. E depois daquilo se lembrou de suas tentativas para persuadir Tessa a ir pescar com ele, que invariavelmente terminavam com nenhum peixe, mas em uma porção de sexo indisciplinado, talvez porque ele fosse tão veemente em persuadi-la. E ainda estava imaginando bem-humorado a logística de fazer amor no fundo de um pequeno barco quando teve uma ideia diferente da expedição de pesca de Mickie, a saber, que ela não estava acontecendo.

Mickie não aprontava confusão, não mudava de ideia, não era chegado a caprichos.

Aquele não era Mickie, de modo algum.

A coisa em Mickie que você sentia no momento em que botava os olhos nele, e Tessa me dissera o mesmo, era que aquele sujeito era o empregado de confiança da família nato, e por isso mesmo, para ser franco, era fácil confundi-lo com Mustafa.

Portanto, Mickie não saíra para pescar.

Mas tinha ido embora. Se levou o venenoso Abraham consigo era questão a ser discutida. Mas Mickie se fora e o barco se fora. De volta ao lago – o motor do barco diminuíra até sumir.

Por que tinha ido embora? Quem o *mandara* ir embora? *Pagara* para que fosse? *Ordenara* que fosse? *Ameaçara* se não fosse embora? Que mensagem Mickie tinha recebido, pelo rádio do barco, ou de homem a homem de outro barco ou de alguém na margem, que o persuadira, contra todas as rugas naturais do seu bom rosto, a abandonar um serviço quando ainda não havia sido pago por ele? Ou teria Markus Lorbeer, o Judas compulsivo, conseguido obter um novo seguro com seus amigos da indústria? Ele ainda estava pensando nesta possibilidade quando ouviu outro motor, desta vez da direção da estrada. A noite caía rapidamente agora e a luz já era instável, por isso ele esperaria que um carro que passasse a esta hora acendesse pelo menos os faróis laterais, mas este – carro ou o que quer que fosse – não o havia feito, o que o intrigava.

Teve um pensamento – talvez porque o carro estivesse se deslocando a passo de lesma –, que fosse Ham dirigindo nos seus habituais 10 quilômetros abaixo do limite de velocidade, vindo anunciar que as cartas de Justin à feroz tia em Milão tinham chegado em ordem e que a grande injustiça de Tessa em breve seria reparada nas linhas da sua convicção muitas vezes declarada de que o Sistema devia ser forçado a corrigir-se de dentro para fora. Então pensou: não é um carro, estou totalmente errado. É um pequeno avião. Então o som parou completamente, o que quase conseguiu convencê-lo de que aquilo não passara de uma ilusão – que estava ouvindo o jipe de Tessa, por exemplo, e a qualquer segundo ele ia se aproximar um pouco mais acima dele na estrada e ela ia saltar com suas botas Mephisto e descer saltitante pela encosta e o congratular por ter assumido a luta no ponto em que ela havia parado. Mas não era o jipe de Tessa, não pertencia a ninguém que conhecesse. O que ele estava vendo era a forma enganosa de um jipe ou veículo de tração nas quatro rodas com uma longa distância entre eixos – não, uma *camioneta de safári* –, ou azul-escuro ou verde-escuro, na luz que sumia rapidamente era difícil dizer, e havia parado exatamente no local onde estava observando Tessa há pouco. E embora esperasse algo do gênero desde que voltara a Nairóbi – até de uma maneira remota desejasse aquilo, e por isso considerara supérflua a advertência de Donohue –, ele saudou aquela visão com um extraordinário sentimento de júbilo, para não dizer de conclusão. Encontrara-se com os traidores dela, naturalmente – Pellegrin, Woodrow, Lorbeer. Havia reescrito, por ela, o memorando escandalosamente descartado – quando não de uma forma fragmentada, mas isso não podia ser evitado. E agora, parecia, estava para partilhar com ela o último de todos os seus segredos.

Uma segunda camioneta aproximou-se por trás da primeira. Ouviu passos leves e divisou as formas em rápido movimento de homens ágeis com roupas volumosas agachados no caminho. Ouviu um homem ou uma mulher assobiar e um assobio responder atrás dele. Imaginou, e talvez fosse verdade, ter sentido o cheiro da fumaça de um cigarro Sportsman. A escuridão tornou-se de repente mais profunda enquanto luzes se aproximavam ao redor dele e a mais forte delas o atingia e o mantinha no seu feixe.

Ouviu um som de pés deslizando pela rocha branca.

fim

Nota do Autor

Deixem-me correr em proteção do Alto Comissariado Britânico de Nairóbi. Não é o lugar que eu descrevi, pois nunca estive dentro dele. Não tem como funcionários as pessoas que descrevi, porque nunca me encontrei ou falei com eles. Conheci o alto comissário alguns anos atrás e tomamos uma jinjibirra na varanda do Hotel Norfolk, e foi tudo. Ele não possui a menor semelhança, externa ou qualquer outra, com o meu Porter Coleridge. Quanto ao pobre Sandy Woodrow – bem, se chegasse a existir um chefe de Chancelaria no Alto Comissariado Britânico de Nairóbi como eu escrevi, podem estar seguros de que seria um homem ou uma mulher diligente e íntegro que jamais cobiça o cônjuge de um colega ou destrói documentos inconvenientes. Mas não existe. Chefes de Chancelaria em Nairóbi, como em muitas outras Embaixadas britânicas, caíram sob o machado do tempo.

Nestes dias difíceis em que os advogados dominam o universo, eu tenho de persistir com estes esclarecimentos, que são perfeitamente verdadeiros. Com uma exceção, ninguém nesta história, e nenhum grupo ou corporação, graças a Deus, é baseado em uma pessoa real ou em um grupo do mundo real, quer estejamos pensando em Woodrow, Pellegrin, Landsbury, Crick, Curtiss e sua pavorosa Casa dos ThreeBees, ou os senhores Karel Vita Hudson, também conhecidos como KVH. A exceção é o grande e bom Wolfgang da Pousada Oasis, um personagem tão gravado na memória de todos que o visitam que seria ridículo tentar criar um equivalente ficcional. Em sua soberania, Wolfgang não levantou nenhuma objeção a que eu traduzisse seu nome e sua voz.

Não existe nenhum Dypraxa, nunca existiu, nunca existirá. Não conheço nenhuma cura miraculosa para a tuberculose que tenha sido lançada recentemente no mercado africano ou em qualquer outro – ou esteja para ser lançada –, portanto, com sorte não deverei passar o resto da minha vida nos tribunais ou pior, embora nos dias de hoje não se possa ter certeza. Mas posso lhes dizer isto. À medida que minha viagem pela selva farmacêutica progredia, me dei conta de que, em comparação com a realidade, minha história era tão inocente como um cartão-postal de férias.

Em uma nota mais jovial, permitam-me agradecer calorosamente àqueles que me ajudaram e que estão dispostos a ter seu nome mencionado, bem como a outros que me ajudaram e que por boas razões não estão.

Ted Younie, um veterano e compassivo observador do cenário africano, primeiro sussurrou indústria farmacêutica nos meus ouvidos e depois purgou meu texto de vários solecismos.

Dr. David Miller, um médico com experiência de África e do Terceiro Mundo, sugeriu inicialmente a tuberculose como um caminho e abriu meus olhos para a campanha de sedução dispendiosa e sofisticada movida pelas empresas farmacêuticas contra a profissão médica.

Dr. Peter Godfrey-Faussett, um conferencista sênior na Escola de Higiene e Medicina Tropical de Londres, deu-me preciosa assessoria especializada, tanto no início da obra quanto no estágio do manuscrito.

Arthur, um homem de muitos ofícios e filho do meu falecido editor americano Jack Geoghegan, contou-me histórias horrendas dos seus tempos como homem das empresas farmacêuticas em Moscou e na Europa Oriental. O espírito benigno de Jack pairou sobre nós.

Daniel Berman dos Médicos sem Fronteiras de Genebra ofereceu-me uma explanação de três estrelas no guia Michelin: valeu toda a viagem.

BUKO Pharma-Kampagne de Bielefeld, na Alemanha – a não ser confundida com a Hippo do meu romance –, é uma organização independentemente financiada, com um quadro reduzido, de pessoas sãs e bem-qualificadas que lutam para denunciar os crimes da indústria farmacêutica, particularmente em sua conduta com relação ao Terceiro Mundo. Se você estiver se sentindo generoso, por favor envie-lhes algum dinheiro para ajudá-los a continuar o seu trabalho. Enquanto a opinião médica continua a ser insidiosa e metodicamente corrompida pelos gigantes farmacêuticos, a sobrevivência da BUKO assume uma importância cada vez maior. E BUKO não só me ajudou substancialmente. Ela na verdade me instigou a exaltar as virtudes das empresas farmacêuticas responsáveis. Por amor à BUKO, tentei fazer aqui o que me pediu, mas não era disso que a minha história tratava.

Tanto o Dr. Paul Haycock, um veterano da indústria farmacêutica internacional, como Tony Allen, um velho conhecedor da África e um consultor farmacêutico dotado de coração e visão, me proporcionaram graciosamente seu conselho, conhecimento e bom humor, e suportaram afavelmente meus ataques à sua profissão – como também o fez o hospitaleiro Peter, que prefere ficar modestamente na sombra.

Recebi ajuda de vários indivíduos excelentes nas Nações Unidas. Nenhum deles tinha a menor ideia do que eu fazia; ainda assim, suspeito que seja diplomático não dar os seus nomes.

Com tristeza, também decidi não citar os nomes das pessoas no Quênia que generosamente me ofereceram sua assistência. Enquanto escrevo, recebo notícias da morte de John Kaiser, um padre americano do Minnesota que trabalhou no Quênia nos últimos 36 anos. Seu corpo foi encontrado em Naivasha, a 80 quilômetros a noroeste de Nairóbi. Tinha um ferimento de bala na cabeça. Uma espingarda foi encontrada nas proximidades. O Sr. Kaiser era há muito tempo um crítico sincero da política de direitos humanos do governo do Quênia, ou da falta de política. Acidentes como esse podem acontecer de novo.

Ao descrever as tribulações de Lara no Capítulo 18, baseei-me em vários casos, particularmente no continente norte-americano, em que pesquisadores médicos altamente qualificados ousaram discordar dos seus patrocinadores farmacêuticos e sofreram vilipêndio e perseguição por seus esforços. A questão não é se essas verificações inconvenientes eram corretas, mas toca no conflito entre a consciência individual e a cobiça corporativa. Toca no direito elementar dos médicos de expressarem opiniões científicas não compradas e no seu dever de informar os pacientes sobre os riscos que, acreditam, sejam inerentes aos tratamentos que receitam.

E, por último, se tiverem um dia a chance de se encontrar na ilha de Elba, por favor não deixem de visitar a bela velha herdade que apropriei para Tessa e seus ancestrais italianos. Chama-se La Chiusa di Magazzini, e é propriedade da família Foresi. Os Foresi fazem vinho tinto, branco e rosê e licores de seus vastos vinhedos e um azeite imaculado dos seus próprios olivais. Possuem alguns chalés que podem ser alugados. Existe até uma sala do azeite onde aqueles em busca de respostas para os grandes enigmas da vida podem buscar um retiro temporário.

Dezembro de 2000

EDIÇÕES BESTBOLSO
Alguns títulos publicados

1. *O diário de Anne Frank*, Otto H. Frank e Mirjam Pressler
2. *O estrangeiro*, Albert Camus
3. *O mito de sísifo*, Albert Camus
4. *Ardil-22*, Joseph Heller
5. *O negociador*, Frederick Forsyth
6. *O poderoso chefão*, Mario Puzo
7. *A casa das sete mulheres*, Leticia Wierchowski
8. *O primo Basílio*, Eça de Queirós
9. *Mensagem*, Fernando Pessoa
10. *O grande Gatsby*, F. Scott Fitzgerald
11. *Suave é a noite*, F. Scott Fitzgerald
12. *O silêncio dos inocentes*, Thomas Harris
13. *Pedro Páramo*, Juan Rulfo
14. *Toda mulher é meio Leila Diniz*, Mirian Goldenberg
15. *Pavilhão de mulheres*, Pearl S. Buck
16. *Uma mente brilhante*, Sylvia Nasar
17. *O príncipe das marés*, Pat Conroy
18. *O homem de São Petersburgo*, Ken Follett
19. *Robinson Crusoé*, Daniel Defoe
20. *Acima de qualquer suspeita*, Scott Turow
21. *Fim de caso*, Graham Greene
22. *O poder e a glória*, Graham Greene
23. *As vinhas da ira*, John Steinbeck
24. *A pérola*, John Steinbeck
25. *O cão de terracota*, Andrea Camilleri
26. *Ayla, a filha das cavernas*, Jean M. Auel
27. *A valsa inacabada*, Catherine Clément
28. *O príncipe e o mendigo*, Mark Twain
29. *O pianista*, Wladyslaw Szpilman
30. *Doutor Jivago*, Boris Pasternak

Este livro foi composto na tipologia Minion, em
corpo 10/12,5, e impresso em papel off-set 63 g/m² no Sistema
Cameron da Divisão Gráfica da Distribuidora Record.